MW01493758

SAM LEÓN

STIGMATA

TRILOGÍA DEMON II

Stigmata
Primera edición: abril, 2021

D.R. © 2021, Sam León

Ilustración en cubierta: Arnie Watkins en *Pexels*
La maquetación ha sido diseñada usando imágenes de *brusheezy.com*

ISBN: 979-87-20691-29-5

Independently published

"El infierno está vacío. Todos los demonios están aquí."
William Shakespeare

Y el demonio se enamoró de su perdición. Del caos.
Se enamoró de aquello que podía matarle y se ató a la
destrucción que cargo siempre conmigo.
Fundió su alma a la mía y lazó nuestras vidas hasta
volverlas una. Me dio la luz que llevaba dentro
y me salvó del poder de mis heridas antes de marcharse.
Ahora ha regresado para llevárselo todo de nuevo.
Ha vuelto para arrebatarme la vida que me dio y reclamar
lo que siempre le ha pertenecido. Ha regresado de las tinieblas
para dejar de ser salvador y convertirse en verdugo.
El guerrero más poderoso del Infierno está de vuelta y no
está dispuesto a ofrecer misericordia.
El demonio que alguna vez fue capaz de enamorarse está
aquí…
Y esta vez, no es para salvarme.

1

SEÑAL

Mi mirada está nublada por las lágrimas que amenazan con salir de mis ojos, mi pecho sube y baja con lo agitado de mi respiración y el corazón me late a un ritmo frenético e irregular.

Mis uñas se clavan en el cemento del alféizar de la ventana de la que estoy sostenida. Los brazos me tiemblan, las palmas me arden y la sensación vertiginosa que me invade el cuerpo hace que se me revuelva el estómago. Voy a caer. Voy a *morir*.

No puedo ver nada. El viento me azota el cabello contra la cara con tanta violencia, que las hebras oscuras me hieren. Los músculos de mis extremidades superiores están hechos polvo y por más que lucho, no logro empujar mi peso hacia arriba. No logro ponerme a salvo a mí misma.

Algo me golpea en un costado del torso. Una ráfaga luminosa me da de lleno y mi débil agarre cede por completo. Durante un segundo, no ocurre nada. Me quedo suspendida en el aire, como si fuese capaz de flotar.

Entonces, empieza la caída.

Grito. Grito con toda la fuerza que poseo en los pulmones mientras caigo en picada. Mis piernas patalean inútilmente y braceo, en un desesperado intento por encontrar algo de qué sostenerme, pero sé que nada va a detener el inminente golpe de mi cuerpo contra el concreto.

La cabeza me duele y los oídos me pitan. De pronto, me siento mareada. Lánguida. Pesada.

La presión generada por la velocidad a la que me muevo hace que la visión se me nuble y que los músculos de cada parte de mi anatomía se contraigan de manera involuntaria.

No puedo más. No puedo luchar más.

Un haz negro aparece en mi campo de visión.

Es apenas un borrón. Una mancha oscura sin inicio ni fin que se mezcla entre las siluetas desdibujadas de los edificios entre los que caigo. Una figura amorfa que se mueve a toda velocidad; y me atrevo a decir que cae, incluso, más rápido que mi propio cuerpo.

Me quedo sin aliento.

Mi vista, inestable, se posa en el centenar de borrones luminosos que comienzan a aparecer en el cielo y que viajan rápidamente junto con la mancha de color negro que avanza en mi dirección, y el pánico se arraiga en mis huesos.

La silueta oscura toma forma y, sin más, me encuentro viendo la figura de un chico de alas de murciélago precipitándose hacia mí de manera vertiginosa. Me encuentro estirando los brazos en su dirección para que pueda tomarme y detener mi caída.

Luego... *despierto.*

Estoy bañada en una fina capa de sudor. El corazón me ruge contra las costillas mientras me incorporo jadeando y tanteando sobre la mesa de noche de mi habitación. La oscuridad hace difícil la tarea; sin embargo, cuando por fin encuentro mi inhalador, tomo una calada profunda para permitir que el coctel de medicamentos invada mi tráquea y mis pulmones.

Cierro los ojos con fuerza mientras inhalo y exhalo con lentitud para acompasar mi respiración. Es en ese momento, cuando noto el temblor de mis manos y el dolor que me escuece en los brazos.

Las pesadillas son cada vez más frecuentes y vívidas. Ahora mismo, se siente como si realmente hubiera estado colgada de aquel alféizar. Como si de verdad hubiese estado a punto de morir impactada contra el concreto.

Enciendo la lámpara junto a la cama y me siento en el borde del colchón, al tiempo que cierro los ojos con fuerza. A veces, me cuesta mucho trabajo convencerme a mí misma de que mis aventuras nocturnas son solo sueños. A veces, las imágenes en mi subconsciente son tan reales, que me cuesta mucho trabajo desapegarme de ellas.

Tomo una inspiración profunda y luego otra, antes de atreverme a enfrentar la oscuridad de mi habitación. La tranquilidad y el silencio que se funden en el entorno contrastan con el manojo de sensaciones que se estruja en mi pecho y, de una u otra manera, me siento enferma.

Es como si mis reflejos no terminasen de aceptar que la imagen de mí cayendo, fue solo una pesadilla.

Aprieto los puños. La punzada de dolor en mis muñecas es inmediata y bajo la vista hacia ellas, al tiempo que giro las manos para tener un vistazo de la parte interna. Mi corazón da un vuelco furioso.

«Mierda».

Hay sangre en todos lados. El pantalón del pijama está manchado al igual que la franela de mangas largas que llevo puesta. A pesar de eso, no me atrevo a levantar el material. No me atrevo a ver el estado de las heridas de esta ocasión. No cuando sé que cada vez lucen peor.

Cierro los ojos una vez más e inhalo profundo de nuevo.

El terror recorre mis venas a toda velocidad, pero trato de no entrar en pánico y de no dejar que el malestar se apodere de mí.

No me muevo durante lo que parece ser una eternidad, pero, cuando lo hago, lo primero que decido hacer es remover las cobijas y el edredón de la cama. Debo hacer algo de control de daños y, si no tengo el valor de mirar las heridas, al menos tengo que mirar el desastre que han hecho. De ese modo, podré darme cuenta de cuánta sangre he perdido esta vez. No debe ser demasiada. No me siento mareada ni aletargada.

Un nudo de ansiedad y terror se me instala en el estómago cuando descubro el par de manchas de sangre fresca que hay sobre las sábanas blancas. No son pequeñas. No son pequeñas en lo absoluto.

«Mierda, mierda, mierda, mierda…».

De un tirón, saco el material y dejo el colchón completamente desnudo antes de hacer una bola con la tela delgada de la sábana ensangrentada.

Me digo a mí misma que debo tirarla antes de que alguna de las brujas con las que vivo se dé cuenta y, sin perder ni un solo instante, me arrodillo en el suelo para tomar la caja de cartón que guardo debajo de la cama. Entonces, me apresuro hasta el cuarto de baño.

Al llegar al reducido espacio, lo primero que hago es empujar las mangas de mi franela hasta los codos. Después, abro el grifo del lavabo e introduzco las manos hasta los antebrazos para enjuagar la sangre y así tener una vista real del daño.

Un grito se construye en mi garganta en ese momento.

El estómago se me revuelve al notar los agujeros irregulares que ahora tengo en las muñecas, y el terror escuece y quema en mis entrañas.

Es como si me hubiera introducido un par de piedras en la piel, lastimando la carne tan profundamente, que soy capaz de ver el tejido debajo de ella.

Un nudo se forma en la boca de mi estómago y las lágrimas se me agolpan en los ojos. La respiración se me atasca en los pulmones, pero, de alguna u otra manera, me las arreglo para no caerme a pedazos al tiempo que enjuago las heridas con mucho cuidado.

Son profundas. Definitivamente, son más profundas que la última vez. Son tan hondas, que mis manos se sienten entumecidas y torpes. No sé si realmente tenga algo que ver con las marcas, pero se siente como si apenas pudiese moverlas. Como si estuviesen a punto de dejar de obedecer las órdenes de mi cabeza.

«No pasa nada, Bess. Sanarán muy pronto. No pasa nada», me aliento, pero sé que no tengo la certeza de ello y, mucho me temo, nunca la tendré.

Hace cuatro años que aparecieron. Y cuando digo que aparecieron me refiero a que, literalmente: *aparecieron*.

Una mañana desperté en la cama de un hospital con la noticia de que había sido internada por mi difunta tía porque, según todo el mundo, había intentado suicidarme.

El diagnóstico del psiquiatra en ese entonces decía que me había infringido las heridas de manera inconsciente debido al dolor lacerante que la muerte de mi familia había provocado en mí, pero yo siempre supe que no era cierto.

Con el paso del tiempo descubrí que había un significado diferente detrás de ellas y que representan —por increíble que parezca— el inicio del fin del mundo tal y como lo conocemos.

Nunca sanan. Las heridas nunca cierran por completo. Puedo suturarlas una y otra vez y siempre vuelven a aparecer. Después de la tercera vez que las brujas me llevaron al hospital, decidí tomar medidas por mi cuenta para así dejar de preocuparlas.

Así, pues, con un par de dólares que tenía guardados en el cajón de mi ropa interior, compré gasas, vendas y material de sutura, y aprendí —gracias a un video por internet— a realizar una sutura limpia y resistente. Quizás no es el mejor método, ni el más adecuado, pero me funciona. Las mujeres con las que vivo creen que mi condición de Sello Apocalíptico ha mejorado y que eso so-lo quiere decir que el fin del mundo está a bastantes años de distancia...

... Pero la realidad es otra. Los Estigmas no dejan de apa-recer. Esta vez, ni siquiera permitieron que mi carne sanara por completo. Hace menos de una semana que suturé las heridas. Hace menos de una semana realicé el mismo procedimiento que ahora. A este paso, todo el mundo a mi alrededor va a darse cuen-ta. No sé cuánto tiempo más podré ocultarlo...

«Vamos Bess», me digo a mí misma. «Deja de pensar en eso y haz algo».

Entonces, empiezo a trabajar.

Retiro el hilo de las antiguas puntadas con cuidado y pre-siono un algodón con alcohol sobre los huecos en la carne. Re-primo un gemido de dolor en el proceso.

Con manos temblorosas, tomo una aguja curveada y un poco de hilo quirúrgico de la caja que traje conmigo y, sin pensarlo demasiado, enhebro el material antes de desinfectarlo minuciosa-mente.

Una vez terminada mi tarea, tomo una de las vendas em-paquetadas que hay dentro de la caja y la muerdo con toda la fuerza que puedo. Acto seguido, introduzco la aguja en mi carne.

El escozor y el ardor no se hacen esperar. Las lágrimas involuntarias que se me escapan solo consiguen dificultar un poco mi tarea, y la humedad de mi sangre hace que la aguja resbale de mis dedos y sea difícil de manejar.

Pese a todo, me obligo a mantenerme serena. A absorber el dolor lo mejor que puedo y trato de no hacer demasiado ruido mientras hiero mi piel una vez más con las puntadas que trato de aplicarme.

Cuando termino de cerrar mis heridas, lavo mis manos, y envuelvo la aguja y el hilo restante en un trozo de papel antes de tirarlo a la papelera.

Acto seguido, tomo de la caja un bote pequeño de pastillas para el dolor y me trago una tableta. Después, camino hasta mi habitación y coloco una sábana limpia sobre el colchón desnudo antes de tomar la sábana ensangrentada y sacarla hasta el bote de basura que tenemos en el patio.

Me aseguro de no hacer demasiado ruido en el proceso para no despertar a nadie en casa. Una vez terminada la tarea, me encamino escaleras arriba para volver a mi habitación.

Estoy a escasos pasos de distancia de la puerta, cuando los vellos de mi nuca se erizan.

En ese instante, y presa del pánico, giro sobre mis talones solo para descubrir que Dinorah —una de las brujas con las que vivo— se encuentra parada al pie de las escaleras.

No soy capaz de mirarle la cara debido a la oscuridad en la que todo se ha sumido, pero sé que está observándome.

—¿Te encuentras bien? —Su voz es apenas un susurro, pero llega a mí como una acusación fuerte y clara. El tono interrogante con el que habla, así como la densidad de su energía, solo confirman su confusión.

—Sí. —Mi voz suena ligeramente inestable, pero ruego porque no sea capaz de percibirlo—. No puedo dormir. Es todo.

—¿Estás segura de que te encuentras bien? —No me atrevo a apostar, pero casi puedo jurar que suena preocupada.

Aprieto la mandíbula.

Odio mentirle. Odio tener qué ocultarle cosas a la única de las brujas con la que puedo hablar abiertamente acerca de cómo me siento. Es la única que *entiende*. Es la única que sabe lo que es estar parada en medio de dos mundos aterradores y horribles. Solo ella puede comprender lo que es sentirse desconectada de ambos universos y no saber qué hacer para acabar con la sensación de desapego constante que me acompaña a todas horas.

14

—Me encuentro bien. Deja de preocuparte —miento, a pesar de todo.

Dinorah no dice nada. Se limita a quedarse ahí, quieta, con los ojos clavados en mí —porque no soy tonta: sé que me mira—; como si tratase de desvelar todos los secretos que guardo. Como si tratase de deshacerse de las mentiras de mi voz para llegar a la raíz de mi constante sonambulismo.

No es nada nuevo para nadie que deambule por toda la casa a altas horas de la madrugada. Se han acostumbrado ya a mis pocas horas de sueño; sin embargo, tengo la sensación de que Dinorah sabe más de lo que aparenta. Tengo la sensación de que ella sabe que algo sucede conmigo.

—¿Has vuelto a soñar con *él*?

Sus palabras son como un puño en el estómago, pero trato de no hacérselo notar.

—He vuelto a soñar con la caída —respondo, evadiendo su pregunta por completo—. Siempre es con la caída.

Noto como la mujer que se encuentra a pocos pasos de distancia de mí, asiente.

—Esta noche yo también he soñado lo mismo.

—¿Con la noche de tu asesinato? —pregunto, aliviada por cambiar de tema. Al parecer, las pesadillas son algo que las personas que hemos sido atadas compartimos. Dinorah sueña siempre con la noche en la que la líder de su antiguo aquelarre la mató.

Nunca me ha hablado abiertamente sobre ello, pero sé lo suficiente como para deducir que fue una muerte horrible.

—No —responde, con la voz enronquecida—. He soñado contigo cayendo.

Mi corazón se estruja una vez más y un largo silencio se instala entre nosotras.

—¿Estás segura de que todo va bien? —Dinorah pregunta de nuevo—. Tengo la sensación de que algo malo está pasando. De que algo horrible está por ocurrir.

Trago el nudo de nerviosismo que se me ha instalado en el intestino.

—Sí —tartamudeo, a pesar de las ganas que tengo de decirle que los Estigmas no se han cerrado desde aquella noche en la que morí y volví a la vida—. Todo va bien, Dina.

Ella asiente de nuevo.

—Trata de dormir —dice, pero en su tono aún hay recelo.

—¿No vas a dormir tú también? —pregunto, cuando noto cómo se gira para bajar las escaleras.

—No —dice, al tiempo que me mira por encima del hombro. Esta vez, soy capaz de ver parte de su gesto, ahora que la luz que se filtra por el ventanal de la sala le da de lleno. Luce inquieta. *Extraña...*—. Voy a tratar de interpretar mi sueño. Tengo la sensación de que el mundo de los muertos trata de decirnos algo, Bess. No es normal que ambas hayamos tenido la misma pesadilla.

Acto seguido, y sin darme tiempo de decir nada, baja las escaleras y me deja aquí, de pie en el corredor, con el pulso latiéndome de manera irregular y un montón de palabras acumuladas en la punta de la lengua.

No sé cuánto tiempo pasa antes de que pueda sacudirme la sensación de malestar que la conversación con Dinorah me ha dejado, pero, cuando lo hago, entro en mi habitación y cierro la puerta detrás de mí.

Trato de no poner mucha atención a la vocecilla en mi cabeza que susurra que debí haberle contado a Dinorah acerca de los Estigmas. Trato de sacudirme fuera del cuerpo la pesadez que se me ha asentado en los huesos desde el instante en el que escuché que habíamos compartido la misma pesadilla, y me recuesto en la cama.

«Han pasado ya cuatro años», me digo a mí misma. «Cuatro años en absoluta calma. Sin ángeles. Sin demonios. Sin Grigori. Sin absolutamente nada paranormal más que las brujas con las que vivo, los Estigmas con los que lidio y el poder aterrador que llevo dentro». Cierro los ojos con fuerza. «Nada malo va a ocurrir. Él se sacrificó para que vivieras una vida común y corriente. Nada malo va a ocurrir. Nada. Malo. Va. A. Ocurrir».

Tomo una inspiración profunda y dejo ir el aire con lentitud.

Abro los ojos y estiro la mano para tomar el teléfono móvil que descansa sobre mi mesa de noche. Cuando presiono el botón lateral, descubro que me queda un poco más de una hora de sueño antes de que tenga que levantarme para iniciar el día. Debo aprovecharla.

Tomo otra inspiración profunda y dejo el teléfono en su lugar antes de dedicarme enteramente a cerrar los ojos hasta que la pesadez se digna a volver a mí. Esta vez, ninguna pesadilla irrumpe mi sueño.

Son cerca de las nueve de la mañana cuando abandono la casa en la que vivo. Ni siquiera me molesto en pisar el acelerador cuando me trepo en mi destartalado auto. Sé que, de cualquier modo, voy tarde y que nada va a hacer que el profesor de Psicología Social me deje entrar a su clase.

Es de ese tipo de docentes que no toleran la impuntualidad. Este maestro en particular, piensa que un retraso es una de las faltas de respeto más grandes que puede haber, y que llegar tarde no es otra cosa más que un indicador claro de cuán irresponsable eres contigo mismo y con el resto del mundo.

No deja de repetir una y otra vez que los estudiantes de facultad —sobre todo aquellos que estudiamos psicología— debemos tener el sentido del deber lo suficientemente arraigado como para llegar cinco minutos antes de la hora acordada.

Yo, sin embargo, por más que trato de levantarme temprano para alcanzar a entrar a su clase, no puedo hacerlo. Ni siquiera sé cómo diablos es que puedo moverme con lo poco que duermo.

Hace años que dejé de tener una noche entera de sueño y, a pesar de que siento el cuerpo cansado y fatigado todo el tiempo, nunca puedo dormir más de cuatro o cinco horas al día.

Dinorah –quien, por cierto, se encuentra atada a la vida de Zianya, su hermana—, dice que se debe a la falta de conexión que tenemos con el mundo terrenal. Dice, también, que dormir es uno de los placeres que los seres comunes y corrientes conocen, y que nosotras, por nuestra naturaleza extraordinaria, no somos capaces de dormir debido a que no somos dueñas completamente de nuestros cuerpos físicos.

En teoría, lo que el lazo entre Mikhail y yo hizo, fue devolverme a la tierra sin pertenecer a ella del todo.

Soy la mitad de algo. La parte de un todo que nunca podrá ser concretado. El roce entre dos dimensiones que están muy cerca la una de la otra, pero que nunca llegan a tocarse.

He pasado los últimos cuatro años tratando de acostumbrarme a esto, pero no lo he conseguido en lo absoluto. No sé si algún día podré hacerlo.

Las cosas han cambiado demasiado para mí desde aquel incidente en el que me vi envuelta gracias al deseo de los ángeles de eliminarme.

De la noche a la mañana, perdí todo y tuve que marcharme de la ciudad donde nací y crecí porque, para todos aquellos que alguna vez formaron parte de mi vida, yo ya estoy muerta.

Mi vida dio un giro de ciento ochenta grados cuando un puñado de brujas me tomó bajo su cuidado y me trajo a Bailey, Carolina del Norte: uno de los pueblos más pequeños, aburridos e insignificantes que he tenido la desgracia de conocer.

El lugar es tan diminuto, que ni siquiera cuenta con setecientos habitantes. Todo el mundo aquí conoce la vida de todos y nunca pasa absolutamente nada en bastantes kilómetros a la redonda.

Bailey es tan pequeño, que solo cuenta con una cafetería; así como una diminuta sala de cine en la que proyectan películas que fueron famosas hace años. Hace poco descubrí que también hay un anfiteatro del tamaño del estacionamiento del edificio en el que vivía con mi tía Dahlia, donde cada domingo se presenta el grupo local de actuación —el cual en su mayoría es conformado por personas de la tercera edad—; y un bar que es tan anticuado como las ropas que Dinorah suele utilizar.

Estamos en medio de la nada. Literalmente, tengo que conducir una hora para llegar a la universidad todos los días.

Al principio no entendía por qué las brujas habían elegido este lugar para establecerse, pero, con el paso del tiempo lo comprendí a la perfección.

Este lugar es perfecto porque está circundado por una cantidad alarmante de líneas energéticas que serían capaces de hacerme pasar desapercibida si, por algún desconocido motivo, mi cuerpo decidiera volver a ser un espectacular *atrae-ángeles*.

Dinorah dice que este tipo de lugares son los predilectos por las mujeres de su clase, ya que la energía de la tierra les da fuerzas y las hace seres más estables y poderosos. Además, dice que es más fácil mantener un perfil bajo en un lugar fuera del foco de los grandes noticieros.

Un lugar olvidado por la civilización es lo que se necesita para esconder a cuatro brujas y una chica que podría desatar el apocalipsis si es asesinada.

Mi vida con las brujas es bastante sencilla. Dinorah y Zianya, las mujeres que están atadas, se han encargado de proveer de alimento, sustento y estudios a tres adolescentes problemáticas.

No sé de dónde diablos sacaron todo el dinero que tienen en el banco y tampoco me interesa averiguarlo. No después de que Dinorah me dijera que hay cosas acerca de su vida y de la de su hermana, que es mejor que no sepamos.

Mi relación con ambas es bastante… *contradictoria*. Por un lado, está Dinorah, con quien he creado un vínculo bastante estrecho y a quien puedo recurrir cuando siento que todo va de la mierda; y, por el otro, está Zianya, a quien ni siquiera puedo mirar. Su presencia a mi alrededor es tan irritante y abrumadora, que no sé cómo demonios es que puedo vivir bajo el mismo techo que ella.

No es que alguna vez me haya hecho algo malo, es simplemente una especie de presentimiento. Algo en ella no termina de gustarme y, por más que trato de bajar la guardia, no puedo hacerlo.

Daialee, con quien he entablado una amistad bastante peculiar, me ha dicho que Zianya fue quien le dijo a Mikhail cómo traerme de vuelta y, a pesar de eso, no puedo dejar de sentirme amenazada por su presencia.

Dinorah dice que su hermana siempre se ha caracterizado por tener un aura bastante oscura y densa. Que su magia es bastante maliciosa y penetrante, y que eso es lo que hace que sea así de perturbadora; sin embargo, me da la impresión de que va más allá. De que Zianya nunca ha sido una mujer de buenas intenciones.

Las cosas entre Daialee y yo han ido en mejora con el paso de los años. Le tomó bastante tiempo bajar la guardia conmigo, pero no la culpo. Después de todo, fui una de las causas por las cuales perdió todo lo que tenía.

Nuestra relación es bastante fresca y llevadera ahora que hemos compartido tantas cosas juntas. Sus constantes bromas sarcásticas me hacen sonreír cuando peor me siento, y su presencia en mi entorno es revitalizante y tranquilizadora. De algún modo, se encarga de mantenerme animada y atenta cuando más alejada me siento del plano terrenal.

Respecto a lo que mi relación con Niara concierne, debo admitir que no es la mejor del mundo.

No es un secreto para nadie que no le agrado en lo absoluto. Tampoco es nuevo para nadie que piensa que soy un peligro para todos.

Nunca ha estado de acuerdo con el hecho de que viva con las brujas y tampoco está feliz conmigo formando parte de los rituales que de vez en cuando realizan. Dice que una chica con el poder que poseo no debería saber invocar magia negra como la que ellas utilizan y, a pesar de que detesto decirlo, debo admitir que quizás tiene un poco de razón. Después de todo, si algo de esa magia me matase, terminaría desatando el mismísimo apocalipsis.

La relación que tengo conmigo misma, por otro lado, es una lucha constante entre lo que fui y lo que soy ahora. Antes, ser una adolescente voluble y de carácter explosivo, era sencillo. Ahora es un verdadero martirio.

Ya no puedo darme el lujo de alterarme por cualquier estupidez. Tampoco puedo permitirme estar aterrorizada. Las emociones fuertes siempre detonan el poder destructivo de los Estigmas.

Con el paso del tiempo he aprendido que las marcas en mis muñecas no hacen más que llamar a la destrucción y al caos; así que no puedo permitirme enojarme solo porque sí. Si lo hago, es muy probable que termine destruyéndolo todo a mi alrededor.

Todo esto sin contar el poder que la parte angelical de Mikhail ha traído a mi vida. Literalmente, soy capaz de manipular todo a mi paso. Soy capaz, incluso, de interactuar con seres que no pertenecen a este universo con más facilidad que cualquiera de las brujas con las que convivo todos los días.

Daialee dice que es bastante probable que sea capaz de hacer aún más cosas, pero, hasta ahora esto es lo más que me he atrevido a indagar. No tengo el valor de intentar investigar un poco más al respecto porque no sé qué diablos va a suceder si lo hago.

Siempre existe la posibilidad de que sea demasiado o de que no pueda controlarlo y, siendo honesta, no estoy dispuesta a correr ese riesgo y hacer más daño del que ya he hecho en el proceso.

El sonido estridente de una bocina me saca de mi estupor. Mi vista vuela hasta el espejo retrovisor del vehículo, y parpadeo varias veces mientras trato de conectar el cerebro con las extremidades.

El auto que se encuentra detrás de mí vuelve a hacer sonar el claxon y sacudo la cabeza antes de mirar hacia la luz verde que marca el semáforo en el que me he detenido.

Una punzada de vergüenza me golpea cuando me doy cuenta de que estoy deteniendo el tráfico y, sin perder el tiempo, acelero y cargo mi coche hacia el carril derecho para dejar pasar al vehículo impaciente. Recibo un grito ininteligible en el proceso.

La humillación quema en mi torrente sanguíneo, pero no hago más que continuar mi camino hacia la universidad.

El día pasa sin ninguna clase de novedad. Las clases me absorben por completo y no puedo dejar de agradecerlo. La universidad es lo mejor que ha podido pasarme. Pasar el día entero realizando trabajos, investigaciones y ensayos, me distrae de la sensación de vacío que no me deja sola por ningún motivo, así que me he vuelto bastante buena para los estudios.

Mis calificaciones son mucho mejores de lo que solían ser y eso me llena de una clase extraña de satisfacción. Ser ligeramente buena para algo, le da un poco de sentido a mi extraña existencia.

Cerca de las dos de la tarde estoy de vuelta en Bailey. Por lo regular no vuelvo a casa hasta muy entrada la noche, ya que trabajo en una cafetería en Raleigh, la ciudad a la que viajo todos los días para asistir a la universidad, pero hoy es mi día de descanso, así que planeo aprovecharlo holgazaneando el resto del día.

Me toma alrededor de diez minutos recorrer el pueblo entero. Me toma cerca de dos más, bajar de mi chatarra y entrar a la casa.

Tres minutos más son los que necesito para darme cuenta de que no hay nadie aquí y uno más es el que me toma echar llave a la puerta principal y subir las escaleras a toda velocidad para encerrarme en mi habitación.

Paso el resto de la tarde tirada en la cama, leyendo uno de los libros que Daialee me prestó hace casi un mes, cuando la universidad aún no consumía todo mi tiempo.

Cuando me doy cuenta, la noche ha caído por completo, así que enciendo la lámpara que está sobre la mesa de noche y dejo el libro sobre la cama para volver a él más tarde.

No ha llegado nadie a casa, cosa que no me sorprende. Daialee y Niara también trabajan después de la escuela, y Zianya y Dinorah no cierran su local de baratijas hasta entrada la noche.

Decido así, que debo buscar algo para cenar o si no voy a desmayarme, y bajo las escaleras con andar cansino.

Sin saber qué estoy buscando, abro la nevera. Casi me pongo a bailar de la emoción cuando encuentro algo de la lasaña que Daialee preparó hace unos días y, sin perder un solo segundo, me siento sobre un banquillo alto a comerla.

Ni siquiera me molesto en calentarla en el horno de microondas. Tengo tanta hambre, que solo deseo engullir lo que tengo delante de mí para volver a mi lectura.

Estoy a punto de echarme otro pedazo de pasta a la boca, cuando lo *siento*.

«Oh, por el jodido Dios del Infierno».

Detengo el tenedor antes de que entre en mi boca y me quedo quieta durante unos instantes.

Vuelvo a sentirlo.

Toda la sangre se me agolpa en los pies y mi corazón se detiene durante una fracción de segundo antes de que el tirón en mi pecho regrese con más violencia que nunca.

«No, no, no, no, no…».

Me falta el aliento, el cuerpo entero me tiembla y la sensación vertiginosa provocada por la ansiedad y el pánico me invade por completo.

Trago duro.

«No», me digo a mí misma. «No ha ocurrido; lo alucinaste. No ha ocurrido; lo alucinaste. No ha ocurrido; lo alucinaste…».

El tirón es tan intenso ahora, que me doblo hacia adelante y el tenedor se desliza de entre mis dedos para estrellarse en el plato con violencia.

«¡¿Pero, qué demonios…?!».

Me deslizo fuera del banquillo alto sobre el que estoy sentada y miro hacia todos lados sin saber qué es lo que espero encontrar en realidad.

Trago una vez más.

Miedo, emoción y ansiedad se arremolinan en mi estómago y crean un nudo apretado en él.

Sacudo la cabeza y cierro los ojos.

—Mucha ciencia ficción por hoy, Bess Marshall —murmuro para mí misma, y trato de inhalar profundamente para así aminorar la velocidad de los latidos de mi corazón—. Estás sugestionándote. Eso no ha pasado. No has sentido absolutamente nada… —digo en voz alta, pero puedo dejar de ser plenamente consciente de la tensión que hay en el lazo que me atenaza el pecho.

Una carcajada histérica se me escapa.

—Él está muerto —digo, porque necesito recordármelo. Porque no debo hacerme ilusiones. Necesito mantener los pies sobre la tierra y dejar de imaginar estupideces.

Niego con la cabeza y me froto la cara con las palmas una y otra vez antes de tomar un par de inspiraciones profundas. Entonces, tomo el plato con lasaña y lo dejo sobre la tarja para encaminarme en dirección a las escaleras una vez más.

En el proceso, trato de convencerme a mí misma de que lo he imaginado todo y que solo estoy alucinando, pero no puedo apartar de mí la sensación de que algo está ocurriendo. No puedo dejar de estar alerta al lazo que hay en mi pecho.

Nunca había sentido esta clase de movimiento en la atadura que me une a Mikhail. No durante los últimos cuatro años.

«Deja de pensar en eso, Bess. Deja de torturarte».

Avanzo por el corredor que da hacia la sala, dispuesta a llegar al tramo de escaleras que lleva al piso superior y camino tan rápido como mis pies me lo permiten.

«No ha sido nada. Lo has imaginado todo».

En apenas unos instantes, me encuentro en la sala.

«Es imposible. Lo alucinaste».

Estoy al pie de las escaleras.

«Debes dejar de hacerte esto a ti misma. Él está muerto, Bess. Murió hace cuatro años».

Coloco uno de los pies sobre el primer escalón.

«Supéralo de una maldita vez».

Mi vista se mueve por todo el espacio en un movimiento fugaz.

«Mikhail no va a regresar».

Y, entonces, lo noto…

Mi corazón se salta un latido. Mi rostro entero es drenado de su sangre y la respiración se me atasca en la garganta cuando la puerta principal se mueve y deja a la vista una rendija que da hacia la calle.

Mi mirada se clava en el cerrojo y el horror me invade de un momento a otro. Cerré esa puerta. Estoy segura. Cerré esa puerta *con llave*. ¿Cómo es que está abierta? ¿Por qué está abierta?…

Mi mirada viaja por toda la estancia con lentitud, mientras que el terror se filtra en mis huesos. El silencio que lo invade todo, es ensordecedor. Tenso. *Inquietante.*

Soy capaz de escuchar el latido irregular de mi corazón. Escucho, incluso, mi respiración jadeante y siento cómo me estremezco de pies a cabeza ante la perspectiva de lo que acaba de ocurrir.

—¿Hola? —digo, con voz débil y temblorosa, y contengo el aliento mientras que intento escuchar algo.

El corazón me sigue latiendo a un ritmo inhumano, las manos siguen sudándome debido a la ansiedad, mi respiración es agitada y tengo mucho miedo.

—¿Bess? —La voz de Daialee inunda mis oídos y el alivio me golpea con fuerza—. ¡Qué bueno que estás aquí! ¡Abre la puerta que tengo las manos llenas de despensa!

Cierro los ojos durante una fracción de segundo y dejo escapar el aire que no sabía que estaba reteniendo.

Acto seguido, me apresuro hacia la puerta para abrirla y encontrarme con una Daialee cargada de bolsas de papel.

—Me has sacado la mierda de un jodido susto —la reprimo, mientras tomo algunas bolsas para ayudarle—. ¿Por qué no me llamaste para que viniera a ayudarte? Creí que alguien había abierto la casa o algo por el estilo. Ni siquiera escuché el motor de tu coche.

Una carcajada se le escapa a la bruja de cabello rizado.

—Lo siento. No sabía que estabas aquí y se me hizo sencillo abrir la puerta, cargarme de bolsas y entrar a empujones a la casa —dice, entre risotadas—. La próxima vez, me aseguraré de gritar para saber si alguien está en casa.

Es mi turno de soltar una risa corta cargada de alivio.

—¿Hay más cosas en el auto? —pregunto, sin siquiera mencionarle acerca del tirón que acabo de sentir en el lazo. Trato, deliberadamente, de ignorarlo por completo.

—No. —Daialee me guiña un ojo—. Lo he traído todo. Mejor acompáñame a la cocina. He visto una receta en internet que quiero intentar. Tú vas a ser mi conejillo de indias.

Una pequeña sonrisa se dibuja en mis labios y, sin decir nada más, la sigo hasta la cocina.

2

INVOCACIÓN

No puedo concentrarme. Ni siquiera puedo hacer que mis ojos viajen a través de las líneas del texto que tengo enfrente.

El día de mañana tengo que presentar un examen muy importante y no he podido estudiar nada en lo que va de la semana. No he podido hacer otra cosa más que estar atenta a la cuerda que me mantiene viva y que no había dado señales de movimiento hasta hace unos días. Ni siquiera sé por qué me siento así de alerta al respecto. No es como si significase algo... *¿o sí?*

Desde la noche en la que sentí el tirón en ella, no ha vuelto a dar señales de vida. Ahora mismo dudo haber sentido *algo* de verdad. He tratado de convencerme a mí misma de eso durante todo este tiempo y, sobre todo, he pasado toda la semana tratando de olvidar el incidente.

No he querido decírselo a nadie en el aquelarre. No quiero alarmar a las brujas con las que vivo. Ni siquiera estoy segura de que haya pasado, así que no quiero preocuparlas. No cuando todo ha ido tan tranquilo en nuestras vidas últimamente.

—¿Bess? —La voz de Daialee me saca de mis cavilaciones y me hace pegar un salto en mi lugar.

Mi vista viaja a toda velocidad hacia la puerta abierta de mi habitación y la imagen de ella, de pie en el umbral, envía una oleada de alivio a mi sistema.

—¡Dios! ¡No hagas eso! —digo, al tiempo que inhalo hondo para aminorar el golpeteo intenso que hay en mi corazón.

El ceño de la bruja se frunce un poco.

—Creí que me habías sentido —dice. La confusión es palpable en su tono y una punzada de vergüenza me asalta. Por lo regular, soy capaz de percibir la cercanía de las personas; sobre todo si se trata de seres sobrenaturales. No obstante, en esta ocasión estaba tan absorta en mis pensamientos, que ni siquiera fui capaz de detectarla.

—Estaba muy concentrada en esto —mascullo, al tiempo que cierro el libro que descansa sobre mis piernas.

Su gesto escéptico me hace saber que no me ha creído en lo absoluto, pero no lo hace notar demasiado. Se limita a cruzarse de brazos y arquear una ceja.

—Como sea... —dice—. Niara y yo trataremos de hacer contacto en el ático. ¿Vienes?

Un agujero se instala en la boca de mi estómago y, por un instante, me siento un tanto nauseabunda. Odio cuando tratan de comunicarse con seres paranormales. Por lo regular, no se van en días y no dejan de acudir a Dinorah o a mí hasta que se cansan de intentar llamar nuestra atención. Con el paso del tiempo, he aprendido que estas criaturas tienden a buscarnos debido al lazo que compartimos con las personas que nos trajeron de vuelta. Es como si pudiesen percibir que no pertenecemos a este lugar del todo. Como si supieran que tenemos un pie dentro del plano espiritual y otro en el terrenal.

Son bastante insistentes. Siempre quieren ser escuchados y, sobre todo, que alguien les explique cómo pueden marcharse por completo. Las ganas que tienen de trascender son tan grandes, que se aferran a cualquiera que sea capaz de percibirlos para pedir algo de ayuda. Lamentablemente, no siempre puedes hacer algo por ellos.

De hecho, casi nunca puedes hacerlo. Dinorah siempre ha dicho que los muertos pertenecen al mundo de los muertos y que, por mucho que queramos ayudarles a descansar, debemos dejarlos cerrar sus ciclos por sí mismos.

—La última vez que estuve en una sesión de *Ouija* con ustedes, dijiste que yo le quitaba lo divertido —apunto, con aire aburrido, pero en realidad trato de encontrar una excusa para no acompañarla.

Daialee rueda los ojos al cielo de forma dramática.

— Tú tienes la culpa, Marshall —dice, con fingida molestia—. ¿Qué necesidad había de decirnos lo que el último espíritu quería antes de que siquiera se acercara a tocar el puntero del juego?

Es mi turno de rodar los ojos.

—¡Él solo hablaba y hablaba! ¡No quería acercarse a tu dichoso tablero! —Me defiendo en un chillido agudo y molesto—. Ni hablar de que quisiera materializarse delante de nosotras.

Daialee hace un gesto desdeñoso para quitarle importancia al asunto.

—Da igual —masculla, antes de recomponerse y decir—: Esta vez utilizaremos otro artefacto para tratar de comunicarnos con ellos. —Suena bastante satisfecha y entusiasmada ahora—. Deberías venir.

Mi ceño se frunce.

—¿Qué clase de artefacto? —Ladeo la cabeza, con curiosidad, pero la sensación de malestar se expande en mi sistema.

—¿Recuerdas ese tazón extraño que guardan Dinorah y Zianya en su habitación?

—¿Ese que está guardado bajo llave? —Mis cejas se alzan y noto como mi amiga se encoge un poco debido a la vergüenza que le provoca la acusación implícita.

—Ese mismo.

—¿Lo robaste?

—¡Lo tomé prestado!

—¡Claro! Haré como que te creo —digo, al tiempo que esbozo una sonrisa acusadora.

Mi amiga bufa en respuesta.

—¿Vienes o no? —dice, al cabo de unos segundos de completo silencio y un suspiro cansino se me escapa.

—¿Tengo la opción de quedarme aquí?

—No, no la tienes —dice ella—. Te necesitamos. Sabes mejor que nadie que los espíritus son más accesibles cuando estás cerca.

—Tengo que estudiar para un examen importante —me excuso, pero sé que es inútil tratar de librarme de acompañarla.

—Vas a reprobarlo de todos modos.

—Gracias. Eres una amiga increíble.

—¡Vamos, Bess! ¡Será divertido!

—*¿Divertido?* ¿Para quién? —Niego con la cabeza—. Sabes que odio hacer esas cosas.

—¡Por favor! —Daialee insiste—. Pararemos en el instante en el que todo comience a ponerse extraño.

Otro suspiro se me escapa.

—¿Lo prometes?

—Lo prometo —dice, pero dudo unos segundos más.

Finalmente, y al cabo de unos largos instantes, me pongo de pie y la sigo por el corredor.

Las escaleras al ático están abajo cuando llegamos al fondo del pasillo. Eso solo quiere decir que Niara ya está allá arriba y que, seguramente, ya está todo listo para comenzar la invocación.

Ni siquiera sé por qué me presto a ayudarlas. Siempre que tratan de hacer cosas como estas, Zianya termina volviéndose loca de la ira y comienza a sermonearnos respecto a lo peligroso que es que alguien como yo esté cerca de los portales del Inframundo que suele abrir un tablero de *Ouija* —o, en este caso, un tazón que no estoy segura de cómo funciona exactamente.

Dice que podríamos desatar algo grande si no tenemos cuidado y que lo mejor que puede pasarnos en el peor de los escenarios, es que los ángeles vuelvan a intentar darme caza.

Sé que tiene razón. Que no debería prestarme para este tipo de cosas; y de todos modos, aquí estoy, subiendo unas escaleras que parecen estar a punto de desmoronarse, para tratar de hacer contacto con *Dios-sabe-qué-clase* de espíritu.

Lo primero que veo cuando llegamos al ático es polvo. Hay partículas de suciedad por todos lados y el aire en mis pulmones se siente denso y pesado gracias a eso. El tono grisáceo de los muebles no hace más que comprobar que todos ellos tienen una capa gruesa de polvo y, además, le da un aire tétrico a la estancia.

Cuando llegamos a este lugar, las brujas ni siquiera se molestaron en desechar las cajas viejas que los antiguos dueños de la casa dejaron tanto aquí arriba como en el sótano.

Inicialmente, Daialee había anunciado que este pequeño espacio con techo inclinado iba a ser su habitación, pero, al descubrir que estaba infestado de recuerdos de los antiguos dueños y de un montón de suciedad, decidió retractarse. Ahora es solo un espacio en el que experimentan las dos brujas más jóvenes del aquelarre.

—¿Qué se supone que intentan preguntar en esta ocasión? —digo, en dirección a Daialee, quien se apresura hacia el centro de la estancia; donde Niara ya se ha instalado.

No me pasa desapercibido el hecho de que han dibujado un pentagrama con sal. Tampoco puedo pasar por alto que han colocado una vela encendida en cada uno de los picos de la estrella en el suelo y, además, se han encargado de posicionar, en el centro de todo, el extraño tazón de color negro que tanto atesoran Zianya y Dinorah.

—Hace unos días Daialee y yo tuvimos sueños bastante similares. —Niara responde, sin apartar la vista del antiguo libro que descansa sobre sus piernas cruzadas.

Mi corazón se salta un latido y mis manos se cierran en puños con fuerza.

—¿Qué? —Sueno ligeramente temblorosa, pero no puedo evitarlo. No cuando la sensación de *déjà-vu* es así de intensa en mi sistema.

Daialee asiente.

—Y no solo nosotras dos —dice—. Zianya me dijo que también soñó algo semejante a nosotras hace casi una semana. No creo que se trate de una coincidencia. La magia está tratando de decirnos algo.

Mi mandíbula se tensa.

—¿Qué han soñado? —pregunto, con un hilo de voz.

Niara alza la vista del texto por primera vez desde que llegué.

—Yo soñé contigo cayendo de un lugar muy, muy alto.

—Yo soñé con luces cayendo del cielo —dice Daialee y hace una pequeña pausa antes de añadir—: Zianya soñó con Mikhail convertido en demonio completamente.

Me falta el aliento y niego con la cabeza.

—Dinorah y yo también hemos soñado algo similar a ustedes hace casi una semana. La misma noche —digo, en un susurro tembloroso y débil, y la atención de las dos brujas se posa en mí en ese momento.

Una extraña pesadez se instala en toda la estancia.

—Oh, mierda… —Niara dice en voz baja.

—Definitivamente, algo está ocurriendo —murmura Daialee, antes de abrazarse a sí misma. Sé que trata de no hacerlo notar demasiado, pero luce un tanto perturbada.

—¿Crees que la gente fuera de este plano sepa algo al respecto? —Niara suena asustada ahora.

Mi amiga se encoge de hombros.

—No lo sé —dice—, es por eso que tenemos que preguntar. Si esto es una especie de premonición colectiva, tenemos que tratar de interpretarla a como dé lugar.

Niara asiente.

—Hagámoslo.

—¿Haremos esto a pesar de todo? —Sueno horrorizada.

Ambas me miran una vez más.

— Por supuesto —Daialee suelta, con determinación—. No podemos hacer caso omiso a algo así de importante, Bess. La magia trata de decirnos algo. No podemos ignorarla.

Mi pecho se estruja con violencia y el golpeteo de mi corazón aumenta otro poco, pero me las arreglo para asentir en su dirección.

—Bien —dice mi amiga y, sin pronunciar nada más, se instala en el pentágono que se ha formado dentro de la estrella de sal.

Yo dudo unos instantes, pero termino acercándome a donde las brujas se encuentran.

Sin hablar en lo absoluto, las tres nos acomodamos al centro del pentagrama y nos sentamos alrededor del tazón. No es hasta ese momento que me percato de que está lleno de agua.

Daialee extiende sus manos con las palmas hacia arriba y nos las ofrece para que las tomemos. Niara es la primera en acceder a tocarla. Acto seguido, estira su palma libre en mi dirección. Yo dudo unos instantes antes de tomar las manos de ambas y apretarlas con firmeza.

Niara es la primera en cerrar los ojos y comenzar a respirar. Daialee la imita casi al instante y a mí me toma unos momentos más armarme de valor para hacer lo mismo que ellas. Esta parte del ritual es sumamente importante, ya que, según ellas, es importante estar relajadas y libres de angustias para poder realizar una invocación exitosa.

No sé cuánto tiempo pasamos haciendo esto; sin embargo, cuando nos detenemos, es Niara quien toma la batuta y nos suelta las manos antes de decir en voz baja y relajada:

—En teoría, tenemos que mantenernos dentro del pentagrama para que los espíritus no lleguen a nosotros. Según el texto que encontré en el Grimorio de Dinorah, este tazón es una especie de portal. Una puerta que lleva al Inframundo. Esto quiere decir que podríamos invocar seres bastante poderosos si no somos cuidadosas; es por eso que debemos permanecer dentro del pentagrama. Tampoco podemos huir, así como así. —Su vista se clava en mí esta vez y siento cómo el rubor sube por mis mejillas. Sé perfectamente que ese comentario es cien por ciento dirigido hacia mí. La última vez que utilizamos una *Ouija*, fui yo quien arruinó la conexión al soltar el puntero para huir del perturbador fantasma que comenzó a rondarnos—. Tenemos que permanecer aquí hasta cerrar el portal cuando terminemos.

—¿Dice algo acerca de cómo vamos a comunicarnos con quien hagamos contacto? No he conocido un fantasma lo suficientemente poderoso como para hablar con un ser viviente, es por eso que la *Ouija* es tan práctica. —Daialee habla ahora.

—No sé si lo entendí bien, pero creo que el tazón le dará fuerza a la entidad y esta podrá elegir a un intérprete para hablar a través de él. —Niara explica.

—Bien —Daialee asiente. Suena entusiasmada ahora—. ¿Cómo abrimos el portal?

—No llegué a esa parte —Niara se disculpa—, pero quiero suponer que es igual de sencillo que con una tabla de *Ouija*, ¿no?

Daialee rueda los ojos al cielo.

—Si todo esto es inútil, me encargaré de golpearte. No preparé todo esto para nada —dice mi amiga y se coloca en posición.

Su espalda se endereza en el instante en el que cierra los ojos y su barbilla se eleva ligeramente, de modo que luce como una escultura bien proporcionada. Entonces, comienza a inhalar y exhalar con lentitud. Niara y yo la imitamos a los pocos segundos.

La primera en comenzar a susurrar palabras ininteligibles es Daialee. Niara le sigue y, luego, se sincronizan en un canon rítmico y cadencioso. No entiendo ni siquiera una octava parte de lo que dicen, pero sé qué es lo que están haciendo. Sé qué es lo que *tratan* de hacer…

No pasa nada. Durante unos largos y tortuosos instantes, no ocurre absolutamente nada. Lo que podría haber desatado una densa capa de energía en el ambiente con la *Ouija*, es inútil con este extraño tazón que tenemos al centro del pentagrama.

Ni siquiera soy capaz de sentir ese hormigueo en la piel que siempre me provoca la magia en conjunto de Niara y Daialee.

Es como si el tazón estuviese bloqueándolas, o como si su poder no fuese suficiente para el extraño objeto.

Han pasado ya varios minutos. El suficiente tiempo como para saber que esto no está funcionando y comienzo a impacientarme; pero, al cabo de otro largo momento más, algo ocurre…

Empieza como un suave hormigueo en las palmas de mis manos y termina en un intenso entumecimiento en mis extremidades. Me tenso en respuesta a la densa y repentina energía que emana del tazón repleto de agua, y siento como una red de hilos comienza a formarse a mi alrededor.

Mi corazón se estruja con violencia.

Cientos de recuerdos se agolpan en mi memoria y, de repente, no estoy aquí. No estoy en un ático tratando de invocar seres paranormales. Estoy de vuelta en una especie de arena, con las manos ardientes de un arcángel en el rostro y una red de energía abrumadora e incontrolable tejida sobre mi anatomía.

Poco a poco, el ambiente se transforma. La tensión en el aire es casi palpable y hace frío. Mis músculos pueden sentir el cambio brusco en la temperatura de la pequeña estancia.

Un escalofrío de puro terror me recorre la espina dorsal y siento cómo la red de hilos se afianza a mi alrededor. Los recuerdos se hacen más persistentes ahora y sé por qué lo hacen. Sé que mi cuerpo puede recordar la energía de los Estigmas recorriéndome entera.

Aprieto la mandíbula.

La mano de Daialee aprieta la mía y me aferro a ella con toda la fuerza que puedo un segundo antes de que sienta cómo empieza a crearse un agujero al centro del pentagrama.

Niara y Daialee no han dejado de murmurar palabras ininteligibles y yo no puedo dejar de pelear para controlar las cuerdas de energía que se envuelven a mi alrededor.

Entonces, un pitido agudo e intenso estalla.

De manera instintiva, me encojo sobre mí misma y aprieto los ojos con fuerza solo para sentir cómo la energía que se arremolina a nuestro alrededor se agita.

Un sonido asombrado —y asustado— me abandona los labios en el momento en el que un centenar de voces comienza a abrirse paso en mis oídos y afianzo mi agarre en las dos brujas que parecen haber entrado en un trance, solo porque necesito asegurarme de que no me encuentro sola.

Daialee se detiene.

La confusión se apodera de mí y mis ojos se abren de golpe. Un grito de puro terror se construye en mi garganta y, durante un doloroso momento, me quedo paralizada.

El pánico corre por mi torrente sanguíneo a toda velocidad y un sonido horrorizado se me escapa cuando *la miro...*

Sus ojos lucen aterradores. Una membrana blancuzca se ha tejido sobre sus irises y pupilas, convirtiéndolos en un par de orbes ciegos.

Una parte de mí desea soltarla y correr lejos, pero me las arreglo para mantenerme ahí mientras que la observo contemplar hacia la nada.

—¿D-Daia?... —Mi voz es un susurro tembloroso e inestable.

No responde.

—¿Daialee, puedes escucharme? —Sueno aterrorizada—. Daialee, *por favor...*

Niara también se detiene. Mi atención se vuelca hacia ella de inmediato y un nudo se me instala en el estómago cuando veo cómo su cabeza cae hacia adelante. Ha dejado de moverse. Ha dejado de hablar. Por un instante, creo que también ha dejado de respirar.

El corazón me ruge contra las costillas, mis manos se sienten temblorosas, los dedos apenas pueden mantenerse aferrados a los de las brujas y, por unos segundos, no soy capaz de escuchar otra cosa más que el sonido de mi respiración.

Entonces, comienzan a aparecer.

Todos los vellos del cuerpo se me erizan y una oleada de pánico me golpea cuando un montón de entes invaden toda la estacia.

Son tantos, que ni siquiera puedo contarlos. Que soy capaz de sentir cómo las cuerdas de energía de los Estigmas se remueven con incomodidad y miedo.

Mi vista recorre la estancia con lentitud y un nudo de terror se me instala en el estómago cuando noto cómo la vista de todos los presentes se fija en mí.

Trago duro.

«¡Vamos, Bess! ¡Tienes que aprovechar la oportunidad! ¡Tú eres el intérprete!», me aliento, pero no puedo dejar de temblar. Ni siquiera puedo formular una oración coherente.

—¿Hay algo que pueda hacer por ustedes? —pronuncio, al cabo de un largo momento —con la voz temblorosa por el miedo—, porque es lo primero que Daialee dice al iniciar un contacto.

Durante unos instantes, nadie dice nada. Los espíritus siquiera se mueven de donde se encuentran; pero, al cabo de unos momentos más, sucede…

—*Ayúdanos.* —La voz queda y cansada de uno de ellos me llena los oídos.

Mi corazón da un vuelco furioso. No sé qué hacer ahora. Por lo regular, nunca piden nada.

A Daialee nunca le han pedido nada.

—¿Cómo? —La voz me sale en un hilo débil y aterrorizado.

—*Protégenos* —dice otro de ellos.

—¿De quién?

—*Del demonio.* —Todos ellos responden al unísono y mi carne se pone de gallina al instante.

El terror aumenta en mi torrente sanguíneo y deseo romper el vínculo que mantiene a los espíritus aquí. El pulso me golpea con tanta violencia detrás de las orejas, que mi pecho duele; mi respiración es tan irregular, que temo estar al borde de un ataque respiratorio —como esos que tienen cuatro años sin darme.

—¿Cuál demonio? ¿Cómo se llama? —Me las arreglo para decir.

No hay respuesta.

—¿Cómo se llama? —insisto.

—*Él te quiere a ti* —dice una de las almas. Su voz suena torturada y aterrorizada, y mi pecho se estruja una vez más.

—¿Cómo se llama? —repito, una vez más.

—*Está cerca.* —Otra voz dice, y mi vista recorre toda la estancia, en busca de quien ha dicho eso, pero ni siquiera sé de dónde ha venido el sonido.

—¿Por qué me busca? —digo, sin aliento.

Nadie responde.

—¿Qué es lo que quiere? ¿Qué está ocurriendo? —La ansiedad y la desesperación se filtran en mi tono.

—*No podemos irnos* —dice otro de ellos.

—¿A qué te refieres con eso? —Niego con la cabeza, confundida y aterrorizada.

—*Él nos lo impide* —dice otra de las voces.

El movimiento de mi cabeza es frenético ahora.

—¿Qué puedo hacer?

—*Entrégale lo que le has robado* —dice otra de las entidades y siento cómo el horror se filtra en mis huesos.

—Yo no le he robado nada a nadie. —Niego, de nuevo, pero sé perfectamente a qué se refieren. Sé de *quién* están hablando—. *Él* me dio su poder. Yo no le robé nada. Yo no… —Sueno cada vez más asustada. Casi demencial—. Él está muerto.

En ese instante, el rostro aterrador de uno de los espíritus aparece justo frente a mis ojos y un grito amenaza por escaparse de mis labios.

«¡Él no debería poder atravesar el pentagrama! ¡Ellos no pueden cruzar el pentagrama! ¡¿Qué está pasando?!».

—*¡Los demonios nunca mueren!* —El estridente sonido de todas las voces de los espíritus estalla en mis oídos.

Los hilos de energía a mí alrededor se tensan con tanta fuerza, que me lastiman; el grito finalmente se me escapa de la garganta y mis manos sueltan las de Niara y Daialee.

En ese momento, el caos se desata.

Las almas sobrevuelan todo el espacio a una velocidad alarmante, los gritos de sus voces son tan intensos, que me taladran los oídos; el tazón al centro de nuestro improvisado pentagrama se tambalea en el suelo, como si la tierra estuviese estremeciéndose debajo de él, y la energía en la pequeña estancia se vuelve errante.

Las velas encendidas se apagan de golpe y la ira y el coraje acumulado de los espíritus lo invade todo.

Daialee y Niara no se han movido ni un milímetro de su lugar mientras las almas enfurecidas tratan de llegar a ellas.

—*¡Los demonios nunca mueren! ¡Los demonios nunca mueren! ¡Los demonios nunca mueren!* —gritan las voces, y trato de recordar qué es lo que dice Daialee para pedirles que se marchen.

—¡Les ordeno que se vayan! —digo, en voz de mando, porque así he visto a Daialee hacerlo, pero no funciona. No se van—. ¡No puedo ayudarles! ¡Les ordeno que se marchen!

—*¡Los demonios nunca mueren! ¡Los demonios nunca mueren! ¡Los demonios nunca…!*

—¡Basta! —Mi voz truena en toda la estancia y siento cómo los hilos de energía se tensan en mi interior. Siento cómo el poder angelical de Mikhail me crepita por todo el cuerpo y se mezcla con las cuerdas tensas de la fuerza de los Estigmas—. ¡Les ordeno que se marchen!

Los espíritus chillan en respuesta y comienzan a revolverse con violencia. Un montón de cajas caen al suelo en el proceso y un estallido de poder lo invade todo.

—¡Les ordeno que se vayan de aquí ahora mismo! —La voz me suena extraña en los oídos. Profunda, pastosa… *aterradora.*

Los hilos a mi alrededor se trozan. La energía de los Estigmas se libera con tanta intensidad, que me doblo sobre mí misma. Un gemido ahogado se me escapa, pero soy capaz de alzar la vista justo a tiempo para ver cómo las criaturas se congelan en su lugar.

De manera abrupta, la ira que lo invadía todo se transforma en algo más oscuro. En algo más… visceral.

Miedo crudo y puro se apodera del ambiente y sé que se trata de los espíritus. Sé que son ellos quienes emanan ese extraño poder.

Soy plenamente consciente del modo en el que mis cuerdas acarician la débil fuerza de los entes. Los tengo. Los he detenido con el poder de los Estigmas.

Jamás había hecho algo como esto.

La sensación enfermiza de poder, satisfacción y pánico me paraliza durante unos instantes antes de que sienta cómo los espíritus empiezan a sucumbir ante la fuerza de los delicados hilos intrincados.

Algo frío y aterrador comienza a colarse en mi pecho y sé que estoy absorbiéndolos. Sé que estoy tomando su poca energía y no puedo detenerme. No sé cómo hacerlo.

El terror se instala en mi sistema y trato de liberarlos, pero no puedo —no quiero— hacerlo. No puedo —no quiero— hacer nada más que sentir cómo mis músculos se estremecen y se congelan por la fuerza que estoy robándome.

«Se siente tan bien. Me siento *tan* viva».

—¡Bess! —Alguien grita a mis espaldas y mi vista se vuelca hacia el sonido de inmediato.

Siento cómo algo me golpea con violencia. Acto seguido, los hilos ceden su agarre por completo y caigo al suelo, aturdida, abrumada y aterrorizada, mientras me percato del cántico en latín que resuena en toda la estancia.

Poco a poco, la energía densa va disipándose y, al ritmo de la extraña retahíla de palabras desconocidas, la opresión en mi pecho disminuye hasta que, eventualmente, la sensación invasiva que siempre me provocan los espíritus, desaparece por completo.

—¡¿Qué demonios estaban haciendo ustedes tres?! —La voz de Zianya truena en todo el lugar instantes después, pero no puedo moverme de donde me encuentro. Ni siquiera puedo respirar como es debido—. ¡¿Es que acaso son estúpidas?! ¡¿Qué pretendían con esto?!

Una voz familiar murmura algo y otro grito de Zianya truena en todo el lugar, pero no puedo escucharla. No puedo hacer más que intentar recuperar el control de mis extremidades.

—¡¿Y *tú*?! —Zianya escupe en mi dirección—. ¡¿Pretendías comértelos a todos?! ¡¿Es que acaso el poder que tienes no te basta?! ¡¿O es que quieres matarnos a todos?!

—Zianya, basta. —La voz de Daialee inunda mis oídos. Suena agotada. Asustada hasta la mierda—. Todo esto fue mi culpa. Bess no tiene nada que ver en esto.

—¡Tú ni siquiera te atrevas a dirigirme la palabra ahora mismo! —Zianya estalla—. ¡Son unas inconscientes! ¡¿En qué diablos estaban pensando?!

—Nosotras solo...

—Algo está pasando —interrumpo a Daialee, arreglandomelas para hablar—. Dinorah y yo también hemos soñado algo similar a lo que Niara, Daialee y tú han soñado.

—¡¿Y ese es motivo suficiente para abrir un portal hacia el mundo de los muertos?! —Zianya grita, furibunda, mientras trato de incorporarme sin éxito alguno.

—Es que...

—¡Es que nada, maldita sea! —Me interrumpe—. Decidimos protegerte, Bess, pero eso no quiere decir que vayamos a permitir que nos pongas en peligro. Está claro que Daialee y Niara nunca habrían podido abrir ese portal si no hubiera sido por ti. Ellas no son tan poderosas.

—Zianya... —Niara trata de hablar, pero la bruja mayor ni siquiera la escucha.

—La próxima vez que te atrevas a participar en alguna de las idioteces que estas dos inconscientes te propongan, voy a echarte.

—No fue su culpa. —Daialee interviene una vez más—. Yo la obligué a venir. Ella no quería hacerlo.

—¡Dejen de defenderla! —Zianya escupe en dirección a las chicas—. ¡Dejen de justificarla! ¡Dejen de tratarla como si fuese inofensiva cuando en realidad es un puto Sello Apocalíptico que, además, ha sido provisto de poder angelical! —Clava sus ojos en mí—. Es la última vez que te metes en problemas, Bess. La próxima vez que algo ocurra, tendrás que marcharte.

No nos da tiempo de replicar nada más. Se limita a tomar el tazón que se encuentra al centro de la habitación y baja del ático hecha una completa furia.

—¿Qué mierda pasó? —Niara murmura, confundida y asustada al mismo tiempo.

—No lo recuerdan, ¿cierto? —digo, en voz baja y débil.

Ambas niegan con la cabeza. Yo asiento y clavo mi vista en las escaleras descendentes.

—¿Qué fue lo que pasó, Bess?

—Hablé con ellos.

—¿*Ellos?* —Niara suena asustada ahora—. ¿Eran más de uno?

Asiento.

—La habitación estaba repleta de espíritus.

—Mierda… —Daialee suelta, con asombro.

—¿Y dices que pudiste hablar con ellos? —Es el turno de Niara de hablar.

Asiento, de nuevo.

—¿Qué fue lo que dijeron? —Daialee suena impaciente ahora.

Mi vista viaja hacia ellas y siento cómo el pecho se me llena con una emoción aterradora, abrumadora y dulce al mismo tiempo.

—Que Mikhail está vivo.

3

ATADURA

—¿Vivo? —La voz de Niara rompe el silencio tenso y ensordecedor en el que se ha envuelto el pequeño ático en el que nos encontramos—. ¿A qué te refieres con *vivo*?

Una risa corta y carente de humor se me escapa, solo porque no puedo creer que esto esté pasando. Hace un poco más de una semana, mi única preocupación era la cercanía del fin de semestre; y ahora me encuentro aquí, hablando con las brujas más jóvenes del aquelarre en el que vivo, acerca de una criatura a la que creía muerta.

Pasé los últimos cuatro años de mi vida tratando de convencerme a mí misma que Mikhail estaba muerto. De que la teoría de Dinorah —esa que decía que el motivo por el cual sigo viva, es porque una parte de él vive en mí: la angelical— es la única posible. He pasado todo este tiempo intentando continuar con mi existencia en un mundo al que ya no le encuentro mucho sentido.

—¿Bess? —Es Daialee quien habla ahora. Suena cautelosa y aterrorizada, y me saca de mis cavilaciones debido a eso—. ¿De qué estás hablando? ¿Qué fue lo que te dijeron exactamente? ¿Estás *segura*?

El énfasis que hace en la palabra me hace dudar hasta de mi cordura, pero no dejo que la negación que trata de imponer mi cerebro me venza ahora. Sé qué fue lo que pasó. Estoy completamente segura de qué fue lo que vi y qué fue lo que los espíritus dijeron; así que, sin detenerme a pensarlo por más tiempo, comienzo a relatar todo lo ocurrido.

Trato de no omitir ninguna clase de detalle mientras lo hago. Menciono, incluso, el hecho de que uno de ellos fue capaz de traspasar la protección que representa el pentagrama en un ritual como el que hicimos, y me encargo de recalcar una y otra vez el hecho de que no querían marcharse. Ni siquiera cuando se los pedí haciendo uso del extraño poder que llevo dentro.

—Algo los estaba fortaleciendo. —Daialee musita una vez que termino de hablar.

—¿Crees que haya sido el tazón? ¿Crees que eso les haya dado la fuerza suficiente para quedarse a voluntad propia? —Niara habla. Pánico crudo y puro se filtra en su tono.

—Lo encuentro poco probable —dice Daialee, antes de posar su atención en la otra bruja—. Creo que estaban alimentándose de nosotras dos.

—¿De nosotras? —Niara suena incrédula y escéptica.

Daialee se encoge de hombros.

—Ambas quedamos fuera de combate de un segundo a otro —dice—. Es muy probable que nos hayan utilizado como fuente de energía.

—¿Eso es posible? —La chica afroamericana suena aterrorizada ahora.

—Creo que si —Daialee replica y un destello de preocupación tiñe su voz—. Lo leí hace mucho en uno de los Grimorios de la abuela.

—¿Entonces, por qué no utilizaron a Bess también? ¿Qué no se supone que ella es más fuerte que nosotras? Podría haberles provisto más energía que nosotras dos juntas.

Los ojos de ambas brujas se clavan en mí mientras hablan y noto cómo, poco a poco, la admiración y el miedo tiñen la mirada de Daialee.

—No debes olvidar que Bess es más poderosa que nosotras —dice, antes de hacer una pequeña pausa y añadir—: Es imposible que un puñado de espíritus sea capaz de tomar la energía desbordante que posee un Sello Apocalíptico con poderes celestiales. —Aparta su mirada de mí y la posa en Niara—. Dos simples brujas parecen blancos más fáciles de dominar.

—Esto no tiene sentido. —Niara sacude la cabeza en una negativa—. Nada de lo que está pasando lo tiene.

Daialee se encoge de hombros.

—Es solo una teoría. La realidad de las cosas es que no sabemos por qué tantos espíritus acudieron a nosotras hoy. Tampoco sabemos por qué tú y yo entramos en un trance, o por qué estos seres tuvieron el poder suficiente para invadir un pentagrama debidamente sellado y protegido; por no mencionar que, además de eso, se negaron a marcharse cuando se les ordenó. —La voz de Daialee suena gradualmente más irritada que hace unos segundos y sé que, si no hago algo, va a ocurrir una gran pelea aquí—. Todo esto es completamente nuevo para mí también, Niara. Solo trato de buscar soluciones por aquí.

—Creo que estamos perdiendo el enfoque —digo, antes de que Niara pueda refutar. Daialee me regala una mirada significativa y es lo único que necesito pasa saber que se ha dado cuenta de mi movimiento evasivo—. Esto es grave. Los espíritus han dicho que un demonio anda cerca y que, además, quiere de vuelta lo que, supuestamente, yo le robé. Es obvio que se trata de Mikhail.

—Es que eso es algo que no nos consta —Daialee responde, al tiempo que una risa nerviosa e incrédula se le escapa. Sé que está a punto de perder los estribos—. Mikhail está muerto hasta que se demuestre lo contrario. Si estuviese vivo, hace mucho tiempo que lo sabrías. ¡Estás atada a él, por el amor de Dios! Se supone que debes *sentir* la conexión y no has sentido nada desde hace cuatro años, ¿no es así?

No respondo.

Permito que el peso de mi silencio se asiente entre nosotras porque es más sencillo no pronunciar nada, a decir en voz alta que he sentido algo hace unos días. Porque es más fácil dejar que todo se asiente con mi silencio, que aceptar que he ocultado algo así de importante.

—Bess —Daialee niega, en un gesto horrorizado—, dime, por favor, que no has sentido nada desde hace cuatro años. Dime, por favor, que no nos has ocultado algo así.

La vergüenza se apodera de mí y no soy capaz de mirarla a la cara. Lo único que puedo hacer es mirar la duela sucia de madera sobre la que estoy arrodillada.

—Oh, mierda… —Niara es quien rompe el silencio.

—¿Desde hace cuánto? —La voz de Daialee suena ronca y profunda—. ¿Desde hace cuánto que *lo sientes*, Bess?

Alzo la cara justo a tiempo para encontrarme con su mirada furibunda.

—Solo ha sido una vez. —Sueno ligeramente temblorosa y débil—. Lo sentí al día siguiente de haber tenido aquella pesadilla colectiva con Dinorah. Fueron apenas un par de tirones en el pecho y no han vuelto a aparecer desde entonces.

La mezcla de enojo, pánico y decepción que veo en sus ojos solo me hace querer hacer un agujero en la tierra y meter la cabeza dentro.

De pronto, no haberle dicho nada a nadie se siente como la más estúpida de las decisiones; y haberme quedado callada para no angustiar a nadie, se siente como la idiotez más grande jamás pensada.

Niara aprieta el puente de su nariz al tiempo que Daialee pasa una mano por su cabello alborotado.

—¿Estás diciéndome que sentiste un movimiento en el lazo que tienes con Mikhail, Bess? —La voz de mi amiga es cada vez más ronca—. ¿Estás segura de que fue eso y no otra cosa?

—¿Qué otra cosa pudo haber sido? —pregunto, en respuesta—. No es como si fuese por la vida sintiendo movimientos extraños y de índole paranormal dentro del pecho.

—Esto está mal —Niara musita—. Esto está muy, *muy* mal…

—Tenemos que decirle a Zianya y a Dinorah —Daialee pronuncia, al cabo de unos instantes de tenso silencio—. No podemos guardarnos este tipo de información. —Clava su vista en mí—. Y de hoy en adelante, Bess, trata de no ocultarnos este tipo de cosas, ¿quieres? Suficiente tenemos con lo que pasó hace cuatro años. —El veneno en su tono me hiere, pero no la culpo por hablarme de este modo. Sé que está furiosa y que no suele medir sus palabras cuando se encuentra en ese estado.

—¿Estás segura de que has sentido un tirón en la conexión que tienes con el demonio, Bess? —Niara insiste, y eso solo aumenta la irritación y la vergüenza que me embargan.

—Completamente —asiento, con la voz enronquecida por las emociones.

Un suspiro cansado brota de los labios de Daialee.

—Será mejor que busquemos a Dinorah —dice—. No creo que Zianya quiera escucharnos ahora mismo, así que tratemos con ella.

Luego, se encamina hacia las escaleras. Niara la imita y baja segundos después.

Yo no me muevo de donde me encuentro durante lo que se siente como una eternidad, y corro la vista por todo el espacio con lentitud. Mis ojos se demoran un poco más de lo debido en el pentagrama de sal del suelo y un escalofrío de puro terror me recorre de pies a cabeza.

Los recuerdos acerca de lo ocurrido hace unos instantes se arremolinan en mi cabeza y se reproducen una y otra vez, al tiempo que la sensación insidiosa de estar siendo observada me embarga por completo.

Tomo una inspiración profunda y aprieto la mandíbula. Me digo a mí misma que estoy siendo paranoica. Que, si Mikhail estuviese cerca, podría sentirlo por medio de la unión que compartimos, y que esta sensación de acoso es solo una que la invocación de hace un rato me dejó debajo de la piel.

Me digo a mí misma que es tiempo de enfrentar la consecuencia de mis actos y, sin perder el tiempo, me pongo de pie y desciendo por las escaleras del ático.

La luz débil y amarillenta de la lámpara que descansa sobre mi mesa de noche, es lo único que ilumina mi pequeña habitación. El silencio en el que está sumida la estancia es solo interrumpido por el segundero del reloj antiguo que Dinorah me regaló la navidad pasada, y eso está poniéndome los nervios de punta.

La sensación densa y pesada que se ha apoderado de mis huesos desde que las brujas y yo nos sentamos a discutir lo ocurrido esta tarde, no me ha permitido estar tranquila y, por más que trato, no puedo dejar de darle vueltas a todo lo que ha pasado los últimos días.

La opresión de mi pecho es insoportable. La culpabilidad y la angustia no han dejado de carcomerme poco a poco, pero sé que ya no puedo hacer nada para remediar el hecho de que le he ocultado información importante a las mujeres que, sin tener que hacerlo, pusieron un techo sobre mi cabeza.

Soy una idiota. No hay otra palabra que me describa en estos momentos. Soy una completa estúpida.

Un suspiro entrecortado se me escapa, al tiempo que abro los ojos una vez más, para clavarlos en el techo de madera que se cierne sobre mi cabeza. No sé cuánto tiempo paso con la vista fija en ese punto, pero cuando me doy cuenta de que no voy a poder conciliar el sueño, me incorporo en una posición sentada.

Luego, paseo la mirada por todo el lugar.

No hay mucho que ver desde donde me encuentro. A decir verdad, no hay nada interesante que ver en mi habitación en lo absoluto.

Las paredes de madera no han sido decoradas; el escritorio que se encuentra en una de las esquinas es tan austero como la cama individual sobre la que me encuentro y, alrededor, no hay nada más que un par de muebles para guardar ropa y una mesa de noche sobre la que descansa una lámpara que compré en una barata hace casi tres años.

Esta habitación se me antoja monótona e impersonal. No hay nada en ella que me haga sentir como si estuviese en casa. Desde que mi familia murió, ningún lugar me apetece para asentarme, así que no me sorprende en lo absoluto que me parezca así de ajena.

Esta noche se siente más lejana de mí que de costumbre. Esta noche, soy plenamente consciente del horrible vacío que este espacio me provoca.

Me pongo de pie. Mis pies descalzos hacen contacto con la alfombra que recubre el suelo de madera —el cual cruje bajo mi peso—, y sus pasos certeros me llevan hasta la ventana. Luego, corro la cortina solo para encontrarme con mi reflejo oscurecido en el vidrio.

Sin más, me encuentro inspeccionando cada centímetro de la imagen delante de mis ojos. Mirando a detalle el cabello que cae unos centímetros por debajo de mi barbilla, la piel manchada por cientos de pecas y los ojos cansados que me devuelven la mirada.

Otra imagen inunda mi cabeza y no puedo evitar compararla con la que tengo frente a mí ahora mismo. La imagen en mi memoria es más agradable. Más *amable*.

En ella, mi cabello es más largo y mi mirada no luce agotada. En ella, llevo una sonrisa pintada en los labios y una frescura que hace mucho tiempo perdí y, sin más, me encuentro extrañando a la Bess que fui cuando tenía quince años.

Esa que aún podía levantarse en las mañanas en una habitación que sentía como suya. Esa que podía darle un beso de buenos días a su madre y recibir un abrazo de su padre. Esa que peleaba con sus hermanas menores por cualquier estupidez, pero que saltaba a defenderlas cuando era necesario.

Un nudo se instala en mi garganta, pero las lágrimas no acuden a mis ojos. Con el paso de los años, he aprendido a lidiar con los sentimientos que la pérdida provoca, así que ya no pueden hacerme daño. Ya no pueden provocar nada más que un ardor incómodo en la parte posterior de mi tráquea.

Un suspiro me abandona y, sin pensarlo demasiado, me encamino hasta la silla reclinable que se encuentra frente al escritorio. Una vez ahí, subo los pies a la piel sintética del asiento y me abrazo las rodillas.

Vuelvo a repasar lo ocurrido esta tarde. Decenas de preguntas se arremolinan en mi cabeza, pero sé que no hay nadie que pueda responderlas. Sé que no hay nadie que pueda hablarme acerca de lo que está pasando.

«Si tan solo Axel estuviese aquí. Él sabría decirme qué está pasando. Él siempre solía hablarme sobre aquello que no entendía y…».

Mi retahíla se detiene y mi corazón lo hace con ella. Entonces, me golpea con fuerza.

La realización se estrella contra mí con tanta violencia, que apenas puedo mantenerme quieta en mi lugar, y me quedo sin - aliento mientras mis pensamientos empiezan a volar a toda velocidad.

Hace años que dejé de intentar contactar a Axel. Después de su abrupta desaparición, no he vuelto a saber de él. Por más que intenté invocarlo en el pasado, no pude hacer nada para verlo de nuevo.

«Debes tratar de hablar con él», susurra una voz en mi cabeza, pero sé que no va a funcionar. No pude invocarlo antes. ¿Qué me hace pensar que ahora será diferente?

«Solo inténtalo. Han estado pasando cosas extraordinarias últimamente. Quizás funcione», mi subconsciente insiste y una maldición se me escapa.

Un disparo de adrenalina corre por mis venas y no puedo hacer nada más que tratar de ordenar la revolución de sentimientos que me embarga.

Sé que es una locura y que no va a funcionar. Sé que las cosas han cambiado en el Inframundo y que Axel dijo hace años que, gracias a estos cambios, los demonios menores tienen prohibido abandonar el Averno.

«¿Y si funciona?», la esperanza susurra en mi mente y cierro los ojos con fuerza.

Una maldición se construye en la punta de mi lengua, pero me las arreglo para reprimirla. Entonces, en un susurro débil, pronuncio:

—Lamhey.

Nada ocurre.

—Lamhey, ven aquí —digo. Esta vez, la voz me suena un poco más estable, a pesar de que el nombre real de Axel se siente extraño en mi lengua.

Nada cambia.

Una bocanada de aire brota de mis labios y dejo escapar el aire que contenía, al tiempo que trato de visualizar el vago recuerdo que tengo del rostro del íncubo. Poco a poco, la imagen del demonio menor con el que compartí los meses más cruciales de mi vida se forma en mi memoria. Poco a poco, los trazos y los ángulos de su cuerpo se dibujan en mis recuerdos hasta formar un boceto burdo del que fue uno de mis guardianes hace cuatro años.

—Lamhey, ven aquí —digo, en voz firme y clara.

Un extraño zumbido me retumba en los oídos, el hedor a azufre lo invade todo, los hilos de energía se desprenden poco a poco de mis muñecas, y se envuelven alrededor de mis brazos y torso hasta crear una red tensa y firme. La sensación abrumadora que me provocan hace que me doble hacia adelante, y que la energía angelical que duerme dentro de mí se agite.

Un destello de calor se apodera de la estancia antes de que una extraña fuerza comience a moverse con intensidad dentro del diminuto cuarto en el que me encuentro.

Vuelvo a *sentirlo*...

El tirón en mi pecho es tan intenso ahora, que toda mi concentración previa se esfuma en el aire y me quedo sin aliento.

El zumbido en mis oídos desaparece, el olor a azufre se esfuma y la energía de mis estigmas se tambalea. De repente, lo único que puedo hacer es sentir cómo el lazo que comparto con Mikhail se tensa más allá de su límite y me somete hasta hacerme caer al suelo debido a lo abrumadora que es la sensación.

El golpe de calor y el poder que comenzaba a explayarse se han ido en su totalidad, y lo único que queda en mi cabeza es el tirón violento que me estruja el pecho.

Todos los vellos se me erizan y una extraña emoción se apodera de mis entrañas.

Está cerca. Mikhail está muy, *muy* cerca.

Miedo. Ansiedad. Emoción... Todo se arremolina dentro de mí y me hace difícil pensar con claridad. Me hace difícil hacer otra cosa que no sea intentar asimilar lo que está ocurriéndome.

La cuerda que tengo en el pecho se retuerce otro poco. La energía angelical zumba en mi sistema y sé que ansía a su dueño; que ansía volver al ser al que estoy atada.

Otro tirón en el lazo me lleva al suelo una vez más y sé, de algún modo, que Mikhail está haciendo esto a propósito; que está tratando de medir la fuerza de nuestro lazo. Está tratando de medir *mi* fuerza...

«¿Por qué?».

Niego con la cabeza. La confusión se cuela en mis venas a toda velocidad, pero trato de ignorarla mientras pongo toda mi atención en la atadura que amenaza con someterme.

No sé muy bien qué diablos trato de hacer, pero lo intento de todos modos y aprieto los dientes con todas mis fuerzas antes de concentrar toda mi atención en la cuerda invisible que tensa mi pecho.

Aprieto los puños e imagino que la retuerzo de vuelta.

La presión que el lazo ejercía disminuye considerablemente, pero Mikhail toma el control de la cuerda invisible que nos ata y tira de ella una vez más. En esta ocasión, lo hace con brutalidad. Una oleada de pánico me azota con violencia, pero no me doy por vencida: trato de controlar de nuevo el movimiento constante de la energía que se cuela a través de mi pecho.

Me falta el aliento. Me falta la respiración y no puedo hacer nada más que intentar dominar al ser que trata de hacer jirones la atadura que tengo en el pecho. No puedo hacer otra cosa más que pensar en que, quien está del otro lado de este largo lazo es Mikhail.

El movimiento cesa. De la nada, la cuerda en mi pecho deja de retorcerse mientras que mi cuerpo se tambalea hacia adelante y cae al suelo alfombrado de la habitación.

Para este punto, mi corazón late a toda marcha y mi mente corre a toda velocidad. Cientos de pensamientos invaden mi cabeza, pero no puedo ponerles un orden porque estoy demasiado aturdida. Estoy demasiado *asustada*.

No sé cuánto tiempo pasa antes de que pueda incorporarme del suelo pero, cuando lo hago, dirijo los pasos hacia la puerta de mi habitación.

No estoy segura de qué diablos estoy haciendo. Tampoco estoy muy segura de querer hacer esto, pero sé que no puedo quedarme callada una vez más. No cuando el Inframundo está así de agitado.

Me detengo justo delante de la entrada de la reducida estancia.

«Tienes que decírselo a alguien, Bess», digo, para mis adentros y asiento para mí misma.

Entonces, a pesar de mi renuencia, salgo del pequeño cuarto y me dirijo hasta la habitación de Dinorah para contarle lo que acaba de ocurrir.

La suave voz de Ed Sheeran inunda el interior de mi auto e, inconscientemente, empiezo a tararear la suave melodía que teje su voz. El sonido rítmico y cadencioso de la guitarra en los altavoces de mi chatarra hace que me balancee casi por inercia y, por primera vez en las últimas dos semanas, me permito relajarme un poco. Me permito liberar un poco de todo el estrés que he acumulado los últimos días.

Para ser sincera, las baladas nunca han sido lo mío, pero escucharlo a él entonarlas es lo único que puede relajarme cuando mi existencia se torna demasiado oscura.

No he podido estar tranquila desde el incidente del ático hace unos días. No he podido siquiera cerrar los ojos porque, por las noches, el lazo comienza a moverse como loco.

Las brujas están vueltas un manojo de nervios debido a la constante actividad de la atadura que tengo con Mikhail, y yo no puedo dejar de sentirme como si tuviese que hacer algo para remediarlo. Como si tuviese que luchar contra el movimiento de la cuerda invisible y obligarla a detenerse.

Aún no estoy muy segura de cómo se supone que voy a hacer algo así, pero tengo la impresión de que, si lo quisiera, podría hacerlo. Si tan solo supiera *cómo*…

Los últimos días han sido una completa tortura. Las brujas no han dejado de intentar leerme las cartas, la mano, el café, y cuantas cosas existen y son conocidas por ellas para leer el futuro. No han dejado, tampoco, de preguntarme acerca del lazo y del extraño sueño colectivo que tuvimos la otra noche.

Están decididas a intentar adelantarse a los posibles escenarios antes de que algo atroz ocurra; sin embargo, ninguno de sus métodos parece funcionar en mí.

Es como si todo el poder que he acumulado les impidiera ver lo que me depara el destino, o como si este se empeñara en sabotearnos los planes a todas.

Lo cierto es que el aquelarre se ha sumido en una bruma densa y espesa, cargada de nerviosismo y ansiedad. Lo cierto es, también, que no sé muy bien qué hacer para eliminarla. Y, si se trata de ser honesta, tampoco sé muy bien qué hacer para detener la serie de acontecimientos paranormales que han comenzado a suceder a mi alrededor.

Es como si el mundo se empeñase en hacer cumplir las escrituras. Como si no le bastase habérmelo arrebatado todo dos veces y quisiera venir a destruir mi vida una tercera.

El corazón se me estruja en el momento en el que los pensamientos oscuros comienzan a tomar posesión de mí. Trato, desesperadamente, de lanzarlos lo más lejos posible, pero algunos se cuelan hasta la superficie y comienzan a asfixiarme.

Mis manos se aprietan en el volante y trato de enfocar la atención en la oscura carretera que se despliega delante de mis ojos. Trato de poner toda mi atención en la pronunciada curva que estoy a punto de tomar.

Los faros del coche apenas iluminan el tramo más próximo del camino y eso me pone los nervios de punta. Desde el accidente que tuve con mi familia, este tipo de caminos me envían al límite de la cordura.

Siempre que vuelvo a Bailey de noche, procuro no prestar demasiada atención al tramo de carretera que tomo. Los malos recuerdos y la tortura nunca se hacen esperar cuando pienso demasiado en ello; así que trato de no pensar en lo absoluto. Me dedico a moverme de manera mecánica, mientras que concentro toda mi atención en la música a volumen alto que suelo reproducir para no quedarme dormida.

Esta noche la música parece no ser suficiente. La melodía familiar no parece funcionar.

Cambio la estación del radio.

La voz de un cantante desconocido para mí lo invade todo y el estilo arrastrado y despreocupado con el que entona una melodía sucia y ácida, hacen que enfoque toda mi atención en él.

Subo el volumen.

Mi cabeza comienza a moverse al compás de la canción y, sin más, me encuentro guardando el accidente dentro de una caja para acomodarlo en el espacio más recóndito de mi cerebro. Me encuentro lanzando por la borda el estrés que todo este cambio en el mundo paranormal me ha traído.

Las melodías densas, cargadas de sonidos metálicos y oscuros, me envuelven en una bruma ligera y fácil de lidiar, y me siento aliviada. Tranquila.

Giro en una curva pronunciada. El sonido de la batería aumenta y mi anatomía entera se mueve a su ritmo desde el asiento.

Me adentro aún más en la carretera, el solo de guitarra estalla, y un escalofrío me recorre la espalda al tiempo que toda mi carne se pone de gallina.

Un extraño choque eléctrico me recorre de pies a cabeza y, entonces, ocurre...

Una luz enceguecedora aparece en mi campo de visión y lo llena todo en un abrir y cerrar de ojos. Mis párpados se cierran de golpe ante el impacto luminoso y doy un bandazo brusco y repentino. La cola del coche se derrapa en ese instante y un grito ahogado brota de mis labios cuando pierdo el control del vehículo.

Mis manos se aferran al volante con tanta fuerza, que los nudillos me duelen; y el corazón me late tan rápido, que soy capaz de escucharlo. Trato de tomar el control del auto, pero es inútil. No puedo hacer nada más que sentir la velocidad y el descontrol de mi chatarra.

Mi pie, por instinto, pisa a fondo el freno y la cola del auto derrapa una vez más antes de empezar a girar.

Un chillido aterrorizado me abandona y cierro los ojos, mientras espero la caída a algún barranco. Nada de eso ocurre. No ocurre en lo absoluto porque el vehículo colisiona con brusquedad y deja de moverse.

Durante unos instantes, no me muevo. No respiro. Ni siquiera me atrevo a parpadear.

Lo único que puedo hacer es escuchar el sonido de mi respiración agitada y el golpeteo apresurado de mi pulso contra mis orejas. Tengo las manos aferradas al volante del auto y los ojos fijos en el tronco inmenso del árbol contra el que he impactado.

No sé cuánto tiempo me toma espabilarme, pero, cuando lo hago, miro hacia todos lados en busca de la carretera. En busca del auto que me cegó y que estuvo a punto de estrellarse contra mí; pero, ahí no hay nada.

«¿Estás segura de que era un vehículo?», susurra una voz en mi cabeza y un escalofrío de puro terror me recorre entera.

—¿Qué demonios fue eso? —digo, en voz baja, al tiempo que deshago el broche del cinturón de seguridad y echo otro vistazo alrededor.

«¿Y si el coche cayó al barranco?», pregunto, para mis adentros. «¿Y si hay alguien herido?».

Mi mano aferra la manija de la puerta y, cuando estoy a punto de abrirla, algo grande y pesado cae sobre el capo de mi coche.

Mi atención se vuelca a toda velocidad hacia enfrente, un grito se construye en mi garganta y toda la sangre del cuerpo se me agolpa en los pies.

No puedo moverme. No puedo respirar. No puedo apartar la vista de la silueta oscura que ha caído sobre el cofre del auto y ha comenzado a desplegarse y estirarse.

La figura deja de moverse y, cuando lo hace, no puedo dejar de compararla con un animal agazapado. Con un depredador identificando a una posible presa.

Las manos me tiemblan, el corazón me late a toda marcha y los nudillos me duelen.

—¿Qué demonios…?

De un movimiento furioso, un par de alas negras e imponentes, se despliegan de la figura encima de mi capo, y se abren grandes y gloriosas. Entonces, la silueta se levanta de su posición acuclillada solo para darme una visión entera de su intimidante e impresionante anatomía.

Las sombras y la oscuridad que antes le cubrían el cuerpo en su totalidad, son golpeadas por el halo luminoso que provocan las luces de mi auto; de modo que soy capaz de mirarlo por completo.

Piel blancuzca, torso desnudo y cincelado, cabello negro y alborotado, mandíbula angulosa, ceño fruncido, penetrantes ojos blanquecinos —aterradores, extraños… Familiares y desconocidos al mismo tiempo—, gesto salvaje y aterrador, alas de murciélago y cuernos largos sobresaliendo entre las hebras alborotadas invaden mi campo de visión y quiero gritar.

Quiero reír a carcajadas.

Quiero llorar.

—*Mikhail…* —La palabra abandona mi boca sin que pueda detenerla y el chico delante de mí inclina su cabeza ligeramente, como quien mira a alguien con absoluta y total curiosidad.

Acto seguido, los vidrios de mi coche estallan.

4

DEMONIO

El estruendo del estallido retumba en mis oídos, un grito ahogado se me escapa de la garganta y, por instinto, me cubro la cara con los brazos.

Cientos de cristales diminutos salen despedidos en todas las direcciones posibles y el dolor en los antebrazos no se hace esperar. Un gemido se me escapa cuando el ardor de los cortes hechos por los trozos de cristal me invade.

Un tirón violento en el lazo que comparto con el demonio me hace doblarme sobre mí misma y me quedo sin aliento debido al intenso dolor que ha comenzado a apoderarse de mi sistema.

Todo pasa tan rápido que ni siquiera tengo tiempo de procesarlo. No tengo tiempo, siquiera, de alzar la cara para mirar una vez más al ser que se encuentra parado sobre el cofre de mi coche.

Otro movimiento brusco me retuerce el pecho y un gemido ahogado brota de mis labios. La sensación de abrumadora desconexión que el forcejeo me causa hace que una oleada de pánico se apodere de mí.

Es como si estuviesen arrancándome de raíz del suelo donde me encuentro anclada. Como si tratasen de lanzarme al vacío y mi cuerpo estuviese resistiéndose con toda su fuerza.

Los ojos se me nublan con lágrimas involuntarias en el instante en el que un pitido agudo se apodera de mi audición, y lucho más allá de mis límites por controlar la sensación agobiante que la atadura me provoca.

Mis manos temblorosas buscan y tantean hasta que son capaces de sentir el contacto de las llaves y sin procesarlo demasiado, enciendo el auto.

El motor ruge a la vida cuando giro el conector y, sin más, piso el acelerador.

Las llantas del coche patinan inútiles, al tiempo que el sonido del metal siendo aplastado lo inunda todo. Una de mis manos se aferra al volante, y con la que se encuentra libre, golpeo la palanca de las velocidades hasta posicionarla en —lo que creo que es— reversa.

Acto seguido, acelero una vez más.

Mi vieja chatarra se echa hacia atrás a toda marcha y el dolor en mi pecho cede. El automóvil colea y se mueve de forma incontrolable, y piso el freno para detener su andar desbocado.

Es solo hasta que el coche se detiene, que tengo oportunidad de mirar hacia adelante para descubrir que, sobre el capo, no hay absolutamente nada. Mikhail… No… *La criatura* que se encontraba sobre el cofre se ha marchado.

Aún puedo sentirlo. Puedo percibir su abrumadora esencia. La energía angelical que llevo dentro se agita con inquietud debido a eso y sé, gracias a la tensión en la cuerda invisible en mi pecho, que Mikhail aún está cerca. No sé qué diablos pretende hacer ocultándose de este modo, pero sé que no está lejos de aquí.

«¡Debes irte ya!», grita la vocecilla insidiosa de mi cabeza. «¡Lárgate ahora mismo!».

Mi respiración es irregular, mis manos se sienten temblorosas y hay un montón de pensamientos incoherentes e inconexos yendo y viniendo a toda marcha. A pesar de eso, me las arreglo para maniobrar la palanca de velocidades y pisar el acelerador una vez más.

Mi destartalado vehículo corre más allá de sus límites en un abrir y cerrar de ojos, pero no avanza demasiado, ya que una alarmante cantidad de humo comienza a salir por debajo del cofre destrozado.

La marcha del coche ralentiza en cuestión de segundos y, a pesar de que cambio la velocidad para obligarlo a seguir moviéndose, se detiene por completo.

Terror crudo y puro me recorre en un escalofrío, y un grito de frustración se construye en mi garganta. La tensión en el lazo no ha aumentado, pero la energía angelical que llevo dentro se agita con más intensidad que antes. Es como si tuviese vida propia. Como si pudiese reconocer al ser que la reclama y ella ansiara regresar a él. Como si extrañara formar parte de la constitución de la criatura que alguna vez fue Mikhail.

Trago duro. La sugestión y la paranoia comienzan a hacer estragos en mí, ya que no puedo dejar de mirar hacia todos lados en busca de algo que no sé si realmente está ahí. De algo que no sé si de verdad vi; pero, pese a todo, trato de contenerla para no entrar en pánico. Trato de mantener la catástrofe que comienza a crear mi subconsciente y me concentro en el aquí y el ahora.

«Muévete. Ahora, Bess. Hazlo ya».

Bajo del auto.

Procuro tomar todas mis pertenencias del interior antes de echarme a andar por la carretera desierta. Mientras avanzo, digito el número de Daialee. No puedo dejar de mirar hacia atrás. No puedo dejar de mirar hacia el cielo para buscar la figura del ser que hace unos instantes intentó atacarme.

—Responde. Responde. Responde… —murmuro una y otra vez, al tiempo que un extraño zumbido resuena en la lejanía.

Todos los vellos del cuerpo se me erizan y giro sobre mi eje, en la búsqueda del causante del sonido.

No encuentro nada.

Finalizo la llamada cuando escucho el timbre más de cinco veces y vuelvo a intentarlo.

Mis pasos son más veloces ahora. El palpitar de mi pulso detrás de las orejas es tan intenso que soy capaz de escucharlo, y la sensación de estar siendo cazada, es cada vez más intensa y angustiante.

Estoy casi a punto del trote.

Estoy casi a punto de la histeria…

…Y Daialee no responde el teléfono.

Presiono la tecla de llamada una vez más y el timbre resuena en mi oreja por tercera vez en los últimos dos minutos.

—¿Sí? —La voz de la bruja inunda el otro lado de la línea. El alivio me invade de pies a cabeza y abro la boca para decir algo, pero es en ese preciso instante, que sucede…

Una silueta luminosa cae en picada desde el cielo, al tiempo que la figura del demonio de ojos blanquecinos impacta a pocos pasos de distancia de mí y se agazapa unos instantes.

Me mira. Sus impresionantes ojos claros se clavan en los míos y siento cómo el lazo se agita en señal de reconocimiento. No me muevo. Ni siquiera respiro. No puedo hacer nada más que contemplar la devastadora imagen del intimidante demonio que no aparta la vista de mí.

Su cabello luce como si hubiese sido asaltado por una ráfaga de viento y luce más largo de lo que recuerdo; su piel luce más mortecina que antes y los ángulos de su mandíbula lucen más afilados y duros que nunca.

Su torso desnudo se marca y angula en lugares que antes habían sido más suaves y amables, y su postura amenazadora, le da un aspecto salvaje, grotesco y antinatural.

El rostro del demonio se inclina ligeramente y noto cómo estira el cuello en mi dirección, como si estuviese olisqueándome. Como si tratase de reconocer el aroma de mi piel desde la distancia a la que nos encontramos.

Doy un paso hacia atrás.

Él se incorpora hasta quedar de pie completamente. Sus letales alas de murciélago se expanden hasta alcanzar un tamaño que jamás les vi conseguir y las puntas afiladas se tensan cuando doy otro paso dubitativo hacia atrás.

—¿A dónde vas, Cielo? —dice, y la sola mención de la palabra «cielo» hace que todo mi mundo se desmorone. La sola mención del ridículo apodo con el que me llamó durante tanto tiempo, hace que una pequeña e inocente llama se encienda en mi interior.

—Mikhail… —Mi voz suena aliviada, temblorosa e inestable.

Una pequeña sonrisa se desliza en sus labios, pero no es una amable. No es ni siquiera agradable. Un escalofrío de puro horror me recorre la espina dorsal, y es entonces, cuando el demonio se abalanza sobre mí.

Apenas tengo tiempo de reaccionar. Apenas tengo tiempo de intentar apartarme de su camino, cuando siento cómo su mano grande, caliente y ardiente, se envuelve en mi cuello y me eleva del suelo.

No puedo respirar. No puedo apartar los ojos de aquellos familiares —y extraños— que alguna vez me miraron con bondad y compasión. No puedo hacer otra cosa más que boquear como un maldito pez mientras el aire me falta y mis pies patalean en busca del concreto.

Mi mano se aferra a su muñeca y entierro mis uñas en su carne. Espero que el efecto de mi naturaleza le hiera y me deje ir, pero nada sucede.

«¡¿Por qué demonios nada sucede?!».

Puntos negros invaden mi campo de visión y la imagen del rostro del demonio se difumina y se desenfoca. Estoy a punto de desmayarme. Esto es todo. Voy a morir. Voy a morir.

Voy. A. Morir…

—Devuélvemelo —La voz de Mikhail retumba en mis oídos y el sonido familiar, ronco y violento envía un escalofrío por mi espina.

La sensación enfermiza y satisfactoria que me provoca es casi tan intensa como la desesperación que la falta de oxígeno me causa.

No puedo hablar. No puedo hacer nada más que emitir un montón de sonidos lastimosos y ahogados.

La fuerza del agarre de Mikhail incrementa.

«¡¿Qué está pasando?! ¡¿Por qué hace esto?!».

La angustia y el terror se abren paso en mi sistema y forman un agujero en mi estómago mientras los hilos de energía de los Estigmas comienzan a hacerse presentes.

Trato de hablar. Trato de pronunciar cualquier cosa para pedirle que se detenga, pero no puedo hacerlo. No puedo hacer nada más que rasguñarle y herirle para que me suelte.

«¡Ya no te reconoce! ¡No sabe quién eres!», grita la voz de mi cabeza, pero me rehúso a creerle. Me rehúso a aceptar que tiene razón. Eso no puede ser. Acaba de llamarme «Cielo», ¿por qué habría de hacerlo si no me reconoce ya?...

«Fue una coincidencia», susurra la voz una vez más, y una punzada de dolor absoluto e intenso me atraviesa de lado a lado.

Un nudo se instala en mi garganta.

Algo húmedo y caliente corre por mis muñecas, pero no soy capaz de conectar los puntos en mi cerebro. No soy capaz de hacer nada más que dejarme llevar por el limbo semiinconsciente que amenaza con arrastrarme hasta el fondo.

Soy vagamente consciente de la tensión que comienza a envolverme y soy aún más ajena al frío que me recorre de pies a cabeza.

No puedo más. No puedo soportarlo. No puedo hacer nada más que hundirme en el mar extraño en el que la falta de oxígeno me sumerge.

Algo incandescente me ciega por completo y caigo al suelo con brusquedad.

«¿Eso era un ángel?».

Mi cabeza golpea el concreto con tanta fuerza que los bordes de mi visión se oscurecen, y mi hombro derecho cruje con tanta fuerza que, de no ser porque mis pulmones aún no son capaces de llenarse de aire, habría gritado.

El oxígeno es inhalado por mis labios en bocanadas largas y profundas, pero las arcadas y la tos no se hacen esperar.

Mi vista está llena de puntos de colores y me siento aturdida y abrumada. Con todo y eso, la parte activa de mi cerebro no deja de gritar que debo alejarme. Que debo moverme de donde me encuentro y buscar un lugar seguro.

Algo ocurre a mi alrededor, pero no soy capaz de concentrarme en nada.

Ruedo sobre mi estómago.

El dolor que me invade es tan agobiante, que tengo que quedarme quieta un momento antes de intentar incorporarme. Estoy mareada. No puedo sostenerme. Ni siquiera puedo arrastrarme lejos.

Algo me toma por los tobillos y tira de mí. Un grito ahogado se me escapa cuando soy arrastrada por la carretera. El ardor en mis brazos y piernas no se hace esperar y eso me espabila un poco.

Mi cuerpo es girado con brusquedad hasta quedar de espaldas y siento cómo el peso de algo —o alguien— repta sobre mí hasta inmovilizarme.

De inmediato, un rostro se dibuja en mi campo de visión.

Mandíbula angulosa, ojos grisáceos, cabello negro como la noche, labios mullidos, expresión salvaje…

Mikhail me mira como si no me conociera. Como si, además de no tener una remota idea de quién soy, me odiara. La resolución de este hecho cae sobre mí como baldazo de agua helada y un montón de piedras se instalan en mi estómago.

«Él no te recuerda», susurra la vocecilla en mi cabeza y el corazón se me estruja otro poco.

—¡Devuélvemelo! —Su voz truena con violencia y me hace encogerme sobre mí misma—. ¡Regrésamelo ya!

Sé perfectamente qué es lo que está reclamando. Busca la parte angelical que tomé de él. Sé que está pidiéndome eso, pero también sé que no puedo dárselo. No sé *cómo*.

Niego con la cabeza, en un gesto frenético y horrorizado.

—¡No sé hacerlo! —La voz me sale en un sonido tembloroso y aterrorizado.

Un gruñido aterrador brota de los labios del demonio que se encuentra sobre mí y un tirón violento me llena de dolor. Un sonido ahogado es emitido por mi garganta y mis ojos se llenan de lágrimas debido a la intensa sensación.

—¡Devuélveme lo que me quitaste! —El demonio gruñe y grita, y el sonido aterrador de su voz solo hace que las hebras de energía que se guardan en mis muñecas vibren y se tensen.

El poder comienza a envolverse alrededor de mi cuerpo mientras que Mikhail lucha contra el lazo que nos une y lo retuerce hasta hacerme gritar del dolor.

—¡Mikhail! —Es una súplica. Un ruego desesperado para que se detenga, pero no lo hace. No hace más que tirar y retorcer la cuerda invisible entre nosotros. No hace más que tratar de romper el lazo que nos une de manera brutal y violenta.

Sé que tengo que hacer algo. Sé que debo defenderme, pero no quiero hacerlo. No quiero *herirlo*.

«¡Va a matarte, maldita sea! ¡Haz algo! ¡Haz algo ya!».

Una punzada de desesperación me inunda los sentidos y algo oscuro e intenso hace que mi corazón se salte un latido. Sé de qué se trata. Sé que es la energía de los Estigmas la que trata de interferir.

Mis ojos se cierran con fuerza y una disculpa murmurada me abandona.

Entonces, lo dejo ir.

Los hilos que se entretejen a mí alrededor salen disparados y siento cómo hacen su camino hasta el demonio para envolverse alrededor de sus extremidades. Acto seguido, tiro de ellos con toda la fuerza que poseo.

Un sonido —mitad gruñido, mitad gemido— abandona a Mikhail y, abruptamente, siento cómo las hebras afianzan su agarre en él.

Tiemblo de pies a cabeza, el corazón me late a toda velocidad, la espalda se me arquea y la humedad de mi sangre me moja las manos.

El demonio se resiste al telar que trata de someterlo. Se siente como si, con cada forcejeo, se volviese cada vez más poderoso.

Un sonido estrangulado me taladra los oídos y mis ojos se abren justo a tiempo para encontrarme de lleno con una mirada cargada de angustia y confusión. Una que casi es capaz de doblegarme y detenerme.

A pesar de eso, me obligo a continuar.

No sé muy bien qué es lo que estoy haciendo. Ni siquiera tengo idea de qué diablos tratan de hacer los hilos al afianzarse de Mikhail, porque no estoy absorbiéndole. De hecho, no estoy haciendo nada más que contenerlo.

—Lo siento —susurro, con la voz entrecortada por las emociones, y los hilos que lo sostenían lo liberan. Él sale despedido a toda velocidad, como si hubiese sido impulsado por un resorte.

El demonio golpea el concreto con brusquedad y rueda sobre su eje antes de golpear contra la pared de piedra de la carretera.

Rápidamente, se incorpora y se abalanza en mi dirección con un batir furioso de alas. Yo estoy lista para recibirlo. Estoy lista para detener su camino con el poder de los Estigmas.

Las hebras de poder tejen una red delante de mí y Mikhail golpea contra ella con brusquedad. Un gruñido enfurecido abandona sus labios y hago acopio de toda mi fuerza para controlar el movimiento inquieto y rebelde de la fuerza angelical que llevo dentro.

Es como si tratase de huir hacia Mikhail. Como si estuviese cansada de habitar dentro de mí y desease volver a él.

El demonio vuelve a intentarlo, pero vuelvo a repeler su ataque. Entonces, cierro los ojos y enfoco toda mi fuerza. El lazo que comparto con Mikhail se agita con más violencia que nunca, pero no dejo que eso me desconcentre. No dejo que eso cambie el rumbo de mis pensamientos y la energía que trato de controlar y acumular.

Abro los ojos una vez más.

—Te ordeno, Miguel Arcángel, que te marches al lugar de donde viniste. —Sueno firme, fuerte y segura.

Una carcajada abandona los labios de Mikhail.

—Se necesita más que un simple nombre para poder controlarme, Cielo. —Se mofa, en medio de una risotada burlona.

Los hilos de energía se envuelven a su alrededor.

—Te ordeno, Miguel Arcángel, que te marches al lugar de donde viniste —repito, y su sonrisa vacila.

—No vas a lograrlo —insiste.

Una pequeña sonrisa dolida tira de las comisuras de mi boca, y la sensación de desasosiego me envuelve por completo. Sé que voy a lograrlo. Soy muy poderosa. Más de lo que me gustaría.

—Te ordeno, Miguel Arcángel, que te marches al lugar de donde viniste —digo, una vez más, y el suelo debajo de mis pies comienza a temblar.

La energía crepita con tanta fuerza, que una oleada violenta de aire comienza a formarse a nuestro alrededor. Los árboles crujen y se mueven al compás de la ráfaga de viento que ha invadido el lugar. El suelo se cimbra debajo de mí y siento cómo la energía desbordante que llevo dentro se expande hasta tocarlo todo.

De pronto, el mundo a mi alrededor es un tejido complejo de hilos de energía. Hilos que soy capaz de sentir. De tocar. De *manipular*...

Nunca había hecho algo así. Jamás había logrado hacer algo como esto, y estoy tan horrorizada como fascinada.

El rostro de Mikhail se oscurece por completo en el instante en el que se percata de lo que hago y una extraña punzada de satisfacción me llena de pies a cabeza.

—Te ordeno, Miguel Arcángel, que te largues de aquí —digo, con un tono de voz que ni siquiera soy capaz de reconocer como mío y, acto seguido, tiro de todas las hebras que están unidas a él.

Un grito de puro dolor me inunda los oídos y mi tortura momentánea cede un segundo. Él aprovecha ese instante para desperezarse de mi energía y elevarse en el aire un segundo antes de volar a toda marcha en dirección desconocida.

En el instante en el que Mikhail desaparece, suelto el resto de las hebras.

Caigo al suelo con brusquedad cuando un estremecimiento me asalta, porque ni siquiera soy capaz de mantenerme en pie. Ni siquiera soy capaz de moverme como se debe.

Mi respiración es tan irregular que no puedo dejar de pensar en que, si esto me hubiese ocurrido hace unos años, me habría provocado un ataque de asma. Mi corazón late con tanta fuerza, que no soy capaz de hacer otra cosa más que intentar inhalar profundo para ralentizar su marcha.

No sé cuánto tiempo pasa antes de que pueda moverme de nuevo, pero cuando puedo hacerlo, lo primero que hago, es mirar hacia todos lados.

Mi vista capta, por el rabillo del ojo, algo brillante e incandescente y, vuelco toda mi atención al inmenso ser luminoso que parpadea a un lado de la carretera. El horror y el pánico se apoderan de mí en ese instante, y me pongo de pie a toda velocidad antes de dar un par de pasos para alejarme del ángel que yace a pocos metros de distancia.

Una nueva oleada de ansiedad me embarga, pero me las arreglo para buscar mi teléfono en el suelo sin apartar demasiado la vista de la criatura que parpadea en el concreto.

Mis ojos se posan en la pantalla estrellada del aparato una vez que lo encuentro, y mi corazón se estruja cuando noto la inmensa cantidad de llamadas perdidas provenientes del número de Daialee.

Alivio y cariño se mezclan en mi pecho y no puedo evitar sonreírle al condenado aparato.

Así, pues, sin perder ni un segundo, presiono la tecla de llamada y coloco el teléfono en mi oreja.

—¿Estás bien? —La voz de mi amiga invade el auricular y mis ojos se cierran debido al desfogue de tensión que me invade.

—Sí —digo, porque es cierto—, pero tenemos un problema. Uno bastante grande.

—¿De qué se trata?

—N-No le hables s-sobre m-mí. —El sonido de una voz desconocida me inunda los oídos y un escalofrío de horror puro me recorre el cuerpo.

Mis ojos se disparan en dirección al bulto luminoso tirado en el suelo y un grito se construye en mi garganta cuando noto cómo la luz parpadea hasta apagarse y la figura de un chico queda al descubierto.

Me voy a desmayar de la impresión. Las rodillas me tiemblan y solo puedo mirar como el tipo en el suelo alza el rostro para clavar sus impresionantes ojos amarillos en mí.

«Me lleva el demonio…».

—¿Bess? —La voz de Daialee resuena del otro lado de la línea.

—Tienes que venir aquí ahora mismo, Daia. Trae a Dinorah. Trae a todo el mundo.

5

ÁNGEL

Hay un ángel durmiendo en mi habitación.

Hay un jodido ángel encadenado al suelo de mi pequeña estancia, anclado —también— con un encantamiento hecho por el aquelarre de brujas en el que vivo y, a pesar de que han hecho hasta lo imposible por mantenerlo inmóvil por medio de su magia, no han dejado de leer y releer las páginas de los antiguos textos que almacenan. No han dejado de preguntarse entre ellas si creen que el anclaje que han hecho será suficiente para contenerlo.

Todas están intranquilas hasta la mierda. Yo misma, pese a la desconexión que siempre presento hacia el resto del mundo, me siento inquieta y ansiosa debido a su presencia en nuestra casa.

Hace ya varias horas desde que ocurrió el incidente de la carretera. Hace ya varias horas desde que Mikhail intentó asesinarme y, a pesar de que no ha pasado tanto tiempo como parece, aún soy capaz de sentir el dolor provocado por sus ataques violentos y brutales. Aún soy capaz de sentir la sombra de su mano alrededor de mi cuello y el escozor en las heridas que acabo de suturar una vez más.

Cuando las brujas llegaron a la carretera, lo primero que hicieron fue inspeccionarme. Dinorah, en específico, me verificó de pies a cabeza. No pude pasar por alto ni un instante la manera en la que estaba mirándome. La preocupación en su rostro me tomó con la guardia tan baja que no he podido olvidarla ni un segundo desde que abandonamos el lugar.

Jamás la había visto tan angustiada. Jamás la había visto comportarse de ese modo tan… *maternal.*

Cuando el escrutinio exhaustivo terminó y todas las brujas se aseguraron de que me encontraba en perfectas condiciones, comenzó el interrogatorio.

Traté de no omitir ningún detalle acerca de lo ocurrido y, en el instante en el que llegué a la parte en la que el ángel me habló, todas ellas enloquecieron.

La sorpresa, el horror y la angustia se apoderó del ambiente en el momento en el que les indiqué el paradero del ser celestial. Ninguna de ellas había notado su presencia en la carretera y eso hizo que todas se alteraran otro poco.

El pánico no se hizo esperar cuando todas coincidimos en el hecho de que ninguna había sido capaz de percibir ningún tipo de energía emanando de él. Lo que quiere decir que el tipo bien pudo haberme seguido durante días, meses o años y nunca me habría enterado.

La resolución de este hecho se ha asentado entre nosotras como un veneno de efecto lento pero poderoso. Darnos cuenta de esto, ha cambiado por completo todo lo que sabíamos respecto a estos seres.

Los ángeles son criaturas bastante escandalosas por naturaleza. Es imposible no percibir la esencia de uno cuando está cerca. Es imposible que algo como lo que ocurrió esta noche pase... O al menos eso creíamos.

Daialee tiene la teoría de que, quizás, el tipo que descansa inconsciente en mi habitación es un ángel diferente en constitución. Un ángel de jerarquía un poco más elevada que el resto.

No hemos podido averiguar nada sobre él para comprobarlo —ya que el tipo se desplomó inconsciente en el suelo después de pedirme que no le hablara a las brujas sobre su existencia—, pero es la teoría más factible ahora mismo.

Lo cierto es que el ángel no se ha movido para nada desde que se desvaneció. Tampoco lo hizo cuando las brujas y yo detuvimos la hemorragia proveniente de la unión entre su omóplato y su ala derecha; mucho menos cuando maniobramos con él para treparlo en la camioneta de Dinorah, y tampoco cuando, con mucho trabajo, lo subimos por las escaleras para dejarlo en mi habitación.

Desde ese momento, la tensión se ha vuelto nuestro estado de ánimo permanente. Las preguntas son cada vez más numerosas, y la ansiedad y el nerviosismo no hacen más que hacer pedazos la poca serenidad que habíamos tratado de guardar.

Han estado sucediendo cosas que no estaban planeadas y se siente como si todo se saliese de nuestras manos. Como si todo fuese culpa mía.

—El Grimorio de la abuela no dice nada. —El murmullo de Daialee me saca de mis cavilaciones y parpadeo un par de veces para espabilarme antes de posar mi atención en ella—. No hay nada acerca de ángeles capaces de ocultar su naturaleza. Es como si… —Niega con la cabeza—. Como si el tipo que está allá arriba no fuese un ángel ordinario.

El nudo que aprieta en mi estómago se hace más grande.

—Debe de haber una explicación —digo, pero no sueno muy convencida—. No puede ser que no existan registros de un ángel de esa naturaleza.

—Si puede ser. —Daialee aparta la vista del libro que tiene enfrente y esboza una mueca de pesar—. No sabemos mucho sobre los ángeles de Segunda o Primera Jerarquía porque no suelen bajar a la tierra. Todos esos ángeles suelen quedarse en el cielo y, si estamos lidiando con uno de ellos, todo esto tiene lógica.

—Si fuese un ángel de Segunda o Primera Jerarquía, habría sido capaz de detener a Mikhail. No tienes una idea de la facilidad con la que se desperezó de él cuando lo atacó —refuto—. No podemos olvidar que Mikhail era un ángel de Tercera Jerarquía. Suena muy poco probable que haya derrotado a uno de categoría superior.

—Pero Mikhail ya no es un ángel, Bess. —El tono de voz de Daialee se vuelve cauteloso, como si tuviese miedo de decir algo que pudiera herirme en demasía—. Es un *demonio*. —El énfasis con el que recalca la palabra «demonio» hace que algo dentro de mí se estruje con violencia—. Uno muy poderoso. Era el enemigo principal de Lucifer en su época de arcángel; lo cual quiere decir que ahora que es un demonio, no es nada más y nada menos que el demonio más poderoso del Inframundo.

—¿Qué hay del Supremo?

—La biblia dice que Miguel Arcángel desterró a Lucifer. —Daialee suelta.

—Pero Miguel Arcángel fue desterrado. —Sacudo la cabeza en una negativa—. No creo que haya conservado todo su poder. Tampoco creo que Lucifer sea tan estúpido como para tener a alguien como Miguel como su subordinado sabiendo que puede derrotarlo. Es el *Supremo*. Si Mikhail realmente es quien la Biblia dice que es; al convertirse en demonio, se ha convertido, también, en el ser más poderoso del Inframundo. Alguien ciertamente incontenible para Lucifer. Si fuese así de poderoso, Daialee, Mikhail sería… —«Sería el Supremo del inframundo», pienso, pero no lo digo en voz alta. Dejo que el silencio hable por mí, mientras trato de guardar la compostura.

Mi amiga niega, pero el terror es palpable en su mirada.

—Esto es cada vez más confuso —dice, en voz baja. La angustia en su tono no me pasa desapercibida—. ¿Qué diablos está pasando?

Me cubro el rostro con ambas manos y me froto la cara un par de veces antes de dejarme caer sobre el sillón desgastado de la sala.

—Voy a marcharme —digo, al cabo de unos largos instantes de silencio. En ese momento, siento como la atención de Daialee se fija en mí.

—No digas estupideces, Bess.

—No puedo quedarme aquí, Daialee. —La miro y trato de no lucir tan aterrorizada como me siento—. Si todo esto es acerca de mí, no puedo quedarme. No voy a arriesgarlas una vez más. No voy a ponerlas en medio de este desastre.

—Bess —una sonrisa triste es esbozada por mi amiga—, lamento informártelo, pero no hay mucho que puedas hacer para protegernos. Eres, literalmente, el símbolo que indica el inicio del apocalipsis. Aunque te marches, nada cambiará. Seguimos en peligro porque, en el momento en el que tú mueras, todo el mundo va a irse a la mierda. Todos vamos a sufrir los estragos del fin de la humanidad. Eres la muestra tangible de que nuestros días están contados. No puedes pretender que puedes salvarnos de eso.

Desvío la mirada.

Frustración, miedo, desesperación e impotencia se arremolinan en mi interior.

—No sé qué hacer —digo, con un hilo de voz. Un millar se sensaciones vertiginosas me embotan los sentidos y amenazan con acabar con la poca serenidad que me queda—. Quiero hacer algo para detenerlo todo. Para que el huracán que lleva mi nombre se detenga de una maldita vez, pero… —La voz se me quiebra ligeramente y me detengo para tragar duro.

—Tú no tienes la culpa de nada, Bess —la tranquilidad en la voz de Daialee forma un nudo en mi garganta—. No tienes porqué intentar detenerlo todo porque no has hecho nada malo. Has sido tan víctima de las circunstancias como nosotras. Tú no elegiste ser lo que eres. No escogiste los Estigmas, ni el poder que ellos cargan. Ni siquiera elegiste el lazo que te une a ese demonio idiota que ahora trata de asesinarte.

—Y aun así me siento con el deber de hacer *algo*.

Siento cómo el espacio a mi lado en el sillón se hunde bajo el peso de Daialee, y una mano suave y cálida se posa sobre la mía.

—Voy a decírtelo una vez y no voy a repetirlo, ¿vale? —dice, en voz baja y serena.

Asiento, sin siquiera mirarla.

—Siempre he pensado —dice, al cabo de unos instantes de silencio—, que estás destinada a la grandeza. Siempre he tenido la sensación de que tu misión en este mundo va más allá de lo que ser un Sello Apocalíptico conlleva. No soy clarividente, pero soy una bruja bastante intuitiva. Soy una bruja que rara vez se equivoca respecto a las personas y sé que no estoy equivocándome contigo. Eres más de lo que el universo te ha hecho creer, Bess. —Aprieta mi mano en la suya—. Eres más de lo que cualquier persona existente alguna vez será. Más, incluso, que cualquier ángel o cualquier demonio. Tu poder va más allá. Es hora de que comiences a notarlo. —La determinación en su mirada me sobrecoge por completo—. Haz que te teman. Hazles saber a todos esos hijos de puta que su existencia… Que su victoria o su derrota… Depende solamente de ti. Del momento en el que decidas inclinar la balanza.

Una sonrisa temblorosa y triste se dibuja en mis labios, pero no quiero sonreír realmente. No tengo ganas de hacer nada más que huir lejos de todo lo que está ocurriendo y no mirar nunca más hacia atrás.

Suspiro y cierro los ojos unos segundos antes de encarar a mi amiga.

—Tengo *tanto* miedo.

—No lo tengas. —Daialee sonríe—. El Cuarto Sello del apocalipsis no tiene permitido tener miedo.

Una risotada amarga se me escapa y niego con la cabeza.

—Eres una tonta —mascullo, porque no puedo creer que me haya hecho reír de este modo.

—Y tú una llorona. —Las cejas de Daialee se alzan con fingida indignación.

Estoy a punto de replicar algo cuando, de repente, un grito aterrorizado lo invade todo.

Un escalofrío me recorre la espina y todos los vellos del cuerpo se me erizan en el instante en el que el sonido de los pasos apresurados en el piso superior retumba en todos lados.

Daialee y yo nos ponemos de pie como impulsadas por un resorte y, tras unos segundos de crudo aturdimiento, nos echamos a correr en dirección a las escaleras. Alguien desciende a toda velocidad y se precipita a toda marcha hacia la planta baja.

No me toma mucho tiempo averiguar quién es: Niara avanza a trompicones, al tiempo que chilla y exclama cosas ininteligibles.

La chica de piel oscura y cabello rizado está tan pálida, que parece como si pudiese vomitar en cualquier momento. Está tan asustada, que ni siquiera se detiene cuando Daialee trata de alcanzarla.

En ese momento, mi vista se posa en la parte superior de las escaleras y un puñado de piedras se me asienta en el estómago. Un grito se construye en mi garganta y las rodillas me flaquean.

Trato, con todas mis fuerzas, de mantener a raya las ganas que tengo de correr, pero es imposible. Es imposible porque la imagen del ángel de los ojos amarillos me paraliza por completo.

Por instinto, doy un paso hacia atrás, pero no aparto la vista de la imponente figura que nos mira con gesto impasible desde el inicio de la escalinata descendiente.

No luce amenazante. Tampoco luce como si estuviese a punto de asesinarme, pero no bajo la guardia ni un solo segundo.

Es tan impresionante como todos los ángeles con los que me he topado: alto, de constitución atlética, mandíbula angulosa, piel tersa y pálida, ojos ambarinos y cabello castaño largo y alborotado.

Parece una especie de modelo de revista y casi ruedo los ojos al cielo por la ridícula cualidad que tienen estos seres de lucir como si acabasen de salir de una sesión de fotos. Casi ruedo los ojos al cielo por lo chocante que encuentro que sean así de… *perfectos.*

—¿Cómo demonios…? —La voz de Daialee me llena los oídos, pero no termina de formular su pregunta.

—¿C-Cómo rompiste el… e-el…? —Zianya tartamudea, pero el ángel no hace más que girar los hombros hacia atrás, como quien trata de desperezarse de un montón de tensión nerviosa.

Entonces, sus ojos se posan en mí. Un suspiro cargado de pesar brota de sus labios, al tiempo que niega con la cabeza.

—Te dije que no les hablaras sobre mí. ¿Ves lo que provocas? —dice, con voz calmada y amodorrada.

—Si les pones una mano encima, vas a lamentarlo —replico, a pesar de la oleada de terror que amenaza con despedazarme.

Una ceja es alzada con condescendencia.

—No planeo hacerles nada. Quédate tranquila. —El tono divertido que utiliza no hace más que ponerme los nervios de punta, pero me las arreglo para mantener mi expresión serena.

—¿Quién demonios eres tú?

Una sonrisa lenta y arrebatadora se desliza en sus labios gruesos y mullidos y, por acto reflejo, poso mi atención en la forma en la que se curvan hacia arriba.

—Creí que eras un poco más intuitiva —dice. La diversión no ha abandonado su voz.

—¿Se supone que debo saber quién eres? —Sueno más a la defensiva de lo que pretendo, pero el ángel parece un poco más encantado que hace unos instantes.

—No —dice, pero su sonrisa cuenta otra cosa—. En lo absoluto. —Se encoge de hombros—. Supongo que he estado haciendo bien mi trabajo.

—¿De qué diablos hablas? —suelto, con más coraje del que espero—. ¿Quién eres? ¿Qué es lo que quieres? ¿De dónde demonios has salido?

—¿De verdad no puedes intuirlo, Annelise? —La sola mención de mi segundo nombre en su voz, hace que mi estómago caiga en picada, y que una bola de preocupación comience a formarse en la boca de mi estómago—. Mi nombre es Rael y estoy aquí para cuidar de ti.

Niego con la cabeza.

—No necesito que absolutamente nadie me cuide.

Sus cejas se alzan en un gesto incrédulo y burlón.

—¿En serio? —dice, al tiempo que baja un par de escalones con andar lento y pausado—. Hace un rato no parecía como si lo tuvieses todo controlado, ¿sabes?

Una carcajada corta, carente de humor y sarcástica se me escapa.

—Tú tampoco estabas haciéndolo muy bien que digamos —suelto—. Mikhail estaba dándote una paliza.

El ángel esboza una mueca que me llena de satisfacción.

—Me tomó desprevenido. Eso es todo. —Hace un gesto desdeñoso con una mano para restarle importancia a mi comentario.

—¿Quién te ha enviado? —Zianya interrumpe mi interacción con el ángel—. ¿Por qué estás aquí? ¿Qué es lo que quieres?

Un suspiro cansino brota de los labios del ángel.

—Ya lo he dicho antes: estoy aquí para cuidar a Annelise. Específicamente, estoy aquí para asegurarme de que el exjefe no la asesine.

—¿Exjefe? —Mi ceño se frunce y el ángel rueda los ojos al cielo.

—Miguel Arcángel —explica, al tiempo que posa su mirada en Zianya—. Si quieren explicaciones, las tendrán. Lo prometo. Lo único que necesito ahora mismo, es que le digan a esa chica —señala a un punto detrás de mí—, que debe dejar de tratar de hechizarme. Estoy muy débil ahora mismo como para intentar defenderme y no tengo humor para lidiar con magia negra.

Mi vista viaja hacia el lugar donde el ángel apunta y noto cómo Daialee se sonroja por completo.

—Lo siento —masculla y no puedo evitar sonreír como idiota.

—Gracias —dice el ángel antes de comenzar a avanzar hacia la sala. No me pasa de noche el hecho de que lo hace como si conociera este lugar como la palma de su mano.

«Quizás lo conoce. Quizás tiene más tiempo siguiéndote del que crees».

Rael, el ángel, se detiene en el umbral de la puerta que da a la sala. Entonces, nos mira por encima del hombro.

Algo se agita dentro de mí cuando los músculos en sus omóplatos heridos se marcan en el proceso.

—¿Vienen? —Su tono es aburrido y monótono, pero no suena como si fuese una pregunta en realidad. Se siente más bien como si estuviese ordenándonoslo.

Un suspiro se le escapa en el instante en el que nota cómo nos congelamos en nuestro lugar.

—No les haré nada —dice—. Lo prometo. Solo nos sentaremos y charlaremos, ¿de acuerdo?

La tensión es palpable en toda la estancia, pero todas y cada una de nosotras sabemos que no tenemos ninguna opción. Sabemos que, si queremos respuestas, debemos seguirlo y así lo hacemos: una a una, caminamos detrás del ángel hasta llegar a la sala.

6

DEBILIDAD

—¿Podrían dejar de mirarme como si estuviese a punto de asesinarlas a todas? —Rael, el ángel, es el primero en romper el silencio tenso que se ha apoderado de la estancia en la que nos hemos instalado.

Nadie responde.

Todas —tanto las brujas como yo— estamos lo suficientemente nerviosas como para poder pronunciar una oración coherente.

Un suspiro cansino escapa del tipo que se encuentra sentado frente a nosotras, y una negativa de cabeza le acompaña.

—No tengo intención alguna de desgastarme hiriéndolas —dice, pero ninguna baja la guardia. Él lo nota de inmediato, ya que rueda los ojos al cielo y mascula un débil—: No sé por qué me molesto intentando explicarme. Son tan necias. Ya les he dicho que…

—Ahórrate las palabras tranquilizadoras. —Zianya es la primera en recomponerse de la impresión de lo que ha ocurrido las últimas casi doce horas, y toma el control de la conversación—. Si realmente quieres que confiemos en ti, habla de una vez.

Otro suspiro pesado escapa de los labios del ángel.

—De acuerdo —dice, con aire derrotado—. ¿Qué es lo que quieren saber?

—¿Quién te ha enviado? —Zianya pregunta. Trata de sonar serena, pero el filo tenso en su voz la delata.

—Gabrielle Arcángel.

Una risotada carente de humor sale de la garganta de Daialee.

—No sé porque no me sorprende —suelta, con aire venenoso.

Rael le dedica una mirada cargada de irritación, pero ella ni siquiera se inmuta.

—¿Con qué orden específica estás aquí? ¿Te han mandado a asesinar a Bess? —Zianya ignora completamente el comentario despectivo de Daialee y retoma el hilo de la conversación.

—¿Es en serio? —Las cejas del ángel se disparan al cielo con condescendencia—. Hace un rato les dije que estoy aquí para cuidar de Annelise. ¿Es que acaso no escuchan? ¿La capacidad de retención de ustedes los humanos es así de limitada?

—El problema es, Rael —es mi turno de intervenir, antes de que Daialee escupa algo en respuesta—, que no creemos una mierda de lo que dices. Los de tu especie me querían muerta hace unos años. Gabrielle en persona me atacó para llevarme en ese entonces y, de no ser por Mikhail, lo habría conseguido. De no haber sido por él, ahora mismo el mundo como lo conocemos habría desaparecido.

—Pero las cosas son diferentes ahora. Nuestro interés por ti ha cambiado por completo. ¿Es tan difícil de entender?

—¿De verdad pretendes que me trague ese cuento cuando los tuyos no hicieron más que atosigarme hasta el cansancio? ¿Tienes una idea de cuánta gente inocente murió gracias a esa caza incesante? —escupo—. Será mejor que empieces a hablar con la verdad de una maldita vez o vamos a acabar contigo.

El ángel deja caer su cuerpo sobre el respaldo del sillón y frota su rostro con ambas manos antes de mirarme con irritación.

—En mis fantasías eras más callada —masculla—. ¿Sabes cuántos sueños húmedos has arruinado para mí?

Sus palabras me sacan de balance. El rubor no se hace esperar y sube por mi cuello hasta inundarme la cara. Con todo y eso, trato de mantener mi expresión en blanco para que no sea capaz de notar la vergüenza que me invade.

—¿Quieres dejar de ser un imbécil y hablar claro de una buena vez? —Daialee espeta, con irritación—. No eres gracioso.

Rael posa su atención en la bruja y suspira con pesar.

—Tú también eras más amable en mis fantasías —dice, con fingida tristeza—. Me han arruinado por completo.

—¿Quieres, por favor, concentrarte en lo que realmente importa? —Mi voz suena cada vez más impaciente e irritada, pero aún hay un vestigio de vergüenza en ella. No puedo evitarlo. Su comentario me tomó con la guardia tan baja, que no puedo sacudírmelo del todo—. Háblanos acerca de lo que está pasando. ¿Con qué motivo te ha enviado Gabrielle? ¿Por qué diablos nadie fue capaz de percibirte? ¿Qué hacías anoche en la carretera? ¿Estabas siguiéndome? ¿Qué diablos está pasando con los espíritus que aún no cruzan? ¿Qué ha ocurrido con Mikhail? —Me detengo unos segundos antes de añadir—: Nosotras creímos que estaba muerto.

Los ojos del chico se posan en mí una vez más y todo el humor que había en su rostro hace unos instantes, se esfuma. Su expresión es dura y severa ahora y, por un momento, luce como si el peso del mundo cayera sobre sus hombros.

—Las cosas están bastante agitadas en todos lados, Annelise. —Rael habla. Esta vez, su tono es serio. No me pasa desapercibido el hecho de que ha vuelto a llamarme por mi segundo nombre—. El escape de Miguel de las fosas del Infierno ha hecho que el poco equilibrio que se había conseguido en el mundo se fuera al caño.

—No estaba muerto —Daialee murmura, pero suena más bien como si estuviese hablando para ella misma.

Rael niega con la cabeza.

—No. Quizás ustedes no lo sepan, pero es muy difícil matar a un ser de su naturaleza o la mía.

—¿Quieres decir que tanto ángeles como demonios pueden *morir*? —Mi amiga pregunta con incredulidad.

El ángel asiente.

—No cualquiera puede acabar con nuestra existencia, pero definitivamente no somos inmortales.

—Entiendo… —ella musita.

—Dices, entonces, que Mikhail escapó de las fosas del Infierno —digo, con la esperanza de que el tema anterior sea retomado—. ¿Cómo es que llegó ahí en primer lugar?

Rael se encoge de hombros.

—Los detalles de su encierro son completamente desconocidos para mí —dice—, pero Gabrielle tiene la teoría de que los seres que intentaban llevárselo el día que desapareció, lo aprisionaron en el infierno. No estamos muy familiarizados con la naturaleza de estas criaturas, pero Gabrielle dice que emanaban una energía bastante oscura.

—Cabe la probabilidad de que esos seres se hayan encargado de concretar la transformación de Mikhail a demonio, ¿no es cierto? —Daialee pregunta, con los ojos entornados.

—Es una posibilidad, sí. —Rael asiente en aprobación y luce un tanto… ¿sorprendido?—. Esa teoría, de hecho, es bastante buena. No habíamos pensado en eso antes.

—¿Es posible que la transformación haya hecho que Mikhail se olvide de Bess? —Daialee habla al cabo de unos segundos de silencio.

—Así es —Rael responde—. Es un hecho que la transformación se ha encargado de eliminar cualquier recuerdo que Miguel Arcángel pudiese haber almacenado en su memoria. Ahora que es un demonio completo, ni siquiera es capaz de recordar que fue uno de nosotros.

El corazón se me estruja con las palabras del ángel, pero me obligo a no hacerlo notar.

—¿Cómo es que sabes eso? —pregunto, a pesar de que no estoy segura de querer escuchar la respuesta. A pesar de la revolución sentimental que ha comenzado a formarse en mi pecho—. ¿Cómo es que sabes que no es capaz de recordar?

Rael posa toda su atención en mí una vez más.

—Miguel Arcángel era un superior ejemplar, Annelise. Sabía el nombre de todos y cada uno de sus subordinados. Conocía a su ejército como a la palma de su mano. Sabía quiénes éramos, de dónde veníamos… Incluso conocía nuestras heridas de batalla. Se preocupaba por los suyos y siempre recordó cada rostro y cada nombre de todos y cada uno de nosotros. —Hace una pequeña pausa para dejar que sus palabras se asienten en el ambiente—. Ahora, desde que salió de las fosas, no ha sido capaz de reconocer a nadie. Cientos de nosotros han intentado detenerlo y no ha reconocido a nadie. Está hecho un monstruo incontrolable. ¿Tienes una idea de cuán jodidamente poderoso es ahora? —Sacude la cara en una negativa incrédula—. Ni siquiera los Príncipes del Infierno han podido contenerlo. Es una bestia imparable que lo único que quiere es conseguir de ti eso que te dio en un principio.

—Pero, ¿por qué? —Niego, incapaz de comprender del todo lo que trata de decir—. Esto no tiene sentido. ¿Qué objeto tiene recuperar una fuerza que no necesita? ¿Una que ni siquiera puede llevar dentro porque su transformación ya se ha completado?

—Tenemos una teoría —dice y la atención de todas las brujas se centra en el ser que se encuentra sentado en nuestra sala.

—Te escuchamos… —Daialee susurra, tras un largo momento de silencio.

—No estoy muy familiarizado con el tipo de magia que utilizaron cuando ataron la vida de Miguel a la de Annelise —se dirige a las brujas—, pero tenemos la sospecha de que esa atadura supone una amenaza para él. Los Arcángeles creen que, quizás, el lazo entre ustedes esté más arraigado de lo que debería, y que es probable que Miguel sea capaz de sufrir alguna clase de daño físico si algo ocurre contigo. —Sus ojos se posan en mí ahora.

—Si Bess es herida, él también lo resiente. ¿A eso te refieres? —Daialee habla.

Rael hace un gesto afirmativo.

—Creemos que ese es el motivo por el cual está tan desesperado —dice—. Creemos, también, que es por eso que está tan ansioso por cazar a Annelise. Si nuestra teoría es correcta, es muy probable que la chica aquí presente —hace un gesto de cabeza en mi dirección—, sea la única debilidad del demonio. Su punto débil. El único impedimento de Miguel para convertirse en el ser más poderoso del Inframundo.

—Si lo que dices es cierto, quiere decir que, si él de algún modo llegase a recuperar lo que le dio a Bess… Si llegase a deshacerse de su debilidad, se convertiría en el Rey del Infierno. —Niara habla por primera vez desde que entramos a la estancia.

—Algo así. —Rael la mira—. Creemos que Mikhail está ansioso por desafiar a Lucifer y que es por eso que necesita deshacerse de la única criatura en el mundo que supone una amenaza para él. Nosotros, por supuesto, no podemos permitir que eso ocurra. —Hace otra pausa—. Si Miguel Arcángel mata a Annelise, den por sentado que la tierra misma se convertirá en un infierno. No solo porque el apocalipsis se desatará, sino porque Miguel, siendo una criatura más poderosa que el mismísimo Lucifer, será incontenible. No podemos permitir que logre su cometido. No podemos permitir que averigüe la manera de deshacerse del lazo y se convierta en un ser invencible.

—Entonces Mikhail es el causante de todo el caos que se ha estado formando en la tierra y en el mundo espiritual. —Dinorah habla por primera vez, pero suena como si estuviese hablando para sí misma.

Rael asiente. ·

—Está aterrorizando a todos los seres paranormales, alterando el orden de las cosas y rompiendo, hilo a hilo, el telar del equilibrio de todo el mundo —dice—. Tanto ángeles como demonios estamos tratando de detenerlo, pero es imposible seguirle el paso. Es como un huracán y no va a detenerse hasta arrasar con todo. No va a detenerse hasta que haya conseguido lo que quiere.

—Es por eso que te enviaron a cuidar de Bess. —Daialee concluye y mi vista se posa en ella.

—Exactamente —Rael responde—. Y, por si se lo preguntaban, el motivo por el cual ustedes no fueron capaces de percibirme, es porque mis superiores me proporcionaron una armadura capaz de camuflar mi energía. Armadura que, por cierto, Miguel Arcángel destruyó ayer por la noche.

—¿Desde hace cuánto tiempo has cuidado de mí? —pregunto, al tiempo que ignoro el aire quejumbroso con el que el ángel habla.

—Apenas unas semanas —dice—, justo cuando nos dimos cuenta de que Miguel había escapado y que estaba buscando algo con mucho ímpetu. Gabrielle inmediatamente intuyó que se trataba de ti y me envió a vigilarte.

El silencio que le sigue a sus palabras es tenso y tirante. Nadie se atreve a decir nada una vez que Rael termina de hablar y no sé cómo sentirme al respecto. Una parte de mí se siente de cierto modo liberada por la información adquirida; la otra, está horrorizada. No puedo dejar de darle vueltas al asunto y tampoco puedo dejar de sentir como si la historia de hace cuatro años estuviese repitiéndose una vez más.

—No lo piensen tanto. —El ángel rompe el silencio, al cabo de un largo rato—. No es tan malo como suena.

Una risotada carente de humor se me escapa, pero él ni siquiera se inmuta con el sonido cruel que imprimo en la voz.

—Hablas de Mikhail como si fuese cualquier cosa —digo, en un tono violento y enojado—. Como si no se tratase del demonio más poderoso del Inframundo.

Rael se encoge de hombros.

—Miguel Arcángel no es así de poderoso aún, Annelise. Lo será una vez que sea capaz de dominar esos impulsos salvajes que lleva dentro y sea capaz de deshacerse de ti sin que le suponga un daño de muerte —dice—. Ahora mismo, actúa como un animal en plena cacería. No razona ni se detiene un momento a analizar lo que ocurre porque los instintos son más poderosos para los demonios de su categoría. El verdadero problema llegará cuando sea capaz de razonar antes de actuar. Cuando lo haga, estaremos completamente jodidos. Ahora mismo, tenemos algo de tiempo por delante.

—¿Y de qué mierda nos sirve tener tiempo por delante? Más temprano que tarde va a venir a intentar acabar conmigo —escupo—. No es como si pudiese escapar de él el resto de mis días.

El ángel pone los ojos en blanco.

—¿Siempre eres así de pesimista? —Se queja, al tiempo que sacude la cabeza en una negativa—. Ya se nos ocurrirá algo para contenerlo.

—Lo haces sonar como si fuese algo sencillo —mascullo. La ira se mezcla en mi tono.

—¿A qué le tienes tanto miedo, Annelise? —Rael pregunta, con exasperación—. Eres una cosa jodidamente poderosa, ¿lo sabías? Pudiste hacer lo que ninguno de nosotros pudo: lo contuviste. Paraste por completo su ataque hacia ti y, no conforme con ello, fuiste capaz de controlarlo. Eso, cariño, es suficiente para hacerme sentir tranquilo. Eres muy fuerte.

—¿Y qué va a pasar si Mikhail descubre cómo arrebatarme lo que me dio? ¿Si descubre como matarme sin herirse a sí mismo? —La preocupación me invade sin que pueda evitarlo—. Si lo hace, todo esto se irá a la mierda. Nada ni nadie podrá detenerlo.

—Si eso llegase a ocurrir, pensaremos en una solución. —El ángel hace un gesto desdeñoso para restarle importancia a mi comentario—. Por ahora no debemos preocuparnos.

—Esa clase de actitud no va a ayudarnos en nada —Daialee interviene. Suena furiosa—. Lo que tenemos que hacer, es encontrar la manera de detener a Mikhail. De hacer que vuelva al lugar de donde vino y no pueda salir de ahí nunca más.

Es el turno de Rael para reír sin humor.

—Buena suerte con eso —se burla, pero mi amiga ni siquiera lo mira—. Vas a necesitarla.

La mirada de Daialee se posa en mí y me regala un asentimiento. Yo, sin saber muy bien a dónde nos dirigimos, me pongo de pie para seguirla.

—¿Es en serio? —Rael habla a nuestras espaldas mientras que avanzamos hacia la puerta—. ¿Van a intentar hacer algo? ¿Es que acaso no escucharon que es imposible detenerlo?

No respondemos. Ni siquiera miramos hacia atrás. Nos limitamos a avanzar en dirección a la salida de la estancia.

La noche ha caído hace un rato ya, pero —como es usual en mí— no puedo dormir. No puedo hacer otra cosa más que mirar hacia la calle desde el pórtico donde me encuentro cómodamente sentada.

Estoy envuelta en una manta gruesa porque el frío nocturno es apenas tolerable, y llevo en la cabeza un gorro tejido que Daialee me prestó. Una nube de vaho proveniente de mis labios se hace presente de vez en cuando, y me abrazo a mí misma porque no estoy lista para volver adentro a pesar del frío inclemente. No aún. No cuando mis pensamientos son una revolución y mi corazón es un manojo de sensaciones sin sentido alguno.

La plática temprana con Rael me ha dejado con un sabor amargo en la punta de la lengua y más preguntas que respuestas.

El lazo que comparto con Mikhail ha tomado un significado diferente ahora y no puedo dejar de preguntarme hasta qué punto soy capaz de afectar su existencia y hasta qué punto él es capaz de afectar en la mía. Nunca imaginé, siquiera, que yo podría convertirme en su única debilidad. Y no porque signifique algo para él en el plano romántico, sino porque, literalmente, soy su vulnerabilidad. El lazo que nos une lo es.

Un suspiro cansado y profundo brota de mi garganta. Estoy exhausta. Estoy a punto de desvanecerme debido al agotamiento y, a pesar de eso, no puedo conciliar el sueño. No puedo dejar de intentar descifrar qué es lo que voy a hacer ahora que mi vida se ve amenazada de nuevo.

En otros tiempos, esto no me habría perturbado del modo en el que lo hace ahora. En otros tiempos, habría tenido la certeza de que, pasara lo que pasara, Mikhail estaría ahí para cuidar de mí. De que él estaría ahí, justo a tiempo para protegerme.

Cierro los ojos. Un centenar de recuerdos se agolpan en mi memoria y, sin más, me encuentro envuelta en uno particularmente doloroso. Uno que involucra al que antes fue un semi demonio de ojos grises y actitud arrogante.

Entonces, la imagen en mi cabeza cambia. Mi corazón se estruja en el instante en el que visualizo la habitación que tenía en el apartamento de mi tía Dahlia y, justo sobre la cama, soy capaz de ver al chico de las alas de murciélago. Soy capaz de dibujar su sonrisa torcida y su cabello enmarañado.

Un tirón violento me invade el pecho y el recuerdo cambia. Esta vez, no soy capaz de verle, pero sé que está ahí. Sé que es él quien me sostiene contra su pecho y sé que es su cuerpo el que protege el mío de todo lo demás.

Recuerdo su aroma almizclado, la vibración de su pecho con el sonido de su voz ronca y la presión suave de sus labios contra los míos; la sensación de letargo que me invadía con su cercanía y el aleteo de mi corazón cada que lo escuchaba hablarme en lenguas desconocidas.

Una punzada de dolor crudo y puro me recorre y aprieto los párpados unos instantes.

Me torturo con la imagen de su sonrisa. Con el recuerdo de sus besos; de su tacto suave; de sus brazos protectores y su mirada intensa y, luego, abro los ojos.

La confusión me invade de pies a cabeza y parpadeo varias veces para eliminar el rostro familiar que se ha quedado impreso en mi campo de visión y que juega con mi cordura; pero nada sucede. Nada ocurre. La visión del rostro de Mikhail no se va.

Mi ceño se frunce ligeramente y, entonces, lo noto…

Las pequeñas diferencias entre la imagen que tengo enfrente y mis recuerdos, apenas son perceptibles, pero no puedo pasarlas por alto. Los ojos, antes grisáceos con tintes dorados, son ahora de un color tan pálido que casi podría jurar que es blanco; la piel, antes pálida, luce casi ceniza y sin vida, y el cabello de la figura delante de mí es tan largo ahora, que se le enrosca hacia afuera a la altura de las orejas.

Todo esto sin tomar en cuenta el hecho de que el Mikhail que tengo enfrente, es completamente inexpresivo. No sonríe. No me mira con intensidad. No hace nada más que escrutarme con gesto ausente.

Poco a poco, las piezas caen en su lugar y el pánico me paraliza en mi lugar en el instante en el que siento cómo el tirón que sentí hace unos instantes, vuelve y se estruja otro poco.

«Oh, mierda…».

La criatura delante de mí inclina la cabeza.

El gesto antinatural me pone la carne de gallina, y parpadeo un par de veces más solo para confirmar que la figura que tengo enfrente no es una alucinación.

Pánico, terror y nerviosismo se detona en mi sistema en un abrir y cerrar de ojos y un grito se construye en mi garganta en el proceso.

Mi cuerpo entero se tensa en el instante en el que el rostro de Mikhail se acerca al mío lenta y, deliberadamente, y me congelo en mi lugar, en la espera de un ataque brutal y violento.

Aprieto los párpados con fuerza y contengo la respiración. Mi pulso golpea a un ritmo frenético y aterrorizado en la parte trasera de mis orejas, y mis puños se cierran con violencia en el material de lana que me protege del frío.

Entonces, siento cómo una mano grande se coloca en la base de mi garganta.

Las alarmas se encienden en mi cerebro, pero no soy capaz de moverme. Estoy tan aturdida. Estoy tan… *confundida*.

«¿Esto realmente está ocurriendo?».

Espero sentir la presión de su mano, pero el dolor nunca llega. El ataque no se hace presente.

«Estoy alucinando. Esto no puede ser. Él quiere asesinarme. Estoy alucinando».

Con suma delicadeza, el demonio me hace girar el rostro y, con toda la lentitud existente en la tierra, acerca su cara a la mía. Soy consciente de la presión suave de sus dedos y el calor ardiente de su palma. Soy consciente, también, de su aroma terroso y fresco, y de cómo su nariz me roza el punto en el que la mandíbula y el cuello se unen.

Esto no puede ser una alucinación. Es demasiado real. Es demasiado *familiar*.

La carne se me pone de gallina en el instante en el que aspira mi aroma y todas las dudas se disipan en un abrir y cerrar de ojos. Sé que esto de verdad está pasándome. Sé que Mikhail, de algún modo, está aquí y no está atacándome.

Vuelve a inspirar profundo. El gesto es salvaje y animal, pero no deja de erizarme todos y cada uno de los vellos del cuerpo. No deja de provocar un millar de sensaciones extrañas y placenteras en todas y cada una de mis terminaciones nerviosas.

La parte activa de mi cerebro grita que debo poner distancia entre nosotros. Que debo alejarme de él en este momento porque va a intentar matarme, pero no puedo hacerlo. No puedo moverme porque la impresión de sentir su tacto sobre mí es más abrumadora que todo lo demás. Porque hace cuatro años, hacer esto le era imposible. Ponerme un dedo encima le hacía arder de adentro hacia afuera y *ahora*...

Ahora es capaz de posar su mano sobre mí sin quemarse en lo absoluto.

«¿Por qué?».

La nariz del demonio corre y se desliza por la línea de mi mandíbula, y su respiración me hace cosquillas. Hace que la mía falle por completo.

Se aparta un poco. Sus ojos blanquecinos miran directamente los míos y aprieto los dientes

«¡Aléjalo de ti!», grita la voz en mi cabeza. «¡Aléjalo ahora!».

No lo hago. No trato de apartarlo porque, por un doloroso instante, soy capaz de ver algo en su mirada. Algo más allá de la fría y vacía inexpresividad que había en ella hace apenas unos instantes.

—¿Quién eres? —El susurro ronco e inestable que abandona sus labios hace que el mundo entero pierda enfoque. Hace que una bola de fuego se forme en mi garganta y que un puñado de lágrimas se acumule en mi mirada.

Niega con la cabeza.

—¿Qué es lo que…?

No es capaz de terminar su pregunta.

En ese preciso instante, toda su atención se posa en un punto a mis espaldas y su cuerpo entero se tensa en un abrir y cerrar de ojos.

Su mirada se posa en la mía una vez más, y la indecisión y la angustia se filtran en su rostro, pero no lo piensa demasiado.

Su mano me libera en cuestión de medio segundo y, acto seguido, despliega sus alas para emprender un vuelo furioso y violento con rumbo desconocido.

El pulso me golpea contra las orejas con tanta fuerza, que soy capaz de escucharlo; las manos me tiemblan tanto, que apenas puedo mantener la manta sobre mis hombros.

La puerta principal se abre.

Un escalofrío de puro terror me recorre la espina y me tenso.

Con todo y eso, trato de mantener el pánico a raya antes de girar el rostro para encontrarme de frente con Dinorah, quien mira hacia la calle vacía con expresión preocupada.

—¿Pasa algo? —Mi voz suena más ronca que de costumbre. Estoy aterrorizada y ni siquiera sé por qué. No sé si ha sido por mi acercamiento con Mikhail o por el simple hecho de pensar en qué habría pasado si lo hubiesen descubierto aquí.

Dinorah niega.

—Creí haber sentido *algo*… —musita, pero deja escapar un suspiro cansado—. Supongo que solo estoy muy nerviosa.

No digo nada. Me limito a mirarla con aire ansioso y culpable. A pesar de eso, ella no parece notar nada; ya que hace un gesto de cabeza hacia el interior de la casa.

—Vamos adentro. Está helando y hay un ángel convaleciente que exige tenerte dentro de su campo de visión mientras se recupera —dice, con una sonrisa suave pintada en los labios. El gesto no toca sus ojos.

—Voy en un momento —me las arreglo para decir, pero ella no luce satisfecha con mi respuesta y se queda quieta en el umbral, con sus impresionantes ojos castaños clavados en mí.

Trato de esbozar una sonrisa, pero no estoy segura de lucir tranquilizadora en lo absoluto.

—No tardes demasiado —dice ella, finalmente, y me dedica una sonrisa igual de tensa que la mía.

—No lo haré —aseguro.

Dinorah me dedica una última mirada significativa antes desaparecer por donde vino. Yo, a pesar de que sé que debería entrar, no puedo evitar mirar hacia la calle vacía una vez más. No puedo evitar buscar entre las sombras algún vestigio del demonio que, por unos dolorosos segundos, pareció reconocerme.

7

EXASPERANTE

—Quítate de mi camino. —Sueno más irritada que nunca, pero no puedo evitarlo. No cuando tengo casi veinte minutos intentando salir de mi habitación sin hacer una escena.

Rael, quien se ha instalado debajo del marco de mi puerta, me mira con aire reprobatorio y expresión severa.

—No vas a ir a ningún lado sin mí —dice, tajante, y suelta una risotada carente de humor cuando añade—: Se supone que debo cuidar de ti y, en este estado, no puedo abandonar este lugar, así que no puedo permitir que te marches.

—Por si no te has dado cuenta, Rael —digo, con todo el tacto que puedo imprimir en mi tono ya molesto—, soy perfectamente capaz de cuidar de mí misma. No te necesito en lo absoluto.

Las facciones del ángel de los ojos amarillos se endurecen.

—Se me ha ordenado cuidarte y no voy a permitir que vayas a exponerte cuando no hay necesidad alguna de hacerlo —suelta, con aire enojado.

—¡No necesito que me cuides, por el amor de Dios! —chillo—. ¡Apártate de una maldita vez! ¡Tengo que ir a la universidad!

—La universidad ahora mismo no es importante, Annelise. Estamos hablando del posible inicio del fin del mundo. —La seriedad con la que habla me hace soltar otra carcajada.

—No voy a dejar de hacer mi vida solo porque tú y los tuyos le temen al poder de un demonio —suelto, con brusquedad—. El mundo no se ha terminado aún y no voy a dejar de hacer mi vida solo por miedo a que me asesinen. Si Mikhail desea acabar conmigo, adelante, que lo haga. Estoy harta de toda esta situación. Me haría un favor inmenso, si me lo preguntas.

—¿Tienes una idea de lo idiota que suenas?

—¿Tienes una idea de lo poco que me importa?

La mirada furibunda del ángel que tengo enfrente me hace sentir intimidada, pero trato de no hacérselo notar. Trato de mantener mi expresión dura y enojada, mientras él cuadra los hombros y las piernas para dibujar una postura más amenazante que la anterior.

—No vas a marcharte de aquí sin mí, Bess Annelise Marshall —escupe.

El reto que hay en su voz, solo hace que mis ganas de empujarle lejos aumenten. Sería *tan* fácil hacer uso del poder de los Estigmas. Sería *tan* fácil enredar las hebras de energía a su alrededor y moverle de mi camino.

—Hablo en serio, Rael, apártate ya.

—O, *¿qué?*

—O voy a moverte a la fuerza.

—Atrévete a ponerme una mano encima y…

—Ni siquiera voy a tocarte —lo interrumpo y, para probar mi punto, envuelvo los hilos de los Estigmas alrededor de sus manos. Me toma un poco por sorpresa la facilidad con la que puedo manipularlos, pero me las arreglo para no esbozar ninguna expresión que delate mi asombro.

Acto seguido, aprieto mi agarre un poco. Solo lo suficiente como para que él sienta su poder. La expresión del ángel cambia un poco, pero no da señal alguna de estar dispuesto a ceder o de darse por vencido.

—No te tengo miedo —dice, sin apartar sus ojos de los míos.

—No me obligues a hacerte daño —advierto, pero no estoy muy segura de querer obligarlo a moverse. No cuando no sé cuán lastimado está realmente.

A pesar de que sus lesiones físicas han sanado, Dinorah y Zianya dicen que la energía que emana es débil y parpadeante; lo cual quiere decir que, lo que sea que le haya hecho Mikhail, estuvo a punto de matarlo.

Aún no entendemos del todo cómo es que funciona la anatomía de estos seres paranormales, pero ambas coinciden en que, si Rael vuelve a exponerse antes de recuperar toda su fuerza, es muy probable que muera.

El ángel arquea una ceja.

—¿Por qué dudas, Annelise?

—No dudo —suelto, pero mi tono dice todo lo contrario.

Una pequeña sonrisa se desliza en sus labios.

—¿Es que acaso no quieres herirme? —La cabeza de Rael se inclina y su tono se torna burlesco—. Eso es muy dulce de tu parte.

—¡Por supuesto que no se trata de eso! —chillo, y la vergüenza se apodera de mi sistema—. Apártate de mi camino o si no voy a...

—¿A qué? ¿A hacerme daño? —Rael me interrumpe—. Adelante. Haz lo tuyo. Ya te lo dije: no te tengo miedo.

Un destello de ira me recorre de pies a cabeza y aprovecho ese momento para afianzar el agarre de las hebras que he enredado en sus extremidades. Acto seguido, y sin pensarlo demasiado, lo empujo hasta el pasillo con violencia.

El estallido de energía que emana de mi cuerpo con el simple movimiento hace todo el piso superior vibre y que, en el proceso, un par de jarrones caigan al suelo y se hagan añicos.

—¡Bess! —Dinorah grita desde la planta baja, al tiempo que escucho una maldición proveniente del baño.

De pronto, toda la casa se llena de ecos quejumbrosos y molestos. La vergüenza me invade de inmediato, pero me las arreglo para no hacérselo notar al ángel arrogante que tengo enfrente.

No luce impresionado. Rael se ha limitado a cruzar los brazos delante de su pecho —aún desnudo— y a mirarme con aire severo.

—¿Se supone que debo sentirme intimidado? —dice, con aire aburrido.

—Se supone que debes entender que no vas a conseguir mantenerme encerrada en esta casa —suelto, antes de echarme a andar por el pasillo en dirección a las escaleras.

Ni siquiera he logrado bajar un par de escalones, cuando siento cómo unos dedos fríos se envuelven alrededor de mi brazo y tiran de él, de modo que tengo que detenerme y girarme para encararlo.

Rael me sostiene con tanta firmeza que, si tratase de escapar, me heriría a mí misma.

—¿Es que siempre eres así de terca? —sisea. Esta vez, el enojo hace que sus ojos amarillos brillen con tonalidades verdosas y doradas.

—Suéltame —siseo de vuelta.

—No voy a permitir que te marches, Annelise.

Tiro con fuerza de mi brazo para liberarme.

—Deja de tratarme como si no fuese capaz de defenderme —escupo con tanta rabia, que apenas puedo mantener el tono de voz a un volumen bajo—. Soy un jodido Sello del apocalipsis que posee un poder aterrador debido a los Estigmas que carga y que, además, lleva dentro la parte angelical de quien alguna vez fue Miguel Arcángel. Todo esto sin tomar en cuenta que soy el único ser que ha logrado detener a nada más y nada menos que al único demonio capaz de arrebatarle todo a Lucifer. —Hago una pausa solo para tomar una inspiración profunda y aminorar el golpeteo violento de mi corazón—. Soy perfectamente capaz de ver por mí misma, Rael; así que ahórrate todo este drama y ve a decirle a Gabrielle que no necesito que mande a nadie a cuidar de mí.

El silencio que le sigue a mis palabras es tanto satisfactorio como decepcionante; sin embargo, no dejo que el ángel note ninguna de mis emociones. Ni siquiera le doy tiempo de espabilarse o reaccionar: una vez finalizado mi monólogo enojado, me limito a girarme sobre mi eje y bajar las escaleras a toda marcha.

Cuando llego a la cocina, lo primero con lo que me encuentro es con la mirada reprobatoria de Dinorah y la ceja arqueada de Daialee.

—¿Está todo bien? —pregunta mi amiga, con aire divertido y burlón.

No es hasta que clava su vista en un punto a mis espaldas, que me doy cuenta de que Rael me ha seguido hasta aquí.

—Sí —digo, mientras que me encamino hacia las alacenas para buscar algo que desayunar.

—*¿Sí?* —Rael suelta, con indignación—. ¡Nada está bien ahora mismo! —exclama y se dirige a Daialee para decir—: ¡Annelise está empeñada en sacarme canas verdes! Por favor, háganle entender que no puede ir a ningún lado sin mí. ¡Soy su guardián!

Las cejas de Daialee se disparan al cielo.

—Bess es perfectamente capaz de patear el culo de quien sea que trate de acercársele —refuta—. No necesita a ningún ángel guardián blandengue para defenderla.

—¡¿Por qué nadie en esta casa tiene un poco de sentido común?! —Rael estalla—. *¡Joder!* ¡Estoy tratando de hacer mi trabajo por aquí!

Dinorah posa su atención en el ángel y suelta un suspiro cansino.

—Deja de intentar luchar contra ella —dice la bruja mayor en un tono neutro y tranquilo—. Solo pierdes tu tiempo. Es tan testaruda, que no va a dejar de intentar tener una vida normal hasta que algo fuera de su alcance se lo impida. Si tanto le temes a que la hieran, vuelve a tu Reino y haz que envíen a alguien más a cuidarla.

Mi atención se posa en Rael, quien mira a Dinorah como si lo hubiese apuñalado a traición.

—Soy el guerrero más capacitado de la Legión de ángeles —dice, en tono ronco, enojado y soberbio.

Mis cejas se alzan.

—Ahora entiendo la urgencia que tienen los tuyos de no permitir que Mikhail adquiera más poder —me burlo—. Si tú eres el más capacitado, no quiero imaginarme cómo están los demás.

La mirada del ángel se clava en mí y la hostilidad que emana casi me hace soltar una carcajada.

—Ten mucho cuidado con lo que dices, Annelise o…

—Sí, sí, sí… —digo, al tiempo que ruedo los ojos—. Lo que digas.

—¡Déjame hablar, maldita sea!

—¿Quieren dejar de pelear? —Niara aparece justo detrás de Rael frotándose las sienes—. La energía negativa que emanan está haciendo que me duela la cabeza.

Daialee señala a Rael.

—Es su culpa —dice, sin ocultar la sonrisa burlona que lleva en los labios—. No ha dejado de quejarse desde que el sol salió.

Yo asiento en acuerdo, mientras tomo un envase de yogurt bebible del refrigerador.

Niara encara al ángel, le señala con un dedo y coloca su mano libre en su cintura, en una postura que se me antoja maternal.

—No tienes una idea de lo odiosa que puedo ser si perturban mi entorno con mala energía —le advierte—. Deja de contaminar el aire o voy a echarte.

La mirada horrorizada e incrédula del ángel hace que Dinorah y Daialee repriman una sonrisa, y no puedo hacer nada más que girarme para que no sea capaz de ver que estoy a punto de sonreír como idiota también.

—Estoy rodeado de lunáticas —dice Rael, al cabo de unos instantes.

Entonces, sin decir una palabra más, me instalo en el asiento que se encuentra junto a Daialee.

—¿Vas a querer un aventón? —dice mi amiga, ignorando por completo el gesto enfurruñado del ángel que se ha sentado del otro lado de la mesa.

—Por favor —asiento—. Ya no puedo faltar más a la escuela y mi auto quedó hecho una mierda después de lo de la otra noche. ¿Crees que pueda volver contigo también?

—Seguro —ella asiente—. Tendrás que esperarme a que salga del trabajo, ¿no importa?

Niego con la cabeza.

—En lo absoluto. Tengo que pasar a la biblioteca a conseguir una información para una tarea. Puedo matar algo de tiempo ahí —hablo, al tiempo que me deshago de la cubierta de aluminio de la boquilla de mi yogurt.

—Vámonos ahora, que tengo que llegar a mi clase de las nueve si quiero pasar de semestre —Daialee pronuncia, antes de terminar de un sorbo el café que hay en la taza delante de ella.

Acto seguido, se pone de pie.

Yo la imito y me encamino hacia la entrada justo detrás de ella.

Ni siquiera hemos llegado a la puerta, cuando escucho la voz de Rael a mis espaldas:

—¿De verdad crees que vas a irte sin mí?

Lo miro por encima del hombro.

—¿Piensas venir en el estado en el que estás? —Trato de sonar inocente, pero fracaso en el intento.

Rael no responde. Solo se abre paso hasta donde nos encontramos y sale de la casa para encaminarse hasta el auto de Daialee.

—Eres consciente de que estás casi desnudo, ¿no es así? —Daialee pregunta, mientras abre la puerta del lado del conductor. Luego, se estira sobre el asiento, y remueve manualmente el seguro de la puerta trasera y del copiloto. Rael abre la puerta de los asientos de atrás antes de introducirse en el coche. Yo lo imito al subirme al asiento que se encuentra junto al de Daialee—. ¿Tu magia va a ser suficiente como para camuflarte de la gente?

El ángel aprieta la mandíbula.

—Tú conduce —masculla—. Ya encontraré la manera de mantener un perfil bajo.

Daialee pone los ojos en blanco antes de encender el auto y dar marcha en reversa.

—Debajo del asiento debe de haber una maleta deportiva —instruye—. En ella hay una sudadera que me queda gigantesca. Hazle un favor al mundo y póntela.

Por el espejo retrovisor soy capaz de ver cómo el ángel duda unos segundos, pero termina haciendo lo que Daialee le pide.

—Así está mejor. —Mi amiga aprueba—. ¿Ves qué sencillo es hacernos felices? Solo tienes que hacer lo que te pedimos y…

—Cierra la boca —Rael masculla y ella suelta una pequeña risotada.

—¿Amaneciste de mal humor, cariño? —Daialee se burla, pero él no le responde. Solo le dedica una mirada irritada por el espejo.

Yo, para detener su absurda discusión, enciendo la radio.

—¿Has terminado ya? —La irritación y el aburrimiento no se hacen esperar en la voz de Rael, pero me encuentro muy lejos de terminar con mi exhaustiva investigación.

Estoy completamente decidida a aprobar Psicología Social con un sobresaliente, así que debo esforzarme en esto.

—Ni siquiera estoy cerca de acabar —musito, mientras marco la página en la que tengo puesta mi atención, con un pequeño cuadro de papel adhesivo.

Más delante, cuando termine de hacer mi selección de información, voy a fotocopiar las páginas que estoy apartando para poder llevarme todo a casa.

Rael, quien no ha dejado de revolotear por toda la biblioteca, se hunde aún más en el asiento en el que se encuentra instalado.

—¿Estás tratando de torturarme acaso?

—No tengo interés alguno en hacerte pasar un mal rato —digo, con aire distraído, al tiempo que paso un par de hojas que no me sirven en lo absoluto.

—¿En serio? Porque parece como si me odiaras —se queja, pero ni siquiera consigue hacerme alzar la vista del texto que leo a detalle.

—Ni siquiera te conozco lo suficiente como para odiarte. —Sueno ausente y neutral—. No te creas así de importante.

—Este es el lugar más aburrido que ha podido crear el hombre. —Rael se queja con dramatismo y una pequeña sonrisa se dibuja en mis labios.

—¿Quieres dejar de exagerarlo todo? —Me quejo, pero en realidad no me molesta su incomodidad. Al contrario, la encuentro un tanto entretenida.

—Tenías razón esta mañana —bufa, ignorando por completo mi comentario—. Es imposible que algo malo te pase en un lugar tan aburrido como este. Mañana vendrás a la ciudad por tu cuenta, Annelise.

Ruedo los ojos.

—Deja de distraerme —mascullo, antes de releer un párrafo especialmente informativo—. Ve a dar una vuelta por ahí y vuelve dentro de un rato. Trataré de darme prisa.

El ángel suelta un suspiro cansado y largo.

—De acuerdo. No te muevas de aquí. Iré a ver qué encuentro en la sección de libros religiosos. ¿Sabías que los tuyos pintan a los míos como seres bellísimos? ¿Tienes una idea de lo decepcionados que se sentirían si conocieran a los ángeles que yo he conocido? Todos son tan feos como el culo —dice, mientras se pone de pie.

Quiero protestar y decirle que todos los ángeles —y semi ángeles— que he conocido, me parecen jodidamente hermosos, pero no lo hago. No pronuncio ni una sola palabra porque solo quiero que se marche y estar sola durante un momento.

—Lo que digas —digo, en un murmullo apenas audible.

—¿Estás ignorándome?

—Sí.

—Eres una chica bastante maleducada.

—Gracias.

—Y odiosa.

—Tú no te quedas atrás, Rael.

—Volveré pronto. Trata de no extrañarme.

—No lo haré. Te lo juro.

Un bufido indignado se le escapa, pero no dice nada más. Se limita a desaparecer de mi campo de visión entre los pasillos oscuros y largos de la biblioteca.

No sé cuánto tiempo pasa exactamente antes de que termine de fotocopiar todo lo que voy a llevarme a casa. Tampoco sé cuánto tiempo hace desde que Rael desapareció entre los pasillos de la biblioteca. No quiero ir a buscarle. De hecho, si no regresa, me haría un favor inmenso.

Saber que un ser paranormal me sigue de nuevo, es más de lo que mis nervios pueden soportar. Me rehúso a volver a caer en el extraño círculo vicioso que era mi vida hace cuatro años. No voy a permitir que estos seres rijan mi destino una vez más. Me niego rotundamente.

Avanzo por el pasillo de la biblioteca al tiempo que maniobro con un montón de hojas desordenadas. El tirante de la mochila que llevo colgada cae, y el peso de mis cuadernos y libros hace que pierda un poco de balance. Un bufido se me escapa y coloco el montón de hojas que llevo en las manos sobre una de las mesas de trabajo que se encuentran vacías.

Sin perder el tiempo, acomodo el contenido de mi mochila, la cierro y me la cuelgo sobre los hombros. Acto seguido, ordeno el puñado de papel que he colocado en la mesa y lo tomo con mucho cuidado para encaminarme hasta la salida.

Cuando abandono el edificio, lo primero que hago es notar la oscuridad que lo invade todo. Cuando llegué aquí, el sol aún estaba en alto, así que me toma un poco por sorpresa el cielo nocturno que se despliega delante de mis ojos.

Me tomo unos instantes para mirar el estacionamiento casi vacío de la biblioteca, antes de comenzar a bajar la escalinata de la entrada al recinto.

Daialee sale del trabajo alrededor de las ocho, así que tomo mi teléfono para mirar la hora e intentar llamarle para encontrarnos en algún punto. En el momento en el que presiono la tecla de bloqueo, me doy cuenta de que pasan diez minutos de las ocho, así que decido intentar comunicarme.

—¿Dónde estás? —Daialee pregunta —sin siquiera saludarme— después del tercer timbrazo.

—Afuera de la biblioteca. ¿Tú?

—Camino hacia mi auto. Estoy por allá en quince o veinte minutos.

—Vale. Te veo acá —digo y, luego, finalizo la llamada.

Mientras decido dónde instalarme a esperar a Daialee, considero la posibilidad de volver al interior del edificio a buscar a Rael, pero desecho la idea tan pronto como llega.

Estoy tan cómoda conmigo misma como única compañía, que no estoy dispuesta a cambiarlo.

Desde que me mudé con las brujas, el silencio es algo que le hace falta a mis días. Me encanta pasar el tiempo con ellas, pero eso no cambia el hecho de que son personas bastante estridentes y vivaces. Suelen llenar la casa con risas, charlas a voz de mando, música y barullo que ni siquiera sé de dónde proviene. Son todo eso que le faltaba a mi existencia cuando vivía con mi tía Dahlia, y todo eso que tanto adoraba de la vida con mi familia.

Sin embargo —y a pesar de todo—, no puedo evitar sentirme desconectada de su núcleo. Es como si yo solo fuese un hués-

102

ped a su cuidado y no parte de ellas. Sé que no tengo derecho alguno de intentar formar parte de su familia. Sé que no debería anhelarlo… pero lo hago. Lo hago porque son lo único que tengo ahora mismo. Son lo más real y cercano que he tenido a un hogar en los últimos años.

No sé cuánto tiempo me toma decidirme, pero cuando lo hago, me siento sobre uno de los escalones que dan a la entrada de la biblioteca. Entonces, coloco los auriculares del teléfono en mis orejas y oprimo el botón de reproducción aleatoria.

Aquí es donde voy a esperar a Daialee. Aquí es donde voy a permitirme olvidar la locura que ha ocurrido los últimos días.

La música estalla en mis oídos y muevo la cabeza al ritmo de la canción que ha comenzado a sonar. Mi vista viaja de manera distraída por todo el espacio que se extiende delante de mis ojos y más allá de él, justo en aquel punto en el que la calle iluminada comienza.

Los vehículos paseándose por la avenida no se hacen esperar. Tampoco lo hacen los peatones que avanzan por las aceras. De vez en cuando, alguien sale de la biblioteca y trepa en algún coche aparcado en el estacionamiento y se marcha.

La música en mis auriculares no se detiene. El pasar del tiempo tampoco lo hace.

Mis ojos viajan por la calle una vez más y poso mi atención en una pareja que avanza de la mano por la acera casi desierta.

Mi corazón se estruja y la confusión se arraiga en mi sistema.

No sé por qué han provocado eso en mí, pero tampoco me detengo mucho a analizarlo. Trato de no ponerle atención al hecho de que ha pasado mucho tiempo desde la última vez que sentí algo por alguien. Desde que alguien realmente me hizo sentir *viva*.

Un suspiro cargado de nostalgia y anhelo se me escapa y me siento patética. Me siento ridícula porque no puedo dejar de mirar a un par de novios que ni siquiera se percatan de mi intenso escrutinio.

Una sonrisa avergonzada se apodera de mis labios en el momento en el que me doy cuenta de lo que estoy haciendo y desvío la mirada. Poso mi vista en el suelo y sacudo la cabeza para ahuyentar los absurdos pensamientos que me embargan. Niego, en un movimiento rápido para alejar de mí los recuerdos tortuosos de una criatura que ni siquiera fue un chico, pero que me hizo sentir lo que ninguno de ellos pudo. De una criatura parte ángel y parte demonio que bien pudo ofrecerme un pase al infierno que yo gustosa habría aceptado de haber significado poder quedarme en su compañía.

Alzo la mirada.

Mis ojos se posan en el punto en el que la pareja se encontraba hace unos instantes y la sensación extraña que tuve en el pecho vuelve. Vuelve, pero de una manera distinta. De una manera diferente; familiar y desconocida al mismo tiempo…

«¿Qué diablos…?».

En ese momento, me golpea con brutalidad y me tenso en alerta. Un escalofrío me recorre cuando la familiaridad del tirón en mi caja torácica se asienta en mis huesos.

—Mikhail… —susurro, pero su nombre en mi boca se siente como un grito. Como una súplica lanzada al aire. Como una plegaria cargada de significado.

Me pongo de pie. Mi vista recorre el espacio con frenesí, pero no encuentro nada. No veo la figura imponente del demonio que ha comenzado a acosarme desde hace unos días.

Avanzo hasta el centro del estacionamiento a paso rápido y decidido y, una vez ahí, giro sobre mi eje en su búsqueda.

No soy capaz de ver nada. No soy capaz de hacer nada más que percibir el suave tirón del lazo que me une al demonio.

Esta vez, no hay violencia en él. No hay ese intento de dominación que siempre percibo cuando está cerca. Es solo una suave tensión en el pecho y una dulce vibración en todo el cuerpo.

Se siente casi como si tratase de decirme algo. Como si Mikhail tratase de hacerme entender que no quiere hacerme daño.

«¡Es una trampa! ¡Es una maldita trampa! ¡Lárgate de aquí! ¡Busca a Rael!», grita la parte sensata de mi cerebro, pero no me muevo. No me retiro de donde me encuentro porque *necesito* saber si lo que ocurrió la última vez que lo vi, fue real o solo lo imaginé. Lo *soñé…*

—¿Mikhail? —suelto, con un hilo de voz.

Nada ocurre.

—Mikhail, sé que estás aquí.

Giro sobre mi eje una vez más. Sé que luzco como una completa lunática, pero no me importa.

—¿Qué es lo que quieres? —Sueno desesperada ahora. Ansiosa—. Mikhail, *por favor.*

No sé qué es lo que estoy pidiéndole. No sé qué es lo que espero que haga, pero no puedo dejar de llamarle. No puedo evitar querer verlo una vez más.

—Quiero que me digas quién demonios eres. —La voz a mis espaldas hace que un escalofrío de horror puro me recorra de pies a cabeza y giro sobre mis talones con tanta fuerza, que doy un traspié.

La figura de Mikhail está a escasos pasos de distancia de mí y la visión de él, sin cuernos en la cabeza y sin alas amenazantes sobresaliendo de sus omóplatos, hace que todo el cuerpo me duela. Hace que un millar de recuerdos tortuosos se acumulen en la superficie.

Lleva vaqueros negros, una playera blanca y una chaqueta de piel. Las botas de combate que viste le dan un aspecto amenazante y su cabello despeinado le da aire de estrella de banda de rock.

«¿Por qué demonios tiene que lucir así? ¿Por qué no puede ser una criatura abominable y horrorosa?».

—Quiero que me digas porqué estoy atado a ti y cómo es que conseguiste convencerme de darte lo que sea que te haya dado. —Su voz suena ronca, profunda y pastosa. Como si no la utilizase desde hace mucho tiempo, y la expresión salvaje en su rostro, solo me hace saber que está confundido hasta la mierda. Casi me atrevo a apostar que está aterrorizado—. Quiero que me digas cómo es que mi existencia terminó ligada a la tuya.

8

VERDAD

Me falta el aliento.

El pulso no ha dejado de latirme a una velocidad inhumana y no puedo hacer otra cosa más que absorber la imagen del demonio que se encuentra de pie a pocos pasos de distancia.

El sentido común me grita que debo poner cuanta distancia sea posible entre nosotros, pero estoy anclada al suelo y mi corazón terco no deja de intentar correr hacia la única criatura en el mundo que ha podido hacerle perder el control de sí mismo.

Una risa nerviosa e histérica deja mis labios y niego con la cabeza mientras siento cómo un nudo se instala en mi garganta.

—No me lo creerías si te lo dijera —respondo a sus preguntas, con la voz enronquecida por las emociones.

El movimiento violento en el lazo que me une a Mikhail solo consigue que mi pulso se acelere otro poco. No estoy muy segura de qué significa, pero no se siente como una agresión. La expresión inescrutable del demonio se transforma ligeramente y siento cómo la confusión gana terreno en su gesto.

—Pruébame. —La sola palabra trae una oleada sin fin de recuerdos. Trae a mi mente todas aquellas veces que pronunció lo mismo con gesto arrogante, lascivo y atractivo.

Otra risotada me abandona y me aparto el cabello lejos del rostro para tirar de él en un gesto ansioso y desesperado.

—¿De verdad no me recuerdas? —El dolor se filtra en mi tono—. ¿Ni siquiera un poco?

Niega con la cabeza.

—¿Se supone que tendría que hacerlo?

—*Tú* cuidaste de mí hace mucho tiempo. —Un dejo de frustración tiñe mi tono—. *Tú* fuiste enviado por el Supremo a cuidarme cuando aún no eras… —lo señalo, al tiempo que la desesperación gana un poco de terreno—, *esto* que eres ahora. —Sacudo la cabeza en una negativa—. ¿No lo recuerdas? ¿Ni siquiera te parece vagamente familiar?

La cabeza de Mikhail se inclina ligeramente, pero vuelve a negar.

—¿Por qué habría *yo* de escuchar al Supremo? ¿Por qué habría de obedecerlo*?* —No suena arrogante cuando habla. Sus cuestionamientos realmente están cargados de curiosidad y confusión; como si le pareciese imposible la idea de estar bajo el mando de Lucifer.

Mi respiración es dificultosa y el nudo que tengo en la garganta es cada vez más doloroso.

—Porque aún no te convertías en un demonio por completo cuando todo ocurrió —suelto, con un hilo de voz.

—Yo siempre he sido un demonio completo —Mikhail dice con tanta seguridad que casi me hace creerlo.

—¡No! —niego frenéticamente—. No lo has sido siempre. Tú eras… —Me quedo en el aire. No soy capaz de terminar la frase porque es tan dolorosa como horrible. Casi tan tortuosa como el hecho de que ya no es más ese ser que alguna vez fue capaz de sentir algo.

—Yo era, *¿qué?*

—Un ángel —digo, y la voz se me quiebra un poco en el proceso.

Es su turno de reír.

—¿Pretendes que crea esa idiotez? —espeta, con Brusquedad.

—¡Tu nombre es Miguel Arcángel, idiota! —escupo—, ¡¿por qué habrían de nombrarte así si no fuiste un maldito ángel?! ¡Fuiste el guerrero más poderoso del cielo, imbécil! ¡El líder del Ejército de Dios! ¡El arcángel más importante de todos! ¡¿Cómo es que no puedes razonar eso tú mismo?! ¡¿Cómo es que no eres capaz de darte cuenta?! ¡No necesitas más que un dedo de frente para saberlo, por el amor de Dios!

El enojo que se filtra en sus facciones es intenso y repentino, pero ignora por completo mi afirmación. Es como si se negase rotundamente a aceptarlo. Como si la posibilidad de ser un ángel antes de su existencia actual fuese algo imposible. Algo impensable.

—¡Cállate! —escupe con tanta violencia, que doy un respingo en mi lugar—. ¡Deja de jugar de una maldita vez y dime qué fue lo que me hiciste! ¿Por qué diablos estoy atado a ti? ¿Qué se supone que te di? ¿Qué se supone que me falta?

La manera ansiosa y desesperada en la que me mira solo consigue que el corazón se me estruje y escueza.

La angustia y la frustración se filtran en mi sistema. ¿Cómo diablos voy a hacerle entender que lo que digo es verdad? ¿Cómo demonios voy a hacer para conseguir que me crea?

La realización me golpea al instante.

El recuerdo y la resolución se asientan en mi cerebro y hacen que algo se accione. Entonces, sin decir una palabra más, me empujo las mangas del suéter hasta los codos. Acto seguido, remuevo los vendajes que cubren las heridas de mis muñecas y, luego, alzo los brazos, de modo que los Estigmas quedan expuestos y a la vista.

El entendimiento se apodera de las facciones de Mikhail casi de inmediato y sus ojos se abren con asombro.

—¿Eres un Sello?

Asiento.

—El cuarto.

—El que libera al jinete de la Muerte.

Asiento de nuevo.

Él entorna los ojos

—¿Me enviaron a cuidarte para evitar el apocalipsis? —Su ceño se frunce, como si tratase de recordarlo, pero no luce como si estuviese consiguiendo algo.

—Te enviaron a cuidarme porque los ángeles estaban listos para la batalla final, y tú y los tuyos no lo estaban. —Un dejo de desesperanza tiñe mi tono, pero trato de mantener mi expresión serena.

Niega una vez más. Luce cada vez más confundido y alterado.

—Eso no tiene sentido —dice. Su voz suena más ronca y profunda que hace unos instantes—. Hace un momento dijiste que yo fui un *ángel.* —Suelta la palabra como si fuese repugnante siquiera pensar en la posibilidad de ser una criatura de origen luminoso—. ¿No se supone que debería querer ayudarlos? ¿No se supone que debería estar de su lado? —Da un paso en mi dirección y yo, por instinto, retrocedo un par. Su mirada se oscurece con mi movimiento reflejo, pero su expresión no cambia en lo absoluto—. Lo único que quiero es saber qué diablos fue lo que me quitaste y quiero que me lo devuelvas.

Una sonrisa dolida se me dibuja en los labios.

—Yo no te quité nada, Miguel. —Su nombre real en mis labios se siente como una dulce tortura. Como una ventana al pasado que no he podido cerrar desde que se marchó—. *Tú* me diste esto. *Tú* me ataste a ti por voluntad propia.

—Mientes.

Me encojo de hombros.

—¿Por qué habría de mentir? —Lágrimas calientes se agolpan en mis ojos—. Yo no pedí esto. No pedí la atadura. Ni siquiera pedí que pusieras en mí todo este poder que me diste. —Me refiero a su parte angelical, pero estoy segura de que ni siquiera tiene una idea de qué es lo que hablo—. Desde el día en que te fuiste, todo perdió sentido para mí, Mikhail. Desde que te marchaste y me dejaste con toda esta mierda dentro, no he podido encontrar mi maldito lugar en el mundo. ¿De qué demonios me sirve *esto...* —tiro de la cuerda invisible que nos une—, si no eres capaz de recordarme? ¿Si no eres el mismo idiota del que yo...? —Me detengo con brusquedad y trago el nudo que se aprieta cada vez más en mi garganta. No puedo terminar la frase. No puedo, siquiera, respirar como es debido.

Da otro paso más cerca y esta vez no me aparto. Al contrario, permito que la distancia entre nosotros sea peligrosamente corta.

—¿Qué fue lo que te di? —La urgencia con la que habla es casi dolorosa. Casi desesperada.

—¿Importa? —Sueno más cruel de lo que espero, pero trato de no hacerle notar mi arrepentimiento.

Asiente.

—*¿Por qué?* ¿Por que crees que vas a poder tomar el lugar de Lucifer si lo tienes de vuelta?, ¿Por que crees que es tu única debilidad? —espeto, con violencia.

La distancia entre nosotros desaparece.

Mi cuerpo golpea con brusquedad contra uno de los vehículos aparcados en el estacionamiento y me quedo sin aliento al sentir cómo el cuerpo de Mikhail se une al mío con más fuerza de la que debería. Me quedo sin aliento cuando siento su abdomen firme y duro pegado al mío blando y suave.

Su rostro está cerca. Tan cerca que soy capaz de ver las tonalidades grises y blanquecinas de su mirada, y la longitud de sus espesas y oscuras pestañas.

Su respiración cálida y temblorosa me golpea en la mejilla y su cabello —que cae hacia enfrente en mechones desordenados y rebeldes— me hace cosquillas en la frente y los párpados.

—Importa —su voz es tan baja y ronca ahora, que apenas puedo reconocerla—, porque absolutamente nada puede llenar el agujero negro que tengo dentro. Porque, sea lo que sea eso que te has llevado, me hace falta. Y porque no hay nada en este universo que sea capaz de llenar el maldito vacío que eso que me has quitado ha dejado en mí. —Hace una pequeña pausa para lamer sus labios con la punta de su lengua—. Importa porque siento cómo palpita dentro de este maldito lazo. —Tira de él con brusquedad, como para probar su punto—. Y lo quiero de regreso.

—No sé cómo devolvértelo —suelto, en un susurro tembloroso e inestable—. Te lo dije antes y te lo digo ahora: no sé cómo hacer para que lo tengas de vuelta.

—Entonces tendré que arrebatártelo —gruñe y siento cómo fuerza nuestra atadura hasta sus límites.

El estallido de dolor no se hace esperar y el fallo de mis rodillas tampoco, pero no me dejo amedrentar. Me obligo a imprimir toda la fuerza que puedo para repeler su ataque.

Un gemido adolorido se me escapa, pero me las arreglo para tirar del lazo y desestabilizar su agarre en él.

Entonces, la tortura se detiene.

Para ese momento, ambos nos encontramos con la respiración entrecortada y el corazón a toda marcha. Mis piernas tiemblan, mi cabeza duele y apenas puedo tolerar el horrible dolor sordo en mi pecho, pero, a pesar de eso, no permito que eso me derrote. No puedo hacerle ver que me tiene en la palma de su mano. No puedo hacerle ver que puede controlarme.

—¿Lo sientes, no es así? —digo, casi sin aliento—. Sabes que, si me hieres, tú también saldrás lastimado, ¿no es cierto?

—¿Qué diablos me hiciste? —dice él, con un hilo de voz—. ¿Qué clase de atadura pusiste sobre mí?

—Yo no te hice absolutamente nada —susurro, con la voz temblorosa por el esfuerzo que me supone hablar en estos momentos—. Fuiste tú quien nos condenó a esto. Soy tu debilidad. Si me matas, es bastante probable que tú termines muerto también; así que, si yo fuera tú, lo pensaría dos veces antes de intentar hacer algo en mi contra.

La tormenta grisácea de su mirada encuentra la mía, y noto cómo una mezcla de ira y fascinación tiñe sus facciones.

—No me retes —sisea, con coraje, y una sonrisa se apodera de mis labios.

—Tú tampoco lo hagas conmigo —siseo de vuelta.

En ese momento, justo cuando Mikhail está a punto de responder, lo *siento*.

La suave vibración provocada por la energía de Daialee invade mis cinco sentidos y, pronto, me encuentro empujando lejos al demonio que me mantiene acorralada contra un automóvil.

—Debes irte —digo, casi sin aliento—. Una de las brujas viene.

—No le tengo miedo —Mikhail responde, en tono ronco y pastoso.

—Pero ella sí te teme a ti.

—Hace bien al hacerlo.

—No te atrevas a ponerle un dedo encima, Mikhail.

—¿O qué?

—O me encargaré de pararme en medio de la jodida avenida para que un auto me arrolle. No olvides que, si yo muero, lo que quieres de vuelta se va conmigo y tu vida se compromete —escupo, a toda velocidad—. Ahora vete.

—Aún no termino de hablar contigo —dice, pero estoy atenta al incremento de la energía de Daialee. Está bastante cerca.

—Tendremos que dejarlo para otra ocasión —digo, sin dejar de mirar hacia la calle, en la espera de la aparición del auto de mi amiga.

—No. Quiero respuestas ahora mismo.

Mis ojos se clavan en Mikhail una vez más y siento cómo la irritación se apodera de mí.

—Vete ahora y búscame más tarde —urjo—. Vete ahora e iré a encontrarte en el mismo lugar en el que apareciste ayer. En el pórtico de la casa, ¿lo recuerdas?

Él asiente.

—Páctalo con tu sangre —pide, en acuerdo y aprieto los dientes con fuerza debido a la frustración.

—No tengo tiempo para esa mierda, Mikhail —escupo, con coraje—. Vete de aquí.

—Páctalo con tu sangre —repite y, soltando una maldición, empujo los vendajes de mi muñeca izquierda. Acto seguido, presiono los puntos que mantienen la herida cerrada y, después, le muestro la mancha carmesí que tanto pide.

Él, sin decir nada, muerde la punta de su dedo y mezcla su sangre con la mía antes de pronunciar algo en un idioma desconocido para mí.

—Si no apareces…

—Sí, sí, sí… —le interrumpo, al tiempo que niego con exasperación—. Voy a morir, o lo que sea. Sinceramente, no me interesa. Mi sentido del peligro cambió completamente desde que apareciste en mi vida; así que, si no te importa, necesito que te marches ahora.

—¿Por qué diablos no me escuchas? Es importante que…

—¡Vete, maldita sea! —estallo y él da un pequeño respingo antes de sacudir la cabeza con incredulidad.

—¿Qué demonios…?

—Mikhail, lárgate de aquí o voy a…

—¡Ya oí! ¡Ya oí! —Es su turno de interrumpirme.

No me da tiempo de decir nada más, ya que despliega sus inmensas alas en un segundo y sale despedido hacia el aire en el siguiente.

Justo en ese momento, el coche de Daialee aparece en mi campo de visión.

Alivio, angustia y nerviosismo se mezclan y provocan cosas extrañas en mi estómago, pero me las arreglo para acompasar la respiración mientras que Daialee hace sonar la bocina de su vehículo.

Mientras avanzo hacia él, trato de aminorar el golpeteo intenso de mi pulso, pero no lo consigo del todo. Las manos aún me tiemblan cuando me instalo en el asiento del copiloto, así que me obligo a esconderlas de la vista de la bruja abrazándome a mí misma.

—¿Dónde está ese irritante ángel tuyo? —Daialee pregunta, mientras mira hacia la biblioteca.

Me encojo de hombros, en un gesto que pretende ser despreocupado.

—Desapareció en la sección religiosa de la biblioteca hace horas. —Trato de sonar casual, pero hay un tinte tenso en mi voz.

—¿Lo dejaste ahí dentro? —Mi amiga suena encantada; claramente, ajena a mi nerviosismo.

—Sí —sueno más cortante de lo que pretendo—. Si lo quieres de vuelta, tendrás que ir a buscarlo tú misma.

Ella suelta un bufido.

—Como si el tipo valiese mi tiempo —se burla y una sonrisa nerviosa se instala en mis labios.

—¿Nos vamos entonces? —pregunto, solo porque necesito poner cuanta distancia sea posible entre este lugar y yo.

—Nos vamos —dice y echa a andar el auto en dirección a la avenida.

9

ATAQUE

El sonido de la radio llena el silencio incómodo que se ha apoderado del interior del coche de Daialee. Ella, pese a todo, no parece afectada en lo absoluto por el humor oscuro y pesado que emana Rael desde el asiento trasero.

Después de emprender el camino de vuelta a Bailey —justo al tomar la carretera—, nos alcanzó —por no decir que se estrelló contra el techo del auto.

El susto de muerte que nos sacó solo consiguió que Daialee dirigiera una retahíla de maldiciones hacia el ángel. Rael, por su parte, estaba tan enojado por nuestro abandono, que no dejó de pronunciar palabras en un idioma completamente desconocido para nosotras hasta que se cansó.

La escena fue bastante entretenida de ver. Daialee detuvo el coche a mitad de la nada solo para bajar y encarar al ángel. Este, al ver la acción, se postró de manera amenazadora delante de ella para gritarle. A decir verdad, ninguno de los dos dejó de gritarse hasta que estuvieron satisfechos y liberados de su frustración.

Después de eso, treparon de vuelta al auto y no han abierto la boca desde entonces.

Estamos muy cerca de la entrada de Bailey y la ansiedad —que había sido aminorada por la interacción entre Rael y Daialee— ha retomado su fuerza. Es estúpido que me sienta así de entusiasmada y nerviosa por volverme a encontrar con Mikhail más tarde, pero no puedo evitarlo. No puedo dejar de pensar en las posibilidades sobre lo que este encuentro puede traer para nosotros.

Sé que estoy siendo demasiado optimista al respecto. Que no debería fiarme de él como lo hago, pero necesito decirle toda la verdad. Necesito que *recuerde*.

—Deja de morderte las uñas —Daialee me reprime en voz baja y distraída—. Vas a sacarte sangre.

Mi atención se fija en ella y es solo hasta ese momento que me doy cuenta de que tengo la uña de mi pulgar atrapada entre los dientes. En ese instante, aparto el dedo de mi boca y mascullo una disculpa.

—¿Te sientes bien? —Me mira de reojo. Una sonrisa confundida se dibuja en sus labios—. Te ves inquieta.

Una punzada de nerviosismo me asalta.

—No lo sé —miento, al tiempo que sacudo la cabeza en una negativa—. Últimamente, me siento ansiosa todo el tiempo.

—¿Por todo lo que está pasando? —pregunta, con aire pensativo.

—Supongo. —Me encojo de hombros para lucir despreocupada—. Ha sido demasiado. Han ocurrido demasiadas cosas en muy poco tiempo.

Ella asiente en acuerdo.

—Tienes razón —dice—. Las últimas semanas han sido una completa locura. —Niega con la cabeza—. Tenemos que encontrar la manera de hacer que Mikhail vuelva al lugar de donde vino. No es seguro que esté rondando por ahí. Está volviendo loco a todo el mundo y no ha hecho más que perturbar el orden del mundo espiritual. No podemos arriesgarnos a que comience a afectar el terrenal.

Una protesta comienza a formarse en la punta de mi lengua, pero me obligo a mantener la boca cerrada para no pronunciarla. No quiero decirle que no creo que enviar a Mikhail de regreso sea la solución al problema. No quiero que piense que estoy defendiéndole; así que, en su lugar, dejo escapar un suspiro largo y tembloroso y muerdo la parte interna de mi mejilla para no hablar de más.

Nadie dice nada después de eso. Nos limitamos a guardar silencio mientras observamos la carretera que se extiende delante de nuestros ojos.

Las sombras proyectadas por los árboles a nuestro alrededor le dan un aspecto tétrico y siniestro al camino, pero estamos tan acostumbradas a él, que ya ni siquiera nos pone de nervios.

Daialee cambia varias veces la estación de la radio y se da por vencida cuando se da cuenta de que no tenemos mucho de dónde elegir. Entonces, apaga el aparato y conduce en silencio. Yo, distraídamente, miro por la ventana.

Al cabo de unos instantes, la pesadez del sueño comienza a apoderarse de mí. Mis ojos, cansados y fatigados, parpadean con languidez y, por primera vez en mucho tiempo, mi cuerpo parece rendirse ante los brazos de Morfeo.

El mundo comienza a desdibujarse y la relajación es tanta, que no puedo mantener los ojos abiertos ni un segundo más. Estoy *tan* cansada…

—¿Qué fue eso? —La voz de Rael, alterada y alerta, hace que todo el sueño se esfume y que, pese al letargo, me incorpore en el asiento y mire hacia todos lados para orientarme.

Estoy tan aturdida, que me toma unos segundos recordar que me encuentro dentro del coche de Daialee y que vamos de vuelta a casa.

—¿De qué hablas? —ella dice, pero suena confundida.

Es en ese momento, que me doy cuenta de que Rael se ha inclinado hacia adelante en el asiento, de modo que su cabeza queda a la altura de la de Daialee y la mía.

Su atención está fija en el camino que se extiende delante de nosotros y la tensión de su cuerpo es tanta, que luce como si estuviese listo para lanzarse al ataque en cualquier segundo.

Rael no responde a la pregunta de Daialee. Se limita a pasear la mirada con mucha lentitud por el terreno que se extiende delante de nosotros. Su ceño está fruncido en concentración y su mandíbula está tan apretada, que un músculo salta en ella. Sus nudillos, incluso, se han emblanquecido por la fuerza con la que aferra la piel de los asientos de los que se sostiene.

—¿Qué ocurre? —Sueno ronca y adormilada todavía.

Él sigue sin responder. Solo hace una seña para indicar que debo guardar silencio.

—Acelera —dice, al cabo de un largo y tortuoso momento.

Daialee gira su rostro durante un instante fugaz solo para mirarle, y él, con la expresión cargada de horror, espeta—: ¡Acelera, maldición!

Mi corazón se detiene durante una fracción de segundo solo para reanudar su marcha a un ritmo antinatural; el miedo se construye en mi cuerpo y el pecho se me estruja cuando mi amiga pisa a fondo el acelerador.

Entonces —solo entonces—, lo noto...

Algo oscuro y ligero —similar al humo— comienza a hacerse visible en la carretera, y la sensación viciosa y enfermiza que la imagen me provoca, solo consigue revolverme el estómago.

—¿Qué demonios es eso? —Apenas puedo pronunciar en un susurro.

—No lo sé. —Rael niega, con el ceño fruncido. Como si no pudiese entender qué ocurre. Como si no pudiese creerlo.

—¿Son Grigori? —El terror se filtra en mi tono.

—No —responde—. Es algo más. Algo... *peor.*

Mi vista, horrorizada, se posa en él.

—*¿Peor?*

—¿No lo sientes? —Los ojos amarillentos del ángel se clavan en los míos—. ¿No eres capaz de percibirlo?

Niego con la cabeza, pero no digo nada más. Solo miro hacia la ventana mientras trato de concentrarme en lo que se supone que debo de sentir.

—¿Qué diablos es esa cosa? —Daialee pregunta, al tiempo que acelera un poco más.

—No lo sé. —Rael musita, medio aterrado. Medio fascinado—. Nunca había visto algo como eso. Es... ¡Maldita sea! No sé ni siquiera que es.

La ansiedad se hace presente en mi sistema y trato de concentrarme un poco más en percibir eso que el ángel que tengo a mi lado logra notar; sin embargo, no puedo percatarme de nada. No sé qué es lo que Rael ha sentido, y que yo ni siquiera soy capaz de notar.

Es la primera vez que me ocurre algo así.

—No siento nada —digo, en voz alta, y un destello de frustración tiñe mi tono.

Daialee parece mostrar un poco de apoyo moral hacia mí, ya que musita que ella tampoco puede hacerlo. A pesar de que eso no me hace sentir mejor, lo agradezco.

Los ojos de Rael están fijos en las figuras danzantes que el humo comienza a formar en el aire, y es solo hasta ese momento que me permito poner toda mi atención en el camino que se despliega delante de nosotros. La tensión de mis músculos aumenta cuando la extraña nube oscura gana terreno a nuestro alrededor, pero me trago el miedo como puedo.

El coche aumenta su velocidad otro poco y el agujero de nerviosismo que se ha formado en la boca de mi estómago, se hace más grande. Por acto reflejo, aferro las manos con fuerza en el asiento y tomo una inspiración profunda para aminorar el latir desbocado de mi pulso.

Las manos de Daialee se aferran al volante y, por primera vez, noto cómo el terror se filtra en sus facciones. Ella también ha notado el aumento del humo. También ha notado que está acorralándonos.

Un sonido aterrorizado brota de los labios de mi amiga y, justo un segundo después, el sonido de las llantas rechinando contra el asfalto me llena la audición. El auto colea cuando Daialee pisa el freno a fondo y giramos sobre el eje de las llantas debido al abrupto cambio de velocidad.

Mi cabeza golpea contra el vidrio de la puerta y el cinturón de seguridad se incrusta en mi cuello y pecho con tanta fuerza, que me quedo sin aliento durante unos segundos.

El ángel, quien se encontraba al filo del asiento trasero, se ha estrellado contra el parabrisas y me ha golpeado en la cara con un pie en el proceso.

El coche se detiene por completo.

—¡¿Qué demonios, Daialee?! —exclamo, al cabo de unos instantes de absoluto silencio.

Ella no responde. No hace nada más que mirar hacia adelante con expresión horrorizada.

Rael, quien luce como si el patinar del auto hubiese sido la experiencia más paranormal del mundo, se deja caer entre los asientos delanteros un segundo antes de dirigir su mirada hacia el lugar que parece haber hipnotizado a Daialee.

Su expresión pasa de la confusión al horror.

Es en ese momento que poso la atención en el camino y el terror me invade.

La densa neblina oscura nos ha obstruido el paso, y no solo eso… Del suelo, justo donde el humo comienza, algo se mueve.

Primero, luce como si solo fuese una especie de líquido negro y espeso, pero poco a poco toma forma y se solidifica hasta formar figuras amorfas.

De pronto, cientos… *No*… *miles* de manos comienzan a estirarse desde el suelo hacia arriba y la sensación insidiosa de saber que he visto esto antes, se apodera de mí a toda velocidad.

—Oh, mierda… —La voz de Daialee me llena los oídos y yo trato, desesperadamente, de recordar dónde diablos he visto eso.

Entonces, ocurre.

Poco a poco, el recuerdo se construye en mi memoria. A una velocidad lenta y dolorosa, la imagen se forja en mi cabeza y, al cabo de unos segundos en blanco, me golpea con brutalidad.

De pronto, me encuentro atrapada en la última imagen que tuve de Mikhail hace cuatro años. Esa en la que cientos de manos salían del pentagrama en el que se encontraba y lo engullían vivo. Esa en la que era arrastrado por manos oscuras y densas como las que han comenzado a formarse aquí.

—¿Esas cosas…? —digo, casi sin aliento—. ¿Esas cosas son las mismas que se llevaron a Mikhail al Infierno?

Siento cómo la mirada de Rael se clava en mí, y veo por el rabillo del ojo como Daialee asiente sin apartar la vista de la imagen que se forma delante de nosotros.

—Tenemos que salir de aquí —dice mi amiga y, por primera vez en mucho tiempo, escucho el terror crudo que tiñe su voz.

Un escalofrío de puro pánico me recorre de pies a cabeza y me las arreglo para mantener a raya la risa histérica que amenaza con abandonarme.

¿Cómo se supone que vamos a salir de aquí si nos obstruyen el paso? ¿Cómo diablos vamos a escapar si el ángel que viene con nosotras no es capaz de utilizar toda su fuerza para pelear?

—Esto no está bien —Rael musita—. Esto no está nada bien.

—No me digas, genio —Daialee suelta, con sarcasmo, pero él ni siquiera se inmuta. No deja de mirar, al igual que yo, cómo las manos se alargan y se extienden hasta transformarse en extremidades enteras.

—¿Crees que puedas hacer algo con tu poder? —Rael pregunta sin mirar a nadie, y me toma unos segundos darme cuenta de que es a mí a quien le habla.

—No lo sé —admito—. Ni siquiera puedo percibirlas. Es como si no estuviesen aquí. Como si no fuesen parte de este mundo.

—¿Crees que puedas intentarlo?

—No desde aquí adentro. —Hago una mueca cargada de disculpa—. Las cosas sólidas siempre suelen interponerse en el camino de los Estigmas.

—¿Crees que puedas intentar hacer algo allá afuera? —Rael suena tranquilo, pero hay un filo ansioso en su voz.

Dudo durante unos segundos, pero termino asintiendo.

—Creo que sí. —Quiero golpearme por tartamudear, pero él ni siquiera se inmuta por el fallo de mi voz.

—Bien —dice, al tiempo que vuelve al asiento trasero del vehículo—. Vamos, entonces.

—¡¿Van a dejarme aquí sola?! —Daialee chilla, mientras el sonido de la puerta trasera siendo abierta, lo invade todo.

Una mirada cargada de disculpa es lo único que puedo ofrecerle y, sin decir una palabra más, abro la puerta del copiloto.

—¡Bess Annelise Marshall, no te atrevas a...! —dice la bruja, pero yo ya he bajado del auto. Ya he cerrado la puerta de regreso.

En el instante en el que mis pies avanzan un par de pasos para alejarme del vehículo, la neblina se cierra aún más en nuestra dirección y un millar más de brazos comienzan a brotar del suelo.

Las protestas de Daialee no se detienen, pero la ignoro por completo mientras trato de ralentizar el latir desbocado de mi corazón.

No entiendo qué diablos está ocurriendo, pero tampoco quiero quedarme a averiguarlo. Necesito hacer algo. Al menos, intentarlo.

—Estoy aquí. —Rael pronuncia a mis espaldas. El tono tranquilizador que utiliza me relaja ligeramente.

—Si algo ocurre —digo, con la voz entrecortada por las emociones—. Llévate a Daialee, ¿de acuerdo?

—Annelise…

—Por favor —le interrumpo—. Necesito que me prometas que vas a salvarla a ella.

El ángel no dice nada, pero puedo percibir la incomodidad en la energía que emana.

—Rael… —Mi tono es suplicante ahora.

—De acuerdo —dice a regañadientes—. Lo prometo.

Una oleada de alivio me golpea en ese momento y es solo entonces, que me permito concentrarme.

Cierro los ojos. La energía de los Estigmas comienza a agitarse y a vibrar complacida. *Sabe* que voy a utilizarla. *Sabe* que esta vez puede ser violenta y arrolladora.

Tomo una inspiración profunda y dejo ir el aire con lentitud.

Repito el proceso:

Inhalo.

Exhalo.

La humedad de la sangre me moja las muñecas cuando las giro para forzar las puntadas que he hecho.

Inhalo.

Exhalo.

Los hilos de energía invisible se extienden y se atan a todo a mi alrededor. A todo a excepción de esas cosas. Una punzada de pánico me llena el pecho, pero me las arreglo para mantenerlo a raya.

Inhalo.

Lo intento de nuevo.

Exhalo.

Esta vez, las hebras logran tocar las manos que brotan del suelo y las aferro con fuerza. Todos los músculos se me tensan cuando siento cómo las extremidades luchan y se tuercen en ángulos extraños para librarse del poder de los Estigmas. Mi agarre, pese a todo, no cede ni un poco.

Abro los ojos.

Una oleada de alivio me invade de pies a cabeza cuando siento cómo los hilos afianzan su agarre en las manos que brotan del suelo, y tiro de ellos para demostrarles que soy yo quien tiene el mando de la situación ahora.

El humo se densifica.

La neblina oscura que lo invadía todo, se transforma en algo más espeso y oscuro. Las extremidades que brotan del suelo parecen alargarse de sobremanera y, más que luchar contra mi agarre, parecen tantear su fuerza. Entonces, las figuras que al principio parecían líquido espeso, comienzan a solidificarse un poco más. La expansión de su materia no se hace esperar y, de repente, se transforman en otra cosa…

El miedo previo vuelve a azotarme con fuerza cuando noto cómo, una a una, un montón de figuras humanoides de materia oscura se forman delante de mis ojos. Es entonces, cuando de verdad siento su presencia.

Mi estómago se revuelve ante el golpe intenso de oscuridad que emanan y me estremezco en el instante en el que una horrible opresión se apodera de mí. Las siluetas alargadas y humanoides lucen como si alguna vez hubiesen sido maniquíes de plástico echados a un contenedor de alquitrán hirviendo. Como si gotearan y exudaran esa materia viscosa que las cubre.

Las figuras parecen estirarse y desperezarse mientras yo trato, desesperadamente, de aferrarlas con fuerza con las hebras de energía. Ellas, sin embargo, no lucen siquiera afectadas por el poder de los Estigmas.

Doy un paso hacia atrás, pero trato de tirar de los hilos un poco más, en un débil intento de hacerles daño, pero lo único que consigo es que posen su atención completamente en mí.

Miles de siluetas alargadas, oscuras y sin rostro giran sus cabezas hacia mí y las ladean, como si fuesen animales curiosos de verme. Como si yo fuese un espectáculo digno de mirar a detalle.

Durante un largo momento, nada ocurre. Las siluetas no se mueven, no despegan su atención de mí y no hacen nada para liberarse del agarre intenso que ejerzo sobre ellas.

—Annelise —la voz de Rael llena mis oídos—, ten cuidado.

Asiento.

Un tenso y doloroso silencio se apodera del lugar y, justo en el instante en el que me atrevo a dejar ir algo del aire que ni siquiera sabía que contenía, el caos se desata.

Los hilos de energía son cortados de tajo, las figuras se abalanzan en mi dirección a toda velocidad y el lazo en mi pecho se estira y se estruja con brutalidad. Un horrible e insoportable dolor me recorre el cuerpo de pies a cabeza y un grito ahogado se me escapa cuando algo helado se apodera de mis extremidades inferiores.

Mi cuerpo golpea contra el suelo con tanta violencia, que me quedo sin aliento. Puntos oscuros oscilan en mi campo de visión y siento cómo mis muñecas son inmovilizadas por algo que se siente tan helado como el hielo. No tengo tiempo de gritar. No tengo tiempo de hacer nada más que forcejear contra lo que sea que me mantiene anclada al suelo.

Un siseo similar al que hacen las serpientes invade mi audición y el dolor se incrementa con tanta rapidez, que ni siquiera puedo articular palabras.

Estoy temblando. Estoy retorciéndome del dolor. Estoy sintiendo como, literalmente, la energía es drenada de mí a toda velocidad.

Algo caliente me moja los brazos y no siento los dedos. Ni siquiera estoy segura de sentir las manos.

La parte activa de mi cerebro no deja de gritar que me estoy desangrando y, justo cuando creo que no voy a soportar más dolor, algo me azota la espalda. Entonces, grito.

El sonido que se me escapa es tan aterrador y torturado, que ni siquiera lo reconozco como mío, pero sé que he sido yo. Sé que ha salido de mis labios.

El azote se repite y mis vértebras se arquean hacia arriba con tanta fuerza, que siento cómo crujen en el proceso. Entonces, grito de nuevo. Grito con tanta fuerza, que me aturdo a mí misma.

Alguien exclama mi nombre. Alguien me roza la cara con los dedos, en un intento desesperado por llegar a mí, pero siento cómo soy engullida por algo pesado y grumoso. Siento como soy tragada por la masa de figuras que me rodea.

Otro estallido de dolor hace que me doble sobre mí misma y, justo cuando creo que no voy a poder soportarlo más, un tirón violento en el pecho me estabiliza.

Mis ojos están llenos de lágrimas no derramadas. Mi vista es un caleidoscopio de colores inconexos y figuras irreconocibles, pero, a pesar de todo eso, soy capaz de verlo. Soy capaz de *sentirlo*.

Alas negras como de murciélago aparecen entre la serie extraña de figuras sin sentido que se apoderan de mi vista y lucho. Peleo con tanta fuerza, que el agarre que las figuras ejercen sobre mí aminora.

El corazón me ruge contra las costillas. La ansiedad y la desesperación se abren paso en mi sistema cuando escucho una especie de rugido que me eriza los vellos del cuerpo. Entonces, grito una vez más. Esta vez, cuando lo hago, nuevas hebras invisibles escapan de mis muñecas y hacen su camino hacia arriba; en la búsqueda de algo a qué aferrarse.

La tierra tiembla debajo de mis pies, el mundo a mi alrededor vibra al compás del inmenso y aterrador poder de los Estigmas, pero nada parece detener a las figuras. Nada parece intimidarlas.

Estoy agotada. Estoy exhausta. No puedo luchar más. No puedo pelear contra ellas.

«No puedo. No puedo. *No puedo*».

Algo tira de mí hacia arriba.

Mi cuerpo lánguido y débil siente cómo es halado con tanta fuerza, que las figuras amorfas tienen que implementar más fuerza bruta para detenerme. Con todo y eso, el tirón hacia el cielo, no cede ni un poco.

Un sonido —mitad rugido, mitad grito— resuena en todo el lugar y un jalón violento y doloroso me llena el pecho. Luego, aferro los hilos de energía a quien sea el que trata de sacarme de aquí. Aferro cada parte de mi ser a quien sea el que trata de sacarme de las garras de la oscuridad.

Lucho con todas mis fuerzas. Peleo contra la languidez y el dolor insoportable y, haciendo acopio de la poca fuerza que me queda, me impulso hacia adelante. Me impulso lejos de la prisión que las criaturas amorfas han creado para mí.

La atadura en mi pecho se estremece, pero las hebras de energía que despide de mí se aferran a ella para fortalecerla. Se aferran a ella porque es lo único que puede mantenerme estable en estos momentos.

Otro estallido de dolor hace que me doble hacia adelante, pero no me dejo vencer. Por el contrario, me aferro aún más a quien trata de salvarme. Me aferro a él hasta que la presión cede por completo. Hasta que el cuerpo deja de dolerme y la prisión me libera.

En ese momento, alzo la vista hacia el cielo nocturno para ver a quien me ha salvado. Para encontrarme de lleno con el familiar par de ojos color gris pálido —casi blanco— que no deja de llevarme a lugares seguros.

El alivio me recorre de pies a cabeza y, sin siquiera detenerme a pensar en lo peligroso que es que Mikhail me lleve a cuestas, me dejo ir.

10

SALVADOR

Huele a café.

Estoy envuelta en una bruma pesada, densa y oscura... y huele a café. El aroma me inunda las fosas nasales y hace que sea un poco más consciente de mí misma mientras penetra en mi sistema.

De pronto, me encuentro atenta al suave sonido provocado por —lo que parece ser— un ventilador de techo. Me remuevo con incomodidad. En ese momento, comienzo a ser consciente del entumecimiento helado de mis manos y del calor dolorido de mi espalda. El ardor y el escozor que hay en ella es casi tan intenso como el hormigueo de mis brazos.

Una parte de mí grita que debo abrir los ojos, pero no puedo hacerlo. No puedo hacer nada más que luchar contra el estado de semiinconsciencia que amenaza con vencerme.

No sé dónde estoy. No sé qué diablos es lo que ha ocurrido, pero no me importa averiguarlo todavía. Lo único que quiero, es absorber los escalofríos placenteros que me provoca la suave corriente de aire que me golpea.

Sé que estoy desnuda. No estoy segura de cómo es que lo sé, pero lo hago. La ligereza del material debajo de mí, aunada a ese peculiar placer que provoca el no traer sujetador, hace que sea cada vez más consciente de este hecho.

«¿Por qué diablos estoy desnuda?».

Trato de abrir los ojos.

Los párpados me revolotean, en un intento desesperado por despertar completamente, pero no logro hacerlos reaccionar.

No consigo dominar la poca fuerza que tengo para arrastrarme de vuelta a la realidad.

No sé cuánto tiempo pasa antes de que empiece a tomar control de mí misma, pero me aprovecho de esta energía momentánea para intentar enfocar la vista. No consigo hacer nada hasta varios intentos después y, cuando —finalmente— soy capaz de mirar alrededor, la confusión se abre paso en mi interior.

Hay una pila de ropa en el suelo. El familiar material que visualizo no toma sentido hasta que, poco a poco, los recuerdos empiezan a llenar mi cabeza.

«Tú traías puesto eso», me susurra el subconsciente y el lío de imágenes que es mi cabeza se hace más grande.

No recuerdo haberme quitado la ropa. No recuerdo absolutamente nada.

Alzo la cabeza. Un dolor punzante se hace presente en la parte posterior de mi cráneo y es tan intenso, que tengo que cerrar los ojos y llevarme una mano entumecida hasta esa parte para presionarlo con suavidad. El dolor se intensifica en el proceso.

Tengo el cabello húmedo en la raíz y no sé si es debido a la fina capa de sudor que me cubre el cuerpo o es gracias a otra cosa.

«¿Qué demonios ocurrió?».

La parte activa de mi cerebro ya está alerta y despierta, pero el cuerpo no logra avanzar a la misma velocidad que él; así que me toma unos instantes atreverme a echar otro vistazo.

Lo primero que soy capaz de ver es una pared de madera. No hay nada de decoración en ella; de hecho, desde donde me encuentro, no veo ninguna clase de mueble en la estancia. Ni siquiera hay una ventana alrededor.

Trato de girar sobre mi costado para tener un panorama más claro, pero el escozor que me estalla en la espalda es tan abrumador y doloroso, que un grito ahogado e involuntario brota de mis labios. Por instinto, me doblo sobre mí misma. Los dedos se me crispan en puños apretados y me muerdo el labio inferior con tanta brusquedad, que soy capaz de probar el sabor metálico de mi sangre.

Escucho ruidos a mi alrededor. La madera cruje bajo los pasos firmes de alguien y, con cuidado, soy empujada de vuelta a la posición en la que me encontraba. Luego, algo frío y húmedo me cubre la espalda y el ardor insoportable reduce de manera considerable.

Contengo la respiración. Contengo todos y cada uno de mis movimientos y me quedo así durante —lo que se siente como— una eternidad.

Abro los ojos.

Mi vista se llena con la mirada penetrante de Mikhail. El color gris familiar —y desconocido al mismo tiempo— de sus irises, está teñido de pequeños y diminutos detalles blanquecinos y ambarinos, y sus pobladas pestañas le hacen lucir un poco más oscuro de lo que en realidad es.

El ceño del demonio está fruncido hasta el punto en el que apenas una pequeña separación divide sus cejas. No me atrevo a apostar, pero me parece ver un destello de preocupación en la forma en la que me observa; pese a eso, no digo nada. Solo sostengo su mirada helada y extraña.

—Realmente eres un Sello —musita, al tiempo que estudia mi rostro a detalle. A pesar de que se dirige a mí, suena como si estuviese hablando consigo mismo.

Una serie de recuerdos se abalanza sobre mí a toda velocidad: lo ocurrido en la carretera, las cosas extrañas salidas de debajo de la tierra, el poco efecto del poder de los Estigmas sobre ellas, el dolor insoportable en mi espalda, el ser engullida por esas cosas… Todo se me agolpa en la memoria y me deja sin aliento durante unos instantes.

—¿Qué pasó? —Mi voz suena seca, débil e inestable, y la garganta me duele cuando hablo.

Contra todo pronóstico, el demonio delante de mí estira su mano en mi dirección y la coloca en un costado del rostro, ahuecándolo con delicadeza.

—Sigues teniendo fiebre —pronuncia, ignorando mi pregunta—. ¿Cómo te sientes?

La extraña preocupación que escucho en su voz me saca de balance.

—¿Qué ocurrió? —insisto, pese a la confusión que ha empezado a invadirme.

El demonio deja escapar un suspiro largo y cansado.

—Te salvé el culo. Eso ocurrió —dice, y mi pecho duele y se estruja al escucharlo decir eso. Es como si tuviese al antiguo Mikhail delante de mí. Como si esta criatura que emana energía oscura y violenta estuviese mezclada con el semi demonio que yo conocí.

Sacudo la cabeza.

—¿*Cómo?* ¿Qué fue lo que pasó en la carretera? ¿Qué fue todo eso? ¿Dónde estoy?

Su mano me abandona la cara y, sin decir una sola palabra, se pone de pie. Acto seguido, se coloca junto a la cama y, sin más, el peso húmedo y frío que se encontraba sobre mi espalda desaparece.

Mikhail trabaja en silencio a mi lado, pero no soy capaz de hacer nada más que escuchar un suave chapoteo. Segundos después de eso, la sensación helada y húmeda regresa.

Es en ese momento que me doy cuenta… Mikhail está poniendo compresas de agua helada en mi espalda, pero, ¿por qué? ¿Por qué diablos cuida de mí cuando hace unos días lo único que quería era deshacerse de mí?

«Es por el daño que puede causarle tu muerte», me dice el subconsciente, pero aun así mi pecho se hincha con una sensación familiar y antigua.

—Trata de descansar —dice, una vez que termina con la tarea impuesta. Su tono es monótono y desinteresado, pero hay algo en él que hace que el corazón se me contraiga—. Ya veré qué puedo hacer para que los Estigmas de tu espalda se cierren. Mientras tanto…

—Espera, espera… ¿*Qué?* —Trato, desesperadamente, de girarme para encararlo, pero lo único que consigo es que el dolor insoportable regrese.

—¡¿Pero qué carajo…?! —Mikhail exclama—. ¡¿Qué, en el infierno, haces?! —Con brusquedad, me clava los dedos en el hombro y me empuja hacia el colchón, de modo que vuelvo a quedar boca abajo sobre la cama en la que me encuentro—. ¡Te estoy diciendo que debes descansar!

—¿A qué te refieres con «los Estigmas de tu espalda»? ¡Yo no tengo Estigmas en la espalda! ¡Y-yo no…!

—¡¿Es que no lo entiendes?! —La voz de Mikhail se eleva tanto y tan repentinamente, que me encojo sobre mí misma; pero él se encarga de que no pueda huir de su mirada furibunda, ya que se acuclilla para quedar a mi altura—. Ahora los tienes. Ahora, señorita, tienes un montón de heridas en la espalda, y si no conseguimos cerrarlas pronto, vamos a estar en problemas. Tanto tú, como yo. Ahora, si me haces el maldito favor, quédate dónde estás para que yo pueda hacer algo por resolver este jodido problema sin tener que preocuparme por cuidarte el jodido pellejo.

La hostilidad de su mirada es tanta, que siento cómo el estómago se me revuelve debido al miedo. Con todo y eso, no aparto la vista.

—Dime qué fue lo que pasó, Mikhail o...

—O, *¿qué?* —Su voz es apenas un susurro, pero su tono es tan amenazante, que un escalofrío me recorre la espina dorsal—. ¿Esta vez cómo vas a intentar amenazarme? ¿Vas a intentar chantajearme con el asunto del lazo? A estas alturas, Cielo, me harías un favor si te tiraras de un maldito barranco, honestamente.

Aprieto la mandíbula con fuerza. Algo doloroso se clava en mi pecho, pero lo ignoro mientras trato de mantener mi expresión serena. No puedo hacerle ver cuánto me ha afectado su comentario. No puedo dejar que se dé cuenta de cuánto me ha dolido lo que ha dicho.

—Quiero ir a casa —suelto, en un susurro furioso y derrotado—. Llévame a casa.

Una sonrisa cruel se desliza en las comisuras de sus labios y el gesto luce tan familiar, que todo mi cuerpo parece reaccionar por voluntad propia ante él.

—¿De verdad crees que estás en posición de pedirme algo? —La diversión que pinta su voz suena tan arrogante y burlesca, que la punzada de dolor en el pecho regresa.

El silencio que le sigue a sus palabras es tenso y tirante, pero no hago nada para romperlo. No hago nada por contradecir lo que ha dicho porque sé que estoy aquí a su merced. Porque sé que estoy débil y que apenas puedo mantener los ojos abiertos debido al agotamiento, pero no dejo de sostenerle la mirada.

Un asentimiento aprobatorio es realizado por su cabeza y, en ese momento, se incorpora para echarse a andar en dirección contraria a mi campo de visión.

—Si necesitas algo, llámame —dice, cuando creo que se ha marchado—. No trates de hacer nada estúpido o vas a pagarlo. —Hace una pausa y después, añade en un tono más suave—: Descansa. Lo necesitas.

Acto seguido, soy capaz de escuchar cómo una puerta se cierra con firmeza detrás de él.

La espalda me arde. No he podido moverme de la posición en la que me encuentro desde hace horas porque siento que la piel va desprenderse de mi cuerpo para dejarme los músculos en carne viva. Me duele el pecho y el estómago, y siento los hombros entumecidos debido a la postura en la que me encuentro; todo esto sin mencionar, que estoy aburrida hasta la mierda.

Las primeras horas en este lugar, fueron las más angustiosas. El millar de escenarios que se formó en mi cabeza respecto a lo ocurrido en la carretera no hizo más que ponerme los nervios de punta; pero, al cabo de un montón de rato dándole vueltas al asunto, lo dejé estar.

Sigo preocupada por Daialee. Sigo preocupada por Dinora, Niara, Zianya e, incluso, por Rael. No sé cómo estén el ángel y mi amiga, y eso ha mantenido mi estrés a niveles estratosféricos; tampoco sé cuán alteradas se encuentren las brujas en casa. A estas alturas, no me sorprendería en lo absoluto si se encontrasen al borde del colapso nervioso también.

Sé que ahora mismo no puedo hacer nada al respecto, la sensación viciosa y enfermiza que me provoca la preocupación no se marcha en lo absoluto.

Mikhail, por otro lado, no ha regresado desde que se marchó, pero no es algo que me mantenga angustiada. Incluso en nuestros mejores tiempos, siempre tuvo la costumbre de desaparecer de mi entorno durante periodos largos. Lo único que me pesa de su ausencia, es la falta de respuestas… y de comida.

Por más que trate de negarlo, mi estómago no ha dejado de exigir alimento. He pasado el día entero intentando distraerme del rugir violento que tengo en el estómago, pero nada parece apaciguarlo.

He tratado, también, de poner un poco de orden en mis pensamientos. La sucesión de acontecimientos extraños que han ocurrido los últimos días no me ha dado tregua, pero por más que trato, no logro darle sentido. No sé qué eran esas cosas viscosas que intentaron llevarme, tampoco sé de dónde vienen o por qué nos atacaron; no entiendo por qué no fui capaz de percibirlas y, por sobre todas las cosas, sigo preguntándome qué fue lo que motivó a Mikhail a ayudarme.

La parte sensata y objetiva de mi cerebro me dice que ha sido solo porque mi muerte representaría una pérdida de energía muy grande para él; pero esa que está obsesionada con la idea de tener al antiguo Mikhail de vuelta, no deja de susurrarme que lo ha hecho porque, de algún modo, me recuerda.

Es una locura, lo sé, pero no puedo dejar de pensar en eso como una posibilidad.

El sonido del pestillo siendo abierto me trae de vuelta a la realidad. Un suave tirón en el enlace me estruja el pecho y, luego, escucho los pasos de Mikhail acercándose.

Sé que es él porque puedo percibirlo en el lazo. Sé que es él porque la energía angelical que guardo dentro de mí se agita como si pudiese reconocerlo. Como si tuviese vida propia.

Sin decir una palabra, el demonio se acerca y comienza a trabajar. Metódicamente, retira la tela húmeda que me cubre la espalda y presiona una toalla delgada sobre las heridas abiertas. No las he visto, pero a juzgar por la manera en la que las toca, deben ser bastante escandalosas.

Mikhail se sienta en el borde del colchón duro sobre el que me encuentro y pronto siento cómo una sustancia helada y con consistencia densa comienza a esparcirse sobre mis omóplatos. El olor a ungüento y yerbabuena me inunda las fosas nasales luego de eso.

Sus dedos expertos poco a poco trabajan en las heridas de mi espalda y un escalofrío me recorre entera al sentir el tacto suave y dulce de su piel contra la mía.

Me toma por sorpresa el tiempo que se tarda trazando las marcas. Me sorprende aún más que no dé señales de estar siendo herido por nuestro contacto.

—¿Duele? —El tono suave y amable que utiliza me saca de balance.

—No tanto como creí que lo haría —me sincero.

Silencio.

—¿Ya vas a decirme qué fue lo que pasó? —pregunto, al cabo de unos instantes.

Un suspiro exasperado resuena en toda la habitación y sé, de antemano, que no quiere hablar del tema.

—Fuiste atacada por los mismísimos creadores del Infierno —dice a regañadientes.

—¿*Creadores*? —la confusión tiñe mi tono—. Creí que el creador del Inframundo era Lucifer.

—Técnicamente, lo es. —Mikhail suena tranquilo, pero no puede engañarme. Sé que no está encantado con la idea de hablarme sobre esto—. Al caer a la tierra junto con los desertores, Lucifer estaba tan lleno de odio hacia los de tu especie, que todo ese odio y esa oscuridad, de alguna manera tomó forma física. No sé exactamente cómo, pero Lucifer consiguió materializar esa oscuridad que llevaba dentro. Consiguió que esas cosas que intentaron llevarte crearan lo que ahora todo el mundo conoce como el Infierno.

—¿Cómo es que sabes esas cosas? —musito, confundida. Nunca me había hablado acerca del Infierno. De hecho, nunca fue capaz de hablarme él mismo acerca de su naturaleza angelical. Todo lo que supe acerca de eso, fue gracias a Axel.

Mikhail me mira como si fuese el ser más idiota del planeta.

—No lo sé, ¿quizás porque soy un demonio? —El sarcasmo tiñe su voz.

Ruedo los ojos al cielo.

—No fuiste un demonio siempre —digo, al tiempo que siento cómo sus dedos embadurnados de aquella pasta de aroma fresco se pasean a lo largo de mi columna.

Guarda silencio.

—No me crees, ¿no es así? —pregunto, al cabo de unos instantes.

—Me parece algo… —hace una pequeña pausa para buscar las palabras correctas para expresarse—, poco probable.

Un destello de decepción me invade.

—¿Por qué? ¿Qué es tan difícil de creer?

No responde.

—¿Mikhail? —insisto.

—Soy oscuridad. —Su voz suena más ronca y profunda que de costumbre—. Estoy hecho de tinieblas. Todo de mí es maldad, ira, enojo… Me parece improbable la posibilidad de ser una mierda luminosa. No soy una jodida luciérnaga hecha para llevar mensajes de paz y amor a la tierra.

—Los ángeles no son seres de paz y amor —objeto—. Tú mismo me dijiste hace unos años que ellos odian a los de mi especie. Que son egoístas y que no nos soportan porque somos los únicos seres en el universo que poseen libre albedrío.

—¿Yo dije eso?

Asiento.

—También dijiste que era estúpido de mi parte sentir que lo que sé respecto a ángeles y demonios es correcto. Que los humanos no tenemos ni idea de la naturaleza de ambas especies y que debería tener más cuidado al estar al alrededor de cualquiera de ellas.

—Y a pesar de eso, estás aquí —dice—, confiando en un demonio que intentó matarte no solo en una ocasión, sino en varias, ¿no es cierto?

—No confío en ti.

—Ah, ¿no?

Sacudo la cabeza en una negativa.

—Confío en el lazo que me une a ti y en el hecho de que soy tu debilidad. Sé que no eres de fiar.

Un sonido similar al de un bufido se le escapa.

—No eres mi debilidad.

—¿No?

—Por supuesto que no.

—¿Entonces por qué me salvaste?

Se hace el silencio durante unos instantes.

—De acuerdo —dice, luego de dejar de frotar ungüento sobre mis heridas—. Digamos que no es de mi conveniencia que algo malo te ocurra.

Una sonrisa triste se desliza en mis labios.

—¿Ves? Ese es el motivo por el cual me siento tranquila a tu alrededor.

Mikhail se levanta del lugar donde se encuentra y escucho cómo avanza por la duela de madera hasta aparecer en mi campo de visión. Después de unos tortuosos instantes, se deja caer en el suelo con la espalda recargada en la pared que se encuentra frente a mí.

—Es extraño… —dice, al cabo de un rato en silencio—. Cuando estás en peligro, algo dentro de mí se acciona. Es como si hubiese otra clase de lazo entre nosotros además del que nos mantiene atados. Como si, de algún modo, estuviese conectado a ti también por ese medio… —Mi corazón hace una voltereta violenta. De pronto, una conversación viene a mi mente. Una en la que dijo algo similar. Una en la que yo me encontraba hecha trizas en sus brazos—. Anoche, cuando sentí la amenaza, comencé a ir hacia ti sin saber exactamente qué iba a encontrarte. No tiene nada que ver con la atadura. Es algo diferente. Más… *sensorial.*

Mi corazón se estruja otro poco.

—Al principio no estaba dispuesto a ayudarte —continúa, sin mirarme. Sus ojos están clavados en un punto en la lejanía, como si estuviese recordando—, pero el lazo comenzó a estirarse tanto, que creí que iba a trozarse. Creí que iba a *matarte.* —Sacude la cabeza, como si no pudiese creer en sus propias palabras—. Yo solo… volé hacia ti. A pesar de la repulsión que le tengo a esas cosas. A pesar de que sé que es imposible detenerlas…

—Creí que te jactabas de ser un demonio poderoso —bromeo para restarle seriedad al asunto, pero no estoy segura de haberlo logrado. Entonces, hago una mala imitación de su voz, diciendo—: «Se necesita más que un simple nombre para poder controlarme, Cielo».

Una sonrisa se dibuja en sus labios.

—Ni siquiera un demonio tan poderoso como yo…

—Y modesto —le interrumpo.

Su sonrisa se ensancha y pone los ojos en blanco.

—Ni siquiera alguien como yo es capaz de enfrentarse a la oscuridad, Cielo —dice—. No tienes una idea de cuánto daño puede hacer.

—No pude percibirla —digo, en voz baja, para retomar la seriedad del tema—. Daialee tampoco pudo hacerlo.

Asiente.

—Ese es uno de los motivos por los cuales es así de peligrosa. Porque es imperceptible. Cuando te das cuenta, ya te ha acorralado, y está lista para hacerte trizas.

El rostro de Daialee se dibuja en mi cabeza luego de eso y me encuentro preguntándome qué ha pasado con ella y con Rael.

—¿Qué ocurrió con Daialee y Rael? ¿Lograron salvarse de esas cosas? —La preocupación tiñe mi tono.

—¿Te refieres al ángel cobarde y a la bruja?

Reprimo el impulso que tengo de torcer el gesto y le regalo un asentimiento.

—El ángel se llevó a la bruja. La salvo. Hasta donde pude ver, el tipo la sacó del vehículo y se la llevó. —El alivio invade mi sistema—. Sé que no fueron muy lejos, ya que, después, volvió e intentó llegar a ti, pero no pudo hacer nada.

—Gracias —pronuncio, después de unos segundos de cómodo silencio.

—¿Gracias? ¿Por qué?

—Por haberme salvado.

—No me des las gracias. Yo no te salvé en realidad —dice—. Fueron tú y tus malditos Estigmas los que consiguieron sacarnos de ese lugar. De no haber sido por la manera en la que tus hilos de poder se enredaron en mí, jamás habría logrado arrebatarte de las manos de la oscuridad.

—¿Crees que ese haya sido el motivo por el cuál hayan aparecido heridas en mi espalda? ¿Por el esfuerzo sobrehumano que hizo la energía para aferrarse a ti? —pregunto, con aire distraído, después de haberlo meditado.

—Es probable. No suena descabellado si lo planteas de ese modo. Es bastante viable que tu poder haya hecho las heridas de tu espalda para sacar fuerza de ellas.

—¿Eso quiere decir que las marcas de mi espalda tampoco van a cerrar? —La voz me tiembla ligeramente al pensar en la sola posibilidad.

—No lo sé —Mikhail se sincera.

Una pequeña risa amarga se me escapa.

—Esto es genial… —masculло, con impotencia, pero el demonio no parece afectado con mi repentino aire molesto.

Yo, por mi parte, me siento frustrada por el hecho de que han aparecido más marcas escandalosas en mi anatomía. No puedo evitar querer echarme a llorar por el pánico que esto me provoca. Mi cuerpo no ha dejado de ser humano. A pesar de todo lo que soy capaz de hacer, no he dejado de ser una chica común y corriente que puede morir desangrada a la primera de cambios.

—Voy a conseguir que alguien cierre esas heridas tuyas. —La voz de Mikhail rompe el silencio que se ha instalado entre nosotros—. Lo juro.

Un estremecimiento me recorre el cuerpo.

—No necesito que me ayudes —digo, porque no sé qué otra cosa pronunciar. Él, a pesar de eso, esboza una suave sonrisa.

—Lo sé.

—¿Entonces, por qué lo haces?

—No lo sé.

—Esa no es una respuesta válida.

—¿Qué respuesta se supone que quieres? —Suena divertido.

—No lo sé —digo, medio irritada—. A estas alturas aceptaría cualquier respuesta que no fuese un idiota «no lo sé».

Mikhail sacude la cabeza en una negativa, pero no deja de sonreír.

—Te ayudo, porque quiero mantenernos con vida. Porque aún hay cosas que necesito averiguar acerca de ti, y porque, simplemente, algo dentro de mí se acciona cuando estás en problemas. —Hace una pequeña pausa—. ¿Contenta ahora?

—No.

Se encoge de hombros.

—Entonces, lo lamento. Es lo mejor que puedo hacer ahora por ti.

—Eres un idiota —masculло, con aire enfurruñado.

—Y tú, chiquilla irritante, eres bastante entretenida —dice, sin eliminar la pequeña sonrisa que hay en sus labios—. ¿Tienes hambre?

—¿Es así como vas a intentar librarte de todas mis preguntas?

Mikhail asiente.

—La comida hace maravillas con los humanos.

Quiero protestar. Quiero decirle que no va a hacerme olvidar nuestra conversación con comida, pero estoy tan hambrienta, que asiento a regañadientes cuando vuelve a preguntar si quiero comer algo.

—Bien —dice, regalándome un asentimiento aprobatorio, antes de ponerse de pie y encaminarse hacia la puerta—. Ahora vuelvo. Iré a buscar algo para alimentarte.

Acto seguido, y sin darme tiempo de decir nada, sale de la estancia.

11

COLAPSO

—Esto no está funcionando. —Trato, con todas mis fuerzas, de sonar tranquila. No lo consigo. Mi tono de voz está teñido de una mezcla extraña que se encuentra a medio camino entre la irritación y la frustración.

Sé que Mikhail puede notarlo. Sé que sabe cuán desesperada y molesta me siento, pero no ha dicho nada al respecto. Estoy agotada, adolorida y hambrienta. Estoy al borde del ataque de histeria debido a la inutilidad de mis brazos, y de la horrible mezcla de sentimientos que llevo dentro; pero, a pesar de eso, trato de mantener mi gesto impasible mientras aparto la cara del tenedor que el demonio ha acercado a mi cara.

Él no se mueve. No dice nada. Solo se queda ahí, quieto, con un vaso térmico de sopa instantánea entre los dedos y expresión ceñuda.

—¿Qué es lo que no está funcionando? —dice. Genuina confusión se refleja en su gesto y la irritación gana un poco más de terreno.

No puedo creer que realmente esté preguntándome esto. No puedo creer que no note que tengo las puntas del cabello bañadas en caldo caliente y que tengo —literalmente—, fideos pegados en la cara. No puedo creer cuán ajeno es a mi incomodidad y cuán indiferente se muestra hacia mi persona.

—Si trabajaras en un hospital, serías el peor enfermero de todos —digo, sin poder evitarlo. Sueno más dura de lo que pretendo, pero no me importa demasiado.

Mikhail inclina la cabeza, como quien no comprende del todo lo que le dices, y frunce el ceño un poco más.

—No entiendo qué es lo que no funciona para ti —dice, al cabo de unos instantes de silencio.

Una risotada corta e incrédula se me escapa.

—¿Es en serio? —digo. Estoy a punto de gritar. Estoy a punto de decir algo de lo que probablemente voy a arrepentirme—. ¿De verdad no puedes notar que hay más comida en el suelo que la que realmente ha entrado a mi boca?

Su mirada viaja al desastre que hay en el suelo y, como si no hubiese sido capaz de notarlo antes, alza las cejas con incredulidad.

Una punzada de dolor me atraviesa el pecho y siento cómo un nudo comienza a formarse en mi garganta. No sé quién demonios es esta criatura que tengo enfrente, pero no es mi Mikhail. El Mikhail que yo conocí era cuidadoso, amable y procuraba cuidar de mí todo el tiempo. Este ser que luce como él, es solo una carcasa a la que realmente no le interesa si me encuentro bien o no.

Sé que no debería afectarme de este modo, pero lo hace. De alguna u otra manera, esperaba encontrarme con atisbos de la criatura que conocí hace cuatro años. De ese idiota del que me enamoré como una completa estúpida.

No me mira. Los ojos del demonio están fijos en el desastre de la duela y soy capaz de notar cómo toda la seguridad que siempre ha emanado se esfuma. La postura amenazante, el gesto impasible y la energía oscura e imponente que Mikhail siempre ha irradiado desaparecen; y, sin más, luce tan confundido y apenado como un chico común y corriente que ha hecho algo vergonzoso hasta la mierda.

La curvatura de sus hombros, la expresión incómoda, el modo en el que evita mi mirada… Todo en él es inseguridad e incertidumbre, y el silencio se expande entre nosotros durante unos eternos instantes antes de que un suspiro cansino se me escape de los labios.

—¿Puedes conseguirme algo de ropa, por favor? —digo, porque deseo poner un poco de orden a la situación en la que nos encontramos. Porque tengo frío y mi dignidad está por los suelos.

Estoy llena de comida, desnuda, con la espalda hecha jirones y los brazos entumecidos. Lo necesito. Necesito sentirme un poco más como yo y un poco menos como esta persona vulnerable y débil que se hace pasar por mí.

La mirada de Mikhail se eleva. La inseguridad previa se diluye un poco entre el gesto preocupado que esboza, y niega con la cabeza antes de apretar la mandíbula.

—No vas a poder vestirte —dice, con aire serio y severo—. No tienes una idea de cuán lastimada tienes la espalda.

—Tampoco puedo estar desnuda hasta que las heridas sanen. Ni siquiera sabemos si van a sanar, Mikhail. Necesito algo de ropa. Necesito que me ayudes a sentarme y a suturar las heridas de mis muñecas para así poder alimentarme como se debe. Tengo frío, estoy agotada y necesito vestirme. *Por favor.*

El demonio, el cual se ha instalado en un banquillo frente a mí, me mira con gesto aprehensivo. La tensión en su mandíbula es tanta, que temo que pueda quebrarla.

Finalmente —al cabo de unos minutos y pese a la lucha que parece llevarse a cabo dentro de su cabeza—, asiente con dureza.

—De acuerdo —dice, pero no suena muy convencido—. Iré a conseguirte algo. ¿Quieres terminar esto? —Alza el vaso de fideos instantáneos que tiene entre los dedos y el estómago me ruge en respuesta.

—Después de que pueda vestirme. —Asiento y dudo unos segundos antes de añadir—: Si puedes conseguir más de eso —hago un gesto de cabeza hacia el contenedor de la sopa—, también lo agradeceré infinitamente.

Mikhail asiente de nuevo.

—No te muevas de aquí.

Una risa seca y corta se me escapa.

—No es como si pudiese salir corriendo, ¿verdad?

Una sonrisa irritada se desliza en sus labios muy a mi pesar.

—No tardaré —promete.

—De verdad eso espero. No sabes cuánta hambre tengo ahora mismo.

La culpabilidad tiñe sus facciones, pero no dice nada más. Solo deposita la sopa en el suelo y se pone de pie para encaminarse a la salida a paso seguro y decidido.

Mi mano se estira más allá de sus límites, pero no logro llegar a él. El dolor en mi espalda es tan intenso, que no puedo dejar de temblar; es tan arrollador, que ni siquiera puedo hacer un poco más de esfuerzo para alargarme y tomar el tazón de sopa helada que descansa en el suelo de la habitación.

Mikhail se marchó hace horas y el hambre es tan intensa y desesperada en estos momentos, que no puedo pensar en otra cosa. Me duele el estómago, me arde la espalda, las muñecas me pulsan y mis manos se sienten entumecidas. Todo el cuerpo me grita de dolor mientras trato de alcanzar las sobras de lo que el demonio trajo para mí, y la irritación que antes era intensa, es ahora tan abrumadora que se siente como si pudiese destrozar algo.

Aferro la mano que tengo libre al borde de la cama en la que me encuentro y trato de empujarme hacia adelante. El pequeño movimiento hace que un gemido de dolor me abandone y me doblo un poco por acto reflejo. Un espasmo violento me sacude y una gota de sudor helado me recorre la espina.

«Yo no debería estar pasando por esto. Yo no debería estar en esta posición. No lo merezco. No le he hecho absolutamente nada a nadie como para merecer esta clase de tortura. No pedí nada de esto. ¿Por qué? ¿Por qué? *¿Por qué?*».

Aprieto los dientes.

Lágrimas de dolor crudo se me agolpan en los ojos, pero parpadeo varias veces para alejarlas. No voy a llorar. No voy a llorar. No. Voy. A. Llorar.

Estoy furiosa. Desesperada. Estoy hecha jirones y ni siquiera sé por qué diablos me siento de esta manera. La angustia, el enojo, la frustración… Todo se arremolina en mi interior a toda velocidad y no puedo hacer nada más que preguntarme una y otra vez qué, en el infierno, hice para merecer esto.

El dolor, la falta de movilidad y la sensación de soledad y desasosiego están cobrándome la factura ahora mismo, y estoy tan agobiada que quiero golpear algo.

Me empujo una vez más. Esta vez, siento cómo mis costillas se clavan al filo del colchón debajo de mí. Entonces, trato de alcanzar el tazón una vez más. Mis dedos tocan el borde del vaso térmico, pero no logro tomarlo como se debe.

Me estiro otro poco.

El líquido frío dentro del contenedor me moja las puntas de los dedos y cierro la mano para atraerlo hacia mí; pero, cuando trato de hacerlo, todo el contenido se derrama. La fuerza de mi cuerpo se esfuma y los temblores y espasmos me vencen. Mis codos chocan con la duela de la estancia y un arrollador dolor me recorre desde el coxis hasta la base de la nuca. Un grito ahogado se me escapa, pero me muerdo la parte interna de la mejilla al tiempo que tomo una inspiración profunda para intentar amortiguar la sensación dolorosa que me invade.

No me muevo. No respiro. No hago absolutamente nada hasta que el ardor aminora y deja de escocerme la espalda.

No sé cuánto tiempo pasa antes de que me atreva a intentar volver a la cama, pero cuando lo hago, trato de no hacer ninguna clase de movimiento brusco. Con una mano entumecida, me aferro a la base de madera húmeda y vieja de la cama, y me empujo hacia atrás. Mis músculos protestan en respuesta, pero ignoro el espasmo adolorido que me recorre y me apoyo con más firmeza.

En ese instante, la madera deteriorada da de sí y, con el sonido de un crujido violento, caigo de bruces.

El impacto hace que un sonido torturado y lastimoso salga de mis labios. Las lágrimas previas me empañan la visión una vez más y aprieto los puños para contener el grito de dolor que se construye en mi garganta. Los oídos me pitan, me siento mareada y el corazón me late con tanta fuerza que temo que vaya a escapar de mi caja torácica en cualquier momento.

La humedad de la sopa derramada me hace aún más consciente de que estoy tirada en el suelo, bañada en caldo frío, sudor, sangre y suciedad. Entonces, sin poder contenerlo más, lloro. Lloro porque duele demasiado; porque estoy asustada hasta la mierda y porque creí, hace cuatro años, que toda esta locura había terminado. Lloro porque no puedo contener el torrente de emociones que amenaza con acabar conmigo y porque me siento más sola que nunca.

No puedo detenerme. No puedo dejar de llorar. No puedo dejar de sollozar como una idiota. Tampoco quiero hacerlo. No quiero hacer otra cosa que no sea cerrar los ojos y desaparecer; olvidarme de quién soy y de qué representa mi existencia; mandar al carajo lo que sé respecto a ángeles, demonios y todo lo relacionado con el fin de la humanidad.

Lo único que realmente deseo es… *desaparecer*.

El sonido de la puerta lo invade todo, pero no me importa. Ni siquiera me inmuta el hecho de que estoy desnuda, en la habitación de un lugar que no conozco.

Estoy cayendo a pedazos de la manera más patética y es lo único en lo que puedo concentrarme.

Los pasos apresurados me llenan la audición y, a los pocos instantes, siento cómo una mano cálida tira de mi brazo con tanta fuerza, que mi espalda grita en protesta. Un sonido estrangulado y adolorido se me escapa y alguien murmura algo que no soy capaz de entender. Suena como una disculpa, pero no estoy segura de ello.

El toque cálido y firme se coloca con cuidado debajo del doblez de mis rodillas y a la altura de mi cintura y, así, abandono el suelo. El dolor estalla y, esta vez, grito. El sonido dolorido, escandaloso y torturado retumba con tanta violencia, que me aturde y hace que mi cabeza se sienta como si estuviese a punto de estallar.

Entonces, el verdadero martirio comienza.

Sé que es Mikhail quien me lleva en brazos. Sé que es Mikhail quien avanza a paso rápido y decidido conmigo a cuestas. El demonio de los ojos grises es el que está lastimándome con el movimiento violento de su cuerpo.

Abre una puerta.

El azote de la madera detrás de nosotros me sobresalta ligeramente, pero no puedo dejar de sollozar y gimotear de dolor. Mikhail me deposita en el suelo helado y un chorro de agua helada me azota las piernas.

Sé, a pesar de mi estado dolor extremo, que estoy en lo que parece ser una bañera y que el agua que cae sobre mí es de la regadera. No puedo retener el aliento en los pulmones. La temperatura del agua es tan baja, que no puedo evitar retorcerme en mi lugar para evitarla. El dolor que siento en la espalda incrementa debido a los movimientos violentos y el demonio suelta una maldición.

De repente, el agua deja de caerme de lleno. Estoy tiritando, empapada, con las piernas y brazos entumecidos por el frío y la espalda hecha mierda debido al dolor extremo que me embarga.

El agua sigue cayendo. Puedo escucharla, pero no me da de manera directa, como antes y, con todo el esfuerzo del mundo, me obligo a abrir los ojos para averiguar qué diablos está pasando.

La imagen de Mikhail cerniéndose sobre mí es lo primero que veo y me saca de balance. Es entonces, cuando me doy cuenta.

Está de pie, dentro de la bañera en la que me encuentro, completamente vestido, y se ha interpuesto entre el chorro de agua helada y mi cuerpo. Sus ojos grises se han oscurecido varios tonos, y no me atrevo a apostar, pero luce como si estuviese debatiendo consigo mismo.

La confusión se arraiga en mi sistema cuando, de repente, se aparta con brusquedad y deja que el chorro de agua caiga con libertad sobre mí. El agua está caliente ahora y el alivio que siento es inmediato. Mis músculos agarrotados lo agradecen y se estremecen debido a la sensación placentera que el calor les provoca.

Mikhail, sin decir una palabra, coloca el tapón de la bañera y abre el grifo de agua fría para templar la temperatura y no cocerme viva.

Cuando el líquido me llega a la barbilla y está lo suficientemente caliente como para hacer que deje de temblar, cierra el grifo. El alivio es tan grande, que no puedo evitar suspirar. No puedo evitar querer sumergir la cabeza dentro de la tina y lavar de mi cabello todo lo que Mikhail derramó sobre él... Y así lo hago. Sumerjo la cabeza hasta que ni un solo cabello está fuera y espero.

El sonido amortiguado del mundo exterior es tan placentero como enigmático, así que decido quedarme así, debajo del agua, unos instantes más. Una vida entera, quizás...

Un par de manos ahuecan mi rostro y tiran de mí hacia arriba, de modo que saco la cabeza del agua con brusquedad.

—¡¿Qué demonios tratas de hacer, maldita sea?! —La voz de Mikhail me inunda los oídos, pero no abro los ojos hasta que me limpio el exceso de agua del rostro con las manos.

Acto seguido, lo encaro.

De nuevo está dentro de la bañera y, esta vez, se ha colocado a horcajadas sobre mí, de modo que soy capaz de sentir el material de sus vaqueros contra la piel blanda de mi vientre. Sus manos se aferran a mi cara con tanta fuerza, que duele, y su mirada de hierro puro está cargada de ira y frustración.

No respondo. El nudo que tengo en la garganta me hace imposible decir nada.

—¡¿Qué diablos haces, joder?! —Trata de sonar duro y amenazante, pero el alivio y la preocupación tiñen su voz—. ¡¿Es que acaso no puedes quedarte sola ni un solo momento?! ¡¿Qué, en el infierno, estabas pensando?!

La angustia, el dolor previo, el nerviosismo y el coraje me invaden, y quiero seguir llorando. Quiero acabar con la sensación de hundimiento que amenaza con destrozarme, y deshacerme de la insidiosa y oscura sensación que me ha embargado desde que llegué a este lugar. Desde que las marcas en mi espalda aparecieron.

—¡Contéstame, carajo! —escupe—. ¡¿Acaso crees que esto es un maldito juego?! ¡Si tú mueres, todo esto va a irse, literalmente, a la mierda! ¡¿Es que acaso no te cabe en la maldita cabeza que…?!

—¡Cállate! —espeto de vuelta—. ¡Cállate de una maldita vez! ¡No me interesa escuchar lo que tienes qué decir acerca de ti y tus malditos intereses!

—¡Esto no es acerca de mí!

—¡¿No?!

—¡Por supuesto que no, idiota! —suelta en mi dirección.

—¡¿Acerca de quién es, entonces?! ¡¿Acerca de qué?! ¡¿De *poder*?! —Mi voz se eleva cada vez más, y suena quebrada y rota debido al llanto.

—¡Es acerca de todo el maldito mundo, joder! ¡Si tú mueres…!

—¡Sé a la perfección qué va a pasar si muero, imbécil! ¡Déjame en paz! ¡No tienes derecho alguno de venir a hablarme como si supieras algo sobre mí!

—¡¿Qué se supone que debo hacer?! ¡¿Dejarte morir a tus anchas y permitir que me arrastres contigo?!

El dolor que sus palabras me causan solo hace que quiera golpearlo en la cara; sin embargo, lucho contra todos los impulsos.

—Vete a la mierda. —Me limito a sisear en su dirección.

Sus ojos se oscurecen aún más. Un tinte ambarino se apodera de su mirada y su expresión se ensombrece por completo.

—Eres insufrible —dice, con la voz enronquecida por el enojo.

—Déjame en paz —suelto, pero suena más como una súplica que como otra cosa.

—No voy a dejarte morir. —Suena resuelto y decidido.

Lágrimas nuevas me inundan la mirada, pero me las arreglo para mantenerlas dentro mientras que él me toma por la cintura y me obliga a sentarme. Entonces, sin importarle que va completamente vestido, se sienta dentro de la tina y, con una barra de jabón, empieza a restregarme el cuerpo.

Al principio, la rudeza de sus movimientos es tanta, que me lastima; pero cuando nota mi gesto adolorido, lo suaviza todo. No hay absolutamente nada romántico en su toque. Tampoco hay nada sugerente en su mirada. Todas las emociones que una vez provoqué en él se han esfumado por completo y para siempre, y eso me hiere en formas que ni siquiera yo misma soy capaz de comprender.

Mikhail lava a consciencia cada parte de mí y, cuando el agua comienza a enfriarse, abre la regadera una vez más para mantenerla a una temperatura decente.

—Te he traído ropa y más comida —dice, con aire ausente, mientras termina de enjuagar el jabón de mis hombros—. ¿Qué otra cosa necesitas?

Una de mis manos se aferra al material húmedo de su playera y tiro de él hasta que puedo envolver la otra en la parte posterior de su cabeza. No sé muy bien qué diablos estoy haciendo. Tampoco sé por qué demonios lo hago, pero no me detengo. No reprimo el impulso desesperado y angustiado que tengo de unir mis labios contra los suyos.

No espero a que reaccione. Ni siquiera se lo permito. En ese momento, y sin pedir permiso, mi lengua busca la suya y, sin más, lo beso. Lo beso hasta que sus labios se mueven al compás de los míos. Lo beso hasta que su lengua ávida y urgente devuelve mis caricias desesperadas.

Luego, cuando creo que el corazón va a estallarme, me aparto con brusquedad y uno mi frente a la suya.

—Necesito que recuerdes —susurro y sueno patética y lastimosa, pero no me importa—. Por favor, Mikhail. Necesito que recuerdes.

12

EXTRAÑO

El sonido del agua cayendo y el de mi respiración irregular, es lo único que irrumpe la quietud en la que se ha sumido la estancia. No puedo dejar de temblar, pero no sé si es debido a la baja temperatura del ambiente o al efecto que tiene en mí el demonio que tengo enfrente.

Tengo los párpados cerrados, las manos aferradas a su cuello y a su ropa, y el corazón no ha dejado de latirme a una velocidad inhumana; sin embargo, el peso de mis actos ha comenzado a caer poco a poco sobre mis hombros. De pronto, la bruma desesperada, ansiosa y angustiada que se apoderó de mí hace unos instantes se aligera y la humillación, la vergüenza y el arrepentimiento se deslizan debajo de mi piel. De hecho, con cada segundo que pasa se aferran más y más a mi carne.

El pulso me martillea detrás de las orejas con violencia, pero mi valor previo se ha marchado. Se ha ido por completo y solo ha dejado esta sensación viciosa y enfermiza que amenaza con acabar con mis nervios alterados.

Mikhail no se mueve. Tampoco dice nada. No hace nada más que mantener su frente unida a la mía y sus manos en los costados de mi torso.

No sé qué hacer. No sé qué decir. No sé dónde diablos meter la cara para que no sea capaz de mirarme. Para que no sea capaz de notar el torbellino de emociones que llevo dentro.

Sus manos grandes, firmes y fuertes se apoderan de mis antebrazos con delicadeza y deshacen mi agarre en su cuello. La humillación gana un poco de terreno, así que me obligo a mantener los ojos cerrados para no tener qué encararlo.

Mis brazos son depositados sobre mi regazo con mucho cuidado y la frente del demonio se aparta de la mía con suavidad. Un dolor profundo e intenso me atraviesa el pecho de lado a lado, pero me quedo quieta y me obligo a no mover ni un solo músculo.

Las ganas de llorar no se han ido. De hecho, incrementan con ese simple gesto.

El nudo que siento en la garganta está tan apretado, que duele cuando trato de pasar saliva; pero, a pesar de eso, me las arreglo para mantener mis piezas juntas y agachar la cabeza para no tener que enfrentarle cuando termina de apartarse de mí.

Mikhail, sin decir nada, sale de la bañera y mete los brazos dentro del agua para sacarme. Sus movimientos son suaves, firmes y delicados al mismo tiempo. Soy plenamente consciente de que maniobra con mucho cuidado para no hacerme daño, pero eso no impide que gima de dolor cuando su piel hace contacto con mi espalda lastimada.

Todo mi cuerpo se estremece debido al choque dolorido que me recorre la espina, pero me las arreglo para no gritar mientras soy depositada sobre la taza del baño, la cual se encuentra cubierta por la tapa.

Una vez ahí, el demonio se estira para alcanzar una de las toallas que descansan sobre una de las repisas, y comienza a secarme. Yo, con torpeza, le quito el material de entre los dedos y trato de eliminar el agua de mis extremidades lo mejor que puedo. Me digo a mí misma que debo ser yo quien haga esto. Que debo ser lo suficientemente fuerte como para vestirme, pero no estoy segura de poder lograrlo.

Mikhail, al ver que soy yo quien se encarga de la tarea de secarme, desaparece por la entrada del baño para aparecer segundos más tarde con una bolsa entre los dedos.

No habla cuando la deposita en el suelo delante de mí. Tampoco dice nada cuando cubro la desnudez de mi cuerpo con la toalla y me agacho para mirar dentro de la bolsa.

Es ropa.

Mis dedos húmedos se cierran en el material de la prenda que se encuentra en la superficie y la extiendo para darme cuenta de que es una sudadera que bien podría pertenecer a un chico cinco veces más ancho que yo.

El alivio que me provoca tener el material pesado entre las manos, es casi tan indescriptible como la sensación de protección que me da la toalla con la que estoy cubriéndome.

Sin perder el tiempo —y pese a que aún no me he secado como debería—, trato de enfundarme el material.

Mikhail me ayuda a ponerme la prenda cuando nota el esfuerzo que supone para mí el realizar cualquier clase de movimiento, y una vez que termina, se aparta de mí; como si sintiese repulsión hacia mi persona. Como si realmente le incomodara mi cercanía.

Otra punzada de dolor me atraviesa de lado a lado, pero me las arreglo para ignorarla mientras me concentro en la difícil tarea que supone vestirme.

La tela de la sudadera no deja de lastimarme la espalda. Incluso, hace que arda ligeramente; pero, pese a eso, mi mente agradece el nivel de confianza que me da llevarla puesta. Mi dignidad no hace más que ronronear en aprobación.

Una vez que me he acostumbrado a la sensación del material, rebusco dentro de la bolsa y me encuentro con la imagen de unas bragas de algodón similares a las que llevaba puestas antes de encontrarme con Mikhail.

En ese instante, las tomo e intento hacer uso de ellas, pero es imposible. La manera en la que tengo que doblarme para ponérmelas es tan angulosa, que mi espalda grita de dolor en el instante en el que trato de agacharme para meter los pies en los respectivos agujeros.

El demonio vuelve a acercarse y, esta vez, se acuclilla delante de mí y me ayuda a meter las piernas en las bragas. Después, las desliza hacia arriba hasta que llegan a mis muslos. Desde ese punto, soy yo quien las manipula hasta el lugar que les corresponde.

Una vez hecho eso, Mikhail toma el pantalón deportivo que se encuentra dentro de la bolsa y me ayuda de la misma manera en la que lo hizo con las bragas.

Cuando termina de vestirme, me toma de los brazos y me hace envolverlos alrededor de su cuello. Yo me aferro a él cuando siento cómo sus manos se anclan a la parte trasera de mis muslos y eleva mi peso para ponerse de pie.

No me toca la espalda para nada y sé que me lleva de esta manera para no lastimarme. El nudo en mi garganta se aprieta cuando la realización de este hecho se asienta en mi cabeza.

La humillación y el agradecimiento incrementan otro poco.

El demonio me lleva a cuestas por un angosto pasillo de madera —el cual cruje con cada paso que damos—, y guía nuestro camino hasta una habitación que no me parece familiar en lo absoluto. Esta, al contrario de la otra en la que me encontraba, es más espaciosa. Los muebles lucen más nuevos y la cama de aspecto antiguo, le da un toque victoriano a todo el lugar.

Mikhail, avanza hasta la cama a paso lento pero decidido, y me deposita sobre el colchón en una posición sentada. Una vez que se cerciora de que no me he hecho daño en el proceso, se aparta de mí.

Acto seguido, se quita la camisa mojada y la lanza lejos segundos antes de encaminarse en dirección a la salida.

Está a punto de abandonar la estancia, cuando se detiene en seco.

En ese momento, lo único que puedo mirar es su espalda y sus omóplatos firmes y fuertes, pero soy capaz de percibir la tensión que emana toda su anatomía. Soy capaz de sentir la incomodidad que irradia.

No me mira. Ni siquiera hace el esfuerzo de girar el rostro para encararme. Solo se queda ahí, con las piernas cuadradas a los hombros y postura amenazante.

—No te hagas esto a ti misma —dice, con la voz enronquecida hasta un punto casi irreconocible.

Bajo la mirada.

La humillación, la vergüenza y el dolor se mezclan en mi pecho y crean un monstruo gigantesco y poderoso, pero me las arreglo para no llorar. Me las arreglo para mantener mi expresión en blanco.

Al cabo de unos segundos de completo silencio, Mikhail se encamina a toda velocidad hacia la salida de la habitación, pero el sonido de sus pasos se detiene con brusquedad y, sin poder evitarlo, miro en dirección a dónde se encuentra solo para comprobar que no se ha marchado.

En ese momento —y sin que pueda evitarlo—, una pequeña llama esperanzada se enciende en mi pecho cuando noto cómo gira la cabeza para mirarme por encima del hombro.

—No vuelvas a hacer eso —dice, con dureza y frialdad—. No quiero una concubina. No necesito una. Así que no vuelvas a hacer una estupidez como la de hace un rato.

Mi corazón termina de fragmentarse en ese preciso instante y, esta vez, no soy capaz de detener el torrente incontenible de lágrimas calientes que se me escapa. Esta vez, no soy capaz de hacer otra cosa más que reprimir los sonidos lastimeros que brotan de mis labios.

El demonio no se mueve de dónde se encuentra, pero tampoco me mira directamente. Su cuerpo entero está direccionado hacia la salida, pero no hace nada por marcharse. Luce como si una batalla campal estuviese llevándose a cabo en su cabeza. Como si no estuviese seguro de qué hacer; sin embargo, al cabo de unos instantes de tenso silencio, avanza de nuevo y sale del lugar.

Quiero gritar. Quiero pedirle que vuelva y me lleve a casa. Quiero escupirle en la cara que es un idiota y que nunca debió sacrificarse por mí; que habría preferido morir la noche en la que Rafael me llevó y que no tenía derecho alguno de haberme retenido aquí; pero, en su lugar, me quedo quieta, sentada sobre una cama que no es mía, con la piel arrugada por la humedad y los ojos ardientes por las lágrimas que he derramado. Me quedo aquí, con el corazón en la mano, y este extraño dolor que siento en el pecho. El mismo dolor que está hundiéndome poco a poco.

El cambio en la tensión en el lazo que tengo con Mikhail, me hace plenamente consciente de su presencia en la habitación.

No hay tirones bruscos, ni vuelcos violentos, ni nada de aquello que su abrumadora esencia siempre causa en mí; solo un extraño cambio de tensión en la cuerda que nos mantiene unidos. Un suave giro en la hebra entretejida que nos ancla el uno al otro.

No trato de encararlo. No hago otra cosa más que mirar el inmenso paisaje gris que se despliega delante de mis ojos a través de la ventana de la habitación en la que me encuentro.

No sé cuánto tiempo ha pasado desde que acerqué el sofá individual que se encontraba junto a la ostentosa cama, y me instalé frente al ventanal. Tampoco sé cuánto tiempo ha pasado desde que dejé de preguntarme dónde diablos estamos, pero sé que ha sido el suficiente como para que deje de importarme demasiado.

Estoy en una cabaña. Eso me queda claro. Una cabaña que se encuentra en la cima de una montaña.

Eso lo sé por el impresionante paisaje húmedo, grisáceo y verdoso que se despliega a muchos metros por debajo de mi posición. Lo sé porque la neblina que se forma y que casi cubre las copas de los árboles, está muy por debajo del lugar donde me encuentro; como si estuviésemos muy por encima de ella.

La vista es tan impresionante como vertiginosa. Es tan aterradora como la resolución que me da saber que Mikhail realmente me ha alejado de toda civilización existente.

Se ha encargado de apartarme enteramente de todo aquello conocido por el hombre y me ha traído aquí, a un lugar en medio de la nada, del que no podría huir así lo intentara mil veces.

El crujir de la madera debajo de los pasos de Mikhail me saca de mis cavilaciones. Una sombra de la vergüenza que sentí hace unas horas, se hace presente y se cuela entre mis huesos, pero trato de no hacer que se refleje en mi expresión.

El sonido de sus zancadas se detiene y, en un tono de voz demasiado suave y tranquilo, le escucho decir:

—Te traje más comida.

No respondo.

—Conseguí alimentos en una tienda de comida rápida. Una señora me dijo que era lo mejor que había en el menú.

Parpadeo un par de veces, pero no digo nada.

El silencio se extiende durante un largo momento.

—También traje agua, frutas, dulces y…

—No tengo hambre —le interrumpo, finalmente, y mi voz suena pastosa y ronca en el proceso.

Otro tenso instante de silencio se despliega entre nosotros.

—¿De verdad no tienes hambre o solo estás haciendo una rabieta?

El tono neutral y monótono que utiliza me hace saber que no le interesa en lo absoluto si estoy molesta o no.

—De verdad, no tengo hambre. —Trato de imitarlo cuando respondo.

—No te creo.

—¿Para qué me lo preguntas si no planeas creer una mierda de lo que te digo? —Sueno un tanto cansada y fastidiada, pero no me molesto en moderar el tono ni siquiera un poco.

Un suspiro largo se le escapa al demonio que se encuentra a mis espaldas y casi puedo imaginarlo sacudiendo la cabeza en un gesto reprobatorio.

—¿Qué es lo que quieres de mí? —dice, con frustración—. No entiendo qué diablos tengo qué hacer para que seas un poco más receptiva y hables conmigo.

—Soy yo la que no entiende para qué necesitas que hable contigo. —Me sorprende cuán fría y distante sueno—. Hasta donde yo sé, no vas a creer una palabra de lo que te diga. Tú eres solo el demonio de Primera Jerarquía que va a asesinarme una vez que descubra el modo de arrebatarme lo que me dio en primer lugar.

Silencio.

—¿Así van a ser las cosas entre nosotros?

—Siempre han sido así, Mikhail. —Poso la vista en un punto en el suelo y una pequeña sonrisa amarga tira de las comisuras de mis labios—. De algún modo, siempre hemos terminado de esta manera. De algún modo, el destino siempre se encarga de ponernos en esta extraña posición en la que tú tienes qué matarme y yo tengo que aceptarlo. —Trago el nudo que comienza a formarse en mi garganta—. Lo único que hago es ponértelo fácil. Ponérmelo fácil a mí misma.

—Hablas como si no te importase en lo absoluto la vida que tienes.

Una pequeña risa carente de humor me abandona y, a toda velocidad, mi mente viaja a mi mamá; a mi papá, a mis hermanas menores y a mi tía Dahlia. No puedo hacer otra cosa más que pensar ellos. En el daño que he causado en la vida de las brujas que ahora me reciben y me acogen en su hogar, y en los sacrificios tan grandes que han hecho por mantenerme a salvo.

Nada de lo que ocurrió hace cuatro años habría sucedido si yo hubiese muerto cuando se suponía que tenía que hacerlo. Nada de esto estaría pasando ahora mismo si Mikhail hubiese dejado que Rafael me asesinara.

—No le veo la gracia a todo esto. —Mikhail suelta, con irritación.

Mis ojos están abnegados en lágrimas para ese momento, pero no puedo dejar de reír. No puedo dejar de jadear y medio sollozar mientras el peso de todo lo que ha pasado recae sobre mí con tanta brutalidad, que amenaza con destrozarme.

Lágrimas calientes y ardientes se deslizan por mis mejillas y las limpio con dedos temblorosos. No quiero llorar más. No quiero quebrarme de este modo, pero no puedo detenerme. No puedo sellar este océano inmenso de dolor acumulado que llevo a rastras desde hace tantos años.

El sonido de los pasos de Mikhail acercándose, solo consigue que limpie las lágrimas con más insistencia. No quiero que me vea de este modo. No quiero que se dé cuenta de cuánto me afecta que no sea capaz de recordarme.

Los pasos se detienen cuando su figura se interpone entre el paisaje de la ventana y yo y, sin decir nada, se acuclilla delante de mí.

Genuina confusión y preocupación tiñen su mirada blanquecina, pero trato de ignorarla mientras me limpio la cara con las mangas largas de la sudadera que llevo puesta.

—Bess —es la primera vez en cuatro años que dice mi nombre. Es la primera vez, desde que fue tragado por los creadores del Infierno, que escucho mi nombre en su voz—, ¿qué está ocurriendo? Por favor, necesito *entender*.

No sé cuánto tiempo me toma recomponerme, pero, cuando lo hago, lo miro a los ojos.

—Hace muchos años… —comienzo—, muchos *miles* de años… Existió un arcángel. El guerrero más poderoso del Cielo. —La confusión y la curiosidad oscurecen la mirada de Mikhail—. Era tan poderoso, que el Creador puso bajo su mando a todo su ejército. Este ser era tan impresionante, que fue capaz de liderar a la Legión de Ángeles que desterró a Lucifer y a sus vigilantes a las tinieblas. Era tan increíble, que derrotó a los gigantes llamados

Nefilim… —Hago una pequeña pausa para aminorar el temblor que invade mi tono—. Pero vamos a empezar desde el principio, ¿de acuerdo? —Sueno como una madre cuando le cuenta una historia a su hijo antes de dormir—. Este arcángel, a pesar de ser perfecto en todos los sentidos, tenía un defecto. Un *problema*… —Ahora tengo toda la atención de Mikhail—: Estaba enamorado. —Mis propias palabras duelen y escuecen, pero no me permito parar—. Estaba enamorado de un ser como él. De una criatura tan hermosa como impresionante; con preciosas alas platinadas, ojos verdes, piel como de porcelana… —Trato de evocar un recuerdo más exacto de las facciones de Gabrielle Arcángel, pero no puedo hacerlo del todo, así que trato de ser lo más vaga posible para no mentir—. Estaba enamorado de nada más y nada menos que de Gabrielle Arcángel y ella… —Me detengo un segundo para tragar el nudo que trata de formarse en mi garganta—. Ella estaba enamorada de él.

Algo en la expresión de Mikhail cambia y no estoy segura de cómo sentirme al respecto.

—El problema era —continúo—, que los ángeles no tienen permitido enamorarse. No me preguntes por qué, porque no lo sé. Solo sé que hay una especie de regla para ellos, y que no deben hacerlo —sacudo la cabeza y poso la atención en mis manos, las cuales se encuentran sobre mi regazo. No quiero mirarlo a los ojos mientras le cuento acerca de lo que sentía por alguien más—. Ellos, a pesar de todo, estuvieron juntos y lo mantuvieron en secreto.

Hago una pequeña pausa para ordenar mis ideas.

—Las cosas funcionaron para ambos durante un tiempo y todo estuvo bien. Quiero pensar que eran felices. Quiero pensar que ambos se amaban con toda el alma. —Una sonrisa triste me asalta, pero trato de continuar sin hacerle notar cuán afectada me encuentro ahora mismo—. Sin embargo, algo estaba ocurriendo. Alguien allá arriba estaba filtrando información confidencial e importante y esta estaba llegando al Supremo. No se supone que él debía enterarse. Se supone que esa información debía quedarse en el Reino del Creador y que solo la sabía el arcángel mensajero. —Siento un extraño tirón en el lazo que nos une, pero trato de ignorarlo mientras hablo acerca de lo que Daialee me explicó hace

159

unos años—: Dicha fuga de información causó el caos más grande de la historia. Las tinieblas y el Clan Grigori estuvieron a punto de tomar la tierra. Los ángeles estuvieron a punto de perecer a manos de las criaturas de Lucifer, y los gigantes, esos seres llamados Nefilims, estuvieron a punto de acabar con todo lo que el Creador había hecho... —Mi ceño se frunce ligeramente, mientras que trato de recordar con más exactitud qué fue lo que Daialee me dijo al respecto, pero no consigo evocarlo del todo—. Fue este arcángel, el General del Ejército de Dios, el que se encargó de poner orden una vez más. Él y su ejército derrotaron a Lucifer y a los suyos para traer paz nuevamente a la tierra.

Mis ojos se alzan una vez más, y en esta ocasión, me encuentro de lleno con la mirada atenta y oscurecida de Mikhail. Su mandíbula está tan apretada que temo que pueda destrozársela, y la tensión que hay en sus hombros es tanta que su espalda luce más ancha de lo que en realidad es.

—Todo esto —digo, al cabo de un largo momento—, tuvo consecuencias graves. El Creador buscó al responsable de la fuga de información y fue Gabrielle Arcángel la principal sospechosa. Fue, en realidad, la única sospechosa. —La boca de Mikhail se curva ligeramente en disgusto y una punzada de algo oscuro se apodera de mi pecho en un abrir y cerrar de ojos—. Así que fue condenada. Fue obligada a abandonar el Cielo por haber traicionado al Creador. Por haber filtrado información y por haber ayudado a crear el caos en el que se sumió la tierra. —Las manos de Mikhail se cierran en puños y casi puedo jurar, que puede recordarlo todo... *casi*—. El arcángel, por supuesto, no pudo soportarlo. No pudo tolerar la idea de que Gabrielle fuera desterrada sin haber pruebas suficientes; así que se culpó a sí mismo para salvarla. Se sacrificó para evitar que ella cayera y fue él quien fue desterrado del lugar al que pertenecía. Fue él quien cayó ante los ojos de su ejército y de su amada. Cayó siendo un traidor a los ojos de todo el mundo, puesto que nadie creyó en él. Nadie fue lo suficientemente inteligente como para darse cuenta de que solo trataba de proteger a la mujer que amaba.

Trago duro y parpadeo para alejar las lágrimas que tratan de acumularse en mis ojos.

—Los detalles sobre lo que pasó después son desconocidos para mí —digo—. Hasta donde tengo entendido, Lucifer acudió a él y le ofreció un lugar dentro de su Reino a cambio de lealtad. Le ofreció alas nuevas y un propósito nuevo. El arcángel, lleno de ira y frustración hacia los que alguna vez consideró como suyos, accedió. Fue cuando su transformación comenzó —digo—. Cuando el proceso de cambio entre su naturaleza luminosa y la nueva impuesta ahora empezó a surtir efecto en él; transformándolo en una criatura a medio camino entre la luz y la oscuridad. Una criatura cruel, pero capaz de ser justa. Un ser impresionante y aterrador al mismo tiempo.

El cambio que siento en el lazo es brusco, pero trato de no analizarlo de más. Trato de no prestarle atención mientras empiezo a relatarle lo que vivió conmigo.

Sin detenerme a pensarlo, le hablo acerca de su misión, del motivo por el cuál debía cuidarme, del modo en el que nuestras vidas se fueron entrelazando y la manera en la que, como una idiota, me enamoré de él. Entonces, cuando no puedo hablar más porque el nudo en mi garganta es más intenso que nada, me detengo. Dejo de hablar y permito que el peso de mis palabras caiga entre nosotros y se asiente en su cerebro.

Para ese punto, la energía angelical que llevo dentro baila y brinca a toda marcha, y el lazo que nos une está tan tenso, que temo que comience a doler como suele hacerlo cuando Mikhail lo fuerza demasiado.

—¿Y el demonio se enamoró? —La voz de Mikhail suena ronca, pastosa y profunda.

Yo asiento.

—Se enamoró de su perdición. Del caos. Se enamoró de aquello que podía matarle y se ató a la destrucción que ella siempre carga consigo. Fundió su alma a la del Sello y lazó sus vidas hasta volverlas una. Le dio la luz que llevaba dentro y la salvó del poder de sus heridas antes de marcharse. Antes de renunciar a sus recuerdos sobre ella y sobre su pasado.

—Ella conservó la parte angelical que él le dio. —La monotonía se ha marchado de la voz del demonio, pero no sé cómo interpretar la inestabilidad de su tono.

Asiento, una vez más.

—Y ahora él está atado a ella en más formas de las que quizás le gustaría —termino.

Mikhail no desvía sus ojos de los míos, así que le sostengo la mirada hasta que es él quien deja escapar un suspiro cansado y tembloroso.

—Tenemos que encontrar una manera de deshacerlo todo —dice, al cabo de un largo momento de silencio.

La manera en la que habla acerca de mí y del lazo que nos une, me hiere un poco, pero me trago el dolor que comienza a acumularse en mi cuerpo para decir:

—¿Con «deshacerlo todo» te refieres a deshacerte del lazo que te une a mí?

No sé qué esperaba. No sé qué clase de reacción quería obtener de su parte, pero definitivamente no era esta. Una parte de mí deseaba que algo se accionara en él. Una parte de mí pedía a gritos que fuese capaz de recordar algo de lo que le dije, porque, entonces, querría decir que hay esperanzas. Que el Mikhail que yo conocí alguna vez aún no se ha ido por completo.

No puedo dejar de pensar que todo ha sido en vano y que lo único que he conseguido, es terminar de humillarme.

—Así es —dice, con determinación, pero hay algo extraño en su mirada. Hay un tinte desconocido en ella—. También tenemos que encontrar la manera de eliminar de ti esa energía angelical. Yo no puedo tenerla de vuelta. Ya no me pertenece, pero me hace vulnerable porque formó parte de mí en algún momento; así que tenemos que deshacernos de ella también.

—¿Entonces eso es todo? —La irritación tiñe mi voz—. ¿Es lo único que te importa? ¿Deshacerte de mí?

La mirada del demonio encuentra la mía una vez más, pero esta vez no soy capaz de ver ese tinte extraño que percibí hace unos momentos. No soy capaz de ver otra cosa más que dureza y frialdad en ella.

—No sé qué esperas que haga, Bess, pero tienes que entender que ya no soy quien tú conociste —dice—. No recuerdo una mierda de lo que has dicho. En este momento ni siquiera sé si puedo creer una palabra de lo que dijiste. Si lo que pretendías al hablarme de todo esto era hacerme recordar, no ha funcionado. Y, aunque así hubiese ocurrido, ¿de qué habría servido? Las cosas son diferentes ahora. Soy un demonio completo. Los demonios no somos capaces de sentir amor. —La determinación con la que habla solo termina por romperme otro poco—. Y, ¿lo que pasó en el baño?, eso solo fue un arranque. Un desliz provocado por la lujuria. No siento nada por ti. —Suelta, al tiempo que sacude la cabeza en una negativa—. Te veo y no despiertas absolutamente nada más que el persistente deseo carnal de meterme en tu cama. —Se encoge de hombros—. Y ni siquiera puedo decirte que lo siento, porque no lo hago. No lo siento en lo absoluto. No me remuerde ni siquiera un poco el hecho de que no puedo recordarte. No quiero hacerlo.

—¿*Qué?*

—Lo que escuchas. —Se pone de pie y se aleja sacudiendo la cabeza—. Si lo que has dicho es verdad, lo mejor que pudo haberme pasado es haberte olvidado por completo. No necesito debilidades. No necesito todo eso que tú o Gabrielle Arcángel representan. El tipo al que describes era un completo imbécil y yo no quiero ser él una vez más. Me gusta lo que soy. Me gusta el poder que tengo. No voy a renunciar a él por absolutamente nadie. Voy a ser el Supremo del Inframundo y ni tú ni nadie va a interponerse entre mi objetivo y yo.

No quiero llorar. No quiero romperme una vez más delante de él, pero el nudo que siento en la garganta es tan intenso que temo no poder controlarlo.

—Llévame a casa —suplico, con un hilo de voz.

—No.

—Mikhail, por favor, llévame a casa. —Sé que sueno patética, pero no quiero seguir escuchándole. No quiero seguir cerca de él porque me lastima. Me hiere ver en lo que se ha convertido.

—Voy a volver a cazarte una vez que averigüe cómo romper el lazo que te une a mí. No tiene caso que te lleve de vuelta con las brujas —dice—. Vas a quedarte aquí hasta que encuentre el modo de deshacerme de ti y se acabó.

En ese momento, comienza a avanzar en dirección a la salida.

Ni siquiera me molesto en mirarlo. Ni siquiera me molesto en decir nada más porque sé que no voy a poder convencerlo de nada. Me siento tan derrotada. Tan *destrozada…*

El sonido de sus pasos se detiene de manera abrupta y, por acto reflejo, miro por encima del hombro para toparme con la vista de su cuerpo detenido delante del umbral de la puerta.

—Come algo. Es una orden —dice y, luego, desaparece por el pasillo.

13

ESCAPE

He pasado exactamente ocho días atrapada en este lugar y estoy volviéndome loca.

No estoy encerrada en una habitación. Tampoco tengo prohibido deambular por la enorme cabaña en la que me encuentro, pero Mikhail ha mantenido todas las salidas al exterior selladas en su totalidad. No hay ventana alguna que pueda ser abierta, ni puerta que pueda ser utilizada como medio de escape.

Soy una prisionera a la que se le trata muy bien, y que ni siquiera es merecedora de una mirada por parte de su captor.

El demonio que me mantiene cautiva no habla conmigo para nada. Ni siquiera se molesta en mirarme a la cara cuando entra a la habitación —lo cual no sucede a menudo—. Es como si fuese una especie de autómata. Un ser creado con la única finalidad de mantenerme en buenas condiciones mientras espera por otro comando para ser ejecutado.

Los primeros cuatro días de mi estadía en este lugar, fueron un poco más llevaderos que los últimos. Durante ese tiempo, lo único que hacía era descansar estómago abajo sobre la cama de la habitación principal, y comer lo que Mikhail me traía; pero, desde que soy capaz de moverme con mayor libertad, se han acabado las atenciones.

Ahora la comida, la ropa y los productos de higiene personal son depositados junto a la puerta de la habitación en la que me hospedo.

Desde el instante en el que tuve oportunidad de no pasar la mayor parte del día acostada sobre mi estómago, o sentada con la espalda erguida sobre el sillón que he mantenido direccionado hacia la ventana, Mikhail se convirtió en un fantasma. Sus constantes visitas para alimentarme se han esfumado y ahora es como si estuviese todo el tiempo sola en este lugar. Como si la cabaña entera me perteneciera.

A pesar de todo esto y de las libertades que el demonio me permite, no he intentado escapar. No aún.

He merodeado por toda la casa en busca de algún espacio que no haya sido sellado por él, pero no he tenido éxito. A pesar de eso, no me desanimo. Voy a salir de aquí a como dé lugar; pero, para eso tengo que estar fuerte y, para conseguir esa fortaleza, debo recuperarme lo más que pueda. Debo alimentarme bien y descansar lo suficiente.

No he dejado de lavar las heridas de mis muñecas y de mi espalda en todo el tiempo que llevo aquí atrapada. Es un poco más difícil hacerme cargo de los surcos de los nuevos Estigmas, pero no es imposible. Me he encargado de lavar minuciosamente cada una de las llagas con un estropajo para la espalda y, por si eso no fuera suficiente, conseguí que Mikhail untara ungüento en todas ellas durante los cuatro primeros días en los que estuvo atendiéndome y velando por mí.

No sé qué clase de pomada ha sido la que el demonio ha traído, pero me ha servido muchísimo. Las heridas ya dejaron de doler y, por lo tanto, soy capaz de moverme con más libertad que antes; cosa que ha mejorado mi humor considerablemente.

No puedo decir lo mismo acerca de la debilidad de mis manos. Las heridas se abrieron tanto esta vez, que las siento entumecidas todo el tiempo. Se siente como si en cualquier momento fuesen a caerse. Como si nunca fuese a recuperar del todo la movilidad de las extremidades.

Trato de no pensar demasiado en eso, pero la insidiosa idea no me ha abandonado ni un segundo desde hace días. Es bastante fácil crearse mil escenarios catastróficos cuando se está encerrada las veinticuatro horas del día dentro de una casa que conoces como la palma de tu mano.

El sonido de los pasos de Mikhail en el pasillo me hace saber que está acercándose a la habitación y sé, gracias a la penumbra en la que se ha sumido la estancia, que viene a traerme la cena. Sé, también, que no va a molestarse en entrar.

Va a llamar a la puerta y a marcharse para que, en el momento en el que salga, lo único que pueda encontrar sean los alimentos que ha elegido para esa noche. Justo como lo ha hecho los últimos días.

El ruido que hacen sus nudillos contra la madera de la puerta lo invade todo y me quedo quieta, con la mirada fija en la entrada, a la espera de su siguiente movimiento. Sé que no va a entrar —nunca lo hace—, pero no puedo evitar quedarme inmóvil hasta que lo escucho marcharse.

Una vez que estoy segura de que no está cerca, abro la puerta y tomo la bolsa de comida caliente que ha dejado en la entrada.

Me ha traído una hamburguesa de McDonald's.

Estoy harta de la comida de McDonald's.

Una mueca de disgusto es esbozada por mis facciones, pero engullo todo lo que trajo de cualquier modo. Una vez que he terminado, tiro la bolsa de papel que la contenía y me lavo los dientes solo para matar algo de tiempo. Mikhail no debe tardar en encerrarse.

Siempre, luego de dejarme la cena, se introduce en una de las habitaciones del piso superior y no sale de ahí hasta que la mañana llega de nuevo. No tengo idea de qué es lo que hace cuando desaparece dentro de ese lugar, pero no estoy segura de querer averiguarlo. La energía densa y pesada que se apodera de todo el piso superior cuando está allí es tan aterradora, que prefiero no descubrir qué demonios hace allí cuando cae la noche.

Cuando el sol termina de ocultarse —y después de permanecer cerca de media hora con una oreja pegada contra la madera de la puerta intentando escuchar los movimientos del demonio—, retiro el pestillo de la entrada. El rechinar de las bisagras de la puerta me hace reprimir una maldición, pero el sonido no impide que me atreva a asomar la cabeza en dirección al corredor.

Mi vista recorre el pasillo en penumbra y, a pesar de que sé que no va a salir de su lugar de reposo hasta mañana, el corazón me martillea con violencia debido a la adrenalina acumulada. No puedo dejar de pensar que en cualquier momento va a salir a intentar impedirme que abandone las cuatro paredes de la estancia en la que paso la mayor parte del día.

Me toma un largo rato de intenso escrutinio armarme de valor para abandonar la recámara; pero, cuando lo hago, no me detengo hasta que bajo las escaleras que dan al piso inferior.

A pesar de que sé que Mikhail no va a aparecer, avanzo con el mayor sigilo posible. No puedo evitar ser cautelosa y cuidadosa.

Sé que puede percibirme. Sé que se da cuenta de mis paseos nocturnos por toda la casa y también sé que nunca ha hecho nada para impedir que los dé. De hecho, ni siquiera se ha molestado en averiguar qué hago mientras recorro cada rincón de la casa.

Debo admitir que eso me perturba y me irrita un poco. Se siente como si estuviese dando por sentado que me di por vencida. Como si estuviese seguro de que no voy a intentar escapar en ningún momento.

El suelo, a pesar de ser de madera, se siente helado y me acalambra los dedos de los pies mientras camino. Con todo y eso, no me detengo. No dejo de moverme porque anoche estuve a punto de lograr desmontar una vieja y pequeña portezuela del sótano que —estoy casi segura— da hacia el bosque.

La iluminación natural que se cuela entre los tablones de madera, así como las escaleras ascendentes que terminan justo donde la puerta empieza, me hacen sospechar que es una entrada exterior al sótano de la cabaña.

Así pues, sin perder el tiempo, cruzo la inmensa sala del lugar y me encamino por el único pasillo de la planta inferior. Al llegar al fondo de él, me topo directamente con las escaleras que dan al sótano, así que avanzo con mucho cuidado para introducirme en la oscurecida estancia debajo de la casa de campo.

Es justo en ese momento, cuando tengo que hacer uso del encendedor que robé de la cocina hace unos días.

Apenas puedo ver más allá de mis narices, pero he recorrido este lugar tantas veces, que no me supone un reto llegar a mi destino.

Una vez ahí, es un poco más fácil maniobrar con el cuchillo de cubierto que tomé de la cocina hace unas noches, ya que un poco de luz de luna se cuela entre las tablas de la improvisada puerta por la que pretendo escapar.

Una bocanada de vaho brota de mis labios cuando un escalofrío helado me recorre la espina, pero trato de concentrarme un poco más en lo que vine a hacer y menos en el frío que me aqueja.

Trato, así, de enfocar toda mi atención en las bisagras viejas y oxidadas que voy a tratar de desatornillar una vez más. La última vez, solo conseguí remover un par de pernos con un tenedor que terminé rompiendo después de mucho forzarlo; pero no los suficientes como para quitar la portezuela.

Mi corazón no ha dejado de golpear con fuerza, pero eso no me amedrenta ni un poco. No dejo que lo haga.

No sé por qué me siento tan nerviosa. No entiendo qué diablos es lo que me tiene así de ansiosa, pero trato de ignorar el ligero temblor de mis manos cuando coloco el cuchillo en posición.

Luego, lenta y metódicamente, trato de girar uno de los viejos tornillos sin éxito alguno.

Lo intento una vez más y luego otra.

La inmovilidad de los pernos es lo único que me recibe.

En ese instante, la verdad se me asienta sobre los huesos y la frustración se abre paso en mi torrente sanguíneo. Voy a necesitar encontrar otro artefacto. El cuchillo no va a funcionar.

Un resoplido cargado de irritación se me escapa después de que vuelvo a intentar deshacer la presión de los remaches de metal, y aprieto los dientes con fuerza. La desesperación, aunada a la insoportable ansiedad que ha comenzado a hacer estragos en mí, me hace querer gritar; pero, en su lugar, me limito a apretar los párpados y morderme la punta de la lengua.

No sé cuánto tiempo paso tratando de deshacerme de los tornillos antes de darme cuenta de que todos mis esfuerzos son inútiles. Cuando lo hago, una oleada de enojo me recorre de pies a cabeza.

Presiono las palmas contra mi frente e inhalo profundo.

La falta de aliento, así como el latir desbocado de mi corazón y el temblor en las extremidades, me hace saber que estoy a punto de perder la compostura. Se siente como si pudiese gritar en cualquier momento. Como si pudiese ponerme a lanzar cosas por toda la habitación para aminorar la sensación de ira que me invade.

El encierro está cobrándome la factura. Está volviéndome loca…

Sé que debo tranquilizarme, pero no puedo hacerlo. No puedo hacer nada más que ahogarme en este mar de impotencia que no ha dejado de arrastrarme de un lado a otro desde que llegué a este lugar.

Tomo una inspiración profunda y dejo ir el aire con lentitud.

«Piensa, Bess. Piensa», digo para mis adentros. «No te agobies de esta manera. Busca soluciones. Busca alternativas…».

Inhalo y exhalo una vez más, al tiempo que trato de contener la ansiedad que me recorre el cuerpo.

Trato, desesperadamente, de pensar en qué puedo hacer ahora que he destrozado el tenedor con el que había comenzado la tarea de desmontar la puerta. Ahora que me he dado cuenta de que el maldito cuchillo que conseguí no sirve para nada.

Cientos de escenarios fatalistas vienen a mi mente, y la horrible sensación de desasosiego que no me ha dejado tranquila desde que estoy encerrada comienza a intensificarse. La impotencia me provoca un agujero en el estómago y la desesperación no hace nada por mis nervios alterados.

Niego con la cabeza.

Necesito dejar de torturarme. Necesito calmarme para poder pensar claro, pero ahora mismo sé que no voy a conseguirlo. Sé que no voy a lograr deshacerme de la sensación de derrota que se ha metido debajo de mi piel.

No sé cuánto tiempo pasa antes de que salga de ese estado nervioso cargado de enojo y frustración. Tampoco sé cuánto tiempo me he quedado aquí, quieta, sin mover un solo músculo a pesar de que deseo largarme y encerrarme en mi habitación hasta que Mikhail se haga cargo de mí y termine con todo esto.

Un suspiro entrecortado se me escapa y me repito una vez más que debo dejar de hacerme esto a mí misma.

Entonces, una vez que he logrado poner un poco de orden en mis pensamientos, giro el cuello en círculos suaves y escondo el pequeño cuchillo. No puedo descartarlo del todo. Algo se me tiene que ocurrir. Algo voy a poder hacer con él para salir de este lugar. No voy a darme por vencida así de fácil. No cuando estoy *tan* cerca.

Giro sobre los talones y avanzo un par de pasos en dirección al piso superior de la cabaña, cuando *sucede*.

Un tirón violento y doloroso en el lazo que me une a Mikhail hace que me encoja y me estremezca.

La sensación es tan repentina y brutal, que me quedo sin aliento durante unos instantes.

Otro retortijón me golpea y las piernas me flaquean hasta dejarme de rodillas en el suelo. La fuerza de los movimientos en el lazo es tan abrumadora, que me quedo quieta durante unos segundos antes de intentar ponerme de pie.

La cuerda invisible que me une al demonio está tan tensa, que se siente como si estuviese a punto de arrastrarme físicamente por toda la estancia. Como si de verdad tuviese la fuerza para hacerlo.

«¿Qué diablos?».

Algo dentro de mi pecho aletea y se estruja con violencia y sé, de inmediato, que algo no va bien.

El pánico comienza a hacerse presente.

«¿Habrá notado mi ausencia en la habitación? ¿Se habrá dado cuenta de lo que trato de hacer?».

El miedo incrementa otro poco y la ansiedad que había logrado contener hace unos instantes regresa.

«No, no, no, no. Por favor, no», repito sin cesar una y otra vez, pero no puedo arrancarme la sensación de que algo horrible está ocurriendo allá arriba.

Sin saber muy bien qué hacer, avanzo a toda velocidad por la estancia y, en el proceso, golpeo unas cuantas cajas que se interponen en el camino. El sonido estrepitoso y sordo de lo que acabo de tirar es tan fuerte, que maldigo en voz alta mientras me echo a correr escaleras arriba para llegar al primer piso de la cabaña.

No me molesto en ser silenciosa en lo absoluto. Sé que no tiene caso hacerlo. Él *sabe* que no estoy en la habitación. *Sabe* que estoy tramando algo.

Estoy aterrorizada. El golpeteo intenso del pulso contra mis orejas es solo un recordatorio de cuán alterada me encuentro y, a pesar de todo eso, no puedo dejar de intentar idear una mentira que explique el motivo de mis paseos nocturnos.

Mis pies descalzos golpean la duela mientras corro en dirección a la sala de la cabaña y, por un momento, se siente como si pudiese gritar de la frustración.

No puedo creer cuán asustada me siento. No puedo creer que, quien alguna vez me inspiró tanta protección, ahora sea capaz de ponerme los nervios de punta con solo un movimiento brusco en el lazo que comparto con él.

Un estallido irrumpe en la estancia y es tan violento que me detengo en seco y me encojo sobre mí misma ligeramente. Una oleada densa de energía oscura y pesada se apodera de todo el lugar casi al instante y, de pronto, otro sonido estridente resuena en el piso superior.

Se hace el silencio.

El cuerpo me zumba debido al nerviosismo y la ansiedad, pero no me muevo ni un milímetro. No hago nada para averiguar qué diablos está ocurriendo allá arriba. Ni siquiera me atrevo a respirar como se debe.

La quietud lo invade todo.

Mi pecho se contrae con la fuerza de la sensación dolorosa y visceral que me estruja por dentro, y un mal presentimiento comienza a meterse debajo de mi piel. A pesar de eso, no me muevo de donde me encuentro. No hago otra cosa más que agudizar el oído para percibir cualquier clase de movimiento en la segunda planta.

Llegados a este punto, lo único que soy capaz de percibir, es el sonido de mi respiración entrecortada.

La confusión, el miedo y la ansiedad se mezclan y corren a través de mis venas a toda marcha, pero no logro conectar los puntos. No logro averiguar qué diablos está pasando aquí y por qué, de un momento a otro, todo se llenó de tanta oscuridad.

Estoy a punto de avanzar. Estoy a punto de dar un paso en dirección a las escaleras de la estancia, cuando el estremecimiento de la tierra debajo de mis pies lo invade todo.

Luego, viene el golpe de energía arrebatada y enfurecida que ahoga el lugar. Entonces, llega el gruñido salvaje y estridente que resuena en toda la cabaña.

Todos y cada uno de los vellos del cuerpo se me erizan y doy un paso hacia atrás en un acto reflejo.

—¿Qué diablos…? —Ni siquiera logro terminar de hablar. Solo puedo escuchar el crujir de la madera en el piso superior, y ver cómo una nube densa y oscura desciende por las escaleras.

Un escalofrío de puro terror me recorre la espina, pero no me muevo. Lo único que hago, es mirar cómo la neblina se distribuye en todo el lugar.

Sin más, otro golpe violento resuena.

Un movimiento brusco en el lazo se hace presente y sé, de inmediato, que Mikhail está demasiado cerca. Sé, sin siquiera tenerlo dentro de mi campo de visión, que está aquí, en la misma habitación que yo.

Una ráfaga de viento proveniente del interior de la casa hace que el cabello me azote la cara. La onda expansiva que esta provoca, hace estallar los vidrios que decoran todo el lugar.

Un grito ahogado me abandona debido a la impresión y me cubro la cabeza, a pesar de que no estoy cerca de nada que pudiese ser una amenaza potencial.

El horror se instala en mis huesos y hace que me estremezca entera. Entonces, la energía oscura se apodera de cada uno de los rincones de la habitación y poso mi atención en la figura que casi toca el techo, y que emana ese poder aterrador y abrumador que no hace más que sofocarme.

—¿Mikhail? —La voz me sale en un susurro tembloroso, pero él ni siquiera me mira. Solo se mantiene ahí, suspendido en el aire, con sus inmensas alas negras batiéndose con suavidad, el torso completamente desnudo y la cabeza gacha.

Un nudo de nerviosismo y miedo se instala en la boca de mi estómago y, por acto reflejo, doy un paso lejos.

El demonio no parece inmutarse. Ni siquiera parece darse cuenta de mi presencia, ya que su cuerpo se encuentra direccionado hacia la salida.

«¿Qué está pasando?».

Entonces, sin decir una sola palabra, emprende el vuelo.

La fuerza de su imponente cuerpo, aunada a la velocidad con la que sale disparado, hace que la estructura de metal del ventanal de la sala se destroce por completo y, sin más, la energía oscura que venía arrastrando consigo se desvanece tras él.

No me muevo. Ni siquiera me atrevo a respirar con fuerza porque no comprendo qué diablos acaba de suceder.

Niego con la cabeza, confundida y aturdida.

«¿Qué fue eso? ¿Qué pasó? ¿Qué hizo que Mikhail se fuera de aquí de esa manera?».

Las preguntas se arremolinan en mi cabeza a una velocidad vertiginosa, pero ahora mismo trato de no ponerles demasiada atención. No cuando mi subconsciente ha caído en la cuenta de que Mikhail se ha marchado y me ha dejado una clara vía de escape.

Acto seguido, y como si mi cuerpo hubiese sido estimulado por una descarga eléctrica, me echo a correr escaleras arriba.

Una vez ahí, me enfundo en una de las sudaderas que Mikhail trajo para mí en el primer día y, sin importarme el hecho de estar descalza y de no tener ni un solo par de zapatos conmigo, salgo disparada hacia el piso inferior.

Al llegar a la planta baja y acercarme al campo minado que ahora es el suelo cercano a las ventanas, empiezo a caminar sobre las puntas de mis pies.

No me importan los pequeños trozos que me hieren las plantas. Tampoco me importa la ráfaga helada de viento que se cuela desde afuera. Ahora mismo preferiría morir a manos del frío inclemente, que darle la oportunidad a Mikhail de asesinarme. No voy a dejar que él se salga con la suya.

Como puedo, paso el cuerpo por uno de los huecos creados por los vidrios rotos y tengo especial cuidado con las partes más filosas de los bordes.

En el instante en el que los pies hacen contacto con el piso lleno de nieve, me arrepiento de no llevar nada para cubrirme y maldigo en voz baja cuando el entumecimiento me llega hasta los tobillos.

El aire helado me azota la cara y tengo que apartarme el cabello con ambas manos para poder mirar algo más que hebras oscuras. De inmediato, contemplo el panorama.

Arboles altos y delgados se alzan alrededor de la cabaña y no estoy segura de hacia dónde debo correr para escapar de aquí.

Decido que debo perderme entre la vegetación del lugar; así que, sin más, me echo a correr en dirección a la arbolada.

Me duelen los pies, me arden los pulmones con cada bocanada de aire que entra en ellos y los músculos me gritan debido al esfuerzo que supone para ellos mantenerme en movimiento con este clima inclemente.

Estoy temblando de pies a cabeza. Tengo nieve en las pestañas y las articulaciones me crujen gracias al frío, pero no me detengo. No dejo de correr. No dejo de abrirme paso en el terreno desconocido porque ahora mismo es el mejor de mis planes. Es lo mejor que tengo.

Un movimiento en el lazo me hace bajar el ritmo de las zancadas. El pánico y la adrenalina se abren paso en mi sistema y miro hacia todos lados, en un desesperado intento por descubrir si Mikhail se ha dado cuenta de mi ausencia y viene detrás de mí.

No logro visualizar nada. No logro mirar otra cosa más que la blancura del terreno y las sombras provocadas por la altura de los árboles.

Sigo corriendo.

Sigo moviéndome para no dejar que la sensación de que algo muy malo está pasando ahora mismo se apodere de mí. Sigo en movimiento porque es lo único que consigue mantener a raya la sensación que tengo de estar siendo observada.

Las copas de los árboles detrás de mí se agitan con violencia y un grito de terror se construye en mi garganta. Ni siquiera sé por qué estoy así de alterada, pero lo estoy; así que no puedo evitar sentir como si estuviese a punto de ocurrir algo muy, *muy* malo.

La energía angelical que guardo dentro de mí se agita con incomodidad, de repente, y mi vista se alza hacia el cielo, en la búsqueda del demonio de alas de murciélago que me ha mantenido prisionera, pero no veo nada. Ahí no hay nada. Ahí…

Un golpe violento y doloroso me da de lleno en el estómago y caigo. Caigo y ruedo sobre mí misma hasta que golpeo contra uno de árboles. El dolor, el aturdimiento y la confusión se abren paso en mi interior y alzo el rostro.

En ese instante, soy capaz de *verla.*

Una figura oscura, amorfa y pequeña se retuerce en el suelo a pocos metros de distancia de mí, y comienza a estirarse y a encogerse al compás de los espasmos que la invaden.

El terror se construye ladrillo a ladrillo dentro de mí y trato, desesperadamente, de ponerme de pie una vez más.

Otra figura cae desde una de las copas de los árboles y golpea a pocos pies de distancia de mí antes de comenzar a moverse.

Entonces, el caos se desata.

Decenas… No… *Cientos* de figuras oscuras y viscosas caen desde los árboles y empiezan a deformarse a sí mismas para unirse en una masa uniforme a mi alrededor.

El pánico y el terror se acumulan en mi pecho y me hacen imposible respirar. Me hacen imposible hacer nada más que ver cómo un millar de brazos empieza a brotar desde la masa líquida y espesa que lo cubre todo.

Me pongo de pie con lentitud.

La materia viscosa no deja de moverse y, poco a poco, comienza a transformarse en figuras humanoides alargadas y aterradoras. El horror de saber a qué me enfrento no hace más que amedrentarme al punto de desear haberme quedado en la cabaña. De querer echarme a llorar aquí mismo debido al pánico.

Estas cosas van a matarme. Estoy acabada. Estoy perdida.

—Voy a ponértelo fácil, Bess Marshall. —La voz infantil y melodiosa que suena en todo el lugar me pone la carne de gallina—: Entrégame la parte angelical de Miguel y te dejaré en paz.

Mi vista viaja hacia todos lados, pero no logro encontrar al dueño de la voz. No logro descubrir con quién diablos estoy hablando.

—¿Quién eres? —exijo, con la voz entrecortada por el miedo.

Una risita insidiosa y aterradora lo llena todo una vez más y me estremezco por completo.

—El Supremo estará tan feliz conmigo cuando le entregue tu cuerpo hecho trizas. —La voz canturrea. El tono es tan dulce y melódico, que se siente como si estuviese escuchando hablar a un niño—. Mis amigos están ansiosos por destrozarte, ¿sabías eso?

—¡¿Quién eres?! —espeto, al tiempo que giro sobre mi eje para buscarlo entre la espesura del bosque.

—Tal vez necesitas un poco de ayuda —dice la voz y, al mismo tiempo, una de las siluetas se abalanza sobre mí para atenazarme la mitad inferior del cuerpo.

El horror me hace ahogar un grito en respuesta y un estallido de dolor hace que caiga de rodillas sobre la nieve.

—O tal vez —dice la voz—, lo que necesitas es que te lleve conmigo para que el idiota de Miguel empiece a obedecer de una maldita vez por todas.

—Tienes tres segundos para quitarle esas asquerosas cosas de encima, Amon. Lo digo en serio. —La voz de Mikhail me llena los oídos, y una mezcla de terror y alivio me recorre.

Es en ese momento, cuando la figura imponente del demonio de los ojos grises cae en el suelo, a pocos metros de donde yo me encuentro.

Su mirada está fija en mí, pero su expresión es inescrutable.

No me pasa desapercibida la postura amenazante que guarda. Tampoco lo hacen los cuernos que sobresalen entre su cabello, ni el tono grisáceo de su piel; mucho menos el tono blancuzco de su mirada, o la manera en la que sus alas se abren y se extienden de manera amenazadora.

—¿Estás aquí tan pronto? —La voz infantil responde, en medio de una risotada—. Bien. —La satisfacción llena su tono—. Supongo que esto va a ponerse interesante.

14

ANGELICAL

La presión dolorosa que se había apoderado de mí, cede en el instante en el que la figura viscosa me deja libre.

Un escalofrío de puro alivio me recorre de pies a cabeza casi de inmediato, pero no me atrevo a moverme. Ni siquiera me atrevo a apartar la vista del demonio de ojos grises que me observa con gesto inescrutable.

El miedo y la angustia ganan un poco de terreno cuando siento cómo Mikhail tira con violencia del lazo que nos une. El solo acto, hace que me doble sobre mí misma debido a la sensación abrumadora que me provoca.

Está furioso. No se necesita ser un genio para saberlo. No se necesita estar atada a él para *sentirlo*.

—¿Vas a dejar de esconderte ya, Amon? —Mikhail habla, sin apartar su vista de la mía. El tono neutro y calmado que utiliza suena más amenazador que cualquier grito que pudiese haber proferido.

Una carcajada infantil reverbera en todo el lugar, y la energía angelical que habita en mí se agita con inquietud; como si tratase de abandonarme el cuerpo. Como si tratase de advertirme sobre algo.

Trago duro.

—Es bastante gracioso que creas que me escondo. —Amon pronuncia, en un tono que se me antoja inocente y, justo en ese instante, algo en el ambiente se torna extraño. Se siente como si una suave neblina estuviese apoderándose del espacio. Como si todo el bosque estuviese llenándose de energía negativa—. Si estás insinuando que te tengo miedo, déjame informarte que estás muy equivocado.

Los ojos de Mikhail escudriñan todo el espacio. Sé que puede percibir el mismo cambio que yo, ya que sus hombros se cuadran mientras despliega aún más sus alas negras.

—Demuéstramelo —dice, al tiempo que vuelve a posar sus ojos en mí.

Otra risa escandalosa se abre paso entre los árboles que nos rodean, pero nada sucede.

Luego, el silencio se apodera de todo el lugar, y lo único que soy capaz de escuchar, es el sonido del viento azotando las copas de los árboles.

Mi mirada viaja por todos lados, en busca del demonio que habla pero que no se ha materializado, y un agujero se instala en la boca de mi estómago cuando percibo el destello de oscuridad que se mezcla en el aire.

La parte angelical se agita de nuevo y, esta vez, me deja sin aliento en el proceso. Un extraño mareo me invade al instante y tengo que cerrar los ojos para detenerlo.

Cuando abro los ojos, todo sigue igual. Amon no ha aparecido por ningún lado y Mikhail no se ha movido de su lugar. La tensión en el espacio, sin embargo, es tan palpable que se siente como si tratase de meterse debajo de nuestra piel.

Durante un largo momento, nada ocurre. Nada cambia. Todo se sume en una quietud abrumadora y errónea. Tan errónea que ni siquiera me atrevo a respirar.

Entonces, justo cuando estoy a punto de obligarme a relajarme un poco, lo noto.

La masa densa y viscosa que me rodea ha comenzado a moverse. Ha empezado a concentrar su movimiento en un solo punto delante de mí.

Al principio, creo que estoy imaginándolo, pero el movimiento lento y cuidadoso del líquido espeso me hace darme cuenta de que no es así.

Poco a poco, la materia viscosa y homogénea se alza y comienza a moldearse, como si tratase de formar una figura de arcilla; una silueta humana que, además de ser precisa y perfecta, tiene un tamaño pequeño. Como el de un niño.

El hedor a azufre y podredumbre me inunda las fosas nasales, y mi mandíbula se aprieta cuando las náuseas me llenan la boca de salivación.

El olor es insoportable. Tanto, que tengo que cubrirme la nariz con el dorso de una mano para aminorarlo un poco.

Pasan segundos. Minutos. *Horas...* No lo sé. Antes de que el líquido espeso termine de formar la silueta humanoide; entonces, comienza a deslizarse hacia la nieve una vez más, desvelando así la figura de —quien creo que es— Amon.

Un nudo de puro horror se apodera en mi estómago cuando noto que es realmente un niño quien queda al descubierto; pero no digo nada. No hago otra cosa más que mirarlo.

Amon me da la espalda, pero su altura es tan baja, que podría jurar que no tiene más de diez años. No lleva alas. Tampoco lleva cuernos en la cabeza. Es solo el cuerpo de un niño que, de no ser por su piel grisácea, pasaría por el de un chico ordinario.

—¿Ahora los monstruos del Supremo te sirven? —Mikhail no luce asombrado cuando habla. Al contrario, luce un tanto entretenido y curioso por la materialización del demonio.

Amon se encoge de hombros.

—El Supremo puede llegar a ser increíblemente generoso cuando le eres leal.

Una sonrisa perezosa se desliza en los labios de Mikhail.

—¿Cuándo eres su perro faldero, quieres decir? —Es el turno de Mikhail de encogerse de hombros—. No me lo tomes a mal, Amon, pero no me interesa lamerle las bolas a nadie. Mucho menos a alguien como el Supremo.

Una carcajada se le escapa al niño que se interpone entre Mikhail y yo.

—¿A qué estás jugando, Miguel? —dice—. Eres patético. ¿De verdad crees que puedes arrebatarle al Supremo lo que le pertenece? Ríndete de una vez y júrale lealtad.

—Deja de meterte en lo que no te importa, Amon —Mikhail refuta, en tono aburrido—. Esto es entre Lucifer y yo.

Un suspiro irritado se le escapa a Amon.

—No digas que no te lo advertí. —El niño dice, después de chasquear la lengua con fingido pesar. Entonces, se gira para encararme.

La visión del rostro de Amon me da de lleno y mi estómago se revuelve al darme cuenta de cuán inocente luce. Sus facciones delicadas e infantiles se dibujan delante de mis ojos y no puedo dejar de contemplarlo.

Su cabello blanquecino cae alborotado sobre su frente y le cubre parcialmente las orejas; su piel grisácea luce aún más antinatural que la de Mikhail y la tonalidad rojiza de sus ojos hace que un escalofrío de puro terror me recorra.

Hay algo erróneo en la sonrisa dulce que esboza cuando me observa. Hay algo increíblemente aterrador en la mirada siniestra que me dedica.

La energía angelical que llevo dentro se agita con más violencia que antes y siento cómo gana terreno en mí. Es como si tratase de empujar lejos los hilos de los Estigmas. Como si intentara tomar el control sobre ellos para contenerlos.

Amon me mira de pies a cabeza e inclina el rostro ligeramente en señal de curiosidad.

—¿Qué se supone que eres? —pregunta, con ese tono dulce y aterrador que tiene su voz.

Me estremezco en respuesta y, por instinto, doy un paso hacia atrás.

—Aléjate de ella —Mikhail habla, pero eso solo hace que Amon sonría.

—Te sientes como un Sello. —El niño prosigue, al tiempo que ignora la advertencia en la voz de Mikhail, y da un paso en mi dirección—. Pero, al mismo tiempo, no te sientes como uno. Es como si hubiera algo *más*.

Trago duro y la energía que llevo dentro gruñe en respuesta.

—Amon, te lo advierto.

Los ojos del niño se entrecierran y recorren mi extensión. Entonces, su sonrisa se ensancha, de modo que me muestra todos los dientes.

—Eres fuerte. —Suena… *¿entusiasmado?*

—No, no lo soy. —Me las arreglo para contestar, con un hilo de voz.

—Por supuesto que lo eres. —Asiente—. Muéstrame.

Niego con la cabeza.

—No soy fuerte —repito.

Amon rueda los ojos al cielo.

—No me hagas obligarte —advierte—. Muéstrame.

Otro estremecimiento me invade, pero niego una vez más.

—Yo no…

Ni siquiera soy capaz de terminar la oración. Ni siquiera soy capaz de parpadear, ya que un golpe violento me azota y me lanza por los aires.

Un grito ahogado se me escapa cuando impacto contra la nieve y siento cómo la frialdad del hielo me humedece la ropa al instante. El dolor no se hace esperar en mi pecho y los hilos de los Estigmas empiezan a desperezarse.

Trato de ponerme de pie, pero un destello adolorido me invade, y me quedo quieta, en un débil intento de absorber la horrible sensación que me escuece por dentro. Un gemido torturado amenaza con abandonarme, así que aprieto los dientes para no dejarlo escapar. Entonces, me obligo a mirar al pequeño demonio que camina hacia mí con aire despreocupado.

—¡Vamos! —Amon alza la voz para escucharse por encima del violento ventarrón—. Muéstrame qué es lo que eres.

Otro golpe invisible me da de lleno, pero, esta vez, es más intenso que el anterior, y termino estrellándome contra uno de los árboles del bosque.

La parte angelical de Mikhail zumba en mi interior y apacigua la violencia con la que los Estigmas tratan de abrirse paso a la superficie. Ni siquiera les permite hacer su camino fuera de mí. Los contiene con tanta fuerza, que siento cómo todo se me retuerce en las entrañas debido a la lucha de poderes.

Un retortijón intenso y violento proveniente del lazo, me deja sin aliento, pero ni siquiera soy capaz de asimilarlo, ya que un látigo de dolor me impacta y hace que un grito ahogado se me escape.

Esta vez, no soy lanzada por los aires. En su lugar, un violento escozor se apodera de mi estómago y se teje en mi pecho.

La tortura es tan grande ahora mismo, que no puedo hacer otra cosa más que tratar de no gritar de dolor.

Un gruñido retumba en todo el lugar y, de pronto, el dolor desaparece.

La opresión que ni siquiera había notado hasta este momento, se esfuma y se difumina entre los puntos negros que me tiñen la visión.

Bailo en el limbo de la inconsciencia. Nado en un mar de colores grisáceos que amenaza con oscurecerse por completo y arrastrarme a sus aguas más profundas.

No sé cuánto tiempo pasa antes de que el ardor se esfume por completo. Ni siquiera sé en qué momento el mundo empezó a tener sentido una vez más, o cuándo es que pude apoyar los brazos en la nieve para alzar la mirada; pero, cuando lo hago y me percato de lo que ocurre a mi alrededor, un escalofrío de puro terror me recorre.

Ambos demonios se encuentran ahí, suspendidos en el aire gracias al batir de sus alas inmensas e impresionantes, y se miran como si tratasen de medir sus respectivas fuerzas.

La figura de Amon es mucho más pequeña que la de Mikhail, pero eso no le resta impacto a la imagen devastadora que proyecta.

El niño de aspecto dulce ha desaparecido, y ahora lo único que soy capaz de ver, es el tamaño ostentoso y grotesco de sus alas de murciélago, y el tamaño descomunal de los cuernos que brotan de su cabeza.

A pesar de aún conservar esa pequeña estatura y esas facciones delicadas, luce aterrador. Sus ojos, antes humanos y de color rojizo, ahora son similares a los de una serpiente, y no puedo pasar por alto el hecho de que hay cientos de venas rojizas que se translucen entre su piel —la cual se ha vuelto completamente gris.

Luce aterrador en modos inexplicables, pero Mikhail ni siquiera luce sorprendido o amedrentado.

—¿Quién diablos crees que eres para intentar atacarme, Miguel? —La voz de Amon suena violenta y distorsionada.

—Te dije que te alejaras de ella. —La voz de Mikhail suena tranquila, pero siniestra.

Amon sonríe.

—He encontrado a tu talón de Aquiles, ¿no es así? —El niño pregunta, y la satisfacción se filtra en el tono de su voz.

—No has encontrado una mierda.

Una carcajada se le escapa al demonio con cuerpo de niño y se acaban las palabras.

Mikhail se abalanza a toda velocidad hacia Amon, quien esquiva su ataque con facilidad y golpea de regreso contra el demonio de los ojos grises.

Un grito ahogado se me escapa cuando la onda expansiva provocada por el impacto de ambos demonios me alcanza. Una oleada de energía se apodera de todo el lugar y el horror me asalta cuando Amon gruñe y arremete contra Mikhail con violencia.

Mikhail responde al ataque casi al momento, pero un grito se construye en mi garganta cuando la masa viscosa y densa trata de alcanzar al demonio de los ojos grises desde abajo.

Un estallido de energía maliciosa llena el espacio y sé, de antemano, que ha sido Mikhail el causante, ya que el líquido espeso ha retrocedido al percibirla.

La sensación viciosa y enfermiza que me invade al percibir tanta oscuridad, es solo eclipsada por la agitación de la energía angelical que llevo dentro y el pánico de ver a dos demonios increíblemente poderosos pelear de esta manera.

La visión aterradora de los demonios en pleno combate me deja sin aliento, y el horror y la fascinación se mezclan dentro de mí para crear un monstruo poderoso y destructivo.

Todo dentro de mí se revuelve cuando una de las puntas de las alas de Mikhail da de lleno contra el costado de Amon, pero mi sorpresa no dura demasiado, ya que el demonio con rostro de niño ni siquiera parece afectado por el ataque.

La tierra vibra y se estremece debajo de mí cuando Amon gruñe y ataca a Mikhail; quien, a una velocidad impresionante, cambia el panorama y se apodera del cuello de su adversario para elevar el vuelo hasta el punto en el que no puedo mirarlos más.

La agitación del lazo que nos une es tan intensa ahora, que casi puedo jurar que soy capaz de percibir la adrenalina que corre por el cuerpo de Mikhail. Casi soy capaz de sentir la ira que lleva por dentro.

Un silencio sepulcral y tirante se apodera del lugar, mientras trato, desesperadamente, de localizar a los demonios que han desaparecido, pero nada sucede. Nada ocurre.

Un estallido estruendoso, similar al de los rayos de tormenta, retumba y me aturde y, justo en ese momento, lo veo.

Amon está cayendo.

Su pequeño cuerpo viaja en picada y a toda velocidad en dirección al suelo.

La ansiedad y el terror hacen mella en mí cuando noto cómo Mikhail vuela hacia él, con toda la intención de atacarlo de nuevo y no sé por qué me siento de esta forma. Jamás había visto a Mikhail pelear de esta manera. Jamás le había visto ser tan cruel con nadie y eso, más que cualquier otra cosa, me pone los nervios de punta.

El demonio de aspecto infantil bate sus alas con desesperación, en un intento de recuperar el control de su cuerpo, pero no parece estar lográndolo.

Un gruñido grotesco y violento deja los labios de Mikhail y otro estruendo retumba en el espacio cuando un haz de energía latiguea a Amon con brutalidad. Entonces, impacta contra el suelo y la tierra se estremece en respuesta.

La nube de nieve que se eleva es tan espesa, que no puedo ver nada más allá de mi nariz, y no puedo hacer otra cosa más que quedarme aquí, quieta, intentando procesar lo que acabo de presenciar.

La parte activa de mi cerebro me grita que debo huir. Que debo escapar lejos de este lugar antes de que Mikhail trate de alcanzarme, pero no puedo moverme. No puedo hacer nada más que mirar hacia el lugar donde —se supone— cayó Amon.

La nube de polvo blanquecino se disipa poco a poco y desvela una silueta alta, esbelta y firme. Sé, de antemano, que se trata de Mikhail. Podría reconocerlo en cualquier parte del mundo. Podría percibirlo así tratase de ocultarse de mí.

Un nudo de nerviosismo y ansiedad se instala en la boca de mi estómago cuando noto cómo la figura avanza en mi dirección, pero apenas tengo tiempo de ponerme de pie antes de que sus facciones sean visibles a través del velo blanco que lo cubre todo.

La manera en la que me mira es aterradora. La forma amenazante en la que tira del lazo que nos une, me hace saber que está furioso conmigo y que trata de hacérmelo saber de esta manera.

La energía angelical dentro de mí se retuerce con más fuerza que antes, pero esta vez soy capaz de soportarlo un poco más, mientras observo cómo el demonio se acerca paso a paso.

Mikhail, sin decir una palabra, me toma por el brazo con brusquedad y tira de mí para ponerme de pie. El jalón es tan brusco, que me hace daño y hago una mueca de dolor en el proceso. A él no parece importarle en lo absoluto, ya que se limita a echarse a andar llevándome casi a rastras.

Trato de oponer resistencia, pero mis pies entumecidos apenas responden. Trato de impedir que me lleve, pero es tan fuerte, que me hace daño siquiera intentar luchar contra él.

El demonio se detiene en seco cuando se da cuenta de mi renuencia a seguirle y se vuelca hacia mí para anclar sus manos a mis caderas y echarme sobre su hombro, como si fuese un saco de patatas.

Entonces, empieza la verdadera lucha.

Mis piernas patalean y mi torso se remueve con la finalidad de desperezarme de su agarre firme, pero es imposible hacerlo. Es imposible hacer otra cosa más que gruñir y gritar por ser liberada.

Un golpe es atestado por mi codo contra la base de la cabeza del demonio y sus pasos vacilan.

Mikhail se detiene en seco y me deja caer de espaldas al suelo, antes de cerrar una de sus manos contra mi tráquea.

El aire apenas entra a mis pulmones, pero esa no es mi mayor preocupación ahora mismo. No cuando su mirada luce tan aterradora como lo hace ahora. No cuando sus dedos me presionan la garganta con tanta fuerza, que temo que sea capaz de romperme el cuello antes de asfixiarme.

—¿Así es como pagas toda la mierda que he hecho por ti? —dice, en un tono de voz tan calmado, que hace que el miedo incremente hasta convertirse en una sensación paralizadora.

La presión de su agarre aumenta y el pánico se detona en mi sistema. Estoy temblando, el corazón me late a toda velocidad y el terror es metal fundido en mi sangre.

Trato, desesperadamente, de deshacerme de su agarre en mi cuello, pero solo consigo rasguñar la piel de su brazo mientras peleo y forcejeo desde el suelo.

Un sonido ahogado y angustiado se me escapa cuando cientos de puntos negros empiezan a oscilar en mi campo de visión.

Los hilos de energía de los Estigmas luchan por salir a la superficie, pero no lo consiguen. Hay algo que los contiene. Algo poderoso y abrumador.

—Se acabó el demonio benevolente. —Mikhail escupe, en mi dirección—. Se acabó la misericordia para ti, Cielo. —Su rostro se acerca tanto al mío, que siento cómo su aliento caliente me golpea de lleno, pero no siento nada más que repulsión hacia él—. Voy a destruirte si vuelves a hacer algo tan estúpido como esto. —Abro la boca en busca de aire, y los ojos me lagrimean de forma involuntaria cuando presiono una mano contra su rostro para empujarlo—. Voy a…

En ese instante, se libera.

Una oleada cálida se detona en mi interior y la expresión del demonio que me somete se transforma por completo cuando un haz de luz proveniente de mi mano lo ilumina todo. Una mezcla de confusión, asombro y miedo tiñe sus facciones y un alarido de dolor abandona sus labios.

Mikhail trata de apartarse, pero los hilos de los Estigmas son liberados de su prisión y se envuelven alrededor de su cuerpo, impidiendo que sea capaz de moverse.

La tierra debajo de mí vibra en respuesta a mi ataque repentino, y todo a mi alrededor se estremece cuando la energía angelical que llevo dentro canta y grita en señal de liberación.

Un sonido torturado escapa de los labios del demonio, pero no lo dejo ir. Al contrario, me aferro a toda la energía que poseo para hacerle saber quién soy yo. Para hacerle saber quién es quien va a destruirle si se atreve a lastimarme de nuevo.

Los ojos aterrorizados de Mikhail encuentran los míos y, para probar mi punto una vez más, tiro del lazo que nos une. Un gemido estrangulado se le escapa con mi acto y una oleada de enfermiza satisfacción se apodera de mí.

El demonio se doblega a una velocidad impresionante, pero no dejo de hacerle daño. No dejo de succionar fuera de su cuerpo el poder del que tanto alardea. No dejo de absorber toda la oscuridad que lo envuelve, hasta que lo único que soy capaz de percibir es una llama temblorosa y parpadeante.

Entonces —solo entonces—, lo libero y se desploma en el suelo a mi lado.

Todo su cuerpo se estremece con los espasmos provocados por mi ataque, pero no dejo que la imagen vulnerable que me regala me ablande. No dejo que la oleada de arrepentimiento acabe con mi determinación.

—Llévame a casa, Miguel —digo, con la voz enronquecida, pero firme pese a todo—. Ahora mismo.

15

ROTO

El sonido de mi respiración dificultosa, aunado con el del viento inclemente que golpea las copas de los árboles, llena todo el lugar. Una nube hecha con mi aliento cálido invade mi campo de visión y los ojos me lagrimean cada una de las veces que parpadeo.

Estoy temblando de pies a cabeza. Estoy congelándome.

Las articulaciones me duelen tanto, que temo que pueda perder alguna parte del cuerpo si la muevo con brusquedad, y los pulmones me arden y queman tanto que, literalmente, duelen al respirar.

No puedo moverme. Los músculos ni siquiera responden a las demandas de mi cabeza y me quedo aquí, quieta, mientras la energía angelical demanda y exige que me ponga de pie.

Se siente que pasa una eternidad antes de que trate de incorporarme, pero, cuando lo hago, el cuerpo entero me grita de dolor. A pesar de eso, giro sobre el estómago como puedo y me empujo con los brazos para levantarme. Las palmas de las manos me arden y escuecen, y ahogo un grito tembloroso y débil en el proceso. Mis ojos se cierran con fuerza y me muerdo el labio inferior. Un sonido torturado se me escapa cuando el dolor es intenso.

Se siente como si estuviera a punto de perder la movilidad por completo. Como si cada parte de mí fuese a caer congelada sobre el claro donde me encuentro.

Las rodillas se me hunden en la nieve cuando apoyo mi peso en ellas, pero eso no impide que sea capaz de utilizar los pies para levantarme. El entumecimiento de mis extremidades es tan grande, que ya ni siquiera puedo sentir otra cosa que no sea un hormigueo incómodo y doloroso.

Mi vista recorre el espacio teñido de blanco que se extiende frente a mí, y un nudo de pánico empieza a atenazarme las entrañas.

Estoy en medio de la nada. ¿Cómo demonios voy a salir de este lugar? Voy a morir congelada.

El nerviosismo y la ansiedad que había luchado por contener durante la pelea entre Amon y Mikhail, empieza a ganar terreno en mi consciencia y, de pronto, se siente como si pudiese ponerme a gritar. Como si pudiese rendirme y aovillarme en el suelo hasta que todo esto termine.

La ropa ha comenzado a pegarse a mi cuerpo debido a la humedad helada de la nieve, y mi cabello se siente tieso debido a la capa de hielo que se ha formado en él.

El dolor corporal es intenso ahora. Todos mis huesos gritan y crujen entre sí cuando, con las piernas temblorosas, doy un paso hacia adelante. Se siente como si hiciese un esfuerzo sobrehumano con solo esa acción. Como si estuviese a punto de desplomarme en el suelo una vez más.

Doy un paso más y luego otro.

—Bess... —La voz ronca de Mikhail resuena a mis espaldas. Suena débil y gutural, pero ni siquiera me giro para encararlo. No hago el intento de mirarlo porque nada de lo que me diga puede hacer que confíe en él. Nada de lo que diga va a cambiar la forma en la que lo veo ahora.

La suave esperanza que había guardado durante los últimos días ha desaparecido por completo. El tipo que me habla no es el chico del que me enamoré. Este ser que ahora viaja por el mundo con el rostro de Mikhail, no es más que un monstruo. Una criatura incapaz de sentir otra cosa que no sea amor propio. Una criatura que lo único que es capaz de provocarme es repulsa y dolor.

—Bess —Mikhail pronuncia de nuevo, con la voz entrecortada, pero yo no me detengo. Por el contrario, doy un par de pasos más.

Mis rodillas flaquean y caigo de bruces al suelo. Mi cara impacta contra el manto de nieve y el ardor provocado por la frialdad, y el mordisco en mi lengua, me hacen gemir de dolor.

El sabor metálico de la sangre invade mis papilas gustativas, y escupo solo porque la sangre es tanta, que me da asco tragarla.

Un brazo firme y fuerte se envuelve en mi cintura y tira hacia arriba. Sé, de antemano, que se trata de Mikhail, así que lucho por ser liberada. La energía angelical que alguna vez habitó su cuerpo me vibra en la piel y se enciende, de modo que el demonio es alejado de mí con fuerza; como si hubiese sido repelido por un campo de fuerza invisible.

Mi cuerpo hace contacto con el suelo una vez más y trato de ponerme de pie, pero el demonio es más rápido que yo y vuelve a alcanzarme. Esta vez, es capaz de echarme sobre su hombro y avanzar un par de pasos.

Cuando la energía angelical hace lo suyo y me libera de nuevo, golpeo el suelo con tanta fuerza, que me quedo sin aliento durante unos instantes.

Para ese momento, estoy agotada. Toda mi anatomía pareciera haber sido drenada de su fuerza y, de pronto, lo único que puedo hacer es quedarme aquí, en el suelo, con la frente sobre la nieve y el cuerpo entumecido por el frío.

La parte angelical gruñe en protesta y siento cómo teje su camino por toda mi anatomía para obligarme a levantarme, pero no puedo hacerlo. No cuando el frío es tan inclemente. No cuando he llegado al límite de mi resistencia al intentar pelear contra Mikhail.

El brazo del demonio se envuelve a mi alrededor. Esta vez, no opongo resistencia. Esta vez, cuando me levanta del suelo, no lucho para impedírselo.

El demonio no dice nada mientras me deposita en el suelo con delicadeza. Tampoco lo hace cuando coloca uno de sus brazos por debajo de mis rodillas y el otro en mi espalda. Mucho menos pronuncia algo cuando levanta mi peso y nos elevamos en el aire.

Bailo en el limbo de la inconsciencia, pero estoy lo suficientemente alerta para notar cómo la velocidad del vuelo de Mikhail incrementa. Al instante, el vértigo se apodera de mis entrañas y los párpados me revolotean para abrirse.

No lo consiguen.

No pueden hacer otra cosa más que revolotear como mariposas mientras siento cómo mi cuerpo se agita de un lado a otro con la turbulencia del vuelo.

De pronto, se siente como si estuviese cayendo. Como si hubiese abandonado la zona de confort para adentrarme en una caída en picada que se siente ajena y lejana.

Algo está ocurriendo. Algo está pasando allá afuera, en el mundo real, pero no puedo desperezarme. No puedo arrancarme la sensación de intenso adormecimiento que me invade.

Un tirón en mi brazo me hace abrir los ojos de golpe, pero lo único que soy capaz de ver, es la nube blanquecina que lo cubre todo y un puñado de manchas negras y deformes. Lo único que soy capaz de hacer, es posar la atención en los ojos grises angustiados que me miran desde arriba.

Alguien grita algo, pero no puedo conectar los puntos ahora mismo. No puedo hacer nada más que luchar contra el estado de letargo que me envuelve.

Unos brazos se envuelven a mi alrededor, y siento cómo golpeo contra algo duro y helado y, luego de eso, pierdo el conocimiento.

Mikhail me lleva a cuestas.

No estoy muy segura de cómo diablos es que lo sé, pero lo hago. Sé que es Mikhail. Es él quien avanza con mi peso a cuestas.

Soy vagamente consciente del temblor en sus extremidades y del sonido irregular de su respiración.

Quiero empujarlo lejos. Quiero poner distancia entre esta criatura y yo, pero me encuentro tan magullada y adolorida, que ni siquiera puedo alzar la cabeza. Ni siquiera puedo abrir los ojos.

Un gemido se me escapa de los labios cuando Mikhail trastabilla y caemos al suelo, pero no puedo hacer nada para impedir que su peso me aplaste. Un sonido tembloroso y entrecortado lo abandona y sé que algo no anda bien con él.

Mikhail no es torpe o débil. No suele tropezar o perder el equilibrio. Debe estar demasiado herido para no poder mantenerse en pie. Debe haberse hecho demasiado daño durante la pelea con Amon.

«No. Tú le hiciste esto. Tú lo heriste de este modo», susurra la voz en mi cabeza, pero trato de ignorarla por completo.

Un murmullo ininteligible es pronunciado por el demonio de los ojos grises antes de que vuelva a cargarme. Esta vez, la debilidad en el agarre de Mikhail es palpable. Puedo sentir cómo su respiración se vuelve irregular debido al cansancio que supone para él llevarme así, pero no dice nada al respecto. Tampoco deja de moverse.

Apenas puedo sentir el lazo que nos une. Apenas puedo percibir la energía de Mikhail a mi alrededor y una punzada de terror me recorre el pecho. Él, sin embargo, no dice nada. No hace otra cosa más que avanzar conmigo a cuestas.

Mis párpados revolotean, en un esfuerzo por abrirse, pero apenas soy capaz de tener un vistazo de su mandíbula angulosa, antes de que vuelva a entrar en el limbo semiinconsciente que trata de engullirme.

La energía angelical que llevo dentro trata de empujarme de vuelta a la realidad, pero no lo consigue. Estoy agotada. Estoy hecha trizas y no sé cómo diablos tomar las riendas de mí misma en este estado. No sé cómo aferrarme al mundo real una vez más.

—Resiste un poco, Cielo… —Las palabras suenan tan lejanas y ajenas, que se sienten irreales. Fuera de lugar.

«Él no es Mikhail. Él no es el chico del que te enamoraste. Él ha desaparecido para siempre. Ha muerto», digo para mí misma, pero el efecto que tiene su voz en mí no cambia en lo absoluto: sigo sintiéndome segura escuchándolo. Sigo queriendo fundirme en sus brazos para olvidar todo lo malo.

—No falta mucho. Aguanta otro poco —dice, en voz baja e inestable, y mi corazón hace una pirueta extraña.

Un sonido quejumbroso es lo único que puedo pronunciar en respuesta y la voz de Mikhail pronuncia algo que no puedo entender.

Una ráfaga de viento me azota el rostro y siento cómo la estabilidad en el cuerpo de Mikhail flaquea. Un gruñido retumba en el pecho del demonio, pero no caemos. Esta vez, tiene la fuerza suficiente como para impedir nuestra caída y continuar avanzando.

—Ya casi estamos ahí, Bess. Ya *casi*. —Le escucho decir, pero yo ya me he dado por vencida. Ya no puedo soportarlo. No puedo luchar ni un minuto más contra la nube que amenaza con envolverlo todo a mi alrededor.

Arde.

Toda la piel de me arde, y grito.

Grito porque duele. Grito porque el entumecimiento y el hormigueo son demasiado para mí.

Alguien susurra algo en un idioma desconocido y un par de manos fuertes tratan de contenerme. No lo consiguen del todo. De pronto, mi cabeza es sumergida en el líquido caliente en el que estoy envuelta y una mezcla de alivio y desesperación se apodera de mí.

El aire en mis pulmones se agota casi de inmediato, pero mi cabeza es sacada del agua justo antes de que comience a sentir la falta de aliento. Justo antes de sentir que empiezo a ahogarme.

Mis dientes castañean, pero no tengo frío. Mis músculos gritan, pero el dolor ha disminuido considerablemente. El corazón me late a toda marcha, pero no se siente como si estuviese en peligro.

En ese momento, mis piernas se remueven en la superficie lisa en la que me encuentro y la voz tranquilizadora regresa.

Unas manos grandes me ahuecan el rostro y mis párpados se abren ligeramente solo para encontrarme de lleno con un par de ojos grises familiares y angustiados. Mis dedos se aferran a las muñecas del demonio que me sostiene y trato de poner toda mi atención en lo que pronuncia.

—Está bien —murmura, pero suena agotado. Suena... ¿Adolorido?—. Está bien, Cielo. Estás bien.

Un sonido —mitad gemido, mitad gruñido— se me escapa mientras me remuevo con incomodidad, pero él no me deja ir; al contrario, me envuelve entre sus brazos al tiempo que un chorro de agua hirviendo comienza a golpearnos.

Mi cuerpo, de manera involuntaria, comienza a luchar contra la prisión en la que me contiene, pero rápidamente soy inmovilizada y acomodada entre sus brazos.

De pronto, somos un manojo de extremidades enredadas y espasmos violentos.

De pronto, no sé quién tiembla más, si él o yo.

De pronto, lo único que soy capaz de hacer es hundir la cara en el hueco húmedo y cálido de su cuello unos instantes antes de perder la consciencia una vez más.

Estoy temblando. Todo el cuerpo me tiembla incontrolablemente, y el peso de algo cálido cae sobre mí. El frío no se detiene. Ni siquiera cede un poco. Mis músculos sufren espasmos dolorosos y violentos, mientras me aovillo sobre mí misma, en un débil intento por mantener elevado el calor del cuerpo.

Una mano fuerte y firme se apodera de mi brazo, debajo del peso inmenso que me cubre, y tira de mí hacia arriba, de modo que quedo en una posición medio sentada. Después, el peso cálido vuelve a mí y me aovillo aún más contra la pared cálida y blanda que me rodea.

Aliento cálido y tembloroso me golpea la sien, pero no tengo miedo. No tengo miedo porque no puedo hacer otra cosa más que concentrarme en el frío insoportable que siento en estos momentos.

Un par de brazos fuertes me envuelven. Mi cuerpo encaja a la perfección en el espacio entre la pared cálida y los brazos que me sostienen.

—No voy a dejarte morir aquí, ¿me oyes? —Escucho que una voz pronuncia, pero no puedo salir a la superficie. No puedo luchar contra el manto pesado que me cubre.

La luz se filtra entre la delgadez de mis párpados y me remuevo con incomodidad. Trato de ocultar el rostro en el hueco cálido donde he hecho un nido desde hace una eternidad, pero soy plenamente consciente de que no voy a poder dormir de nuevo. Estoy demasiado alerta. Demasiado *despierta*.

A pesar de eso, me acurruco aún más contra el material cálido, suave y blando que me envuelve y presiono el rostro contra la almohada cálida que tengo debajo de la cabeza. Un gruñido incómodo resuena y vibra en mi oreja, y es todo lo que necesito para que mi cuerpo se empuje lejos; como si hubiese sido impulsado por la fuerza de un resorte.

El dolor en mis músculos es sordo y punzante ahora, pero no es eso lo que me impide alejarme lo suficiente; es el enredo de cobijas y mantas lo que me detiene de poner distancia entre el demonio que me sostenía contra su pecho y yo.

La imagen de Mikhail se dibuja delante de mis ojos y la confusión me invade de un segundo a otro.

Durante unos instantes, no soy capaz de recordar nada. Ni siquiera soy capaz de conectar los puntos en mi cabeza. Es solo hasta que tengo un vistazo de la destrozada estancia, que los recuerdos me invaden.

La sensación de malestar crece conforme las imágenes acerca de lo ocurrido con Amon van inundándome y, de pronto, lo único que quiero, es poner cuanta distancia sea posible entre Mikhail y yo.

Él no se mueve. De hecho, ni siquiera parece haberse percatado de la distancia que he impuesto entre nosotros. Sus ojos están cerrados con suavidad, pero su gesto es severo; casi doloroso. Su cabello luce más alborotado que nunca, su torso desnudo sube y baja con su respiración lenta y temblorosa, y sus inmensas alas de murciélago están extendidas en el suelo, como un par de lonas de piel flácidas y rotas.

Luce agotado. Luce… Enfermo. Vulnerable.

Trago duro.

La sensación de malestar provocada por mi enfrentamiento con él, solo hacen que me arrastre lejos con más insistencia. Esta vez, soy capaz de poner un poco más de distancia entre nuestros cuerpos.

En ese momento, me atrevo a mirar alrededor.

Mi vista viaja a la estancia una vez más y, esta vez, soy capaz de notar más detalles de la cabaña que intenté abandonar. No me pasa desapercibido el hecho de que Mikhail ha tenido el tiempo suficiente como para improvisar una cubierta para el ventanal destrozado, la cual consiste en un puñado de tablas clavadas a lo largo del agujero que hizo con su cuerpo al salir a enfrentar a Amon.

No he podido ignorar, tampoco, la especie de fortaleza que ha creado con los muebles de la sala: los ha acomodado de modo que nos encontramos rodeados por ellos —como si de un nido se tratase—, y ha amontonado un montón de cobijas y cobertores en el espacio en el que nos encontramos.

«Trataba de hacerte entrar en calor», susurra la inocente voz de mi subconsciente y, por unos instantes, le creo. Por unos segundos, me permito creer que Mikhail realmente estuvo preocupado por mí.

Mis ojos se cierran con fuerza.

La punzada de dolor que me invade es tan intensa, que tengo que tomar una inspiración profunda, antes de dejarla ir con lentitud.

Una nube de vapor se escapa de mi boca en el proceso, y es todo lo que necesito para saber que sigue helando.

Así pues, como puedo, me pongo de pie.

Tengo los dedos de los pies entumecidos por el frío, pero ya no hay dolor en mis músculos. La debilidad que antes me llenaba de pies a cabeza se ha transformado en un temblor ligero y suave que ni siquiera me impide caminar.

Trato de echarme un montón de cobertores encima, pero, cuando me doy cuenta de que no voy a poder cargar con su peso, los dejo caer y me envuelvo los hombros con el más ligero de todos. Entonces, me echo a andar fuera de la barricada que ha creado Mikhail para nosotros.

El suelo está helado y el aire congelado del exterior se cuela entre los tablones que Mikhail ha colocado para cubrir el agujero del ventanal. Un escalofrío me recorre de pies a cabeza y me encojo sobre mí misma, en un intento débil por mantener el calor dentro.

Estoy a punto de dar un paso en dirección a la puerta principal solo para comprobarla, cuando lo escucho.

Al principio, creo que lo he imaginado, pero luego, mientras agudizo el oído, lo escucho de nuevo. Es apenas un suave quejido. Un sonido torturado tan débil e imperceptible, que no se siente como real.

Mi ceño se frunce en confusión y giro con lentitud sobre mi eje, al tiempo que sigo el rumbo del sonido, pero este se detiene.

Yo me detengo con él.

Por un doloroso instante, el miedo se apodera de mis entrañas.

«¿Y si alguien está aquí? ¿Y si Amon nos siguió y trata de ponernos una trampa? ¿Y si...?».

Una inspiración es inhalada con brusquedad y un gemido adolorido resuena en toda la estancia.

Es en ese preciso instante, cuando toda mi atención se vuelca hacia a donde el cuerpo de Mikhail se encuentra. La voz del demonio vuelve a invadirlo todo y, esta vez, no lo pienso ni un segundo, antes de avanzar hacia él a toda velocidad.

Me detengo en seco justo cuando estoy frente a él, y contengo el aliento unos instantes solo para escuchar cómo un sonido estrangulado y torturado brota de su garganta. Es hasta ese momento, que me percato de la fina capa de sudor que cubre su cuerpo, y del modo en el que su pecho sube y baja con su respiración dificultosa.

El pánico se apodera de mí en un abrir y cerrar de ojos y, sin pensarlo demasiado, me arrodillo a su lado solo para colocar una mano sobre su frente sudorosa. La transpiración que cubre su cuerpo es fría, pero no es eso lo que envía un escalofrío de puro terror a mi sistema. Es la temperatura de su cuerpo lo que lo hace.

«Está hirviendo».

A pesar de que estamos a varios grados bajo cero, está hirviendo, y no sé cómo diablos sentirme al respecto.

«¡¿Los demonios pueden tener fiebre?!», grita mi subconsciente, pero empujo el absurdo pensamiento en lo más profundo de mi cabeza, al tiempo que trato de pensar qué es lo que puedo hacer por él.

Mi primer pensamiento, es conseguir compresas de agua helada para bajar la temperatura de su cuerpo, así que me apresuro al baño para empapar una toalla con agua helada y presionarla contra su rostro.

Repito el procedimiento un par de veces, pero no funciona. Nada cambia. Mikhail sigue ardiendo en fiebre.

«¡Piensa, Bess! ¡Piensa!», urjo, para mis adentros, pero nada viene a mí. No sabía que los demonios eran capaces de enfermarse. Tampoco sabía que podían tener fiebre.

—No lo entiendo… —musito, con desesperación y angustia y, sin saber muy bien qué es lo que estoy haciendo, empiezo a tantear su rostro, cuello y torso desnudo.

Sé que estoy buscando alguna clase de herida. Algo que justifique la fiebre y el estado en el que se encuentra.

Mis manos, ansiosas y desesperadas, corren por sus costados y sus muslos vestidos, pero no logro percibir nada. Entonces, justo cuando estoy a punto de darme por vencida, la resolución me golpea.

«¡La espalda! ¡No le has revisado la espalda!».

Rápidamente, trato de girar el cuerpo de Mikhail. Un grito escapa de sus labios y es tan estridente, que dejo de moverlo de inmediato.

Un estremecimiento de puro horror me recorre la espina dorsal y, sin saber muy bien qué diablos hago, vuelvo a intentarlo.

Esta vez, envuelvo los brazos alrededor de su cintura y trato de elevarlo en una posición sentada. Un gemido deja la garganta del demonio y siento cómo todo su cuerpo se tensa en respuesta a mis movimientos.

Un quejido retumba en su pecho y siento cómo sus manos se cierran en puños alrededor de la sudadera que llevo puesta, pero no es hasta que consigo acomodarlo, que lo noto…

Un grito se construye en mi garganta y mi estómago se revuelve con violencia. Me estremezco entera debido a la impresión y una horrible e insoportable punzada de dolor me atraviesa el pecho de lado a lado.

Los ojos se me llenan de lágrimas sin que pueda evitarlo, y el desasosiego se mete debajo de mi piel y se instala en mis huesos y tejidos.

Sus alas.

Una de ellas, cuelga en un ángulo antinatural en su espalda.

Luce como si hubiese sido desgarrada con brutalidad y hay un inmenso corte irregular en la piel que va desde su omóplato, hasta su cintura.

Cartílago, hueso, tejido expuesto y sangre coagulada es lo único que puedo ver ahora mismo y tengo que cubrir mi boca con una mano para impedir que un sonido asombrado se me escape.

—Por el jodido infierno… —La voz horrorizada y familiar me hace alzar la vista al instante y una mezcla de alivio, felicidad y tristeza se arremolina en mi pecho.

—¡*Axel*! —El nombre sale de mis labios, y suena como una plegaria. Como una petición de auxilio—. ¿Qué haces aquí?

—¡Bess! —La voz aliviada de Daialee llega a mis oídos antes de que pueda verla precipitarse en mi dirección.

Mi amiga se detiene en seco cuando mira la escena y su expresión pasa del alivio al horror.

—Joder, Annelise, no sabes lo… —La voz de Rael muere en ese momento y sé que los tres seres que tengo delante de mí están tan impactados como yo de lo que está pasando.

—Cariño, ahora no hay tiempo para hablar sobre mi fabulosa presencia en este lugar, ¿entiendes? —Axel es el primero en romper el silencio. Sé que trata de bromear, pero le sale terrible. Suena turbado hasta la mierda—. Necesito que enfoquemos nuestra atención en el problema y me digas qué diablos ha pasado aquí.

—N-No lo sé. Amon… Mikhail… —digo, en medio de un balbuceo. No puedo formular una oración coherente ahora mismo, así que es lo único que puedo pronunciar.

—¿*Amon*?, ¿Amon, el Príncipe del Infierno, hizo esto? —Axel pregunta, con genuino horror.

Yo no puedo responder. No puedo hacer otra cosa más que asentir con aire angustiado y frenético, a pesar de que no tengo la certeza de que haya sido él el causante del estado de Mikhail.

«¿Qué diablos ocurrió mientras estaba inconsciente?».

—*Mierda*… —Daialee pronuncia, al tiempo que mira a Axel con preocupación.

—Esto está más jodido de lo que pensé —Axel dice, mientras se acerca hasta donde me encuentro—. ¿Él sabe que están aquí?

—¿Quién?

—Amon.

Niego con la cabeza.

—No lo sé.

—Esto no es bueno. —Axel masculla y dirige su atención hacia el ángel que observa la escena a una distancia prudente—. Tú, ven aquí y has algo útil por una vez en la vida.

—¿Quién te crees que eres para hablarme así, íncubo? —Rael habla, en tono despectivo.

—Trae tu sexy e irritante culo aquí, angelito, o vas a tener problemas más grandes de los que crees. —La amenaza en el tono de Axel hace que una sonrisa nerviosa se dibuje en mis labios.

Rael niega con la cabeza.

—Me rehúso, determinantemente, a ayudar a ese demonio.

—Ese demonio fue tu líder. Luchó a tu lado y se preocupó por ti durante todo el tiempo que estuvo en el Reino de tu Creador —Axel escupe—; así que muestra un poco de gratitud y ayúdame a sacarlo de aquí. —Hace una pequeña pausa antes de añadir—: Imbécil.

Axel posa su atención en mí y me dedica una mirada cargada de significado.

—Te extrañé, pequeña mierdecilla —dice y un nudo de sentimientos se instala en mi garganta.

—También te extrañé, Axel —digo y el íncubo me guiña un ojo.

—Vámonos de aquí. Empecemos el día salvándote el culo. Como en los viejos tiempos —dice, en tono dulce y amable y una risotada se me escapa al tiempo que un sollozo comienza a construirse en mi pecho—. Y nada de llantos innecesarios, Bess. Te ves como la mierda cuando lloras.

Lágrimas calientes se deslizan por mis mejillas, pero asiento, al tiempo que permito que el demonio menor aparte el peso de Mikhail lejos de mí.

Mira por encima del hombro hacia Rael y Daialee.

—Señores —dice—, no es por preocuparlos, pero tenemos que salir de aquí. *Ahora.*

16

CAOS

—¿Cómo es que dieron con nosotros? —digo, irrumpiendo el silencio en el que se ha sumido la estancia.

En ese instante, la mirada de todos en la habitación se posa en mí.

Las cuatro brujas con las que vivo, el íncubo y el ángel me miran como si me hubiesen crecido dos cabezas más en el cuerpo. Como si no pudiesen creer lo que estoy preguntando.

No han pasado más que unas horas desde que nos trajeron a Mikhail y a mí de vuelta de aquella cabaña en las montañas, pero ya se siente como si los días en ese lugar hubiesen ocurrido hace una eternidad.

Para ser sincera, ahora mismo ni siquiera puedo creer que Mikhail se encuentre allá, tumbado en la cama de mi habitación, con un ala casi desprendida del cuerpo. Se siente tan irreal. Tan *extraño…*

—No fue fácil localizarlos. —Daialee, quien luce como si no hubiese dormido en días, es la primera en romper el silencio—. Después de lo que pasó con las cosas que nos atacaron en la carretera, todo Bailey se sumió en una bruma oscura y densa. Realmente empezaron a ocurrir cosas aterradoras. —Su vista se posa en Dinorah, quien, a su vez, tiene su vista clavada en mí—. Dina fue atacada por un puñado de errantes, Niara casi fue tragada por el tazón que guarda Zianya en su recámara; Rael se enfrentó con una horda de Grigori que parecían haberse vuelto locos… —Niega con la cabeza—. Todo esto sin mencionar que Zianya estuvo a punto de morir a manos de un demonio de rango mayor que buscaba desesperadamente al Cuarto Sello.

Una punzada de puro terror me recorre, pero me obligo a mantener la expresión tranquila mientras la escucho continuar:

—Nosotros sabíamos, de antemano, que no habías muerto, ya que todo parecía seguir un curso relativamente normal; pero, escuchar hablar a ese demonio sobre ti, no hizo más que confirmarlo. Después de eso, empezamos a buscarte por medio de la magia; pero no fue hasta que Axel vino a nosotros, que nos enteramos de todo lo que ha estado ocurriendo en el Inframundo.

Mi atención se fija en el demonio de rango menor que se encuentra de brazos cruzados al fondo de la estancia.

—¿Cómo es que pudiste salir del Infierno? ¿Qué es eso que ha estado ocurriendo? —pregunto, con genuina curiosidad y preocupación—. La última vez que hablamos dijiste que las reglas habían cambiado y que demonios de tu jerarquía no tenían permitido abandonar el Averno.

—Y así era. —Axel asiente—. Lo que sucede es que todo está hecho un verdadero caos allá abajo. El Supremo está tan ocupado intentando detener a Mikhail, que ha descuidado todo lo demás. No tienes una idea del desastre que se ha desatado ahora que el idiota de Miguel se ha liberado de las fosas del Infierno —dice, con una expresión que jamás había visto en él. El terror que refleja su mirada es tan grande, que apenas puedo creer que se trate del íncubo juguetón al que estoy acostumbrada—. De cierto modo, yo ya sabía que esto ocurriría. Sabía que El Supremo enloquecería cuando Mikhail terminara de transformarse, pero nunca imaginé que sería de esta manera... —Niega, con incredulidad—. Los Príncipes del Infierno están muy alterados. Todos ellos, bajo las órdenes del Supremo, están intentando cazarlo y, gracias a la cantidad de poder que han liberado, se han encargado de destrozar las paredes que dividían el Inframundo del mundo humano. Fue por una de esas grietas que logré abandonar el Averno para venir a buscarte, pero... —un suspiro cansado se le escapa—, si llegan a darse cuenta de que escapé, van a matarme.

—¿Cómo fue que diste con este lugar? —pregunto, con un hilo de voz. No pretendo sonar aterrorizada, pero lo hago.

—No fue muy difícil en realidad. Todos los espíritus y las almas de los errantes hablaban acerca de una chica que pertenecía a los dos mundos. Lo único que tuve que hacer fue preguntar hasta que los rumores me trajeron aquí. —Axel explica.

—Después de su llegada —Daialee interviene—, pasamos alrededor de dos días intentando localizarlos tanto a ti como a Mikhail, pero ninguno de los dos aparecía en los mapas energéticos. —Sacude la cabeza en una negativa—. Era como si hubiesen sido tragados por la tierra.

—No fue hasta que el poder de Amon lo impregnó todo, que pude percibir un poco de la esencia de Mikhail —Axel dice—. No estoy muy seguro, pero casi puedo apostar que esa cabaña se encuentra situada sobre un cruce de energía telúrica. Es por eso que no podíamos percibirlos.

—¿Cómo es que Amon pudo encontrarnos, entonces? ¿Cómo es que, a pesar de estar escondidos en un lugar como el que dices, pudo localizarnos? Y lo que es más importante: ¿Cómo es que pudiste percibir a Mikhail solo hasta que Amon apareció? —Sueno dudosa e insegura. Sueno confundida hasta la mierda.

—Amon es uno de Los Príncipes más poderosos del Infierno, Bess. —Axel explica—. Ese chiquillo es capaz de destrozar pedazo a pedazo cualquier clase de línea energética que cruza la tierra. No me sorprendería en lo absoluto descubrir que ha despedazado el equilibrio energético de la tierra solo para encontrarlos. Tengo la teoría de que pudimos percibir a Mikhail una vez Amon que destrozó el campo telúrico que los mantenía ocultos. Él, por supuesto, también pudo percibirlos al causar este quiebre energético.

Un escalofrío de puro terror me recorre.

—¿Crees que Amon haya sido uno de los principales causantes del caos que hay ahora mismo en todos lados? —pregunto, con genuino horror.

Axel asiente.

—Estoy casi seguro de ello —dice—. El Príncipe Amon es descuidado y despreocupado. No le importa el daño que puede traerle al mundo. Él únicamente ve por sus intereses y los del Supremo; quien, por cierto, ha mostrado una extraña predilección por él desde hace unas semanas. Es muy probable que haya sido él el que destrozó la delgada tela que separaba el mundo humano del mundo demoníaco.

—Mierda… —La voz de Niara llega a mis oídos, pero ni siquiera la miro.

—Dices que Amon fue a atacarnos cuando rompió el cruce energético en el que nos encontrábamos por que pudo percibirnos… —digo, para tratar de recuperar el hilo de la conversación.

—Eso creo —Axel asiente—. Pero no lo veas de ese modo, que, de no haber sido por esa apertura, nosotros tampoco habríamos podido localizarlos.

Nos quedamos un largo momento en silencio, mientras permito que la información recibida se asiente en mi cabeza poco a poco.

No puedo creer que no me haya dado cuenta de todo lo que estaba pasando mientras estuve encerrada en esa cabaña. No puedo creer que Mikhail nunca haya mencionado nada al respecto.

Una parte de mí no deja de repetirme una y otra vez que no lo hizo porque no quería preocuparme; pero otra, esa que es cruel y despiadada, no deja de susurrar que no lo mencionó porque no quería que intentase escapar para arreglarlo todo. Que solo trataba de mantenerme tranquila y oculta hasta descubrir el modo de arrebatarme lo que me dio para así asesinarme y convertirse en el demonio más poderoso de todos.

—¿Qué ha pasado contigo, Bess? —Daialee rompe el silencio después de un rato, y mi vista se alza de golpe solo para encararla. La ansiedad brilla en su rostro, pero no logro entender muy bien a qué se refiere.

—¿De qué hablas? —pregunto, porque realmente no entiendo el motivo de su pregunta.

—Te sientes… *diferente.*

—¿Diferente? —Mi ceño se frunce, en confusión, y cruzo los brazos sobre el pecho.

—La energía que despides es abrumadora —musita—; y, al mismo tiempo, es diferente a la que siempre has liberado. No sé cómo explicarlo.

—Te sientes como él —dice Dinorah, quien hasta ahora no había dicho nada. En ese momento, hace un movimiento de cabeza en dirección a Rael—, pero más fuerte.

—No —Zianya interviene—. Es diferente a él. La energía es más intensa. Más…

—Aterradora —Niara termina y un destello de pánico se filtra en su tono.

Una punzada de miedo se filtra en mi pecho, pero trato de mantenerla a raya mientras mis ojos barren la estancia con lentitud. En ese instante, mi mirada se posa en la de Rael. Él, a su vez, no deja de observarme con los ojos entornados.

—Lo que tratan de decir, Bess, es que te sientes como un ángel. Y no como un ángel común, sino como un arcángel —dice, con voz tranquila y neutra.

La atención de todo el mundo se fija en él y un escalofrío me recorre el cuerpo. Acto seguido, la energía angelical de Mikhail se retuerce en mi interior con incomodidad, pero me las arreglo para mantenerla a raya.

—¿*Yo*?

Él asiente.

—Así es. Se siente como si la energía de Mikhail apenas estuviese despertando en ti —dice—. Ahora mismo es más débil que hace unas horas, pero cuando te encontramos, se sentía como si el mismísimo Miguel Arcángel en sus tiempos de gloria estuviese en esa cabaña. —Sacude la cabeza—. No entiendo muy bien qué está pasando, pero todo esto es bastante extraño.

—¿*Extraño*? —Axel interviene en un bufido—. ¿Es que nadie aquí tiene algo de sentido común? —Mi vista se posa en él y sacude la cabeza con incredulidad y molestia—. La chica despide esa energía angelical porque Mikhail se la dio, ¿recuerdan? —dice—. No es algo del otro mundo. No entiendo porque el escándalo.

—Ella no se sentía de este modo hace una semana que desapareció —Daialee objeta—. Algo ha cambiado.

—¡La chica está haciendo uso de ese poder! —Axel exclama—. ¿Es que soy el único que lo encuentra lógico?

—No se trata de eso, demonio —Zianya replica—. Se trata de que cada cambio es esencial e importante. Hasta donde tengo entendido, Bess nunca había sido capaz de utilizar la energía angelical de Mikhail. ¿Qué ha cambiado? ¿Por qué ahora sí puede hacerlo?

—Todos ustedes son imposibles —Axel dice, con enojo y frustración—. No hay ciencia alguna. Bess, finalmente, ha comenzado a hacer uso de la energía angelical que Mikhail le dio. Fin de la historia. ¿No es así, Bess?

La incomodidad se mete debajo de mi piel y tengo que desviar la mirada, para que no sean capaces de notar lo poco que sé acerca de lo que me hablan.

—En realidad, yo no empecé a hacer uso de esa energía —masculle, al cabo de unos instantes—. No sé muy bien cómo explicarlo, pero... —Niego—. Es como si la energía de Mikhail hubiese *decidido* intervenir. Como si el poder angelical hubiese elegido liberarse. Ahora mismo, se siente como si tuviese voluntad propia.

Una risotada nerviosa escapa de los labios de Niara.

—Eso es imposible —suelta, pero no suena muy convencida—. La energía no tiene voluntad propia. La magia no tiene voluntad propia.

—Oh, sí la tiene. —Dinorah habla, sin apartar la vista de mí—. La magia te elige. Tú no puedes escogerla a ella. Ella te toma y se apodera de ti porque así lo desea.

El silencio que le sigue a las palabras de la bruja solo hace que el miedo —ese que ha estado cociéndose a fuego lento en mi interior— incremente otro poco. La información recibida parece asentarse en todos los presentes y solo consigue alterarme un poco más.

La preocupación, al principio detonada por el estado crítico en el que se encuentra Mikhail, ha aumentado con todo lo que hemos descubierto.

Ahora no puedo dejar de pensar en el demonio moribundo que se encuentra en el piso de arriba y en todo el caos que se ha desatado gracias a su presencia en este mundo. Gracias a la amenaza que supone para el Rey del Infierno.

—Debemos entregar a Mikhail al Supremo —Rael dice, en voz baja y neutral.

Mi atención se vuelca hacia él de inmediato.

—No vamos a entregarle una mierda. —Axel me roba las palabras de la boca—. ¿Qué infiernos te sucede? ¿Sabes lo que van a hacerle si llega a caer en manos de Los Príncipes o del Supremo?

Los ojos de Rael se posan en el íncubo enfurecido que habla como si estuviese a punto de perder los estribos.

—¿Quieres que nos quedemos de brazos cruzados mientras que los líderes del Inframundo destrozan el equilibrio del planeta solo para encontrarlo? —El ángel espeta—. Estoy tratando de ver por el bienestar de todo el mundo. Lo que está ocurriendo es gracias a Mikhail y, por mucho que deseé ayudarle, lo mejor para todos es acabar con esto y entregárselo al Supremo.

—¡¿Cómo te atreves a…?!

—No vamos a entregarlo —interrumpo el chillido furibundo de Axel, con voz tranquila, acompasada y firme. Mi vista está fija en el ángel de cabellos castaños y ojos amarillos, pero puedo notar, por el rabillo de mi ojo, como todo el mundo posa su atención en mí.

La incredulidad tiñe el rostro de Rael, quien niega en un gesto cargado de genuino horror.

—Esos demonios no van a detenerse, Annelise. Lo único que quieren es encontrar a Mikhail y no les importa si tienen que destruir a la tierra para conseguirlo, ¿entiendes lo que te digo? No se trata solo de él o de ti. Se trata de la humanidad entera —Rael suelta, con dureza.

—No vamos a entregarlo, Rael. Lo siento mucho. —Sueno determinada y tajante, y noto cómo todo el mundo se remueve con incomodidad mientras hablo.

—Es que no puedo creerlo —El ángel sacude la cabeza y un atisbo de coraje se filtra en sus facciones—. Ese hijo de puta ha intentado asesinarte más veces de las que puedo contar. ¿Cómo es que quieres protegerlo? ¿Cómo es que no lo dejaste morir en esa maldita cabaña en primer lugar? ¡Deberías haberlo dejado congelándose! ¡Lo único que ha hecho ese idiota desde que salió del jodido infierno es…!

—¡Basta! —Sueno enojada ahora, pero me las arreglo para acompasar mi tono—. Basta ya, Rael. No tienes una idea de cuánto hizo Mikhail por mí en el pasado. Le debo esto.

—No le debes nada.

—Y de todos modos quiero ayudarlo.

—¿Por qué?

—Porque me importa.

Una carcajada amarga y carente de humor brota de la garganta del ángel.

—Tú a él le importas una mierda —sisea. Sé que su intención es hacerme entrar en razón, pero lo único que consigue, es hacer sangrar un poco más la herida que Mikhail ha hecho en mi interior.

Niego con la cabeza.

Una sonrisa triste se dibuja en mis labios y me las arreglo para mantener a raya el inmenso desasosiego que amenaza con quebrarme.

—Él es un demonio por mi culpa, Rael —digo, pero él ya ha comenzado esbozar un gesto disgustado. A pesar de eso, continúo—: Mikhail pudo haber aceptado el destino que el Creador quería para él. Pudo haberme abandonado a mi suerte para convertirse en ese ser mitad demonio, mitad ángel que iba a ser… Pero no lo hizo. Me eligió a mí por sobre todas las cosas. Se sacrificó para que yo tuviese una vida tranquila y renunció a todo eso que tanto anhelaba tener de regreso. —La tristeza hace que la voz se me quiebre ligeramente—. Le debo esto. —Una risa triste y carente de humor me abandona y desvío la mirada para que no sea capaz de notar cuánto me afecta todavía—. Así él no sea capaz de recordarme. Así él me quiera muerta y trate de acabar conmigo…, le debo esto.

Nadie dice nada.

Todo el mundo me mira, pero nadie abre la boca para decir una sola palabra, así que aprovecho ese momento para abandonar la estancia y dirigirme a las escaleras. Alguien pronuncia mi nombre en el proceso, pero no regreso sobre mis pasos. Ni siquiera me molesto en averiguar quién ha tratado de detenerme y continúo a paso firme y seguro.

Subo a la planta alta tan rápido como mis piernas agotadas me lo permiten, pero me detengo justo antes de abrir la puerta de mi habitación. Mis ojos se cierran con fuerza y tomo una inspiración profunda porque realmente lo necesito. Entonces, cierro los dedos en la manija de la puerta y la hago girar.

El chirrido provocado por las bisagras es tan suave y lento como el movimiento de la puerta, pero no deja de ponerme los nervios de punta.

En ese momento, mi mano se coloca sobre la madera para impedir que se mueva un milímetro más y presiono la frente contra el material.

El miedo ha comenzado a mezclarse con la preocupación que siento por el chico que se encuentra del otro lado de la puerta y, de pronto, no puedo hacer otra cosa más que pensar en el aspecto que tiene el ala que casi ha sido arrancada de su espalda y en todo lo que han dicho las personas que dejé en el piso inferior.

Estoy aterrorizada. Al borde del colapso nervioso, y la viciosa e insidiosa culpabilidad que se ha metido debajo de mi piel no me ayuda en lo absoluto.

Mi corazón se salta un latido en el instante en el que la voz en mi cabeza comienza a susurrar una y otra vez que yo soy la culpable de todo. Que yo le hice esto a Mikhail y que voy a terminar matándolos a todos si no me alejo pronto.

Cierro los ojos. Trato de respirar profundo, pero apenas consigo retener el aire en los pulmones. A penas consigo controlar la sensación de ahogamiento que me invade.

Para ese momento, un nudo se me ha instalado ya en la base de la garganta, pero me las arreglo para deshacerlo tragando saliva varias veces.

«¡No seas cobarde! ¡Entra! ¡Enfrenta lo que has hecho!», gritan los demonios en mi cabeza y quiero estrellar la cabeza contra el marco de la puerta hasta perder la consciencia. Quiero girar sobre mis talones y alejarme de aquí porque se siente como si pudiese echarme a llorar. Como si pudiese morir debido a la vergüenza y la culpa.

No sé cuánto tiempo pasa antes de que me atreva a entrar en la estancia. No sé cuánto tiempo pasa antes de que me atreva a enfrentarme a la imagen desgarradora y dolorosa de Mikhail, tumbado boca abajo sobre mi cama, con las alas extendidas a lo largo de la habitación.

El corazón se me estruja y se aprieta en el instante en el que tengo una vista del tejido expuesto y ensangrentado que se vislumbra entre el hueso del ala, y la franja escandalosa y profunda que va desde su omóplato derecho hasta su cintura.

Me congelo en el lugar mientras absorbo la imagen que se despliega delante de mí.

El nudo en mi garganta vuelve con más intensidad y la sensación de pérdida crea un hueco en mi pecho. Se siente como si pudiese gritar. Como si pudiese salir huyendo de aquí para tratar de olvidar que fui yo quien lo hirió de esta manera.

Doy un paso en su dirección.

El latir desbocado de mi pulso se acelera, pero me obligo a dar otro.

Trago duro, en un débil intento de eliminar la bola de sentimientos que tengo atorada en la garganta, pero no lo consigo.

Doy otro paso lento y dubitativo y, de pronto, me encuentro tan cerca, que soy capaz de notar cómo su pecho sube y baja con su respiración acompasada.

Hace rato que la fiebre bajó. Hace rato que su respirar dificultoso se transformó en este acompasado y rítmico.

A pesar de eso, aún soy capaz de notar los signos de enfermedad en sus facciones. Su piel se ha tornado grisácea y pálida, sus labios se han amoratado y las venas visibles en su anatomía han comenzado a marcarse con tonalidades azules.

«Luce como si estuviese muerto», susurra la voz en mi cabeza y aprieto la mandíbula y los puños con violencia al escucharla.

Me obligo a ahuyentar toda clase de pensamiento pesimista lejos de mi sistema, antes de decidir que debo hacer algo por él. Voy a volverme loca si no lo hago.

Con esta nueva resolución asentada en la cabeza, me encamino fuera de la habitación y me abro paso hasta el baño, donde pongo a llenar un balde con agua tibia mientras rebusco en las gavetas por algo de alcohol.

Cuando el balde está lleno hasta la mitad, tomo una de las toallas de mano que se encuentran guardadas en uno de los muebles, y me encamino de vuelta a la habitación.

Entonces, empiezo a trabajar.

Mis manos rebuscan debajo de la cama por el botiquín improvisado donde tengo todo el material de sutura. Acto seguido, tomo la silla de escritorio que se encuentra frente al viejo mueble de madera en el que suelo ponerme a estudiar, y la acerco lo más que puedo a la cama.

Una vez instalada y lista, humedezco la toalla en el agua y, con mucho cuidado, empiezo a lavar la herida de Mikhail.

No sé qué fue lo que Rael y Axel hicieron para detener la fiebre, pero estoy bastante segura que no ha sido algo mortal. Aún no me he atrevido a preguntar qué clase de ritual practicaron, pero sé que ha habido algo de energía y poder involucrado en la estabilidad que ahora envuelve al demonio herido.

Cuando termino de limpiar la zona lastimada, humedezco un trozo de algodón con alcohol.

Voy a suturar la herida. Voy a aplicarle unos cuantos puntos y eso va a ayudarle a sanar. Va a...

—No va a funcionar. —La voz de Rael me llena los oídos, de pronto, y me hace pegar un salto debido al susto.

Mi mandíbula se aprieta con violencia y la desesperación y la angustia se abren paso en mi interior; con todo y eso, me obligo a ignorar al ángel y acerco el algodón a la herida.

—Lo digo en serio —insiste—. Solo vas a lastimarlo.

Las lágrimas me inundan los ojos y me giro para encararlo.

Está ahí, de pie bajo el marco de la puerta, con los brazos cruzados sobre el pecho y expresión impasible.

—¿Qué se supone que debo hacer, entonces? ¿Esperar a que coja una infección? ¿Que muera debido a una? —Digo, y sueno tan inestable, que ni siquiera me reconozco—. No puede quedarse así y lo sabes.

La vista de Rael se posa en el demonio que yace sobre la cama y noto cómo su mirada cambia un poco. No me atrevo a apostar, pero podría jurar que luce... *¿triste?*

Se aparta del lugar donde se encuentra y avanza hacia él. Luego, cuando está lo suficientemente cerca, toca la piel lisa del ala lastimada con la palma abierta.

Acto seguido, mira a Mikhail de reojo y cierra la piel en un puño.

—¡¿Qué demonios haces?! —chillo, al ver cómo estruja el ala como si estuviese exprimiendo un trapo—. ¡Déjalo ir! ¡Lo lastimas!

Rael niega con la cabeza, sin apartar la vista de Mikhail.

—No —dice, con la voz enronquecida por las emociones—. No estoy lastimándolo en lo absoluto. Ha perdido toda sensibilidad en esta ala. Mira…

El ángel rodea la cama para llegar al lado izquierdo, donde su ala sana se encuentra, y coloca su palma abierta sobre ella. La extremidad lisa y membranosa sufre un espasmo involuntario. Entonces, Rael trata de estrujar la piel, pero, de un movimiento rápido, el ala se lo impide.

En ese instante, toda la sangre del cuerpo se me agolpa en los pies y todo el mundo empieza a dar vueltas.

Los ojos de Rael se posan en mí cuando se aparta de Mikhail y sé, mucho antes de que diga nada, qué es lo que está a punto de pronunciar.

—Es muy probable que Mikhail no pueda volver a utilizar esa ala —dice—. Es muy probable que nunca más pueda volar.

El nudo en mi garganta es tan intenso, que no puedo deshacerlo. Las ganas de llorar son tantas, que mis ojos están llenos de lágrimas.

Niego con la cabeza.

—No…

Rael mira con aprensión al demonio que se encuentra recostado sobre la cama, al tiempo que da un paso lejos.

—Hay que darle unos días más. Si no muestra mejorías, tendremos que removérsela.

—¡¿*Qué?!* —Mi voz se eleva varios tonos—. ¡Por supuesto que no voy a dejar que le quites un ala! ¡¿Cómo carajo se te ocurre?!

El ángel me mira con severidad.

—Si la ha perdido, solo va a pudrírsele y entonces *sí* morirá debido a una infección —suelta, con dureza—. ¿Es eso lo que quieres?

—¡Tiene que haber algo que podamos hacer por él! —La desesperación invade mi tono.

— Annelise, lo siento mucho, pero…

—¡*No!* —le interrumpo, con la voz entrecortada. Estoy al borde de la histeria—. ¡Eres un ángel, por el amor de Dios! ¡Allá abajo hay cuatro brujas y un demonio! ¡Tiene que haber algo que podamos hacer! ¡Los he visto hacer cosas extraordinarias a todos!

—No funciona de esa manera.

—¡¿A qué te refieres con que no funciona de esa manera?! —escupo, pero mi voz suena como si le perteneciese a alguien más debido al nudo intenso que tengo en la garganta.

—No hay magia, poder o fuerza paranormal que pueda salvarle el ala. —Rael suena tranquilo, pero cauteloso—. Lo siento mucho, Bess. Hay cosas que ninguna clase de energía puede arreglar. No hay poder angelical o demoniaco que pueda hacer algo al respecto.

Lágrimas calientes y pesadas me caen por las mejillas y un sonido torturado se me escapa. Mi cabeza no deja de menearse en una negativa constante y tengo que morderme el interior del labio inferior para que deje de temblar.

El ángel trata de llegar a mí, pero doy un paso lejos.

—Annelise…

Me cubro la boca con las manos y reprimo un sollozo al tiempo que niego frenéticamente.

—Tiene que haber *algo…* —insisto, con la voz entrecortada por las emociones—. Pudieron traerme de vuelta a la vida. Tiene que haber algo que podamos hacer por él.

La desesperación y la tristeza invaden la expresión de Rael, pero este, pacientemente, se encamina de vuelta hacia Mikhail y señala la carne expuesta en su espalda.

—¿Ves eso? —Su mano apunta hacia algo que no puedo ver desde donde me encuentro, pero él ni siquiera me da oportunidad de acercarme antes de continuar—: El ala está arrancada casi en su totalidad. —Sus ojos se posan en los míos—. No hay nada que se pueda hacer ya.

—Mientes —digo, en medio de un sollozo.

—Las alas son para nosotros como cualquier extremidad. Podrías llegar a compararlo con un brazo o una pierna tuya, Bess —Rael insiste—. Si un animal te arranca un brazo o un dedo o alguna parte del cuerpo, y vas a tiempo a recibir atención médica, es muy probable que puedan volver a unirla a ti, ¿no es cierto?

No digo nada. Me limito a mirarlo con fijeza.

—Lo mismo ocurre en este caso —continúa, a pesar de mi renuencia a responder—. Mikhail no recibió la atención que necesitaba a tiempo. Es por eso que no creo que sea probable que pueda recuperar la movilidad en su ala. Es por eso que estoy casi seguro de que va a tener que ser removida.

—No… —susurro, pero sueno derrotada. *Destrozada…*

—Podemos esperar y ver cuánto mejora o empeora su condición en los próximos días —Rael sigue hablando a pesar de mi renuencia a creer en lo que dice—, pero encuentro realmente difícil que se pueda hacer algo.

El llanto es cada vez más intenso. Es cada vez más abrumador.

Presiono las palmas contra los ojos y la sensación de culpa aumenta con cada segundo que pasa. Todo dentro de mí grita que he sido yo quien le ha herido de esta manera y sé que es verdad. Sé que le ataqué y le hice mucho daño.

«Pero tú ni siquiera tocaste sus alas», me digo a mí misma. «¿Cómo has podido hacerle tanto daño sin siquiera tocar sus alas?».

—Annelise, por favor, no llores.

Como si mi cuerpo tratase de llevarle la contraria al ángel, un sollozo fuerte se me escapa.

—Yo le hice eso —digo, entre lágrimas.

—No. Por supuesto que no lo hiciste.

Asiento, con desesperación, al tiempo que lo encaro.

—Lo hice. Yo l-le hice daño.

—No puedes culparte por lo ocurrido, Bess. No es sano.

—Es que no lo entiendes —suelto, con angustia—. Yo lo ataqué. Yo le hice daño porque él… —Me quedo sin aliento unos segundos antes de continuar—: Porque él estaba lastimándome. Y-Yo solo…

—Estabas defendiéndote. —Rael termina por mí—. No puedes culparte por esto cuando solo estabas tratando de evitar que te hiciera daño.

Mis manos se apresuran a secar las lágrimas que me abandonan, pero apenas puedo retirar algunas cuando un puñado más brota.

—Va a odiarme —suelto, en un susurro dolido y aterrorizado.

El ceño del ángel se frunce.

—Bess, no te tortures de este modo. Él te estaba haciendo daño. Tú solo te defendiste.

—Rael, le *arranqué* un ala. —El tono ansioso en el que lo digo, solo consigue que el coraje y el dolor en mi pecho aumenten.

—Hazme el favor de arrancarle la otra si trata de lastimarte de nuevo. —La dureza con la que habla es tanta que el corazón se me estruja con una emoción desconocida.

En ese momento, las manos del ángel se colocan sobre mis brazos y me sacuden ligeramente.

—Annelise, escúchate —suelta, con desesperación—. No se necesita ser un genio para saber que, seguramente, Mikhail trataba de asesinarte cuando te defendiste. No hay nada de malo en atacar en defensa propia. Él obtuvo lo que buscó. Deja de intentar satanizarte por algo que habría hecho cualquiera en tu lugar.

—Me siento *tan* culpable.

—Pues hazte un favor a ti misma y deja de hacerlo. —Su voz suena más ronca que nunca—. Deja de torturarte de esta manera.

Me cubro la cara con las manos una vez más y trato de limpiar el torrente cálido y húmedo que me abandona, pero no lo consigo del todo. Las lágrimas no dejan de brotar y la culpa y el remordimiento se arraigan con fuerza en mi sistema.

Todas las emociones acumuladas durante los últimos días se arremolinan en mi pecho y, de pronto, se siente como una completa proeza detenerlas.

—Annelise, mírame —Rael pide, pero no me aparto las manos del rostro.

Un par de manos se apoderan de mis muñecas con suavidad y las apartan con firmeza de mi cara.

Así, sin más, me encuentro mirando de lleno los ojos ambarinos del ángel.

La mandíbula angulosa del tipo delante de mí está apretada en un gesto que lo hace lucir duro y severo, y su ceño fruncido en preocupación no hace más que acentuar la intranquilidad de su gesto.

—Nada de esto es tu culpa —Rael pronuncia, en voz baja y suave. Casi tranquilizadora.

—¿Por qué se siente como si lo fuera? —pregunto. Sueno miserable. Sueno aterrorizada y horrorizada—. ¿Por qué se siente como si fuese un jodido monstruo que debe ser eliminado?

—No eres un monstruo, Ann —dice, y clava sus ojos en los míos con firmeza—. No te atormentes de esta manera. Deja de llenarte la cabeza de mierda y entiende que cada uno de nosotros somos responsables de lo que nos sucede. —Se encoge de hombros, en un gesto apesadumbrado—. Mikhail es el único culpable de su situación. Tú solo te defendías. Si él no te hubiese atacado, tú no lo habrías lastimado. Es así de simple como eso.

Cierro los ojos.

—Está así por mi culpa.

—Está así porque él decidió que quería ser un demonio completo. Tienes que entender que ya no es el mismo. Ya no es el Miguel que todos conocimos.

—Lo extraño *tanto*. —Las palabras me abandonan sin que pueda detenerlas y me desgarran por dentro.

—Ann...

—Y si pudiera hacer algo, cualquier cosa, para traerlo de vuelta, lo haría.

Silencio.

—Si pudiera encontrar la manera de devolverle lo que me dio, lo haría. —Sacudo la cabeza en una negativa—. Incluso, me atrevo a decir que daría lo que fuera por regresar el tiempo e impedir que se sacrificara por mí. Daría lo que fuera por detenerlo de cometer una locura.

—¿Por qué te importa tanto? —El tono incrédulo de Rael me hunde un poco más.

—¿Qué? —inquiero, pese a que he escuchado perfectamente lo que ha dicho.

—Mikhail. ¿Por qué te importa tanto?

—N-No lo sé —digo, pero estoy mintiendo. Por supuesto que lo hago. Pero esto es más sencillo que admitir que jamás pude arrancar del todo eso que sentía por él.

—Bess, él no es quien tú conociste. Lo entiendes, ¿no es así? —Rael advierte, con cuidado y sus palabras solo consiguen enfurecerme un poco.

—¿Y eso qué tiene que ver con todo esto? ¿Con que estés aquí? ¿Qué es lo que buscas?

—Hacerte entrar en razón, Bess —dice—. Debemos entregarlo. Ahora es cuándo debemos hacerlo.

—¡Te he dicho que no! —estallo, al tiempo que me desperezo de su agarre y pongo cuanta distancia es posible entre nosotros.

—¿Es que no lo entiendes? Si lo entregamos, todo esto terminará.

«En eso tiene razón», me susurra el subconsciente y el pensamiento me sacude de pies a cabeza.

Un grito ahogado corta con todo a su paso.

Un sonido torturado retumba en la pequeña estancia y es todo lo que necesito para apartar la atención de Rael.

En ese instante, el peso de lo que acaba de pasarme por el pensamiento se asienta en mi cabeza y me siento asqueada de mí misma. Me siento abrumada y agobiada por la situación en la que me encuentro y quiero gritar. Quiero pedirle a Rael que se marche de la habitación, pero no tengo el valor de hacerlo. No tengo el valor de hacer nada más que mirarlo fijamente porque sé que hay algo de verdad en lo que dice.

Otro gruñido adolorido llega a mis oídos y me saca de mi estado de aturdimiento.

Acto seguido, mi atención se posa en el demonio que se encuentra postrado sobre la cama y que ha comenzado a moverse.

Las manos de Mikhail aferran las sábanas en puños y su espalda ha comenzado a jorobarse. Todo el cuerpo le tiembla incontrolablemente y un nudo de impotencia se forma en mi pecho.

A toda velocidad, me apresuro hacia él y coloco el dorso de mi mano sobre su frente para comprobar su temperatura. No tiene fiebre, pero ha comenzado a sudar frío; así que, sin perder ni un solo segundo, y sin siquiera mirar a Rael, me precipito fuera de la habitación y bajo las escaleras.

Cuando llego a la planta baja, Daialee pregunta algo que no escucho del todo, pero no me importa demasiado averiguarlo en estos instantes. Concentro toda mi atención en conseguir un poco de agua potable.

Cuando vuelvo a la habitación, Rael se ha marchado ya.

Trato de ignorar la viciosa y culposa sensación que se ha metido debajo de mi piel mientras que enfoco toda mi atención en Mikhail.

El demonio sigue retorciéndose sobre la cama, así que hago lo único que se me ocurre: tomo el frasco de pastillas para el dolor que guardo en la caja donde tengo el material de sutura, y tomo un par de tabletas. Acto seguido, fuerzo su boca para abrirla e introduzco las pastillas para después darle un poco de agua.

Él gruñe en respuesta, pero traga lo que le he dado antes de presionar su frente sobre la almohada.

No sé cuánto efecto vayan a tener los fármacos en su cuerpo, pero es lo mejor que tengo ahora mismo. Es lo único que puedo hacer por él hasta que descubra la forma de devolverle su parte angelical.

Un gemido escapa de los labios del demonio y mi corazón se quiebra otro poco.

—Lo siento —susurro, al tiempo que entierro mis dedos en los cabellos húmedos de su nuca en una caricia suave y ansiosa. No sé si estoy disculpándome por lo que le hice o por lo que me pasó por el pensamiento cuando hablaba con Rael. Tengo la impresión de que lo hago por ambas cosas—. Lo siento mucho, Mikhail. Lo siento, lo siento, lo siento.

Lo único que obtengo por respuesta es un sonido estrangulado y cierro los ojos con fuerza antes de correr la mano por su nuca hasta la altura de sus omóplatos; donde me detengo para evitar lastimarle.

—Lo siento *tanto...* —digo, con la voz entrecortada.

Las palmas de Mikhail, desesperadas y ansiosas, aferran las hebras oscuras de su cabello y tiran de él con violencia.

Con delicadeza, trato de apartárselas. El demonio suelta una mano de los mechones de cabello, para aferrar sus dedos a los míos en un agarre que me hiere y me lastima. Yo, pese a eso, no hago nada por retirarme. No hago nada porque prefiero que se aferre a mí a que termine arrancándose el cuero cabelludo.

—No voy a dejarte morir aquí, ¿me oyes? —digo, justo como él lo hizo conmigo cuando estaba muriendo de la hipotermia.

En respuesta, lo único que recibo, es un apretón brusco en la mano que me sostiene y, de algún modo, sé que ha podido escucharme. Sé que se ha dado cuenta de que estoy aquí a su lado.

Pasa mucho tiempo antes de que su cuerpo empiece a relajarse. No sé con exactitud cuanto, pero se ha sentido como una eternidad. Como si el tiempo realmente se hubiese detenido solo para torturarle un poco más.

Para ese momento, los dedos de Mikhail han afianzado los míos con delicadeza, mi mano libre ha comenzado a trazar caricias dulces en su cabello y mis labios no han dejado de susurrar palabras tranquilizadoras solo para él.

—B… Be…B… —le escucho pronunciar en un susurro, luego de unos segundos en completo silencio.

—Aquí estoy —susurro de vuelta, aunque no estoy segura de que sea mi nombre lo que quiere decir. Él, en respuesta, se relaja notablemente—. No pasa nada. Aquí estoy.

Su cabeza —la cual está ladeada y direccionada hacia mí— se remueve un poco y sus párpados revolotean con el sonido de mi voz.

—Todo va a estar bien —aseguro, a pesar de que no tengo la certeza de ello—. Vas a estar bien, Mikhail. Lo prometo.

—¿Bess? —La voz de Axel invade mis oídos y alzo la vista para encararlo.

Él posa su atención en el demonio y luego en mí alternadamente. No me pasa desapercibida la atención que le pone a nuestras manos entrelazadas. Tampoco lo hace la expresión triste que empaña su rostro.

—¿Qué ocurre? —pregunto, con la voz enronquecida con las emociones.

La figura de Rael aparece justo detrás de Axel y las palabras mueren en la boca del íncubo, quien ya había abierto los labios para decir algo.

—He traído a alguien para que valore la situación de Miguel —dice el ángel, con tacto.

Niego con la cabeza.

—¿A quién?

En ese instante, la figura femenina, esbelta y alta de Gabrielle aparece en mi campo de visión y, seguida de ella, aparece la de Ashrail, el Ángel de la Muerte. Ese que fue a buscar a Mikhail hace cuatro años para decirle que el Creador tenía planes para él.

«¿Qué demonios hacen ellos aquí?».

Ninguno de los dos dice nada cuando entran en la reducida estancia. Ambos se limitan a observar al demonio postrado en la cama con expresión triste y derrotada.

—¿Se supone que debemos confiar en ustedes? —Sueno más enojada de lo que pretendo, pero no puedo evitarlo. No cuando lo último que recuerdo sobre ellos, es cómo permitieron que Rafael le tendiera una trampa a Mikhail. No cuando la última memoria que tengo de estos dos seres, es que no movieron ni un solo músculo cuando Mikhail se sacrificó por mí. No hicieron nada para salvarlo, ni para impedir que Mikhail se convirtiera en lo que es ahora.

—Bess... —Es Axel quien interviene ahora.

—Lárguense de aquí.

—Bess, por favor... —Axel susurra y mi vista se posa en él.

—No —siseo, tajante—. No voy a permitir que le pongan una mano encima.

—Yo tampoco quiero que estén aquí, pero son nuestra única alternativa.

Niego con la cabeza.

—De ninguna manera.

—No seas necia. No tenemos opción. ¿Crees que yo permitiría que le pusieran un dedo encima si tuviésemos algo mejor? —Axel suena frustrado.

—¿Y si le hacen daño?

—¿Por quién diablos nos tomas? —La voz indignada de Gabrielle me llena los oídos, pero la ignoro por completo.

—Axel, si le hacen daño, te juro que...

—Sí, cariño —el íncubo asiente—. Yo también voy a destrozarles los genitales. Ya se los he advertido. —Mira en dirección a los acompañantes de Rael y les dispara una mirada cargada de hostilidad—. Ahora ven aquí y déjalos trabajar.

Una inspiración profunda es inhalada por mi nariz al tiempo que cierro los ojos y aprieto la mandíbula.

No quiero hacer esto. No quiero que ninguno de ellos se acerque a Mikhail, pero sé que no tengo alternativa. Sé que, si trato de oponerme, las cosas van a terminar terriblemente mal. Lo menos que necesitamos ahora mismo es una discusión o una pelea.

Dejo escapar el aire con lentitud y, cuando estoy lista para encarar a las personas en la habitación, abro los ojos.

—Si le hacen algo, juro por Dios que voy a hacerles mucho daño —digo, finalmente.

—Entendido —Ash habla, en tono neutro y tranquilo.

Un asentimiento es lo único que puedo regalarles en ese momento y así lo hago, a pesar de mi descontento.

Con lentitud e inseguridad, me pongo de pie antes de intentar soltar la mano del demonio. Él, para mi sorpresa, se aferra con fuerza a mí. Inevitablemente, algo dentro de mi pecho aletea y quiero golpearme por reaccionar así en una situación como esta.

Un suspiro entrecortado abandona mis labios, pero vuelvo a intentarlo. Esta vez, soy capaz de liberarme de la prisión de sus dedos.

—Estoy aquí —digo, en un susurro, en dirección a Mikhail. Me siento como una completa idiota cuando noto las miradas que todos me dirigen, pero trato de no hacérselos notar. Trato de no reflejar la vergüenza que me ha dado lo que acabo de hacer.

—¿Lista? —Ash habla para Gabrielle cuando me aparto de su camino y me coloco junto a Axel.

—Sí. —Gabrielle asiente, pero suena nerviosa.

—Bien. Veamos qué podemos hacer. —Ash pronuncia y, entonces, empiezan a inspeccionarlo.

17

JURAMENTO

En el momento en el que Ashrail, Gabrielle Arcángel y Rael aparecen en mi campo de visión, me pongo de pie.

Hace rato ya que nos obligaron a salir de la habitación en la que Mikhail se encuentra. Hace rato ya que Axel me obligó a bajar a la sala a esperar a que los ángeles terminaran con lo suyo, y hace una eternidad más que me encuentro aquí, sentada en un viejo y desgastado sillón junto a Axel y Daialee, con el corazón dentro de un puño y los nervios a punto del colapso.

Me siento ansiosa hasta la mierda. No quiero guardar ninguna clase de esperanza respecto al estado del ala de Mikhail, pero mi traicionero subconsciente no ha dejado de susurrar que, quizás, no todo está perdido. Que, tal vez, haya algo que se pueda hacer por el demonio que descansa sobre mis sábanas.

La expectativa de lo que pueden —o no— decir es tan grande en este momento, que no puedo dejar de pensar en ello. No puedo dejar de mirarlos fijamente y tampoco puedo ralentizar el latir desbocado de mi corazón.

«Por favor, que sea algo bueno. Por favor, que sea algo bueno. Por favor…».

—¿Y bien? —Es Axel quien rompe con el silencio y lo agradezco. No estoy segura de haber podido pronunciar nada si lo hubiese intentado. Estoy tan abrumada, que apenas puedo funcionar.

Los ojos de Gabrielle se posan en Ashrail durante unos segundos y sé, de antemano, que esa mirada no puede significar nada bueno; que lo que van a decir no es algo positivo.

La decepción cae sobre mis hombros mucho antes de que pronuncien palabra alguna y la sensación de hundimiento que esto me provoca es insoportable.

Nadie dice nada. Nadie se mueve. Lo único que se puede percibir, es el movimiento del ventilador que cuelga encima de nuestras cabezas.

Finalmente, tras un largo y tortuoso instante, Ash niega con la cabeza.

No hace falta que diga más. No hace falta que trate de explicarse. Sé qué ha querido decir y eso es suficiente para romperme el corazón otro poco.

La angustia y la desesperación se mezclan en mi pecho y me hacen difícil respirar con normalidad, pero me las arreglo para mantenerme serena ante los ojos de las criaturas a mi alrededor.

—El ala está completamente muerta —Ash dice, en voz baja y ronca, y mis ojos se cierran.

«No llores. No llores. No llores».

Negación, coraje, frustración, odio hacia mí misma… Todo se arremolina dentro de mí y debilita mis cimientos. Todo se compacta hasta aplastarme tanto, que lo único que deseo hacer es desaparecer. Pedirle a Ashrail que me lleve de una maldita vez y termine con todo esto.

—Tiene que haber *algo* —susurro con un hilo de voz, pero sueno derrotada.

—No hay magia alguna que pueda curarle —Rael habla.

Sacudo la cabeza en una negativa.

—No puedo creerlo.

«No puedo aceptarlo».

—Bess… —Axel, en voz baja, trata de consolarme. Siento cómo una de sus manos me toca el brazo en un gesto conciliador, pero me aparto con brusquedad. No trato de rechazarle o de ser grosera, pero necesito espacio. Necesito que no trate de confortarme. Si lo hace, voy a terminar hecha trizas.

Mis ojos se abren y miro a los presentes con toda la severidad que puedo imprimir.

—Ustedes son ángeles. Son demonios. Son seres muy poderosos… Tiene que haber algo que puedan hacer. Debe existir algo en este universo que pueda salvarle el ala. —Niego un poco más—. ¿Cómo pretenden que les crea cuando *yo* soy la prueba de que siempre existen alternativas? Fui atada a él. Estoy viva cuando se supone que había muerto… Esto no tiene sentido.

—Las cosas no son así de sencillas, Bess. —Es Gabrielle quien habla ahora—. Podríamos intentar hacer algo por él, *sí*, pero lo único que conseguiríamos es ponerlo en peligro. Está demasiado débil y no vale la pena el intento. El ala ha quedado inservible ya. Así pudiésemos unírsela de nuevo, ya no podría utilizarla jamás. No hay nervio alguno que responda en ella. No hay absolutamente nada que pueda ser rescatado, ¿entiendes? —Su voz se quiebra ligeramente—. Utilizar cualquier clase de magia angelical en Mikhail va a terminar matándolo. Su cuerpo ha llegado a su límite. ¿No puedes sentirlo en el lazo que comparten?

Mi corazón da un vuelco furioso solo porque, ahora mismo, lo único que puedo sentir de la atadura que me une a Mikhail, es un débil parpadeo.

—No podemos arriesgarnos a asesinarlo. No cuando estás atada a él. No cuando tu muerte desataría algo que no estamos preparados para lidiar —termina.

Una punzada de enojo se mezcla con la infinita tristeza que me invade.

—¿Crees, de verdad, que me importa vivir ahora mismo? —escupo, presa de los sentimientos que me embargan—. A estas alturas preferiría estar muerta. No hay nada en esta existencia que quiera para mí. Honestamente, que intentasen ayudarlo sería hacerme un maldito favor. —Sacudo la cabeza, al tiempo que dejo que la ira reprimida gane un poco de terreno—. Tienen que ayudar a Mikhail. Tienen que devolverle su ala. Así eso me mate, tienen que ayudarle.

Gabrielle me mira con aprehensión.

—No podemos hacerlo.

—¡¿Por qué no?! —estallo—. ¡¿Qué demonios se los impide?!

—Mikhail.

La confusión me invade al instante y mi ceño se frunce ligeramente.

—¿*Mikhail?*

Gabrielle asiente, pero noto cómo su expresión se transforma. Algo oscuro y amargo se apodera de su mirada.

Un suspiro entrecortado brota de sus labios.

—Miguel Arcángel nos obligó a hacer un Juramento… *especial* —Ash interviene—. Un juramento inquebrantable e inapelable al que no podemos faltar.

—¿Qué clase de juramento? —Axel habla ahora.

—Uno Celestial. —Ash suena derrotado, como si la sola idea de haber accedido a eso, le causara molestia y… ¿tristeza? —. De la clase de juramento que puede condenarte el resto de la existencia si llegas a romperlo.

—¿Qué fue, exactamente, lo que juraron? —Axel pregunta.

—Miguel Arcángel nos hizo prometer, bajo el concepto de Juramento Celestial, que haríamos todo lo que estuviese en nuestras manos para protegerte. —Gabrielle me mira a los ojos y todo dentro de mí se estremece al escucharla hablar—. Nos hizo jurar que velaríamos por ti y que nos aseguraríamos de que Rafael cumpliera con su palabra. Que, bajo ninguna circunstancia, íbamos a permitir que alguien te hiciera daño. Así fuese él mismo quien intentase hacerte el daño.

Las palabras de Gabrielle se estrellan contra mí como un tractor demoledor y, de pronto, no puedo respirar. No puedo moverme. No puedo deshacer el nudo que ha comenzado a formarse en mi garganta.

—Miguel siempre fue muy precavido —Ash continúa—. No confiaba en Rafael y tampoco confiaba en sí mismo. Sabía que algo iba a ocurrirle cuando renunciase a su parte angelical y se aseguró de que, en cualquier situación o circunstancia, estuvieras segura. —El Ángel de la Muerte me dedica una mirada significativa—. En pocas palabras, Miguel Arcángel nos hizo jurar que priorizaríamos tu seguridad. Que no íbamos a arriesgarte por ningún motivo y que, por sobre todas las cosas, nos íbamos a encargar de mantenerte vigilada para asegurarnos de que nadie interrumpiera o arruinara esa vida tranquila que él tanto quería que tuvieras.

—Es por eso que lo envié a él a cuidarte. —Gabrielle hace un gesto de cabeza en dirección a Rael, quien me mira con gesto neutral y sereno—. Es por eso que, desde que Miguel fue arrastrado a las fosas del Infierno, hemos mantenido un ojo en ti.

Una punzada de algo antiguo e intenso me atraviesa el pecho y, de pronto, me encuentro sin saber qué decir. Me encuentro sin saber qué hacer.

«Pensó en todo. Mikhail, hasta el último minuto, pensó en mantenerte a salvo».

—¿Qué se supone que debemos hacer, entonces? —Daialee irrumpe el silencio en el que se ha sumido toda la estancia.

La atención de todos se posa en ella y el enmudecimiento se extiende un poco más antes de que Ashrail se atreva a decir:

—Amputar.

—No. —Sacudo la cabeza en una negativa, pero sueno derrotada—. De ninguna manera.

—Es eso o Mikhail muere. —Rael es quien habla ahora y me mira con una expresión que no sé descifrar del todo.

La frustración es tanta, que me cubro el rostro con las manos y lo froto en un gesto cansado, angustiado y desesperado. La impotencia hace mella en mí y me impide pensar con claridad.

Me rehúso a aceptar que todo está perdido. Me rehúso a aceptar que Mikhail va a pasar por algo tan horrible como eso.

—¿Están completamente seguros de que es la única opción? —Axel insiste.

—Es la menos riesgosa. Si intentamos otra cosa, podríamos matarlo y, junto con él, a Bess —Gabrielle responde y siento cómo su atención se centra en mí—. Lo siento mucho.

—No tienen derecho de arrebatarle la posibilidad de recuperar su ala. —Mi voz suena tan ronca, que apenas puedo reconocerla—. La elección que hizo Mikhail en ese entonces no es la misma que haría ahora. Tienen que hacer algo por él. Tienen que ayudarle.

Ashrail niega.

—No se puede romper un Juramento Celestial, Bess —dice—. Lamento mucho que no puedas entenderlo.

Desvío la mirada y trago varias veces para deshacer el nudo que se ha formado en mi garganta.

No puedo creerlo. No puedo creer que vayan a dejarle perder un ala.

—Miguel… —la voz de Gabrielle Arcángel inunda mis oídos—, el verdadero Miguel, ese que conocemos tú y yo, lo habría preferido. —Me encara y yo hago lo mismo—. Ese idiota habría preferido que le arrancasen un ala a ponerte en peligro. Habría preferido morir a exponerte a algo que pudiese hacerte daño… —Noto la tristeza en su gesto—. Y por mucho que queramos ayudarlo; porque, créeme, no hay otra cosa que quiera hacer más que salvarle el ala, no podemos. No podemos faltar a la palabra que nos obligó a darle.

—¿Podemos darle unos días para ver cómo evoluciona? —Daialee pregunta, al cabo de unos instantes de silencio.

—Yo no lo recomendaría —dice Ash—. La herida ha estado muy expuesta. Hay principios de infección en ella y el medicamento humano no va a hacer mucho por él. El cuerpo de las criaturas como nosotros necesita de energía para recuperarse y, ahora mismo, su cuerpo está canalizando toda su energía en intentar reparar esa ala destrozada. —Se encoge de hombros—. Eventualmente, el poder de Mikhail va a acabarse y, entonces, llegará a un punto sin retorno. Ni siquiera va a tener fuerzas para sobrevivir a esto si permitimos que su energía se agote.

—Háganlo, entonces —Axel habla y la atención de todos se posa en él.

La traición quema en mi sistema, pero la tristeza y la angustia que veo en sus facciones no hace más que confirmarme que esto le afecta tanto como a mí.

De pronto, se hace el silencio.

Ash y Gabrielle se dedican una mirada significativa. Se siente como si estuviesen teniendo una conversación privada a pesar de que no pronuncian palabras en lo absoluto. Se siente como si tratasen de decidir qué hacer o cómo manejar la situación.

— Vamos a darle esta noche. Si mañana por la mañana sigue igual, amputamos —Ash pronuncia, cuando el duelo de miradas se termina—. Es lo más que podemos darle.

—¿Hay algo que podamos hacer por él? —pregunto, con la voz enronquecida.

Gabrielle niega.

—Solo queda esperar.

Asiento, sintiéndome derrotada.

—De acuerdo.

—Mañana a primera hora vendremos —Ashrail anuncia—. Si algo ocurre, no duden en contactarnos. —Posa su atención en Rael y añade—: Hiciste bien al buscarnos.

El ángel asiente, pero no luce muy orgulloso de haber recurrido a ellos.

—Gracias por venir —dice, a pesar de todo, antes de mirar hacia donde me encuentro para decir—: Voy a acompañarlos afuera.

Acto seguido, y sin esperar una despedida, los tres ángeles desaparecen por la puerta principal.

—¿Confían en lo que han dicho esos dos? —pregunto en dirección a Daialee y Axel, sin mirarlos directamente.

—Sí, pero… —Axel responde primero.

—Pero no podemos quedarnos de brazos cruzados —Daialee concluye—. No dudo que estén diciendo la verdad, pero de todos modos debemos poner de nuestra parte para ayudarle.

—¿*Cómo?* —Axel suena desesperado.

—No lo sé —la bruja musita.

—A mí se me ocurren varias cosas —digo, al tiempo que los miro. La atención del demonio y de mi amiga se posa en mí, y noto la confusión en sus rostros.

—Te escuchamos. —Daialee entorna la mirada mientras habla.

—¿Qué creen que pasaría si le devuelvo a Mikhail su parte angelical? —No quiero sonar esperanzada, pero lo hago—. ¿Qué creen que podría ocurrirle a su cuerpo si lo hago? ¿No tendría acaso la energía suficiente para sanarse a sí mismo? —Niego con la cabeza, en un gesto incierto—. Podría funcionar. Yo tengo toda esta energía que no necesito y que a él le vendría de maravilla. Si pudiese devolverle su parte angelical, Ashrail y Gabrielle podrían utilizar esa magia de la que hablan para repararle el ala, ¿no es así?

—¿Qué si no funciona? —el íncubo suena dudoso.

—¿Qué si sí?

—¿Cómo lo harías? —Daialee suena igual de insegura de Axel.

Es mi turno de negar.

—No lo sé —admito—. Pero podemos averiguarlo.

—Suena arriesgado… —la bruja esboza una sonrisa aterrorizada—. Cuenta conmigo.

Una risa corta se me escapa y Axel rueda los ojos al cielo.

—No puedo creer que vayamos a hacer esto —dice, pero hay un tinte de esperanza en su tono—. Si algo sale mal, sepan que desde el inicio yo nunca estuve de acuerdo.

—¿Qué estás haciendo? —La voz de Rael resuena a mis espaldas, pero no lo encaro. Concentro toda la atención en el texto que tengo enfrente, para así no tener que recordar lo que pasó más temprano por mi cabeza.

La vergüenza y la incomodidad no se han esfumado de mi sistema desde que ocurrió y, por más que trato de sacudirme fuera la sensación de culpa, no logro hacerlo del todo. No logro deshacerme de la sensación de saber que he hecho algo malo; a pesar de que en realidad no ha sido nada. A pesar de que, cualquiera en mi lugar, habría pensado de la misma forma que yo.

Noto, por el rabillo del ojo, como Rael se adentra en la habitación y se detiene justo frente a mí.

—Bess, ¿qué estás haciendo? —insiste.

Me obligo a alzar la vista.

Su expresión es tranquila, pero hay un destello de curiosidad en su mirada.

—Leo —digo, puntualizando la obviedad.

El fastidio se dibuja en el rostro de Rael, pero se recompone de inmediato.

—¿Qué es lo que lees? —inquiere.

—Un Grimorio.

Esta vez, el ángel pone los ojos en blanco.

—¿Qué podría una chica como tú buscar en un Grimorio?

Mi vista se posa fugazmente en el chico que se encuentra recostado sobre mi cama. El entendimiento se apodera de las facciones de Rael luego de eso.

—No puedo creer que seas tan necia.

—Solo estoy… —musito—, buscando alternativas.

Un suspiro cansado brota de los labios de Rael, pero no dice nada. Se limita a recargarse contra el escritorio que se encuentra a su espalda y a cruzar los brazos sobre su pecho.

—Nada de lo que diga va a hacerte desistir, ¿no es cierto?

—No.

Él asiente.

—De acuerdo —dice—. Haz lo que tengas qué hacer para convencerte, entonces.

—¿No vas a oponerte?

—¿Gano algo si me opongo? ¿Voy a hacer que te detengas? ¿Voy a conseguir que entres en razón si te digo que todo esto es inútil?

—No.

—He ahí la respuesta a tu pregunta: no voy a oponerme porque sé que esto es lo que necesitas para darte cuenta de que no tratamos de herir a Mikhail.

—Sé que no tratan de hacerle daño.

—¿De verdad?

Un suspiro lento y tembloroso se me escapa.

—Bueno —hago una mueca cargada de pesar—, quizás sí crea que quieren asesinarlo o algo por el estilo.

El ángel suelta una risotada corta.

—¿Qué tengo que hacer para que confíes en mí?

—Nada. No te lo tomes personal. No confío en nadie en realidad.

—¿Se supone que eso debe hacerme sentir bien? —Las cejas de Rael se alzan, pero no ha dejado de sonreír.

—Se supone que debe hacerte saber que no soy una perra desconfiada solo contigo. —No quiero sonreír, pero el gesto es inevitable en estos momentos.

—Hombre, gracias. Eres muy amable.

—De nada. —Me encojo de hombros.

—Te dejaré seguir trabajando en este sinsentido —dice, mientras sacude la cabeza en una negativa, antes de guiñarme un ojo.

Entonces, sin decir una palabra, el ángel se aparta del espacio en el que se encuentra y da un paso en dirección a la salida. Acto seguido, se detiene en seco.

De pronto, la duda se filtra en sus facciones y luce como si no estuviese seguro de qué hacer. Luce como si no estuviese seguro de querer marcharse. Mi atención sigue fija en él, y eso parece incomodarlo; sin embargo, se las arregla para encararme y lucir sereno.

—Bess, escucha—comienza—, respecto a lo que dije hace un rato, yo...

—Está bien —le interrumpo, porque no quiero escuchar una disculpa. Porque no quiero escucharlo decir algo respecto a lo que yo misma he considerado—. No pasa nada.

La mirada del ángel se posa en el suelo y noto cómo sus hombros decaen un poco. Entonces, sin esperar a que diga nada, poso mi atención en el Grimorio que Daialee me prestó. Estoy decidida a evadir el tema a como dé lugar.

—Necesito decir esto, Bess —Rael dice, en un susurro ronco y mis ojos se cierran con fuerza.

—No —pido, en un susurro tembloroso—. Por favor, no.

—Sé que aún estás enamorada de él —mi corazón se estruja con sus palabras, pero no alzo la vista para encararlo—, y lo acepto. Lo respeto. En ningún momento mi intención ha sido incomodarte. Yo solo estoy tratando de hacer lo que es mejor para todos.

—Basta —suplico.

—Bess, esto no es una justificación para lo que te hago sentir cuando digo esas cosas —Rael continúa—. Este solo soy yo, tratando de pedirte que entiendas el lugar del que vengo y que lo consideres.

—Está bien —digo, a pesar de que ambos sabemos que no planeo considerar una mierda de nada—. Lo consideraré.

Rael no luce convencido, pero no dice nada más. Se limita a asentir antes de salir de la habitación mientras yo me quedo aquí, tratando de poner en orden la revolución que llevo dentro.

Un par de quejidos suaves invaden el silencio en el que se ha sumido la estancia y se cuelan en la bruma de mi sueño. Otro sonido torturado me llena la audición y, de pronto, un grito entrecortado retumba en todos lados.

Mis ojos se abren de golpe al instante y el sueño se esfuma. Al principio, me siento aturdida y confundida. Se siente como si el grito no hubiese sido real. Como si todo hubiese sido producto de alguna pesadilla.

Entonces, un gruñido agonizante me taladra los oídos. El disparo de adrenalina —aunado al tirón brusco en el lazo— hace que mi corazón se acelere en cuestión de segundos y que un escalofrío de puro terror me recorra la espalda.

La falta de orientación me hace torpe; pero, una vez que me pongo de pie y recorro la estancia oscurecida con la mirada me doy cuenta de que me encuentro en mi habitación.

La penumbra de la noche me hace difícil distinguir algo, pero, tan pronto como la voz adolorida de Mikhail me llena los oídos, salgo disparada hacia donde se encuentra. El latir desbocado de mi pulso me golpea con fuerza detrás de las orejas, pero eso no impide que llegue a tientas a la cama donde Mikhail se retuerce de dolor.

Un gruñido retumba entre las cuatro paredes de la habitación y siento cómo el ala sana del demonio bate y me golpea en la cara con violencia. Un gemido se me escapa, pero me las arreglo para alejarme y llegar al interruptor del foco. Lo presiono y la estancia se ilumina.

El destello cegador me hace cerrar los ojos con brusquedad, pero, una vez que me acostumbro a la luz, soy capaz de ver cómo el demonio se retuerce y bate con furia su ala sana; como si tratase de emprender el vuelo.

La imagen me quiebra de mil formas diferentes, pero no dejo que eso me paralice. Me obligo a moverme y buscar las pastillas para el dolor que tengo en la caja debajo de la cama.

Como puedo, me acerco a él y trato de llegar a su rostro para introducirle un par a la boca, pero el movimiento violento de su cuerpo me lo impide.

Acto seguido, mis manos se apoderan de su rostro y, con los dedos pulgar y medio, empujo sus mejillas hacia el interior de su boca para obligarle a abrirla. Un gruñido furioso y estridente lo invade todo con ese movimiento, pero lo ignoro y deposito dos tabletas en su lengua para luego verter un trago del agua que traje más temprano.

Mikhail toce y no deja de retorcerse. No deja de aletear en busca de un vuelo que, muy probablemente, no va a emprender nunca más.

Trato de tranquilizarlo acariciando su cabello, como hice hace un rato, pero no lo consigo. Esta vez, el dolor parece ser desgarrador. Parece estar acabando con él.

La impotencia, la angustia y la desesperación se arremolinan en mi interior. Sé que no puedo hacer nada por él. Sé que no puedo calmar lo que está sintiendo y eso me rompe de modos que no entiendo del todo.

—Aguanta un poco más —susurro para él, y sueno miserable—. Por favor, Mikhail, aguanta un poco más.

En respuesta, lo único que recibo, es un sonido estrangulado.

Mis dedos no dejan de pasearse por su cabello, pero los espasmos violentos y torturados no ceden. No se detienen. De hecho, parecen haberse incrementado.

Las lágrimas me inundan los ojos llegados a ese momento y me encuentro aquí, arrodillada junto a la cama, sin saber qué demonios hacer para ayudarle.

—Por favor, dime cómo puedo ayudarte —suplico—. Por favor, dime qué tengo que hacer.

Un jalón violento y brusco en el lazo hace que me doble sobre mí misma, pero, esta vez, no se trata de poseer o de imponerse. Se siente como si tirase de mí hacia él. Como si tratase de acercarme, así que así lo hago.

Me acerco tanto como puedo. Tanto que termino sentada sobre el colchón de la cama. Tanto que, sin saber muy bien qué estoy haciendo, tiro de él con suavidad hasta acomodarlo de modo que puedo abrazarlo sin herirlo.

Está asentado entre mis piernas, con la cabeza acomodada sobre mi abdomen, casi a la altura de mi pecho. Uno de mis brazos está envuelto suavemente alrededor de su cuello y, con la otra mano, acaricio su espalda desnuda con delicadeza.

Las manos de Mikhail se han aferrado del material de la blusa que llevo puesta. Los espasmos no han disminuido, pero el batir del ala sana y la tensión del lazo han cedido casi por completo; como si el estar entre mis brazos le causara seguridad. Como si se sintiese bien y a salvo estando de esta forma conmigo.

«Deja de fantasear. No seas tonta», me reprimo, pero la sensación dulce que me invade no se va. Al contrario, se aferra a mí y me hace querer más. Me hace desear estar así con él el resto de mis días.

No sé cuánto tiempo pasa hasta que su cuerpo se relaja. Tampoco me importa demasiado. Ahora mismo, no puedo hacer otra cosa más que pensar en el sueño que tengo y en lo cómoda que me encuentro.

Hace rato ya que Mikhail se quedó dormido, así que se siente como si pudiese dormir yo también.

Una parte de mí me dice que debo irme para que Mikhail descanse como es debido, pero no quiero hacerlo. Quiero quedarme aquí y sostenerlo toda la noche, así como él lo ha hecho conmigo en el pasado.

«Solo… *hazlo*», susurra la voz de mi cabeza y la sensación cálida regresa.

Sé que esto está mal. Sé que no debo comportarme de este modo, pero, de todos modos, lo hago. De todos modos, cierro mis ojos y permito que el sueño se apodere de mí y que las ganas de descansar se hagan cargo.

18

DELIRIO

—De haber sabido que con «cuidar de Mikhail mientras leo el Grimorio» te referías a dormir con él, habría sido yo el que lo sugiriera. —La voz de Axel hace que el sueño se esfume de golpe fuera de mí—. ¿Cómo no lo pensé antes?

Mis ojos se abren casi inmediatamente después de que habla, pero no digo nada. Me limito a parpadear varias veces para eliminar el aturdimiento y la desorientación provocada por mi abrupto despertar.

Me toma unos instantes procesar lo que el íncubo —que se encuentra al pie de la cama, con los brazos cruzados y expresión socarrona— dice, pero, cuando lo hago, un destello avergonzado se apodera de mí.

Una poblada ceja se eleva en el instante en el que mis ojos adormilados se posan en los suyos y una sonrisa sesgada se desliza en su boca.

El cabello ondulado —que usualmente siempre se encuentra estilizado— cae sobre su frente de manera descuidada y eso me hace saber que, así como yo, él también acaba de despertar.

—¿Qué hora es? —pregunto, evadiendo su comentario, y su sonrisa se ensancha.

—¿Vamos a fingir demencia? —inquiere, con aire juguetón—. De acuerdo, entonces —Asiente y añade—: Son las siete de la mañana.

Mis manos —calientes por haber permanecido toda la noche sobre la piel de Mikhail— me frotan los ojos en un intento por desperezarme y, una vez que me deshago de los restos del sueño, me permito mirar al demonio que tengo acurrucado sobre el regazo.

Su cabeza descansa sobre una de mis piernas, mientras que sus brazos firmes se encuentran envueltos alrededor de mis caderas en un gesto que se me antoja posesivo; y su cuerpo, ligeramente acomodado sobre un costado, le permite envolver una de sus piernas sobre la mía que se encuentra libre.

Todo en él denota descanso y comodidad y no puedo evitar sentirme bien al respecto.

—¿Encontraron algo de utilidad? —Trato de deshacerme de la sensación cálida que me embarga mientras hablo. Mi voz suena ronca debido a la falta de uso.

Trato de incorporarme un poco, pero los brazos de Mikhail se cierran a mi alrededor con tanta fuerza, que no puedo hacer otra cosa más que removerme con incomodidad.

Todos mis músculos gritan en protesta y hago una mueca en el proceso.

—Nada. —La expresión burlona de Axel decae un poco—. Teníamos la esperanza de que hubieses encontrado algo, pero creo que has aprovechado el tiempo en otra cosa.

Le disparo una mirada cargada de irritación.

—Que gracioso eres. —El sarcasmo tiñe mi tono y la sonrisa vuelve a los labios del íncubo—. Para tu información, si estuve investigando.

—¿Y encontraste algo de utilidad? —No me cree. Lo veo pintado en todo su rostro.

—No. —Entorno los ojos—. Pero eso no quiere decir que no haya investigado.

Un suspiro cansado se le escapa.

—¿Qué vamos a hacer? El cuervo de la muerte y la zorra iluminada no deben tardar en llegar. ¿Estamos dispuestos a dejar que le corten un ala a Mikhail?

Cierro los ojos. La sensación de desasosiego que me ha acompañado los últimos días vuelve con más fuerza que antes.

—No lo sé… —Sacudo la cabeza—. No quiero rendirme, pero…

—Te entiendo —Axel dice, en un susurro triste—. Yo tampoco quiero que le hagan algo tan atroz. Si a mí me cortasen un ala… —Mis ojos se posan en él justo a tiempo para ver cómo se estremece solo de pensar en la posibilidad de perder una de sus extremidades paranormales—. Es horrible siquiera pensarlo.

Poso la atención en la espalda de Mikhail, justo en el punto en el que el ala dañada se encuentra. La piel sigue hecha jirones. De hecho, casi puedo jurar que luce peor que ayer. La sangre coagulada es tanta ahora, que luce casi negra; la piel está tan destrozada y pálida que parece papel humedecido y secado al sol, y la inflamación es tanta, que parece como si estuviese saliéndole una joroba.

—Necesito una ducha —digo, porque es cierto. Porque necesito meter la cabeza en agua helada para así calmar la revolución de ideas que tengo dentro —la revolución de sentimientos que no me deja tranquila.

—Ve —Axel dice, pero sé que él sabe perfectamente que lo que necesito, es despejarme—. Yo me quedo con él.

—De acuerdo. —Asiento, al tiempo que trato de deshacerme del abrazo apretado de Mikhail, pero no consigo moverlo ni un milímetro.

Lo intento de nuevo.

Esta vez, me apodero de sus manos y las aparto de mí para poder deslizarme fuera de la cama, pero, en el instante en el que uno de mis pies toca el suelo, un tirón brusco en el lazo hace que me doble.

Una mueca de incomodidad se ve reflejada en mi rostro y Axel da un paso hacia mí, con gesto alarmado. Yo, pese a eso, le dedico una sonrisa tranquilizadora mientras me las arreglo para tomar la cara de Mikhail entre las manos para acomodarla con cuidado sobre el colchón.

Otro tirón —este más violento que el anterior— me estruja el pecho y me hace maldecir en voz baja.

—¿Estás bien? —Axel pregunta, con preocupación.

—Sí —aseguro, al tiempo que un gruñido ronco y suave escapa de los labios del demonio inconsciente.

Una sonrisa irritada se apodera de mí.

—No tardaré demasiado —susurro en voz baja, para que solo Mikhail pueda escucharme, pero estoy segura de que también lo ha hecho Axel.

En respuesta a mis palabras, la tensión en el lazo disminuye y soy capaz de abandonar la cama por completo.

—¿Ash y Gabrielle dijeron a qué hora vendrían? —Me dirijo a Axel, quien se ha sentado en la silla de escritorio que se encuentra al fondo de la estancia.

Él niega.

—Supongo que no deben tardar —dice, en tono derrotado.

Un suspiro cansado se me escapa.

—¿Estás seguro de que no es mucho pedir que le eches un ojo?

—Para nada. —Axel sonríe y me regala un guiño—. Es un placer mirar a este Adonis. Podría echarle los dos ojos si quisieras.

Es mi turno de sonreír al tiempo que ruedo los ojos al cielo.

—No tardaré —anuncio.

—Ve. Aquí estaré al pendiente.

Salgo de la habitación una vez que tomo un cambio de ropa y una toalla. Cuando estoy dentro del baño, me aseguro de echar el pestillo a la puerta antes de comenzar a desnudarme.

La iluminación que se cuela por la ventanilla alta es tan débil, que tengo que encender el foco para no estar casi en tinieblas.

Una vez que me he deshecho de todas las prendas que me cubren, comienzo a cepillar mi cabello corto. La electrificación en él no se hace esperar, pero ni siquiera me molesto en intentar apelmazarlo cuando voy a lavarlo de todos modos.

Acto seguido, y por reflejo más que por otra cosa, me coloco de costado frente al espejo y trato de tener un vistazo de mi espalda para ver el estado de los Estigmas en ella.

En ese momento, me congelo.

Mi corazón se salta un latido. Toda la sangre se me esfuma del rostro y, de pronto, un destello de confusión mezclada con una extraña alegría me invade por completo.

Me inclino un poco solo para tratar de mirar mejor la imagen en el reflejo y darme cuenta de que no estoy alucinando.

—¿Qué demonios…? —murmuro, al tiempo que niego con la cabeza.

«¿Cómo es posible?».

Mi espalda está casi intacta. No hay ni una sola marca dolorosa en mi anatomía. No hay rastro visible de las escandalosas heridas que me torturaron durante toda mi estancia en la cabaña en la que Mikhail me mantenía cautiva. El único indicio de que estuvieron ahí, son las marcas suaves y rosadas que corren a lo largo de mi piel, pero lucen más como rasguños recientes que como cicatrices.

La confusión gana más terreno y trato, desesperadamente, de darle un poco de sentido a lo que veo. Trato de entender el motivo por el cual los Estigmas de mi espalda ya no están ahí.

«¿Qué fue lo que pasó? ¿Qué fue lo que hice? ¿Cómo es que…?», pienso cuando, de pronto, la verdad me azota como un látigo.

—Oh, mierda…

Otra oleada de culpabilidad y remordimiento me golpea con violencia y, esta vez, no trato de detenerla. Esta vez, no trato de pararla porque *sé,* desde lo más profundo de mi ser, que los Estigmas se curaron con la energía demoniaca que robé de Mikhail cuando me atacó. *Sé* que he utilizado eso que robé de él para sanarme a mí misma.

Me aparto del espejo con brusquedad.

Mis ojos se han cerrado en negación, pero no puedo alejarme del pensamiento la imagen de mi espalda completamente sanada. El pulso no ha dejado de latirme a toda velocidad y las ganas de enterrar el rostro en la tierra para no ser capaz de ver la luz del día nunca más, no me dejan respirar como se debe.

El vórtice de remordimiento y culpa que amenaza con destruirme aumenta su intensidad y, esta vez, no hago nada para convencerme a mí misma que lo que ocurrió en la montaña no fue otra cosa más que un acto de autodefensa. Esto va más allá.

Mikhail no merece esto. Lo único que ha hecho es ver por mí. Así ya no sea capaz de recordarme. Así sea un completo desconocido ahora, lo único que hizo fue tratar de mantenerme a salvo de toda la mierda que pudiese venir luego de su sacrificio.

Se convirtió en un demonio por mi culpa. Renunció a lo que por derecho le pertenecía para salvarme, ¿y yo casi lo asesino?…

Niego con la cabeza, al tiempo que trato de ahuyentar las inmensas ganas que tengo de llorar, pero no consigo hacer otra cosa más que hundirme un poco más. No hago otra cosa más que tratar de no ahogarme en el odio que siento hacia mí misma.

Estoy temblando de pies a cabeza. Estoy reprimiendo las ganas que tengo de ponerme a gritar.

No puedo más. No puedo más. *No. Puedo. Más...*

Me cubro la cara con ambas manos y presiono las palmas contra los ojos con tanta fuerza que duele. Estoy desesperada. Estoy al borde del colapso nervioso. Si tan solo pudiera dar energía en lugar de robarla. Si tan solo...

La resolución me golpea.

¿Qué pasaría si él pudiese absorber parte de mi energía? ¿Qué pasaría si yo pudiese darle energía por medio de los Estigmas para que pueda sanarse?...

No estoy segura de cómo funcionan, pero sé que los hilos de los Estigmas son capaces de absorber todo a su paso. Sé que, de algún modo, son un conducto energético. ¿Qué pasaría si pudiese utilizarlos a la inversa? ¿Qué pasaría si pudiese, en lugar de absorber... *soltar?*

«Nunca lo has hecho. Podría ser peligroso», susurra mi subconsciente, y sé que tiene razón. Sé que es una completa locura porque, si no funciona, podría matarlo. Podría absorber la energía que le queda y asesinarlo en el proceso.

La angustia, la ansiedad y el nerviosismo se arremolinan en mi pecho de tal forma, que no soy capaz de deshacer el nudo que han formado.

«¿Qué hago?», digo, para mis adentros, al tiempo que cierro los ojos con fuerza.

El golpeteo fuerte e insistente que retumba en todo el baño, me hace pegar un salto en mi lugar. Una palabrota se me escapa al instante, pero es ahogada por la voz angustiada que resuena desde el otro lado de la habitación.

No soy capaz de entender del todo lo que dice, pero sé que es Axel. Podría reconocer su voz en cualquier lado.

La alarma y la preocupación tiñen su tono, y me ponen los pelos de punta porque son el claro indicador de que algo no va bien con Mikhail.

Sin perder un solo segundo, me enfundo la sudadera que llevaba puesta sin siquiera molestarme en ponerme sujetador, y me visto las bragas limpias de algodón que traje desde mi habitación, antes de abrir la puerta.

Sé que la prenda que me cubre es tan grande que me llega a la mitad de los muslos, así que ni siquiera me molesto en intentar cubrirme cuando me encuentro de frente con Axel.

El gesto aturdido y angustiado en él no hace más que encender la alarma en mí. No hace más que hacer que el ritmo violento que ya llevaba mi corazón incremente.

—¿Qué ocurre? —suelto, con apremio.

—¡Mikhail! —Es lo único que pronuncia antes de que, sin siquiera escuchar el resto, me eche a correr hacia la habitación.

Me toma un minuto llegar a la estancia, pero se siente como si hubiese sido una eternidad. Y, a pesar de eso, el tiempo parece detenerse cuando mis ojos se encuentran de frente con la imagen que me recibe.

Mikhail está tirado en el suelo retorciéndose de dolor sobre un charco de sangre. Su ala sana bate furiosamente. No logra elevarlo del suelo, pero sí empuja su cuerpo hasta una posición en la que su ala casi arrancada se lastima.

Trato de llegar a él, pero un haz de energía me azota y me lanza hasta caer sobre mi trasero.

—Está delirando. —Axel urge a mis espaldas—. No ha dejado de golpear todo a su paso y de gritar por libertad. Tampoco me deja acercarme para auxiliarlo. No sé qué hacer.

«Mierda, mierda, mierda, mierda…».

Me pongo de pie una vez más y vuelvo a intentarlo. Esta vez, el golpe de poder solo hace que me duela la cara.

«Está muy débil. Ya ni siquiera pudo moverte de donde estás», susurra mi subconsciente.

—Está alucinando —Axel dice, en tono angustiado—. Actúa como si sintiera que se encuentra en alguna clase de peligro y tratara de huir.

Trato, entonces, de estrujar el lazo que nos une para así hacerle saber que estoy aquí y que está a salvo, pero no funciona. Lo único que consigo, es que se aferre a él y me lastime con la fuerza con la que lo manipula.

—¡¿Qué carajo…?! —La voz de Daialee llega a mis oídos, pero ni siquiera me molesto en encararla—. ¡¿Qué está pasando?!

—Esto no es normal —Axel dice—. No sé qué diablos ocurre, pero no es normal.

—¿Está…?

—Está doliéndole —interrumpo a Daialee, con la voz enronquecida y entrecortada por las emociones, porque no quiero que termine la oración que empezó. No quiero escucharla preguntar si está muriendo o algo por el estilo—. Está sufriendo.

—¿Qué hacemos? —Mi amiga pregunta, con aire ansioso y angustiado.

—Voy a llamar a Rael. Debe hacer que Ashrail y Gabrielle vengan aquí ahora mismo —Axel urge antes de que lo mire salir de la habitación por el rabillo de mi ojo.

—Mikhail, por favor… —suplico, a pesar de que sé que no puede escucharme. Él, en respuesta, se aferra al lazo y tira de él con tanta fuerza que me doblo ligeramente.

«¡Hazlo!», grita la voz de mi cabeza. «¡Trata de darle energía! ¡Está muriendo! ¡Haz algo ya, maldita sea!».

Sacudo la cabeza, en una negativa.

No puedo hacerlo. No puedo arriesgar tanto.

Un grito estridente y adolorido escapa de los labios de Mikhail. Es un sonido desgarrador. Brutal. Como el de alguien que está siendo torturado o desmembrado vivo.

Mis ojos se cierran.

«¡Hazlo!».

El agarre en el lazo que compartimos se debilita.

«¡Está muriendo!».

La cuerda se afloja tanto, que me asusta la ausencia de ella y la sensación de desconexión que eso me provoca.

«¡Ya no tiene fuerzas!».

Abro los ojos y lo miro.

Su cuerpo convulsiona en ángulos antinaturales.

«¡Va a morir por tu maldita culpa!».

Las venas de su cuerpo saltan a la vista con un color amoratado y enfermizo.

«¡Haz algo ahora, maldición!».

La angustia, la desesperación y el desasosiego me invaden de pies a cabeza. No quiero hacerlo. No quiero intentar ayudarlo. Podría matarlo.

«¡Ya está muriendo, carajo! *¡Hazlo!* ¡Hazlo ya, Bess!».

Es una locura. Es una maldita y jodida locura, pero si no hago algo, Mikhail va a hacerse un daño irreparable. Mikhail va a *morir*.

Cierro los ojos.

La derrota se arraiga en mí y le ruego a Dios que esto funcione. Le ruego a todas las criaturas divinas existentes para que pueda hacer algo por él porque, si llego a lastimarlo, voy a odiarme el resto de mis días. No voy a poder vivir en mi propia piel nunca más.

Tomo una inspiración profunda y cierro los puños.

«¡Ya!».

Lo dejo ir.

Al principio, los Estigmas ni siquiera son capaces de penetrar en el campo de fuerza que la energía angelical de Mikhail ha creado alrededor de ellos, pero logran hacer su camino hacia afuera después de varios intentos.

El poder angelical protesta cuando las hebras se abren paso hacia la superficie, pero tampoco hace demasiado por contenerlas. Es como si supiera qué trato de hacer y lo entendiese hasta cierto punto. Como si estuviese permitiéndome intentarlo.

La violencia con la que los hilos se liberan me asusta, pero tiro de ellos para mantenerlos bajo control.

No me pasa desapercibida la humedad que empieza a mojarme las muñecas. Tampoco me pasa desapercibida la forma en la que la energía vibra en cada una de mis terminaciones nerviosas.

En ese momento, el miedo gana un poco de terreno.

Inhalo profundo, en un intento desesperado por mantener el control del poder que llevo dentro y, una vez que me siento lista, exhalo con lentitud.

«Por favor, que funcione. Por favor, que funcione. Por favor, que funcione…».

Entonces, le permito a los Estigmas intentar llegar a Mikhail.

Poco a poco, y meticulosamente, las hebras delgadas se envuelven alrededor del cuerpo del demonio que agoniza en el suelo y, una vez que las siento firmes y bien sujetas, me permito abrir los ojos.

Los Estigmas claman por algo que no logro comprender, pero los acallo lo mejor que puedo. Los obligo a obedecerme y a mantenerse en el lugar en el que están. Siento cómo protestan cuando tiro de ellos en señal de autoridad, pero no me desobedecen. No tratan de absorber la poca energía que le queda a Mikhail, y esperan, impacientes, a que les diga qué hacer.

Libero un poco de energía. No demasiada. Solo la suficiente como para no hacerle daño por si algo malo ocurre y, en el instante en el que hace contacto con Mikhail, los espasmos violentos de su cuerpo disminuyen.

Un destello esperanzado me alcanza y logro escuchar cómo Daialee exclama algo a lo que no le pongo demasiada atención.

Entonces, pruebo con otro poco de energía. Esta vez, cuando ésta me abandona, siento cómo mi cuerpo se debilita. La energía angelical gruñe en respuesta, como si estuviese advirtiéndome que debo ir despacio, pero la ignoro y vuelvo a intentar con otro poco de poder.

El ala buena de Mikhail deja de batirse con violencia y la tensión en los músculos de su cuerpo disminuye. Entonces, siento cómo algo denso y oscuro se aferra a los hilos de los Estigmas.

Las hebras protestan al sentir cómo son aferradas por —lo que creo que es— la energía de Mikhail, pero las mantengo a raya para que no traten de defenderse.

Trago duro.

Poco a poco, a medida que el cuerpo me lo permite, dejo escapar la energía. Dejo que viaje hasta el demonio que se encuentra tirado en el suelo y que él la absorba de manera ávida y apremiante. Dejo que mi anatomía sea drenada para mantenerlo a salvo. Para aliviar su dolor y ayudarle con su ala destrozada.

No sé cuánto tiempo pasa antes de que la debilidad me obligue a soltar a Mikhail, pero, para cuando eso sucede, el demonio ha dejado de temblar. Ha dejado de lucir como si fuese un muerto y ha dejado de forcejear contra una amenaza inexistente.

Su ala sigue rota. Él sigue inconsciente, pero ya no luce como si estuviese siendo torturado. Ya no está gritando de dolor.

Me siento agotada. Cansada. Mis músculos gritan y piden descanso, pero, a pesar de eso, sonrío un poco. Me siento satisfecha. Me siento bien conmigo misma por haber hecho algo para ayudarle, así me haya drenado por completo. Así haya conseguido que un punzante dolor de cabeza se apodere de mí y una extraña sensación de inestabilidad me embargue.

—¿Qué carajo acaba de pasar? —Daialee susurra. Suena incrédula y entusiasmada.

Es hasta ese momento, que me permito encararla. Lleva un pijama puesto y el cabello alborotado, como el de quien se acaba de levantar.

—Creo que he encontrado la forma de ayudarle —digo, con la voz enronquecida por el esfuerzo.

Daialee abre la boca para decir algo, pero, justo en ese momento, sucede.

Un estallido de dolor me golpea de lleno en la espalda y me derriba hacia adelante. Mi cabeza golpea contra el suelo, pero ni siquiera tengo oportunidad de alzar la cara, ya que algo pesado me impide moverme de donde estoy.

Daialee grita algo, pero el sonido de su voz muere cuando un estallido estridente lo invade todo y el calor abrazador nos envuelve.

Grito el nombre de mi amiga mientras trato, desesperadamente, de quitarme a quien sea que me inmoviliza en el suelo.

Los Estigmas están tan débiles ahora, que ni siquiera logran hacer su camino fuera de mí y me siento impotente. Me siento débil, adolorida y aterrorizada mientras una mano fuerte y firme tira de mi cabello hasta hacerme elevar el rostro.

Trato de girar sobre el estómago para encarar a mi atacante, pero lo único que consigo, es girar un poco solo para encontrarme de lleno con el rostro desencajado de Mikhail mirándome con odio. *Tanto* que ni siquiera puedo reconocerlo.

Sus ojos inyectados en sangre, su mirada demencial, las tonalidades púrpuras de las venas que recorren sus facciones, los enormes cuernos que sobresalen de entre su mata de cabello alborotada… Todo luce ajeno al Mikhail que yo conozco y, al mismo tiempo, luce similar.

—¡Mikhail! —exclamo, en una súplica, pero él no parece reaccionar. Al contrario, luce como si estuviese fuera de sí mismo. Como si ni siquiera supiera quién soy.

Un puñado de palabras en un idioma desconocido escapan de su boca, pero no hace falta entenderlas para saber que se trata de una amenaza.

El terror se arraiga en mi sistema y trato de apartarme de su camino, pero él me empuja el hombro hasta hacerlo golpear contra el suelo para inmovilizarme. Trato de decir algo para impedir que me haga daño, pero él es más rápido y presiona sus dedos en mi cara. Entonces, el ardor y la quemazón me envuelven entera.

Un grito se me escapa y es tan aterrador, que ni siquiera parece mío. Ni siquiera sueno como yo misma.

Estoy ardiendo. Me estoy asando de adentro hacia afuera y duele tanto, que lo único que deseo es que me mate para ya no sentirlo; que estoy dispuesta a renunciar a todo por conseguir un segundo de descanso.

La energía angelical de Mikhail corre a través de mí a toda marcha y, de pronto, se libera por todos lados.

El demonio esboza un gesto asustado y, segundos después, toda la habitación se ilumina. Entonces, es su turno de gritar. Es su turno de querer apartarse de la energía incontrolable que lo invade todo.

Trato, con todas mis fuerzas, de detenerla, pero es imposible. El poder celestial está furioso y clama venganza. No va a detenerse. No va a dejarlo pasar.

Una explosión lo invade todo. El demonio es lanzado lejos de mí…

…Y, luego, viene el silencio.

Me aovillo en el suelo. El dolor que me invade es tanto, que no puedo hacer nada más que sostenerme a mí misma, pero soy capaz de escuchar cómo los gritos provenientes del exterior llenan la estancia.

De pronto, la habitación se llena de personas. Las voces llegan a mí desde todas las direcciones, pero estoy tan aturdida y tan adolorida, que no puedo hacer otra cosa más que abrazarme a mí misma para intentar mantener mis piezas juntas.

—¡¿En qué demonios pensabas?! —El grito enfurecido y femenino que invade toda la estancia me hace encogerme un poco más—. ¡¿Acaso quieres terminar de matarlo?! ¡¿Es que acaso eres idiota?!

—Gabrielle…

—¡Eres una inconsciente! —dice Gabrielle y alzo la vista para encontrarme de lleno con una habitación humeante repleta de personas.

Ashrail se encuentra hasta el fondo, junto a un Mikhail tembloroso y ensangrentado que no deja de murmurar cosas en un idioma extraño. Frente a mí, con aire amenazante y gesto enfurecido, se encuentra Gabrielle. A su lado, se encuentra Rael y, en la puerta, todas las brujas —junto con Axel— observan el escenario.

—No hay tiempo ya. —Ashrail habla en tono neutro, pero duro—. Tenemos que hacer algo por él ahora o va a morir. No sé qué ha pasado aquí exactamente, pero no ha sido nada bueno. Apenas puedo percibir su energía. Está agonizando. Creo que está delirando también.

La atención de todo mundo se posa en el Ángel de la Muerte antes de que Gabrielle se vuelque hacia mí con expresión furibunda.

—¡¿Qué le has hecho?! —exige, pero no soy capaz de responder—. *¡Contesta!* ¡¿Qué carajo le has hecho?!

—Y-Yo… —tartamudeo, sacudiendo la cabeza en una negativa, pero no logro completar la oración. Tengo que reordenar mis ideas para intentarlo de nuevo—: Yo solo quería a-ayudar.

—¡Eres una estúpida! —Gabrielle brama—, ¡¿Cómo carajo se te ocurre?!

—¡Lo siento! ¡No pensé que…!

—¡Por supuesto que no pensaste! ¡Si lo único que has hecho es traer problemas a la vida de Miguel!

—¡Gabrielle, basta! —Rael interviene.

—¡Eres una idiota! ¡¿Cómo carajo se te ocurre exponerlo de este modo?! ¡¿Acaso no entiendes que ayudas más si no metes las narices donde no te llaman?! —Gabrielle se abalanza hacia mí y, por un doloroso instante, creo que va a atacarme; no obstante, el cuerpo de Rael se interpone entre nosotras.

—¡Quítate! —ella espeta.

—¡No! —La voz de Rael truena en toda la estancia—, ¡No vas a tocarle un solo cabello! ¡¿Entendiste?! —Su voz se eleva con cada palabra que dice—. ¡Sobre mi maldito cadáver! ¡¿Me oyes?! ¡¿Qué demonios pasa contigo, Gabe?!

19

INEVITABLE

—¡¿Quieren detenerse los dos?! —La voz de Ash truena y reverbera en toda la estancia y me hace pegar un salto en mi lugar.

La atención tanto de Rael como de Gabrielle se vuelca hacia él y aprovecho esos instantes para intentar recomponerme un poco. Así, pues, trato de poner en orden la oleada de pensamientos que se arremolina en mi cabeza, antes de mirar hacia el hombre que se encuentra arrodillado en el suelo junto a un agonizante Mikhail.

—No tenemos tiempo para esa mierda ahora mismo. —El Ángel de la Muerte suena molesto y severo—. Si no hacemos algo ya Mikhail va a morir.

La mirada furibunda de Gabrielle se posa en mí y sé que quiere refutar algo. Sé que quiere acusarme de nuevo del estado en el que Mikhail se encuentra, pero no lo hace. Se limita a apretar la mandíbula y los puños antes de dar un paso lejos.

—Esto no se va a quedar así —dice, en tono amenazante, en dirección a Rael, pero este ni siquiera se inmuta. Se limita a sostenerle la mirada con gesto impasible.

—¿Qué es lo que vamos a hacer? —La voz de Gabrielle aún suena molesta y dura cuando habla, pero su volumen ya ha descendido a niveles tolerables.

La vista de Ashrail se posa en mí y sé que está esperando una luz verde que no puedo darle. Sé que espera que sea yo quien le pida que continúe con la barbarie que quiere realizar, pero no puedo hacerlo. No puedo, siquiera, tolerar la idea de sugerirlo.

—Bess —Rael habla con suavidad—, necesitamos hacer algo. Mikhail va a morir.

Cierro los ojos, al tiempo que me cubro el rostro con las manos.

«No puedo hacerlo. No puedo. No puedo. *No puedo...*».

—Córtale el ala. —La voz de Axel es la primera en abrirse paso en el silencio tenso y tirante que se ha apoderado de la habitación, y me siento miserable. Como la peor de las personas. Como una completa inútil.

—Necesito que me digas qué fue lo que pasó —Ashrail inquiere. Sé que es a mí a quien se dirige, así que alzo el rostro y lo encaro—. Necesito saber exactamente qué fue lo que le hiciste para saber con qué estamos lidiando y qué es lo que debemos hacer.

Sacudo la cabeza en una negativa, pero se lo digo todo. Le hablo acerca de cómo me percaté de la curación de mis heridas, de las conclusiones que saqué y de la teoría que tengo respecto a los Estigmas. También le hablo sobre la forma en la que Axel me llamó por la gravedad de Mikhail y cómo decidí tratar de ayudarle mientras agonizaba.

Para cuando termino de contar la forma en la que me atacó luego de drenarme de energía, el semblante de Ash se ha endurecido por completo.

—¿Entonces no lo atacaste solo porque sí? —Gabrielle inquiere.

—Por supuesto que no. —Sueno más indignada de lo que espero—. Solo trataba de ayudarle.

El Ángel de la Muerte asiente, pero no luce satisfecho con lo que he dicho.

—De acuerdo —dice, al cabo de unos instantes, para después añadir—: Ahora voy a necesitar que salgas de aquí.

—¿Qué? —suelto, incrédula.

—No sabemos cuál fue el motivo por el cual te atacó —explica—. Pudo haberlo hecho porque estaba delirando o porque realmente quería matarte. Aún no lo sabemos. No podemos arriesgarnos a tenerte aquí mientras trabajamos. De hecho —mira a todos en la estancia—, quedarse es peligroso para cualquiera de ustedes.

—¿Por qué? —Daialee suena confundida y asustada.

—En nuestras alas reside gran parte de nuestra fuerza. —Es el turno de Axel para hablar—. Las alas son parte tan fundamental de nuestra anatomía, que toda la energía que poseemos se almacena ahí. Cortarle las alas a una criatura como nosotros, es como abrir un portal de energía. En el caso de los ángeles, la energía es pura… Luminosa. En el caso de nosotros, los demonios, es algo un poco más oscuro. Más… *siniestro* —explica—. No sabemos qué pueda ocurrir cuando el ala sea cortada, así que, lo más sensato que pueden hacer en este momento, es abandonar la habitación.

Niego con la cabeza, en una clara señal de descontento, pero Rael ya está tirando de mí para ponerme de pie. La debilidad que tengo en las piernas es tanta, que apenas puedo moverme. Apenas puedo mantenerme en pie.

—Voy a acompañarte allá abajo —Rael anuncia, pero tiro de mi brazo lejos de su agarre.

En el proceso doy un ligero traspié y el ángel vuelve a sostenerme envolviéndome un brazo alrededor de la cintura.

—No voy a irme. —Sueno determinante… Y un tanto suplicante.

—No está a discusión. —Rael suena tajante—. Vas a marcharte y se acabó. No compliques más las cosas, Annelise. Es tiempo de que aceptes que todo esto es inevitable.

—¡No! —exclamo—. No voy a irme. —Mis ojos buscan a Axel, quien me mira con una tristeza que me quiebra en pedazos—. No puedo irme, Axel. —Temo que todo el mundo sea capaz de notar que estoy a punto de echarme a llorar debido a lo mucho que me tiembla la voz—. No confío en ellos… —Hago un gesto de cabeza en dirección al Ángel de la Muerte y a Gabrielle.

El íncubo asiente en acuerdo.

—Yo tampoco confío en ellos, amor. Es por eso que voy a quedarme mientras que tú vas y esperas allá afuera. —La voz de Axel es terciopelo y sé que suena de esa manera porque trata de tranquilizarme. Trata de hacerme entrar en razón.

Sacudo la cabeza en una negativa una vez más, pero Axel ya está señalándome con el dedo índice de forma reprobatoria.

—Ni se te ocurra empezar a quejarte, Marshall —me reprime—. Deja la terquedad por una vez en la vida y ve allá abajo. Necesitas hacer algo por ti. Tienes toda la piel de la cara hecha un asco. Necesitan revisarte.

No es hasta que pronuncia esas palabras, que empiezo a ser consciente del dolor sordo que siento en la mandíbula y las mejillas.

—Pero…

—Debes atenderte, cariño. Lo digo en serio. Tienes sangre en todos lados —me corta de tajo—. Yo me quedaré aquí y me aseguraré de que estos dos no hagan nada estúpido.

—Yo también me quedaré. —La voz de Rael viene a mí y la mirada tranquilizadora que me dedica consigue aliviar un poco el nudo de ansiedad que se ha instalado en mi estómago—. No te preocupes, ¿de acuerdo?

No quiero marcharme. No quiero irme y abandonar a Mikhail con estas criaturas, pero sé que no tengo opción. Sé que el tiempo está agotándose y que, si no hacemos algo pronto, va a morir.

Trago saliva, en un débil intento de deshacer el nudo que tengo en la garganta.

«¡No lo hagas!», grita la voz en mi cabeza. «¡No permitas que le corten el ala!».

Cierro los ojos. No puedo hacer esto. No puedo ser así de egoísta. No puedo condenar a muerte a Mikhail solo porque no soy capaz de aceptar que esta es, de verdad, la única opción.

«Por favor, que todo salga bien. Por favor, por favor…».

—De acuerdo —digo, finalmente, pero sueno derrotada. *Desolada.*

Daialee y Niara se acercan a mí. No sé para qué lo hacen hasta que envuelven sus brazos alrededor de mí y me liberan de Rael para empezar a andar en dirección a la salida conmigo a cuestas.

Estamos a punto de abandonar la habitación, cuando detengo mis pasos y miro por encima del hombro.

No estoy muy segura de qué estoy haciendo, pero continúo de todos modos. Dejo que la preocupación, el coraje y la impotencia se apoderen de mí y se hagan cargo de todo.

—Si le hacen algo malo —sueno más amenazante que nunca—, juro por Dios que voy a hacérselos pagar.

Gabrielle arquea una ceja en un gesto condescendiente y los débiles hilos de los Estigmas se tensan en respuesta. Están furiosos y deseosos de alimentarse de ella.

El mero pensamiento envía un escalofrío de puro terror a todo mi cuerpo, pero trato de ignorarlo. Trato de no darle demasiada importancia a la manera en la que los hilos me hicieron sentir.

«Sería tan fácil absorberla». Susurra la voz insidiosa y oscura en mi cabeza. «Sería tan fácil hacerle daño...».

Las hebras de poder me acarician las puntas de los dedos. Tentándome. Incitándome.

—Será mejor que nos vayamos —La voz de Daialee susurra en mi dirección y es todo lo que necesito para volver a la realidad. Es todo lo que necesito para darme cuenta del hilo que estaban tomando mis pensamientos.

Cierro los ojos un par de segundos antes de asentir y dedicarle una sonrisa tranquilizadora. Luego, poso la atención en Ash y Gabrielle.

—Lo digo en serio. —Sueno dura y severa ahora.

—Quédate tranquila —Rael interviene—. Nos encargaremos de que solo se dediquen a lo suyo, ¿no es así?

Sus ojos encuentran a Axel y este asiente.

—Ten por seguro que no les despegaré los ojos ni un segundo —dice—. Ahora ve allá abajo y cúrate esas heridas. Yo estaré aquí, al pendiente de Mikhail.

Estoy muriendo de la ansiedad. Estoy tan nerviosa, que siento que en cualquier momento va a darme un ataque. Tan ansiosa, que no puedo dejar de mordisquearme las uñas.

He perdido la cuenta de las veces que Daialee me ha quitado las manos de la boca y ha murmurado —con aire distraído— que deje en paz a mis pobres dedos; y también he perdido la cuenta de las veces que he prometido que voy a hacerlo sin tener éxito alguno.

Ha pasado una eternidad desde que las brujas y yo abandonamos el piso superior y dejamos a las criaturas paranormales hacerse cargo de Mikhail. Desde ese momento, el ambiente se ha tornado denso y turbio.

La energía proveniente del lugar donde se encuentran es tan abrumadora, que no logro distinguir dónde termina la de Mikhail y dónde comienza la de los ángeles o, incluso, la de Axel. De hecho, es tan intensa, que ha logrado que Dinorah y Zianya consideren necesario reforzar las protecciones energéticas alrededor de la finca.

Argumentaron que no sabían cuánta atención podría atraer este cambio en el ambiente provocado por lo que sea que están haciendo allá arriba, y por eso decidieron ponerse a trabajar en ellas.

Hace rato que terminaron con eso, pero la mera acción ha hecho que la tensión en el ambiente sea casi insoportable.

Niara, por otro lado, no ha podido levantarse del sillón donde se encuentra. La migraña que todo el caos energético le ha provocado no ha permitido que haga otra cosa más que aovillarse en un sillón y esperar a que todo pase.

Yo, por otro lado, no he podido dejar de pedirle al universo que todo salga bien. No he podido dejar de intentar hacerle saber a Mikhail que estoy con él por medio del enlace que compartimos.

Él, a pesar de la distancia impuesta entre nosotros, no ha dejado de estrujar nuestra unión con un apremio doloroso y asfixiante. Es como si tratase de pedirme algo. Como si estuviese rogando por mi presencia, o estuviese confesando que está más asustado de lo que le gustaría.

He tratado de no pensar demasiado en lo que ocurrió hace unas horas cuando me atacó, pero la piel herida en mi rostro y brazos no ha hecho otra cosa más que recordármelo a cada instante.

Estoy al borde de la histeria. Me siento tan aterrorizada, que bien podrían venir los Siete Príncipes del Infierno a buscarme y no causarían ningún efecto en mí. De hecho, me atrevo a decir que estaría feliz de ir con ellos si eso significase que toda esta tortura va a terminar de una vez por todas.

—¿Hasta cuándo va a durar todo esto? —Niara se queja en voz baja y temblorosa—. No puedo más. Duele demasiado.

Un suspiro es exhalado por los labios de Daialee.

—¿Quieres tomar algo para el dolor? —dice, con la voz ronca por la falta de uso.

—Sabes que no funcionará —Niara responde—. Los analgésicos no funcionan cuando la migraña la provoca una tromba energética.

Entonces, la interacción termina y el silencio se apodera de nosotras una vez más.

El día entero ha pasado de esta manera. Nadie se ha atrevido a decir nada respecto a lo que está ocurriendo en el piso superior, pero la tensión casi puede cortarse con las puntas de los dedos. Los nervios de todas las brujas están tan alterados, que el humor ligero y juguetón que siempre han mantenido a pesar de las dificultades, se ha oscurecido notablemente. Me atrevo a decir que jamás las había visto así de… *¿asustadas?*

Cierro los ojos.

La opresión que siento en el pecho es cada vez más intensa. La sensación de desasosiego y miseria que se han hecho parte de mí desde que abandonamos la cabaña, no hace otra cosa más que hundirme en un agujero negro, oscuro y profundo del que no sé si voy a poder salir algún día.

No puedo más. No puedo seguir con esto. Me siento tan culpable. Tan miserable…

El movimiento abrupto y repentino a mi lado, me hace abrir los ojos de golpe. En ese instante, poso la atención en Daialee, quien se ha puesto de pie y mira en dirección a las escaleras al final de la estancia.

Me toma unos instantes registrar lo que sucede, pero, cuando lo hago, mis ojos viajan hasta ese punto también al tiempo que me levanto del sillón en el que me encuentro.

Tengo que tomar una inspiración profunda para ralentizar el ritmo frenético con el que ha comenzado a latirme el corazón. Tengo que detenerme unos instantes para intentar deshacerme del temblor de mis manos y de la inestabilidad de mis rodillas.

Un nudo de ansiedad se instala en mi estómago en el momento en el que mi vista se encuentra de lleno con la imagen de Axel, Rael, Ashrail y Gabrielle descendiendo hasta llegar al piso donde las brujas y yo nos encontramos, y no puedo evitar sentir como si estuviese a punto de desmayarme. Como si estuviese a punto de hacer implosión.

De inmediato, poso los ojos en Axel quien, a pesar de lucir cansado y triste, me regala un asentimiento que se me antoja tranquilizador.

—Está hecho. —Ash es el primero en hablar—. Ahora mismo está descansando. No despertará hasta que su cuerpo haya sanado por completo. Es parte de nuestra naturaleza, así que no se preocupen si pasa los próximos días inconsciente. —Sus ojos encuentran los míos y añade—: Va a ponerse bien. Es fuerte.

La mezcla de alivio, dolor y culpa que se acumula en mi pecho es tan apabullante, que no logro ponerle un orden a mis pensamientos. No logro darle sentido a la maraña inconexa de sentimientos que me embarga.

—Hay que limpiar la sutura y cambiar los vendajes una vez al día —instruye el Ángel de la Muerte—. La inflamación y los hematomas son normales. Si perciben algún cambio en la energía que emana, no duden en llamarme, ¿de acuerdo?

Nadie responde. Nadie parece moverse.

En ese momento, y a falta de interacción por los presentes, los ojos de Ashrail se posan en Gabrielle, quien se ha cruzado de brazos y se ha recargado el peso de su cuerpo contra una de las paredes.

—¿Vienes? —pregunta, en su dirección.

—No —ella responde—. Voy a quedarme a cuidar de él. —Sus ojos se posan en las brujas y en mí de manera fugaz, pero es suficiente para darnos cuenta que trata de hacernos saber que no habrá poder humano que la haga marcharse.

Ash asiente.

—Mantenme al tanto de todo, entonces.

—Lo haré. —Ella le dedica una media sonrisa cansada antes de mirar en nuestra dirección para añadir—: Si necesitan algo, estaré allá arriba. Con permiso.

Acto seguido, y sin decir una palabra más, gira sobre sus talones para desaparecer por las escaleras.

Ha pasado ya una semana desde que el ala de Mikhail fue amputada. Siete días exactamente desde que Rael y Axel bajaron con ella y la incineraron en el patio trasero. Siete malditos días desde la última vez que vi al demonio de los ojos grises.

No he tenido el valor de entrar en la habitación. De hecho, ni siquiera he tenido las bolas suficientes para subir a la segunda planta en lo absoluto. Mis días se han reducido a esta extraña rutina en la que no hago otra cosa más que moverme de forma mecánica, mientras pretendo que todo marcha a la perfección. Mientras hago como que el bienestar de Mikhail no me importa tanto como aparentaba, y que ahora me encuentro más en control de mis emociones.

Desde hace una semana, mi rutina consiste en lo siguiente:

Todas las mañanas, despierto —después de haber pasado la noche intentando dormir en uno de los sillones de la sala—, me ducho, desayuno algo ligero y me voy con Daialee a la universidad. Justificar mis faltas no fue fácil, pero una receta médica falsa y una llamada telefónica de Dinorah bastaron para que los directivos accedieran a dejarme continuar las clases con normalidad.

En mi trabajo de medio tiempo, las cosas no ocurrieron de la forma en la que esperaba. Para mi jefa, mis ausencias injustificadas fueron motivo más que suficiente para que fuera dada de baja de la nómina, así que ahora paso mis tardes enteras matando el tiempo en la biblioteca de Raleigh mientras espero a que Daialee salga del trabajo.

Entonces, luego de haber pasado por la tortuosa sesión de realidad diaria, volvemos a casa solo para ser recibidas por la oscura energía de Mikhail invadiéndolo todo.

Estoy volviéndome loca.

La necesidad que tengo de saber cómo lo está llevando es tan grande, que he tratado una y mil veces de armarme de valor para ir a verlo; pero las ganas que tengo de mirarle se disipan cuando recuerdo la manera en la que me atacó la última vez que estuvimos en la misma habitación, y cuando recuerdo que Gabrielle Arcángel no se le despega ni a sol ni a sombra.

Debo admitir que su presencia aquí me pone los nervios de punta, pero trato de no hacerlo notar demasiado. Trato de hacer como que no me importa y trato, por sobre todas las cosas, de no dejar que las voces insidiosas en mi cabeza —esas que no dejan de susurrarme estupideces acerca de sentimientos— ganen la batalla.

Durante mi estancia en la cabaña comprendí que lo que tenía con Mikhail ha muerto y que no volverá a ser nunca más; pero, a pesar de eso, no puedo dejar de sentirme con el derecho de reclamarlo como mío. No puedo dejar de sentir que Gabrielle trata de aprovecharse de la situación para acercarse a él.

—¿En qué piensas? —La voz de Axel me saca de mis cavilaciones y alzo el rostro para mirarle.

—En nada importante. —Le dedico una sonrisa avergonzada.

—Claro. —Rueda los ojos al cielo—. ¡Por el infierno, Bess! Te conozco a la perfección, ¿acaso crees que soy idiota?

Sacudo la cabeza y mi sonrisa se ensancha.

—Si te digo que no es importante, es porque es así —digo—. Son tonterías y nada más.

El incubo entorna los ojos en mi dirección.

—No te creo —masculla.

—No necesito que lo hagas.

Un bufido indignado se le escapa.

—¿No tienes nada mejor que hacer, Axel? —pregunto, mientras poso la atención en la página del libro que he tomado prestado de la habitación de Daialee.

—No —admite, con tono quejumbroso y aburrido—. Ni siquiera puedo decir que iré a cuidar de Mikhail porque la zorra iluminada se ha adueñado de la habitación en la que duerme. No la soporto.

«Dímelo a mí».

—Solo trata de ayudar —digo, muy a mi pesar—. Está preocupada por él.

—¿*Preocupada*? —dice Axel antes de soltar otro bufido—. Esa mujer lo único que quiere es asegurarse de sacarte del partido.

Es obvio que se ha mantenido dentro de la habitación porque no quiere que tú te acerques a Mikhail.

Niego con la cabeza.

—No digas tonterías. Ella realmente se preocupa por él.

—¡Te digo que no! —exclama—. Esa perra está celosa de ti. De lo que tienes con Mikhail.

—No tengo nada con él —digo, al tiempo que una sonrisa amarga se desliza en mis labios—. Lo que alguna vez tuvimos se terminó hace mucho tiempo.

—Eso no impide que se ponga celosa, Bess. —Axel habla como si estuviese conversando con un niño que no es capaz de entender del todo lo que dices—. Gabrielle sabe que a ustedes los une algo que va más allá del entendimiento de cualquier ser paranormal que exista. El lazo que los une es más complejo que cualquiera que yo haya visto jamás.

—Y de todos modos eso no quiere decir que él y yo tengamos algo o que ella esté celosa de mí —digo—. Gabrielle está aquí porque, así como yo, tuvo una historia con él y de una u otra manera, le importa. Así como nos importa a nosotros dos.

—A veces me pregunto si eres demasiado noble o demasiado estúpida —se queja, al tiempo que se enfurruña en el asiento del sillón en el que se encuentra tumbado.

Hace rato que volví de Raleigh con Daialee y empecé a intentar matar tiempo leyendo un libro que no está superando las expectativas que tenía sobre él.

—Quiero pensar que me gusta encontrarle el lado bueno a las personas —digo, porque es cierto.

—Pues voy a darte una enseñanza de vida Bess Marshal, ¿estás lista? —El íncubo se aclara la garganta y dice—: Todas las personas, incluso las más buenas, tienen su cara oscura. Su lado siniestro. No puedes ir por la vida esperando lo mejor de todos cuando la maldad existe. Cuando la oscuridad puede adueñarse de quien sea en cualquier momento.

—Pero tampoco puedo ir por la vida cuidándome de todo el mundo. No puedo ir por ahí, creyendo que todos los que me rodean tratan de dañarme. —Aparto la vista del libro para encararlo—. No puedo juzgar las intenciones de alguien sin conocerlo primero. —Niego con la cabeza—. Hace cuatro años juraba que los ángeles eran las criaturas que veían por nosotros en todo momento y descubrí que no es así. Descubrí que no son tan buenos como aparentan. —Me encojo de hombros—. Hace cuatro años descubrí que los demonios realmente se preocupan por los suyos, y que son capaces de sacrificarse y de entregarse tanto o más que cualquier otro ser existente en este universo… Nadie, por más oscuro y siniestro que parezca a veces, es malo del todo. Así como nadie, por más dulce y amable que luzca, es bueno al cien por ciento.

Un suspiro escapa de los labios de Axel.

—Genial —masculla—. Ahora no sé si eres demasiado optimista o demasiado ilusa.

Una sonrisa sesgada surca mis labios y sacudo la cabeza en una negativa.

—Eres un idiota —digo, sin dejar de sonreír.

—Gracias.

—Por nada.

Se hace el silencio.

—¿Has subido a verlo? —pregunta, al cabo de un rato.

—No.

—¿Por qué no?

—No tengo el coraje para hacerlo —admito. Trato de sonar desinteresada, pero fracaso terriblemente.

—Sabes que no fue tu culpa —dice, en tono amable.

No respondo de inmediato. Dejo que sus palabras se asienten entre nosotros durante unos segundos.

—No puedes saberlo —pronuncio, finalmente, con la voz entrecortada por las emociones.

—Por supuesto que puedo —Axel susurra en un tono que se me antoja maternal—. Sé que no fue tu culpa.

—Le hice daño.

—Y, de todos modos, sé que no fue tu culpa —dice—. Eres demasiado noble. Te preocupas demasiado por quienes te rodean. Jamás le habrías hecho daño de manera consciente. Todos sabemos que lo hizo esa fuerza endemoniada que llevas dentro. Ese daño lo causó todo ese poder que has acumulado y que trata de protegerte, no tú.

—¿Y cómo voy a decírselo? —La angustia se filtra en mi tono de voz—. ¿Cómo carajo voy a verlo a la cara y voy a decirle que no fui yo quien le hirió tanto que ahora ha perdido un ala? ¿Cómo le explico que fue la energía incontrolable que llevo dentro y no yo? —Niego—. Ni siquiera va a querer escucharme. A decir verdad, ni siquiera sé si quiero que lo haga. —Un nudo ha comenzado a formarse en mi garganta—. No sé si vale la pena, Axel. La criatura que está allá arriba no es Mikhail. No es *mi* Mikhail… ¿Qué caso tiene entonces?

Un suspiro abandona los labios de Axel, pero no dice nada. No hace otra cosa más que mirarme con infinita tristeza.

—Oh, cariño… —susurra—, no sé qué decirte.

—No necesito que digas nada. —Cierro los ojos unos segundos—. Será mejor que me vaya a dormir —digo, a pesar de que no quiero hacerlo—. Mañana tengo que volver a la escuela y…

—¡Bess! —La voz de Daialee llega a mis oídos desde la lejanía, pero suena tan alterada, que me levanto del sillón como si hubiese sido impulsada por un resorte.

En ese instante, el sonido de unos pasos apresurados y urgentes llena toda la casa y, a los pocos segundos, la figura de mi amiga aparece frente a nosotros. Luce agitada y aturdida.

—¡Mikhail! —dice, casi sin aliento.

—¿Qué pasa con Mikhail? —Es Axel quien la urge a hablar. Él también ya se ha puesto de pie.

—¡Ha despertado!

20

REACCIÓN

La casa vibra hasta los cimientos en el instante en el que Daialee termina de hablar. Los muebles se desplazan unos centímetros debido al temblor que sacude la tierra debajo de nuestros pies. El sonido de un cristal quebrándose resuena en algún punto cercano y un grito ahogado proveniente del baño llega a mis oídos.

—Oh, mierda… —Axel pronuncia en un susurro preocupado en el instante en el que un tirón violento en el lazo hace que me doble ligeramente hacia adelante.

El escozor es tan intenso que tengo que apretar los dientes y los puños para evitar que un sonido adolorido se me escape. La energía angelical de Mikhail se agita en respuesta, pero me obligo a contenerla en su lugar.

De pronto, todo termina.

El silencio reina en toda la casa y sé, desde lo más profundo de mi ser, que eso no está bien. La sensación viciosa y enfermiza que me provoca esta repentina tranquilidad es tan opresiva, que mi corazón acelera su ritmo de un instante a otro.

Una oleada de energía oscura y densa comienza a descender desde el piso superior hasta donde nos encontramos, y es tan espesa que se siente como si un manto estuviese cubriéndonos.

Todos los vellos de mi cuerpo se erizan cuando el poder de los Estigmas y la parte angelical que llevo dentro se remueven con incomodidad.

Un tirón brusco y violento estruja la cuerda invisible que me une a Mikhail. Esta vez, me doblo por mitad porque es tan intenso y demandante que me lastima.

«Oh, joder…».

Un estallido estridente hace que, tanto Daialee como yo, nos encojamos. Todo mi cuerpo se estremece al instante y la energía que lo ha recubierto todo empieza a agitarse con violencia.

Las vibraciones vuelven y esta vez no se detienen. El pánico se detona en mi sistema en ese instante y, sin pensarlo demasiado, me precipito en dirección a las escaleras de la casa a toda velocidad.

La parte activa del cerebro me dice que debo salir de aquí ahora mismo. Todos los sentidos me gritan y me exigen que ponga cuanta distancia sea posible entre Mikhail y yo, pero no puedo dejar de avanzar hacia el piso superior.

Sé que es una locura. Sé que no debería de estar haciendo esto y que lo único que voy a conseguir es que trate de matarme una vez más, pero el latir desbocado de mi corazón y las ganas que tengo de asegurarme de que de verdad ha despertado, no me permiten detenerme. No me permiten volver sobre mis pasos.

Voy a medio camino en las escaleras, cuando la figura de Dinorah aparece en mi campo de visión. Sin perder ni un segundo, la bruja comienza a bajar las escaleras a paso rápido y decidido. El gesto aterrorizado que tiñe su expresión es tan atípico en ella, que me saca de balance y hace que me detenga en seco.

Sus manos se aferran a mis hombros en el instante en el que nuestros cuerpos casi colisionan y me empuja con fuerza en dirección contraria al piso superior.

Otro estruendo lo invade todo y los vidrios de la planta alta estallan. Un grito ahogado brota de mis labios casi por voluntad propia y me encojo sobre mí misma mientras escucho a Axel gritar algo que no logro entender.

En ese momento, soy empujada una vez más y, esta vez, obligo a mis pies a moverse en dirección a donde Dinorah indica.

Una protesta me abandona cuando alguien envuelve los dedos en mi muñeca y tira de mí hasta que estoy fuera de la casa.

El aturdimiento que me invade es tanto, que tengo que tomarme unos instantes para echarle un vistazo al jardín principal, donde ya se encuentran todas las brujas y Axel.

La mirada de todos está fija en la casa que cruje y gime ante el poder de Mikhail. El gesto horrorizado que puedo ver en sus rostros me encoge el pecho y me hace querer parar el tiempo para evitar que vean cómo la vida que han tratado de construir aquí comienza a desmoronarse por mi culpa.

Clavo la vista en la construcción vieja en la que vivimos y el corazón me da una voltereta intensa cuando el cuerpo de Rael sale despedido desde una de las ventanas. Sus alas —impresionantes y preciosas— se despliegan abiertas y grandes cuando eso ocurre.

Instantes después, es Gabrielle quien abandona la casa por una de las ventanas. Ella, por supuesto, luce más compuesta y controlada que Rael; sin embargo, hay algo en su postura que me pone los nervios de punta.

«No, no, no. Por favor, no».

Un gruñido estridente y amenazador reverbera en todos lados. El lazo que me une al demonio enfurecido que se encuentra dentro de la casa, se retuerce una vez más. *Sé* que está furioso.

«Está aterrorizado».

—¡¿Qué carajo están esperando para contenerlo?! —grita Zianya en dirección a Rael y Gabrielle, quienes baten sus alas en el aire a pocos metros de distancia de la casa.

Ambos ángeles miran de reojo en nuestra dirección y la severidad en sus rostros no hace más que acrecentar el miedo que ha comenzado a invadirme.

La energía oscura se expande otro poco y, esta vez, puedo sentir como lame las protecciones creadas por las brujas alrededor de la finca.

«No, Mikhail. Por favor, no».

Un escalofrío de puro horror me recorre entera cuando la magia de las brujas más poderosas de la casa comienza a tambalearse ante la voluntad de Mikhail. Así pues, sin pensarlo demasiado, me apodero de la unión que tengo con él y la estrujo.

Un parpadeo de vacilación hace que la densidad en el ambiente se aligere durante unos instantes, antes de recobrar fuerza una vez más.

Un bramido ininteligible proveniente del interior de la casa llega hasta nosotros y, alerta, aguzo el oído para tratar de comprender algo de lo que dice. No lo consigo.

—¡Mikhail, era la única forma! —La voz de Gabrielle Arcángel llega a mí a pesar de la distancia. Suena angustiada. Desesperada.

Un gruñido incomprensible proveniente del interior de la casa es la única respuesta para Gabrielle y los vellos de mi nuca se erizan al instante.

—¡Ibas a morir, imbécil! —Rael escupe de regreso y, esta vez, la energía que estalla emana una onda expansiva tan grande, que se siente como si pudiese desplazarme del lugar donde me encuentro.

—¡Por el amor de Dios, Miguel! —Gabrielle suplica—. ¡Detente! ¡Detente y déjame explicarte!

Un látigo de energía oscura golpea a Gabrielle Arcángel con tanta fuerza, que un gemido adolorido se le escapa.

—¡Gabrielle! —grito, horrorizada al ver cómo la chica comienza a caer antes de retomar un vuelo tambaleante.

El sonido de mi voz hace que la densidad en el ambiente se aligere un poco y no sé cómo demonios sentirme al respecto. Tampoco sé qué es lo que eso significa.

Una sensación extraña me invade el pecho y me toma unos instantes registrar que es el lazo el que ha empezado a sentirse diferente. Un destello de pánico me recorre de pies a cabeza en un abrir y cerrar de ojos, pero se disipa por completo cuando me doy cuenta de que la sensación no es desagradable. De hecho, es bastante dulce. Casi se siente como una caricia.

Rael se abalanza en dirección a la casa y sé que su intención es atacar a Mikhail. En ese momento, y sin pensarlo demasiado, permito que los hilos de los Estigmas se liberen fuera de mí y se enrosquen en el cuerpo del ángel.

Ni siquiera me molesto en pensar en el daño que puedo causarle. Toda mi concentración está puesta en la imperiosa necesidad que tengo que apartarlo de Mikhail.

Rael suelta un gemido adolorido y el sonido me saca del estupor momentáneo. Es hasta ese momento, que me percato de que los Estigmas han comenzado a alimentarse de él. Es hasta ese momento, que me percato de la energía luminosa que empieza a invadirme.

El horror se filtra en mi interior y obligo a las hebras a detenerse. Entonces, el ángel cae en picada hacia el suelo.

Gabrielle vuela a toda velocidad hacia él y lo sostiene justo antes de que golpee el rostro contra el suelo, pero eso no impide que pierda estabilidad y tenga que aterrizar en el pasto del jardín de manera aparatosa.

—¡¿Qué carajos te sucede?! —chilla en mi dirección, una vez que se cerciora de que el ángel se encuentra bien.

En respuesta a su grito enfurecido, la energía oscura de Mikhail hace vibrar el suelo debajo de nuestros pies.

—¡¿Quieren detenerse todos?! —Daialee grita—, ¡*Dios*! ¡Actúan como jodidos neandertales!

Un rugido proveniente del interior de la casa me pone la piel de gallina, pero trato de tirar del lazo que me une a Mikhail de una manera suave, justo como él lo hizo hace unos instantes.

En respuesta, otra caricia suave en el lazo que me une a Mikhail hace que todo mi cuerpo se estremezca.

«¿Qué demonios?».

La mirada de Rael está clavada en mí y su expresión es severa y dura. Sé que está enojado por la forma en la que lo detuve, pero ahora mismo no siento remordimiento de conciencia alguno. Él iba a atacarlo. No podía permitir que lo hiciera.

—¿Qué se supone que vamos a hacer ahora? —La voz de Niara se abre paso en el silencio tenso que se ha apoderado del ambiente.

Suena, ansiosa y preocupada, pero ni siquiera eso consigue que las miradas furiosas de los ángeles se aparten de mí.

—No podemos volver ahí dentro —Zianya habla, tajante—. El demonio está demasiado enojado. Es muy arriesgado.

—¿Qué fue lo que pasó? —Axel exige en dirección a Gabrielle—. ¿Qué fue lo que le dijiste?

Los ojos de la arcángel se clavan en él. La tristeza en su gesto provoca en mí una empatía que me hace querer estrellar la cara contra el concreto. Por mucho que Gabrielle me desagrade, no puedo dejar de comprender cómo se siente.

—Solo le dije la verdad. —Sacude la cabeza en una negativa—. Estaba alterado. Quería atacarme. Creyó que el

Ejército del Creador lo tenía prisionero y tuve que decirle dónde se encontraba y porqué estaba aquí —explica—. Cuando le dije que estaba a punto de morir y que quitarle un ala era lo único que podíamos hacer por él, enloqueció. —Su voz se quiebra ligeramente.

—¿Te atacó? —Axel inquiere y, por primera vez desde que la conozco, noto cómo Gabrielle se encoge sobre sí misma y desvía la mirada.

La angustia es palpable en su gesto, pero no es hasta que alza la vista para encararnos, que me percato de las lágrimas que nublan su mirada. Mi corazón se rompe otro poco en ese instante.

—Primero intentó desplegar sus alas —dice, con un hilo de voz—, y cuando se dio cuenta de que todo era cierto, se abalanzó sobre mí.

Cierro los ojos porque no soporto la idea de imaginar cómo debe sentirse Mikhail. Porque no tolero la idea de él dándose cuenta de que todo lo que Gabrielle dijo es cierto.

—Tenemos que contactar a Ashrail. —Rael habla cuando nota que Gabrielle no puede terminar—. Él es el único que podrá hacerlo entrar en razón.

—¿Estás seguro de ello? —Dinorah interviene—. Dudo mucho que Ashrail haga una diferencia ahora mismo. Miguel Arcángel está descontrolado y la presencia del Ángel de la Muerte no hará más que alterarlo.

Rael la mira con severidad.

—El Ángel de la Muerte es, por naturaleza, un ser imparcial. Su naturaleza mitad angelical y mitad demoníaca lo convierte en terrenos neutrales —explica—. Él no gana nada y tampoco pierde nada si alguno de los dos bandos toma la ventaja; es por eso que estoy seguro de que Mikhail va a escucharlo. Él y Ashrail siempre han tenido una buena relación. Es muy probable que pueda calmarlo.

Gabrielle niega.

—Está demasiado alterado —dice—. Ahora mismo no creo que nadie pueda hacer que se relaje.

—Pero no tenemos otra alternativa —Axel dice—. Es eso o esperar aquí sentados a que lo destruya todo.

Rael asiente, pero aún no luce con las fuerzas suficientes para ponerse de pie. Un destello de remordimiento me golpea cuando me percato de eso.

—Iré a buscarlo.

Una de las cejas pobladas de Axel se arquea.

—No me lo tomes a mal, foco navideño —dice—, pero creo que estorbas menos si te quedas ahí tirado. Iré yo. Solo dime dónde puedo encontrarlo.

—¿Estás llamándome inútil?

Axel rueda los ojos al cielo.

—Estoy diciendo que ni siquiera puedes ponerte de pie y que, lo mejor que puedes hacer ahora, es quedarte aquí hasta que te recuperes. —Suena irritado—. ¡Qué delicado! ¿Es que acaso todos los de tu especie son así de rígidos?

—Yo iré a buscar a Ash —Gabrielle dice antes de que Rael pueda, siquiera, pensar en una contestación para Axel—. No se muevan de aquí.

—Tampoco es como si pudiésemos hacerlo —masculla Daialee y la arcángel le dedica una mirada cargada de irritación.

—¿Te he dicho que te amo? —Axel dice, en dirección a mi amiga, al tiempo que una sonrisa radiante se apodera de sus labios.

Rael alza las cejas en un gesto incrédulo, pero casi me atrevo a apostar que está a punto de sonreír también.

Zianya le dedica una mirada cargada de advertencia a Daialee, pero esta ni siquiera se inmuta cuando eso ocurre. Al contrario, alza el mentón en un gesto retador.

—Ahora vuelvo —Gabrielle masculla, al cabo de unos instantes de silencio, pero no ha dejado de mirar a Daialee y a Axel como si quisiera estrangularlos.

—Sé cuidadosa —Rael responde, recomponiéndose.

La chica de aspecto andrógino asiente.

—No vayas a hacer algo estúpido con Mikhail —advierte en dirección al ángel—. No caigas en su juego si trata de provocarte. Está demasiado alterado. No lo olvides.

—No lo haré —Rael asiente.

Gabrielle no luce muy convencida con la respuesta del ángel, así que le dedica una última mirada. Entonces, extiende sus impresionantes alas y emprende el vuelo hasta desaparecer entre unos cuantos nubarrones.

—Está bastante afectado. —Ash se cruza de brazos mientras habla, y todos en la abarrotada sala de la casa nos removemos con incomodidad.

Algo dentro de mí se rompe otro poco cuando Ashrail suelta un suspiro triste y tembloroso. A mi lado, Daialee estira una mano para alcanzar la mía y la aprieta con fuerza. El gesto me reconforta un poco.

—Tienen que darle tiempo para que lo asimile —el Ángel de la Muerte continúa—. Ha accedido a quedarse aquí y descansar hasta que se haya recuperado por completo, pero no esperen que realmente vaya a establecerse durante mucho tiempo. En la primera oportunidad que tenga de irse, lo hará. Él mismo lo ha dicho.

Trago duro.

—¿Qué hay de nosotras? —Zianya suena aterrorizada—. ¿Estaremos seguras quedándonos a su alrededor?

Ash mira en su dirección.

—No puedo asegurarles nada —dice, con aire severo—, pero sí puedo garantizarles que, ahora mismo, no tiene intención alguna de hacerles daño.

—Ese no es un gran consuelo. —Niara apunta.

—¿Qué hay del pacto de sangre que hizo con mi abuela? —Daialee interviene—. ¿Eso no nos protege de algún modo?

—Sí lo hace —Ash asiente—, pero ahora está atravesando por un estado de inestabilidad emocional y energética bastante intenso. Nada nos garantiza que no vaya a sufrir alguna clase de descontrol. —Me mira de reojo—. El único consuelo que tengo es que ella será capaz de contenerlo si algo llegase a complicarse.

Toda la sangre se me agolpa en los pies.

—Yo no puedo…

—Sí, sí puedes. —Ash me interrumpe y me regala una sonrisa cansada y triste—. Sé que no quieres hacerlo, pero, en situaciones como estas lo mejor es prepararse para todo. Incluso para eso que no quieres hacer.

Aprieto la mandíbula y los puños, pero no digo nada. Me limito a observar como Ashrail mira en dirección a Gabrielle, quien no ha despegado los ojos de las escaleras que dan al piso superior. Luce como si quisiera salir corriendo para encontrarse con Mikhail. Luce como si no soportase la idea de estar lejos de él.

Me siento enferma por eso. Sé que no tengo derecho alguno de sentirme de esta manera, pero no puedo evitarlo.

—Hay más… —Ash dice, al tiempo que clava su vista en la arcángel para decir—: ¿Gabrielle?

La mirada distraída que ella le dedica me saca de balance. Gabrielle no luce como una chica capaz de perderse de ese modo en sus pensamientos; al contrario, siempre luce como si estuviese lista para la batalla.

—¿Sí?

—No puedes quedarte en este lugar.

—*¿Qué?*

—Mikhail no quiere estar a tu alrededor —Ash explica—. Está convencido de que todo esto fue algo orquestado por ti y los tuyos para sacarlo de la jugada. Para eliminar a un enemigo importante.

—¡Eso es una estupidez! —la arcángel objeta—. ¡Yo jamás le habría hecho algo así si no hubiese sido necesario! ¡Iba a *morir*!

Las manos de Ash se alzan, como si estuviese siendo amenazado por una pistola.

—Y, de todos modos, no te quiere cerca. De hecho, tampoco quiere que Rael esté merodeando por aquí mientras está convaleciente.

—¡Esto es absurdo! —Gabrielle espeta—. ¡¿Cómo carajo quiere que me aleje de él cuando...?! —Enmudece por completo y todos en la habitación la miramos con expectación.

Ella sacude la cabeza en una negativa frenética. Está claro que, lo que sea que iba a salir de su boca, es algo lo suficientemente personal como para querer guardárselo para sí misma.

—No —suelta, tajante—. No voy a irme. Me niego rotundamente.

—No tienes alternativa —Ash replica, al tiempo que mira a Rael, quien se encuentra cruzado de brazos al fondo de la estancia—. Lo mismo digo para ti.

—No voy a dejar sola a Annelise solo porque Miguel ha decidido ser un imbécil infantil. —La tranquilidad con la que habla provoca una frustración extraña—. Lo más que puedo hacer, es permanecer lejos de la planta superior. No más.

El Ángel de la Muerte niega.

—Me temo que no es posible.

—¡Esto es ridículo! —Gabrielle bufa—. ¡No tiene derecho alguno de echarnos! ¡No fuimos nosotros quienes le destrozamos el ala!

El dolor que me escuece de pies a cabeza por sus palabras es abrasador. La culpa, el remordimiento y la frustración me estrujan las entrañas con tanta violencia que no puedo pensar con claridad. Ni siquiera soy capaz de formular una oración para defenderme.

—Es cierto—Dinorah interviene, al tiempo que asiente en acuerdo a lo que ha dicho la arcángel—, él no tiene derecho de echarlos —se cruza de brazos y un gesto cruel se dibuja en su rostro—, pero nosotras sí.

—¿Qué? —Zianya suelta, en un siseo horrorizado.

La expresión de Gabrielle se enciende con ira e indignación.

—Ni siquiera él puede quedarse —Dinorah prosigue, haciendo un gesto de cabeza en dirección a Rael—. Es un peligro para nosotras que ustedes se queden alrededor. Es obvio que Miguel Arcángel se siente amenazado por su presencia en este lugar, y nosotras no queremos que una situación como la de hace un rato se repita.

—¿Tienes una idea de lo idiota que suenas? —Rael sacude la cabeza con incredulidad—. Sin nuestra protección, ¿cómo pretenden sobrevivir a la ira de un demonio de su categoría?

—No me lo tomes a mal, Rael —Daialee interviene—, pero la única que ha hecho algo de utilidad cuando Mikhail se comporta como un demonio destructivo es Bess.

La mirada furibunda que el ángel le dedica a mi amiga es tan abrumadora, que hace que me remueva de la incomodidad.

—No puedo creerlo. —Él sacude la cabeza en un gesto incrédulo antes de mirarme a los ojos para preguntar—: ¿Vas a permitir que hagan esto?

El silencio es la única respuesta que puedo darle. Es la única manera que tengo para decirle que yo también creo que lo mejor que pueden hacer es... *marcharse.*

El gesto de Rael se transforma por completo. La decepción y la tristeza son claras en su expresión y me siento culpable; como una completa traidora.

Rael, sin decir una sola palabra, se pone de pie del lugar donde se encuentra y se encamina hacia la salida de la estancia. Yo lo sigo a pocos pasos. No sé muy bien qué es lo que pretendo conseguir al seguirlo o qué es lo que quiero decirle, pero no me detengo.

—Rael...

No me mira.

—Rael, espera.

Sale al jardín y despliega sus alas.

—¡Rael!

... Pero no se detiene. Ni siquiera me mira cuando emprende el vuelo.

No sé cuánto tiempo me quedo aquí, parada a la mitad del jardín. No sé cuánto tiempo paso aquí, intentando ordenar la maraña de sentimientos que me provoca la reacción de Rael.

No sé qué pensar. No sé cómo reaccionar, pero tampoco puedo moverme. No puedo hacer nada más que mirar el punto en el que desapareció de mi vista, y preguntarme una y otra vez si estar de acuerdo con las brujas ha sido lo correcto.

Un millar de sensaciones colisiona en mi interior cuando, al cabo de unos minutos, Gabrielle Arcángel sale al jardín seguida de Ash. Alivio, triunfo, remordimiento, culpabilidad... Todo se mezcla en mi pecho hasta que crea una masa extraña que no hace más que sumarse a toda la culpa que sentí con la partida de Rael.

Estoy tan agobiada. Me siento tan abrumada, que lo único que deseo es aovillarme en el suelo y esperar a que toda esta locura termine.

«Ya no puedo más».

—¿Cómo podemos contactarte si las cosas se ponen oscuras por aquí? —La voz de Axel me saca de mis cavilaciones. En ese instante, mi atención se vuelca hacia él, quien, a su vez, mira a Ashrail.

No me pasa desapercibida la forma en la que el Ángel de la Muerte sostiene el brazo de Gabrielle. No es un secreto para nadie que está llevándosela a la fuerza.

—Cerca de aquellas montañas —hace un gesto en dirección a los montes que rodean Bailey—, hay un punto energético que no ha sido corrompido por el poder de Amon. Búscalo y, una vez que estés ahí, llámame. acudiré de inmediato.

Axel asiente, al tiempo que se cruza de brazos. La preocupación es palpable en su rostro.

—¿De verdad Mikhail no tiene intenciones de lastimar a nadie aquí? —pregunta Daialee y me tenso en respuesta.

Ash le regala una mirada tranquilizadora.

—Confía en el poder que tienes en casa. —Me dedica un gesto fugaz y sé, inmediatamente, que es de mí de quien habla—. Nadie va a hacerles daño teniéndolo de su lado, eso te lo aseguro.

Mi amiga no luce muy conforme con la respuesta, pero no dice nada más. Se limita a abrazase a sí misma y a asentir pese a la inquietud que sé que aún la embarga.

—No duden en llamarme si algo se sale de control, ¿de acuerdo? —dice Ash, por última vez, para luego desplegar sus alas.

Gabrielle, a regañadientes, hace lo mismo.

—Dalo por sentado —Axel asegura, al tiempo que da un paso hacia atrás para darles espacio.

Ash no dice nada más. Solo nos dedica un gesto a manera de despedida antes de emprender el vuelo. Acto seguido, Gabrielle, pese a que se nota a leguas que no quiere, hace lo mismo y así, sin más, ambos desaparecen de nuestro campo de visión.

Nadie —absolutamente nadie— se ha atrevido a subir a la planta alta desde que Mikhail despertó.

Hace ya un montón de horas que el demonio de los ojos grises recobró el conocimiento y, a pesar de que ni siquiera ha dado muchas señales de vida, nadie se atreve a invadir el espacio que, implícitamente, ha marcado como suyo.

La energía oscura que se ha apoderado del piso superior es tan densa, que nadie se atreve a subir. Todas las brujas dicen que se siente como si Mikhail estuviese advirtiéndoles que ese es su territorio, y que cualquiera que trate de invadirlo va a pagarlo caro.

Yo no sé cómo sentirme al respecto. Una parte de mí desea subir y hacerle saber que este no es su territorio y otra, esa que está cansada de pelear contra él, solo quiere que se recupere por completo para que se marche.

—Esto no va a funcionar. —La voz de Daialee me trae de vuelta a la realidad y despego la mirada del libro que sostengo entre los dedos, solo para ver cómo las brujas tratan de acomodarse en el suelo de la pequeña sala.

—¿Qué sugieres? —Niara se aparta el cabello lejos del rostro.

—Que dejemos la estupidez y vayamos a dormir a nuestras habitaciones. —Daia se cruza de brazos. Luce irritada.

Niara niega con la cabeza.

—De ninguna manera voy a subir allí —dice—. ¿Es que acaso no lo sientes? —Su voz suena más aguda de lo normal—. ¡El tipo ha orinado, energéticamente hablando, todo el piso superior!

—¿Y vamos a permitirle que se apodere de *nuestra* casa? —Daialee eleva el tono de su voz—. ¡No podemos permitirle que lo haga! ¡Es un invitado aquí! ¡No puede solo… *echarnos*!

—No tiene caso alguno que discutan por eso —Zianya interviene, al tiempo que les dedica una mirada severa—. No vamos a arriesgarnos a enfadarlo. Nos quedamos aquí y se acabó.

—Esto es increíble… —Daialee masculla, al tiempo que hace un mohín—. No puedo creer que esté sometiéndonos de esta manera. —Mira hacia el techo, con gesto furibundo y, al instante, la casa comienza a vibrar de nuevo.

Esta vez, el temblor es más suave y corto que el de hace unas horas, y se siente como una advertencia. Como si Mikhail estuviese tratando de decir que ha escuchado todo lo que Daialee ha dicho y que no le ha agradado demasiado.

En ese momento, la incredulidad —aunada al destello de coraje que me invade— me hace ponerme de pie de golpe.

La vista de las brujas se vuelca en mi dirección en ese instante, pero ni siquiera eso me detiene, y avanzo a paso decidido y rápido hasta las escaleras de la casa.

—¡Bess! —Es Zianya quien grita mi nombre, pero ni siquiera la miro.

Ahora mismo, estoy dejando que la frustración y la valentía momentánea guíen mis pasos hasta el piso superior.

Me toma apenas unos segundos subir a la planta alta y, una vez que me encuentro ahí, dejo que los Estigmas hagan de lo suyo y empujen lejos la bruma oscura que Mikhail ha impuesto.

La energía angelical que llevo dentro se remueve con anticipación y se pone en guardia cuando, sin saber muy bien qué es lo que pretendo, recorro el pasillo y abro la puerta de mi recámara.

La imagen que me recibe me paraliza en el umbral. El corazón me da un vuelco furioso y, justo en ese instante, la realidad me golpea.

Mikhail está despierto.

Mikhail —el demonio al que me he rehusado a ver durante la última semana y que estuvo a punto de morir por mi culpa— está ahí, recostado sobre la cama, con los impresionantes ojos blanquecinos clavados en mí, y aspecto de no haber dormido en días a pesar de la cantidad de tiempo que pasó inconsciente.

Luce aturdido; como si realmente no esperase verme en este lugar. De pronto, quiero preguntar si recuerda qué fue lo que pasó aquella noche que intenté escapar de la cabaña. Quiero preguntar si es capaz de recordar que fui yo quien le herí hasta destrozarle un ala, pero no lo hago.

Un nudo comienza a formarse en mi garganta en ese instante y tengo que tragar duro varias veces para deshacerlo. También tengo que parpadear unas cuantas veces más para que no sea capaz de notar la ridícula cantidad de lágrimas que amenaza con acumularse en mi mirada.

Sus ojos barren la extensión de mi cuerpo y todo dentro de mí se revuelve con violencia.

Un destello de algo irreconocible se enciende en sus impresionantes ojos grisáceos y me falta el aliento. Me falta hasta el equilibrio.

Mikhail no dice nada. Solo me mira con gesto cauteloso y expectante. Yo tampoco me atrevo a pronunciar nada. Mucho menos me atrevo a hacer otra cosa más que mirarlo a detalle porque necesito absorber la imagen de su rostro. Necesito guardar en mi memoria este preciso momento.

—Estás viva. —El sonido ronco de su voz me hace querer gritar. Me hace querer echarme a llorar.

—Tú también. —Sueno temblorosa, tímida e inestable.

—Creí que morirías.

—Puedo decir lo mismo de ti. —Una sonrisa nerviosa tira de mis labios. Ni siquiera sé por qué estoy sonriendo.

Traga duro y yo también lo hago.

—Bess, yo…

—Las brujas quieren dormir —le interrumpo, porque no estoy preparada para seguir escuchándolo hablar. Porque no estoy preparada para asimilar el hecho de que no ha intentado atacarme en lo absoluto—. Deja de ser un dolor en el culo y déjalas subir. Están aterrorizadas.

—No las quiero aquí arriba —dice, tajante, pero no hay hostilidad en su tono.

—Estás en su casa. —Sueno más dura de lo que pretendo—. No puedes adueñarte de ella, así como así.

Los puños de Mikhail —los cuales descansan sobre su regazo— se aprietan.

—No confío en ellas.

—Ellas tampoco confían en ti.

—No las quiero cerca de mí. —El demonio sacude la cabeza en una negativa apremiante.

—Ellas tampoco te quieren cerca, *créeme*. —Le regalo una sonrisa cargada de ironía—. Pero no por esa razón están echándote. —En ese momento, me aferro al poco vestigio de valor que me queda en el cuerpo para añadir—: Muestra un poco de gratitud y déjalas, aunque sea, dormir tranquilas.

—Estás pidiéndole gratitud a un demonio.

—Incluso los de tu especie son capaces de ser agradecidos —digo, porque es cierto. Porque Axel es el claro ejemplo de que los demonios no son seres incapaces de *sentir*—. No te comportes como un idiota y deja de aterrorizarlas.

No me atrevo a apostar, pero creo haber visto un atisbo de sonrisa en las comisuras de sus labios.

El silencio se apodera de nosotros y trato de no pensar en la expresión serena que tiene en el rostro y en el gesto relajado que tiñe sus facciones. Trato de no pensar en la falta de ira en su mirada y en la falta de tensión en sus hombros.

—Solo esta noche —dice, finalmente, al cabo de un largo momento. La confusión se arraiga en mi sistema y él debe notarlo, ya que lo aclara diciendo—: Mostraré mi gratitud solo esta noche. Dejaré de… *aterrorizarlas.*

—¿Pueden dormir aquí arriba?

Asiente.

—Gracias —digo y, sin perder ni un segundo, me giro sobre los talones para abandonar la estancia.

Estoy ansiosa por salir de aquí. Por sacudirme las ilusiones fuera del cuerpo porque sé que no puedo fiarme de él. Porque me ha roto el corazón tantas veces, que no soportaría que lo hiciera una vez más.

—Me alegra saber que estás bien. —El sonido de la voz de Mikhail hace que me detenga en seco justo cuando estoy a punto de poner un pie fuera de la habitación.

Un estremecimiento me recorre de pies a cabeza. Cierro los ojos unos segundos y tengo que tomar un par de inspiraciones profundas para aligerar el latir desbocado del pulso detrás de mis orejas.

Lo miro por encima del hombro.

Sé que puede leer mi rostro. Sé que puede percibir cuán afectada me siento, pero no dice nada. No hace nada más que mirarme a los ojos.

«¿No estás furioso conmigo? ¿No quieres matarme? ¿No quieres arrancarme una extremidad en venganza a lo que provoqué?», quiero preguntar, pero no tengo el valor de hacerlo.

En su lugar, esbozo una sonrisa temblorosa y dolorosa.

—A mí también me alegra saber que estás bien —digo y, antes de que pueda decir cualquier cosa que sea capaz de despertar algo en mí, salgo de la habitación a toda velocidad.

21

ESPERANZA

—Mikhail ha preguntado por ti otra vez. —La voz de Axel hace que la cuchara repleta de cereal se detenga a centímetros de mi boca y, de pronto, me encuentro siendo incapaz de continuar comiendo. Me encuentro siendo incapaz de engullir una sola hojuela más de la delicia azucarada que hace unos instantes comía.

Alzo la vista para encontrarlo, pero mi postura no cambia. Sigo inclinada hacia adelante frente a la mesa, con la boca medio abierta en la espera de un bocado que ya no quiero que llegue.

Un nudo se me ha instalado en la boca del estómago y se siente como si pudiese devolver todo lo que ha caído en él a lo largo del día. A pesar de eso, me obligo a comerme lo que hay en la cuchara para no tener que hablar.

Siento las náuseas en la base de la garganta cuando me obligo a tragar, pero es lo único que se me ocurre hacer para postergar la respuesta que debo darle al demonio. Ese que se encuentra recargado con aire despreocupado contra el marco de la puerta de la cocina.

Una de las cejas de Axel se alza con aire inquisitivo, pero finjo demencia unos segundos más antes de limpiarme la boca con el dorso de la mano.

—Ah, ¿sí?

«¿En serio, Bess? ¿Eso es lo mejor que tienes?».

Una sonrisa irritada se dibuja en los labios del íncubo y se cruza de brazos.

—Y tú sigues evitándolo.

—No lo evito —protesto débilmente y su sonrisa se ensancha.

—Claro. —Asiente, pero el gesto que esboza a continuación se encuentra en un punto intermedio entre la irritación y la diversión—. Solo has pasado todo el día buscándote una tarea absurda o un pretexto idiota para no subir a la planta alta a ver cómo está.

Desvío la mirada, pero sé que puede ver el rubor que ha comenzado a calentarme el rostro.

—No es mi obligación velar por él —digo, al cabo de unos instantes de silencio. No quiero sonar a la defensiva, pero lo hago—. Además, no puedo subir a enfrentarlo, Axel.

—¿Por qué no?

Me quedo muda. Sin palabras, porque la sola idea de pronunciar en voz alta eso que me tortura hace que el pecho me duela. Hace que quiera hacer un agujero en la tierra y desaparecer dentro de él.

La culpa está carcomiéndome de adentro hacia afuera. El remordimiento de conciencia está acabando poco a poco conmigo y no sé cómo deshacerme de él. No sé cómo sacudirme la horrible sensación que me provoca saber que, por mi culpa, Mikhail ha perdido un ala.

Axel parece leerme la expresión, ya que sacude la cabeza en una negativa frustrada.

—Tienes que dejar de culparte por lo que pasó, Bess —dice, con aire severo—. No fue tu culpa. Solo estabas defendiéndote. Él se lo ha ganado y lo sabe. —Acorta la distancia que nos separa y se acuclilla junto a la silla donde me encuentro, de modo que tengo que girar el rostro para encararlo.

Mis ojos se sienten húmedos con lágrimas, pero no quiero llorar. No voy a hacerlo.

—Yo *quería* hacerle daño, Axel —digo y sueno tan temblórosa, que tengo que detenerme unos instantes antes de continuar—: En lo único en lo que podía pensar en ese momento, era en hacerle daño. En hacerle saber quién era quien iba a destruirle si se atrevía a lastimarme de nuevo… —Decirlo en voz alta duele tanto, que la voz se me quiebra mientras hablo—. Y así lo hice. Lo torturé hasta asegurarme de drenarlo casi por completo. Lo herí hasta que estuve satisfecha.

—Bess…

—¿Y sabes qué es lo peor de todo?

Se queda callado, en la espera de mi respuesta.

—Que me sentí bien cuando lo hice. Me sentí completa. Poderosa… Quería hacerle mucho daño, Axel, y lo conseguí.

La expresión del íncubo se transforma, pero no hay enojo en ella. Es más bien tristeza lo que encuentro en su gesto.

—Y aun así no tienes la culpa de nada, cariño —dice—; porque, si él no te hubiese hecho daño primero, tú jamás habrías reaccionado como lo hiciste.

Cierro los ojos.

—No entiendo cómo es que aún quiere verme —musito, en un susurro tembloroso e inestable.

—Quizás quiere decirte que te odia. —El humor oscuro en el tono de Axel me hace sonreír muy a mi pesar.

—Gracias.

—Lo digo en serio.

—Lo sé. Gracias.

Una mano cálida se coloca sobre la mía y, sin más, Axel suelta una maldición. Mis ojos se abren y la confusión se detona en mi sistema casi al instante.

—¡¿Qué no se supone que ya no ardías como el puto infierno?! —Chilla, al tiempo que se deja caer al suelo y sostiene la mano derecha en lo alto con una mueca de dolor grabada en el rostro.

Un puñado de rocas se asienta en mi estómago y me pongo de pie.

Sin siquiera responderle, me apresuro al congelador para tomar un puñado de cubos de hielo. Entonces, los coloco dentro de un paño para dárselo.

Esta vez, tengo mucho cuidado de no tocarle.

—No lo entiendo. —Sacudo la cabeza, al tiempo que doy un par de pasos lejos de él—. A Mikhail ya no le afecto en lo absoluto. Él puede tocarme. A él no le lastima.

Una retahíla de palabrotas escapa de Axel cuando cierra el puño alrededor del paño que le di, y una nueva oleada de culpabilidad me azota.

—Lo siento mucho —pronuncio, porque no sé qué otra cosa decir, y sueno tan angustiada, que yo misma me sorprendo.

—No ha sido tu culpa —dice, con los dientes apretados debido al dolor—. Fui yo quien no fue cauteloso.

—Es que no lo comprendo. —Esta vez, mi negativa es más frenética que antes—. Mikhail puede tocarme. Él no… Él… —No puedo continuar. No puedo formular oración coherente alguna.

Axel no responde nada más. Se limita a quedarse ahí, tirado en el suelo, sosteniendo un paño repleto de hielos con la mano alzada y expresión adolorida.

No sé cuánto tiempo pasa antes de que, por fin, el íncubo relaje el gesto incómodo del rostro, pero no hace nada por moverse de donde se encuentra. Al contrario, se mantiene ahí mientras que yo, hecha un manojo de angustia y ansiedad, lo observo desde el otro lado de la estancia. Esta vez, las ganas de llorar son tantas, que tengo que repetirme una y otra vez que no debo hacerlo.

Finalmente, y luego de muchos gimoteos, Axel se pone de pie y se deja caer sobre la silla más cercana.

Entonces, su vista se alza y encuentra la mía. Su ceño aún está fruncido, en una sombra del gesto adolorido que antes esbozaba, pero sé que lo peor ha pasado ya.

—¿Estás segura de que a Mikhail ya no lo hieres? —Cuando habla, su voz suena agitada, como la de alguien que ha corrido hasta quedarse sin aliento.

Asiento.

—Lo he tocado incontables veces sin lastimarle —aseguro—. Desde que volvió del Inframundo, puedo tocarlo sin hacerle daño.

El íncubo asiente, pero sé que su mente está corriendo a toda marcha para tratar de darle una explicación lógica a lo que acaba de suceder.

—Debe ser por el lazo —musita, al cabo de unos instantes—. El lazo que los une debe haber eliminado esa barrera energética entre ustedes. Debe haber fundido tu naturaleza celestial con la suya demoníaca. De otro modo, no encuentro lógico que puedas tocarle sin carbonizarlo vivo.

Tiene sentido. Pensar que el lazo es lo que ha hecho que podamos tocarnos tiene mucho sentido. Es lo único que ha cambiado entre nosotros desde aquella vez que se marchó —eso y el hecho de que ahora llevo conmigo su parte angelical—. No me sorprendería en lo absoluto que la cuerda invisible que me ata a este mundo sea la causante de que Mikhail ya no se haga daño cuando me pone las manos encima.

De pronto, no puedo dejar de pensar en ello. No puedo apartar de mi cabeza todo lo que habría dado hace cuatro años para poder tocarlo a mi antojo.

—Cada vez descubro más cosas respecto al lazo y, al mismo tiempo, siento que no sé nada sobre él. Se siente como si anduviera a ciegas sobre un campo minado. —Niego con la cabeza—. Estoy cansada de sentir que voy a tientas en la oscuridad, Axel. Necesito tener respuestas sobre lo que está ocurriendo o voy a volverme loca. ¿Qué otra cosa puede hacer esta unión que tengo con Mikhail? ¿Cómo es que escapó del Inframundo? ¿Por qué quiere tomar el lugar del Supremo? ¿Qué es eso a lo que El Supremo le teme tanto respecto a Mikhail que tiene que enviar a Los Siete Príncipes del Infierno para contenerlo? ¿Dónde están los ángeles ahora que todo el mundo está hecho un caos energético? —Me froto la cara con las manos, en un gesto cargado de frustración—. Porque puedes sentirlo, ¿no es así? Puedes sentir el destrozo energético.

—Bess…

—Cuando recién volvimos de la montaña en la que Mikhail me mantenía, no era capaz de percibirlo tanto como ahora, pero es evidente que el orden se ha alterado. La densidad de la energía que lo recubre todo es tanta, que casi puedo jurar que ha comenzado a afectar el comportamiento de las personas —digo. Sueno ansiosa. Desesperada—. No sé cómo carajo es que todo el mundo hace como que no lo percibe. Algo está ocurriendo y necesito saber qué es. Necesito saber qué diablos es lo que tengo que hacer para detenerlo. Para que la destrucción se acabe de una vez y para siempre.

—Bess —Axel se pone de pie de la silla con lentitud—, por más que desee darte respuestas, no puedo hacerlo. Yo tampoco tengo idea de qué está pasando. Y tampoco supe nada sobre Mikhail durante el tiempo que pasó encerrado en las Fosas del Inframundo. No sé qué es lo que El Supremo quiere ni por qué Los Príncipes están haciendo todos estos destrozos. El único que puede decirte algo al respecto, es él: Mikhail en persona. Pero tú no quieres hablar con él. No quieres enfrentarlo.

—Le tengo *tanto* miedo… —suelto, en un susurro torturado.

—¿A Mikhail?

Asiento.

—Le temo tanto a lo que pueda sentir por mí cuando se entere de lo que le hice. A cuánto pueda llegar a detestarme. —Mi voz suena tan ronca ahora, que no puedo reconocerla.

—Bess, él ya no es el mismo de antes —Axel pronuncia, con la voz enronquecida, y me obliga a encararlo—. El Mikhail que tú y yo conocimos ya no existe más. Esa criatura no es la que te amó. La que sacrificó todo por ti. Es solo un extraño con su cuerpo. El ser que va a odiarte no es el mismo del que te enamoraste. No puedes olvidarte de eso, ¿me oyes? Si lo olvidas, vas a despedazarte a ti misma. Ya has empezado a hacerlo.

Me muerdo la parte interna de la mejilla y parpadeo varias veces para alejar las lágrimas acumuladas en mis ojos.

—Lo echo *tanto* de menos —me sincero, con la voz entrecortada por las emociones.

—Lo sé. —Asiente—. Pero no va a regresar, Bess. Es tiempo de que lo aceptes.

Bajo la mirada al suelo y me veo los pies descalzos.

La sensación de pérdida se arraiga otro poco dentro de mí, pero sé que Axel tiene razón. Sé que no puedo pasarme la vida lamentándome por alguien que ya no existe más. Por más que me duela aceptarlo, debo reconocer que el Mikhail del que yo me enamoré jamás habría intentado lastimarme. Jamás me habría puesto una mano encima con la intención de hacerme daño.

El demonio que se encuentra en el piso superior no es más que la carcasa de alguien más. Es la coraza vacía del guerrero que se sacrificó por mí.

Miguel Arcángel —mi Mikhail— murió la noche en la que Los Creadores del Infierno se lo llevaron a él y a Rafael. La noche en la que me dijo que me amaba para luego entregarse para salvarme. Mikhail, el demonio del piso superior, no es otra cosa más que eso: un demonio. Un demonio que trata de asesinarme a toda costa. Un demonio que tiene las respuestas que necesito para entenderlo todo.

Muy a mi pesar, es la única criatura viva que puede decirme lo que necesito saber. Es el único capaz de aclarar la bruma que ha ido envolviéndolo todo hasta dejarnos a ciegas.

—Voy a hablar con él —digo, al cabo de un largo rato en absoluto silencio—. Necesito saber, de una vez por todas, qué es lo que está pasando.

Alzo la vista.

Axel me mira fijo, con expresión dubitativa.

—¿Estás segura de que estás lista para la verdad?

—No, pero tengo que saberla —digo, y un suspiro se me escapa—. Es tiempo y hora de acabar con todo. No voy a quedarme aquí sentada a esperar a que algo horrible suceda. Necesito saber en qué carajo estamos metidos esta vez.

—¿Quieres que te acompañe?

—No. —Sueno más segura de lo que espero—. Es algo que necesito hacer sola.

Asiente, pero no luce muy convencido.

—No dejes que su aspecto te confunda —dice, con gesto preocupado—. Él ya no es nuestro Mikhail. No lo olvides.

Llevo alrededor de quince minutos de pie frente a la puerta de mi habitación.

Quince minutos tratando de armarme de valor para entrar y enfrentar al demonio de los ojos grises que descansa del otro lado; sin embargo, no lo he conseguido. Estoy tan aterrorizada, que estoy planteándome muy seriamente la posibilidad de olvidarme de todo este sinsentido y refugiarme en la habitación de Daialee hasta que la tormenta acabe. Hasta que los Príncipes del Infierno o el mismísimo Lucifer encuentren a Mikhail y se desate el caos de una vez por todas.

«¡Vamos, Bess!», me reprimo. «¡No puedes evitarlo más! ¡Entra ahí de una maldita vez y habla con él!».

Cierro los ojos y tomo una inspiración profunda.

Trato, desesperadamente, de disminuir la ansiedad y el nerviosismo que se han vuelto parte de mí las últimas semanas, pero no lo consigo. Ni siquiera consigo hacer que el nudo en mi estómago se deshaga por completo, o que las ganas de echarme a correr escaleras abajo se disipen.

Estoy estancada aquí, frente a la puerta de la habitación, preguntándome por milésima vez cuándo seré capaz de dejar la cobardía de lado y enfrentarme a todo esto de una vez por todas. Estoy aquí, de pie en un pasillo solitario, sintiéndome más estúpida y aterrorizada que nunca.

«Quizás no tengas que enfrentarlo todo al mismo tiempo», me aliento. «Solo necesitas dar un paso. Solo uno por hoy. El resto los darás poco a poco. Solo uno, Bess».

Tomo un par de inspiraciones más.

«No seas cobarde. Nada malo va a ocurrirte. Puedes defenderte de él y de quien sea. Eres Bess Marshall, un Sello Apocalíptico. Eres Bess Marshall, la chica que volvió a la vida atada al demonio más poderoso del Inframundo, y que ahora lleva consigo una parte muy importante del mismísimo Arcángel Miguel. Eres Bess Marshall: la única criatura viva que es capaz de desatar el fin del mundo como lo conocemos. Deja de actuar como si fueses una damisela en apuros y acaba con todo esto de una buena vez».

Abro los ojos con lentitud.

Esta vez, cuando clavo la mirada en la puerta de madera que se alza delante de mí, me siento un poco más en control de mí misma. Un poco menos asustada y un poco más resuelta; así que, aprovechándome de ese destello de tranquilidad que me ha embargado gracias a mi discurso de automotivación, coloco la mano sobre la perilla.

El corazón me ruge contra las costillas, pero no dejo que las reacciones involuntarias del cuerpo me dobleguen. No dejo que la falta de aliento y el temblor de mis manos me impidan que gire el pomo de la puerta para luego empujarla poco a poco.

No me lo pienso demasiado cuando doy un paso tras otro para adentrarme en la estancia. Tampoco lo hago cuando cierro la madera detrás de mí y me giro sobre mis talones para encarar al chico de aspecto aturdido y demacrado que me mira a pocos pasos de distancia.

Está en una posición casi sentada, de modo que ambos somos capaces de tener un vistazo del otro.

Mi pulso se acelera otro poco.

Mirada penetrante, ceño fruncido, mandíbula apretada, gesto confundido y aturdido… Todo me recibe y me abruma hasta el punto de dejarme sin saber qué decir o qué hacer. Me paraliza hasta dejarme sin poder hacer otra cosa más que mirar la figura del demonio que se encuentra delante de mí.

Mikhail me observa fijamente, pero no dice nada. No hace otra cosa más que observarme de pies a cabeza con lentitud. Mi cuerpo entero se tensa en respuesta a su escrutinio, así que me cruzo de brazos, en un débil intento de aminorar la sensación de desnudez que me provoca la forma en la que barre la vista por mi cuerpo.

Sus ojos lucen tan hambrientos y oscuros ahora mismo, que se siente como si estuviesen observándome hasta el alma. Como si tuviesen la capacidad de deshacerse de todo lo que cubre mi esencia para luego escudriñarla a su antojo.

Su mirada me barre de pies a cabeza una vez más y no me pasa desapercibida la forma en la que su manzana de Adán se mueve cuando traga saliva.

Su escrutinio se detiene unos instantes más en las marcas que me hizo en la cara durante su último ataque, para luego detenerse en mis ojos. Para ese momento, su expresión se ha suavizado un poco.

—¿Qué le pasó a tu cara? —Su voz suena ronca por la falta de uso, pero no deja de ponerme la piel de gallina.

—Un demonio moribundo intentó asesinarme. —Le agradezco a mí voz por no fallarme y sonar tranquila mientras hablo.

Sus ojos se oscurecen con mi comentario y sé que no hace falta decir más. Sé que sabe que ha sido él quien me ha dejado la piel de la barbilla en carne viva.

—¿Por eso no has venido en todo el día?

Su pregunta me saca de balance, así que inclino la cabeza, en un gesto confundido. Él parece notarlo, ya que hace un gesto de cabeza hacia mí.

—Por lo que te hice, quiero decir —dice. No me atrevo a apostar, pero creo haber percibido algo de arrepentimiento en su tono—. ¿Por eso no habías venido?

No digo nada. Me limito a bajar la vista a mis pies aún descalzos. No sé qué es lo que quiere que responda, pero, en definitiva, aún no estoy lista para decirle el motivo real de mi ausencia. No estoy preparada para hacerle frente a su odio y resentimiento.

—Lo siento.

Mi atención se vuelca a toda velocidad hacia él cuando pronuncia esas palabras y la confusión regresa.

«¿Cómo carajo es que está pidiéndome disculpas cuando se supone que debería estar furioso conmigo? ¿A qué está jugando? ¿Qué es lo que pretende?».

—No fue nada —digo, porque es cierto. Las heridas fueron meramente superficiales—. Ni siquiera me duele.

—No lo digo solo por eso —dice, al tiempo que clava su vista en la mía—. Hablo también de lo que ocurrió en las montañas. No debí comportarme como lo hice. —Posa la vista en sus manos y noto cómo aprieta los puños sobre su regazo—. Lo siento…

En ese instante, el desconcierto termina de apoderarse de mí.

—¿Qué diablos estás haciendo? —Le interrumpo antes de que, siquiera, pueda terminar su oración. Sueno más brusca de lo que pretendo—. ¿A qué estás jugando? ¿Qué es lo que pretendes con todo esto? —Niego, sin comprender qué es lo que está pasandole por la cabeza. No se supone que deba estar pidiéndome disculpas. No cuando le arranqué un ala. No cuando fui capaz de casi asesinarlo en esas montañas—. ¿Esta es una trampa? ¿Pretendes ganarte mi confianza para luego apuñalarme por la espalda?

Es su turno de lucir confundido.

—Por supuesto que no —dice—. ¿Por qué habría de tenderte una trampa?

—Mikhail, te *arranqué* un ala. —Sueno al borde de la histeria—. Te herí al grado de estar a punto de perder una maldita ala. ¿Cómo carajo pretendes que crea que no estás furioso conmigo por eso? ¿Qué es lo que estás tramando? ¿Cómo planeas vengarte?

—¿De qué hablas? —Genuino aturdimiento se apodera de su expresión—. Cielo, tú no me arrancaste el ala.

—¡Por supuesto que lo hice!

—¡Por supuesto que no! —La preocupación se mezcla con la confusión en su mirada—. Fue Amon quien me hirió de ese modo. Fue Amon quien nos atacó mientras volábamos de vuelta a la cabaña, ¿lo recuerdas?...

—¿*Qué?*...

—Fue después de que me atacaste por perder los estribos e intentaste huir. —Habla como si tratase de hacerme recordar, pero nada viene a mí. Él parece notarlo, ya que explica a detalle—: Estabas congelándote, por eso te detuve, te tomé en brazos y te llevé a cuestas mientras volaba para esquivar la tormenta de nieve. —Hace una pausa, con la esperanza de que yo diga algo, pero estoy demasiado ocupada tratando de recordar—. En el trayecto fuimos atacados por Amon y por las odiosas criaturas que ahora están a su servicio. Fueron ellas quienes casi me arrancaron el ala. Fue por eso que caímos. Tú primero, y luego yo. Traté de protegerte del impacto y apenas lo conseguí… ¿Lo recuerdas?

Poco a poco, conforme habla, soy capaz de llenar los espacios con recuerdos vagos.

Recuerdo el vuelo. Recuerdo el vértigo, sus ojos angustiados, las manchas negras en el cielo. Recuerdo unos brazos envolviéndose alrededor de mi cuerpo antes de estrellar contra la nieve, pero no recuerdo a Amon. Tampoco recuerdo a Los Creadores del Infierno atacándonos. Estaba demasiado inconsciente y aturdida.

Una nueva sensación se abre paso dentro de mi pecho y es tan poderosa, que apenas me permite respirar. Apenas me permite hacer otra cosa que no sea intentar encajar los retazos de recuerdos con su relato.

—¿Lo dices en serio? —Mi voz tiembla tanto, que suena como si estuviese a punto de echarme a llorar —en realidad, estoy a punto de echarme a llorar.

Mikhail asiente, con gesto exasperado.

—¿Creíste que habías sido tú?

Ni siquiera puedo responderle.

No puedo hacer otra cosa más que cubrirme la boca con las manos y respirar como si estuviese a punto de tener un ataque de asma.

Estoy tratando con todas mis fuerzas, de no echarme a llorar ahora mismo, así que me quedo aquí, quieta, mientras permito que sus palabras se asienten en mi pecho y me reconforten como nunca nada lo ha hecho. Mientras saboreo el hecho de saber que no he sido yo quien le ha destrozado la vida.

—¿Bess?... —Mi nombre en sus labios me lleva al borde de mis cabales y un temblor incontrolable comienza a apoderarse de mis manos.

Mi cuerpo entero reacciona ante el tono amable con el que me habla y, sin que pueda hacer nada para detenerlo, un nudo se me instala en la garganta.

—¿Estás bien?

Niego con la cabeza.

—¿Qué ocurre? —La angustia en su tono es tanta que me lastima. Que me hiere y abre heridas antiguas que no creí que aún existieran—. Bess. Cielo. No llores, por favor.

Entonces, lo pierdo.

Lágrimas calientes y pesadas se deslizan por mis mejillas en un torrente incontenible. Sollozos lastimosos se me escapan entre respiraciones entrecortadas, pero no puedo detenerme. No quiero hacerlo.

Me siento tan aliviada ahora mismo, que solo quiero llorar hasta librarme de toda esta culpa que no me deja vivir tranquila.

Todo dentro de mí es un manojo de ansiedad y nervios acumulados. Un caos de sentimientos y sensaciones que amenaza con despedazarme si no le pongo un orden; sin embargo, ahora mismo lo único que puedo hacer es sollozar e hipar como una idiota, mientras Mikhail me mira con gesto horrorizado y aterrorizado.

Trato, desesperadamente, de detenerme, así que me cubro el rostro con las manos para tratar de deshacerme de las lágrimas que me bañan la cara.

Mis dedos no se dan abasto y, por más que trato de limpiarme las lágrimas, no consigo hacer que se detengan.

Soy patética. Soy una idiota. Soy…

Dedos largos, firmes y cálidos se envuelven alrededor de mis muñecas con suavidad para apartarlas lejos de mi rostro, y el corazón me da un vuelco furioso.

En ese momento, mi mirada, empañada por la humedad, se encuentra de lleno con la grisácea y penetrante de Mikhail.

Está cerca. Demasiado cerca.

—No llores. —Su voz es tan baja y tan profunda, que apenas puedo escucharla. Apenas me atrevo a asegurar que dijo algo.

La calidez de su tacto, aunada al terciopelo en su voz y el aroma fresco que despide su piel, me llenan de una emoción poderosa y antigua. Una emoción que hacía mucho tiempo creía olvidada.

Mi vista se clava en la suya, pero no logro procesar del todo lo que está pasando. Me siento aturdida, abrumada y aletargada. No sé qué demonios está sucediendo, pero tengo tanto miedo de que todo esto sea producto de mi imaginación, que ni siquiera me atrevo a parpadear. Ni siquiera me atrevo a respirar como se debe.

—¿Qué estás haciendo? —Sueno tan inestable, que ni siquiera yo misma logro entender del todo lo que he dicho.

El temblor de mis extremidades ni siquiera es capaz de asemejar el ritmo descontrolado y desbocado que marca mi corazón y le odio. Le odio por provocar esto en mí. Por ser capaz de desestabilizarme de esta manera solo con su cercanía.

—Te recuerdo —susurra, y suena tan angustiado y aterrorizado que mi corazón se detiene una fracción de segundo.

—¿Qué?

Niega con la cabeza, al tiempo que aprieta su agarre en mis muñecas, de modo que soy plenamente consciente de la forma en el que me toca. De la manera en el que su tacto me habla sobre la urgencia que siente y que no se atreve a externar.

Un centenar de emociones colisionan dentro de mí y amenazan con acabar conmigo. Un millar de sensaciones más se desliza por mi torrente sanguíneo hasta hacerme incapaz de describir con palabras cada una de ellas.

Los oídos me zumban, el pulso me golpea con violencia contra todas las terminaciones nerviosas, el cuerpo entero me tiembla, las rodillas me fallan y los pulmones son incapaces de retener una bocanada de aire completa. Voy a desfallecer aquí mismo, o a deshacerme en el suelo, o hacer implosión… O las tres cosas al mismo tiempo.

—Te recuerdo, Bess.

22

INCERTIDUMBRE

Las rodillas se me doblan, mi corazón se detiene para reanudar su marcha a una velocidad antinatural, los oídos me pitan y la respiración se me atasca en la garganta en el instante en el que las palabras escapan de sus labios.

«Esto no está pasando. Esto no está pasando. Esto no está pasando...».

No me muevo. No respiro. Ni siquiera estoy segura de estar consciente ahora mismo. Todo se siente tan extraño. Tan... *irreal*.

—¿Me recuerdas? —Mi voz es apenas un susurro audible. Un suspiro pronunciado sin aliento.

Mikhail asiente y trago duro.

Sus ojos —bañados en tonalidades blancuzcas, grisáceas y doradas— están fijos en los míos y sé, por el brillo aterrado que tienen, que no trata de tenderme una trampa. Al menos, eso quiero creer. Eso es lo que trato de creer.

—No recuerdo demasiado —dice, en tono ronco y profundo, y todas las esperanzas que había intentado tirar por la borda desde hace tanto tiempo, toman fuerza—. En realidad, no recuerdo casi nada. Solo... imágenes inconexas. *Flashes*. Instantes de tu rostro. —Su mirada me recorre la cara a detalle, como si tratase de cerciorarse de que soy realmente la misma que la imagen en su cabeza. Como si tratase de recordar algo más. No me pasa desapercibido el hecho de que, durante su escrutinio, sus ojos se detienen más de lo debido en mis labios entreabiertos—. De tus manos. —Sus dedos, tímidos, torpes y temblorosos, se deslizan hacia arriba para llegar a mis palmas y trazan una caricia suave en ellas, como si tratase de recordar su tacto. Como si eso hiciese más real lo que sea que ha recordado—. De mí, sosteniéndote. —El sonido ronco de su voz se quiebra un poco, como si el nerviosismo, la ansiedad, o lo que sea que está sintiendo ahora mismo estuviesen causando estragos en él—. De mí, *besándote…*

Lágrimas nuevas se acumulan en mis ojos y trato de contener las ganas que tengo de ponerme a gritar.

—¿*Cómo?* —digo, al tiempo que niego con la cabeza.

Lo que realmente quiero preguntar es: «¿Cómo es eso posible?», pero las palabras no son capaces de llegar a mi lengua. Son solo una maraña de pensamientos aterradores y maravillosos al mismo tiempo. Una marejada de sentimientos atascados en mi garganta.

—No lo sé… —susurra de vuelta y noto cómo un músculo salta en su mandíbula cuando cierra la boca para lamerse los labios. El gesto me parece tan humano. Tan *simple*, que le da una sensación de realidad a todo—. No lo sé, Bess. Lo único que sé, es que cierro los ojos y te veo. —Sus manos me abandonan lentamente y todo mi cuerpo protesta cuando lo hacen; no obstante, en el instante en el que sus dedos acarician las hebras sueltas de cabello que me enmarcan la cara, el corazón vuelve a rugirme con furia contra las costillas—. Tu cabello es diferente… —musita, mientras contempla los mechones cortos.

Lo es. Es diferente a hace cuatro años.

—Tus ojos son diferentes… —Se acerca otro poco y, esta vez, soy capaz de sentir el escrutinio de su mirada sobre la mía—, pero sé que eres tú.

«No puedes confiar en él con tanta facilidad. No puedes creerle. No después de todo lo que ha pasado», me reprime el subconsciente y sé que tiene razón.

No debería estar aquí, tan cerca, sintiéndome tan confiada; deshaciéndome ante la intensidad con la que me mira. No cuando hace no mucho tiempo trató de asesinarme. No puedo olvidar que ha venido desde el Inframundo a darme caza.

Mis ojos se cierran cuando una de sus manos me ahueca un lado del rostro. El tacto es tan suave, cálido y delicado, que todo dentro de mí se ablanda y se deshace otro poco.

—¿Quién eres? —musita para sí mismo y el nudo que siento en el estómago se aprieta.

—Mikhail… —susurro, con un hilo de voz.

Su pulgar traza una caricia suave sobre mi piel y todo dentro de mí se tensa en respuesta.

«¡No!», grito para mis adentros. «¡No puedes confiar en él tan fácilmente, Bess! ¡Mikhail te quiere muerta, maldita sea!».

Doy un paso hacia atrás.

La mano que descansaba sobre mi mejilla cae y la falta de tacto hace que me sienta un poco más en control de mí misma. Un poco más liberada del efecto abrumador que ejerce sobre mí.

En ese momento, me obligo a abrir los ojos para encarar la figura vulnerable del demonio de los ojos grises.

—¿Cómo sé que no estás mintiendo ahora mismo? —Mi voz es un susurro tembloroso y grave, pero de todos modos sueno determinada—. ¿Cómo sé que esto no es una trampa y que no tratas de hacerme confiar en ti para apuñalarme por la espalda?

El gesto acongojado que esboza es tan doloroso, que se siente como si pudiese echarme a correr a sus brazos. Como si pudiera mandar a la mierda la inseguridad que me carcome para fundirme en él.

—¿Qué necesitas para confiar en mí? —Su voz se quiebra ligeramente cuando habla—. ¿Qué tengo que hacer para que me creas?

Sacudo la cabeza en una negativa frenética.

—¿Esto es en serio? —digo, al tiempo que me empujo el cabello hacia atrás, en un gesto cargado de desesperación—. Es que no puede ser posible. No puedo creerte. —Niego una vez más—. Intentaste asesinarme incluso mientras agonizabas. ¿Cómo pretendes que crea que me recuerdas? ¿A qué estás jugando?

—Bess, por favor, juro que te recuerdo. No sé cómo lo hago, pero es así. Ya te lo dije: no recuerdo algo en específico. Son solo imágenes en mi cabeza. —Se lleva las manos a la nuca, al tiempo que cierra los ojos y se encorva hacia adelante. El gesto es tan desesperado y tan humano, que mi determinación flaquea—. Necesito saber quién carajo eres en realidad. Necesito saber por qué tengo todas estas imágenes en la cabeza o voy a volverme loco. Voy a…

—No —le interrumpo, porque ahora mismo no quiero escucharlo más. Si sigue hablando, voy a perder la razón. Si sigue hablando, voy a creer cada palabra de lo que dice—. Detente, por favor.

—Ni siquiera yo sé qué diablos está pasando conmigo —continúa y alza la vista para encararme. La desesperación que refleja su cara es tan dolorosa, que tengo que dar otro paso lejos de él para no sentirme envuelta en ella. Para no sentirme como una completa hija de puta por no creer una sola palabra de lo que dice—. Ahora mismo ni siquiera me importa haberme quedado sin una maldita ala porque no puedo dejar de pensar en todos estos recuerdos que me atormentan a todas horas.

—Mikhail, por favor, detente —suplico, con la voz entrecortada.

—Bess… —Da un paso en mi dirección y yo retrocedo otro—. Por favor, créeme.

—¡Es que no tiene sentido! —espeto. Sueno más violenta de lo que pretendo, pero no puedo detenerme—. Hace unas semanas, en la cabaña, me dijiste que no querías recordar; que, si no lo hacías, sería lo mejor que podría pasarte. ¿Qué ha cambiado ahora? ¿Por qué quieres recordar cuando no hace mucho no tenías interés alguno en hacerlo?

—Cielo, hay…

—¡No me llames así, maldita sea! —estallo una vez más y, esta vez, mi voz se quiebra tanto, que delata cuán cerca estoy de las lágrimas.

Él luce herido y fuera de balance, pero trato de que su expresión no me afecte en lo absoluto. De mantenerme firme ante la imagen vulnerable que está presentándome.

—Hay algo dentro de mí que no me deja tranquilo —dice, al cabo de unos segundos de silencio. Suena cauteloso y ansioso, y no me pasa desapercibida la forma en la que habla; como si tuviese miedo de mi reacción. Como si esperase que le gritara una vez más—. Hay algo dentro de mí que no deja de gritarme que debo recordar. Que debo poner un orden a todo lo que llevo dentro. —Sacude la cabeza—. *Necesito* llenar los espacios en blanco o voy a enloquecer. *Necesito* encontrarle sentido a toda esta mierda porque no puedo dejar de pensar en ella. No puedo dejar de verte en mi cabeza, desangrándote entre mis brazos. No puedo dejar de sentir que me falta hasta el maldito aliento cuando esa escena viene a mi cabeza.

El corazón me da un vuelco furioso solo porque sé qué es exactamente lo que recuerda: la noche en la que todo terminó. Esa en la que me ató a él y se sacrificó para salvarme.

—Por favor... —Me mira a los ojos—. Ayúdame a recordar.

—¿Para qué quieres hacerlo? —Mi voz suena ronca cuando hablo. Demasiado ronca—. ¿Qué ganas? Mikhail, lo siento, pero no puedo confiar en ti. Tú quieres matarme.

Su mandíbula se aprieta y su expresión se ensombrece un poco más.

—Bess —mi nombre en sus labios es una completa tortura. Una completa agonía—, si realmente quisiera matarte, ya lo habría hecho —dice, y mi pulso se acelera—. Siempre, incluso antes de que toda esta mierda me invadiera la cabeza, he sentido la imperiosa necesidad de mantenerte con vida. Y no por el lazo que nos une, ni por lo que eso representa; sino porque realmente *quiero* hacerlo.

—Mientes.

—¡Que no estoy mintiendo, con un carajo! —Su voz truena con tanta violencia, que me encojo sobre mí misma en acto reflejo—. Ni siquiera la primera vez que te encontré conduciendo en esa carretera estaba dispuesto a hacerte daño. —Su voz se suaviza un poco.

El recuerdo del primer encuentro que tuve con Mikhail en su forma de demonio completo me invade la cabeza. La forma en la que provocó el choque de mi auto, la manera en la que cayó sobre el capo y me dio caza; su pelea con Rael y la manera en la que se abalanzó sobre mí después de noquear al ángel... Sé que trataba de dañarme. Trataba de asesinarme.

—¿Acaso crees que soy estúpida? —suelto, en medio de una carcajada carente de humor—. Mikhail, te abalanzaste sobre mí. Enredaste tu mano en mi tráquea con toda la intención de estrangularme hasta la muerte.

—Trataba de probar tu fuerza.

—¡Tratabas de asesinarme!

—Si realmente hubiese querido matarte, lo habría hecho esa misma noche —dice, al cabo de un largo rato de silencio.

—Si no lo hiciste, fue porque tenías miedo del lazo que nos une.

—Si no lo hice, fue porque no quise hacerlo. Punto.

—Querías de regreso tu parte angelical. Querías eliminarme porque sabes que soy tu talón de Aquiles. Porque soy tu punto débil. Si yo muero, es muy probable que a ti te ocurra algo terrible. —Sueno amarga y cruel cuando hablo, pero sé que es la verdad. No voy a permitir que crea que puede jugar conmigo.

—Quería de regreso eso que creí que me habías robado. —Asiente—. Quería deshacerme del lazo que nos une. —Hace una pequeña pausa—. Pero quiero que te quede claro, Bess, que, si esa noche no te asesiné, no fue por ninguno de esos motivos. No lo hice, porque algo dentro de mí no dejaba de susurrarme que debía esperar para eso. Que debía averiguar qué clase de criatura eras antes de hacer cualquier estupidez. —La determinación en su mirada es casi aterradora—. No te maté porque no quise hacerlo. Esa es la maldita verdad.

—Qué generoso de tu parte —suelto, con veneno.

La derrota tiñe sus facciones en ese instante.

—¿Qué tengo que hacer, Bess? ¿Qué tengo que hacer para que me creas?

—No hay nada que puedas hacer para convencerme, Mikhail. No confío en ti.

—Bess, por favor, estoy perdiendo la cabeza. Estoy...

Un gemido exasperado brota de mi garganta y me froto el rostro con las manos en un gesto fastidiado y frustrado. Me siento tan abrumada, que ni siquiera soy capaz de analizar la situación correctamente.

—¿Cómo pretendes que te crea después de todo lo que ha pasado? —digo, con desesperación. No pretendo sonar como una completa hija de puta, pero lo hago—. Mikhail, digas lo que digas, nada cambia el hecho de que escapaste de las fosas del Inframundo exclusivamente para matarme. ¿Qué garantía tengo de que esto no sea una trampa? ¿De que no vas a apuñalarme por la espalda y asesinarme como siempre has querido?

—Si mi palabra es lo que necesitas para creerme, te la doy —suena tan determinado, que me saca de balance—. Si un juramento pactado con sangre es lo que necesitas, lo tendrás. Solo tienes qué pedirlo. Solo tienes que ayudarme.

Otra emoción salvaje me invade el pecho y sé, por la manera en la que se dobla hacia adelante, que puede sentirla a través del lazo que nos une.

La ansiedad, el miedo, la incertidumbre, la *esperanza*… Todo se arremolina y me deja sin aliento. Todo colisiona con violencia en mi sistema y me inmoviliza. Me paraliza hasta impedirme hacer otra cosa más que escrutarlo como si pudiera arrancar la verdad fuera de su cuerpo.

Da un paso en mi dirección y el corazón me da un vuelco.

—No te acerques —suplico, al tiempo que siento una caricia en el lazo que nos une. Trato de sonar dura, pero no lo consigo en lo absoluto.

—Bess… —Hay un tinte torturado en el tono de su voz.

Se acerca otro poco.

—Por favor, aléjate de mí. —La vulnerabilidad invade mi tono una vez más.

—Haré lo que me pidas, pero, por favor…

—No.

—Necesito saber qué, en el infierno, está ocurriendo. —Está tan cerca ahora, que tengo que alzar la cabeza para mirarle a la cara—. Necesito…

—¡No! —Doy un paso hacia atrás y luego otro antes de que mi cadera golpee contra el escritorio.

Una mueca dolorida se apodera de mi expresión y la alarma se enciende en su rostro.

Sus manos se alzan para estabilizarme —o solo para tocarme, no lo sé—, y golpeo una de ellas para hacerle saber que no deseo ninguna clase de contacto en este momento.

El gesto herido que se apodera de su expresión es tan doloroso, que casi me arrepiento de haberlo alejado. Casi me arrepiento de sentirme así de insegura.

Da un paso hacia atrás.

Al ver que ni siquiera me muevo, da otro y cuando noto que tengo el espacio suficiente para escabullirme lejos de la prisión creada por su cuerpo, la pared, el escritorio y la puerta de la entrada, lo hago. Me encargo de poner cuanta distancia es posible entre nosotros.

—No te vayas. —La voz suplicante de Mikhail llega a mis oídos justo cuando estoy a punto de abandonar la estancia, y me congelo por completo.

Mis manos aferran el marco de la puerta, pero no me atrevo a mirarle. No me atrevo a hacer nada más que quedarme aquí, quieta, con el pulso vuelto loco y los nervios alterados.

Miro por encima del hombro para encararlo.

Se encuentra ahí, de pie a pocos pasos de distancia, con las manos cerradas en puños y gesto derrotado.

—Al menos, piénsalo —pide, pero no suena como si tratase de ser persuasivo—. Estoy dispuesto a jurarte lealtad si así lo quieres, pero, por favor, piénsalo.

Cierro los ojos.

«¿Qué hago?».

—Bess, *por favor*, solo…

—De acuerdo —lo interrumpo, en un susurro tembloroso e inestable, porque no quiero escucharlo más. Porque sé que voy a terminar creyéndole cada palabra si continúa hablándome como lo hace—. Lo pensaré.

Entonces, sin darle tiempo de decir otra cosa, salgo de la estancia cerrando la puerta detrás de mí.

El silencio se apodera de la habitación en el momento en el que termino de hablar.

Las miradas tanto de Daialee como de Axel están fijas en mí y sé, por las expresiones de su rostro, que ellos se sienten igual de escépticos que yo. Igual de confundidos.

—¿Estás segura de que Mikhail dijo que estaba dispuesto a jurarte lealtad? —Axel suena incrédulo y dudoso.

—Primero habló de un juramento pactado con sangre y luego de uno de lealtad. —Frunzo el ceño, mientras trato de recordar la conversación que tuvimos hace unos minutos—. ¿Por qué?

—Porque un Juramento de Lealtad no puede romperse. Porque, si un demonio te ofrece un Juramento de Lealtad, es porque está poniéndose a tu merced. Está ofreciéndose en bandeja de plata. Te servirá y te seguirá hasta el fin del mundo; así hacerlo implique su muerte. —Axel se cruza de brazos—. Los Siete Príncipes del Infierno le han jurado lealtad al Supremo y es por eso que les ha dado el poder que tienen. Ellos le dieron a él poder sobre sus vidas y él, a cambio, les ha dado poder sobre su reino. Si el Supremo decide asesinarlos, ellos ni siquiera van a defenderse porque esa clase de juramento es inquebrantable. —Niega con la cabeza—. Un Juramento de Lealtad son palabras mayores. Incluso para alguien tan indomable y poderoso como Mikhail.

—¿Y si es una trampa? —Daialee interviene—. ¿Y si Mikhail trata de hacerle creer a Bess que hará un Juramento de Lealtad hacia ella y en realidad no lo hace? Ninguno de nosotros sabe en qué consiste uno o cómo es que se pactan —se pone de pie del sillón en el que se encuentra—. Él podría fingir un ritual para despistar a Bess y luego apuñalarla por la espalda.

Axel asiente.

—Tienes razón —dice—. Necesitamos estar ahí contigo cuando el Juramento ocurra. Incluso, creo que debemos pedirle al Ángel de la Muerte que venga a atestiguarlo y a dar fe y legalidad de que se ha hecho correctamente.

—¿Tú no puedes hacerlo? —pregunto—. ¿No puedes tú ayudarnos a que se haga de la manera correcta?

—El problema es, cariño, que yo nunca he presenciado uno. Ni hablar de hacerlo —Axel responde.

—¿Y crees que un Juramento de Lealtad sea suficiente para confiar en él? —Daialee habla—. ¿Qué ocurre con un demonio si falta a un juramento como ese?

—Se condena —Axel dice—. Se condena a pasar una eternidad en las fosas del Inframundo.

—Mikhail ya ha escapado de ese lugar antes —observo—. Ese no será un castigo suficiente para él. No me garantiza nada.

Axel hace una mueca de disgusto.

—¿Crees que podamos poner términos y condiciones a ese juramento? —Daialee pregunta—. ¿Crees que podamos hacer que, en lugar de condenarlo a las fosas, reciba otra clase de castigo?

—No lo sé —el íncubo admite—. Como ya he dicho, yo nunca he hecho un Juramento de Lealtad. No estoy familiarizado con ellos y no sé si es posible modificarlos.

—Espera un segundo —digo, luego de meditarlo un poco—. ¿Estás diciendo que no le juraste lealtad a tu Supremo? ¿Ningún demonio lo ha hecho además de Los Príncipes? ¿Por qué, entonces, le respetan tanto? ¿Por qué le obedecen?

—No le respetamos, Bess. —Axel me dedica una sonrisa extraña—. Le tememos. Obedecemos sus órdenes y su voluntad porque es el ser más poderoso del Inframundo. Porque, si no le servimos, sería capaz de asesinarnos.

—La ley del más fuerte —musita Daialee.

—Exactamente —Axel asiente.

—Es por eso que se siente tan amenazado por Mikhail, ¿no es así? —Miro al íncubo a los ojos—. Porque Mikhail ha sido el único ser que ha sido capaz de derrotarlo. De ganarle una batalla.

—Así es. —Asiente—. Ese es el motivo por el cual está cazándolo.

—¿Es posible que un ser como Mikhail sea capaz de hacer un Juramento de Lealtad, romperlo y librarse de las consecuencias? —Daialee pregunta.

—No lo sé. —Axel suena dubitativo—. No lo sé, Daialee.

Mi vista viaja hasta el suelo.

—¿Qué se supone que debo hacer? —murmuro, luego de unos segundos de silencio—. Si no puedo confiar ni siquiera en un Juramento de Lealtad, ¿qué me queda, entonces?

—Debemos buscar a Ashrail —Daialee habla. Suena determinante—. El único modo de saber si Mikhail puede o no salirse con la suya haciendo un Juramento de Lealtad, es preguntándoselo a él.

—¿Y si él no lo sabe? —Axel suena derrotado.

—Tiene que saberlo. —Mi amiga suena dura e irritada—. Es el Ángel de la Muerte: el único ser en el universo que es imparcial; y lo más importante: es uno de los únicos seres en el universo que conoce las reglas al respecto.

El silencio se apodera de la estancia una vez más.

—No perdemos nada, Bess —Daialee insiste.

—Supongo que Daialee tiene razón —Axel habla, pero no suena muy convencido—. No perdemos nada preguntando.

Tomo una inspiración profunda antes de permitirme mirar el suelo una vez más.

—De acuerdo —digo, pero yo tampoco sueno muy segura de querer hacerlo—. Busquemos a Ashrail, entonces.

23

REVELACIÓN

—Bien. *Eso* fue rápido. —La voz de Daialee se abre paso desde la sala hasta el estudio de Dinorah y Zianya —donde me encuentro— y, en ese instante, me pongo de pie del sillón casi de un salto.

Antes de que siquiera pueda procesar lo que hago, mis piernas se mueven y avanzan por el corredor hasta llegar a la sala; donde, a pocos pasos de distancia, se encuentra la puerta principal de la casa.

Mi amiga —quien hace unos momentos se encontraba conmigo en la habitación que ahora se ha convertido en mi refugio— está de pie frente al umbral, dándome la espalda, con una mano sobre la puerta y la otra en el marco.

En ese momento, mi vista viaja más allá del cuerpo de Daialee, y me encuentro de lleno con la imagen de la figura imponente de Ashrail.

El Ángel de la Muerte mira a la bruja durante un largo momento antes de hacer un gesto de cabeza hacia el interior de la estancia. Ella, aturdida, se aparta de su camino para dejarlo entrar.

En el instante en el que Ash se abre paso hacia el centro de la habitación, la abrumadora sensación de su poder me golpea de lleno. La mezcla de energía oscura y luminosa me invade los sentidos hasta marearme ligeramente, pero trato de no lucir muy afectada. Trato de no hacerle notar lo mucho que me confunde su esencia.

—¿Dónde has dejado a Axel? —pregunta Daialee cuando el Ángel de la Muerte se detiene. Acto seguido, husmea hacia el exterior; pero, al no encontrarse con la figura del íncubo, posa su atención de vuelta en Ashrail.

—¿Axel? —Ash inclina la cabeza ligeramente, en un gesto confundido.

—Axel—Daialee rueda los ojos, como si el nombre del demonio fuese suficiente para puntualizar algo obvio—. El íncubo homosexual que ha estado por aquí las últimas semanas.

—¿Por qué habría de andar conmigo? —Ashrail frunce el ceño.

—¿No estás aquí porque Axel fue a buscarte? —Es mi turno de hablar. Sueno más alarmada de lo que me gustaría.

—No. —El Ángel de la Muerte responde—. ¿A qué se supone que fue a buscarme? ¿Ha ocurrido algo?

—Algo así —digo, aún sin comprender del todo lo que está sucediendo.

—Esperen un segundo… —Daialee interviene, al tiempo que se coloca entre Ashrail y yo—. Recapitulemos, que no estoy entendiendo una mierda. —Se gira sobre sus talones para encarar a la criatura recién llegada—. ¿Has venido por tu cuenta?

Ash asiente.

—¿No te has topado a Axel para nada? —Es mi turno de hablar.

Una negativa es la respuesta ahora.

—¿Dónde demonios está Axel entonces? —Daialee suena genuinamente preocupada ahora.

—No lo sé. —Ashrail alza las manos, como si estuviese siendo apuntado por un arma de fuego.

Se hace el silencio durante unos segundos.

—Si no estás aquí para acudir a nuestro llamado, ¿a qué has venido? —intervengo—. ¿Ha ocurrido algo?

La única respuesta que recibo es una mueca esbozada por el rostro de Ash.

—Oh, mierda… —Daialee suena aterrorizada, fastidiada y un tanto… *¿divertida?* —. Son más problemas, ¿no es así? —Niega con la cabeza, en un gesto incrédulo y horrorizado—. ¿Es que acaso no podemos tener unos instantes de paz por aquí?

La mirada severa que Ash le dedica solo consigue hacerle soltar una risotada cargada de irritación.

—No puedo creerlo —dice ella, con incredulidad y pánico en la voz—. ¿Qué, en el infierno, ha pasado ahora?

—Me temo que algo que nos pone en una situación bastante difícil —dice él y, por primera vez desde que lo conozco, esboza un gesto que se me antoja desalentador—. ¿Cómo ha ido la recuperación de Miguel?

—Bien —digo, porque es cierto.

—Demasiado *bien* para mi gusto —Daialee añade, con escepticismo.

—¿A qué te refieres con «demasiado bien»? —La atención de Ashrail se posa en ella.

—Ha ocurrido algo por acá también —digo, sin rodeos—. Axel fue a buscarte por ese motivo. Creímos que estabas aquí porque no hace más de una hora salió en tu búsqueda. Asumimos que habías venido por eso.

—¿Qué ha pasado? ¿Ha intentado atacarte de nuevo? —El Ángel de la Muerte me mira directo a los ojos cuando habla.

Niego con la cabeza y me cruzo de brazos.

—Nada de eso. —Una sonrisa horrorizada se desliza en mis labios—. De hecho, lo que ha ocurrido es algo que nadie esperaba.

—Te escucho. —La cautela en su voz no me pasa desapercibida.

—Me recuerda —digo, sin más.

—¿Qué?

—*Dice* que te recuerda —Daialee me corrige—. Yo, personalmente, no le creo.

La expresión de Ashrail pasa de la preocupación a la completa y absoluta sorpresa.

—¿Cuándo ha pasado eso? —Suena más incrédulo de lo que su expresión refleja.

—Hace un rato —digo—. Por supuesto, no le he creído. Nadie lo ha hecho.

—¿Has tenido manera de comprobar que realmente te recuerda? ¿Te ha hablado de alguna memoria en específico?

Niego.

—Dice que no recuerda momentos. Que son solo pequeños retazos de recuerdos. Imágenes vagas —digo—. Y, en todo caso, la única memoria en concreto de la que ha hablado es esa en la que me asesina para atarme a él.

Ashrail frunce el ceño en señal de confusión.

—Quiere decir que no está mintiendo del todo —musita, al tiempo que posa su vista en un punto en la lejanía, en un gesto pensativo.

Me encojo de hombros.

—No lo sé —digo. Un destello de desesperación se filtra en mi tono—. Pero él está empeñado en convencerme que realmente recuerda. Me ha pedido que le ayude a llenar los espacios en blanco en su memoria. Incluso, me ha dicho que está dispuesto a hacer un Juramento de Lealtad conmigo para demostrar que no miente.

La atención del Ángel de la Muerte se posa en mí. Esta vez, luce genuinamente asombrado y escéptico.

—¿Utilizó esas palabras? ¿*Juramento de Lealtad*?

Asiento.

—Axel nos dijo que un Juramento de ese estilo es algo que no se hace a la ligera —Daialee interviene—, pero, como no confiamos del todo en Mikhail y en su honestidad; pensamos que lo mejor era buscarte para que fueses tú quien nos explicara cómo es que se hace y qué tanto puede manipularse para modificar la condena; puesto a que él ya ha sido capaz de abandonar las fosas del Inframundo y todo eso.

Los ojos de Ashrail se posan en la bruja, pero no luce como si estuviese escuchándola del todo. Su gesto denota tanta concentración, que sé, de inmediato, que está pensando en otra cosa. Luce como si estuviese atando cabos a toda velocidad dentro de su cabeza. Como si estuviese deduciendo qué es lo que ha pasado con el demonio de los ojos grises.

—Necesito verlo —dice, sin más y se encamina en dirección a las escaleras sin esperar por una respuesta.

—¡Oye, espera! —Daialee exclama, pero él no se detiene. Al contrario, acelera el paso—. ¡Aún no nos has dicho a qué has venido realmente!

El sonido de la puerta principal siendo llamada hace que una maldición escape de los labios de mi amiga, antes de que se gire para abrirla. Yo, sin pensarlo dos veces, subo a la planta alta detrás de Ash.

—No he podido encontrar a Ashrail. —Escucho la voz de Axel en la lejanía y un destello de alivio me recorre el pecho. No me había dado cuenta de cuán preocupada estaba por él hasta este momento.

Daialee responde algo que no logro entender debido a que ya estoy en el piso superior, pero no hago nada por detenerme. Al contrario, acelero mi caminata para alcanzar al Ángel de la Muerte; sin embargo, en el instante en el que se adentra en la habitación en la que Mikhail descansa, me congelo en mi lugar.

La sola idea de encontrarme de nuevo frente a esta versión nueva del demonio de los ojos grises es tan maravillosa como aterradora; así que me quedo aquí, de pie, sin saber muy bien qué hacer. Sin saber qué esperar de todo lo que está pasando.

La voz insidiosa dentro de mi cabeza no deja de susurrarme que debo marcharme, pero, otra parte de mí, esa que es terca y que está empeñada en saber de una vez por todas qué está pasando, me obliga a avanzar.

Con cada paso que doy, el corazón se me estruja otro poco y siento las piernas débiles. Todo dentro de mí es un amasijo de nerviosismo, ansiedad y pánico; pero, de alguna u otra manera, consigo llegar hasta el umbral de la puerta antes de que el cuerpo entero se rehúse a obedecerme más. Desde la posición donde me encuentro, no soy capaz de tener una vista de Mikhail y mis nervios lo agradecen. Lo único que soy capaz de ver, es el escritorio en el que suelo estudiar, la silla giratoria que se encuentra frente a él y un trozo de la ventana que da al terreno baldío que hay junto a la casa.

—Sabes perfectamente que soy el único, después del Creador, que es capaz de saber si mientes o no. —La voz de Ashrail llena mis oídos y sus palabras me traen de vuelta a la realidad.

No hay respuesta alguna y mi corazón se detiene durante una fracción de segundo. Toda mi anatomía parece reaccionar ante la expectativa de lo que está ocurriendo allí dentro, pero me obligo a mantenerme quieta. Me obligo a mantener a raya todas las ilusiones que han empezado a salir a flote.

Un bufido frustrado proveniente de Ash llega a mí y, entonces, aparece en mi campo de visión. No me mira. De hecho, ni siquiera se ha percatado de mi presencia. Solo camina de un lado para el otro en la habitación, como si fuese un león enjaulado. Una criatura enfurecida que no puede hacer nada más que pasearse para disminuir la desesperación que la invade.

—¿Qué actitud de mierda se supone que es esta? —espeta—. ¿Tienes idea de lo ridículo que estás siendo? ¡Esto va más allá de ti o de mí, o de cualquier maldita cosa que tengas entre manos! ¡Maldita sea! ¡¿Es que acaso no lo entiendes?!

—No tengo intención alguna de ayudarte si no hablas claro y me dices qué diablos está ocurriendo. ¿Para qué quieres saber si lo que le digo a la humana es verdad o no? ¿A ti qué carajos te importa? —La voz ronca y tranquila de Mikhail envía un escalofrío por toda la espina.

Un suspiro frustrado escapa de los labios del Ángel de la Muerte.

—¿Qué haces aquí, parada como estúpida? —La voz de Axel justo detrás de mí me hace pegar un salto en mi lugar. Un grito ahogado me abandona los labios y giro con brusquedad sobre los talones solo para encontrarme de frente con la figura del íncubo.

Un chillido incoherente me abandona, al tiempo que la vergüenza se apodera de mi sistema. En ese instante, mi rostro se calienta por completo y es lo único que necesito para saber que estoy ruborizada hasta la médula.

La mirada divertida que me dedica Axel me hace saber que lo ha hecho a propósito y quiero golpearlo por eso. Quiero estrellar mi palma en su mejilla con todas mis fuerzas para después salir huyendo.

Él sin decir nada más, me coloca ambas manos sobre los hombros para girarme sobre mi eje y empujarme dentro de la habitación.

Una protesta a media voz se construye en mi interior, pero es demasiado tarde ya. Estoy de pie justo al centro de la estancia, con las miradas, tanto de Ashrail como de Mikhail, fijas en mí.

—Eres un imbécil. —Escucho la voz de Daialee en algún lugar detrás de mí, pero ni siquiera me atrevo a mirarla. Estoy tan avergonzada, que lo único que quiero hacer es cavar un agujero en el suelo y enterrar la cabeza dentro de él.

Ashrail se aclara la garganta y yo, en un gesto cargado de nerviosismo, me coloco el cabello detrás de las orejas antes de dar unos cuantos pasos hacia atrás.

Trato, deliberadamente, de no mirar en dirección al demonio de los ojos grises, pero es imposible no hacerlo. Es imposible no buscar la vista de su rostro después de lo que ocurrió antes aquí mismo.

Su cabello luce más revuelto que antes. Sus ojos —¿grises? ¿Blancos? ¿Dorados?— están fijos en mí, y la manera en la que me miran es tan intensa que me siento intimidada y cohibida.

—Muy bien. —Axel habla en voz de mando y todo el mundo posa su atención en él—. En vista de que nadie aquí parece entender que no tenemos tiempo para desperdiciar, seré yo quien lo solucione todo. —El íncubo mira a Ashrail—. *Tú* vas a decirnos a qué carajo has venido. —Clava los ojos en Mikhail—. *Tú* vas a hacer un Juramento de Lealtad y a explicarnos qué, en el infierno, se supone que tramabas al escapar de las fosas y venir a hacer destrozos a la tierra. —Me observa a mí—. Y *tú*, vas a sentarte a escucharlo todo que, si no lo haces, vas a perder la cabeza. Lo veo en tu mirada. Estás al borde de la demencia.

El silencio se apodera de la estancia en el instante en el que Axel termina de hablar, pero no parece importarle la renuencia de todo el mundo, ya que posa toda su atención en Ashrail y hace un gesto de cabeza en su dirección.

—Empiezas tú —dice.

El Ángel de la Muerte se aclara la garganta y, de pronto, la seguridad que siempre ha irradiado se ve teñida de vacilación e incertidumbre.

La atención de todos en la estancia está puesta en él, pero ni siquiera se digna a mirarnos. No hace nada más que observar un punto en el suelo con aire dubitativo.

—Lo siento mucho —Ash, después de un largo momento, pronuncia. Su vista se alza para encararnos—, pero no puedo hablar con todos ustedes aquí. —La determinación que hay en su voz hace que suene más ronca de lo habitual—. Las únicas criaturas aquí que pueden estar presentes, son Bess —me mira durante un segundo—, y Mikhail. —Posa sus ojos en el demonio.

Las cejas de Axel se disparan al cielo y una protesta abandona los labios de Daialee.

—¿Por qué? —inquiero—. ¿Por qué nadie más puede escucharlo? ¿Qué está sucediendo?

Ashrail aprieta la mandíbula y su expresión se endurece solo con ese acto.

—Lo que he venido a decirles, Bess —dice, en tono severo, dirigiéndose enteramente a mí—, va en contra de las reglas. Lo que tengo que hablar con ustedes, no es algo que se supone que deban saber, pero que tengo que decírselos de todos modos. Si no lo hago, las consecuencias podrían ser catastróficas.

Una punzada de nerviosismo me atraviesa el estómago.

—Habla ahora. —Mikhail exige y noto, por el rabillo de mi ojo, cómo se incorpora otro poco en su posición sentada.

La mirada de Ashrail se posa en Axel y Daialee —quienes no se han movido de sus lugares—, y el gesto cargado de disculpa que esboza, es todo lo que necesitan para, a regañadientes, salir de la estancia.

El Ángel de la Muerte se pone de pie una vez que la puerta ha sido cerrada y coloca su mano sobre el picaporte para pronunciar una serie de palabras en un idioma completamente desconocido para mí.

—¿Es necesaria tanta precaución? —Mikhail inquiere desde su lugar, pero Ashrail no responde. Se limita a girar sobre su eje para volver al punto en el que se encontraba.

—¿Qué has hecho? —No quiero sonar demasiado curiosa, pero de cualquier modo lo hago.

—Ha silenciado la habitación. —Mikhail es quien responde, pero no lo miro mientras lo hace. No estoy lista para enfrentarlo cara a cara una vez más—. Nadie en el otro lado podrá escuchar una mierda de lo que se diga aquí dentro gracias a esa protección.

Niego con la cabeza.

—¿Es necesario tanto misterio? —Sueno ansiosa y nerviosa—. ¿Qué es lo que está ocurriendo? Voy a volverme loca si no hablas de una vez, Ashrail.

El Ángel de la Muerte se deja caer sobre la silla de escritorio y deja escapar un suspiro largo y cansado antes de mirarnos a Mikhail y a mí de hito en hito.

—Algo está ocurriendo en el Cielo —dice, sin más.

—¿*Qué*, exactamente? —La voz me sale en un susurro temeroso.

—Ha comenzado una especie de... *rebelión*, entre los ángeles. —Ashrail suena preocupado—. Después de lo que ocurrió con Rafael, todos ellos regresaron a su reino por órdenes de Gabrielle; quien, al no estar Miguel ni Rafael, tomó el mando temporal de la Legión —explica—. Ahora mismo, los ángeles están desesperados. Llevaban muchos años a la deriva sin la guía de Miguel, pero se habían encarrilado una vez más gracias a que Rafael los mantenía unidos. Sin embargo, ahora que no están recibiendo órdenes expresas de nadie y tampoco están preparándose para la batalla final, están vueltos locos. —Sacude la cabeza en una negativa—. Han llegado al punto en el que han decidido, por sí mismos, que necesitan elegir a un nuevo líder para luego lanzarse a la batalla contra el Supremo y su ejército.

—Ellos no pueden hacer eso —musito y la atención, tanto de Mikhail como de Ash, se posa en mí.

—Exacto. —Ash asiente—. Están yendo en contra de la voluntad del Creador y están planeando, sin consentimiento alguno, iniciar el apocalipsis. Así no se supone que deben ser las cosas. Están rompiendo con el orden y, si lo hacen, nada bueno saldrá de todo esto.

—No estoy entendiendo una mierda de lo que dicen —Mikhail espeta, con frustración—. ¿Qué tiene que ver toda esta mierda conmigo? Yo soy un demonio. Me importa un carajo si los ángeles se matan entre ellos para conseguir su preciada gloria.

Ash fija su mirada en el demonio de los ojos grises.

—Te equivocas, Mikhail —dice Ash, con dureza—. Esto tiene todo que ver contigo porque he venido a romper las reglas *por ti.*

—¿De qué demonios hablas?

—De que necesitas volver.

—¿Volver a dónde?

—Al Cielo.

Una carcajada carente de humor brota de la garganta de Mikhail y una punzada de ansiedad mezclada con miedo se cuela en mi sistema.

—Estás jodiéndome, ¿no es cierto? —Mikhail suena divertido. *Cínico*—. Todos ustedes están dementes. —Mi vista se posa de lleno en él—. Yo no pertenezco a ningún lugar luminoso. Si alguna vez lo hice, ya no lo hago más.

—Es que en realidad el lugar al que nunca has pertenecido es a ese rodeado de tinieblas que ahora sientes como tu hogar. —Ashrail suena desesperado y frustrado—. Quizás ahora no lo recuerdas, pero tu lugar siempre ha estado allá arriba. Tu misión siempre fue otra a la que te impusiste a ti mismo.

—Hablas de lo que soy como si yo realmente lo hubiese elegido. —Mikhail suena genuinamente entretenido.

—Es que lo hiciste —Ash replica—. *Tú* elegiste esto. Elegiste ser un demonio y lo elegiste por *ella*... —Hace un gesto de cabeza en mi dirección.

La mirada del demonio se posa en mí y mi corazón se salta un latido cuando nuestros ojos se encuentran. El lazo, inevitablemente, se estruja, pero no sé si ha sido gracias a la fuerza de mis emociones o a la de las suyas.

—No te sientas la importante —Mikhail masculla, pero hay un tinte dulce en la manera en la que habla. Mi pulso cambia de ritmo y otro tirón suave me llena el pecho. Esta vez, estoy segura de que ha sido él quien lo ha provocado.

—Mikhail, necesito que escuches lo que voy a decirte. —Ashrail interrumpe nuestra pequeña interacción y, muy a mi pesar, me obligo a mirarlo—. Necesitas volver. Necesitas regresar al Cielo y reclamar tu lugar como General del Ejército del Creador, ¿me oyes?

El silencio que le sigue a sus palabras es tenso y tirante.

—¿Cómo se supone que regrese cuando soy un demonio? —Mikhail pronuncia, al cabo de un largo rato—. ¿Cómo voy a hacer que un puñado de ángeles me escuche? Y, lo más importante: ¿Qué tiene que ver ella en todo esto? —Hace un gesto en mi dirección—. ¿Por qué está aquí? ¿Por qué no pudiste decirme todo esto en privado?

Esta vez, la vacilación tiñe el gesto de Ash.

No dice nada. No me atrevo a apostar, pero casi puedo jurar que ni siquiera desea mirarme.

—Ella… —Duda y se aclara la garganta—. Ella tiene que devolverte lo que le diste, Mikhail —dice, finalmente—. Para que tú puedas recuperar tus recuerdos y puedas volver al Cielo, tiene que regresarte eso que le entregaste.

Niego con la cabeza, confundida y aturdida.

—¿Si le regreso su parte angelical va a recordar? —Sueno incrédula y esperanzada.

Ashrail asiente, pero hay algo en su expresión que se siente incorrecto. *Erróneo.*

—Y no solo va a recordar. Va a recuperar la posibilidad de volver a donde pertenece —dice—. El problema aquí es que… —Vacila un poco y se aclara la garganta—. Es que, si tú le devuelves la energía que te dio, vas a… —Se detiene abruptamente y una sensación molesta y enfermiza se me instala en el estómago.

—Voy a, ¿*qué?*

Ashrail desvía la mirada.

—¿Ella va a *qué*, Ashrail? —Mikhail urge, con impaciencia.

—Morir.

Se siente como si me hubiesen sacado todo el aire de los pulmones.

—¿Qué?... —suelto, en un susurro tembloroso e inestable. Todo el cuerpo me tiembla para ese momento.

El terror, el miedo y la incertidumbre se me enroscan en las entrañas y se siente como si pudiese vomitar. Como si pudiese echarme a gritar.

Ashrail deja escapar un suspiro frustrado y se frota el rostro con ambas manos en un gesto cargado de desesperación.

—No se supone que les diga todo esto, porque va en contra de las reglas —dice. Suena angustiado y preocupado—, pero no tengo otra opción. Tienen que saber qué clase de unión hay entre ustedes para que *entiendan.* —Cierra los ojos y toma una inspiración profunda.

—Pues habla de una maldita vez, entonces. —La voz de Mikhail suena tan ronca, que no parece suya.

—Aquella noche, cuando Rafael te llevó con él y te empujó a utilizar el poder de tus Estigmas —Ashrail empieza y posa su vista en mí—, Mikhail tuvo que hacer una elección. Tuvo que asesinarte para atarte a él.

—Eso ya lo sé. —Sacudo la cabeza, solo porque no entiendo a dónde trata de llegar con esto.

—¿Sabes por qué estabas muriendo, Bess? —Ash clava sus ojos en los míos y la intensidad de su mirada me impide hacer otra cosa que no sea negar con la cabeza—. Morías porque el poder que otorgan los Estigmas es demasiado para las criaturas de tu naturaleza —dice—. Ustedes, los humanos, no están constituidos como nosotros, los seres espirituales. No tienen la capacidad física para soportar el poder, o la energía divina o demoníaca. Por eso estabas muriendo. Tu cuerpo estaba resintiendo todo ese poder. Tanta energía estaba, literalmente, asesinándote.

«Oh mierda...».

—Es por eso que Mikhail tuvo que atarte a él. —El Ángel de la Muerte continúa—: Porque una atadura de ese estilo entre ustedes te daría un poco más de fuerza física para resistir el poder de los Estigmas.

Todo mi cuerpo es una masa de ansiedad, nerviosismo y pánico para este momento, pero me obligo a mantener la atención en la criatura que se encuentra delante de mí.

—Lo que ninguno de ustedes sabía en ese entonces, y sigue sin saber es que, ese lazo que comparten, a la larga, no habría servido de nada. —No me atrevo a apostar, pero creo haber visto un destello triste en su mirada.

—¿Por qué no? —Mi voz suena ronca e inestable.

—Por tu naturaleza de Sello Apocalíptico —dice—. No eres cualquier Sello, Bess Marshall. Eres el Sello que libera al Jinete de la Muerte. El Sello del caos. De la destrucción.

—Cuando abrió el cuarto sello, oí la voz del cuarto ser viviente que decía: «*Ven*». Miré, y vi un caballo bayo. El que lo montaba tenía por nombre Muerte, y el Hades lo seguía; y les fue dada potestad sobre la cuarta parte de la tierra, para matar con espada, con hambre, con mortandad y con las fieras de la tierra —susurro, con un hilo de voz, el pasaje de la biblia que memoricé hace unos años respecto a lo que represento, y toda la sangre se me agolpa en los pies.

Ash asiente.

—Tu muerte desatará al último jinete. Tu muerte desatará la hambruna, la guerra, el fin de la humanidad como la conocemos. Eres, literalmente, la encarnación de la devastación —dice, con la voz enronquecida—. Es por eso que el poder de tus Estigmas es así de destructivo. Es por eso que succiona la vida de todo lo que toca.

De repente, como si pudiesen escuchar lo que Ashrail dice y, además, estuviesen regodeándose con ello, los Estigmas se remueven y exigen ser liberados, pero me las arreglo para contenerlos.

—¿Entonces por qué estoy viva? —pregunto, en un susurro inestable.

Ash posa su atención en Mikhail.

—Porque Mikhail te dio su parte angelical —dice—. Porque, al darse cuenta de la trampa que Rafael le había tendido, canalizó todo ese poder divino que tenía dentro hacia ti. Porque esa energía que ahora duerme en tu interior y que le pertenecía a Miguel Arcángel, le permite a tu cuerpo regenerarse del desgaste que los Estigmas provocan.

—Entonces, si tomo de vuelta eso que le di, ella morirá debido a sus Estigmas. —La voz de Mikhail suena más ronca que nunca.

Ashrail asiente.

—¿Cómo lo sabes? —pregunto. Sueno aterrorizada hasta la mierda—. ¿Cómo estás seguro de que voy a morir si le devuelvo lo que le pertenece? ¿Cómo es que sabes todas estas cosas en primer lugar? —Sacudo la cabeza, en una negativa frenética.

—*Tengo* que saberlas —dice—. Soy el Ángel de la Muerte. Soy, además del Creador, la única criatura existente que es capaz de saber el porqué de las cosas. *Tengo* que hacerlo. El equilibrio del universo pende de un hilo muy delgado que necesito mantener en su lugar. —Sus ojos se clavan en los míos—. De hecho, no se supone que deba hablarles de esto, pero estoy desesperado. El equilibrio está por perderse por completo, Lucifer sabe que el Cielo está en crisis. Sabe que la Legión está dividida, y está aprovechándose de la situación. Se ha encargado de destrozar todas las barreras que habían sido creadas para mantener el mundo de los vivos y de los muertos separados. Se ha encargado de acabar con las fronteras energéticas de todo el planeta y no va a descansar hasta que cumpla su objetivo. No va a descansar hasta que la tierra esté sumida en tinieblas.

La resolución de este hecho cae sobre mí como balde de agua helada y me siento enferma. Me siento aterrorizada y horrorizada en partes iguales.

—Por eso está cazando a Mikhail, ¿no es así? —digo, en un susurro inestable—. Él sabe que Mikhail es el único que podría suponer una amenaza. Sabe que, si Mikhail encuentra la forma de recuperar eso que salió a buscar, podría arruinarle los planes.

Ashrail asiente una vez más.

—Lucifer está tratando de acabar con la única amenaza potencial que existe para él —dice—. Está tratando de asesinar a Mikhail o asesinarte a ti, en su defecto, para evitar que sea capaz de recuperar su parte angelical. Lucifer sabe que, si lo hace, va a recordar. Sabe que la Legión va a unificarse de nuevo si él recuerda, y de verdad va a tener problemas. Va a tener que luchar contra el Ejército del Creador y, lo más importante: va a tener que enfrentarse de nuevo al único ser en el universo que ha sido capaz de derrotarlo: Miguel Arcángel.

—Eso no tiene sentido. —La confusión tiñe mi tono—. Si todo lo que dices es cierto, ¿por qué ningún demonio ha venido a cazarme? ¿Por qué solo Mikhail, de entre todos ellos, ha intentado hacer algo en mi contra?

—Porque la energía angelical de Mikhail no ha dejado de protegerte —el Ángel de la Muerte responde—. Porque, además de impedir que los Estigmas te maten, ha neutralizado esa esencia que despedías y que atraía a todos los seres supernaturales.

—¿Quiere decir que he dejado de ser un espectacular iluminado gracias al poder de Mikhail? —Sueno más sorprendida de lo que espero.

—Así es. Ese es, precisamente, el motivo por el cual te has mantenido oculta los últimos años.

El silencio que se extiende después de haber aclarado mi duda es largo y tirante. Toda la nueva información se me asienta en el cerebro y es tan abrumadora, que apenas puedo procesarla. Apenas puedo digerirla como es debido.

—Hay algo que no entiendo. —La voz de Mikhail me llena los oídos y toda mi atención se fija en él.

Ash no responde. Se limita a mirarlo, expectante.

—¿Cómo es que no te diste cuenta de todo esto antes? ¿Cómo es que dejaste que llegara tan lejos antes de hacer algo? —Suena severo ahora—. Y, más importante aún: ¿Por qué, si ella tiene aún mi parte… —vacila unos instantes, como si decir en voz alta lo que tiene en la cabeza fuese una completa locura—, *angelical*, la recuerdo? ¿Por qué, de la noche a la mañana, soy capaz de ver todas estas imágenes dentro de mi cabeza?

—Porque, mientras todo ese caos estaba ocurriendo, yo estaba aquí, tratando de encontrar la forma de salvarte la vida sin tener que amputarte un ala. —Ashrail suena avergonzado y severo al mismo tiempo—. Respecto a lo de tus recuerdos —sacude la cabeza en una negativa, al tiempo que deja escapar un suspiro—, no estoy muy seguro de ello, pero creo tener una teoría —pronuncia—. Como ya sabes, gran parte de nuestra fuerza reside en nuestras alas. —En ese momento, el recuerdo de Axel hablándome sobre eso no hace mucho tiempo, viene a mí—. Ahí duerme toda la energía que poseemos. —Ash se encoge de hombros—. Si estoy en lo correcto, al perder un ala, perdiste gran parte de la energía demoníaca que vivía dentro de ti y eso, aunado al hecho de que instantes antes Bess te había dado algo de energía celestial por medio de los Estigmas, hizo que una parte del antiguo *tú* volviera. Hizo que la bruma oscura que envolvía tus recuerdos se disipara un poco.

—¿Y eso en qué me convierte? —El demonio de los ojos grises suena genuinamente afectado por lo que Ash ha dicho—. ¿Qué soy ahora que he perdido poder demoníaco?

—Aún eres un demonio, Mikhail —Ashrail suelta, sin más—. Nada ha cambiado dentro de ti excepto el hecho de que has perdido gran parte del poder que tenías. Es todo.

—¿De qué sirve que yo trate de volver al Cielo si ahora, sin un ala, no soy una amenaza? —Un tinte oscuro se apodera de su tono—. Por mucho que quisiera ayudarte, lo cual, por cierto, no quiero; no puedo hacerlo. Soy más débil. Y más importante aún: soy un *demonio*. Lo que sea que haya sido en el pasado, no existe más. No puedo ser eso que quieres que sea. Yo no soy un héroe.

—Mikhail, el destino de la humanidad...

—Me importa un reverendo infierno lo que le ocurra a la humanidad, la tierra, o a cualquier criatura existente en este universo. —Mikhail ni siquiera deja que Ashrail termine de hablar—. No puedo ayudarte. No voy a hacerlo. Por mí, esos ángeles pueden cavar su propia tumba y entregarse en bandeja de plata a Lucifer si así lo desean. —Niega con la cabeza—. No voy a participar en toda esa locura. Lo siento mucho.

El silencio que le sigue a sus palabras es tan denso, que ni siquiera me atrevo a moverme.

—Mikhail... —Es mi turno de intentar intervenir.

—Ni siquiera lo intentes. —La voz del demonio suena más ronca y profunda que antes—. No voy a cambiar de opinión.

Mis ojos se cierran con fuerza.

—¿Esa es tu última palabra? —Ash pregunta, pero suena derrotado.

—Sí. —Mikhail espeta, lacónico.

Nadie se mueve. Nadie dice nada más y la tensión creciente estalla en forma de un horrible e incómodo silencio.

No sé cuánto tiempo pasa antes de que Ashrail se ponga de pie. Tampoco sé cuánto tiempo pasa antes de que se encamine hacia la puerta sin decir una sola palabra, pero, cuando está a punto de abandonar la estancia, nos mira por encima del hombro.

—Tienen que entender —dice, al aire—, que todo esto va más allá de ustedes. Va más allá de lo que deseen. Las cosas deben hacerse tal cual es el designio divino. De lo contrario, todos pagaremos las consecuencias.

—Entonces dile a tu Creador que venga a poner orden. —El tono amargo que Mikhail utiliza, hace que un nudo de incomodidad se me instale en las entrañas.

—Eso, precisamente, es lo que está haciendo. —Ashrail suena derrotado—. Me ha enviado a buscarte porque sabe... No... *Creía*... que eras su as bajo la manga.

La sensación de malestar incrementa dentro de mí, pero me las arreglo para mantenerme inexpresiva pese al pánico que amenaza con comerme viva.

—Bueno… —el tono de Mikhail es inestable ahora—, pues dile que se ha equivocado.

Una sonrisa triste se desliza en los labios de Ashrail.

—Espero que no te arrepientas de la decisión que estás tomando, Mikhail.

—No lo haré. Te lo aseguro.

—Ya lo veremos, Miguel. —El Ángel de la Muerte le dedica una sonrisa tensa que no llega a tocar sus ojos—. Ya lo veremos.

Entonces, desaparece por el umbral de la puerta.

24

VOLUBLE

—¿Eres consciente de que acabas de rechazar la oportunidad de obtener las respuestas que buscas? —digo, luego de un largo rato de silencio.

Mikhail, quien se encuentra incorporado en una posición sentada sobre la cama, ni siquiera me mira. Sus ojos están clavados en la puerta por la que Ashrail desapareció hace unos minutos.

Para ser sincera, yo tampoco hago mucho por mirarle de lleno. Es el rabillo de mi ojo el que tiene un vistazo de su postura tensa y su mandíbula apretada.

A pesar de eso, soy capaz de notar cuán rígidos se encuentran sus hombros y cuán fruncido tiene el ceño.

—Ya te lo dije antes: no voy a cambiar de opinión. No trates de convencerme porque no va a funcionar. —El tono lacónico y sereno que utiliza contradice por completo a lo que dice su cuerpo, pero, de cualquier modo, envía una punzada dolorosa e irritada a mi pecho.

No sé por qué estoy así de molesta, pero no me detengo demasiado a pensarlo.

—No te entiendo. —Sueno más severa de lo que pretendo—. Hace unas horas estabas rogando por mi ayuda para recordar y, ahora que se te ha presentado la oportunidad de hacerlo, ¿la rechazas? —Me cruzo de brazos—. ¿A qué estás jugando? ¿Cuáles son tus verdaderas intenciones con todo esto?

—No quiero ayudar a la causa. —Siento cómo sus ojos se clavan en mí, así que me obligo a mirarlo—. Se lo dije a Ashrail y te lo repito a ti: No soy un maldito héroe. No esperen que actúe como uno. No me interesa vanagloriarme de ese modo.

—¿Tienes una idea de las vidas que podrías salvar accediendo a la petición de Ash? —El reproche en mi voz es claro. Ya no me molesto en ocultar cuán frustrada me siento.

—No. Y no me lo tomes a mal, Cielo, pero no me interesa saberlo —dice y el enojo que me invade incrementa.

—No puedo creer que seas así de egoísta. —Las palabras me abandonan sin que pueda detenerlas y una carcajada carente de humor se le escapa.

—Créeme que lo último que hago al tomar esta decisión es ser egoísta —escupe, con brusquedad, y el tono que utiliza me saca de balance por completo—. Estoy siendo un cobarde, un hijo de puta y todo lo que se te pueda ocurrir similar a eso, pero, ¿*egoísta*? No, Cielo. Estoy siendo todo menos egoísta.

Dejo escapar una carcajada carente de humor.

—Es que no me cabe en la cabeza cuán contradictoria es tu actitud ahora mismo —el coraje se filtra en el tono de mi voz, pero ni siquiera sé por qué estoy así de enojada—. No te entiendo.

—No necesito que me entiendas.

—¿Entonces, todo lo de hace rato fue una mentira? —Mi cuerpo entero se direcciona hacia donde él se encuentra—. ¿Una treta para hacerme caer en alguna clase de juego retorcido? ¿Un engaño para conseguir asesinarme con mayor facilidad?

La mirada del demonio se llena de algo que no logro reconocer y toma todo de mí no deshacerme ante la intensidad con la que me observa.

—Si quieres meterte en la cabeza que fue una mentira, adelante. —Se encoge de hombros, pero la tensión en su mandíbula hace que el gesto luzca antinatural—. De cualquier forma, diga lo que diga, no vas a confiar en mí.

—¿Cómo se supone que lo haga cuando ni siquiera eres capaz de ser honesto? ¿Cómo pretendes que crea una sola palabra de lo que dices si te contradices de esta manera? —No pretendo que suene a reproche, pero lo hace.

No responde. Se limita a mirarme fijamente con gesto inescrutable. Yo tampoco digo nada. Solo clavo mis ojos en los suyos lo enfrento el mayor tiempo que puedo.

—Mikhail, por favor —digo, en un susurro tembloroso, al cabo de un largo momento—, necesito que me digas la verdad.

Necesito que me digas qué es lo que está pasando por tu cabeza. El motivo real por el cual no deseas ayudar a Ashrail.

Un tirón violento en el lazo me hace saber que mis palabras han provocado algo en él, pero mantengo la expresión serena mientras pretendo que no ocurrió. Que ni siquiera lo sentí.

—Lo dices como si realmente hubiese un motivo. —La crueldad en su tono me quiebra un poco—. Como si yo de verdad estuviese ocultando una razón más noble a la que en realidad me mueve. —Sacude la cabeza y una sonrisa extraña se apodera de sus labios—. No quiero ayudar a Ashrail porque no se me antoja hacerlo. No hay nada más allá de eso.

—Podrías *recordar.*

—¿A qué precio? —Una risa corta abandona sus labios, pero se siente errónea. Todo en su expresión, en la forma en la que se mueve, se siente equivocado—. ¿Al de servir a una causa? ¿Al de servir a un ser que, de ser cierto todo lo que me has dicho, permitió que cayera y me pudriera en el infierno? —Niega con la cabeza—. No tengo interés alguno en ayudar a ese hijo de puta ni a nadie que le sirva. Eso incluye a Ashrail. Prefiero quedarme como estoy y no recordar una mierda, a servir a quienes me dieron la espalda en el pasado.

Las pequeñas esperanzas que habían empezado a construirse dentro de mí, se destrozan por completo en ese instante y tengo que desviar la mirada para que no sea capaz de ver cómo los ojos se me llenan de lágrimas.

La tristeza se filtra en mis huesos y se arraiga dentro de mi ser con tanta fuerza, que no puedo hacer otra cosa más que intentar recuperar el control de mí misma.

«¿Cómo diablos es que fui tan estúpida? ¿Cómo pude creer, aunque fuese por un momento, que realmente quería recordarme?».

Cierro los ojos y, acto seguido, me encamino hasta la puerta de la habitación.

No puedo seguir haciéndome esto. No puedo seguir esperando a que algo ocurra dentro de él y me recuerde. Esto está destrozándome. Esto está acabando conmigo lentamente y, si sigo permitiéndome ilusionarme de este modo, lo único que voy a conseguir es que me rompan el corazón una vez más.

Ya no puedo más. Estoy *tan* cansada. *Tan* desesperanzada.

—¿Sabes qué es lo más jodido de todo esto? —La voz de Mikhail llega a mis oídos cuando cierro los dedos sobre el picaporte de la puerta. Suena herido cuando habla—. Que no eres capaz de darme el beneficio de la duda. Que das por sentado que todo lo que dije antes era una mentira solo porque no quiero ayudar a Ashrail.

Mi vista se vuelca hasta donde se encuentra.

—Acabas de decir que prefieres quedarte de este modo. —Mi voz suena tan inestable que quiero golpearme.

—Acabo de decir que prefiero quedarme así si eso implica tener que ayudar a Ashrail.

—¿Y cómo se supone que tome eso? —escupo, y sueno furiosa—. Está más que claro para mí que no estás tan interesado en recordar como decías hace unas horas.

—¡¿Por qué, en el puto infierno, asumes esas cosas?! —él estalla, y su voz truena con tanta violencia, que doy un salto en mi lugar debido a la impresión—. ¡Yo jamás he dicho que no estoy interesado en recordar! ¡No hables por mí si no sabes una mierda de lo que me pasa por la cabeza!

—¡Entonces, *dime*! —exijo, en voz de mando—. ¡Cuéntame que pasa por tu maldita cabeza porque no te entiendo! —Me detengo con brusquedad. Cierro los dedos en las hebras oscuras de mi cabello y tiro de él hacia atrás, mientras me humedezco los labios con la punta de la lengua. Acto seguido, sacudo la cabeza en una negativa desesperada; sin embargo, cuando hablo de nuevo, sueno más recompuesta. Más tranquila—: Dime, Mikhail, ¿qué es lo que te pasa por la cabeza? ¿Qué es lo que pretendes con todo esto? ¿Qué es lo que quieres conseguir?

—¡Quiero conseguir la puta verdad! —Su tono, en contraste con el mío, suena alterado y angustiado—. ¡Lo único que quiero es saber la maldita verdad sobre todo esto, maldición!

—¡Ya te la he dicho! —Mi tono iguala al suyo, al tiempo que extiendo los brazos en un ademán exasperado—. ¡Te lo dije en la cabaña y me mandaste a la mierda! ¡No hay otra verdad más que esa, Miguel! ¡Acéptala de una condenada vez!

No sé en qué momento se levantó de la cama. Tampoco sé en qué momento se acercó tanto, pero ahora mismo, lo único que nos separa, son unos cuantos pasos de distancia.

Por un largo momento, ninguno de los dos dice nada. De hecho, ninguno de los dos se mueve. El sonido de mi respiración alterada es lo único que invade la estancia y las ganas de salir huyendo lejos de él me invaden.

—No es suficiente —dice Mikhail, con la voz enronquecida, pero es apenas un susurro—. Lo que dijiste aquella vez no es suficiente.

—Es lo único que tengo para ti —digo, con un hilo de voz, sintiéndome más derrotada que nunca—. Es la única verdad que existe. Lamento no poder ayudarte más.

Una emoción atraviesa su mirada, pero soy inmune a todos sus efectos. Soy inmune a la tortura que se filtra en sus ojos.

—Necesito más. —Niega—. Necesito saber *más*.

—Acepta el trato de Ashrail —digo, en un susurro tembloroso e inestable—. Si lo haces, recordarás.

—Si lo hago, morirás.

Una sonrisa tensa, triste y temblorosa se apodera de mis labios.

—Hace mucho tiempo que empecé a hacerme a la idea sobre eso —digo, pero la forma en la que mi voz se quiebra delata el pánico que me asalta de solo pensarlo.

Los ojos grises del demonio me miran fijamente, al tiempo que su mandíbula se tensa. La manzana de Adán en su cuello sube y baja cuando traga saliva y noto, pese a que no quiero ponerle tanta atención a sus movimientos, como aprieta los puños.

—¿Y qué si te digo que me rehúso a permitirlo? —El sonido de su voz es cada vez más profundo—. ¿Qué si te digo que no voy a dejar que mueras por la causa?

—Es mi destino, Mikhail —digo, en un susurro apenas audible—. Es lo que tengo que hacer.

—¡A la mierda tu maldito destino! —escupe—. ¡Sé egoísta! ¡Piensa un segundo en ti y en lo que tú quieres!

—¿Estás escuchándote? —Niego con la cabeza, en un gesto desesperado y frustrado—. Hace unos días querías asesinarme. Estabas dispuesto a recuperar lo que me diste para luego acabar conmigo ¿Por qué me quieres viva ahora? ¿Para qué?

—¡No lo sé! —Sus manos se aferran a su cabello y me da la espalda, dándome una vista de la escandalosa marca de sangre en el vendaje que le cubre el torso—. ¡No lo sé, maldita sea! —Me encara. El brillo casi demencial que tiene su mirada envía un escalofrío de puro terror a través de mi espina—. ¡No sé qué demonios está ocurriendo conmigo! ¡Estoy enloqueciendo, maldición! ¡Estoy…! —Se frota la cara con ambas manos.

El silencio se apodera de la estancia.

—Tengo que irme —digo, en un susurro tembloroso, al cabo de un rato.

Mikhail aparta los dedos de su cara para mirarme y la expresión que esboza es tan torturada, que se siente como si pudiese quebrarme. Como si pudiese hacerme caer a pedazos debido al dolor que me llena el pecho.

No dice nada. No mueve ni un solo músculo tampoco. Se limita a mirarme fijamente mientras giro sobre mis talones y cierro los dedos sobre la perilla de la puerta.

—Aún estoy dispuesto a jurarte lealtad —dice con un hilo de voz, pero ni siquiera me molesto en encararlo.

—No hay necesidad alguna de que lo hagas —digo, porque es cierto—. La verdad ya ha sido dicha. Ya lo sabes todo. Deja de hacerte el tonto y decide de una vez por todas qué es lo que quieres hacer, Mikhail.

Entonces, sin darle tiempo de responder, salgo de la habitación.

Han pasado dos días enteros desde la última vez que crucé más de dos palabras con Mikhail. Dos días en los que solo he podido pensar en toda la nueva información dicha por el Ángel de la Muerte y en lo que todo eso implica.

Mi insomnio —ya horrible e insoportable— ha empeorado notablemente desde entonces y, por más que he tratado de mantenerme tranquila, no he podido hacerlo. No puedo apartar mis pensamientos del desenlace inminente que se avecina. Lo que empezó hace cuatro años está a punto de terminar y no puedo ignorarlo. No podemos pasarlo por alto.

Sé qué es lo que tengo que hacer. Sé cuál es mi papel en todo esto y, a pesar de que he tratado de aceptarlo, el pánico primitivo que todo ser humano le tiene a la muerte no me ha permitido aceptar que, antes de lo que espere, moriré por la causa. Moriré porque es mi destino hacerlo. Porque está escrito y porque así tiene que ser.

Aún no tengo en claro a manos de quién lo haré, pero sé que va a ocurrir tarde o temprano. Sé que va a ocurrir y que será un parteaguas en la historia de la humanidad. Sé que va a ocurrir y que el Apocalipsis, finalmente, llegará.

Estoy aterrorizada por eso. Estoy más allá de lo horrorizada con la idea de dejar de existir. No quiero aceptarlo en voz alta. No quiero siquiera pensarlo, pero estoy al borde del colapso nervioso. Estoy a punto de perder la cordura por completo debido a esto y no sé qué hacer para mantener mis piezas juntas. No sé qué hacer para no ponerme a gritar como loca porque nada de esto tiene sentido. Porque todo el sufrimiento previo no ha servido de nada al final del día; y todo el sacrificio que hicieron todos los que me rodean ha sido en vano porque voy a morir de igual manera.

«No quiero morir. No estoy lista para morir».

—Estoy preocupada por ti, ¿sabes? —La voz de Daialee me trae de vuelta a la realidad y, a pesar del aturdimiento que me envuelve, poso toda mi atención en ella—. ¿Estás segura de que te encuentras bien?

Sus ojos chispeantes me miran con angustia disfrazada de diversión y mi corazón se estruja debido a eso.

Odio verla preocupada por mí. Odio provocar esto en ella.

Una sonrisa tensa y triste se dibuja en mis labios casi al instante y desvío la mirada hasta posarla en el suelo de la habitación.

—Sí —miento—. Estoy cansada. No he podido dormir últimamente. Eso es todo.

Un brillo incrédulo y dolido se apodera de su rostro. Sabe que estoy mintiendo. Sabe a la perfección que lo que me ocurre no tiene nada que ver con mi falta de descanso y, a pesar de eso, se limita a mirarme y sonreír a desgana.

—Sabes que estoy aquí, ¿no es así? —dice, al tiempo que se cruza de brazos y se recarga en el marco de la puerta del estudio donde duermo.

Asiento y su gesto toma aire satisfecho.

—Así me gusta. —Menea la cabeza en un asentimiento—. Voy al supermercado, ¿vienes?

No es una pregunta. Es una orden.

Conozco lo suficiente a Daialee como para saber que no tengo opción alguna de elegir si quiero o no acompañarla al supermercado. Esta es su manera de ayudarme. Esta es su manera de aliviar la opresión que llevo dentro y lo sabe. Sabe que necesito algo de distracción.

A pesar de que casi nunca hablamos de cosas serias, sé que puede notar cuando algo no anda bien conmigo. En todo este tiempo que tengo conociéndola, he podido darme cuenta de los pequeños gestos que tiene con los que la rodean.

Esto. Obligarme a abandonar la casa para ir a hacer algo tan mundano como ir al supermercado, es su manera de intentar despejarme. De ayudarme a deshacerme de la angustia y la desesperación, aunque sea por unos minutos.

—¿Tengo alternativa? —digo, pero ya estoy poniéndome de pie.

Ella niega con aire arrogante.

Un suspiro exagerado me abandona y ruedo los ojos al cielo con dramatismo. Una pequeña risa abandona sus labios y se gira sobre sus talones para salir de la casa a paso rápido y decidido. Yo la sigo a pocos pasos de distancia.

Daialee es del tipo de persona que nunca va a obligarte a hablar sobre cómo te sientes. De ese al que no le interesa en lo absoluto si no quieres decirle qué te pasa. Ella solo va a estar cerca. Va a estar justo ahí, lista para hacerte reír. Lista para hacerte sentir como un ser humano común y corriente cuando la locura está a la vuelta de la esquina.

Se ha encargado de anclarme a la realidad cuando los momentos de oscuridad se han hecho presentes. Se ha encargado de recordarme que el mundo sigue andando a pesar de todo y que, por mucho que uno desee encerrarse en una habitación hasta sanar las heridas, lo mejor que puede hacerse, es salir a enfrentar el mundo. Salir y avanzar con el resto de la gente.

—¿Dónde está Axel? —pregunto, con aire distraído, mientras subo al coche de mi amiga.

—Con Mikhail. —Daialee sonríe con exasperación—. Sigue muy molesto contigo por no habernos dicho qué fue lo que hablaron con Ashrail.

Es mi turno de sonreír.

—¿Y tú? —pregunto—. ¿Estás enojada aún?

Niega con la cabeza.

—Entiendo que hay cosas que no pueden ser dichas —dice y se encoge de hombros—. Aunque odie la idea de no saber qué carajo está pasando, no puedo obligarte a contarme. No es tu deber hacerlo.

Un suspiro se me escapa.

—Quita esa cara —insiste—. Ya te lo he dicho: lo entiendo todo. No pasa nada si no puedes hablarlo con nadie, ¿vale?

—Gracias —digo, porque realmente quiero hacerlo. Porque realmente estoy agradecida con ella por todo lo que está haciendo ahora mismo.

—Nada de *gracias*. —Hace un gesto desdeñoso con una mano—. La próxima vez que me excluyas de algo así, voy a hacerte filetes para alimentar a las fieras de mi circo.

Una risa escapa de mis labios muy a mi pesar.

—No te rías —dice, al tiempo que arranca el coche—. Hablo en serio.

—Tú no tienes fieras. Mucho menos un circo —apunto.

—No me subestimes, Marshall. Soy perfectamente capaz de hacerme de uno solo para cumplir mi promesa —bromea y una sonrisa grande se dibuja en su boca.

—No lo dudo ni un poco —digo, con aire más ligero, mientras giramos por una de las calles del suburbio.

El silencio se apodera del vehículo durante un largo rato.

—Solo quiero saber algo… —dice, y mi vista se posa en ella.

—¿Qué cosa?

—¿Es grave? —trata de sonar despreocupada, pero la forma en la que aferra el volante y la tensión que hay en sus hombros me hace saber que está nerviosa hasta la mierda—. Lo que vino a decirles Ashrail, ¿es grave?

No quiero mentir. No quiero decirle que no es nada de qué preocuparse porque no es así. Porque es algo por lo que hay que estar aterrorizado.

—Sí —digo, luego de unos instantes.

Ella asiente.

—¿Es por eso que el ambiente se siente de esta manera? —Su voz tiembla un poco—. ¿Es por eso que se siente como si algo se hubiese… *roto?*

Sé perfectamente a qué se refiere. Habla de la densidad que se ha cernido sobre todo el espacio. Habla de la sensación sofocante que provoca el desequilibrio que hay en el mundo; de la oscuridad y la luz colisionando con violencia en una batalla constante; de las hebras sueltas en el tejido energético, y la horrible y abrumadora sensación que provoca tanta energía acumulada.

—Sí. —Mi voz es apenas un susurro.

—Está cerca, ¿no es así? —se detiene en un alto de disco que se encuentra a escasas dos calles de distancia de donde vivimos y me mira con aire aterrado—. El Fin está cerca.

Trago duro.

Esta vez, no puedo pronunciar nada, así que solo asiento.

—Mierda. —Sacude la cabeza en una negativa frenética—. Mierda, mierda, mierda…

Cierro los ojos con fuerza.

—No voy a permitir que nada malo les ocurra —prometo, en un hilo de voz—. Te juro, Daialee, que…

Ni siquiera soy capaz de terminar la oración. Ni siquiera soy capaz de abrir los ojos una vez más porque, justo en ese instante, todo estalla.

25

IRA

El mundo se ha ralentizado. La sucesión de imágenes parece andar en cámara lenta a mi alrededor y mi cuerpo parece haberse congelado en el asiento del coche en el que me encuentro. Todo pierde enfoque; pierde sentido y se siente como si flotara. Como si el planeta entero hubiese perdido gravedad, acústica y cinemática. Como si todas las leyes de la física estuviesen yéndose al caño y lo único que quedase, fuese este gran agujero de imposibilidades cumplidas. Este gran hoyo de lentitud y parsimonia errónea e inquietante.

Ahora mismo, lo único que parece funcionar a una velocidad ordinaria, es mi cabeza. Lo único que corre a toda marcha, es la cadena de pensamientos confundidos y aterrorizados que me invaden por completo.

En ese instante, algo se acciona.

Un sonido estridente y atronador me aturde y cientos de filosos rasguños me hieren el rostro y los brazos. En ese preciso momento, y pese a que no soy capaz de conectar todos los puntos en mi cabeza, el universo empieza a girar.

El crujir del metal del coche me aterroriza y me lleva a lugares oscuros que nunca imaginé que volvería a visitar. Lugares llenos de gritos familiares, olores nauseabundos y pensamientos caóticos y pesimistas.

De pronto, mi mente está en ese espacio en el que los alaridos de mis hermanas menores lo llenaban todo mientras caíamos por un barranco. De pronto, lo único que puedo hacer es escuchar los gritos desgarradores y aterrorizados que amenazan con romperme en mil pedazos.

Los Estigmas se retuercen con violencia en mi interior en el instante en el que un golpe violento me da de lleno y la energía angelical de Mikhail se estira tanto, que soy capaz de sentir cómo mi pecho se llena de ella. Como mi cuerpo —cada célula de él— se llena de su poder abrumador.

Entonces, justo cuando creo que me va a estallar el cuerpo entero por la colisión que se lleva a cabo dentro de mí, el dolor me estalla en la columna.

Un sonido aterrador se me escapa cuando una ráfaga de calor sofocante me envuelve. Un insoportable ardor me recorre de pies a cabeza, pero es la energía angelical la que repele por completo la repentina oleada de escozor.

En ese instante, el mundo deja de girar, y es solo hasta ese momento, que me doy cuenta de que los gritos, en realidad, no estaban en mi cabeza. Los gritos venían desde aquí, desde el interior del vehículo en el que me encuentro. Ese que ahora se encuentra de cabeza y que ha detenido su trayecto violento.

Todo empieza a tomar sentido.

El sonido de mi respiración dificultosa y el latir desbocado del pulso detrás de mis orejas es lo único que soy capaz de escuchar; así que tengo que mirar hacia todos lados para orientarme y darme cuenta de qué diablos ha ocurrido.

El aturdimiento, el trozo de asfalto que invade mi campo de visión, el cielo enrojecido, el calor sofocante, el humo… Todo cae, pieza a pieza, en mi cerebro y el pánico empieza a abrirse paso en mi sistema.

«¡Daialee!», grita la parte activa de mi cerebro y, justo en ese momento, pese al aturdimiento y la confusión, vuelco mi atención al asiento del conductor.

En ese instante, el mundo se detiene.

Me falta el aliento, mi corazón se salta un latido y reanuda su marcha a una velocidad antinatural, me estremezco de pies a cabeza y un grito se construye en mi garganta.

Un dolor lacerante y familiar se abre paso en mi pecho y me desgarra de mil y un formas diferentes antes de que las lágrimas me nublen la vista por completo y de que un grito horrorizado escape de mis labios.

Las manos me cubren la boca y un gemido aterrorizado y horrorizado me abandona.

Quiero vomitar. Quiero gritar. Quiero poner cuanta distancia sea posible entre este coche y yo y, al mismo tiempo, quiero fundirme en él. Quiero ser yo quien se encuentra en el asiento del conductor y no ella.

«¡Ella no! ¡Por favor, ella no!».

Un trozo de metal delgado atraviesa el pecho de la bruja, pero no es eso lo que me impresiona de esta forma. Es el hedor a carne quemada y el aspecto negruzco y ensangrentado que tienen sus extremidades lo que hace que el horror, el pánico y la histeria se apoderen de mí.

«¡No, no, no, no, no!».

El terror se arraiga en mis venas con tanta intensidad, que tengo que tomar varias inspiraciones profundas para que no me paralice por completo.

No quiero mirarla a la cara. No quiero verle el rostro porque *sé*, desde lo más profundo de mi ser, que algo horrible acaba de suceder. Que algo terrible e irreparable acaba de ocurrir.

«¡No, no, no, no! ¡Por favor, no!», grito para mis adentros y cierro los ojos para no mirar.

Un sonido horrorizado se me escapa en ese instante y el nudo en mi garganta se aprieta cuando, con manos temblorosas, me froto la cara.

Tomo una inspiración profunda, pero eso no aminora la sensación de malestar y pesadez que se ha apoderado de mí.

Abro los ojos.

Las lágrimas que me impiden ver con claridad no hacen más que incrementar el terror creciente en mi interior. No hacen más que acentuar el aterrador sonido que produce el fuego al crepitar y la insidiosa oscuridad que se ha apoderado del ambiente en tan solo unos instantes.

Tomo otra inspiración profunda y luego, una más.

Entonces —solo entonces—, me atrevo a mirar en direc-ción al rostro de Daialee.

«¡Está muerta!».

Un grito desgarrador y horrorizado me abandona y, esta vez, no soy capaz de contener la histeria. Esta vez, no soy capaz de hacer otra cosa más que intentar escapar de aquí porque esto es demasiado. Porque esto es una burla del destino hacia mi persona y no puedo soportarlo un solo momento más.

Con dedos temblorosos, lucho contra el botón del cinturón de seguridad que me mantiene anclada al asiento, y la desesperación de mis movimientos, aunada a la angustia y el pánico que me engarrota el cuerpo, hace que, con las manos torpes, apenas sea capaz de deshacer el seguro. Cuando lo hago, caigo con brusquedad contra el techo metálico del coche y el impacto envía una punzada de dolor a todo mi cuerpo.

Un sonido estrangulado se me escapa, pero eso no impide que me empuje a través del agujero de la ventana destrozada y salga del vehículo. No me importa que, en el proceso, me hiera las manos con los vidrios rotos del cristal. Tampoco me importa la forma en la que la ropa se me desgarra y las rodillas se me raspan con los trozos del material filoso que se encuentra regado por todos lados.

No me importa nada más que salir de este lugar. Necesito escapar de aquí.

Me duele la cabeza, me duelen los brazos. El cuerpo entero me grita cuando las suelas de mis zapatos tocan el concreto y, justo cuando soy capaz de conseguir mantenerme en pie y girarme a ver lo que ha ocurrido, lo pierdo por completo.

Me doblo hacia adelante al tiempo que un grito lleno de dolor, rabia, ira y angustia se me escapa. Lágrimas calientes y pesadas me caen por las mejillas, pero ni siquiera me molesto en limpiarlas porque estoy demasiado ocupada gritándole a la estructura de metal que arde delante de mis ojos. Porque estoy demasiado ocupada reviviendo en mi memoria el accidente de hace cerca de seis años, cuando murió toda mi familia.

La angustia, la desesperación y el enojo se arremolinan en mi interior hasta crear un monstruo gigantesco. Uno incapaz de ser controlado y que clama venganza. Uno que es capaz de alimentar las hebras de energía destructiva que habitan en mí y que parecen estirarse y desperezarse poco a poco.

Otro grito brota de mis labios y es tan intenso, que siento como las cuerdas vocales ceden y se doblegan debido al dolor.

«No es suficiente. Esto no es suficiente. Necesito hacer algo. Necesito…».

El sonido de una risa infantil hace eco y reverbera en todos lados.

Un escalofrío me recorre la espina y todos los vellos de la nuca se me erizan ante el sonido familiar. Un estremecimiento de puro horror hace que mis músculos se contraigan en un espasmo violento, pero, no es hasta que otra risotada divertida invade mi audición, que me atrevo a volcar mi atención hasta el lugar de donde proviene.

La figura infantil de Amon se dibuja delante de mis ojos, pero no es eso lo que hace que me paralice donde me encuentro. Es la criatura que se encuentra de pie junto a él lo que hace que el cuerpo entero se me congele en ese lugar.

Es alto. Tan alto, que luce antinatural. En la cabeza lleva una especie de máscara metálica que solo deja a la vista sus ojos —completamente negros— y los cuernos inmensos que sobresalen de su cabeza. Lleva las alas de murciélago —destrozadas, heridas y llenas de pequeños agujeros— extendidas y son tan largas, que abarcan la calle de lado a lado. Son tan impresionantes y aterradoras, que me quedo aquí, como idiota, mirándolas más tiempo del que debería.

El cuerpo del demonio junto a Amon está envuelto en cadenas gruesas que arrastran hasta un lugar que mis ojos no pueden ver y, toda la piel que es tocada por ellas luce inflamada, irritada y herida. Como si le hubiesen puesto las cadenas al rojo vivo y eso le hubiese quemado la piel hasta ese punto.

La criatura luce como si hubiese sido traída de un lugar del que nunca debió haber salido.

—¡Te encontré! —Amon exclama, y su voz suena tan eufórica como la de un niño al que acaban de decirle que podrá ir a la fiesta infantil más increíble de todas.

No respondo. No me muevo. Ni siquiera respiro. No hago nada más que mirar fijamente a los dos seres que acaban de atacarnos. A los dos bastardos que acaban de asesinar a Daialee.

Lágrimas nuevas invaden mi campo de visión, pero esta vez no están llenas de dolor. Están llenas de ira. De odio. De todo aquello que es tan oscuro como la naturaleza de estos seres.

Los Estigmas se enroscan y extienden en mi interior, exigiendo ser liberados. Exigiendo hacer justicia por su propia cuenta y, poco a poco, todo a mi alrededor comienza a transformarse. Poco a poco, el enfoque de mi vista cambia por completo y todo se convierte en energía. Todo está rodeado, envuelto y creado por pequeños hilos delgados.

De pronto, lo único que soy capaz de hacer es mirar el millar de hebras que constituyen todo lo que me rodea. Es dejar que la ira, el dolor y la angustia tomen posesión de mí.

El Príncipe del Infierno esboza una sonrisa infantil, al tiempo que da un paso en mi dirección con aire despreocupado. Su pequeño cuerpo no parece haber pasado por las manos de Mikhail. No hay indicio alguno de haber sido herido de gravedad y eso solo consigue que el enojo incremente.

—¿Dónde has dejado al inútil de Mikhail? —canturrea—. ¿Acaso murió luego de lo que le hice a sus alas? —Su sonrisa se ensancha, mostrando todos sus dientes—. No debe ser así, ¿no es cierto? Él no murió. Si lo hubiera hecho, probablemente tú también habrías desaparecido —dice—. He hecho mis investigaciones, ¿sabes? Ahora sé quién eres. Sé *qué* eres.

Otro destello iracundo, mezclado con miedo creciente e incertidumbre, se cuela en mis venas y, esta vez, tengo que apretar los puños con fuerza para reprimir las ganas que tengo de abalanzarme en su dirección.

Con todo y eso, los Estigmas —demandantes, violentos y vengativos— sisean en respuesta al desafío que supone Amon ante ellos. Gruñen ante la amenaza que esa criatura de aspecto inocente representa. Casi se siente como si clamaran la oportunidad de medir su fuerza. De alimentarse de él.

No respondo.

—¿No vas a hablar conmigo? —El puchero esbozado por los labios del demonio luce antinatural—. ¿Estás segura de que esa es la carta que quieres jugar? —Amon se encoge de hombros—. Como quieras. No digas que no quise ofrecerte un trato —dice y, en ese instante, la criatura alargada de aspecto torturado se abalanza hacia mí a toda velocidad.

Un rugido estridente escapa de los labios de la figura imponente, pero los Estigmas son más rápidos.

Hebras de energía se enroscan alrededor del demonio encadenado y tiran con tanta violencia que lo contienen en su lugar, haciéndolo ahogar un sonido similar al de un grito lleno de sorpresa y dolor.

La velocidad con la que el poder de los Estigmas se mueve me toma fuera de balance, pero no dejo que eso me amedrente. No dejo que eso me haga dudar de lo que hago.

La criatura encadenada gruñe y lucha contra mi agarre, pero las cuerdas invisibles se aferran a ella aún más.

Soy plenamente consciente del sangrado que ha comenzado a brotar de las heridas en mis muñecas, pero no me detengo. No me detengo porque no puedo hacerlo. Porque la enfermiza satisfacción que siento es tanta, que no puedo hacer nada más que pensar en lo bien que se siente poder hacer eso. En lo bien que se siente poder liberar todo este creciente resentimiento que he venido alimentando desde hace tanto tiempo.

Estoy eufórica, histérica, aterrorizada. Estoy tan furiosa que solo puedo pensar en las ganas que tengo de hacer daño.

El demonio se retuerce un poco más pero no consigue liberarse. Solo atenaza mi agarre en él con más violencia y brutalidad que antes.

Un gruñido estridente escapa de sus labios en ese instante y, de pronto, empieza a arder. Su cuerpo entero, de pies a cabeza, se envuelve en llamas intensas e incontrolables. Una punzada de pánico me invade el pecho, pero ni siquiera tengo tiempo de pensar en qué es lo que voy a hacer, ya que una llamarada es direccionada hacia mí a toda velocidad.

El terror me hiela las venas justo cuando el fuego está a punto de alcanzarme, pero un destello luminoso lo invade todo.

Me toma unos instantes darme cuenta de que ha sido la energía angelical de Mikhail la que me ha protegido; pero, cuando lo hago, el alivio me recorre entera.

Una emoción nueva, tanto gratificante como aterradora, me llena el pecho y mi corazón se salta un latido debido a la euforia, pero esta no dura demasiado ya que, en ese momento, un golpe de algo invisible me da de lleno y es tan violento, que hace que impacte contra es asfalto.

Todo el aire se me escapa de los pulmones cuando hago contacto con el pavimento y mi cabeza se estrella con brutalidad. Un grito ahogado me abandona luego de eso y los Estigmas —enfurecidos, violentos e incontenibles— se despliegan y se expanden para aferrarse de todo lo que pueden.

Yo no me muevo. No puedo hacer otra cosa más que aovillarme en el lugar en el que me encuentro para absorber el dolor insoportable que me invade.

La energía angelical de Mikhail ruge enfurecida cuando otra llamarada trata de alcanzarme y, tanto ella como los Estigmas, me exigen que me ponga de pie.

No puedo hacerlo.

Otro golpe violento me arrastra en el suelo y el costado derecho me arde debido a los raspones que el asfalto me hace. En ese momento, un sonido adolorido brota de mis labios.

—¡Pelea! —Amon exige, en voz de mando—. ¡Muéstrame tu verdadero poder!

Trato de incorporarme, pero las extremidades no me responden.

—¡¿Este es el poder al que tanto le teme todo el mundo?! —espeta—. ¡¿Esta es la amenaza de la que debemos ocuparnos antes de que sea tarde?! ¡No eres más que un puñado de palabras al aire! ¡Un montón de mierda cubierta de energía medianamente útil!

Un latigazo de dolor me da de lleno en la cara y un gemido se me escapa. Los Estigmas se estiran otro poco. Tanto, que soy capaz de sentir como todo lo que tocan se deforma a su antojo.

—¡Sello del Apocalipsis! —Amon se burla, en medio de una carcajada cruel—. ¡No eres más que una humana insignificante!

Coraje, ira, frustración, *dolor*... Todo se mezcla dentro de mí y me hacen imposible pensar con claridad.

Apoyo las manos contra el concreto.

—¡Una completa escoria!

«Destrózalo todo», susurra una voz desconocida y aterradora en mi cabeza.

Alzo la cabeza y clavo los ojos en Amon.

—¡Una...!

Entonces, lo dejo ir.

Las hebras de energía cantan debido a la satisfacción, la energía angelical protesta, el suelo debajo de mí vibra y se estremece cuando el poder incontrolable que llevo dentro se detona, y todo —absolutamente todo— se fragmenta.

Cientos de hilos delgados y diminutos revientan cuando los Estigmas tiran de ellos, y un espasmo violento me recorre de pies a cabeza. Los oídos me pitan, el corazón me golpea contra las costillas e, involuntariamente, mi espalda cede, mi cuerpo se extiende en el suelo y se arquea hacia arriba mientras un sonido que no parece mío escapa de mi garganta.

Calor húmedo me corre entre los dedos, dolor lacerante rasga la piel de mi espalda y todo pierde enfoque.

Una oleada de pánico se apodera de mí, pero no puedo hacer nada para detener el poder de los Estigmas. Para detener el torrente brutal de energía que entra en mí por medio de él.

La energía angelical de Mikhail viaja a través de mi torrente sanguíneo, envolviéndome entera; pero es incapaz de contener el poder que ahora se ha liberado. Es incapaz de detener lo que sea que estoy haciendo ahora mismo.

Mis ojos —llenos de lágrimas— están fijos en un punto en el cielo; mis dedos —doblados en ángulos extraños y dolorosos— tiran con desesperación de la energía incontrolable que amenaza con destrozarlo todo; mi pecho —lleno de terror, ira, coraje y desesperación— se hincha y se alimenta del caos en el que ha comenzado a sumirse el mundo.

Esto está mal. Esto está increíblemente bien... Aún no logro descifrarlo. Aún no logro decidirlo del todo. Sé que algo está ocurriendo. Sé que es mi culpa... Y sé que no puedo —ni quiero— detenerme.

«¡Hazlos pagar!», grita la voz demencial en mi cabeza y otro grito aterrador se me escapa de la boca.

Las hebras se envuelven alrededor de algo poderoso y oscuro, y se detienen unos instantes para inspeccionarlo. Para saborearlo.

Entonces, empiezan a despedazarlo.

Alguien grita un nombre que me es vagamente familiar. Grita, desesperadamente, algo que sé que debería estar escuchando, pero que no puedo hacerlo.

Algo —o alguien— trata de llegar a mí, puedo sentirlo... No lo consigue. Los hilos que lo envuelven todo —y que provienen de las heridas de mis muñecas— se lo impiden.

Lo estrujan y lo obligan a alejarse, pero no lo lastiman.

«¿Por qué no lo lastiman?».

Un estallido de algo resuena en la lejanía y me lleva de vuelta al agujero de ira, odio, resentimiento y dolor acumulado. Me devuelve al agujero hondo y profundo que los Estigmas han comenzado a cavar en mi pecho.

«¡Asesinaron a Daialee!», grita la voz demencial de mi cabeza.

Estrujo un poco más.

«¡Asesinaron a Dahlia!».

Otro sonido estridente y violento brota de mi garganta.

«¡Asesinaron a toda tu familia!».

Un intenso dolor se abre paso en mi sistema y me desestabiliza por completo.

«¡Perdiste a Mikhail por su maldita culpa!».

Un chillido agudo, aterrador y violento me llena los oídos, y todo a mi alrededor empieza a girar. A volverse difuso y extraño.

—¡Bess! —alguien grita—, ¡Bess, detente ya!

Los Estigmas protestan en respuesta a la voz y se estiran hasta alcanzar al dueño. Entonces, estrujan con violencia. Poder oscuro comienza a invadirme el cuerpo y las hebras cantan en aprobación.

«¡No!», la voz que le pertenece a mi subconsciente —esa que no está hecha de odio y dolor— llega a mis oídos y vacilo.

—¡Bess, con un infierno, ya basta!

Un gruñido es mi única respuesta y continúo con la tarea que me he impuesto. Los Estigmas continúan con ella.

—¡Bess! —El grito suena torturado y aterrorizado ahora—. ¡Cielo, por favor, escúchame!

La energía angelical gime en respuesta y la vacilación que me invade me permite tomar un poco las riendas de las hebras. Del caos.

En ese instante, la bruma oscura que había tomado posesión de mí se disuelve un poco y la lucha comienza.

Los Estigmas exigen libertad. Exigen alimento, vida y destrucción… Mi cabeza —mi verdadero *yo*—, exige control, dominio y autoridad. La energía luminosa clama por algo que no soy capaz de entender y todo colisiona dentro de mí. Todo impacta y se mezcla hasta crear un monstruo imposible de comprender.

Un tirón brusco en la cuerda invisible de mi pecho me libera un poco más del aturdimiento que me invade, pero no es suficiente. No puedo salir de este estado. No puedo controlar el poder destructivo que llevo dentro. Es él el que me controla a mí. El que no me deja en libertad.

Otro tirón violento me llena el pecho y, esta vez, mi cuerpo se dobla sobre sí mismo en respuesta, y la nube de odio y resentimiento se disipa un poco.

—¡Vamos, Bess! ¡Eres más fuerte que esto! ¡Eres más que esto! —grita la voz y, en esta ocasión, es una caricia la que me llena el lazo en el pecho.

Trato, desesperadamente, de tomar el control una vez más, pero los Estigmas son más fuertes que mi voluntad. Son más fuertes que nada en este mundo.

—Cielo, no voy dejar que esas mierdas te consuman. Así destroces este lugar y tenga que pudrirme en el Infierno, no voy a dejarte morir, ¿me oyes? No voy a permitir que lo hagas.

Mis párpados —los cuales ni siquiera sabía que tenía cerrados— se abren en ese momento y, como si fuese la única cosa en el universo capaz de anclarme al aquí y al ahora, viene a mí.

Es una palabra.

Es solo un nombre, pero es suficiente para conseguir que todo tenga un poco de sentido.

Mikhail.

—No voy a dejarte, Bess. —La voz del demonio de los ojos grises suena ronca. Desgarrada—. Así que lucha de una maldita vez.

26

CONTROL

Las hebras de energía que lo envuelven todo se tensan con violencia cuando la voz de Mikhail me llena los oídos, y sé, desde lo más profundo de mi ser, que no les ha gustado en lo absoluto la reacción de mi cuerpo. Sé, por sobre todas las cosas, que no están conformes con lo que acaba de suceder; así que, en respuesta, tiran de sí con violencia y me hunden un poco más en el halo de oscuridad que me somete y me incapacita.

La voz del demonio de los ojos grises llega a mí una vez más, pero no logro entender qué es lo que ha dicho. No logro escuchar una mierda porque algo ha bloqueado toda clase de sonido proveniente del exterior.

El miedo se abre paso en mi pecho en ese momento y lucho para llegar a la superficie de esta extraña bruma densa.

No lo consigo. Por el contrario, lo único que obtengo en respuesta a mi ardua pelea, es un sonido ronco, profundo y violento.

Sé que es una advertencia. Que ha sido provocado por los Estigmas y que no es más que otra manera de hacerme saber que no están dispuestos a ceder ni un poco.

«¡Detenlos! ¡Haz algo y detenlos!», grita la parte activa de mi cerebro, pero no puedo hacer nada. Ni siquiera puedo moverme. A estas alturas, ni siquiera soy capaz de enfocar la vista en algo en específico. Se siente como si estuviese mirando a través de un lente fotográfico completamente destrozado, y mi audición es apenas un bufido lejano e inconexo.

Una punzada de pánico me atraviesa el pecho, pero me las arreglo para escarbar dentro de mí en busca de la fuerza necesaria para seguir peleando.

Nada ocurre. Trato de recurrir al lazo que me mantiene atada a Mikhail para hacerle saber que estoy aquí y que estoy aterrorizada, pero no puedo llegar a él. No puedo moverlo en lo absoluto. Es como si me hubiese convertido en humo. Como si no fuese otra cosa más que la sombra de alguien que ya no existe. Eso me envía al borde de la histeria.

Quiero gritar. Quiero patalear, forcejear y manotear hasta liberarme de la inmovilidad que me aferra los músculos, pero ninguno me responde. He perdido total control sobre ellos. Los Estigmas se han posesionado de mi cuerpo y se siente como si nunca más fuesen a devolvérmelo.

El terror creciente se vuelve más intenso ahora y mis pulmones empiezan a llenarse de aire a una velocidad antinatural. Mi respiración comienza a agitarse y el corazón se me acelera en el instante en el que el pánico me enfría las venas.

Un tirón en el lazo es lo único que me hace saber que Mikhail sigue cerca y trato de aferrarme a él sin mucho éxito. Ni siquiera soy capaz de llegar a la cuerda en mi pecho.

La angustia abre una zanja honda y profunda dentro de mí, y me siento ansiosa, frustrada… *aterrada*.

Un nudo de nerviosismo ha comenzado a formarse en la boca de mi estómago y no puedo hacer nada para deshacerlo. Ni siquiera sé si quiero intentarlo. Una horrible sensación de pesadez se me ha instalado en los huesos y no puedo alejarla. No puedo deshacerme de ninguno de los sentimientos arrolladores y destructivos que me invaden, ni de la aterradora sensación de desconexión que se ha apoderado de mí.

Es como si el mundo hubiese pasado a segundo plano y no pudiese alcanzarlo. Como si el universo hubiese cambiado de ángulo y todo lo que alguna vez fue tangible, ahora no fuese más que un montón de imposibilidades. Un montón de irrealidades tejidas en una dimensión diferente a la que conozco.

Estoy al borde de un ataque de pánico. Estoy a punto de estallar en fragmentos diminutos y ni siquiera soy capaz de ponerme a gritar. Ni siquiera soy capaz de abrazarme a mí misma y llorar a mis anchas.

Me siento derrotada, perdida… Destrozada en tantas formas que ya ni siquiera me quedan fuerzas para seguir luchando. Ni siquiera sé si quiero hacerlo.

Cierro los ojos.

Los Estigmas rugen victoriosos y tiran con más violencia de todo lo que se encuentran a su paso. Tiran con tanta fuerza, que comienzan a absorber absolutamente todo lo que les rodea; mientras que yo me quedo aquí, quieta, hecha un manojo de pánico, desesperación y desolación.

«¡No puedes darte por vencida, Bess!», grita mi subconsciente, pero sigo sin poder moverme. «¡No puedes dejar que esas cosas te controlen! ¡No dejes que lo destruyan todo!».

La desesperación incrementa otro poco y el pánico se me asienta en los huesos.

«¡Bess, si dejas que te maten, el apocalipsis iniciará, los demonios lucharán y vencerán, y Mikhail será sometido! ¡Será asesinado!».

Soy vagamente consciente de la calidez de las lágrimas que me corren por las mejillas, pero sigo siendo incapaz de hacer nada.

«¡Los Estigmas van a matarte! ¡No puedes morir así! ¡Tienes que regresarle a Mikhail lo que te dio! ¡Tienes que hacer que vuelva al lugar al que pertenece! ¡Él lo merece! ¡Él tiene que salvar a la humanidad! ¡Debe hacerlo!».

La angustia gana otro poco de terreno, pero sé que la voz en mi cabeza tiene razón. Mi subconsciente no dice otra cosa más que la maldita verdad y, aun así, no puedo dejar de sentirme aterrada. No puedo alejar de mí las ganas que tengo de aovillarme y darme por vencida de una vez por todas.

Estoy tan cansada. Tan harta de todo esto…

«¡Vamos, Bess! ¡No puedes dejarte morir de esta manera! ¡Toma el control, maldita sea! ¡Tómalo!», me reprime la voz en mi cabeza y la ansiedad incrementa al grado de casi volverse insoportable. «¡Deja de ser una maldita cobarde! ¡Haz algo ya!».

Pánico crudo y duro corre por mi torrente sanguíneo, pero, como puedo, me sobrepongo y me obligo a tomar una inspiración profunda.

«¡Ahora, carajo! ¡Eres tú quien domina a los Estigmas! ¡Eres tú quien decide cuándo parar! ¡Para ya!».

Un sollozo se me escapa de los labios cuando siento la fuerza abrumadora con la que la energía angelical se mueve.

«¡Para ya, maldición!».

Un destello de algo cálido se apodera de mi pecho y me aferro a la sensación porque es lo único que puedo hacer ahora mismo. Es lo único que puedo conseguir en el estado nervioso en el que me encuentro.

La calidez, en respuesta a mi toque ansioso y desesperado, se extiende y se expande hasta llenarme el torso.

Justo en ese momento, soy capaz de… *sentirlo.*

Un suave tirón se hace presente al instante y, como puedo, me aferro a él. Me aferro y tiro en respuesta. El pequeño retortijón en la cuerda invisible que llevo dentro incrementa su intensidad y soy plenamente consciente de cómo el aliento se me atasca en la garganta debido a la brusquedad del movimiento.

Mi agarre se aprieta aún más y, en ese momento, la bruma que me envuelve se adelgaza un poco.

Una punzada de adrenalina me invade por completo y dejo que corra por mi torrente sanguíneo antes de que la sensación cálida en mi pecho se abalance hasta el lazo y se aferre a él con toda su fuerza.

La persona del otro lado de la cuerda empieza a tirar.

La calidez se transforma en un ardor intenso y violento, pero eso no hace más que disipar la oscuridad a mi alrededor. No hace más que permitirme abrir los ojos una vez más y *sentir* los dedos de mis manos. Mis extremidades. Mi cuerpo entero.

El aturdimiento es intenso. La confusión es aterradora, el dolor en mi caja torácica es insoportable… Y los Estigmas están furiosos.

Todo dentro de mí se estremece cuando retuercen todo a su alrededor y, en ese momento, la fuerza impresa en el lazo vacila. La quemazón en mi pecho ruge en respuesta y yo, por acto reflejo, me aferro a la cuerda invisible con más fuerza que antes.

La persona del otro lado tira una vez más, pero el agarre se siente más débil que antes; más torpe.

«¡Vamos, Bess!», grito para mis adentros. «¡Libérate de toda esta mierda, carajo!».

Trato de alcanzar las hebras de los Estigmas.

Un siseo ronco y profundo me invade los oídos, pero no permito que la amenaza impresa me amedrente. No permito que nada me aleje de mi objetivo.

Mis dedos rozan los hilos de energía, pero no es suficiente. Necesito salir de este estado de semiinconsciencia o no voy a poder hacer nada para detener a los Estigmas. Necesito librarme de esta inmovilidad ahora mismo o todo va a terminar muy mal.

El calor en mi pecho incrementa y la familiaridad me invade los huesos. Es hasta ese momento, que soy capaz de distinguirlo. Es hasta ese instante, que me doy cuenta de que es la energía angelical de Mikhail la que está tratando de ayudarme. La que se ha encargado de mantenerme a flote en este lugar oscuro y denso en el que me encuentro sumergida.

La fuerza del otro lado del lazo en mi pecho incrementa un poco y tira de mí. La energía angelical hace lo mismo y, justo en el momento en el que el humo se dispersa otro poco, lo intento de nuevo.

Esta vez, soy capaz de aferrarme a las hebras. Soy capaz de sentir el poder atronador, violento y destructivo de los Estigmas enroscándose entre mis dedos.

Tiro de ellos.

Los hilos de energía gritan en respuesta y luchan contra mi agarre, pero la energía angelical ya ha comenzado a neutralizar todo el poder que tienen.

Otro jalón en mi agarre sobre los Estigmas los desestabiliza por completo y, al instante, todo toma una nitidez abrumadora.

Los sonidos regresan a mí de golpe, la vista se me llena de humo, fuego, trozos de cielo, caos y destrucción; mi nariz se inunda de olores nauseabundos y todo mi cuerpo —absolutamente todo— grita de dolor.

Un sonido torturado me brota de la garganta y un espasmo me recorre de pies a cabeza. En ese instante, mis rodillas golpean el suelo y mis manos apenas pueden sostener el golpe de mi cara contra el concreto.

Los Estigmas aprovechan ese instante para intentar escapar de mi control, pero no se los permito. Pese al dolor lacerante que me recorre, no se los permito.

La energía angelical concentra toda su atención en mí, pero no es suficiente. Duele demasiado. Es insoportable.

—¡Bess! —El grito de la voz familiar de Axel envía oleadas de alivio a mi sistema—, ¡Bess, detente! ¡Mikhail…!

Ni siquiera escucho el resto de su oración. Ni siquiera me molesto en intentar averiguar dónde está o cómo carajo es que llegó aquí, porque he concentrado toda la atención en la tarea de intentar localizar al demonio de los ojos grises.

No me toma mucho tiempo encontrarlo. No me toma mucho tiempo dar con la imagen de su anatomía y, cuando lo hago, todo el mundo se tambalea.

Decenas… No… *Cientos* de hilos energéticos le rodean el cuerpo, pero no es eso lo que me saca de balance. Es la posición de cabeza en la que se encuentra y el estado destrozado de la única ala que posee, lo que me envía al borde de mis cabales.

Las hebras de los Estigmas lo mantienen en el aire, con los brazos extendidos y las piernas juntas. Sostienen, también, el ala de murciélago de Mikhail, y la mantienen abierta. Extendida —cuán grande y gloriosa—. Su torso y brazos desnudos estás surcados por centenares de pequeñas venas azuladas que resaltan con tensión de sus músculos y que lucen dolorosas, y hay un charco de sangre en el suelo debajo de él.

Un grito de puro horror se construye en mi garganta y una oleada de pánico y enojo me recorre entera.

Una emoción oscura e insidiosa se apodera de mis entrañas, pero trato de ignorarla mientras me concentro en los Estigmas que lo envuelven todo.

Poco a poco, con la poca fuerza que le queda a mi cuerpo, y pese al intenso dolor que me invade de pies a cabeza, afianzo mi agarre en los hilos energéticos antes de intentar tirar de ellos. La respuesta que recibo es una vibración profunda, dolorosa y enfurecida; sin embargo, no dejo que eso me amedrente. No dejo que me detenga de hacer lo que tengo que hacer.

Tiro una vez más.

Los Estigmas protestan en respuesta y se estiran tanto, que soy capaz de sentir cómo la energía oscura que emana el cuerpo de Mikhail se agita con inquietud. El pánico que corre por mis venas en ese momento es insoportable.

Aprieto los puños y los dientes.

«No van a ganarme. No van a ganarme. No van a ganarme…».

Lo intento de nuevo.

Esta vez, las hebras hieren el cuerpo de Mikhail con violencia y él suelta un alarido de puro dolor.

El horror se arraiga en mí en ese instante, pero sé que lo están haciendo para contenerme. Los Estigmas *saben* que Mikhail es una de mis vulnerabilidades más grandes y lo están utilizando para mantenerme bajo control.

—¡Bess! *¡Maldición!* ¡¿Qué estás haciendo?! —La voz de Axel vuelve a mí, pero lo ignoro por completo.

En su lugar, me enfoco en los hilos que se tensan alrededor del demonio de los ojos grises.

La energía angelical que llevo dentro se agita cuando, como puedo, me pongo de pie. Entonces, me llena por completo. Me abraza de pies a cabeza y la sensación de entumecimiento se apodera de mi anatomía.

Trata de darme fuerza. Trata de mantenerme lo suficientemente fuerte para que los Estigmas no terminen asesinándome.

Afianzo mi agarre otro poco.

Esta vez, cuando tiro, un sonido similar al de un gruñido me abandona. Esta vez, cuando tiro, la energía angelical empuja mi cuerpo hasta sus límites y me llena de algo que no logro descifrar. Algo cálido, dulce… Similar a un bálsamo.

Entonces, los hilos ceden y Mikhail cae al suelo de golpe.

Otro gemido torturado se me escapa cuando lucho contra el poder destructivo que lo envuelve todo y, en el proceso, una onda expansiva provocada por la ondulación de los Estigmas hace que me tambalee un par de pasos hacia atrás.

Las piernas no pueden responderme más, así que caigo al suelo con brusquedad; sin embargo, no dejo de pelear para controlar a la energía desesperada que lucha por ser libre. No dejo de exigirle a mi anatomía que controle al monstruo que llevo dentro.

La energía angelical de Mikhail se apodera de las hebras una vez que se encuentran lo suficientemente cerca de mí, y tira de ellas hasta que estas —débiles, agotadas y derrotadas— se retraen y se contraen hasta quedar selladas en mi interior.

Es hasta ese momento, que me permito desplomarme en el asfalto. En ese instante, mi cabeza se estrella contra el concreto con tanta fuerza, que cientos de puntos oscuros se filtran mi campo de visión.

Alguien grita mi nombre. Alguien me toca la cara y tira de mí hacia arriba. El cuerpo no me responde. El cerebro no logra darle una orden en concreto a mis extremidades así que, me dejo ir.

Me dejo envolver por la bruma que me invade. Por la oscuridad que trata de alejarme del mundo real y me arrastra a los brazos de la inconsciencia.

Algo cálido me golpea la espalda de lleno y sé, mucho antes de siquiera abrir los ojos, que es el sol matutino el que me perturba el sueño.

El calor sobre mi espina es agradable e incómodo en partes iguales, y no sé si quiero moverme o quedarme aquí. No sé si quiero acurrucarme aún más o moverme para alejarme de la suave quemazón.

Me remuevo con incomodidad. Los músculos gritan en respuesta a mi movimiento y, de manera abrupta, me encuentro despierta y soy plenamente consciente del dolor punzante en mi cabeza y del ardor que me cubre de pies a cabeza.

Aprieto los párpados cuando trato de estirarme un poco y un sonido torturado se me escapa.

—*Shh…* —alguien murmura, y algo frío y húmedo es colocado sobre mi espalda vestida—. No te muevas tanto. Vas a lastimarte.

El sonido de la voz que llena la estancia es ronco, pastoso, profundo y familiar, y, justo en el instante en el que llega a mí, un escalofrío me recorre el cuerpo.

Abro los ojos.

Mi cabeza hace amago de levantarse de la almohada sobre la que se encuentra para mirar al dueño de la voz, pero una punzada dolorosa me detiene al momento.

Un gemido se me escapa y aprieto los dientes antes de mascullar una palabrota.

Alguien se acuclilla a un costado de la cama en la que me encuentro y, rápidamente, vuelco la vista en su dirección.

El par de ojos grises son lo primero que noto, seguido de la piel blancuzca, el cabello negro como la noche y la mandíbula angulosa de Mikhail. La severidad con la que me mira es tanta, que tengo que reprimir el primitivo impulso que tengo de apartarme de él.

—¿Acaso hablo mandarín? —espeta. Suena molesto—. Te he dicho que no te muevas. Vas a hacerte daño.

La confusión me invade por completo, pero no puedo decir nada. No puedo hacer nada más que intentar conectar los puntos en mi cabeza.

«¿Qué carajos pasó? ¿Qué diablos hace él…?».

Entonces, todo vuelve a mí y me golpea como un tractor demoledor.

El corazón se me estruja, mi pulso se acelera, las manos me tiemblan… Todo mi cuerpo reacciona cuando, uno a uno, los recuerdos empiezan a llenarme la cabeza:

Amon, la criatura que lo acompañaba, el coche volcado, los Estigmas tomando el control, la sed de venganza, el dolor, *Daialee*…

La angustia, la desesperación y la ansiedad empiezan a hacer estragos en mí y me encuentro respirando con dificultad. Me encuentro intentando levantarme de la cama para escapar de la tortura; removiéndome, pataleando y manoteando todo a mi paso, mientras la desesperación se abre camino en mi sistema y las lágrimas me abandonan como torrente incontenible.

Mikhail exclama algo que no escucho, pero no me detengo. Trata de llegar a mí, pero ya me he empujado lo suficiente como para caer al suelo con estrépito y arrastrarme lejos de su agarre a pesar del dolor insoportable en el que estoy envuelta.

No puedo respirar. No puedo dejar de temblar. No puedo dejar de sollozar e hipar con histeria.

El demonio de los ojos grises se apresura hasta el lugar donde me encuentro y apoya una rodilla en el suelo cuando me acorrala en el espacio que hay entre el buró y la pared. Una vez así, me ahueca el rostro entre las manos y dice algo que no entiendo. Algo que ni siquiera me molesto en escuchar.

Mis uñas se clavan en sus muñecas y grito. Grito mientras trato de apartarlo. Mientras pataleo y forcejeo contra su agarre.

Mikhail, sin embargo, no se mueve. No hace otra cosa más que intentar contenerme.

Uno de sus brazos se envuelve alrededor de mis hombros y tira de mí en su dirección. Yo trato de liberarme, pero no puedo hacerlo. Entonces, sabiéndose claramente en ventaja, envuelve su brazo libre en mi cintura y tira de mí hasta quedar sentado en el suelo, con el cuerpo acomodado en el hueco entre sus piernas.

Para ese momento, me toco el pecho con las rodillas y tengo los brazos pegados al suyo, mientras que, con fuerza, me aprieta contra él.

El abrazo se siente ansioso, brusco, desesperado… Y lo agradezco. Lo agradezco porque estoy a punto de desmoronarme. Porque estoy a punto de hacerme añicos y este agarre es lo único que me impide hacerlo. Lo único que impide que pierda la cabeza debido a los recuerdos tortuosos que no dejan de reproducirse en mi memoria.

Un sollozo desgarrador escapa de mi garganta en el instante en el que dejo de luchar contra Mikhail y me aovillo un poco más cuando el abrazo del demonio se intensifica al grado de ser doloroso.

Sollozo de nuevo.

El llanto desesperado, frustrado e histérico llega a mí luego de eso y me dejo ir. Dejo que todo el dolor y la angustia que llevo sobre los hombros se haga cargo. Dejo que Mikhail me susurre cosas dulces en el oído y que mi corazón se aferre a él, porque es lo único que puede hacer para no hacerse polvo en estos momentos.

No puedo dejar de pensar en Daialee. No puedo dejar de pensar en lo cerca que estuve de perder el control de los Estigmas y en lo miserable que me siento; así que lloro. Lloro con todas mis fuerzas. Lloro hasta que los ojos me arden y la garganta me duele de tanto gritar.

Entonces, permito que la resolución de todo lo que ha pasado se asiente sobre mis huesos.

—Daialee está muerta… —digo, en un susurro tembloroso, débil e inestable al cabo de un largo momento de silencio.

No le hablo a nadie en específico, pero, de cualquier modo, Mikhail se tensa cuando lo pronuncio en voz alta.

—Lo siento mucho —dice, al cabo de un rato.

—Está muerta por mi culpa. —La voz se me quiebra cuando digo eso, pero me siento vacía. Me siento desolada… *Rota.*

—No, Cielo. —La voz de Mikhail suena más ronca que antes—. Nada de esto es tu culpa.

Un largo silencio se instala entre nosotros.

—Si lo es —digo, finalmente—. Y-Yo… —Me detengo y trago duro para eliminar el nudo que tengo en la garganta—. Destruyo todo lo que todo. Lo hago mierda.

—Bess…

—Mis papás y mis hermanas… —lo interrumpo. Acto seguido, sacudo la cabeza en una negativa y un puñado de lágrimas nuevas me nublan la vista—. Todos murieron en ese accidente gracias a que alguien intentaba asesinarme. —Trago una vez más, pero el nudo no se deshace ni siquiera un poco—. Mi tía Dahlia fue asesinada por mi culpa y su prometido, Nate, murió porque fue poseído por un ángel que tenía órdenes expresas de matarme. —Cuando parpadeo, un par de lágrimas traicioneras me abandonan—. Un montón de brujas murieron dentro de su propia casa cuando los ángeles fueron a buscarme. —Un sonido similar al de un sollozo se me escapa—. Un semi demonio renunció a la posibilidad de volver a su Reino para darme la oportunidad de vivir y terminó convertido en eso que tanto detestaba… —Cierro los ojos con fuerza y trato de absorber la punzada de dolor que me atraviesa de lado a lado—. Ahora fue Daialee la víctima. Fue ella quien tuvo que morir por mi culpa —Sacudo la cabeza en una negativa—. Ya no quiero que nadie muera. Ya no quiero seguir causando todo esto.

—Cielo…

—Así que, por favor, Mikhail —lo interrumpo una vez más—, acaba con todo. Acaba conmigo. Toma de mí tu parte angelical, haz lo que tienes que hacer y termina con todo esto de una maldita vez.

No responde. Ni siquiera estoy segura de que respire.

Alzo la vista para encontrarme con su rostro.

Desde el lugar donde me encuentro, lo único que soy capaz de ver, es el músculo duro en su mandíbula, los ángulos obtusos de su rostro, el ceño duro que enmarca sus ojos y la línea severa que dibujan sus labios mullidos.

Su mirada encuentra la mía.

La ferocidad que veo en ella es tanta, que me intimida; sin embargo, no aparto los ojos ni un instante. No le hago saber cuán cohibida me hace sentir cuando me mira de esa manera.

Su rostro está cerca. *Demasiado* cerca. Tanto que soy capaz de mirar las pequeñas motas doradas que tiñen sus ojos. *Tanto* que soy capaz se sentir su respiración golpeando la comisura de mi boca.

—Por favor… —suplico.

Él niega.

—No quiero ser un héroe —susurra con la voz entrecortada por las emociones—. No si eso implica tener que… —Se detiene por completo—. Pídeme lo que quieras. Pídeme *todo…* menos eso.

—No quiero nada más. —Mi voz es apenas audible—. Haz que valga la pena. Que nada de esto sea en vano.

—No puedo —suena desesperado. Angustiado.

—Hazlo. Por favor, solo hazlo.

—¡Te he dicho que no! —espeta, y el tono con el que habla me quiebra en mil pedazos.

—¿Por qué no? —sueno miserable. Derrotada—. Mikhail, por favor. *Por favor…*

Ni siquiera puedo terminar la oración. Ni siquiera puedo reaccionar porque, justo en ese instante, una palabrota se le escapa y sus labios —ásperos, cálidos y mullidos— encuentran los míos en el camino y acallan el sonido de mi voz.

Mi estómago cae en picada, un escalofrío me recorre la espina dorsal, mi pulso se acelera, la confusión y el aturdimiento se mezclan en mi interior y todo se difumina a mi alrededor. Todo se desdibuja y desaparece porque *él* es quien ha iniciado el contacto y no yo. Porque *él* está besándome.

Mikhail está besándome.

27

DESPEDIDA

Los labios de Mikhail se mueven contra los míos en una danza suave, lenta y cadenciosa, y todo dentro de mí reacciona ante eso. Todo grita y canta debido a la adrenalina que me invade.

No puedo pensar. No puedo respirar. No puedo hacer otra cosa que no sea sentir su boca contra la mía y besarle de vuelta con torpeza.

Una mano áspera, grande y firme se me posa en la mejilla húmeda por el llanto y un escalofrío me recorre cuando siento como sus dedos largos se curvan en el cuello. Entonces, me sostiene con firmeza, antes de inclinarse para besarme con más profundidad.

En ese momento, mis manos temblorosas y doloridas reaccionan y se aferran a las hebras oscuras de su cabello.

Un gruñido de aprobación escapa de sus labios cuando los míos corresponden a su caricia con más avidez, y el corazón me da un vuelco violento cuando siento como su brazo —ese que mantiene envuelto a mi alrededor— me aprieta contra él con más intensidad.

Quiero apartarme. Quiero acercarme. Quiero besarle con más fuerza y hacer que el mundo entero se detenga para quedarme aquí porque se siente bien. Porque no duele. Porque los problemas se sienten lejanos.

La lengua de Mikhail se abre paso en mi boca en un beso hambriento, violento y feroz, cuando mis manos se deslizan hasta su cuello.

Un sonido similar al de un suspiro se me escapa y la intensidad del beso incrementa.

El mundo entero desaparece. El mundo entero se transforma en una nube difusa y distante.

No sé cuánto tiempo pasa antes de que Mikhail se aparte de mí. No sé, ni siquiera, cuándo las lágrimas urgentes y desesperadas que me abandonaban se detuvieron. Sinceramente, ahora mismo no me interesa averiguarlo. Lo único en lo que puedo concentrarme, es en el modo en el que su frente se une a la mía y la manera en la que sus manos cálidas y grandes me sostienen.

Mi corazón no ha dejado de latir a toda marcha, mis manos no han dejado de aferrarse a él con toda la fuerza que poseen y el sonido de nuestras respiraciones agitadas es lo único que puede escucharse. Es lo único que puede percibirse a través del silencio de la habitación.

Tiemblo de pies a cabeza debido a la adrenalina y la ansiedad, pero, a pesar de eso, un cómodo aturdimiento se ha apoderado de mí.

Poco a poco, empiezo a ser más consciente de mí misma. Poco a poco, sin realmente estar lista para que suceda, comienzo a percatarme de lo que ocurre en el entorno a pesar de que no quiero hacerlo. A pesar de que, lo que en realidad quiero es permanecer aquí, en el limbo provocado por su contacto, todo el tiempo que sea posible. Quiero permanecer aquí, absorta en este espacio lleno de ilusas esperanzas que Mikhail se encarga de crear para mí siempre que estoy a punto de rendirme.

A estas alturas, si todo esto solo se trata de una treta para tranquilizarme, para mantenerme a flote, bienvenida sea.

No estoy lista para volver a la realidad. No estoy lista para regresar a ese lugar oscuro y siniestro del que vengo.

—Pídeme lo que quieras, Bess. —La voz del demonio llega a mí en un hilo ronco y tembloroso—. Pídeme todo, menos eso. Llámame cobarde, egoísta, imbécil… No me importa. Pero no me pidas que acabe contigo.

Un centenar de emociones se mezclan con la tristeza y el desasosiego que hace unos instantes me hacían añicos. No sé qué hacer. No sé qué decir. Ni siquiera sé si seré capaz de enfrentarme al chico que me sostiene entre sus brazos y mantiene su rostro cerca del mío.

—¿Por qué tratas de volverme loca? —me quejo, en un susurro tembloroso y débil.

Una pequeña y suave risa escapa de sus labios, y el pecho se me llena de una emoción intensa y extraña.

—Eres tú quien trata de enloquecerme a mí —dice, en un susurro ronco.

Mis ojos se abren y la vista se me llena de él. De la preciosa tormenta grisácea que tiñe sus ojos, y del desastre sedoso que es su cabello. Se llena de sus labios mullidos y enrojecidos por nuestro contacto, y de los ángulos duros y fuertes que tiene su cara.

—Tuve otro recuerdo... —murmura, al tiempo que, con aire distraído, aparta un mechón de cabello lejos de mi rostro. Los párpados se me cierran una vez más mientras absorbo el contacto—. En este, estás atada a una estructura de madera y hay alguien a punto de clavarte por las muñecas.

Abro los ojos una vez más y poso la vista en la suya. Mi corazón se salta un latido en ese instante y el aliento me falta.

Los recuerdos de ese incidente no se hacen esperar y, de pronto, me encuentro reviviendo aquella ocasión en la que fui secuestrada por un grupo de fanáticos religiosos.

El silencio se extiende entre nosotros mientras que, tanto él como yo, nos sumimos en nuestros pensamientos durante unos instantes.

—Bess, yo... —Mikhail comienza a hablar; sin embargo, el sonido de la puerta siendo abierta con brusquedad, aunado a la voz proveniente de la entrada, lo corta de tajo.

En ese momento, más por instinto que por otra cosa, me aparto del demonio y poso toda la atención en la figura que se encuentra de pie en el umbral.

Axel, quien luce cansado, ojeroso e infinitamente triste, se detiene en seco en el instante en el que se percata de que, tanto Mikhail como yo, nos encontramos en el suelo. Su mirada pasa del uno al otro un par de veces y la confusión que se dibuja en su mirada no hace más que incrementar la incomodidad que ha comenzado a instalarse en mis huesos.

—¿Debo preguntar qué pasó aquí o finjo demencia? —dice, al tiempo que sus cejas se alzan en un gesto sugerente. Pese al gesto derrotado que lleva en el rostro, un atisbo de sonrisa se dibuja en sus labios.

No respondo. Mikhail tampoco dice nada. Se limita a ponerse de pie para luego, con mucho cuidado, tomarme entre sus brazos y depositarme sobre la cama. El gesto es tan familiar y anormal al mismo tiempo, que no sé cómo reaccionar. Ni siquiera deseo pensar demasiado en su significado. Ahora mismo, lo único que quiero es que Axel deje de mirarnos como lo hace, y que Mikhail deje de comportarse como si nada hubiese pasado.

—¿Debo interpretar ese silencio? —Axel insiste, pero Mikhail, deliberadamente, se entretiene acomodando las almohadas detrás de mi espalda. Es hasta ese momento, que me percato de que lleva el torso desnudo y que solo una venda gruesa cubre gran parte de él.

—¿Qué es lo que quieres? —Mikhail habla. No suena molesto ni duro, pero el tono que utiliza es intimidatorio. Tanto, que cualquiera con media neurona podría percatarse de que esa ha sido su manera de dar por zanjado el tema que Axel insiste en abordar.

El íncubo se aclara la garganta.

—Venía a preguntar cómo estaba Bess —dice, con cautela—, pero ya veo que está mucho mejor.

Es hasta ese momento, que el demonio de los ojos grises lo encara.

—¿Eso es todo? —pregunta.

—En realidad, no. —El íncubo hace una mueca cargada de disculpa—. Venía a hablar contigo respecto a lo que ocurrió con Amon y respecto a lo que las brujas planean hacer con… —Se detiene en seco y posa su atención en mí. El entendimiento y arrepentimiento que veo en sus facciones es tan incómodo como doloroso. Luce como si quisiera enterrar la cara en el suelo y una punzada de nerviosismo me atraviesa el pecho—. ¡Maldición! ¿Por qué carajo nunca aprendo a quedarme callado cuando tengo que hacerlo? —Se reprime, al tiempo que cierra los ojos y sacude la cabeza en una negativa. Entonces, encara a Mikhail una vez más y dice—: ¿Puedes salir un momento, por favor?

—Está bien —digo, a pesar de que no estoy segura de querer escuchar lo que Axel tiene que decir—. Puedes decirlo.

El íncubo duda.

—Habla ya —urge Mikhail.

Axel suelta un suspiro cansado.

—Venía a decirte que las brujas habían decidido esperar a que Bess reaccionara para realizar el ritual de despedida de… —Traga duro y me mira de reojo—. De Daialee.

No me atrevo a apostar, pero creo haber escuchado un ligero temblor en su tono. Creo haber visto un atisbo de dolor en su mirada y eso no hace más que avivar el ardor insoportable que llevo en el pecho desde que tomé consciencia de mí misma.

Mikhail no se mueve. De hecho, ni siquiera luce como si estuviese respirando. Su cuerpo está tan quieto que asusta y no sé cómo sentirme al respecto.

Se hace el silencio.

—Bess no está en condiciones de…

—Estoy bien —lo interrumpo a media oración—. En perfectas condiciones.

—No, no lo estás —Mikhail suelta con dureza, al tiempo que me mira por encima del hombro—. Tu cuerpo aún está débil. Estás llena de Estigmas y…

—Es su funeral. —Mi voz se quiebra cuando pronuncio estas palabras y mis ojos se llenan de lágrimas—. No voy a faltar a su funeral.

La mandíbula de Mikhail se tensa por completo.

—Sigues estando muy débil —escupe, con severidad.

—Hagas lo que hagas… —Trago el nudo que se ha formado en mi garganta—. Digas lo que digas, no vas a impedir que esté ahí para despedirla.

Los ojos del demonio se cierran unos instantes y noto como su pecho se infla cuando toma una inspiración exasperada; sin embargo, termina asintiendo.

Axel también lo hace antes de posar toda su atención en Mikhail una vez más.

—Respecto a lo que sucedió con Amon…

—Aquí no —Mikhail lo interrumpe—. Hablemos sobre eso afuera.

—No —digo, pese a las lágrimas que amenazan con abandonarme—. Quiero escucharlo yo también. Quiero saber qué diablos fue lo que pasó allá afuera, quién carajo era la criatura que venía con Amon y por qué nos encontraron.

Un suspiro cansado y fastidiado escapa de los labios de Mikhail.

—No vas a dejarme impedir que te tortures, ¿no es así? —reprocha, pero no suena como si realmente tratase de reprimirme.

No respondo. Me limito a mirarlo fijamente y otro suspiro lo abandona en ese momento.

—De acuerdo. —Asiente, antes de dejarse caer sobre la silla de escritorio de mi habitación. No me pasa desapercibida la mancha de sangre seca que tiñe los vendajes en la parte derecha de su espalda. Tampoco lo hace la postura ligeramente encorvada hacia a un lado que adopta. No se necesita ser un genio para darse cuenta de que está herido y que trata de no hacerlo notar—. Lo haremos a tu modo esta vez.

Entonces, Axel comienza a hablar.

No soy capaz de reconocerme. La imagen de la chica frente al espejo es tan ajena a mí, que no logro conectar con ella ni un poco.

Mi cabello, apelmazado por el agua de la ducha que acabo de tomar, me cae de manera desordenada hasta la mandíbula; mis ojos, hinchados por el llanto y ojerosos por la falta de descanso, lucen agotados. Sin vida. El tono pálido y cenizo de mi piel me hace lucir enferma y los moretones que me tiñen la cara no hacen más que acentuar el aspecto demacrado que tengo.

Corro la vista hacia abajo; hacia el vestido negro que me viste, y hacia la delgadez insana de mis brazos y mis piernas. Lo único que consigo al hacerlo es incrementar la sensación de disgusto que ha comenzado a abrirse paso en mi sistema.

Odio lo que veo. Odio la crudeza con la que me recibe el espejo y odio, por sobre todas las cosas, no tener la fuerza suficiente como para intentar hacer algo al respecto. No tener la resolución suficiente como para intentar ponerme de pie luego de esta brutal caída.

Una inspiración profunda es inhalada por mi nariz y lleno mis pulmones con la esperanza de que, al exhalar, la maraña de negatividad y autocompasión que siento se disuelva; sin embargo, cuando lo hago… cuando exhalo… no pasa nada. El nudo de sentimientos que llevo dentro sigue atenazándome el pecho con violencia. Sigue asfixiándome y lastimándome de modos incomprensibles.

—No tienes por qué hacer esto. —La voz a mis espaldas hace que el corazón me dé un vuelco furioso, pero trato de no hacerlo notar mientras busco la imagen de Mikhail a través del reflejo en el espejo.

—Quiero hacerlo —digo, mirando su imagen a través del cristal. Se encuentra recargado contra el marco de la puerta, con los brazos cruzados sobre el pecho y aspecto de no haber dormido en días.

Suspira.

—¿Estás segura de que te encuentras bien? —pregunta, al cabo de unos instantes de tenso silencio.

Asiento y otro suspiro viene en ese momento.

—De acuerdo —dice, al tiempo que se despereza—. Si es así, vamos ahora.

Un nudo se me instala en la garganta, pero me las arreglo para mantener las lágrimas a raya mientras atravieso la habitación y salgo por el pasillo de la casa.

Cada paso que doy es doloroso, pero no me detengo. Ni siquiera cuando, al bajar las escaleras, el mareo me invade. Sé que el cuerpo está pasándome la factura y que, ahora más que nunca, debería estar descansando. Con todo y eso, no puedo dejar de hacer esto. No faltar al ritual de despedida que las brujas harán para Daialee.

Aún no tengo muy claro qué fue lo que ocurrió aquel día. Tampoco sé si algún día seré capaz de procesarlo del todo; sin embargo, gracias a lo que Mikhail y Axel me han dicho, he podido asimilar un poco toda la información.

Aún no sabemos cómo es que Amon dio con nosotros, pero sí sabemos que la criatura que lo acompañaba era una de las bestias del Inframundo favoritas de Lucifer. Un demonio de origen tan oscuro que el único lugar en el que puede estar, es en las fosas, junto con todos los condenados.

Según lo que Mikhail y Axel dijeron, es una criatura tan peligrosa y destructiva, que solo los Príncipes del Infierno o el mismísimo Lucifer son capaces de sacarla del infierno personal que se ha creado para él.

Ambos dicen, también, que no pueden creer la facilidad con la que fue despedazado por el poder de los Estigmas. Axel argumentó muy efusivamente que ni siquiera un demonio de Primera Jerarquía puede destruir seres de esa naturaleza y que los hilos lo destrozaron con una sencillez aterradora.

Respecto a Amon, aún no sabemos qué fue lo que ocurrió con él. Mikhail dice que estaba tan ocupado intentando atravesar el campo energético que crearon los Estigmas a mi alrededor, que ni siquiera se molestó en averiguar dónde se encontraba.

Al parecer, en esta ocasión, el poder que me fue otorgado por las marcas en mis muñecas fue tan arrollador y destructivo, que se encargó de destrozar las barreras energéticas de todo Bailey. Es por eso que ahora la carga energética que hay en este lugar es apabullante.

Los destrozos materiales, según me dijeron, fueron similares a los que podría provocar un sismo de gran intensidad. De hecho, Axel ha dicho que el efecto fue tan intenso y grande, que la mismísima tierra se estremeció con violencia. Ha dicho, también, que los reportes de los noticieros locales han dicho que lo ocurrido no ha sido otra cosa más que un sismo y que nadie en el mundo humano parece haberse percatado del caos que estuvo a punto de desatarse por mi culpa.

Mikhail dijo que no fue difícil mantener un perfil bajo frente a las autoridades cuando se presentaron al lugar de los hechos. El coche hecho pedazos y el cuerpo de Daialee fue suficiente para hacerles creer que lo que ocurrió con la bruja adolescente no fue más que un aparatoso accidente de tránsito provocado por el sismo que azotó el estado.

Dijo, también, que tuvieron que traerme a casa a toda velocidad para que nadie pudiera ver el estado tan lamentable en el que me encontraba. Argumentó que, si algún oficial me hubiese visto, todo se habría ido al caño.

Respecto a los vecinos del lugar, tengo entendido que él mismo se encargó de implantar recuerdos falsos en sus memorias para evitar que cualquiera que haya visto algo sea capaz de decírselo a alguien.

Al parecer, la situación fue controlada a la perfección el tiempo que estuve inconsciente y no puedo dejar de sentirme miserable por eso. No puedo dejar de sentir como si no fuese más que una carga pesada para todos los que me rodean.

Nadie debería tener que lidiar con esto. Los demonios y las brujas que se han encargado de protegerme todo este tiempo ni siquiera tendrían que estar preocupándose por salvarme cuando no he hecho más que traer desastre a sus vidas.

Una mano grande y firme se coloca en la parte baja de mi espalda y me empuja con suavidad hacia adelante. Es entonces cuando vuelvo a la realidad.

El aturdimiento provocado por el ensimismamiento me hace sentir un tanto extraña y confundida, pero, de manera mecánica, me obligo a avanzar hasta donde la persona a mi lado me guía.

No me toma demasiado darme cuenta de que es al patio a donde nos dirigimos. Tampoco me toma mucho tiempo darme cuenta de que es Mikhail quien se mantiene cerca y me empuja con suavidad con una de sus manos.

El frío me cala los huesos en el instante en el que pongo un pie fuera de la casa. La ráfaga helada que me golpea me eriza los vellos del cuerpo y un escalofrío me hace estremecer. Luego, por acto reflejo, me abrazo a mí misma.

Mikhail, sin decir una palabra, envuelve sus dedos alrededor de mi brazo y tira de mí con suavidad para llevarme hasta el punto en el que las brujas se encuentran reunidas; sin embargo, cuando estamos a pocos pasos de distancia, lo obligo a detenerse.

La mirada cautelosa que me dedica no hace más que apretar el nudo que siento en la garganta.

Es justo en ese momento, cuando la atención de las brujas se posa en mí.

Zianya, Dinorah y Niara me miran fijamente, pero ninguna hace nada por acercarse. Ninguna hace nada por abalanzarse sobre mí y comenzar a culparme por la muerte de Daialee.

El gesto inescrutable que esbozan todas es tan aterrador y enigmático al mismo tiempo, que no sé qué hacer. Ni siquiera sé si debo decir algo.

Dinorah es la primera en acercarse. Niara le sigue a pocos pasos y, finalmente, Zianya avanza cuando las otras dos brujas están por alcanzarme.

Los brazos de las tres se envuelven a mi alrededor.

Lágrimas dolorosas, abrumadoras y desgarradoras se me acumulan en los ojos, pero no me permito llorar. No me permito mostrar cuán culpable y destrozada me siento porque sé que no voy a ganar nada haciéndolo. No voy a ganar absolutamente nada diciéndoles que lo lamento.

Nadie dice nada. Nadie se mueve. Lo único que hacemos es sostenernos juntas, apretadas y llorosas durante un largo momento.

Entonces, una a una, se separan de mí.

Las tres mujeres, en completo silencio, me dedican una reverencia ligera y se posicionan de modo que, si pudiese trazar líneas para unirlas, formarían un triángulo. En ese momento, Axel aparece en mi campo de visión y deposita una caja justo al centro de la figura creada por ellas.

Lágrimas calientes y pesadas se me escapan cuando noto que la caja no es otra cosa más que una urna funeraria. Un pequeño contenedor que guarda los restos incinerados de quien alguna vez fue Daialee.

—Porque polvo eres y en polvo te convertirás. —Las tres brujas dicen al unísono, con las voces rotas por el llanto contenido. El mío se vuelve más intenso ahora—. Porque un don se te fue otorgado y es tiempo de devolverlo. Porque ahora serás alimento y vida, y vivirás en donde la tierra hace su magia.

En ese momento, Niara deja su posición para volver al poco tiempo con las manos llenas de velas largas y delgadas. Entonces, con solemnidad, empieza a colocarlas en el suelo para formar un círculo con ellas.

Cuando termina de hacerlo, las enciende una a una y murmura un montón de palabras en el proceso. Acto seguido, una vez que ha terminado, vuelve a su posición inicial.

Es el turno de Dinorah de murmurar algo en un idioma que suena más como un dialecto que como un lenguaje antiguo o moderno y, justo cuando termina, se gira para encararme.

Hace un gesto en dirección al círculo.

—Vamos, cariño —dice, con un hilo de voz—. Eres parte del aquelarre ahora. Tienes que hacer esto con nosotras.

Las lágrimas, que antes eran silenciosas, se vuelven un torrente incontenible; sin embargo, me obligo a avanzar y colocarme en el perímetro del círculo, de modo que ahora hemos quedado como si pudiésemos formar un cuadrado si nos unieran con líneas.

Dinorah me regala una sonrisa suave cuando estoy en posición.

—No llores más —dice, con la voz rota—. Aún no es tiempo.

Como puedo, me limpio la humedad de las mejillas y tomo un par de inspiraciones profundas para tranquilizarme. Las brujas, quienes lucen como si estuviesen a punto de echarse a llorar también, esperan pacientemente a que termine y, una vez que he retomado la compostura, extienden los brazos como si quisieran tomarse de las manos.

—¿Estás lista? —Dinorah pregunta en mi dirección.

Yo asiento.

—Bien —asiente ella también y mira a las otras dos brujas antes de decir—: Si es así, comencemos.

28

LEALTAD

La despedida de Daialee no duró demasiado.

No fue una ceremonia larga ni tortuosa. Tampoco fue ostentosa. De hecho, fue bastante simple. Las brujas, una a una, se encargaron de recitar pregones y versos en honor a la vida, a la muerte, a la vida después de esta y al descanso eterno de las almas. Dinorah, quien dirigió en todo momento, se encargó de realizar, junto con Zianya, un ritual que en su antiguo aquelarre utilizaban para honrar a sus muertos.

Las palabras dichas en su idioma natal no hicieron más que llenar todo el ambiente de una sensación suave, ligera, solemne y, al mismo tiempo, triste.

El luto y la esperanza se mezclaron en la energía caótica en la que se ha sumido todo a nuestro alrededor antes de que, finalmente, una a una, dijeran unas palabras para las cenizas de quien alguna vez fue mi amiga.

Cuando llegó mi turno de hablar, no pude decir nada. No pude abrir la boca para nada porque no había nada que decir. No tuve las palabras suficientes para despedirme de ella, o para disculparme por todo lo que le hice pasar y por todo lo que alguna vez se le fue arrebatado por mi culpa.

Tampoco sé si las tendré algún día. Ahora mismo, ni siquiera puedo pensar en la posibilidad de intentarlo. Se siente incorrecto. Se siente erróneo tratar de disculparme después de tanto. Después de todo lo que ha pasado.

Así pues, la ceremonia transcurrió con solemnidad hasta el último instante, cuando las cenizas fueron esparcidas sobre la tierra que alimenta el brote de un árbol en el jardín. Una vez hecho esto, se dio por terminado el pequeño ritual; sin embargo, nadie se movió de ahí luego de aquello. Nadie hizo nada más que contemplar la pequeña y débil planta que, en algún momento, se convertirá en un árbol.

No lloré. Nadie lo hizo. Nadie hizo nada durante una eternidad; y no fue hasta que la noche empezó a caer que, una a una, las brujas fueron abandonando el lugar.

La primera en marcharse fue Zianya. Le siguió Dinorah. Niara se quedó unos minutos más luego de que Dinorah se marchó y, pronto, me quedé completamente sola.

No sé cuánto tiempo pasó antes de que me atreviera a moverme, pero, cuando lo hice, fue para sentarme en la tierra húmeda por el sereno de la noche.

No sé cuánto tiempo he estado aquí sentada. Tampoco es como si me importase saberlo. A estas alturas del partido, coger un resfriado es la menor de mis preocupaciones; es por eso que he decidido quedarme aquí, tratando de asimilar el hecho de que Daialee se ha ido. Tratando de asimilar el hecho de que tengo que tomar una decisión pronto o el caos que ha comenzado a desatarse en la tierra será incontrolable. Incontenible.

—Vas a enfermarte. —La voz ronca a mis espaldas suena lejana. Lo suficiente como para sentir que han tenido la consideración de darme un poco de espacio y, a pesar de eso, sé a quién le pertenece. Sé, por sobre todas las cosas, que es Mikhail quien está hablándome.

No respondo.

—Necesitas descansar —Mikhail insiste, pero lo único que consigue es que lo mire por encima del hombro durante unos instantes. Acto seguido, vuelvo la atención hacia el brote de roble delante de mí.

El sonido de unos pasos acercándose llega a mis oídos, pero se detiene al cabo de unos segundos.

—¿De esto se trata ahora? —La voz del demonio suena demasiado cerca. Tanto, que soy capaz de percibir el enojo en ella—. ¿De actuar como si fueses incapaz de entender lo que digo? ¿De dejar de funcionar solo porque has perdido algo?

Mis ojos se llenan de lágrimas, pero no quiero llorar. No hay nudo en la garganta, ni dolor en el pecho. No hay absolutamente nada más que un inmenso vacío en mi interior. Un vacío que no puede ser llenado con palabras. Uno que ha hecho su hogar en mi corazón y que se rehúsa a marcharse. Ha llegado para quedarse. Para aniquilarme poco a poco hasta dejarme hueca.

Giro la cabeza para encararlo.

Tengo que alzar el rostro para poder mirarle a la cara, ya que él se encuentra de pie y yo estoy sentada, pero eso no impide que lo mire a los ojos.

—Murió por mi culpa… —La voz me sale en un susurro ronco, pero suena carente de emociones; como si la tristeza se hubiese encargado de drenarme por completo y no fuese capaz de sentir nada. Eso me asusta.

—Murió porque estaba en el lugar y el momento equivocado. —La dureza en el tono del demonio y el gesto impasible que lleva en el rostro hacen que una punzada de coraje me recorra entera.

El alivio que me provoca esta sensación es tan intenso, que tengo que tomarme unos instantes para asimilarlo y saborearlo.

—¿Qué hay de mi familia, o de Dahlia, o de las brujas que murieron la noche que los ángeles me atacaron? —espeto. Por primera vez desde que hablo, un destello enojado se abre paso en mi tono—. ¿Ellos también estaban en el lugar y el momento equivocado? —Una negativa frenética me asalta al tiempo que me pongo de pie. La ira crece y se construye a toda velocidad en mi interior—. Yo soy el común denominador en todo esto. ¿Es que acaso es tan difícil de entenderlo? El mismo Ashrail lo dijo: soy la destrucción hecha persona.

—¿Y qué ganas lamentándote por serlo? —La brusquedad con la que escupe las palabras hace que un destello de dolor me atraviese el pecho y la sensación me envía al borde—. Eres un Sello apocalíptico. Ese es el precio que te ha tocado pagar por serlo.

—¡Pero yo no lo elegí! ¡No quiero nada de esto! —La desesperación se abre paso en mi sistema y, de pronto, me siento incapaz de detenerme—. ¡¿Por qué diablos no puedes solo matarme y ya?!

—¡Porque no quiero! —Su voz truena y yo doy un respingo en mi lugar debido a la impresión—. ¡¿Es que no entiendes que nadie ha elegido ser lo que es, con un carajo?! —Su tono se eleva con cada palabra que pronuncia—. ¡¿Es que no eres capaz de comprenderlo?! ¡Absolutamente nadie ha elegido nada en esta puta existencia, Bess! ¡Deja de comportarte como si el resto del mundo hubiese tenido el derecho de decidir lo que quería en esta maldita vida y tú no!

El dolor en mi pecho es insoportable ahora. El nudo en la garganta se hace presente y me siento incapaz de respirar correctamente.

El silencio lo invade todo en cuestión de segundos, pero nadie hace nada por romperlo. Nadie hace nada más que permitir que el peso de lo que Mikhail ha dicho se asiente entre nosotros.

—Mucha gente aquí ha sacrificado cosas por mantenerte a salvo. —Mikhail habla al cabo de un largo momento. Su voz suena más ronca de lo usual, y sus ojos lucen salvajes y furiosos—. Todos en este maldito lugar han perdido algo por protegerte. Porque creen en ti y en lo que eres. —Guarda silencio unos segundos—. Todos aquí han renunciado a algo porque saben que aún no ha llegado el tiempo de que tengas que hacer ese maldito sacrificio al que vas a tener que someterte en algún punto de la vida. —Hace una pequeña pausa—. Las brujas lo dejaron todo por ti; perdieron a la mitad de las suyas en un ataque del que fueron víctimas por protegerte y, no obstante, dejaron su vida en la ciudad por venir a este lugar y ocultarte. Axel escapó del Inframundo, aun cuando eso pueda significar la muerte para él, solo para venir a encontrarte. —Niega con la cabeza—. Yo, incluso, he sacrificado absolutamente todo por mantenerte a salvo. Perdí un ala por protegerte… —El dolor insoportable que llega a mí a través del lazo me hace saber cuán miserable lo hace sentir este hecho. No me había dado cuenta de cuán devastado se siente al saber que ha perdido un ala—. ¿Y tú quieres rendirte, así como así? —traga duro, al tiempo que niega una vez más—. Creí que eras más valiente.

Lágrimas calientes y pesadas me abandonan.

—Ya no puedo más —suelto, en medio de un sollozo, pero él no hace nada por acercarse a mí. No hace nada por acortar los dos pasos que nos separan para consolarme—. Ya no quiero pretender que soy valiente. Ya no quiero pretender que soy fuerte.

—El problema, Bess, es que no tienes que pretender nada.
—La voz del demonio no suena tan dura ahora. De hecho, me atrevo a apostar que hay un dejo dulce en ella—. Eres fuerte. Endemoniadamente fuerte. Eres destrucción. Eres poder. Eres *caos...* —Se detiene unos instantes—. Eres la criatura más impresionante que he conocido jamás. —Clava sus ojos en los míos—. Y eso es algo de lo que no vas a poder huir nunca. —Se encoge de hombros, en un gesto que pretende ser despreocupado, pero que luce tenso y molesto—. Así que tienes dos opciones, Cielo —da un paso más cerca—: O lo aceptas y lo utilizas a tu favor; o lo niegas y esperas a que El Fin llegue y los de mi especie ganen.

—Ya no quiero pelear más. —Medio sollozo y desvío la mirada.

—Si es así, ríndete. Date por vencida —dice—. Pero, entonces, haznos el favor de decirnos que has tomado esa decisión, para así ya no perder más el tiempo y darnos por vencidos nosotros también.

—Tú ni siquiera quieres luchar por la causa... —reprocho.

—Estoy aquí, ¿no es así? —dice y alzo la vista para encontrar la suya—. Estoy aquí. Eso debe significar algo, ¿no es cierto?

—Pero...

—Bess, yo estoy dispuesto a luchar por la causa si tú lo haces también —me interrumpe y la determinación que encuentro en su mirada me pone la piel de gallina—. Si tú peleas, yo también lo haré. Si decides luchar, yo también lucharé contigo. Con los tuyos. Por tu causa.

—¿Cómo sé que no vas a traicionarnos?

—Si quisiera traicionarte, Cielo, hace mucho tiempo que habría asesinado a todos en esa casa. —Hace un gesto hacia el interior de la vivienda que comparto con las brujas—. Creí que eso ya había quedado claro.

—Es que no puedo creer que, de la noche a la mañana, quieras ayudarnos.

—No quiero ayudarlos. —Sacude la cabeza—. Quiero ayudarte *a ti*. A nadie más. Me importa una reverenda mierda lo que le ocurra a las brujas, o a Axel, o a la humanidad. Lo único que me interesa, es que *tú* consigas eso que buscas y, si salvarlos a todos es lo que quieres, entonces me encargaré de que ocurra.

—No confío en ti.

Una sonrisa arrogante se desliza por los labios del demonio, pero hay algo cálido y dulce en ella.

—No necesito que confíes en mí —dice—. Necesito que me dejes ayudarte.

—No es así de sencillo. No puedes pretender que baje la guardia luego de tanta mierda. Hasta hace unas semanas, querías asesinarme.

—Déjame jurarte lealtad, entonces. —Sus ojos encuentran los míos—. Déjame ponerme a tu merced si eso es lo que crees que necesitas.

Se hace el silencio.

—¿Qué ha cambiado? —pregunto, al cabo de un largo momento y, odio admitirlo, pero sueno dudosa. Angustiada. *Esperanzada*—. ¿Por qué quieres hacer esto ahora?

Se encoge de hombros.

—Porque no tengo nada que perder —dice—. Porque, desde esa noche en la cabaña; desde esa noche en la que renuncié a mis alas para salvarte de Amon, supe que había algo más dentro de mí hacia contigo. Algo que es más fuerte que mis deseos de poder y que es más intenso que cualquier otra maldita cosa en el mundo. —Sacude la cabeza en una negativa, pero no ha dejado de sonreír—. Necesito averiguar qué es, Bess. Necesito ponerle un maldito nombre o va a volverme loco.

Guardo silencio, dudosa y escéptica.

—Aunque me jurases lealtad, de todos modos, sería incapaz de confiar en ti —digo, a pesar de que mi voz delata que no estoy muy segura de lo que hablo.

—Ya te lo dije: no necesito que confíes en mí. Necesito que me dejes ayudarte. Necesito que me dejes averiguar qué, en el infierno, está ocurriendo conmigo. —La súplica que encuentro en su mirada es tan abrumadora, que me quedo sin aliento durante unos segundos—. Así que, ¿qué es lo que vas a hacer, Bess Marshall? ¿Vas a permitirme entrar o vas a huir como una maldita gallina?

—Mikhail, yo… —Me detengo, incapaz de averiguar qué diablos es lo que trato de decir.

—¿Qué es, Cielo? ¿Qué es lo que quieres?

Un millar de sensaciones se arremolina en mi estómago en ese instante y mi corazón se estruja con violencia cuando una maraña de pensamientos contradictorios colisiona con brutalidad dentro de mí.

No sé qué hacer. No sé qué responder. No sé, siquiera, si tengo las fuerzas suficientes para seguir peleando. Para confiar en él.

Los ojos de Mikhail están clavados en los míos y no hay nada más que determinación en ellos. No hay otra cosa más que valor, fuerza y entereza, y eso me hace sentir un poco más miserable.

—¿Qué es lo que quieres hacer, Bess? —pregunta una vez más y todo dentro de mí se tensa en respuesta a sus palabras. Las voces que gritan en mi cabeza incrementan y me confunden hasta aturdirme por completo.

—Júrame lealtad —digo, al cabo de unos instantes, a pesar de que no estoy segura de que sea la mejor decisión. A pesar de que sé que un Juramento de Lealtad no será suficiente para hacerme bajar la guardia.

Él asiente con lentitud.

—¿Ahora mismo?

—Ahora mismo —sueno más dura de lo que pretendo.

Una sonrisa sesgada se dibuja en sus labios y, después, me guiña un ojo.

—Vamos adentro. Necesitamos algo que corte.

—¿Algo que corte? —Mi voz suena más inestable de lo normal.

—Sí. —Asiente—. Para el pacto de sangre.

—¿De *sangre*?

—¿De qué otro modo consigues una garantía si no lo haces de esa manera? —Me mira como si fuese la persona más idiota del planeta—. Se trata de sentido común, Cielo.

—Vete al demonio —mascullo al ver su gesto burlón, pero, muy a mi pesar, una sonrisa ha comenzado a tirar de las comisuras de mis labios.

—¿Tienes una idea de lo irónico que es que me mandes al demonio? —dice, al tiempo que me dedica una sonrisa exasperada. En ese momento, una punzada de dolor me atraviesa el pecho debido a los recuerdos.

Ya antes me había dicho algo así. Hace muchos años. Cuando recién lo conocí y no hacía otra cosa más que intentar sacarme de quicio.

—Tomando en cuenta que soy uno, quiero decir… —finaliza y cierro los ojos.

—Cierra la boca. —El temblor en mi voz delata cuán afectada me siento, pero él no parece notarlo.

—Qué poco sentido del humor tienes, Cielo.

—Vete a la mierda —mascullo y una risa suave brota de su garganta.

—Vamos adentro —dice, ignorando mi insulto. Acto seguido, hace un gesto de cabeza en dirección a la casa—. Tenemos un juramento que pactar.

Estoy sentada sobre la alfombra de pelo corto de mi habitación con las piernas cruzadas. Mikhail está sentado frente a mí en la misma posición. Él, por supuesto, luce más imponente de lo que yo jamás podré lucir. La postura que en mí es desgarbada, torpe e insegura, en él es firme, fuerte e intimidante.

No me sorprende en lo absoluto que sea de esa manera. Mikhail siempre ha sido impresionante.

—¿Cómo se supone que se hace esto? —pregunto, al tiempo que miro el cuchillo que sostiene entre los dedos.

Sus ojos —los cuales estaban fijos el filo del utensilio— se alzan para encontrarme. Un escalofrío me recorre el cuerpo cuando su vista se clava en la mía y se oscurece varios tonos.

—Es sencillo, en realidad. —Los ojos de Mikhail se entrecierran ligeramente y las esquinas de sus labios se elevan un poco, pero no lo suficiente como para llegar a formar una sonrisa—. Tengo que hacerme un corte en una mano mientras recito el Juramento de Lealtad, luego tengo que verter un poco de mi sangre dentro de ese cuenco. —Hace un gesto de cabeza en dirección a un pequeño recipiente de porcelana que tomó de una alacena—. Y tú tienes que hacer algo similar: hacerte un corte en una mano, verter tu sangre en ese mismo cuenco y recitar lo que yo te diga.

—¿Y con eso es suficiente? —pregunto, dudosa.

Es su turno de asentir.

—Es todo lo que se tiene que hacer. Bastante simple, ¿no?

—Demasiado simple para mi gusto… —mas, con desconfianza.

—No tenemos que hacerlo si no quieres, Cielo. —La manera despreocupada con la que se encoge de hombros hace que una punzada de coraje me recorra el cuerpo—. Créame que yo soy el menos interesado en esto. Si puedo ser honesto, no me hace feliz tener que jurarle lealtad a alguien, ¿sabes?

Cierro los ojos y bajo el rostro al suelo.

—Lo siento —digo, al tiempo que niego con la cabeza—. Yo solo…

—No confías en mí —Mikhail dice, pero no suena afectado en lo absoluto—. Lo sé. Entiendo si no crees en lo que digo. Entiendo, incluso, si no deseas que lo hagamos.

Me muerdo el labio inferior y tomo una inspiración profunda para luego dejarla ir con lentitud.

La voz insidiosa en mi cabeza no ha dejado de susurrarme que esto es una terrible idea y que hay algo erróneo en todo esto, pero la ignoro por completo porque ya he tomado una decisión. La ignoro porque realmente quiero creer en lo que Mikhail dice. Porque quiero creer que, si él tuviese la intención de asesinarme, lo habría hecho hace mucho tiempo.

—No —digo, al tiempo que lo miro a los ojos—. Sí quiero hacerlo. Quiero que me jures lealtad.

Una sonrisa que se me antoja taimada surca sus labios.

—De acuerdo —dice—. Hagámoslo de una vez.

Sin más, toma el cuchillo con la mano derecha y se hace un corte rápido y largo en la palma de la mano izquierda. Ni siquiera me da tiempo de procesar lo que está a punto de suceder. Ni siquiera se toma el tiempo de pensar si realmente está dispuesto a hacerlo.

El puño del demonio se cierra en el instante en el que la sangre comienza a brotar del corte y su brazo se extiende hasta que su mano queda suspendida sobre cuenco que descansa en el suelo. Acto seguido, extiende sus dedos ensangrentados.

Gotas gruesas y pesadas de color carmesí tiñen el interior del tazón y, cuando han formado un pequeño charco en el fondo, clava sus ojos en los míos.

—Juro lealtad porque soy oscuridad y a la oscuridad le pertenezco. Porque mi esencia es fuego y del fuego provengo. Porque mi sangre es lealtad y a la lealtad estoy encadenado —dice, con una solemnidad que me eriza la piel—. Te juro lealtad, Bess Marshall, porque así lo he decidido y en tus manos me encomiendo. Porque he decidido renunciar a mi voluntad para servir a la tuya. Porque mi traición se convertirá en mi destrucción si a mi palabra falto —se detiene unos instantes—. Te juro lealtad, Bess Marshall, porque así lo he querido. Porque en tus manos encomiendo mi destino.

Un escalofrío me recorre de pies a cabeza, pero me mantengo firme y serena cuando, luego de unos instantes, Mikhail toma el cuchillo por el filo y, con el mango apuntado hacia mí, me lo ofrece.

Un nudo de ansiedad y nerviosismo se instala en mi estómago, pero, con dedos temblorosos, lo tomo. Mi corazón se salta un latido en ese momento, pero tomo una inspiración profunda para refrenar la aceleración repentina de mi pulso.

El miedo se abre paso en mi sistema a una velocidad impresionante, pero no dejo que eso me amedrente mientras presiono el filo de la navaja contra la piel de mi palma. Un sonido similar al de un gemido adolorido se me escapa de los labios cuando, sin más, corro la hoja del cuchillo y me hago un corte en la mano.

Gotas de sangre caen sobre la alfombra oscura y una maldición me abandona, antes de que estire el brazo y estas comiencen a caer sobre el cuenco.

Mi vista está clavada en las tonalidades rojas que tiñen el pequeño tazón y el estómago se me revuelve ante la idea de lo que estamos haciendo.

La vocecilla en mi cabeza susurra una vez más que esto es una mala idea, pero la empujo lo más hondo que puedo antes de alzar la mirada para encontrarme con la del demonio.

—Repite después de mí —dice, con la voz enronquecida.

Entonces, comienza a hablar y yo lo sigo:

—Que tus palabras sean cadenas —dice y yo lo repito en voz alta pero temblorosa—. Que tu juramento sea tu condena. —Continúa y yo lo sigo—. Que mi voluntad sea tu perdición. —Nuestros ojos no se han apartado ni un solo instante—. Y que la sangre, que es fuego y que es lealtad, te aten a la oscuridad si a tu juramento faltas.

Nada ocurre.

Absolutamente nada pasa luego de que termino de repetir lo que Mikhail ha dicho y eso me saca de balance.

Una parte de mí esperaba que la tierra se estremeciese o que una nueva clase de lazo se instalara entre nosotros; sin embargo, lo único que le sigue a mis palabras es un largo y abrumador silencio.

—¿Ya está hecho? —pregunto, al cabo de unos minutos.

Mikhail asiente.

—¿Estás seguro? ¿De verdad ha sido todo? —No quiero sonar escéptica, pero lo hago.

Una pequeña risa escapa de sus labios.

—¿Tan poca confianza me tienes? —Sé que trata de sonar divertido, pero no lo consigue. No me atrevo a apostar, pero se escucha casi como si estuviese… *¿herido?*

Niego con la cabeza al tiempo que esbozo una sonrisa forzada.

—No es eso —digo—. Lo que pasa es que esperaba otra cosa. Ya sabes, algo más escandaloso. Un dolor en el pecho, un temblor estridente… *algo.*

—Entonces, todo esto debió ser muy decepcionante para ti —dice, mientras imita mi gesto. Su sonrisa, sin embargo, se siente más amarga que la mía.

Hago una mueca cargada de disculpa.

—Lo siento. Estoy acostumbrada a que todo sea… —Me quedo en el aire, tratando de buscar la palabra ideal, pero no viene a mí.

—¿*Caótico?* —sugiere.

—Impresionante —termino.

Esta vez, su sonrisa es un poco más honesta.

—Lamento que la experiencia haya sido así de sencilla —dice y posa sus ojos en los míos.

—No lo lamentes. No ha sido tu culpa. —Me encojo de hombros, pero no he dejado de sonreír ligeramente.

Un suspiro cansado escapa de su garganta en ese momento.

—Será mejor que me vaya y te deje descansar —dice, al tiempo que se estira y comienza a ponerse de pie—. Ha sido un día largo y necesitas recuperarte por completo.

Me quedo callada. No me atrevo a decir en voz alta que no tengo sueño. Mucho menos me atrevo a decir que no quiero que se vaya; así que me limito a mirarle encaminarse hasta la entrada de la habitación sin decir una sola palabra.

—¿Mikhail? —Hablo justo cuando sus dedos se posan en la manija de la puerta.

Él me mira por encima del hombro.

—¿Sí?

—¿Qué va a pasar ahora? —pregunto, en voz baja. No pretendo sonar asustada, pero lo hago.

El demonio de los ojos grises lo medita unos instantes.

—Vas a recuperarte por completo —dice—. Una vez que lo hagas vamos a buscar a Ashrail y vamos a decirle que estamos dispuestos a pelear por la causa.

—¿Y luego?

—Luego, vamos a enfrentarnos a la Legión de ángeles y, después de eso, al ejército del Supremo. —Lo suelta a la ligera, como quien hablase de la lista de compras que debe hacer en el supermercado, pero, mientras lo hace, un escalofrío me recorre el cuerpo.

—Vamos a morir, ¿no es así? —Sueno aterrorizada.

—No sin antes dar batalla. —Esboza una sonrisa que no toca sus ojos—. Eso puedo asegurártelo.

Un suspiro tembloroso se me escapa, pero asiento con lentitud.

—No te preocupes por eso ahora, Cielo. —Me guiña un ojo—. Lo único que necesitamos en este momento es que te recuperes, ¿de acuerdo?

Asiento una vez más.

—Así me gusta —dice, al tiempo que abre la puerta y me regala una sonrisa—. Ahora descansa. Lo necesitas.

Quiero protestar. Quiero decir que no tengo sueño y que no quiero quedarme sola… pero no lo hago.

—Tú también descansa —digo, en su lugar y él, luego de escucharme pronunciarlo, sale de la habitación.

29

DESCONFIANZA

La mirada de Ashrail está fija en Mikhail, quien se encuentra de pie justo frente a la ventana de la habitación.

La expresión incrédula, cautelosa y escéptica que está pintada en el gesto del Ángel de la Muerte, es un claro contraste en comparación con la calmada, serena y despreocupada del demonio de los ojos grises.

Ninguno de los dos ha dicho nada durante los últimos minutos; sin embargo, la tensión en la que se ha sumido el ambiente es tan grande que no me atrevo a hacer nada para romper el silencio que lo envuelve todo.

El ceño de Ash está fruncido en un gesto concentrado y confundido. Luce como si estuviese tratando de escudriñar el alma de Mikhail en busca de algo que solo él conoce. De algo que solo él es capaz de ver.

—¿Qué es lo que estás tramando? —Ashrail pronuncia, pero suena como si estuviese hablando para sí mismo y no para el demonio.

Mikhail se encoge de hombros.

—¿Por qué habría de estar tramando algo? —dice, con aire aburrido.

Una risa carente de humor brota de los labios de Ashrail, al tiempo que niega con la cabeza.

—¿De verdad crees que voy a tragarme el cuento de que quieres ayudarnos? —Ash refuta con indignación—. Hasta donde a mí concierne, el juramento que has hecho bien podría ser falso. Te has aprovechado de la situación y te has aprovechado de ella

—señala en mi dirección—; de que ni siquiera sabe cuál es la forma correcta de realizar un juramento de ese tipo.

La mandíbula de Mikhail se aprieta y un destello de furia llega hasta mi pecho a través del lazo que nos une; pero, a pesar de eso, su expresión no cambia.

—Se lo dije a Bess y te lo digo a ti ahora: No me interesa en lo absoluto ayudarte a ti o a los tuyos. Mucho menos me interesa lo que tu Creador quiera de mí. Lo único que quiero es que ella —hace un gesto de cabeza en mi dirección—, tenga eso que tanto busca. Quiero ayudarla *a ella*.

—¿Por qué?

—¡Porque se me pega la maldita gana! —Mikhail espeta y me encojo ligeramente ante su tono brusco y severo.

Ash niega con la cabeza con coraje y frustración.

—No pienses, ni por un segundo, que voy a permitir que te salgas con la tuya. Encuentro bastante extraño que, de la noche a la mañana, hayas decidido hacer lo correcto. Tampoco me trago el cuento ese que tratas de vendernos —escupe—. ¿Por quién demonios nos tomas?

Una carcajada corta y amarga escapa de la garganta de Mikhail.

—¡Por el jodido infierno! ¡Hace más de una semana rogabas por mi ayuda! ¡¿Qué mierda tienes en el cerebro que ahora la rechazas?!

—Sabes perfectamente que soy capaz de ver a través de todo el mundo y…

—¡Adelante, entonces! —Los brazos de Mikhail se extienden en un ademán exasperado, interrumpiendo a Ashrail en el proceso—. ¡Haz lo que tengas qué hacer! ¡Mira a través de mí!

—¡Ese es el maldito problema! —La voz de Ash truena y doy un respingo debido a la impresión—. ¡No puedo ver a través de ti! ¡Algo has hecho para bloquearme! ¡¿Acaso crees que soy idiota?!

El silencio se extiende largo y tirante entre nosotros.

La información se me asienta en el cerebro y las dudas sobre Mikhail vuelven de golpe. Las palabras de Ashrail se sienten como un baldazo de agua helada, y toda la confianza que había comenzado a construirse entre el demonio y yo durante la última semana empieza a tambalearse.

Esta mañana, cuando Mikhail dijo que Axel iría a buscar a Ashrail, pensé que las cosas resultarían diferentes. Pensé, de manera absurda e idealista, que las cosas empezarían a fluir del modo correcto, pero me equivoqué. Me equivoqué y ahora no sé qué diablos hacer… O cómo diablos sentirme.

Ha pasado ya una semana desde el funeral de Daialee. Una semana entera en la que no he cruzado palabra alguna con ninguna de las brujas del aquelarre. En la que el único contacto que he tenido con el mundo que corre fuera de las cuatro paredes de mi habitación, es Mikhail y Axel.

Nadie —ni siquiera Dinorah— ha venido a verme o a preguntar como estoy. Una parte de mí se siente traicionada por eso, pero no puedo culpar a nadie. No puedo poner sobre las brujas el deber de venir y actuar como si nada ocurriese cuando he sido yo la causante de que este aquelarre se haya reducido a lo que es ahora.

Tanto Dinorah, como Zianya y Niara están en el derecho de no querer verme. De no querer saber absolutamente nada de mí por todo lo que les he hecho —por todo lo que les he arrebatado.

Así pues, mis días han consistido en interminables horas de tortura mental provocada por mí misma; noches de insomnio patrocinadas por la incertidumbre de no saber qué demonios va a ocurrir ahora que las cosas han empezado a complicarse, y charlas largas —cómodas e incómodas— con los demonios que me cuidan.

Tanto Mikhail como Axel han procurado estar a mi alrededor los últimos días y una parte de mí lo agradece. A pesar de la renuencia que tienen a hablar conmigo respecto a lo que está ocurriendo en el mundo, su presencia es lo único que ha impedido que me vuelva completamente loca, así que lo agradezco.

Axel es quien más ha estado aquí. Pasa la mayor parte del día tumbado junto a mí, mirando series en mi teléfono celular y culpándome por su poca interacción con los humanos sexys que, según él, rondan por Bailey.

Mikhail, por el contrario, se ha mantenido a una distancia prudente. Tampoco se ha aislado de mí por completo; simplemente, ha optado por darme un poco de espacio. Viene todos los días, charlamos un poco, me trae alimento y se marcha luego de revisar los Estigmas de mi espalda.

Respecto a mi salud y a mi recuperación, todo marcha mejor de lo que cualquiera hubiese esperado. La energía angelical de Mikhail se ha fortalecido durante los últimos días y eso ha propiciado que las heridas sanen con más rapidez de lo que deberían.

En cuanto a los hilos de energía se refiere, no han dado señales de vida desde el incidente con Amon, así que no es muy difícil deducir que aún están muy debilitados por todo el caos que crearon y por toda la lucha que impuse para contenerlos.

Tampoco es como si extrañase sentir su presencia. A decir verdad, ahora que apenas puedo percibirlos, me siento más tranquila que nunca.

Aún no puedo sacudirme del todo el terror que me causó darme cuenta del poder atroz que poseen. Aún no puedo eliminar de mi sistema el insidioso pánico que me provocó saber que estuvieron a punto de dominarme.

Dentro de todo, me encuentro bien. Fuerte. Tranquila. Es por eso que, esta mañana, luego de una revisión exhaustiva por parte del demonio de los ojos grises a mis heridas casi sanadas por completo, y una acalorada discusión acerca de mi estado de salud, decidimos que era tiempo de ir a buscar a Ashrail para hablar con él respecto al absurdo plan que tenemos. Sin embargo, las cosas, claramente, no han salido como se planeaban. No han salido, ni siquiera un poco, como lo esperábamos.

—Ashrail, necesito que te calmes un segundo —La voz de Mikhail me trae de vuelta al aquí y al ahora, y poso la atención en su rostro. Trato, desesperadamente, de encontrar algo en su expresión que diga que está mintiendo, pero no hay nada ahí.

—¡¿Qué me calme?! ¡Que me calme y un carajo! —escupe—. ¡¿Qué es lo que has hecho para bloquearme?! ¡¿Qué es lo que le has hecho a ella para que, de la noche a la mañana, haya confiado en ti lo suficiente como para hacer un Juramento de Lealtad sin ninguna clase de testigo?!

Un destello furibundo tiñe los ojos de Mikhail, pero su gesto no cambia ni un segundo. Sigue luciendo sereno y despreocupado, y no sé cómo sentirme al respecto.

—Yo no estoy haciendo nada para bloquearte —dice el demonio, en tono neutro y calmado—. Tampoco le hice nada a Bess para que confiara en mí. De hecho, ella sigue sin confiar en mí. Puedes preguntárselo.

Una carcajada amarga brota de la garganta de Ash y sacude la cabeza en una negativa furiosa.

—¿Cómo explicas que no sea capaz de leerte?, ¿qué no sea capaz de ver más allá de ti para saber tus intenciones? —espeta—. Algo estás tramando. No puedes engañarme.

—Ya te he dicho que yo no he hecho absolutamente nada. No sé qué esté ocurriéndote, pero no encuentro explicación alguna para tu falta de conexión conmigo.

—¡Por supuesto que sabes qué está pasando! ¡Sabes perfectamente por qué no puedo leerte! ¡Has hecho todo esto con premeditación! ¡Debí haberlo sabido antes! —La voz de Ashrail retumba en las cuatro paredes de la estancia y me encojo ligeramente en mi lugar. Jamás lo había visto perder los estribos de este modo. A decir verdad, jamás lo había visto perder los estribos en lo absoluto.

—¡Maldita sea! Es que, ¿quién, en el jodido infierno, te entiende? —La voz de Mikhail se eleva un poco—. Hasta hace una semana estabas desesperado por obtener mi ayuda. Fuiste *tú* quien vino hasta aquí a rogarme que cooperara, y ahora que estoy dispuesto a poner de mi parte me tratas como si fuese el mentiroso más grande del mundo. Como si fuese la escoria más grande que ha pisado la tierra.

—Estás jugando sucio, Mikhail, y lo sabes. Sabes a la perfección que estás moviendo tus fichas de la manera equivocada —La amenaza en el tono de Ashrail me pone la piel de gallina.

—¿Me pueden explicar qué les pasa, por el amor de Dios? —Es mi turno de intervenir—. ¿Qué hay de malo con que nadie haya presenciado el juramento? ¿No sería más sencillo que lo volviésemos a hacer ahora mismo para que no queden dudas al respecto? No entiendo cuál es el alboroto aquí.

La atención del Ángel de la Muerte se posa en mí.

—Un Juramento de Lealtad no puede ser realizado dos veces por las mismas personas —dice, con la voz enronquecida—. Es imposible.

—¿A qué te refieres con que es imposible? —Una risotada nerviosa e incrédula se me escapa.

—Simplemente, no se puede —Ash suena cada vez más alterado e irritado.

—¿Pero, por qué no? —Es mi turno de sonar enojada.

—¡Porque las consecuencias recaerían en ti! —Ashrail exclama, con exasperación—. ¡Serías tú quien recibiese un castigo por haber dudado de quien se ha puesto en tus manos! —Sacude la cabeza en un gesto incrédulo y desesperado—. Si vuelven a hacer el juramento, y este ya había sido pactado correctamente, las consecuencias de la traición recaerán en ti, ¿entiendes? Un Juramento de Lealtad es sagrado. No se rompe. No se pone en tela de juicio su veracidad.

Mi ceño se frunce ligeramente.

—¿Pero, por qué?

Ashrail mira a Mikhail.

—Porque así está escrito. Porque, quien dude de la lealtad de alguien que se ha puesto a sus servicios, lo pagará con sangre, y el pacto será disuelto. El juramento desaparecerá y nunca más podrá volver a ser hecho entre esas dos criaturas, y la justicia caerá en quien era el beneficiado de esa tregua —dice.

—¿Quieres decir que, si volvemos a hacer el pacto, y este ya existía, quien va a condenarse a las fosas del infierno… seré yo? —digo, solo porque necesito escuchar la confirmación de boca de Ash.

—Así es. —Él asiente, al tiempo que cruza los brazos sobre su amplio pecho.

—¿Y no puedo describirte el modo en el que fue hecho para que sepas si ha sido realizado de la manera correcta? —pregunto, aun tratando de digerir toda la información y de aligerar un poco el ambiente tenso que se ha apoderado del ambiente.

—¿Recuerdas todos los detalles? ¿Las palabras que utilizaron? ¿La posición en la que se encontraban?... —Ash espeta, con severidad—. Todo eso cuenta, Bess. Una palabra cambiada, una postura modificada… Cualquier detalle omitido puede invalidar la promesa hecha. Un Juramento de Lealtad tiene qué hacerse al pie de la letra y, si no recuerdas exactamente cómo fue hecho o cómo fue dicho, no hay nada que podamos hacer.

Mi vista se clava en la figura de Mikhail, quien ha agachado la cabeza y ahora mira al suelo.

—¿Por qué no me dijiste todo eso? —exijo, en su dirección.

No responde. Se limita a mirar la alfombra con aire ausente y el ceño fruncido.

La sensación insidiosa de la traición quema en mi pecho, pero trato de no hacerlo notar mientras, con lentitud, me pongo de pie de la cama en la que me encuentro.

Los ojos de Ash se fijan en la figura de Mikhail, quien ni siquiera se digna a mirar en mi dirección.

—¿Mikhail? —Mi voz es un susurro suplicante—. ¿Por qué no me lo dijiste?

Una inspiración profunda es inhalada por la nariz del demonio, pero es a mí a quien me falta respirar como se debe. Se siente como si el aire apenas fuese capaz de entrarme en los pulmones. Como si el oxígeno que hay en la habitación no fuese suficiente.

La mirada de Mikhail se eleva y me encuentra en el camino. La culpabilidad y el arrepentimiento se filtran en sus facciones, y el nudo que se ha formado en mi estómago se aprieta con violencia.

—Porque si te lo decía —dice, al cabo de un largo rato, con la voz enronquecida por las emociones—, ibas a desconfiar aún más de mí.

El peso de sus palabras me aprisiona el corazón con tanta fuerza, que duele. Físicamente, mi pecho duele.

La nuez de Adán del demonio sube y baja cuando traga saliva con dureza, y sus ojos se nublan ligeramente en el proceso, pero no logro distinguir ninguna emoción en su gesto inescrutable.

—Sabía que, si te lo decía, ibas a declinar mi juramento y yo… —Niega con la cabeza y, por primera vez, el pesar se cuela en su expresión—. Yo quería que dejaras de dudar de mí. Quería que dejaras de verme como si fuese a hacerte daño en cualquier momento.

Desvío la mirada.

Coraje, incertidumbre, miedo… Todo se arremolina en mi interior y me confunde tanto que no soy capaz de distinguir qué es lo que quiero hacer ahora mismo: si gritar, golpear algo o echarme a llorar.

—Bess, yo…

—Cállate —lo interrumpo, al tiempo que cierro los ojos.

—Cielo, necesito que…

—¡Ya basta! —espeto al tiempo que lo encaro. Los Estigmas, que han comenzado ya a desperezarse, cantan de satisfacción al sentir el estallido de ira que me invade—. ¡Deja de intentar verme la cara de idiota! ¡Deja de intentar justificarte!

—Es que no estoy tratando de justificarme —La desesperación tiñe la voz del demonio.

—Ah, ¿no? ¿Entonces, qué es lo que haces? —Mi tono de voz suena más agudo de lo normal. Más angustiado que antes—. Ocultar cosas para tu beneficio también es mentir. También es traición, Mikhail; así que me pregunto, ¿qué, en el infierno, vas a decir para explicar el motivo por el cuál ocultaste todo eso? ¿De verdad crees que te compro la excusa esa en la que dices que sientes algo por mí? ¿De verdad piensas que te creo? —Sé que estoy siendo demasiado dura con mis palabras; pero, a estas alturas, estoy harta. Harta de todo. *De todos*—. Deja de tratar de jugarme el dedo en la boca que no te creo una mierda. Deja de pretender que estás de mi lado cuando lo único que haces es mentir. —Una carcajada carente de humor brota de mi garganta, pero la impotencia y el coraje no han disminuido ni siquiera un poco. Al contrario, incrementan gradualmente—. No sé en qué demonios estaba pensando cuando decidí darte el beneficio de la duda —digo, en medio de una risotada amarga—. Después de todo, eres un demonio. Debí haber sabido que no eres capaz de ver por nadie más que por ti. Debí haberme dado cuenta antes de la clase de criatura eres.

En ese momento, el barullo estalla. Mikhail trata de hablar, pero Ashrail le interrumpe a medio camino y ambos empiezan a discutir. Las palabras entre ellos son dichas en volumen alto, pero me son ajenas por completo.

Ahora mismo, me siento tan abrumada, decepcionada y harta que lo único que quiero es escapar de aquí. Es dejar a las dos criaturas que discuten casi a gritos en la estancia y desaparecer. Olvidarme de toda esta mierda. Olvidarme de qué es lo que se supone que tengo que hacer y del poder que tengo.

Estoy tan agobiada. Tan cansada…

«Solo vete de aquí», susurra la voz en mi cabeza. «Vete y olvídate de todo».

Y así lo hago.

Sin decir una palabra, me encamino a paso furioso hasta el armario para tomar unas zapatillas deportivas y una chaqueta.

Soy plenamente consciente de que visto el pantalón a cuadros azules de mi pijama y una franela desgastada que me va grande; sin embargo, eso no impide que me encamine a toda velocidad hasta las escaleras.

Alguien está gritando mi nombre, pero no me detengo. Tampoco lo hago cuando me adentro en la cocina y me topo de frente con la imagen de las tres brujas con las que vivo, desayunando en la isla al centro de la estancia.

Dinorah es la primera en balbucear algo, pero ni siquiera me molesto en escucharla. Ni siquiera me digno a mirarla cuando tomo las llaves del coche de Zianya del pequeño colgador que tenemos en la cocina, y me encamino —descalza, en pijamas, sin sujetador, con una chaqueta colgada en el hombro, unos *Converse* sucios en una mano y las llaves del auto en la otra— hasta la calle.

El viento invernal me azota la cara en el instante en el que pongo un pie fuera de la casa, pero eso no me impide seguir avanzando.

Los dedos de los pies me arden y duelen debido al frío lacerante que lo invade todo, así que aprieto el paso hasta llegar al lugar donde la bruja estaciona siempre su vehículo. Entonces, me trepo en él y lo enciendo.

El motor del coche suena inestable, y maldigo para mis adentros solo porque sé que necesito esperar un poco antes de darle marcha. El coche va a apagarse si trato de conducir así. Tengo que esperar, aunque sea unos momentos, para poder irme.

En ese instante, mientras delibero qué hacer, un golpeteo rápido y desesperado en la ventana me hace saltar en el asiento debido a la impresión.

Mi atención se vuelca hacia ella y toda la sangre se agolpa en los pies cuando me encuentro con la vista de un Mikhail furioso justo afuera del lado del conductor.

—Tenemos qué hablar. —Apenas puedo escuchar cómo habla del otro lado de la puerta.

—No tengo absolutamente nada qué hablar contigo. Déjame en paz.

—Bess, por favor, baja de ahí. Tienes qué escucharme.

—No quiero. No voy a seguir escuchándote. Ya no más.

—Cielo, te lo suplico…

Una negativa furiosa es lo único que puedo regalarle ahora mismo.

—Bess…

—Quiero que te marches —le interrumpo, y sueno tan enojada, que yo misma me sorprendo.

—¿*Qué?*... —El demonio luce como si hubiese sido golpeado con fuerza en el estómago. Como si algo por dentro le doliera en demasía y estuviese tratando de no hacerlo notar.

—Quiero que te largues de aquí. No quiero verte más. No te quiero cerca de mí —sueno furiosa. *Decepcionada.*

—Cielo, por favor… —comienza, pero no estoy dispuesta a escucharlo. No estoy dispuesta a caer una vez más en sus juegos; así que, sin más, pongo en marcha el vehículo.

No sé a dónde me dirijo. Tampoco sé qué es lo que pretendo hacer ahora, pero no me detengo a pensarlo. Me limito a pisar el acelerador en dirección a la calle que lleva a la avenida más cercana. Me limito a escapar sin siquiera preocuparme por las consecuencias que esto pueda traerme.

***

Mi vista está fija en todo y en nada. Está atenta a lo que ocurre al alrededor y, por primera vez en mucho tiempo, me siento tranquila. Por primera vez en mucho tiempo, lo único que puedo percibir a mi alrededor es armonía y normalidad.

El sonido de las risas, los chirridos de los columpios al balancearse, las pisadas apresuradas en la grava, los gritos eufóricos… Todo se cuela en mi sistema y me tranquiliza. Me apacigua como nada lo ha hecho en meses.

Estar aquí, sentada en la banca de un parque, mirando a la gente común y corriente hacer sus vidas, es más reconfortante de lo que parece.

Todo se siente sencillo desde aquí. Como si nada de lo que está pasando en el plano espiritual importase. Como si, de alguna retorcida manera, todo se tratase de un producto de mi imaginación y no fuese real.

«Daría todo porque no fuese real».

Una mujer pasa trotando a pocos pasos de distancia de donde me encuentro y la observo marcharse a paso rápido. Un chico pasa corriendo justo detrás de ella, con un enorme perro atado de una correa. Una señora de edad avanzada observa a una niña —su nieta, supongo— desde la banca contigua a la que me encuentro, y un hombre joven empuja a un niño en los columpios. Una chica a la que no puedo calcularle más de veinticinco y que, además, está embarazada, los mira desde una distancia prudente y sonríe como si estuviese observando a las criaturas más maravillosas de la tierra. Como si ese hombre y ese niño fuesen el centro de su universo.

El desasosiego que me provoca la imagen no se hace esperar; sin embargo, esta vez no es tristeza por mí lo que siento, sino un inmenso pesar por ellos. Pesar de saber que, si las cosas siguen de este modo, esa pequeña familia no tendrá un mañana. Pesar de saber que yo misma podría acabar con su existencia si algo llegase a pasarme. De saber que esta podría ser la última vez que vengan al parque a pasar el rato.

Con el tiempo me he dado cuenta de que así somos los seres humanos. Damos por sentado que viviremos hasta ser viejos; que siempre habrá un mañana para comenzar de nuevo, cuando la realidad es que nadie tiene la vida comprada. Nada nos garantiza que el día de mañana el mundo no vaya a terminarse. Nada nos garantiza un día más en esta tierra.

Si tan solo nos diéramos cuenta a tiempo. Si tan solo valoráramos más todos estos pequeños momentos…

Si yo hubiese sabido que aquel viaje que hicimos en familia sería el último, habría besado más a mi madre. Habría abrazado más a mi padre. Habría peleado menos con Jodie y habría pasado más tiempo con Freya.

Habría aprovechado al máximo los momentos a su lado y los habría hecho valer un poco más.

«Me habría encantado hacerlos valer un poco más».

Un suspiro entrecortado brota de mi garganta.

La sensación de ahogo que me provoca esta clase de pensamientos no hace más que incrementar la ansiedad y el nerviosismo que no me ha dejado tranquila desde que dejé Bailey esta mañana.

No sé cuánto tiempo ha pasado desde que salí de la casa de las brujas, pero sé que ha sido mucho. Sé que ya llevo horas aquí en Raleigh, sentada en este lugar, mirando a la gente pasar y hacer su día como si nada ocurriera. Como si el equilibrio del mundo no estuviese siendo despedazado por los demonios, y el cielo no estuviese atravesando por una crisis.

Hace un montón de rato ya que saqueé la guantera del coche de Zianya y tomé todo su efectivo para comprar comida chatarra para alimentarme. Hace un montón más que la engullí toda. Hace otro que descarté la posibilidad de intentar viajar hasta Los Ángeles para ver a Emily porque, por más que lo desee hacerlo, el medio tanque de gasolina que tiene el coche jamás sería suficiente para llegar. Todo eso sin ignorar el hecho de que Ems cree que estoy muerta. Ems no sabe que aún estoy aquí, viva en alguna parte del mundo. Tampoco sabe que represento un peligro para toda la humanidad.

Creo que se volvería loca si me viera de nuevo. Emily, definitivamente, perdería la cordura si tocase a la puerta de su casa y le dijera que estoy viva…

… Eso, si no se ha mudado de casa de sus padres ya. Si no se ha mudado a otra ciudad, o se ha casado, o algo por el estilo.

Un suspiro largo y cansado escapa de mis labios solo porque los recuerdos pesan y la añoranza a lo que solía tener es grande e intensa.

«Deja de hacerte esto a ti misma». Me reprime la vocecilla en mi cabeza y trato, desesperadamente, de hacerle caso sin conseguirlo del todo; así que me quedo aquí unos instantes más, mirándolo todo y a todos antes de armarme de valor y ponerme de pie para marcharme.

No quiero regresar a Bailey, pero sé que no puedo quedarme en este lugar. Sé que se está haciendo tarde y la noche no tarda en empezar a caer. Sé que tengo que volver o todo el mundo va a volverse loco; pero tampoco quiero entrar al coche que robé para regresar y enfrentar lo que dejé atrás.

No estoy lista para volver a ser Bess Marshall. Al menos el día de hoy, quiero ser esta lunática que camina en pijamas por las calles de Raleigh sin rumbo alguno. Quiero ser cualquier persona, menos esa que me tocó ser.

Cuando trepo al coche de Zianya, el sol ya está cayendo y, a pesar de que sé que debo emprender el camino hasta Bailey si no quiero que la noche me alcance, me quedo aquí, quieta, con la radio encendida en una estación en la que suena una canción de John Mayer con la que solía estar obsesionada hace unos años, y una maraña hecha de pensamientos encontrados.

Finalmente, luego de mucho darle vueltas a todo, enciendo el vehículo y me encamino a la salida de la ciudad.

Me toma cerca de quince minutos salir a la carretera y, para cuando eso ocurre, el cielo se ha teñido ya de un azul tan oscuro, que apenas si se pueden distinguir las siluetas de los autos que se enfilan a pocos metros de distancia de mí.

Poco a poco, la carretera va vaciándose conforme las intersecciones que dan a otros pequeños pueblos cercanos a Raleigh aparecen y, de pronto —como siempre que viajo de vuelta a Bailey—, me encuentro conduciendo sola al cabo de un rato.

No me queda mucho camino por recorrer para llegar a mi destino. De hecho, los escenarios boscosos que rodean a Bailey ya han comenzado a aparecer en mi campo de visión.

La noche ha caído casi en su totalidad. La oscuridad lo ha invadido todo, de modo que la luz de la luna y la que proviene de los faros de mi coche, son lo único que ilumina el camino. Con todo y eso, no es hasta que giro en una curva cerrada, que una extraña sensación de malestar se instala en mi estómago.

No me toma mucho tiempo averiguar el motivo del repentino cambio ambiental que se percibe. Aquí, justo en este lugar, es capaz de sentirse de golpe el cambio energético que hay en el ambiente.

Las brujas siempre dijeron que Bailey estaba circundado por un montón de líneas energéticas, pero no me había dado cuenta de lo que eso significaba. Al menos, no hasta ahora, que soy capaz de sentir el cambio en el aire.

«¿Qué tan destrozado debe estar el orden para que el poder de estas líneas energéticas se sienta de esta manera? ¿Para que pueda *sentirse* cuando no lo hacía antes?».

El nerviosismo se apodera de mi estómago. Una bola de ansiedad comienza a formarse en mi pecho, pero trato de no perder la compostura. De no entrar en pánico.

—¿Por qué se siente de esta manera? ¿Qué es lo que está ocurriendo en este lugar? —musito para mí misma, al tiempo que aferro las manos con fuerza al volante.

Tomo una inspiración profunda.

—Están llegando. —La voz proveniente del lado del copiloto hace que todos los vellos del cuerpo se me ericen al instante y pierdo la compostura por completo.

Un grito se construye en mi garganta, pero lo mantengo dentro mientras vuelco la atención al asiento que hace unos instantes se encontraba vacío, y que ahora lo llena una figura neblinosa y blancuzca.

Un gemido aterrorizado se me escapa de los labios y doy un bandazo al volante para orillarme.

Salgo de vehículo.

—¡Vete de aquí! —escupo, en dirección al coche. Sueno aterrorizada, a pesar de que no quiero hacerlo—. ¡Vete! ¡No puedo ayudarte!

En el instante en el que pronuncio esas palabras, cientos de figuras blancuzcas y constituidas por algo similar al vapor, comienzan a materializarse.

El pánico se detona en mi sistema al instante.

—¡Váyanse de aquí! —grito, con desesperación—. ¡No puedo ayudarles! ¡No puedo…!

—Están llegando. —Cientos de voces me llenan los oídos en susurros lejanos y monótonos, y el corazón se me acelera debido al terror que siento.

—¡¿De qué carajo hablan?! ¡¿Quiénes están llegando?! —espeto, horrorizada y asustada en partes iguales.

—Los Príncipes —dicen todas las figuras al unísono, al tiempo que se acercan a mí. Un sonido horrorizado se me escapa.

Mis manos se apoderan de mi cabello y tiro de él con fuerza. Tiro de él porque la angustia, el miedo y la desesperación son tan grandes, que amenazan con enloquecerme.

—¡No se acerquen! —exijo, al borde de la histeria, pero no se detienen y el terror incrementa—. ¡He dicho que se alejen!

—Están cerca —repiten, como si no fuesen capaces de escucharme.

—¿Qué es lo que quieren de mí? —medio grito, y la voz se me quiebra cuando hablo.

Estoy a punto de ponerme a gritar como loca desquiciada. Estoy a punto de perder completamente la cordura.

Los Estigmas, angustiados y ansiosos, tratan de liberarse de la prisión de mi cuerpo en el instante en el que comienzo a verme acorralada, pero no consiguen hacer su camino hasta afuera. Aún están muy débiles. Aún tienen mucha fuerza que recuperar, así que no me sorprende en lo absoluto que no sean capaces de atacar.

—Están cerca —dicen las siluetas de vapor una vez más y, esta vez están tan cerca, que soy capaz de sentir la gélida y penetrante energía que emanan.

—¡¿Qué demonios es lo que buscan?! —espeto, al tiempo que la energía angelical de Mikhail se agita débilmente.

Las entidades no se detienen. Al contrario, se estiran hasta su límite. Se mueven con lentitud y se extienden, de modo que soy capaz de sentir cómo me tocan. Cómo tratan de alcanzar la energía que duerme en mi interior.

—¡Largo! —La voz familiar, ronca y furiosa que retumba en todo el lugar, hace que las entidades vacilen y retrocedan de golpe.

No se han ido. Ni siquiera se han molestado en ocultarse. Siguen ahí, a la espera de un descuido para intentar llegar a mí una vez más, pero ya no las tengo casi sobre mí.

—¡He dicho: largo! —La voz de Mikhail truena en todo el lugar y el lazo que nos une se agita con el enojo que él siente.

Las figuras comienzan a disiparse, pero no es hasta que todas ellas se difuminan, que me atrevo a buscar al demonio con la mirada.

No me toma mucho tiempo dar con él. Está ahí, a pocos pasos de distancia de donde me encuentro, con aspecto desaliñado, y gesto duro y severo. Lleva su única ala extendida y, a pesar de su postura amenazante, se encuentra ligeramente inclinado hacia un costado.

No dice nada.

Da un paso. Luego otro… Y, de pronto, se tambalea sobre sus pasos y cae de rodillas al suelo.

Apenas tiene tiempo de meter las manos para no darse de bruces, y es solo hasta ese momento, que noto el color carmesí que tiñe los vendajes que cubren su espalda. Es solo hasta ese instante, que noto las pequeñas gotas oscuras que han comenzado a caer al suelo y que provienen de sus omóplatos.

Un centenar de emociones me invade el cuerpo, pero no me atrevo a mover un solo músculo. No me atrevo a hacer otra cosa más que mirarlo fijamente.

Levanta la cara y me mira de vuelta.

—Te encontré —dice, y el alivio en su voz me quiebra por completo. Me destroza y me arma al mismo tiempo—. Por fin te encontré.

30

PERDÓN

Mikhail está incorporándose de nuevo. Tembloroso, débil, tambaleante... pero está haciéndolo. Yo, por el contrario, no puedo moverme. No puedo hacer nada más que mirarlo fijamente.

Luce como si estuviese a punto de desfallecer. Como si, en cualquier momento, fuese a caer derrumbado al suelo, derrotado por lo que sea que le haya ocurrido en el transcurso de las últimas horas.

—¿Qué fue lo que...? —Ni siquiera puedo terminar la oración, ya que vuelve a tambalearse hasta caer de nuevo al suelo.

De inmediato, la parte activa de mi cerebro espabila y me abalanzo hasta donde se encuentra para ayudarle a levantarse.

—Bess —susurra, con un hilo de voz, pero no suena como si tratara de decirme algo. Se siente como si intentara convencerse a sí mismo de que me encuentro ahí, justo delante de él—. *Bess.*

Niego con la cabeza, aturdida. *Confundida.*

—¿Qué te pasó? —El horror se cuela en el tono de mi voz. Cientos de escenarios caóticos se arremolinan en mi cabeza y colisionan entre sí, haciendo que la angustia aumente con cada segundo que pasa.

No dice nada. No hace otra cosa más que aferrar sus dedos temblorosos al material de la chaqueta que llevo puesta. Mis manos —ansiosas y nerviosas— corren por sus brazos y torso, en la búsqueda de alguna clase de herida adicional a la que ya le aqueja la espalda.

En el proceso, el peso de su cuerpo cae sobre el mío y su aliento, cálido y denso, me golpea de lleno en el cuello. Un escalofrío me recorre entera casi al instante, pero ignoro la sensación para concentrarme en la inspección meticulosa.

—Estoy bien. —El resuello tembloroso que se le escapa de los labios es apenas audible.

El alivio y el terror que colisionan en mi interior, son casi tan intensos como las ganas que tengo de seguir inspeccionando su cuerpo en la búsqueda de heridas.

—¿Qué fue lo que te pasó? —El pánico se me nota en la voz—. ¿Quién te hizo esto?

Sin más, no puedo dejar de pensar en lo que dijeron las voces de las entidades de hace apenas unos instantes. En la posibilidad de que Los Príncipes del Infierno lo hayan encontrado.

—Nadie me ha hecho nada —murmura, con un hilo de voz—. He sido yo. Yo me he hecho esto. Estaba tratando de… —Hace una pequeña pausa. Suena angustiado. *Avergonzado*—. Trataba de planear con un ala.

No me muevo. Me atrevo a decir que ni siquiera respiro. No puedo hacer otra cosa más que intentar asimilar la cantidad incontenible de emociones que me embargan de un segundo a otro.

El corazón me late con fuerza, tengo la respiración atascada en los pulmones, y los músculos tensos y agarrotados, y no sé si es debido al encuentro que acabo de tener con las entidades que estuvieron a punto de atacarme, o a la presencia de Mikhail en este lugar…

… O a lo que acaba de decirme.

Lentamente, el demonio de los ojos grises se incorpora un poco, de modo que ahora es capaz de mirarme una vez más.

—¿*Qué?*… —Mi voz es un susurro tembloroso e incrédulo.

—Quería encontrarte —dice—. Quería intentar volar, o planear, o hacer algo para encontrarte, pero con esta maldita ala inútil que tengo… —Sacude la cabeza en una negativa frustrada y avergonzada—. No pude hacer nada.

Un dolor insoportable se apodera de mi pecho en ese instante y es tan intenso y abrumador, que me cuesta respirar. Lágrimas de angustia, culpabilidad y dolor se me acumulan en los ojos, pero no derramo ninguna. No cuando es él quien lleva la peor parte ahora mismo.

—Ven aquí —digo, ignorando completamente la sensación de desasosiego que me invade—. Necesitamos revisar esa herida.

Una protesta lo abandona casi al instante, pero lo ignoro por completo mientras envuelvo uno de sus brazos alrededor de mi cuello y uno de los míos alrededor de su torso.

Sin decir una palabra, tiro de él hacia arriba. Un quejido adolorido escapa de los labios del demonio, pero no se resiste cuando, como puedo, comienzo a avanzar con él a cuestas.

Soy plenamente consciente de la manera en la que sus piernas comienzan a volverse torpes y débiles, y el pánico se detona en mi sistema cuando, de pronto, me encuentro cargando su peso por completo.

«¿Se ha desmayado?», mi subconsciente pregunta, horrorizado, pero me obligo a empujarlo en lo más profundo del cerebro, mientras avanzo hasta el coche que se encuentra aparcado a pocos pasos de distancia.

Un gemido ahogado brota de mis labios cuando, al cabo de unos instantes, deposito el cuerpo de Mikhail en el asiento del copiloto del coche de Zianya. El sonido del aire saliendo de mis labios en bocanadas irregulares, es lo único que delata el esfuerzo que he hecho al cargar con su peso apenas unos cuantos metros; sin embargo, el orgullo no me permite admitir que estoy agotada. No me permite admitir que esta pequeña caminata me ha puesto en aprietos.

La respuesta del demonio a mi brusco movimiento es apenas un sonido débil y adolorido. Para este punto, sigo sin saber si está inconsciente o no. Tampoco sé qué tan malherido se encuentra, ya que la oscuridad de la noche apenas me ha permitido mirar las manchas oscuras en sus vendajes.

El miedo que siento ahora mismo es doloroso y sofocante, pero no permito que me domine. No permito que me paralice.

Así pues, sin perder un solo segundo, concentro toda la atención en la tarea de acomodarlo, ponerle el cinturón de seguridad en el torso, cerrar la puerta y rodear el vehículo hasta llegar al lado del piloto.

Una vez hecho todo aquello, arranco a toda marcha.

No sé cuánto tiempo pasa antes de que lleguemos a la casa de las brujas, pero se siente como una eternidad. Como si el mundo entero hubiese ralentizado su marcha, pero el tiempo hubiese seguido andando a su velocidad habitual; dejando así esta insidiosa y desesperante sensación de lentitud corporal. Esta angustiante sensación de ir en cámara lenta cuando lo que se necesita es correr a toda velocidad.

Las luces de toda la finca están apagadas. Ni siquiera la luz del pórtico ha sido encendida y eso me saca de balance. Todas las personas que viven en esa casa son noctámbulas y suelen irse a la cama hasta muy entrada la noche, así que no sé si realmente han decidido irse a dormir temprano o ya es más tarde de lo que pensaba.

Bajo del coche. El sonido del portazo que doy al hacerlo me sigue mientras me encamino hasta la entrada principal de la casa y le quito el seguro a la puerta. Una vez hecho eso, vuelvo sobre mis pasos lo más rápido que puedo para sacar al demonio malherido que se encuentra aún dentro del vehículo.

Mis manos trabajan en el cinturón de seguridad unos segundos antes de que, sin perder el tiempo, envuelva los brazos alrededor del torso de Mikhail para tirar de él hacia arriba.

Un gemido ahogado y adolorido lo abandona y me detengo en seco unos instantes al oírlo. Una disculpa es murmurada por mi boca luego de unos segundos de tenso silencio y, acto seguido, continúo con la tarea impuesta.

Una protesta escapa de sus labios cuando tiro de él hacia afuera del auto y, es solo hasta ese momento, que me percato de que aún está consciente… o algo por el estilo.

El demonio murmura algo ininteligible justo cuando trato —una vez más— de levantar su peso y, esta vez, con un poco de su ayuda, logro sacarlo del vehículo.

Llegar a la escalinata del pórtico no nos toma mucho tiempo. No es la tarea más sencilla de todas, pero tampoco es horrible ahora que él está ayudándome un poco en el proceso.

Una vez que pasamos los escalones y llegamos a la entrada de la casa, nos introducimos en ella y nos encaminamos hasta la sala. Entonces, lo deposito con cuidado sobre uno de los sillones.

Acto seguido, regreso por donde vine y salgo a la calle para cerrar la puerta del auto. Una vez hecho esto, vuelvo adentro y cierro la de la casa.

Un suspiro cansado y entrecortado se me escapa y tengo que tomarme unos instantes antes de armarme de valor y volver a la sala. Mientras lo hago, las luces son encendidas a mi paso, dándole un aire menos aterrador a todo el espacio.

Mi andar aminora su velocidad justo cuando llego al lugar donde el demonio descansa; pero, no es hasta que estoy muy cerca, que él levanta la cara del suelo para enfrentarme. En ese momento, la vacilación gana terreno en mí.

Un centenar de emociones aletea en mi pecho cuando nuestros ojos se encuentran, pero me las arreglo para no hacérselo notar demasiado mientras me acerco a él otro poco.

—¿Qué tan malherido estás? —No quiero sonar muy preocupada, pero no consigo escucharme de ninguna otra manera.

Él, a pesar del aspecto cansado y débil que tiene, niega con la cabeza.

—No demasiado —dice, pero el sonido áspero de su voz me cuenta otra cosa.

Me abrazo a mí misma, al tiempo que reprimo el repentino impulso que tengo de inspeccionar su cuerpo una vez más.

—Te desmayaste. —El tono acusatorio con el que hablo es suficiente para hacer que su mirada se oscurezca varios tonos.

—No lo hice —suelta, a la defensiva, pero sabe que no me ha convencido en lo absoluto.

Es mi turno de negar.

—Necesitas dejar la terquedad y decirme qué tan malherido estás —digo, en tono duro y severo—. ¿Qué fue lo que pasó realmente? ¿Alguien te atacó?

—¿Por qué te empeñas siempre en cuestionar todo lo que te digo? —Mikhail espeta en mi dirección—. ¿Es que acaso siempre tienes que poner en tela de juicio todo lo que sale de mi boca? Te estoy diciendo la verdad. Si no quieres creerme, es tu problema —Trata de ponerse de pie, pero, en el proceso, se tambalea y vuelve a dejarse caer sobre el sillón. En ese instante, la vergüenza y la impotencia tiñen sus facciones.

—¿Cómo quieres que crea que estás bien cuando ni siquiera puedes ponerte de pie? —cuestiono, pero sueno menos dura que hace unos segundos.

Sus ojos se clavan en los míos.

—Estoy débil, ¿de acuerdo? —La humillación tiñe su gesto por completo, pero no deja de mirarme ni un instante—. No me he recuperado del todo aún. Me he abierto la herida al intentar hacer algo útil para buscarte. Esa es la maldita verdad. Por una vez, créela. *Por favor.*

Desvío la mirada. Todo dentro de mí se estruja en el instante en el que los sentimientos encontrados colisionan en mi interior y, de repente, todo lo que ocurrió esta mañana se siente extraño. Pequeño y grande al mismo tiempo. Tan insignificante como valioso; y es por ese motivo que me quedo callada. No sé, siquiera, si hay algo que pueda decir en respuesta. Si debo confiar en lo que dice ahora mismo.

—Me iré de aquí, Bess. —La voz de Mikhail hace que toda mi atención se pose en él de un movimiento violento—. Si realmente no me quieres a tu alrededor, me marcharé. Justo como lo pediste. —Su mirada, determinada, dura y firme, está fija en mí y todo el cuerpo me tiembla debido a su intenso escrutinio—. Pero tienes que prometerme que no vas a volver a hacer algo como lo que hiciste hoy. Todo el mundo está allá afuera buscándote.

Un puñado de rocas se asienta en el estómago.

—¿Qué?

—Lo que escuchaste. —Mikhail me mira con severidad—. Todo el mundo ha salido detrás de ti esta mañana y nadie ha regresado por estar buscándote. Estaban muy preocupados antes de marcharse. Las brujas, Ash, Axel… Todos están jodidamente alterados con la idea de ti, huyendo de todo por los motivos más idiotas.

El corazón se me estruja.

—Me buscan porque si me pasa algo…

—Te buscan porque les importas. —El demonio me interrumpe—. Deja de pensar que todo el mundo trata de utilizarte. Ellos te buscan porque significas algo en sus vidas. Porque, aunque yo no sea capaz de entenderlo, comparten un lazo contigo. Uno que podría llegar a ser, incluso, más fuerte que el que nosotros dos compartimos. —Sus párpados se cierran debido a la fatiga, pero vuelve a abrirlos para encararme—. No voy a dejar que les hagas algo como esto de nuevo solo por mi culpa; así que, si lo que realmente quieres es que yo me marche, lo haré; pero antes tienes que prometerme que no vas a volver a hacer algo igual de estúpido como lo que hiciste hoy. Tienes que prometerme que no vas a ponerte más en peligro.

—¿Por qué me haces esto? —El reproche que tiñe mi voz lo dice todo. La manera en la que pronuncio esa pregunta habla sobre abandono, desconfianza, esperanzas idiotas e ilusiones hechas del cristal más delgado. Habla de lo mucho que deseo confiar en él y en la poca sensatez que le encuentro a la idea.

—Mañana por la mañana estaré listo para marcharme —dice—. Solo necesito algo de descanso. Prometo no importunarte demasiado. Solo será hasta mañana.

Angustia, ansiedad, miedo… Todo se me acumula en el pecho y amenaza con estallar y hacerme pedazos en cualquier momento.

La colisión de sentimientos encontrados me atenaza el cuerpo. Me estruja el alma y me hace caer en una espiral de frustración y desesperación que ni siquiera yo misma soy capaz de comprender.

Una parte de mí, esa que ansía con locura algo de normalidad, agradece sus palabras; agradece que quiera marcharse. Pero otra, esa que aún está aferrada a la posibilidad de que él pueda llegar a ser el Mikhail que yo conocí, grita con fuerza en mi cabeza. Grita con desesperación y angustia ante la idea de perderle de nuevo.

—De acuerdo —digo, al cabo de unos largos instantes.

Él, con la mirada oscurecida y llena de emociones que soy incapaz de reconocer, asiente.

—Bien —dice, y hace un gesto de cabeza en dirección a las escaleras—. ¿Puedo subir a lavarme?

Es mi turno de asentir.

Él, en respuesta, murmura un agradecimiento y se pone de pie. No me pasa desapercibida la manera en la que su cuerpo se inclina hacia adelante, y de cómo sus manos se estiran ligeramente para mantener el equilibrio, pero no me acerco a ayudarle. No me atrevo a hacerlo.

El demonio se tambalea unos pasos antes de lograr mantenerse en pie con estabilidad y, una vez que lo consigue, avanza en dirección a las escaleras y desaparece de mi vista.

No mira en mi dirección en el proceso. Se limita a abrirse paso hasta el piso superior sin siquiera dirigirme un céntimo de su atención.

Hace más de cuarenta minutos que Mikhail se encerró en el baño de la planta alta. Hace más de diez que estoy aquí, de pie frente a la puerta, tratando de decidir qué hacer.

Mi corazón, por un lado, no deja de reprimirme por dejarlo solo y herido. Me dice que debo llamar para corroborar si se encuentra bien. Pero, mi cabeza, esa que no ha dejado de susurrar bajo, en lo más profundo de mis pensamientos, me dice que no debo preocuparme por él. Que todo esto de la herida abierta es solo una treta suya para mantenerse cerca un poco más. Que lo único que quiere es ganar algo de tiempo para conseguir lo que sea que tiene planeado.

Cierro los ojos con fuerza. Una inspiración profunda es inhalada por mi nariz y me obligo a empujar los pensamientos oscuros lejos de mí sin conseguirlo del todo.

La voz insidiosa que no deja de susurrar una y otra vez cosas que se me antojan crudas y crueles; pero mi corazón, que está empeñado a aferrarse a los recuerdos del antiguo Mikhail, no deja de llevarle la contraria.

Una maldición se me escapa de los labios en el instante en el que la confusión se hace presente y tomo otra inspiración profunda, en un débil intento por apaciguar la revolución que llevo dentro.

«¿Qué estás haciéndote, Bess?».

Respiro profundo una vez más y dejo escapar el aire con la lentitud de un suspiro cansado y abrumado.

«No eres esa clase de persona», me digo a mí misma. «Sea lo que sea que te haya hecho, no eres esa clase de persona. No puedes dejarlo así de herido como está. Llama a la puerta, verifica que se encuentra bien y vete. Solo eso. Solo cerciórate de que se encuentra bien. Nada más».

Abro los ojos y poso la vista en la entrada del baño y, poco a poco, un nudo se instala en la boca de mi estómago. La ansiedad y el nerviosismo, aunados al sonido rítmico del agua de la regadera, solo consiguen que el latir de mi corazón se vuelva irregular.

No sé por qué estoy tan ansiosa. No sé por qué tengo tanto miedo.

Estiro el brazo. Mis dedos se cierran alrededor de la perilla de la puerta y dudo unos instantes.

«Quizás debes llamar de nuevo», me susurra el subconsciente y le hago caso. En ese momento, mi mano libre se alza en un puño y golpea la madera con más brusquedad que la vez anterior.

De nuevo, no hay respuesta.

El pánico creciente en el estómago se vuelve insoportable para ese momento y me falta el aire debido a la cantidad de escenarios catastróficos que me llenan la cabeza. La imagen de él, tirado, inconsciente en el suelo del baño, con un charco de sangre a su alrededor, no deja de atormentarme. La imagen de él, moribundo dentro de ese pequeño espacio, es más de lo que mis nervios alterados pueden soportar.

El dolor en mi pecho es abrumador. Tanto, que no puedo concentrarme en otra cosa. Tanto, que no sé si realmente es cosa mía o es el lazo que me ata a Mikhail el que está llamándome.

—Maldita sea —mascullo con coraje y, sin pensarlo más, abro la puerta.

El vapor de la estancia me golpea de lleno en el instante en el que me introduzco en ella. El calor asfixiante provocado por el agua caliente hace que mi respiración sea más irregular que antes y, mientras me acostumbro a la falta de visión, me quedo quieta.

—¿Mikhail? —Sueno inestable, ronca y asustada. No me importa que sea así. En este momento, no me importa en lo absoluto sonar como una completa idiota aterrorizada.

No hay respuesta alguna.

Doy un par de pasos en dirección a la bañera con andar nervioso —aterrorizado.

—¿Mikhail? —vuelvo a llamarle—. Mikhail, ¿estás…?

Toda la sangre del cuerpo se me agolpa en los pies en el instante en el que lo veo. Mi corazón se detiene una fracción de segundo, la adrenalina se dispara en mi sistema, un grito se me construye en la garganta, y el horror, el pánico y el terror se mezclan dentro de mí con violencia e intensidad.

Mikhail está ahí, sumergido por completo dentro de la bañera llena de agua, con los ojos cerrados, los brazos lánguidos, los vendajes ensangrentados alrededor del torso y el pantalón puesto.

«¡No, no, no, no, no!».

La palidez de su piel, en contraste al tinte rosado que ha adquirido el agua por la sangre diluida, lo hace lucir enfermo. Mortecino.

—¡Mikhail! —mi voz suena horrorizada, aguda y temblorosa y, justo cuando estoy a punto de entrar en la bañera para sacar su cuerpo del agua, sus ojos se abren.

Un grito de puro terror se me escapa al instante.

Doy un paso tambaleante hacia atrás y la figura imponente del demonio abandona las profundidades de la bañera. En ese momento, caigo sobre mi trasero con violencia y un sonido adolorido se me escapa.

Una palabrota brota de mi boca sin que pueda evitarlo y una punzada de verdadero enojo se apodera de mí.

—¡¿Qué carajo está mal contigo?! —chillo, al tiempo que lo miro ponerse de pie con lentitud.

Su mirada, confundida y aturdida, se posa en la mía.

—¿Qué?

—¡Casi me matas del susto! —espeto—. ¡¿Tan difícil era contestarme y decirme que estabas bien?!

—¿De qué hablas? —Luce genuinamente confundido.

—¡De que llevo rato llamando a la puerta! —chillo, al tiempo que me pongo de pie—. ¡Creí que algo malo te había ocurrido, maldición! ¡Creí que…!

El demonio trata de salir de la bañera, pero su pie ni siquiera logra llegar al borde y cae casi de bruces al suelo. Es muy probable que hubiera caído completamente sobre su cara de no ser por sus reflejos y la longitud de sus brazos.

Un gemido torturado y adolorido se le escapa al instante, y toda la irritación que me invadía se esfuma en un abrir y cerrar de ojos.

Casi por acto reflejo, me precipito en su dirección y me arrodillo frente a él. Mis manos, temblorosas y nerviosas, lo toman por el torso para tirar de él fuera de la bañera. El agua se desborda en el proceso y hace un desastre en el pequeño espacio, pero no me detengo hasta que el cuerpo del demonio ha quedado completamente fuera.

El peso de su cuerpo me deja sin aliento unos instantes, pero me las arreglo para maniobrar con él hasta quedar sentada.

Para este punto, estoy empapada. Agotada.

Una palabrota más se me escapa cuando trato de apoyar los pies en la bañera para empujarme en una posición más cómoda, pero no consigo más que chapotear ligeramente.

Otro gruñido adolorido abandona los labios de Mikhail, pero no dejo de intentar acomodarme en una posición más favorable.

Un bufido exhausto escapa de mi boca cuando, luego de muchos intentos, logro recargarme sobre el mueble del lavamanos. Para este punto, los brazos de Mikhail caen lánguidos alrededor de mis hombros, y sus piernas, a pesar de no hacer mucho por ayudarnos, se encuentran flexionadas por las rodillas, de modo que su peso ya no me aplasta.

Entonces, empiezo a trabajar.

Un estremecimiento recorre su cuerpo cuando, con cuidado comienzo a deshacerme de los vendajes sucios que cubren su torso. Una vez terminada la tarea, me aparto del lugar donde me encuentro y lo obligo a recostarse estómago abajo para inspeccionar el estado de su herida.

Él no opone resistencia cuando lo hago. Al contrario, deja guiar su camino hasta que su cabeza queda recostada sobre uno de mis muslos y su cuerpo queda asentado entre mis piernas abiertas.

La imagen de su espalda herida no hace más que incrementar la sensación de pesadez y culpabilidad dentro de mi pecho, a pesar de que no luce tan escandalosa como hace unas semanas.

Sangre emana de los pequeños trozos de piel que aún no han cicatrizado del todo y que estaban cubiertos con costras burdas y gruesas y, a pesar de que la mayoría de la herida tiene buen aspecto, la inflamación de su omóplato es evidente.

—¿Qué te has hecho? —murmuro en voz baja, pero no espero que me responda. En realidad, se siente como si lo hubiese dicho para mí misma.

En respuesta, lo único que recibo, es un tirón suave en el lazo que nos une.

—¿Qué puedo hacer para ayudarte? —La preocupación tiñe mi tono—. ¿Qué puedo hacer para mejorar esto?

No obtengo respuesta y la frustración y el pánico se arraigan otro poco.

Sé que tengo qué hacer algo. Sé que no puedo dejarlo así como así, pero no sé qué carajos puedo hacer para ayudarle.

«Tal vez deberías intentar darle energía como la última vez», susurra la vocecilla en mi cabeza, y es en ese instante que la resolución me golpea de lleno.

«Si pudiese darle tan solo un poco de energía. Si pudiese regalarle lo suficiente como para que pudiese sanarse a sí mismo».

Una punzada de miedo se abre paso en mi cerebro en el instante en el que los recuerdos sobre lo ocurrido aquella vez que intenté proporcionarle algo de energía, me invaden. Aún soy capaz de recordar la forma tan brutal en la que intentó asesinarme. Aún no soy capaz de borrar de mi cabeza el pánico que sentí.

Cierro los ojos. Tomo una inspiración profunda y me obligo a empujar todo aquello en un rincón de mi memoria e intentar llamar a los Estigmas. La energía angelical se remueve en señal de protesta, pero no hace falta que haga nada para impedir que los hilos se liberen. Están tan débiles ahora mismo, que ni siquiera hacen el intento de salir a la superficie.

Aprieto la mandíbula.

—Vamos… —musito para mí misma y vuelvo a intentarlo.

Esta vez, lo único que consigo, es que las hebras se remuevan con incomodidad. Un tercer intento no se hace esperar y, en esta ocasión, los hilos, torpes, débiles y aletargados, se abren paso fuera de mí, desperezándose.

La parte angelical que llevo dentro protesta una vez más, pero la ignoro. Entonces, lo intento de nuevo.

La debilidad en el poder de los Estigmas no se hace esperar. De hecho, apenas puedo hacer que salgan a la superficie y se envuelvan alrededor del demonio que yace entre mis brazos.

Una pequeña victoria se asienta en mis huesos, pero no me confío. No aún.

El corazón —desbocado por la anticipación y el nerviosismo— se salta un latido cuando los hilos tantean la fuerza de Mikhail, como si estuviesen considerando la posibilidad de consumirlo.

Rápidamente, y sin darles oportunidad de hacer nada, tiro de ellos. Un siseo es lo único que recibo en respuesta, pero ceden en su agarre. La ansiedad disminuye un poco con este solo acto.

Tomo un par de inspiraciones profundas y, cuando me siento un poco más en control de mí misma, canalizo un poco de la energía a través de las hebras.

El cuerpo de Mikhail se tensa unos segundos antes de estremecerse, y es lo único que necesito para saber que está funcionando; así que no me detengo. Sigo dándole la poca energía que tengo y que me ha ayudado a sanar los últimos días.

Poco a poco, y conforme pasan los minutos, los músculos del demonio se relajan y la fuerza de su agarre en mí también lo hace. La respiración agitada y adolorida que brotaba de sus labios se transforma en una suave y regular.

No sé cuánto tiempo pasa antes de que el cuerpo me impida continuar dándole energía. No sé cuánto tiempo pasa antes de que Mikhail se incorpore lentamente y se deje caer, acostado boca arriba, junto a mí.

Ninguno de los dos dice nada luego de eso. Ninguno de los dos se molesta en mover un solo músculo mientras el peso de lo ocurrido las últimas horas se extiende y se asienta entre nosotros.

—Hay algo que quiero decirte, Bess. —La voz ronca y profunda de Mikhail rompe el silencio en el que se ha sumido todo el lugar. El eco de su voz, que reverbera en toda la estancia, no hace más que amplificar la calidez de su tono, y me hace dar un respingo. No esperaba escucharle consciente.

No respondo.

—Y siento que no puedo marcharme sin hacerlo —continúa—. No espero que esto cambie absolutamente nada de lo que piensas de mí. Tampoco lo deseo. Sé que, diga lo que diga, la repulsión que sientes hacia mí la tengo bien merecida y... —Hace una pequeña pausa—. Lo único que quiero, Bess, es que lo sepas.

Mi vista viaja en su dirección y me encuentro de lleno con la imagen de él, incorporado en una posición sentada, con los ojos clavados en mí.

—Lo lamento —dice, con la voz enronquecida por las emociones, y mi corazón se estruja con violencia—. Lo lamento mucho, Bess. Lo lamento *todo*. —La forma en la que su voz se rompe, me quiebra a mí en mil formas diferentes.

Un millar de emociones colisiona en mi interior en ese preciso instante y el mundo se tambalea. Se resquebraja y amenaza con romperse. Amenaza con destrozarme de adentro hacia afuera..., y sigo sin poder hablar. Sigo sin poder decir una maldita palabra.

Una sonrisa triste se dibuja en los labios del demonio y desvía la mirada hasta posarla en el suelo.

—Conforme más recuerdo, más miserable me siento. —La forma en la que sus ojos parpadean una y otra vez, me recuerda a la manera en la que un niño pequeño ahuyenta las lágrimas fuera de sus ojos. A la forma en la que yo, inútilmente, trato de deshacerme del llanto desesperado—. Y sé que no tengo perdón. Sé que mis acciones te han orillado a sentirte del modo en el que lo haces cuando estás conmigo..., y me siento miserable. Me siento... —Cierra los ojos y niega con la cabeza—. Solo... Solo quiero que me perdones, Bess. Si aún existe algo de compasión de ti hacia mí, te pido que me perdones.

Su atención se posa en mí.

—Perdóname. Por todo. —El tono oscuro que han tomado sus ojos me saca de balance—. Por haber intentado asesinarte tantas veces, por no escucharte, por herirte tantas veces con mis palabras en esa maldita cabaña; por haberte mantenido en ese lugar, por todo lo que te hice la noche en la que intentaste escapar y Amon nos atacó... Por favor, Bess, te pido que me disculpes.

—¿Por qué me haces esto? —El sonido suplicante y lastimoso de mi voz delata cuán afectada me siento por lo que está diciendo.

—No te estoy haciendo nada, Bess. —La serenidad en su expresión, aunada a la infinita tristeza que veo en sus ojos, me lleva al borde de mis cabales—. No te estoy pidiendo que creas en mí. Lo único que quiero, es saber que en tu corazón aún hay algo de compasión y perdón por alguien como yo —traga duro—, porque te juro, por todo lo sagrado que hay en el mundo, que, si hubiese sabido todo lo que sé ahora, jamás te habría hecho lo que te hice. Jamás me habría comportado como lo hice.

—Detente… —pido.

—Cielo, yo solo…

—Mikhail, por favor, detente —suplico, con voz inestable y temblorosa.

En ese instante, el silencio lo invade todo y lo único que se escucha, es el agua cayendo a la bañera llena de agua.

«¿Cuánto tiempo lleva la llave encendida?», pregunto, absurdamente, para mis adentros.

—Estoy cansada de esto… —digo, luego de un largo rato. La mirada de Mikhail vuelve a posarse en mí, pero no dice nada—. Estoy cansada de desconfiar. De no saber en *qué* o en *quién* creer. Estoy cansada de esta absurda esperanza que tengo clavada en el pecho y que tiene que ver contigo, recordándome. —Me obligo a mirarlo, con los ojos abnegados en lágrimas—. Estoy cansada de tener miedo a que vayas a traicionarme, porque si eso ocurriera… —Me detengo unos instantes para tragar el nudo que tengo en la garganta—. Si eso ocurriera, no podría soportarlo. No podría lidiar con ello.

—Por favor, Cielo, no llores… —pide, con un hilo de voz.

—Mikhail, necesito la verdad —ignoro por completo lo que dice—. Necesito que seas honesto y que me digas qué es lo que quieres. —Lo miro directo a los ojos—. Necesito que acabes con toda esta mierda de una vez por todas y que hables conmigo sobre lo que realmente piensas. Sobre tus verdaderas intenciones. —Me falta el aliento debido al nudo de emociones que tengo en el pecho—. Dímelo todo y yo voy a creerte. Ciegamente. —Parpadeo un par de veces para ahuyentar las lágrimas que tengo acumuladas en los ojos—. ¿Qué es lo que quieres en realidad, Mikhail?

Traga duro.

—Quiero ayudarte —dice, con la voz enronquecida—. Quiero enmendarme. Quiero luchar a tu lado. Quiero ver en tu cara la sonrisa que tienes en mis recuerdos. Quiero ver en tus ojos la emoción que veo en la chica de mis recuerdos. Quiero que seas feliz... Y quiero besarte. Quiero, con toda mi jodida alma, *besarte*.

—Mikhail... —Mi voz es apenas un susurro, pero es lo único que puedo decir ahora mismo. Es lo único que puedo pronunciar ahora que ha acortado la distancia que nos separa hasta convertirla en apenas unos cuantos centímetros de distancia.

—Quiero dejar de luchar contra el torbellino de emociones que siento cuando estás cerca —murmura, y soy consciente de la calidez de su aliento en mi mejilla—. Quiero destrozar el mundo a pedazos si eso significa que podré tener a la chica de mis recuerdos, así, del modo en el que te tengo a ti ahora. Eso es lo que quiero.

El corazón me ruge contra las costillas, las manos me tiemblan, el aliento me falta y no puedo pensar con claridad. No puedo pensar en lo absoluto. Tampoco quiero hacerlo. No cuando el chico frente a mí suena como el chico del que me enamoré. No cuando deseo tanto creer en lo que dice.

Una mano grande ahueca un lado de mi rostro y todo mi cuerpo se estremece y canta ante el contacto de su piel contra la mía y, sin decir una sola palabra más, me besa.

Sus labios encuentran los míos en un beso lento, profundo y pausado, y todo dentro de mí colisiona. Todo se hace añicos porque Mikhail —esa versión de él que daba por perdida. Esa a la que nunca creí volver a ver jamás— está besándome.

31

RESOLUCIÓN

El mundo entero ha detenido su marcha. Todo —absolutamente todo— ha dejado de moverse. Ha dejado de tener sentido por completo porque estoy aquí, atrapada en este pequeño espacio que Mikhail ha creado para mí. Porque soy presa de su voluntad, de la forma en la que me besa, de la manera en la que sus manos grandes y fuertes me sostienen en mi lugar, mientras sus labios reclaman y saquean todo de mí.

Soy un manojo de terminaciones nerviosas. Soy una masa temblorosa y aturdida que no puede hacer otra cosa más que corresponder el contacto suave y urgente con el que me recibe.

Mis manos, inestables y torpes, se aferran a las hebras húmedas de su cabeza y él se acerca otro poco en respuesta.

Soy capaz de sentir la humedad de su torso pegándose a mi ropa. Soy capaz de sentir cómo las gotas que caen desde su cabello húmedo me mojan las mejillas.

Una de sus manos viaja hasta la parte trasera de mi cabeza y la otra se envuelve en mi cintura, de modo que estoy aquí, aprisionada entre sus brazos. Embelesada por el sabor de su beso. Hipnotizada por el ritmo cadencioso de su caricia dulce.

Mi corazón late con tanta fuerza que temo que en cualquier momento pueda hacer un agujero para escapar lejos. Temo que sea capaz de estallar debido a la violencia con la que me golpea contra las costillas.

Me aparto un poco.

—Por favor, no me falles —susurro contra su boca, mientras recupero el aliento, pero la única respuesta que obtengo es un beso aún más urgente que el anterior.

En ese momento, todo pierde enfoque. Todo se sume en una bruma ligera y dulce y, de pronto, me encuentro poniéndome de pie cuando él lo hace. Me encuentro envolviendo los brazos alrededor de su cuello y parándome sobre mis puntas para que no tenga que inclinarse tanto para llegar a mí.

Soy plenamente consciente del modo en el que se agacha para aferrar sus dedos a la parte trasera de mis rodillas y elevar mi peso. Yo, por acto reflejo, envuelvo las piernas alrededor de sus caderas unos segundos antes de que, sin previo aviso, comience a avanzar en dirección a la salida del baño.

Mi espalda choca con la puerta de madera y un sonido ahogado se me escapa al instante. Una disculpa es murmurada por el demonio que me lleva a cuestas, pero muere justo a la mitad, cuando mis labios encuentran los suyos y apagan el sonido de su voz.

Un gruñido es la única respuesta que tengo antes de que, a tientas, busque la perilla de la puerta y la abra.

—La regadera —protesto contra su boca, cuando comienza a avanzar conmigo a cuestas. Sé que sueno como una completa ridícula. Que, de todas las cosas en las que podría estar concentrándome, la regadera es la más estúpida. La más absurda. Sin embargo, no puedo evitarlo. No puedo evitar querer cerrar el maldito grifo de una vez por todas.

Una palabrota escapa de los labios de Mikhail antes de dejarme en el suelo, apartarse de mí y devolverse sobre sus pasos para cerrar la llave del agua.

Acto seguido, me encuentra de nuevo afuera del baño y, sin decir una sola palabra, me acorrala contra la pared del pasillo para volver a besarme.

Mis manos se posan sobre su cuello y se deslizan sobre su pecho firme y duro unos instantes antes de que vuelva a levantarme del suelo para llevarme a cuestas hasta la habitación.

El sonido del portazo detrás de nosotros es lo único que me hace saber que nos ha encerrado y, justo en ese momento, la voz insidiosa de mi cabeza —esa que no deja de intentar ser sensata y razonable— susurra que esto está mal. Que no debo dejarlo aprovecharse de lo vulnerable que me encuentro.

—Mikhail... —murmuro, al tiempo que me aparto para que deje de besarme, pero él desliza su boca por mi mandíbula hasta llegar al punto en el que se une con mi cuello—. Mikhail, espera.

Pero no se detiene. No deja de besarme. No deja de aturdirme con la forma en la que sus manos se deslizan hasta la parte trasera de mis muslos.

La parte activa de mi cerebro no deja de pedirme que lo obligue a soltarme, pero mi cuerpo se niega a obedecer. Se niega a apartarse de él porque siempre quise poder hacer esto. Siempre quise poder besarlo a mis anchas y tocarlo sin herirlo.

«¡Detente! ¡Basta, Bess! ¡Basta ya!», grita la voz en mi cabeza, y esta vez lo hace con tanta fuerza que me obligo a empujar a Mikhail para luego removerme entre sus brazos y volver a tocar el suelo.

Doy un par de pasos lejos de él y lo encaro.

—Dime que no soy una estúpida por querer creerte. —Trato de sonar dura, pero en realidad sueno suplicante. Patética.

—Dime que no soy un imbécil por intentar quedarme a tu lado cuando sé que no me quieres aquí —refuta, con la voz enronquecida y la respiración inestable.

No soy capaz de verle la cara en la penumbra de la habitación, pero eso no impide que mi corazón se salte un latido al escuchar la forma en la que me habla.

Sacudo la cabeza, en una negativa frenética.

—Tengo *tanto* miedo —me sincero y sueno más inestable que nunca. Más rota de lo que en realidad me gustaría.

—Yo también —susurra de vuelta y todas mis defensas caen al suelo en ese momento.

—Mikhail, si llegas a traicionarnos... Si llegas a... —No puedo terminar la oración. Ni siquiera puedo tragarme el nudo que tengo en la garganta.

—Ya basta, Bess. —La súplica tiñe su tono de voz—. Basta ya. Detén toda esta locura. —Sacude la cabeza en una negativa—. Deja de jugar de esta manera conmigo y dime de una maldita vez si vas a darme el beneficio de la duda o no. —Da un paso más cerca y luego otro—. Deja de hacerme esto. Deja de hacerte esto a ti misma. Solo... Solo toma una decisión. Sea cual sea, voy a aceptarla. Lo único que te pido es que dejes de jugar. Que te decidas de una vez y para siempre.

Está cerca. Tan cerca, que tengo que alzar la cara para verlo a los ojos. Tan cerca, que soy capaz de percibir el aroma terroso y fresco de su piel.

Un dedo calloso y largo traza la línea de mi mandíbula, y cierro los ojos al sentir la forma en la que me acaricia.

—Mikhail… —Su nombre se me escapa de los labios sin que pueda evitarlo y se siente como si fuese una plegaria. Como si estuviese suplicándole algo con solo decir su nombre.

—Lo sé —murmura, con un hilo de voz, como si pudiese leerme la mente—. Sé perfectamente cómo te sientes. Sé cuán aterrorizada estás de mí, y lo siento. Lo siento mucho, Cielo.

Trato de desviar el rostro para no tener que mirarlo directamente, pero ahueca un lado de mi cara con una mano para impedir que lo haga.

—Por favor, Mikhail. *Por favor…* —pido y sé que él sabe de qué hablo. Sé que él sabe que estoy pidiéndole que no mienta más.

—Estoy dispuesto a hacer arder al mundo entero por ti, Bess Marshall. Estoy dispuesto a todo por recuperar mis recuerdos y tenerte de nuevo —dice y, en ese momento, me doy por vencida. Dejo que todo el miedo, la ansiedad y el terror se disuelvan en las ganas insoportables que tengo de creer en él. Que se fundan con la esperanza creciente que su voz dulce y sus palabras cálidas han construido en mi pecho.

Luego, envuelvo una mano en la parte trasera de su cuello y tiro de él en mi dirección para plantar un beso en sus labios.

Un gruñido profundo y ronco retumba en su pecho cuando mi lengua busca la suya sin pedir permiso, y todo a mi alrededor pierde enfoque, se difumina y se tiñe de tonalidades suaves y dulces.

Sus manos están en todos lados, sus labios me besan con vehemencia, el lazo que nos une zumba y se estremece con una violencia que me deja sin aliento.

Un suspiro entrecortado escapa de mis labios cuando el peso de su cuerpo sobre el mío me hace saber que estamos en la cama y, de pronto, todo se convierte en un borrón.

Soy un manojo de terminaciones nerviosas. Un puñado de suspiros rotos, caricias temblorosas, besos llenos de emociones reprimidas durante años y fuego. Fuego puro y crudo que arde por él. Fuego intenso y destructivo que lo único que desea es consumirme. Acabar conmigo.

Una a una, las prendas van desapareciendo de mi cuerpo. Una a una las inseguridades se van desvistiendo hasta quedar expuestas y vulnerables, y es solo entonces, que Mikhail se digna a besarlas. Que Mikhail se encarga de borrarlas y dejar sobre de ellas un manto hecho de caricias, esperanza, paz…

Es en ese momento, entre sus brazos —entre sus besos—, que el mundo entero empieza a tener sentido. Que comienza a avanzar de la manera correcta.

—Siempre has sido tan bonita como el cielo —susurra, cuando se aparta para mirarme a la cara y, desde ese momento, se acaban las palabras. Se acaban las dudas y solo queda él: sobre mí, dentro de mí… Atado a mí de una manera diferente. Una más profunda. Significativa. *Real* por sobre todas las cosas.

Entonces, cuando todo termina, cuando nos reducimos a ser un manojo de extremidades entrelazadas y respiraciones entrecortadas, vuelve a besarme.

—Duerme, Cielo —susurra en la penumbra, luego de una eternidad en silencio.

Sus brazos están alrededor de mi cuerpo desnudo y mi cabeza descansa sobre su pecho cálido.

—*¿Por qué?*

—Porque es tarde. —Mikhail suena divertido y extrañado al mismo tiempo.

—No. —Niego, con aire parsimonioso—. No me refiero a eso. No estoy preguntándote eso.

Una pequeña risa se le escapa de los labios.

—Por qué, *¿qué?*

—¿Por qué *Cielo*? —pregunto y, esta vez, sueno avergonzada. Tímida—. ¿Por qué me llamas así?

El silencio que le sigue a mis palabras es largo y tirante, y me pone los nervios de punta, pero trato de no hacérselo notar.

—El cielo nocturno siempre me ha gustado mucho —dice, al cabo de un largo rato—. Las estrellas allá arriba, lejos de las nubes y la contaminación que cubren las ciudades humanas, son la cosa más bella que existe; y tu piel... las pequeñas manchas que cubren todo tu cuerpo... me recuerdan a eso. Me recuerdan a lo bonito que es el cielo y lo mucho que me gusta. Lo mucho que me apacigua. —Hace una pequeña pausa—. Cuando logré salir de las fosas del infierno, y te vi por primera vez, lo primero que pensé fue en el cielo. En las estrellas.

—Por eso desde ese momento me llamaste *Cielo* —musito, en voz baja y tímida.

Él me regala un asentimiento.

Lo que acaba de decir se arraiga en mi pecho y lo hace con tanta fuerza, que duele. Que se siente como si pudiese estallar en cualquier momento debido a las emociones contenidas.

De pronto, un antiguo recuerdo me llena la cabeza y me impide respirar correctamente. Una oración en latín llega a mi mente y se clava ahí hasta taladrarme el corazón con violencia.

—*Sicut pulchellus sicut caelo...* —musito, en voz baja, y siento como los brazos de Mikhail se aprietan a mi alrededor.

—¿Llegué a decirte eso? —La emoción en su voz es tanta, que un absurdo nudo se me instala en la garganta.

—Sí. —Me las arreglo a decir.

—No lo recuerdo —se sincera y suena pesaroso—, pero puedo seguir afirmándolo: Eres tan bonita como el cielo, Bess.

No sé qué decir. No sé qué responder a lo que acaba de decirme, así que, sin más, estiro mi mano hasta ahuecar un lado de su rostro con ella para trazar una caricia sobre su mandíbula.

—¿Aún tienes miedo? —La voz de Mikhail se abre paso en el silencio una vez más, luego de otro largo rato de silencio.

Me quedo callada unos cuantos segundos más.

—No quiero mentirte y decirte que no lo hago —digo—, pero, ahora mismo, se siente como si pudiese lidiar con él un poco mejor.

Un beso dulce es depositado en mi sien.

—Eso es todo lo que necesito por lo pronto —susurra, con los labios pegados a mi piel.

Un bostezo se me escapa de los labios en ese momento, y una risa suave y dulce brota de los suyos.

—Duerme —me reprime, pero suena juguetón y cariñoso—. Necesitas descansar.

—Tú también —musito, con la voz adormilada.

—Lo haré. —Asiente—. Lo haré justo aquí, contigo. Ahora duerme. Lo necesitas.

Mis párpados revolotean en la lucha por mantenerse abiertos, pero me las arreglo para regalarle un asentimiento. Otro beso es depositado en mi frente y el abrazo que me envuelve se aprieta otro poco. Entonces, cierro los ojos y me dejo ir.

El sonido de la puerta siendo golpeada con violencia me invade los oídos y mis ojos se abren de golpe.

El aturdimiento y el letargo provocados por el sueño me hacen imposible hilar la imagen que tengo delante de mis ojos, con los recuerdos que tratan de salir a la superficie.

No es hasta que han pasado varios segundos que, poco a poco, el mundo comienza a enfocarse. En ese momento, el chico que duerme a mi lado abre los ojos de golpe.

Mi mirada —adormilada, pesada y cansada— está fija en la gris del demonio que descansa sobre su costado junto a mí, al tiempo que un centenar de recuerdos me invade la cabeza.

Todo lo ocurrido anoche me golpea con la brutalidad de un tractor demoledor y, de pronto, la vergüenza y el bochorno me calientan el rostro.

—¿Qué ha sido eso? —La voz de Mikhail, enronquecida por el sueño, me llena los oídos y un escalofrío me recorre la espina dorsal.

Estoy a punto de abrir la boca para responder, cuando el golpeteo brusco regresa.

En ese instante, Mikhail se incorpora y sale de la cama para tomar los vaqueros húmedos que dejó en el suelo ayer por la noche.

—¿Sí? —Medio grita, al tiempo que se enfunda en los pantalones, dándome en el proceso una vista agraciada de su prominente retaguardia.

El calor —que ya me tiñe el rostro de tonalidades rosadas— se extiende hasta mi cuello y pecho.

—Detesto interrumpir —dice la voz alarmada de Axel, desde el otro lado de la puerta—, pero tienen que bajar. Ahora.

Los ojos de Mikhail encuentran los míos y un destello de preocupación se apodera de mis entrañas, pero me las arreglo para ponerme de pie, envolviéndome con la sábana, para encaminarme hasta el armario y tomar algo de ropa.

Él no dice nada mientras me visto dándole la espalda. Tampoco dice nada cuando abre la puerta para mí y nos topamos de frente con la imagen de Axel, con aspecto agotado y preocupado.

El íncubo no hace ningún comentario respecto al hecho de que hemos pasado la noche en la misma habitación. Tampoco dice nada acerca de la manera en la que salí ayer de la casa. A decir verdad, no sé cómo es que no luce sorprendido de verme, tomando en cuenta que no le avisamos a nadie que estábamos en casa.

No sé a qué hora regresaron él y las brujas. Tampoco sé por qué nadie se dignó a venir a corroborar si había vuelto.

«Quizás llegaron cuando Mikhail y tú estaban…». Cierro los ojos con fuerza unos segundos, para ahuyentar el hilo de mis pensamientos.

«Quizás entraron a tu habitación mientras dormías y te vieron con él. Quizás ese sea el motivo por el cual ni siquiera notaste que llegaron: porque estabas demasiado ocupada con otras cosas», la voz en mi cabeza insiste y muerdo la parte interna de la mejilla, al tiempo que tomo una inspiración profunda.

—¿Qué ocurre? —Mikhail es quien se encarga de romper el silencio y sacarme de mis cavilaciones.

Axel nos mira de hito en hito unos segundos antes de hacer un gesto de cabeza en dirección a las escaleras y encaminarse a la planta baja.

Sin decir una palabra, lo seguimos.

Al llegar al piso de abajo, lo primero que veo, es a las brujas apiñonadas frente al televisor encendido.

Ninguna de ellas nos mira cuando nos colocamos justo detrás de ellas para mirar en dirección a la pantalla. Lucen tan absortas y agobiadas, que casi me atrevo a jurar que ni siquiera se han percatado de nuestra presencia.

Estoy a punto de preguntar qué sucede, cuando la voz de una mujer en el televisor, capta toda mi atención.

—… los saqueos han comenzado ya. El pánico en las calles es palpable, y más ahora que el ejército ha comenzado a intervenir —dice la corresponsal del noticiero matutino, mientras que, detrás de ella, los edificios de una ciudad se alzan inmensos e imponentes—. Hasta el momento se desconoce la naturaleza de las criaturas que se han apoderado del techo del U.S. Bank Tower, pero los testigos aseguran que son seres de índole celestial.

—¿Qué carajo…? —apenas puedo pronunciar cuando, en ese momento, la toma de la cámara se abre para enfocar a un centenar de puntos luminosos que sobrevuelan entre los edificios de Los Ángeles, California.

—Por el jodido Infierno… —Mikhail suelta, con la voz enronquecida.

—¿E-Esos son ángeles? —Niara pregunta, con la voz inestable debido al pánico.

—Lo son. —Axel asiente.

—¿Qué diablos están haciendo? —Es mi turno de hablar.

—Iniciando la guerra —dice Mikhail y mi vista se posa en él solo para encontrarme con el semblante duro y hosco de su rostro, el cual está fijo en la pantalla—. Se nos acabó el tiempo. Tenemos que hacer algo y tenemos que hacerlo ya.

32

PESADILLA

Las últimas doce horas de mi vida han sido una completa locura. Las últimas doce horas de la humanidad, han sido las más catastróficas jamás vistas.

Desde la aparición de la Legión de ángeles en una de las ciudades más importantes de los Estados Unidos, todo el mundo parece haberse sumido en un estado de pánico constante; que ha llegado, incluso, a afectar a los poblados más pequeños y alejados como lo es Bailey, Carolina del Norte.

Han pasado casi cuatro horas desde que, en todos los noticieros internacionales, se dio a conocer la noticia de la aparición de estas criaturas voladoras sobre uno de los edificios más importantes de Los Ángeles, California; pero ha sido el tiempo suficiente para que todo el mundo haya empacado sus maletas para alejarse lo más posible de las ciudades importantes del país. Incluso, las personas que viven en las ciudades pequeñas o pueblos aledaños han optado por también alejarse —todavía más, si es eso posible— de las metrópolis.

Los noticieros han comenzado a anunciar coberturas de veinticuatro horas para mantener informada a la población sobre lo que estas criaturas hacen y, a pesar de que tratan de mantener a todo el mundo en un estado de tranquila alerta, lo único que han conseguido es acrecentar el pánico colectivo que se ha apoderado del ambiente.

En Bailey, incluso, ha habido personas que ya han hecho sus maletas y se han marchado lejos con el argumento de que Raleigh, la ciudad más cercana, es demasiado grande.

Las especulaciones sobre lo que está ocurriendo en este momento son tantas, que las televisoras no han dejado de transmitir ni un solo minuto al respecto. Los escépticos aseguran que todo esto se trata de una treta creada por el gobierno para encubrir algo más grande. Los religiosos se han encerrado en sus respectivas iglesias para pedir por la salvación de sus almas, a pesar de que en ninguno de los noticieros se ha hablado de los ángeles como eso: *ángeles*. Se limitan a decir que son criaturas aladas de naturaleza desconocida. Algunos los llaman mutantes, otros alienígenas, unos cuantos más se refieren a ellos como defectos de la naturaleza, pero nadie —absolutamente nadie— se ha atrevido a llamarles por su nombre.

Se siente como si decirlo en voz alta, fuese demasiado aterrador para todo el mundo. Como si aceptar la existencia de las criaturas celestiales, fuese una completa locura, incluso dentro de la demencia que ha comenzado a desatarse en todos lados.

—No podemos perder más tiempo. —La voz de Mikhail me saca de mis cavilaciones y parpadeo un par de veces antes de mirarlo.

Luce descompuesto de un modo en el que nunca lo había visto. Luce como si estuviese a punto de perder la poca paciencia que le queda.

—¿Qué se supone que debemos hacer? —Es Zianya quien habla ahora. Suena irritada. Molesta. Aterrorizada.

—Dejar de esperar a que un milagro suceda y empezar a movernos —Mikhail espeta con brusquedad y noto como la bruja se encoge ligeramente debido al miedo.

—Nosotros no podemos hacer nada. —Es el turno de Niara de intervenir—. ¿Qué se supone que haremos para detener a una jodida Legión de ángeles? ¿Cómo vamos a conseguirlo? ¡Es imposible! ¡Es una locura!

—Niara tiene razón. —Dinorah se cuela en la conversación—. Por mucho que queramos ayudar, no podemos hacerlo. Mucho menos ahora que sabemos que Ashrail se ha ido de Bailey. —Hace una seña de cabeza en dirección a Axel quien se cruza de brazos y desvía la mirada.

En ese momento, el nudo de angustia que tengo en el estómago se aprieta con violencia al recordar que hace apenas una hora, el íncubo fue a buscar al Ángel de la Muerte y no lo encontró. Ni siquiera pudo percibir un vestigio de la energía que emana. Es como si hubiese desaparecido de la faz de la tierra. Como si nunca hubiese estado aquí en realidad.

Desde entonces, no ha dejado de lamentarse. Ha perdido, incluso, la voluntad para hacer algo respecto a lo que está ocurriendo.

—Por mucho que deteste aceptarlo, Mikhail —Axel dice, posando toda su atención en el demonio de los ojos grises—, las brujas tienen razón. No hay nada que nosotros podamos hacer para detener lo que está a punto de ocurrir. Ashrail se fue. Los ángeles están aquí. Todo se ha ido al caño ya.

—¡Es que aún no es tiempo, maldita sea! —Mikhail espeta y todos —incluyéndome— se encogen otro poco en sus lugares debido al tono duro que utiliza—. ¿Van a permitir que todo se vaya al carajo de este modo? ¿De verdad esa es la única solución que se les ocurre? ¿Ash era su única alternativa?

Se hace el silencio.

Trato, desesperadamente, de deshacer la maraña de pensamientos y sentimientos encontrados que me invade el pecho, pero no lo consigo. No consigo hacer nada más que intentar asimilar la cantidad de cosas que han ocurrido en cuestión de horas.

—Tenemos que ir… —digo, al cabo de un largo rato de silencio.

La atención de todo el mundo se posa en mí.

—No todos —añado, al tiempo que poso mi vista en el demonio de los ojos grises—. Solo tú y yo.

La expresión de Mikhail se transforma en ese instante y lo que veo en ella no hace más que incrementar el pánico que ha comenzado a apoderarse de mí sistema. La mandíbula del demonio se aprieta con fuerza, al tiempo que noto como traga saliva y su nuez de Adán sube y baja con el acto.

Una negativa de cabeza comienza a menear su cabeza.

—No —dice, tajante—. Sé perfectamente qué es lo que quieres hacer. Estás loca. Sácalo de tu cabeza ya mismo.

Trago duro, en un débil intento de aminorar el terror que se cuela en mi torrente sanguíneo.

—Es la única manera —digo, con un hilo de voz, mirándolo con aire suplicante—. Dijiste que necesitábamos otra alternativa. Estoy buscando una.

—No voy a arriesgarte de esa manera —Mikhail refuta—. Me rehúso a hacerlo.

—Sabes que no hay otra forma. —Le regalo una negativa—. Tenemos que hacer algo. No podemos quedarnos de brazos cruzados. *Tú* puedes hacer algo. Dijiste que lo harías.

La mirada de Mikhail se desvía y noto como sus puños se aprietan con violencia.

—¿Pueden dejarse de secretos absurdos y decirnos qué carajo es lo que planean hacer? —Axel espeta, con irritación.

Mi atención se posa en el íncubo en ese momento, pero no digo nada. No puedo hacerlo. Estoy tan asustada, que no puedo hacer nada más que mirarlo fijamente.

—Mi prioridad eres tú, Bess —Mikhail dice, ignorando por completo la pregunta de Axel, y vuelvo a mirarlo para encontrarme de lleno con sus ojos penetrantes e intimidatorios—. Mi prioridad es tu bienestar, ¿lo entiendes? —Hace una pequeña pausa—. Si lo que quieres es ir e intentar hacer algo, no puedo detenerte. —Hace un gesto exasperado que se me antoja gracioso—. Eres tan testaruda que ni siquiera voy a molestarme en intentarlo. —Muy a mi pesar una sonrisa tensa se me dibuja en los labios—. Puedo acompañarte si así lo deseas; pero, Bess, no puedes pedirme que te ponga en peligro. Me niego rotundamente a hacerlo. Si vamos allá, va a ser bajo la consigna de que no vas a exponerte bajo ningún motivo.

—¿Alguien, por favor, puede explicarme qué diablos sucede? —Axel insiste.

La mirada de Mikhail se posa en él.

—Necesito que vayas a un lugar seguro —le dice, sin más—. Necesito que te las lleves contigo. —Hace un gesto de cabeza en dirección a las brujas—. Bess y yo iremos a California a buscar a Ashrail.

—¿Para qué van a buscarlo? —El pánico creciente en la voz del íncubo es casi palpable—. ¡Nadie les garantiza que estará allá, con un infierno!

—Es lógico, Axel —digo, con la voz inestable por las emociones—. Pensar que Ashrail estará allá es lo más lógico. Él era el más interesado en detener esta locura. Esta rebelión.

—¿*Rebelión?* ¿De qué rebelión hablas? —El enojo se filtra en el tono de voz de Axel—. Digan lo que digan, encontrar a Ashrail no resolverá nada. ¿Es que acaso no lo entienden? ¡Las jodidas luces de navidad están aquí para iniciar la guerra!

Mikhail sacude la cabeza en una negativa.

—Te equivocas, Axel —dice—. Encontrar a Ash podría hacer la diferencia. Podría ayudarnos a detener todo esto.

—¿*Cómo?* —pregunta, con exasperación.

—Si lo encontramos, podríamos pedirle que nos ayude a conseguir que Bess me devuelva mi... —Se detiene unos instantes, como si decirlo en voz alta supusiera un esfuerzo descomunal—. Mi parte... *angelical.*

Axel luce más confundido que nunca.

—¿Y eso en qué demonios ayudaría?

—Axel, si Mikhail recupera su parte angelical, podría volver con los suyos —intervengo, al tiempo que lo encaro—. Podría intervenir para detener a los ángeles. La Legión volvería a tener un líder. Volvería a tener alguien que los convenza de regresar a su reino sin ocasionar problemas.

El horror está pintado en el rostro del íncubo, pero no dice nada. Tampoco luce como si pudiese hacerlo; así que, en ese momento, y sin importarme que Ashrail nos haya pedido discreción, se lo cuento todo. Le hablo acerca de la rebelión de los ángeles, le hablo acerca de sus planes de iniciar el apocalipsis cuando aún no es tiempo. Le hablo sobre lo que podría pasarme a mí cuando la energía angelical me abandone y le hablo, incluso, sobre la cacería que ha iniciado El Supremo para encontrar a Mikhail y asesinarlo antes de que sea capaz de suponer una amenaza.

Sé que las brujas también escuchan lo que estoy diciendo, pero no me interesa ya. A estas alturas del partido, no me importa que todo el mundo sepa la magnitud del problema con el que lidiamos.

Para cuando termino de hablar, Axel y las brujas lucen como si quisieran vomitar. Como si quisieran echarse a correr.

—Es una locura —dice Axel, luego de un largo momento de silencio, y sus ojos se clavan en mí. El gesto preocupado que esboza hace que el pecho me duela y que el corazón se me estruje—. Bess, ¿te das cuenta de lo que implica que le devuelvas su parte angelical? —Asiento y él sacude la cabeza en una negativa—. ¿Y aun así estás bien con eso? ¿Estás segura de que eso es lo que quieres?

—No tenemos otra opción —digo, con un hilo de voz.

—Pero, si le das tu parte angelical… —Hace una pequeña pausa para ordenar sus ideas—. Si lo que Ashrail dice es cierto y le das tu parte angelical a Mikhail, los Estigmas te asesinarán y el resultado al final será el mismo.

—Pero sucederá de la manera correcta. —Sueno inestable y ronca mientras hablo, pero me obligo a continuar—: Sucederá del modo en el que tiene que suceder, con Mikhail en el lugar en el que siempre debió estar, con el poder que siempre debió tener y con los compañeros de lucha a los que nunca debió abandonar. —Trago duro—. Además, lo que dijo Ashrail es solo una posibilidad. —Trato de sonar positiva y alentadora, pero no lo consigo del todo—. Puede que el lazo que me ata a Mikhail cumpla la función de su parte angelical y no muera. Puede que el lazo que nos une sea más fuerte de lo que pensamos y realmente me impida morir si no lo hace él. —No creo una sola palabra de lo que digo, pero trato de sonar optimista mientras miro al demonio de los ojos grises con aire suplicante. Él sabe perfectamente que estoy pidiéndole que me apoye un poco por aquí, pero no dice nada. Se limita a clavar su vista —enojada y acusatoria— en la mía. A pesar de eso, me las arreglo para añadir un débil—: No todo está dicho aún.

—Bess, *por favor*… —La voz de Dinorah llega a mis oídos en ese momento y poso toda mi atención en ella—. Por favor, no lo hagas.

Todo dentro de mí se estremece en el instante en el que me percato de la angustia en su mirada. En el instante en el que me percato de las lágrimas silenciosas que caen por el rostro de Niara y de la preocupación que tiñe el gesto de Zianya.

Por unos segundos, mi mente se queda en blanco. Por un doloroso momento, mi cuerpo entero es incapaz de procesar la cantidad de emociones que colisionan en su interior.

Alivio, culpabilidad, cariño y agradecimiento se arremolinan dentro de mí y me dejan sin aliento.

—No tienes por qué hacerlo —dice, con la voz entrecortada por las emociones—. No es justo. No lo mereces. No… —Su voz se quiebra tanto ahora, que tiene qué detenerse por completo.

La opresión que me atenaza el cuerpo es tanta, que no puedo decir nada. No puedo hacer otra cosa más que mirar como las brujas se desmoronan delante de mis ojos.

Niara, que es quien se encuentra más cerca de mí, acorta la distancia que nos separa y envuelve sus brazos alrededor de mis hombros. El gesto me saca de balance por completo, pero lo correspondo casi de inmediato. A los pocos segundos, Dinorah y Zianya se nos unen y entre las tres me apretujan y me dejan sin aliento con la intensidad de su abrazo.

Nadie dice nada. Nadie se mueve durante una eternidad y, cuando la resolución de lo que está a punto de pasar se asienta entre nosotras, todo se transforma. Todo pasa a ser lágrimas, disculpas susurradas, peticiones rotas y súplicas desesperadas. Todo pasa a ser pánico, ansiedad y llanto desmesurado.

No sé cuánto tiempo pasa antes de que me aparte de ellas y me limpie la humedad de las mejillas. Tampoco sé cuánto tiempo pasa antes de que Mikhail, quien había estado observando pacientemente desde una esquina de la habitación, se acerque y se detenga frente a mí.

El infinito pesar que veo en su gesto me quiebra en mil formas diferentes, pero me las arreglo para mantener el gesto sereno mientras lo miro.

—¿Estás segura de que es esto lo que quieres? —pregunta, con la voz enronquecida.

Yo asiento, incapaz de confiar en mi voz para hablar.

—Bien —dice, sonando aún más ronco que antes—. Si es así, hagámoslo.

—¿Estás segura de esto, Bess? —Axel pregunta por milésima vez, en lo que se siente que han sido cinco minutos.

No respondo. Me limito a continuar guardando un montón ropa en la mochila que descansa sobre mi cama. No sé por qué diablos estoy haciendo una maleta cuando estoy segura de que no voy a necesitarla, pero, de cualquier modo, no me detengo. Ahora mismo, cualquier cosa que me mantenga ocupada es bienvenida. Cualquier cosa que sea capaz de mantener a raya el centenar de emociones destructivas que me invaden es bien recibida.

—Bess... —el íncubo insiste y detengo mis movimientos para cerrar los ojos con fuerza.

—No es como si tuviese otra opción —mascullo, luego de unos segundos.

Se hace el silencio.

—¿De verdad confías en él? —dice, al cabo de otro largo rato.

Sé, de antemano, que se refiere a Mikhail y un agujero se asienta en mi estómago solo con escuchar su nombre.

Sin que pueda evitarlo, un millar de recuerdos sobre lo ocurrido anoche me llena la cabeza y, de pronto, me encuentro siendo incapaz de concentrarme en otra cosa. Me encuentro siendo incapaz de dejar de revivir una y otra vez la sensación de su piel contra la mía. De sus caricias sobre mi cuerpo.

Trago duro y trato de enfocar mi atención en Axel, pero no estoy segura de estarlo consiguiendo.

—Hizo un Juramento de Lealtad —digo, al cabo de unos instantes, como si eso justificase la forma en la que estoy lanzándome al vacío. Como si eso justificara mi repentina confianza en él.

—Un juramento que no sabes si es real o no. —Sé que trata de ser racional conmigo, pero lo único que consigue es irritarme un poco. Él parece notarlo ya que añade con rapidez—: Y no es que esté tratando de hacerte dudar, es solo que... —Noto, por el rabillo del ojo, como sacude la cabeza en una negativa—. Es solo que ayer, antes de que escaparas de aquí, lo único que querías era que se marchara. No entiendo qué fue lo que cambio.

Poso mi atención en él.

—Estoy cansada de desconfiar, Axel —digo, como si eso lo excusara todo. Como si eso fuese suficiente para hacerle entender mi postura ahora—. Estoy cansada de pensar que todo el mundo quiere hacerme daño.

—Él *realmente* quiso hacerte daño, Bess. —Genuina preocupación tiñe el gesto del demonio—. Hasta hace unas semanas, su objetivo era arrebatarte su parte angelical y asesinarte. —Suena exasperado e irritado—. No dejes que lo que sientes por él te ciegue. El hecho de que hayan pasado la noche juntos no quiere decir que él ya no quiere lastimarte. —Me mira con una seriedad que nunca había visto en él—. Y no. No son mis celos los que hablan. Es mi sentido común y mi preocupación por ti. —Se cruza de brazos—. El hecho de que Mikhail no haya intentado asesinarte, no quiere decir que sus intenciones sean buenas. Así lo recordase todo, así ahora se encuentre confundido, su naturaleza sigue siendo la de un demonio. Ya no es esa criatura a medio camino entre el Cielo y el Infierno. No puedes ignorarlo así de fácil.

—Está dispuesto a ayudar —digo y soy consciente de cuán idiota sueno—. Está dispuesto a hacer algo por la causa. Eso debe significar algo, ¿no es así?... Nadie, por más oscuro y siniestro que parezca a veces, es malo del todo, ¿recuerdas? —digo, citándome a mí misma—. Ustedes, los demonios, son la prueba de ello. —Una sonrisa tensa y triste se dibuja en mis labios—. No somos blancos o negros, Axel. Somos grises. Somos el punto intermedio entre el bien y el mal; y voy a aferrarme a eso, porque es lo único que tengo. Porque es lo único que me mantiene a flote.

Un suspiro entrecortado escapa de los labios del demonio.

—De verdad espero que no estés equivocándote, Bess —dice, con un hilo de voz—. Espero, de verdad, que no estés confiando en él en balde. —Niega una vez más—. Lo único que quiero pedirte, entonces, es que recuerdes quién es. Que recuerdes *qué* es.

—Lo hago.

—No, Bess. No lo haces —Axel me mira con tristeza y pesar—, y necesitas hacerlo. —Un suspiro se le escapa y hace una pequeña pausa antes de decir—: Mikhail es un *demonio* y los demonios no sentimos amor. No olvidamos nuestros objetivos fácilmente. Somos codiciosos, Bess. No se te vaya a ocurrir olvidarlo ni un solo segundo. No te permitas bajar la guardia, así él se comporte como todo un dulce caramelo bajado del cielo, ¿de acuerdo?

Un asentimiento es lo único que puedo darle por respuesta porque no confío en mi voz para hablar; sin embargo, él parece conforme con eso, ya que, sin decir una sola palabra más, sale de la habitación.

Han pasado ya más de treinta horas desde la aparición de la Legión de ángeles en California. Veinticuatro desde que el mundo entero entró en un estado de pánico colectivo. Veinte desde que los saqueos, los asaltos, las carreteras abarrotadas y los aeropuertos a reventar invadieran todos los noticieros.

Dieciocho horas han pasado, también, desde que al gobierno de los Estados Unidos se le ocurrió la grandiosa idea de intentar atacar a los seres celestiales. Diecisiete desde que los ángeles, enfurecidos con la osadía de la milicia estadounidense, comenzaron a destruir la ciudad. Dieciséis desde que California se declaró en estado de emergencia y todos los servicios de transporte aéreo fueron suspendidos de manera indefinida. Quince desde que Mikhail y yo hemos trepado al coche de Zianya y conducido en dirección al lugar donde todo el meollo se encuentra.

Luego del ataque militar y de las consecuencias que este tuvo, Mikhail no lo pensó dos veces antes de treparse en este coche conmigo para ir en dirección a Los Ángeles, California.

Las carreteras abarrotadas no han hecho más que entorpecer la tarea que nos hemos impuesto y eso solo ha conseguido ponernos de un humor extraño a ambos.

Axel insistió en acompañarnos, pero Mikhail se lo prohibió determinantemente. Argumentó que su presencia iba a dificultar cualquier clase de negociación con los ángeles y que, además, tenía la obligación de ver por el bienestar de las brujas. Así pues, hace quince horas, nos trepamos al coche de Zianya y comenzamos el viaje.

La distancia desde Bailey hasta Los Ángeles jamás se me había hecho tan larga. La distancia entre la vida que abandoné hace cuatro años y la que tengo ahora, jamás me había parecido tan… *eterna*.

—Si pudiera volar, habríamos llegado hace mucho tiempo —Mikhail repite, por enésima vez en lo que va del camino y mis manos se aprietan en el volante con irritación.

—Deja de torturarte de esta manera —digo, en voz baja, mientras miro el espejo retrovisor y contemplo la posibilidad de rebasar al coche que tenemos adelante.

—No puedo —dice, con irritación—. De verdad, te lo juro que no puedo. Es cuestión de tiempo para que los demonios decidan atacar. De hecho, me sorprende que aún no lo hayan hecho. Me sorprende que aún no hayan desatado un jodido infierno en la tierra. Lo que está pasando no es un juego. Se ha roto un tratado de paz. Se ha violado un acuerdo entre ambos reinos. Los demonios no van a detenerse. No van a permitir que los ángeles ganen terreno en la tierra.

Sus palabras no hacen más que incrementar la ansiedad que se cuece a fuego lento en mis entrañas.

—Deberías estar agradecido. —Trato de sonar positiva, pero fracaso terriblemente—. Es probable que los demonios estén planeando hacer algo grande, eso lo entiendo, pero, de cualquier modo, el tiempo que están tomándose está dándonos la oportunidad de movilizarnos. De adelantarnos a las circunstancias.

Una carcajada irritada escapa de los labios del demonio.

—Estás siendo demasiado ingenua.

—Gracias —suelto, con sarcasmo.

En ese momento, un suspiro largo y pesado escapa de los labios de Mikhail, pero no dice nada más. No hace nada más que mirar hacia la carretera con aire enojado y frustrado.

Yo tampoco hago nada por romper el silencio que nos invade. Me limito a poner toda mi atención en el camino que se extiende delante de nosotros.

Nos toma alrededor de treinta y siete horas llegar a Los Ángeles y, durante ese transcurso de tiempo, lo único que hemos sabido, es que la ciudad de Los Ángeles y todos sus alrededores —Long Beach, Pasadena, Santa Mónica, Malibú y San Diego— han sido evacuadas por el ejército nacional.

Nos hemos enterado, también —por medio de malas transmisiones de radio—, que veinticuatro ciudades del estado se han quedado sin energía eléctrica y que se ha perdido total comunicación con los refugios asentados en la metrópoli.

Ha sido caótico. Las carreteras están hechas un mar de coches y las ciudades una visión postapocalíptica aterradora y desagradable.

Encontrar gasolina dentro de California ha sido una completa proeza; evadir a los asaltantes que merodean las carreteras ha sido un completo suplicio. El mundo está hecho un desastre. Se siente como si realmente este fuera el fin de los tiempos.

«Es el fin de los tiempos, Bess», susurra mi subconsciente, mientras el coche vira sobre una de las calles de las afueras de la ciudad.

—¿Sientes eso? —La voz tensa y ronca del demonio que se encuentra sentado a mi lado, me trae de vuelta al aquí y al ahora; sin embargo, tengo que parpadear un par de veces para terminar de espabilarme.

—¿Qué cosa? —pregunto. La ansiedad se filtra en mi tono.

—La oscuridad.

Un escalofrío me recorre la espina dorsal cuando habla, pero me las arreglo para mantener la expresión serena.

En ese momento, y como si sus palabras hubiesen abierto un canal sensorial en mí, soy capaz de sentirla. Soy capaz de percibir la densidad en el ambiente y la carga energética que lo envuelve todo.

—Esto no está bien —Mikhail masculla sin siquiera esperar por mi respuesta, pero suena como si estuviese hablando para sí mismo—. No se supone que debería sentirse de este modo si son solo ángeles los que han llegado a este lugar.

—¿A qué te refieres? —El pánico tiñe el tono de mi voz, pero no acelero la velocidad del auto. Al contrario, ralentizo su marcha.

Las calles desiertas por las que avanzamos no hacen más que ponerme los nervios de punta. No hacen más que ponerme a temblar de pies a cabeza.

Hay coches abandonados en todos lados, muebles de interiores desperdigados por toda la calle, casas con las puertas abiertas de par en par, y todo esto es coronado por la falta de iluminación en las aceras.

Los Ángeles, California, parece una ciudad fantasma.

«Es una ciudad fantasma».

—Me refiero a que es muy probable que ya haya demonios aquí —dice, con una serenidad que se me antoja ensayada.

—¿Estás seguro?

Asiente.

—Bastante. La energía demoníaca que se percibe es demasiada —dice, con el ceño fruncido con preocupación.

—¿Por qué no han dicho nada en los noticieros? —El pánico se filtra en mi tono.

—Es muy probable que lo hayan mantenido en secreto para no alarmar más a la gente. Es la única explicación que le encuentro. —Niega—. Los demonios están aquí. De eso no tengo ni la menor duda.

Mi vista se posa en él en ese momento y una oleada de pánico se detona en mi sistema.

—¿Crees que encontremos a Ashrail? —pregunto, con la voz entrecortada por las emociones—¿Crees que lo encontremos *pronto?*

—Tenemos que hacerlo —dice, sin apartar la vista del camino que se despliega delante de nosotros—. No hay otra opción. Si queremos recuperar el control de la situación, tenemos que encontrarlo y tenemos que hacerlo rápido.

—Los Ángeles es una ciudad muy grande —digo, porque es cierto y porque el terror no deja de dibujar mil y un escenarios caóticos dentro de mi cabeza—. Será como buscar una aguja en un pajar.

—No si logro llegar al campo de batalla —dice, sereno—. Es probable que Ashrail se encuentre en ese lugar… Si es que de verdad se encuentra aquí en primer lugar. —Deja escapar un suspiro entrecortado y tenso—. Por lo pronto, lo que tenemos que hacer es buscar un refugio. Te dejaré allí y saldré a buscar a Ash para traerlo conmigo.

—No voy a dejarte ir solo a ningún lado —refuto, tajante.

—Estás loca si crees que voy a permitir que te expongas del modo en el que pretendes hacerlo. —La dureza en el tono de Mikhail me escuece el pecho—. Ya te lo dije: mi prioridad es mantenerte a salvo. Iré yo solo a buscar a Ash y no está a discusión. Lo siento mucho.

—Pero…

—Pero nada —me corta de tajo—. No insistas, Bess. Las cosas van a hacerse a mí manera o no van a hacerse, ¿entiendes?

Una punzada de coraje me atraviesa el pecho; pero, a pesar de eso, asiento con dureza. Este no es el momento para comportarse como una niña inmadura. Este no es el momento para comenzar una pelea innecesaria.

—De acuerdo —digo al cabo de unos segundos, con la voz rota por el enojo que me invade y, luego, piso el acelerador.

33

PREPARACIÓN

Mikhail no ha regresado.

La noche, que había sido nuestra anfitriona al llegar a la ciudad, se ha terminado y Mikhail no ha vuelto.

No sé cuánto tiempo ha pasado exactamente desde que nos acercamos al centro de la ciudad y nos introdujimos en un edificio abandonado, pero se siente como una eternidad. Se siente como si hubiesen pasado eones desde entonces, aunque en realidad solo ha sido una fracción de noche.

Nos asentamos en un apartamento diminuto —al que parecen haber puesto patas arriba antes de abandonarlo— y, una vez que Mikhail comprobó una y otra —y otra— vez que estaba vacío y que era seguro, me dio instrucciones expresas de no moverme de aquí hasta que regresara. Han pasado ya varias horas desde entonces. Más de las que me gustaría.

Antes de marcharse, el demonio de los ojos grises dijo que, si en algún momento llegaba a sentirme amenazada por algo o por alguien, debía huir lejos. Dijo, también, que estaba casi seguro de que la ciudad estaba infestada de ángeles y demonios, y que debía mantener los ojos bien abiertos.

Personalmente, no he sentido a ninguna criatura de ninguna especie. Tampoco he visto nada que me haga sentirme alerta o asustada, pero la presencia tanto de energía celestial como infernal en este lugar es innegable. Se siente como si todo el ambiente hubiese sido cubierto por un manto pesado y agobiante. Como si el mundo entero estuviese a punto de convertirse en un lugar lleno de tinieblas… o de luz. No sabría explicarlo del todo.

Mi vista está fija en un punto en la calle. Mis ojos están fijos en la avenida desierta que se extiende a través de la ventana y, a pesar de que no soy capaz de percibir ninguna clase de movimiento, me siento inquieta.

No sé muy bien cómo explicarlo, pero se siente como si pudiese asegurar que estoy siendo observada de algún modo u otro.

Cierro los ojos con fuerza.

—Deja la paranoia —me reprimo a mí misma en voz alta, pero la angustia no deja de atenazarme el pecho.

Un suspiro entrecortado se me escapa de los labios en el momento en el que me aparto de la ventana y me siento sobre la madera del escritorio que he puesto a manera de tranca contra la puerta de la habitación.

El nudo de ansiedad que me ha acompañado desde que salimos de Bailey no hace más que acrecentar con cada segundo que pasa y, de pronto, me encuentro pensando en mil y un escenarios fatalistas.

Esto va a acabar conmigo.

Recargo la cabeza contra la puerta detrás de mí. Una inspiración profunda es inhalada por mis labios y me repito, por milésima vez desde que salimos de Carolina del Norte, que todo va a estar bien. Que vamos a solucionarlo de algún modo u otro porque está mal. Porque no tiene que ser de esta manera. Porque el mundo no está listo para acabar.

«Porque yo no estoy lista para morir aún».

Abro los ojos.

Poso la vista en la ventana una vez más, pero, esta vez, no hago nada por acercarme a husmear hacia la calle. Esta vez, me quedo aquí, quieta, mientras que repaso el plan de Mikhail en mi cabeza.

Si las cosas salen como se esperan, él estará aquí dentro de un rato más, acompañado de Ashrail. Luego de eso, con la ayuda del Ángel de la Muerte, le devolveré su parte angelical para que pueda presentarse con los ángeles y los haga volver a su reino. Aún no sabemos qué ocurrirá conmigo cuando la energía celestial de Mikhail me abandone, o cómo conseguiremos que los demonios vuelvan al lugar al que pertenecen, pero no he querido pensar mucho en ello.

Me he dicho a mí misma, las últimas horas, que debemos ocuparnos de una cosa a la vez. Que vamos a resolverlo todo poco a poco, y eso ha sido suficiente para mantenerme lejos de la histeria. Ha sido suficiente para mantenerme serena dentro de lo que cabe.

Vuelvo a ponerme de pie.

Mis pasos, inevitablemente me guían hasta la ventana una vez más y, sin poder evitarlo, barro la mirada por todo el espacio.

Desde la altura a la que me encuentro soy capaz de tener una vista bastante amplia del panorama, y eso me tranquiliza y me perturba en partes iguales.

Un suspiro entrecortado brota de mis labios en ese momento y me muerdo el labio inferior cuando, por tercera ocasión, me paro sobre mis puntas para intentar ver qué hay detrás de uno de los vehículos abandonados que se encuentra en la acera de enfrente.

De nuevo, no logro ver nada.

No sé qué es lo que está enloqueciéndome más: si el silencio o la falta de movimiento en la calle. No hay una sola alma en kilómetros a la redonda. No he visto una sola camioneta del ejército, o alguna clase de avión militar sobrevolando el área —como habían dicho en las noticias que ocurría—. Ni siquiera he escuchado indicios de destrucción cerca de aquí.

Tampoco es como si esperase encontrarme en medio de un campo de batalla, pero, ciertamente, la falta de movimiento me parece... *inquietante*. Aterradora en modos incomprensibles.

El sonido del golpeteo impaciente en la madera de la puerta me hace ahogar un grito y pegar un salto debido a la impresión.

En ese momento, giro sobre los talones a toda velocidad, al tiempo que trato de acompasar el latir desbocado de mi corazón con un par de inspiraciones profundas.

El tirón suave en el lazo que me une a Mikhail hace que una punzada de alivio se deslice en mi sistema durante unos instantes; sin embargo, no me confío del todo y le permito a los hilos de los Estigmas desperezarse un poco.

—¿Mikhail? —Mi voz es un susurro tembloroso y débil.

—Abre la puerta, Cielo —dice, del otro lado de la habitación y el alivio me recorre entera.

No lo pienso más y acorto la distancia que me separa de la entrada. Apenas si me toma unos minutos mover el escritorio para poder abrir. Cuando por fin consigo deshacerme del obstáculo que yo misma he puesto, me topo de frente con la figura imponente de Mikhail, seguida de la de Ashrail.

No me pasa desapercibido el alivio que inunda los ojos del Ángel de la Muerte cuando me mira. No me atrevo a asegurarlo, pero casi me atrevo a apostar a que pensaba que Mikhail estaba mintiéndole. Que creía que todo esto era una trampa de Mikhail para hacerle daño.

No me sorprendería si las cosas fuesen de esa manera. Si yo estuviera en su lugar, también desconfiaría de las buenas intenciones de Mikhail. Desconfiaría de todo el que dijera que tiene intenciones de ayudar a la causa.

—¿Dónde has dejado a las brujas y al íncubo? —El cuestionamiento de Ash me saca de balance. De todas las cosas que esperaba que dijera, esa era la única que no me pasó por la cabeza.

—En Bailey —digo, porque es cierto.

Ashrail asiente.

—Hiciste bien al mantenerlos allá —dice—. Este lugar no es seguro.

Una sonrisa tensa se desliza en mis labios.

—¿Alguna parte del mundo es segura ahora mismo?

Es el turno de Ash para sonreír ligeramente.

—Supongo que no —dice, al tiempo que niega con la cabeza. Entonces, posa su mirada en el demonio de los ojos grises para añadir—: Decías la verdad.

Las cejas de Mikhail se alzan con incredulidad.

—¿Por qué les es tan difícil creerme? —Suena más indignado de lo que espero.

—¿De verdad quieres la respuesta a eso? —Ashrail suelta, con irritación y Mikhail hace un mohín.

En ese momento, el Ángel de la Muerte posa su atención en mí.

—¿Confías en él? —dice al cabo de unos segundos y hace un gesto de cabeza en dirección a Mikhail, quien mantiene una expresión serena y una mirada… *¿impaciente?*

Mi ceño se frunce.

«¿Por qué estás tan alterado?».

—Sí —digo, y el peso de mi propia respuesta cae sobre mí como balde de agua helada.

—¿Eres consciente de que vas a morir si haces esto? —Ash dice, con severidad y algo en la expresión de Mikhail cambia. Algo en su gesto se torna erróneo.

—Tenía la esperanza de que tuvieses alguna alternativa para mí —digo, en medio de una risa nerviosa y asustada.

El Ángel de la Muerte niega con la cabeza.

—No puedo prometerte nada —dice, al tiempo que, por primera vez desde que llegaron, le dedica una mirada a Mikhail—. Se lo he dicho ya a Miguel. No puedo garantizar que vivas. Ni siquiera sé qué demonios es lo que va a pasar cuando hagamos el ritual. No sé si vas a sobrevivir, o vas a morir inmediatamente, o si la muerte será gradual, conforme los Estigmas te consuman.

—*¡Hombre!* —suelto, con sarcasmo—. Eso es alentador.

—Solo trato de ser honesto, Bess —dice—. Necesito que ambos sepan en qué están metiéndose. Una vez hecho, no habrá vuelta atrás.

—¿Y no podemos darle algo de mi energía demoníaca para contrarrestar la que voy a quitarle? —Mikhail pregunta y suena ansioso mientras lo hace.

Ash nos mira de hito en hito.

—Podríamos intentarlo, pero no sé cómo carajos vaya a afectar eso a la naturaleza celestial que tienen los Estigmas de Bess. —Suspira—. Ambos tienen que saber que vinieron aquí sin la garantía de un pase de regreso. Si creían que podían jugar a los héroes y salir bien librados, están muy equivocados. Lo más probable es que vas a morir, Bess Marshall, y tú —mira a Mikhail—, Miguel Arcángel, vas a tener que estar preparado para luchar y ganar la batalla que se avecina.

Las palabras de Ashrail se me asientan en el cerebro con violencia y, de pronto, el nudo de ansiedad que se había construido en mi estómago desde hace días, se mueve hasta mi garganta. Los ojos me pican con las lágrimas que amenazan con abandonarme, pero, por primera vez en mucho tiempo, no lloro. No dejo que el terror me paralice.

—Bien —digo, asintiendo con rapidez—. Hagámoslo.

—Cielo… —La voz torturada de Mikhail me llena los oídos, pero no lo miro. No lo miro porque, si lo hago, voy a ponerme a llorar como una idiota.

Los ojos de Ash se posan en Mikhail, pero él no ha dejado de mirarme a mí.

—Bess, tienes que prometerme que no vas a darte por vencida. Que no vas a dejar que los Estigmas te venzan. No hasta que encontremos la manera de mantenerte con vida. —La súplica en la voz del demonio de los ojos grises me quiebra en mil maneras diferentes, así que me obligo a clavar mis ojos en los suyos.

—Lo prometo —digo, pero estoy aterrorizada. Horrorizada por lo que me espera.

En ese momento, y sin importarle que Ashrail se encuentre aquí, Mikhail acorta la distancia que nos separa y me coloca las manos a ambos lados del rostro para plantar un beso urgente en mis labios. Un beso que me sabe a angustia, desesperación y miedo.

—Hagamos esto —digo, con un hilo de voz, contra su boca y él asiente.

—Hagámoslo —dice y, luego, volcamos nuestra atención hacia Ashrail—. ¿Qué es lo que tenemos qué hacer?

—Primero que nada, tenemos que encontrar un lugar más grande —Ash dice—. Esto va a ser bastante… *caótico*.

Estoy temblando, pero no sé exactamente por qué. Quiero atribuírselo a las ráfagas heladas de viento invernal que no han dejado de atacarme, pero estoy segura de que mi estado nervioso también es responsable de los espasmos involuntarios que sufre mi cuerpo.

Una ventisca violenta hace que me abrace a mí misma y que desvíe la mirada para evitar que el cabello corto se meta dentro de mis ojos.

—Vuelve a adentro. —La voz de Mikhail llega a mí a través del sonido atronador del viento y me obligo a encararlo.

Está ahí, de pie en medio de la azotea del edificio donde nos refugiamos, con el torso envuelto en vendajes sucios y los mismos viejos pantalones que le he visto vestir desde que salimos de Bailey.

Luce intranquilo, como si algo estuviese incomodándolo en demasía. Como si estuviese arrepintiéndose de hacer esto.

—Estoy bien —digo, en voz alta para que sea capaz de escucharme—. Quiero quedarme aquí.

En respuesta, lo único que obtengo es un bufido irritado.

Ash, por su parte, no aparta la vista del suelo mientras trabaja en silencio.

Hace alrededor de quince minutos que subimos a este lugar. Hace cerca de diez que Ash comenzó a trazar algo en el suelo con un trozo de algo parecido al carbón; pero no ha sido hasta hace unos instantes, que todo comenzó a tomar forma.

Ha dibujado dos círculos: uno dentro del otro y, entre ellos, justo en esa separación que apenas mide unos centímetros, ha trazado un montón de símbolos que no sé qué significan; dentro del círculo más pequeño ha trazado, también, una estrella de seis picos y, de pronto, no puedo dejar de evocar los recuerdos del pentagrama que dibujaron las brujas cuando Mikhail intentó negociar con Rafael para mantenerme a salvo. Ese por el cual los Creadores del Infierno se lo llevaron.

—Ya está. —La voz de Ash me saca de mis cavilaciones y poso toda la atención en él.

Me tenso por completo cuando el Ángel de la Muerte me regala un asentimiento para que me acerque, pero no me atrevo a moverme.

Aprieto los puños.

—No tenemos mucho tiempo, Bess —Ashrail insiste—. Esto que dibujé aquí —señala el suelo debajo de sus pies—, va a atraer a todos: ángeles, demonios y otra clase de criaturas espirituales en poco tiempo. Tenemos que hacerlo ahora si no queremos que las cosas se compliquen.

Trago duro.

De manera involuntaria, mis ojos viajan hasta donde Mikhail se encuentra y, lo único que obtengo por respuesta a mi mirada suplicante, es una cargada de… *¿inseguridad?*

Una inspiración profunda es inhalada por mis labios temblorosos y se me atasca en la garganta cuando trato de exhalarla.

«Ha llegado la hora, Bess», me digo a mí misma y, a pesar de que siento los músculos del cuerpo agarrotados, comienzo a moverme.

Se siente como si estuviese tratando de caminar dentro del agua. Como si mis pies estuviesen enterrados en la arena y tratase de avanzar de esa forma.

Cuando estoy lo suficientemente cerca, Ashrail me toma por los hombros y me guía hasta colocarme sobre una de las puntas de la estrella. Acto seguido, guía a Mikhail hasta colocarlo justo en la punta de la estrella que queda delante de mí, del otro lado del círculo. Entonces, él se coloca al centro de todo.

—El ritual será muy similar al que Miguel fue sometido cuando se le fue arrebatada su parte angelical. —Ashrail explica—: Yo evocaré al poder celestial fuera de ti. —Me mira—. Pero te corresponde a ti canalizarlo hacia Mikhail, justo como él lo hizo cuando se percató de la trampa que Rafael le había tendido. —Mira a Mikhail—. Tendremos que ser veloces porque, en el momento en el que Bess pierda el poder celestial, volverá a ser ese espectacular iluminado que era antes y atraerá a todo el mundo hasta acá. Ese será el momento ideal para que tomes el lugar que te corresponde y combatas contra los demonios para enviarlos de vuelta al Inframundo. —Hace una pequeña pausa—. En cuanto a Bess, si llega a sobrevivir al ritual y al poder de sus Estigmas, yo me encargaré de cuidar de ella. Te doy mi palabra.

La mandíbula de Mikhail se aprieta con violencia, pero asiente.

—¿Tienen alguna duda? —Ash inquiere, mirándonos de hito en hito.

Ambos negamos con la cabeza.

—Bien —dice y, luego, se coloca al centro de la figura dibujada.

—¡Espera! —Mi voz sale en un chillido agudo y tembloroso, y hace que tanto Mikhail como Ash me miren como si me hubiese salido otra cabeza.

En ese momento, y sin importarme que Ashrail esté cerca, me precipito hasta donde el demonio de los ojos grises se encuentra y envuelvo los brazos alrededor de su cuello. Él no me devuelve el abrazo de inmediato, pero lo hace luego de superar el estupor.

—Si muero —digo, en voz baja e inestable—, quiero que sepas que…

—*Shh…* —Mikhail me interrumpe, acariciando mi cabello—. No lo digas. No quiero saberlo ahora.

—Mikhail, necesito… —El aliento me falta debido al pánico que me atenaza el pecho y tengo que detenerme a recuperarlo—. N-Necesito que…

—Lo siento mucho, Bess —me interrumpe en ese momento, y el tono ronco de su voz no hace más que incrementar las ganas que tengo de echarme a llorar—. Siento mucho todo esto. *Lo siento.*

Un sonido estrangulado se me escapa en el momento en el que un par de lágrimas se deslizan por mis mejillas.

—Se nos termina el tiempo. —Ashrail insiste y una maldición me abandona.

—Ve —Mikhail susurra contra mi oído, pero no me deja ir.

Yo, sin embargo, asiento frenéticamente y me aparto para plantar otro beso en sus labios fríos. Él corresponde a la presión de mi beso unos segundos antes de empujarme con suavidad en dirección a la posición que debo tomar.

Una vez colocada de vuelta en el lugar que se supone que debo ocupar, el ritual comienza.

34

REALIDAD

Estoy aterrorizada. Tengo tanto miedo, que se siente como si pudiese vomitarme encima en cualquier momento. Estoy tan asustada, que temo que el corazón se me escape del cuerpo antes de que la parte angelical de Mikhail lo haga.

Ashrail no ha dejado de murmurar cosas en un idioma desconocido. Ha pasado los últimos minutos aquí, al centro de la Estrella de David —esa de seis picos— que ha trazado, con los ojos cerrados y postura relajada pero firme.

El ambiente ha comenzado a tornarse denso con cada palabra que pronuncia y eso no ha hecho más que ponerme los nervios de punta.

La figura que nos rodea poco a poco ha comenzado a ser un campo de energía. Una bastante peculiar. Una que no logro identificar del todo. No se siente como si fuese oscura, pero tampoco como si fuese luminosa. Lo único que puedo afirmar respecto a ella, es que es intensa.

Una ráfaga de viento me azota la cara de nuevo, pero, esta vez, no sé si ha sido producto del clima o de la clase de energía que Ashrail está invocando.

La parte angelical de Mikhail parece notar el cambio en el ambiente, ya que se revuelve con incomodidad en mi interior. Los Estigmas, sin embargo, no dan señales de sentirse turbados en lo absoluto.

El sonido de la voz de Ash incrementa y también lo hace el sonido crepitante del extraño poder que nos rodea.

Entonces, cuando se siente como si el universo entero estuviese a punto de estallar debido a la presión ejercida por dicho poder, comienza a materializarse. Comienza a deslizarse a través de los trazos oscuros de la estrella hasta convertirse en una enredadera confusa e intrincada de energía oscura y luminosa. De energía celestial y demoníaca.

El Ángel de la Muerte extiende sus brazos hacia enfrente en ese momento, con las palmas volteando hacia el cielo, como si estuviese esperando a que algo cayese sobre ellas.

La energía que nos rodea comienza a concentrarse en sus manos. Comienza a envolverse entre sus dedos hasta formar una figura alargada e imponente.

Poco a poco, las hebras de poder comienzan a solidificarse. Poco a poco, van tomando forma y, de pronto, me encuentro mirando una guadaña. Me encuentro mirando ese peculiar objeto con el que se describe al Ángel de la Muerte: su guadaña.

Me quedo sin aliento.

El terror se me cuela entre los huesos y me hace difícil respirar con normalidad.

Ash, sin inmutarse, cierra los dedos sobre el alargado báculo de madera y los rezos extraños ceden.

Los ojos de la criatura al centro de la estancia se abren cuando la guadaña es afianzada, y se posan en mí. Es hasta ese instante, que me percato de la tormenta dorada y blancuzca que se ha apoderado de su mirada.

Luce aterrador. Luce impresionante. Luce abrumadoramente similar al Mikhail que guardo en mi memoria y no sé cómo sentirme al respecto.

No dice nada. No hace nada por acercarse a mí, solo me mira con fijeza, como si eso fuese suficiente para analizarme hasta el alma.

Acto seguido, posa toda su atención en el demonio de ojos grises que se encuentra del otro lado del trazo sobre el que nos encontramos. Luego de eso, su atención se posa en el arma que sostiene entre las manos.

La guadaña da un giro impresionante cuando Ashrail la manipula en el aire y otra proclamación dicha en un idioma desconocido me llena los oídos; sin embargo, esta vez no soy capaz de ver como sus labios se mueven.

«¿Ha hablado dentro de tu cabeza?», susurra la voz interna y, en ese instante, la energía angelical de Mikhail se remueve con violencia en mi interior.

Otra oración retumba en lo más profundo de mi cerebro y, acto seguido, un dolor atronador me estalla en el pecho.

Un sonido torturado se me escapa cuando, involuntariamente, caigo al suelo de rodillas, pero no es hasta que la guadaña golpea contra el suelo, que el mundo pierde enfoque.

La energía angelical grita, rabiosa y enfurecida, y se aferra a mí con tanta fuerza que me hiere. Con tanta violencia, que temo que pueda desgarrarme por dentro.

Un grito aterrador me brota de la garganta en el instante en el que siento como algo tira con brusquedad del poder celestial y los Estigmas, en respuesta al caos que se está llevando a cabo en mi interior, se estrujan y se desperezan.

La energía angelical no deja de luchar para mantenerse conmigo y el pánico se detona en mi sistema cuando la sensación de desconexión que siempre me acompaña se vuelve abrumadora.

Mi cuerpo se aovilla en el suelo en ese momento y, de pronto, lo único que puedo hacer, es rogarle al cielo que todo termine. Rogarle a la energía angelical que coopere y decida marcharse.

Otro tirón violento me azota, pero, esta vez, la parte celestial que llevo dentro no puede resistirse y pierde fuerza. Un último tirón me desgarra por dentro una vez más y, de pronto, me siento vacía. Me siento... hueca.

Entonces, la tortura comienza.

Uno a uno, los hilos de los Estigmas se cuelan a través de mi cuerpo y se envuelven a mi alrededor con tanta fuerza, que me lastiman. Se aferran con tanta violencia, que temo que sean capaces de acabar conmigo si me muevo siquiera un poco.

Alguien pronuncia mi nombre. Alguien me pide que los controle. Alguien no deja de rogarme porque no deje de luchar, y así lo hago: Lucho con toda la fuerza de mi cuerpo para poder dominar la energía demandante de los Estigmas.

No sé cuánto tiempo pasa antes de que, finalmente, logre controlarlos. No sé cuánto tiempo pasa antes de que, con el cuerpo tembloroso por el esfuerzo, me obligue a alzar la vista para encontrarme de lleno con la figura de Ashrail, al centro de la estrella y la de Mikhail allá atrás, en el lugar en el que el Ángel de la Muerte le pidió quedarse.

—Bess, ¿puedes oírme? —Ashrail es quien habla, pero su voz suena distante. Lejana.

Asiento, con un movimiento débil y cansado.

—Tienes que canalizar la energía hacia Mikhail —instruye—. Hazlo poco a poco. Vamos. Sé que puedes hacerlo.

Quiero preguntar cómo diablos es que se supone que lo haré, pero no puedo formular ninguna oración. Ni siquiera puedo ordenar la maraña de pensamientos que tengo en la cabeza.

«¡Vamos, Bess! ¡Hazlo ahora antes de que pierdas el control una vez más!». me reprimo internamente, pero no logro conectar el cerebro con el cuerpo, ni el cuerpo con la energía que ahora se encuentra suspendida como una nube dentro de la estrella trazada por Ash.

—Vamos, Bess —Ashrail urge—. No tenemos mucho tiempo.

—¿C-Cómo? —apenas puedo pronunciar, pero es suficiente para que el entendimiento cruce las facciones de Ashrail.

—Empújala —dice, con aire urgente y ansioso—. Repélela. Hazle saber que ya no la quieres contigo.

Trago duro, pero asiento y hago lo que me dice. Trato de empujarla lejos. Trato de lanzarla lo más lejos posible de mí.

—Con más fuerza, Bess —Ash exige—. ¡Vamos! ¡Con más fuerza!

Un gemido torturado me abandona en el instante en el que trato de empujar la energía angelical hacia Mikhail cuando, de pronto, ocurre.

El mundo se ralentiza. El universo entero deja de moverse a su velocidad habitual y todo pasa tan lento y tan rápido al mismo tiempo, que no soy capaz de procesar nada.

Algo atraviesa el estómago de Ashrail. Algo se envuelve alrededor de su torso. Una sustancia viscosa y oscura lo rodea y, luego, el filo de algo corta su cabeza de tajo.

Un grito brota de mi garganta, un estremecimiento de puro horror me recorre el cuerpo y una oleada de terror me azota de lleno.

La figura de Amon aparece en mi campo de visión cuando el cuerpo de Ashrail cae al suelo sin vida, y la risa —cantarina e infantil— que se le escapa me eriza todos los vellos del cuerpo.

«¡Está vivo! ¡¿Cómo diablos es que está vivo?!».

La parte activa del cerebro me grita que debo escapar, pero estoy tan débil y cansada, que apenas logro arrastrarme unos metros lejos de él.

«¡Mikhail!», grita mi voz interior y, en ese momento, corro la vista por todo el espacio para encontrarlo.

Ahí está, de pie justo donde se supone que debería de estar.

«¡¿Por qué carajo no se mueve?! ¡¿Por qué demonios me mira de esa manera?!».

Vergüenza, culpa y arrepentimiento se arremolinan en la expresión del demonio de los ojos grises y, de inmediato, el entendimiento me golpea.

«¿Fue una trampa? ¿Todo esto fue una maldita trampa?».

—¿Creíste que te habías deshecho de mí, *Cielo*? —La voz de Amon me llena los oídos y vuelco toda mi atención hacia él. Una sonrisa radiante se ha apoderado de los labios del Príncipe del Infierno y la repulsión que ya sentía hacia él, incrementa de manera exponencial—. Agradécele a tu querido Mikhail mi presencia en este lugar. De no haber sido por él, me habrías asesinado aquella vez en la que maté a tu amiga la bruja.

Mi vista se posa en Mikhail, pero él no me mira. Ni siquiera se mueve de donde se encuentra.

—¿Q-Qué...? —tartamudeo, al tiempo que niego con la cabeza—. ¿Qué significa esto? —espeto, a pesar de que una parte de mí ya ha comenzado a darse cuenta de lo que está pasando—. ¡Mikhail! ¡¿Qué demonios significa todo esto?!

No dice nada. No se mueve. Ni siquiera parece respirar.

Una carcajada histérica brota de la garganta de Amon y vuelvo a encararlo.

—¿Qué crees que significa, Bess Marshall? —Suena muy divertido y eso no hace más que incrementar el pánico creciente en mi sistema—. Todo esto fue planeado, ¿es que no te das cuenta?

—¿*Qué*?

—Como lo oyes. —La sonrisa de Amon se ensancha—. Lo planeamos en las montañas. Luego de que perdieras el conocimiento nos aliamos, ¿no es así, Mikhail? —Lo mira durante unos instantes, pero yo no aparto la vista del Príncipe del Infierno—. Yo me comprometí a ayudarle a recuperar eso que tú le arrebataste, a cambio de un lugar privilegiado en su reinado en el Inframundo. —Se encoge de hombros—. Ya sabes: ser su mano derecha, tener completo poder sobre todas las Legiones de demonios… Esa clase de cosas.

Niego, incapaz de aceptar lo que está diciendo.

—Debo admitir que nunca pensé que sería así de sencillo. —Amon continúa y mira de nuevo en dirección al demonio de los ojos grises—. Arrancarte el ala no pudo haber salido mejor, ¿no es cierto?

—N-No… No lo entiendo —digo, pero *sí* lo hago. *Sí* lo entiendo todo. Lo que ocurre es que no quiero aceptarlo —. Y-Yo no…

El Príncipe del Infierno rueda los ojos al cielo.

—¿Es que no eres capaz de hacer dos más dos? —dice, fastidiado—. En las montañas ideamos un plan, cariño. —Me regala una sonrisa condescendiente—. Este plan consistía en ganarse tu confianza, conseguir que quisieras regresarle su parte angelical; realizar todo este cuento aburrido que ha hecho Ashrail para sacar la energía fuera de ti y, con ayuda de los Creadores del Infierno, transformar esa energía angelical en demoníaca antes de traspasarla al cuerpo de Mikhail. De ese modo, él recuperará todo su poder en la forma ideal para gobernar el Inframundo.

Las palabras de Amon se asientan en mi cabeza y me hacen un agujero en el pecho. El corazón se me estruja con violencia, la mente me corre a toda velocidad mientras trato de procesar lo que Amon está diciéndome, pero no logro comprenderlo del todo. *No quiero* hacerlo.

—No —digo, con la voz rota por las emociones acumuladas—. N-No es cierto. No es cierto. No…

—Por supuesto que es cierto, Bess. —Amon suena cruel. Despiadado—. El objetivo de Mikhail es tomar tu parte angelical, convertirla en demoníaca, recuperar el poder que perdió, desafiar a Lucifer y convertirse en el Supremo del Inframundo. ¿Es que no lo entiendes?

Lágrimas calientes y pesadas me abandonan y me siento utilizada. Me siento herida en modos incomprensibles. Me siento como una completa basura.

—Para lograr engañarte, decidimos hacerle creer a todo el mundo que podía recordarte —Amon continúa, pero lo único que quiero, es que se calle—, pero para eso, necesitábamos tiempo entre ustedes. Tiempo que solo una herida de muerte iba a poder darnos. Es por eso, que decidimos herirle un ala —dice y niego con la cabeza, incrédula, al tiempo que un sollozo lastimoso se me escapa. No puedo creer que Mikhail haya sacrificado un ala solo por *poder*. Me rehúso a aceptarlo—. ¿Quién iba a decir que iba a salirnos mejor de lo que pensamos? Los recuerdos reales que la pérdida del ala le dio a Mikhail, no hicieron más que ayudarnos a alcanzar nuestro objetivo, ¿no es así? —Mira al demonio de los ojos grises, pero este ni siquiera se inmuta—. Todo salió a pedir de boca. —Amon ríe ligeramente—. Vas a recuperar el poder que perdiste, los Creadores del Infierno van a construirte una nueva ala, vas a derrotar a Lucifer y vas a gobernar el Inframundo conmigo como tu segundo al mando, por supuesto.

Mi vista se posa en Mikhail en ese momento, pero sigue sin mirarme. Sigue sin encararme.

—Por favor, dime que no es cierto —suplico, con un hilo de voz, pero él no dice nada. Ni siquiera se mueve; así que, sin más, lo pierdo por completo.

Las lágrimas se vuelven incontenibles ahora y toda mi compostura se va a la mierda porque esto es demasiado. Porque no puedo soportarlo más. Porque duele como nunca nada antes ha dolido.

—Te digo que es verdad —Amon insiste, pero yo no aparto la vista del demonio de los ojos grises—. Le arranqué un ala porque sabíamos que no ibas a poder resistirte a la idea de salvarle la vida. Jamás nos pasó por la cabeza que Mikhail realmente recordaría cosas sobre su vida antes de ser un demonio completo. Debo admitir que eso fue de gran ayuda. —Se encoge de hombros—. Todo este tiempo, Mikhail estuvo fingiendo, cariño. Todo este tiempo, Mikhail mintió para ganarse tu confíanza y, ahora que la energía angelical está aquí… —señala hacia la nube blancuzca al centro de la Estrella de David—, lo único que queda por hacer, es transformarla en demoníaca, deshacernos del lazo que te une a él, y deshacernos de ti de una vez por todas.

Un sollozo violento se me escapa cuando termina de hablar y el torrente de lágrimas incrementa. Un balbuceo incoherente me abandona cuando los ojos de Mikhail se cierran con fuerza y la ira, la decepción, el coraje y el miedo se arremolinan en mi interior.

Quiero golpearme por haber creído en él. Por haber confiado en sus palabras y en su buena voluntad. Quiero gritar porque no puedo creer que haya sido así de estúpida. Porque no puedo creer que haya jugado de este modo conmigo.

—M-Mikhail —suplico, porque aún guardo la absurda esperanza de que todo esto sea un error. De que todo sea una mentira de Amon—. Mikhail, *por favor*… —Sueno patética. Sueno como una completa idiota, pero a estas alturas, no me importa.

Una carcajada burlona y cruel retumba en todo el lugar y sé que es Amon quien se está burlando. Sé que es él quien está extasiado con lo patética que estoy siendo, y eso no hace más que incrementar el coraje que me atenaza el pecho.

Un sonido —mitad grito, mitad sollozo— escapa de mí al instante y los Estigmas, que habían permanecido quietos hasta este momento, rugen en respuesta a la fuerza de mis emociones.

—Bueno. —Amon se encoge de hombros—. Basta de charlas. Es tiempo de acabar con todo esto, ¿no es así, Miguel?

Otro sonido desgarrador se me escapa y siento cómo los hilos de los Estigmas se desperezan y se estiran hasta salir a la superficie. Esta vez, no me molesto en intentar controlarlos. Me siento tan derrotada, que ni siquiera me molesto en aparentar ser fuerte.

«¡No puedes dejar que se salgan con la suya! ¡No puedes permitir que se apoderen de la parte angelical de Mikhail! ¡Tienes que tomarla de vuelta! ¡Tienes» que recuperarla y escapar de aquí!», me grita la parte activa del cerebro, pero no puedo hacer otra cosa que no sea sollozar como idiota aquí, de rodillas en medio del pentagrama trazado.

«¡Vamos, Bess!», me grita el subconsciente, pero estoy demasiado cansada. Estoy demasiado destrozada para continuar peleando. «¡Maldita sea! ¡Haz algo ya! ¡Tienes que impedir que ganen! ¡Tienes que impedir que logren su cometido!».

Los hilos de los Estigmas sisean en aprobación a lo que mi mente no para de gritar, y la sensación de desasosiego incrementa.

En ese momento, un destello luminoso me ciega por completo y soy despedida lejos de donde me encuentro. Tan lejos, que salgo disparada fuera del pentagrama.

Un sonido ahogado y adolorido se me escapa cuando mi espalda impacta contra el concreto y, de inmediato, un zumbido ronco y profundo se apodera de mi audición.

Me toma unos instantes acostumbrarme a la nueva iluminación. Me toma unos instantes más recuperar el aliento que mi brusca caída me ha arrebatado.

No sé cuánto tiempo pasa antes de que sea capaz de enfocar la mirada, pero, cuando lo hago, lo que veo me sube el corazón a la garganta.

La energía angelical de Mikhail está ahí, suspendida, mientras que un montón de sombras viscosas tratan de envolverla.

«¡Tratan de tomarla! ¡Tratan de transformarla! ¡Tienes que hacer algo, maldición!».

Otro destello, seguido de una onda expansiva, me hace desplazarme otro poco y ahogar un grito aterrorizado.

«¡Haz algo! ¡Llámala! ¡Aún tienes control sobre ella! ¡Haz algo ya!», grita mi subconsciente y lo escucho.

Lo escucho, cierro los ojos y llamo a los Estigmas.

Esta vez, no me preocupo por controlarlos y dejo que hagan su camino hasta la energía angelical. Dejo que se envuelvan alrededor de ella con fuerza y, cuando los siento firmes, tiro con violencia.

El poder celestial parece reconocer el poder de los Estigmas, ya que se aferra a ellos con tanta fuerza, que me deja sin aliento durante unos instantes. A pesar de eso, me las arreglo para tirar de los hilos una vez más.

Un gruñido me abandona los labios en el proceso, pero no dejo que el cansancio y el dolor me venzan. Al contrario, me obligo a tirar de nuevo. Esta vez, con más fuerza que antes. Con más determinación que nunca.

Las sombras viscosas dejan escapar un chillido estridente y atronador cuando pierden algo de terreno, pero no me detengo. Sigo tirando con violencia, mientras que la energía angelical sigue empujándose con fuerza hacia mí.

Siento la sangre corriendo por mis muñecas. Siento la piel de mi espalda desgarrándose con cada tirón brusco que doy a los Estigmas…, y no me detengo. No voy a detenerme. No voy a dejar que Amon… *No…* Que *Mikhail,* gane.

Un sonido inhumano, antinatural y violento me abandona en el momento en el que tiro una última vez, y la energía angelical es liberada de la prisión hecha por los Creadores del Infierno.

El aliento me falta, el corazón me late a toda velocidad, las manos me tiemblan y el pecho se me estruja con violencia cuando la energía angelical —desesperada y ansiosa— trata de volver a mí.

Mi cuerpo, sin embargo, no logra recibirla. Está tan débil, que ni siquiera puedo tratar de asimilarla. Ni siquiera puedo intentar tirar de ella en mi dirección porque me siento demasiado aletargada. Demasiado… *serena.*

Soy plenamente consciente de que el caos me rodea.

Sé que el mundo se está cayendo a pedazos a mi alrededor y, de cualquier modo, estoy aquí, quieta, mirando como Mikhail se abalanza sobre mí; como las criaturas viscosas se precipitan en dirección a la energía angelical y como mi vida… el resto de mi existencia… se reduce a *esto.*

Es todo. Se acabó. Voy a morir aquí y ahora.

«¡No!», mi subconsciente habla de nuevo. «¡No puedes morir y dejar que ganen, Bess! ¡No puedes!».

—Entonces, ¿qué hago? —murmuro en voz alta y soy consciente de cuán lunática debo verme.

«¡Salta! ¡Salta y llévate la energía angelical contigo! ¡Salta y no dejes que ganen!».

Una carcajada histérica brota de mis labios en ese momento y niego con la cabeza al tiempo que un montón de lágrimas nuevas se me acumulan en la mirada. Al tiempo que un sinfín de miedos y terrores se me agolpan en el pecho.

«¡Hazlo! ¡Hazlo ya!».

Me pongo de pie.

«¡Eso, Bess! ¡Puedes hacerlo! ¡Puedes inclinar la balanza!».

Las piernas apenas me responden. Mi cuerpo se siente débil, tembloroso… *moribundo*. Pero no me detengo. No dejo de intentar levantarme del suelo.

«¡No. Lo. Dejes. Ganar!».

El demonio de los ojos grises se detiene en seco cuando me mira levantarme. De hecho, el mundo entero parece detenerse cuando apoyo mi peso en las piernas por última vez.

—Bess, por favor, perdóname. —La voz de Mikhail llega a mis oídos, pero me siento tan adormecida, que no tiene ningún efecto en mí—. Tienes qué escucharme, Bess. Yo… Yo…

—Eres un monstruo —lo interrumpo, con voz monótona. Plana. Cansada.

—No, Bess, déjame explicarte, por favor —suplica—. *¡Sí!* ¡Todo fue parte de un plan! ¡Todo fue parte de un jodido plan para conseguir poder, pero…! —Sacude la cabeza en una negativa—. Pero, *te recordé*. Te recordé y…Y todo el plan comenzó a irse al caño para mí. Comenzó a…

—Eres un *monstruo* —repito, y la voz se me quiebra en el proceso.

—Bess, te lo dije antes y te lo digo ahora: estoy dispuesto a hacer arder el mundo entero por ti. Tienes qué creerme. Tienes que…

Niego.

—No puedo —susurro y doy un paso hacia atrás.

—Bess, déjame explicarte. Déjame…

Una carcajada me abandona.

—¿Sabes qué es lo peor de todo, Miguel? —digo, al tiempo que trago duro y doy otro paso dubitativo hacia atrás. Siento como mis viejos *Vans* encuentran el filo de la azotea—: Que no puedo odiarte. Que te sigo amando tanto como antes.

—Bess…

—Te amé, Miguel. Te amo todavía —digo, en voz alta y las palabras me escuecen el pecho—. Antes, cuando te conocí, cuando eras la criatura de la que me enamoré, no te lo dije; pero te lo digo ahora: Te amo. Y porque te amo, no voy a dejar que esa parte de ti que tanto odiaste en el pasado, gane. No voy a dejar que el Mikhail que yo conocí se haya ido en vano.

Entonces, sin esperar una respuesta de su parte, me dejo caer al vacío.

Mis oídos pitan, la cabeza me duele; la presión que me apelmaza el cerebro es tan intensa, que no puedo hacer nada más que intentar asimilarla. Entonces, viene a mi mente ese sueño que tuve hace unos meses. Ese en el que caía de un edificio.

«Así que esto era».

Una silueta cae en picada desde el techo del edificio. Un borrón grisáceo corre a toda velocidad en mi dirección y, de pronto, un montón de puntos luminosos comienzan a aparecer en el cielo.

La silueta gris avanza a toda marcha y, sin más, me encuentro mirando de lleno a Mikhail, cayendo en picada, con su única ala extendida batiendo a toda velocidad y los brazos abiertos en mi dirección.

Trata de alcanzarme. Trata de llegar a mí.

«Va a morir también», me susurra el subconsciente y, en ese momento, la energía angelical se despereza de mis Estigmas. En ese momento y, como impulsada por un acto desesperado, la fuerza angelical se empuja a sí misma en dirección al demonio que cae en picada para encontrarme.

Un espasmo violento recorre el cuerpo de Mikhail en el instante en el que el poder celestial impacta contra él y un grito desgarrador se le escapa cuando un haz luminoso brota de su espalda, justo donde su ala faltante debería de encontrarse.

De un movimiento furioso, el ala membranosa y el haz de luz se extienden y comienzan a batirse en vuelo.

«¿Esa es un ala? ¿Un ala de luz?».

La figura del demonio de los ojos grises sale despedida en mi dirección y, al cabo de unos segundos, unos brazos cálidos me envuelven. Unos brazos fuertes se enredan alrededor de mi cuerpo y tiran de mí con tanta fuerza, que el cuello se me balancea con brusquedad en el proceso.

Otro espasmo violento convulsiona el cuerpo de Mikhail —el cual está pegado al mío—, pero este no hace más que aferrarme con más ímpetu contra sí, antes de planear hasta llegar al suelo.

Luego, con mucho cuidado, me deposita ahí y, sin perder el tiempo, emprende el vuelo hacia arriba una vez más.

Los puntos luminosos en el cielo están suspendidos en el aire a muchos metros de distancia de donde me encuentro, y sé que son ángeles. Sé que son criaturas que han sido atraídas por mí y por la falta de protección que la energía angelical de Mikhail me daba; sin embargo, no son ellos los que tienen mi atención ahora mismo. Es la figura imponente de Mikhail, batiendo sus alas — una de murciélago y una hecha de luz— con furia en dirección al edificio donde Amon se encuentra.

Una figura luminosa cae en picada desde la cima de los edificios, pero estoy demasiado agotada para sentir miedo. Estoy demasiado débil para sentir, siquiera, algo de preocupación.

Poco a poco, la silueta va tomando forma y, de pronto, me encuentro mirando el cabello rubio y los ojos amarillos de Rael. Me encuentro sintiendo sus manos en las mejillas.

—¡¿Qué demonios están haciendo aquí?! —exige, pero no puedo hablar. No puedo hacer nada más que cerrar los ojos y absorber la sensación de seguridad que me da saber que la energía angelical de Mikhail ha regresado a él.

No puedo hacer nada más que asimilar el hecho de que, a pesar de todo lo que ocurrió, el resultado que obtuvimos fue el esperado.

Miguel Arcángel —ese que era una criatura a medio camino entre la luz y la oscuridad—, ha vuelto. Ha regresado y está listo para liderar la batalla final.

EPÍLOGO

Hace ya muchas horas que la noche cayó. Hace ya muchas horas que la criatura, esa que se encuentra a medio camino entre el Cielo y el Infierno, abandonó la habitación de la chica. Esa chica a la que había olvidado y que ahora recuerda a la perfección. Esa chica por la que sacrificó todo y por la que ahora se encuentra allí, de vuelta, con todos sus recuerdos intactos.

Sabe que le hizo daño. El hecho de haber recuperado sus recuerdos, no lo hace olvidar todo lo que hizo siendo un demonio completo.

Ese es su martirio. Esa es su tortura.

Haberla herido de la manera en la que la hirió, le hace querer cortarse la cabeza. Le hace querer arrancarse las alas para convertirse en un ser repugnante como lo son los Grigori.

Mikhail, esa criatura que aún no es arcángel, pero que, definitivamente, tampoco es un demonio, sabe que Bess Marshall, la única mortal de la que se ha enamorado jamás, nunca va a perdonarle.

Sabe, por sobre todas las cosas, que lo que le hizo no tiene perdón alguno; y, de todas formas, está aquí, afuera de la ventana de su casa, velando su sueño —justo como en los viejos tiempos.

De nada le sirve haber asesinado a Amon, el Príncipe comandante de cuarenta Legiones infernales. De nada le sirve haberse enfrentado a la Legión de ángeles que solía comandar y haberse ganado un poco de su confianza de vuelta. De nada le sirve haber liderado la batalla en la ciudad y haber desterrado a los demonios de ella. No cuando se siente tan miserable como lo hace.

No cuando sabe que lo que ha hecho no remedia ni enmienda absolutamente nada de lo que hizo en el pasado.

Un suspiro entrecortado escapa de su garganta y la energía angelical, esa que alberga dentro de él y que lucha contra la demoníaca, se remueve como si estuviese tratando de consolarle. Como si estuviese tratando de recordarle que no era consciente de lo que hacía.

—¿Por qué la vigilas desde aquí cuando podrías estar allá adentro tomando su mano? —La voz de Rael, uno de sus soldados más prometedores, lo saca de sus cavilaciones.

Ni siquiera lo sintió acercarse. De hecho, aún no es capaz de entablar ninguna clase de conexión con ningún ángel. Esa comunicación que solía tener con sus subordinados por medio del enlace celestial sigue desaparecida. Extinta de su sistema.

Mikhail no responde de inmediato. Se limita a observar a la chica que duerme plácidamente rodeada de brujas.

—Va a odiarme —dice, luego de un largo momento de silencio.

—No lo hará —Rael responde—. Annelise es demasiado noble para albergar odio en su corazón. —Hace una pequeña pausa—. Además, está completamente loca por ti y lo sabes.

Las palabras de Rael no hacen más que evocar recuerdos de los que no se siente orgulloso. Recuerdos que lo hacen querer regresar a las fosas del Inframundo y torturarse a sí mismo hasta el fin de los tiempos.

Lo cierto es que a Mikhail le habría encantado hacerle el amor sin treta alguna. Sin trampas, secretos o dobles intenciones. Ahora, pensar en ello le provoca vergüenza y repulsión hacia sí mismo.

—Si no me odia, entonces debería hacerlo —dice.

—Le salvaste la vida.

—Le mentí. La *traicioné*. —Mikhail niega con la cabeza—. Le jugué el maldito dedo en la boca y, no conforme con ello, le quité la única protección que tenía. Le arrebaté eso que le di y que la mantenía con vida.

—No ha muerto aún —Rael apunta—. Deberías estar agradecido por la estabilidad que ha presentado.

—No entiendo cómo es que no murió al perder mi parte angelical. —El ceño de Mikhail se frunce ligeramente—. No cuando los Estigmas son así de poderosos ahora.

—¿No crees que el lazo que la une a ti tenga algo que ver?

A Mikhail la posibilidad ya le había cruzado por la cabeza, por sugerencia de Ashrail, y, ahora, no le suena tan descabellada.

—No lo sé. Puede que, después de todo, el lazo no sea tan débil como pensábamos. —Asiente.

Se hace el silencio unos instantes.

—¿Ya pensaste qué es lo que vamos a hacer? —Rael pregunta y, por primera vez, capta la atención de Mikhail, quien posa su vista en él—. Los humanos ya saben de nuestra existencia, los demonios no van a quedarse de brazos cruzados ahora que hemos roto el tratado de paz. Tenemos un reverendo lío del cual tenemos qué encargarnos por aquí, Miguel.

—Lo sé —Mikhail responde—. Necesito contactar al Creador. Necesito que me diga qué es lo que tenemos qué hacer, porque no tengo una miserable idea de cuál debe ser nuestro próximo movimiento.

—¿Crees que la guerra sea inminente?

—Creo que la guerra ha comenzado.

Un suspiro escapa de los labios de Rael.

—Menuda guerra en la que vamos a adentrarnos —dice el ángel—. La mitad de la Legión aún está escéptica respecto a ti; la otra mitad, está completamente en tu contra. —Sacude la cabeza en una negativa—. Todo eso sin contar con el hecho de que es muy probable que los demonios comenzarán a cazarte para vengarse de ti por haberlos traicionado.

—¡Hombre! ¡Gracias por los ánimos! —El sarcasmo tiñe la voz de Mikhail.

—De nada. Ha sido un placer.

Otro silencio se apodera del ambiente.

—¿Rael?

—¿Sí?

—Independientemente de lo que ocurra de ahora en adelante, necesito que me prometas una cosa.

—¿De qué se trata?

—Necesito que me prometas que, si en algún punto del camino vuelvo a poner en peligro la vida de Bess, vas a matarme.

Rael no responde. Se limita a mirar a Mikhail durante un largo rato.

—No… —Mikhail niega con la cabeza, corrigiéndose a sí mismo—. Necesito que hagas un Juramento Inquebrantable. Necesito que me jures que vas a asesinarme si vuelvo a intentar hacerle daño a Bess.

—Pero, Miguel…

—No soy un ángel, Rael —Mikhail lo interrumpe—. No soy un demonio tampoco, pero, ciertamente, no soy un ángel. Tampoco soy una criatura como Ashrail. —Pronunciar el nombre del Ángel de la Muerte, no hace más que incrementar el remordimiento de conciencia que lo carcome por dentro—. Hay una lucha en mi interior. El bien y el mal no dejan de pelear dentro de mí y no sé cuándo alguna de las dos partes va a ser derrotada. Antes de que eso ocurra, necesito que me prometas que vas a velar por el bienestar de Bess.

Un largo momento de silencio se extiende durante —lo que parece ser— una eternidad.

—De acuerdo. —Rael asiente—. Haré el juramento.

Mikhail asiente, satisfecho por la respuesta recibida, para luego clavar su vista en la figura de Bess Marshall a través de la ventana.

Rael no dice nada más. Se limita a contemplar a la chica que duerme en el interior de la casa durante unos instantes antes de marcharse.

Mikhail se queda ahí, al pie de la ventana de la habitación, con el corazón hecho un nudo y la cabeza una maraña de ideas.

No tiene claro qué es lo que va a pasar. No tiene idea de cómo diablos va a resolver la cantidad de problemas que ha ocasionado. Lo único certero que hay para él en este momento, es el deseo irrefrenable que tiene de proteger a la chica que ahora duerme dentro de esa habitación. Lo único que tiene claro en este momento, es que no va a permitir que nadie —ni siquiera él— la lastime una vez más. Está dispuesto a todo. Está dispuesto a lo que sea. Incluso, si eso significa que se le vaya la vida en ello.

AGRADECIMIENTOS

Recuerdo haber dicho, cuando terminé de escribir Stigmata, que la historia de Demon siempre, de pies a cabeza, un reto para mí... Y no me equivocaba. Ahora que miro —y leo— en retrospectiva, lo reafirmo con fuerza. Es por eso que se siente injusto tener que nombrar únicamente a las personas que recuerdo en este momento, porque sé que han sido más las que me han acompañado a lo largo de este camino.

De antemano, quiero que sepan que haré mi mayor esfuerzo, aunque estoy segura de que olvidaré a alguien. Aquí vamos:

Gracias, Genesis, Majo, Tania, Mary, Nair, Monse, Nadia, Abi, porque su amistad y cariño me acompañan en cada paso. Son las mejores, pero eso lo saben, ¿no es así?...

Gracias, Mariana, Clau, Anita, Mich, Ysa, Andre, por ser las lectoras beta más comprometidas de todas. Nada de esto habría sido posible sin ustedes.

Gracias infinitas a todas mis pequeñas de Wattpad, que me acompañan siempre en este camino tan increíble. No cambiaría por nada del mundo el equipo tan increíble que hacemos.

Gracias, por supuesto, a mi familia. ¡Los amo! ¡No hay más!

Finalmente, me despido dándote gracias a ti, Beto, por ser mi compañero, mi amigo, mi cómplice en todo. Te amo. No puedo esperar para que *«el resto de nuestras vidas»* llegue.

Sobre la autora

Nació un 17 de diciembre de algún año cercano a los 90 en la ciudad de Guadalajara, Jalisco (México).

Es hija de padres mexicanos y tiene dos hermanos que tienden a ser más maduros de lo que ella podrá ser jamás.

Vive con su novio y su perro en una pequeña casa de su ciudad natal, y dedica su tiempo libre —y ese que no lo es tanto— a planear y escribir historias que no sabe si verán la luz en algún momento de la vida, a leer libros con los que tiende a obsesionarse y a enamorarse de chicos que solo existen en tinta y papel.

Sube sus historias a Wattpad, donde puede pasar horas leyendo teorías conspirativas de sus lectoras mientras planea su siguiente asesinato.

Puedes encontrarla cualquier día de la semana viajando en tren, con la cara enterrada en un libro y aspecto de no haber dormido en días.

[Instagram] samanthaleon1
[Facebook] samanthaleonbooks
[Twitter] _samanthaleon

Made in the USA
Las Vegas, NV
27 July 2023

75323594R00281